读行者

从阅读走进现实

knowledge-power

knowledge-power

读行者

那時的先生

1940—1946

中国文化的根在李庄

岳南／著

CNS PUBLISHING & MEDIA

湖南文艺出版社
HUNAN LITERATURE AND ART PUBLISHING HOUSE

博集天卷
CS-BOOKY

目录

contents

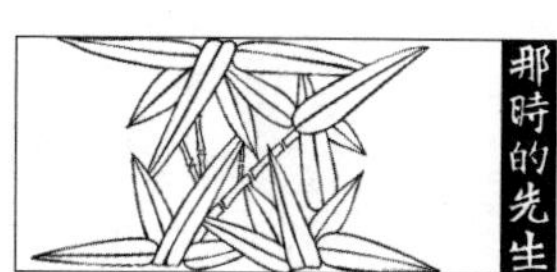

序言

长沟流月去无声

李光谟

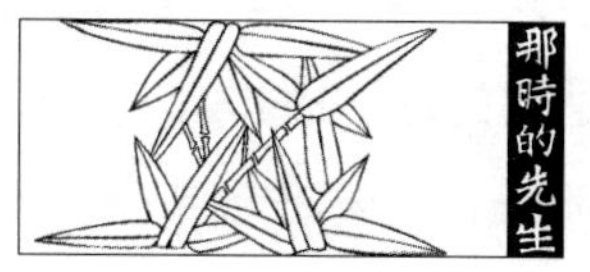

岳南先生描写抗战期间知识分子流亡四川南溪县李庄镇的长篇纪实文学即将付梓，约我写一篇简短的序文。我对文学没有研究，但由于这部描写科学界、教育界知识分子生活与精神追求的作品，是以纪实的手法描述真人真事，书中记载的人和事我略知一二，作为在抗战中流亡祖国后方并在李庄生活了六年的我，觉得有必要说几句话，以示对逝者的缅怀与对中华民族抗战胜利的纪念。

九一八事变后，尤其是 1937 年七七事变爆发，平津科学界、教育界人士纷纷南迁。随着淞沪抗战炮声响起，坐落在上海、南京的国立同济大学、国立中央研究院、国立中央大学等科学机关、教育机构，也相继开始了西迁历程。当时家父李济服务的国立中央研究院史语所与国立中央博物院筹备处两个重要学术机关，也在炮火硝烟中踏上了流亡之路。

那时我是一个少年学童，对时局并没有多少认识，但从长辈们严肃紧张的表情以及忙碌的身影，还有与平时大不同的言谈举止中，明显感觉到战争的恐怖和即将到来的灾难。就我所看到的情形，在日本强寇压境，血与火的战事即将在南京拉开大幕的前夜，国立中央研究院所属的史语所以及中央博物院筹备处等机构所进行的搬家是匆忙的，经过众多人手不分昼夜的努力，史语所尤其是考古组多年积攒的重要出土文物及全部原始记录都装箱运走，实在运不走的大件物品，就封箱留存在城中或掩埋入土。在敌机呼啸、炸弹纷飞中，南京下关码头人山人海，一船又一船从上海与南京运载的机械设备与珍稀物品，争相向西南大后方运送。记得我们全家老少三代在长江码头登船启程时，回首眺望居住了三年多的石头城，百感交集，默念着何时才能重归家园。

随着上海和南京沦陷，日军步步进逼，西迁的机构在长沙只停留了三个多月，中央研究院几个研究所与中博筹备处，连同由北大、清华、南开组成的临时大学，以及梁思成主持的中国营造学社等又开始向桂林、昆明一带迁徙。此时，中央研究院代总干事兼史语所所长傅斯年因院务羁绊，把史语所事务委托李济负责。这次搬迁可谓是极其艰巨的工作，但总算安全抵达目的地。1940 年冬，迫于日本飞机对昆明狂轰滥炸的巨大压力和威胁，加之滇越线吃紧，中央研究院史语所和社会所、中博筹备处、中国营造学社、同济大学等机构不得不再次撤离昆明，迁往四川南溪县李庄镇。我们全家随所一同入川，在扬子江尽头的李庄镇羊街一个院落住下来，想不到这一住就是六年，直到抗战胜利后才回京。

遥想当年烽火连天、书剑飘零的岁月，处在民族危难中的“下江人”，一批又一批迁入四川，当地人民给予了大力支持与协助，而李庄人的慨然相邀与热情相助，使流亡中的学者和莘莘学子得以安置一张平静的书桌。原本籍籍无名的李庄镇，迅速成为抗战期间大批知识分子的集中地与中国后方四大文化中心之一（另三处是重庆、成都、昆明），中国的人文学术与新式教育在西南部这个乡村古镇得以薪传火播，绵延发展。

迁入李庄不久，我得天时、地利之便，有幸于 1942 年进入同济大学附中读书，两年后又考入同济大学医学院就读，继续我的学业。

听说早先李庄镇在川南一带是个很繁荣的地方，是川南物资集散地，过往商贾络绎不绝。或许由于这些条件，镇内镇外的“九宫十八庙”和几个规模庞大的庄园式建筑应运而生。也因了这些便利条件，才有了战时一万多“下江人”云集而来的机缘。不过当我们到来的时候，由于连年的战乱，古镇已趋于衰落，往日的繁荣不再，应该说是比较偏僻和闭塞了，特别是医疗条件很差，当地缺医少药，许多人得了病却得不到及时治疗。中国营造学社的林徽因、中研院社会所所长陶孟和夫人沈性仁、史语所考古组的梁思永都相继患了严重的肺结核，因得不到有效治疗，林梁二人长期卧床无法工作，而沈性仁——这位民国初年的一代名媛，抗战未结束就病逝了。当时在李庄的同济大学虽有医学院并有高明的医学教授，但终因没有药物为病人治疗，医术再高明也无力回天，有些病人的生命还是未能挽回而消逝了，同济大学工学院的教授也有在贫病交加中去世的。我的两个姐姐，分别于 1940 年和 1942 年在昆明与李庄病逝。她们患的并非疑难重症，只是在那样的环境里得不到相应的药物治疗，致使她们过早离开了人世。此事的影响远超出个人感情上所受的打击。前几年我回了一趟李庄，有几位青年朋友和我谈起当年迁来的学术大师，说如果陈寅恪大师也来李庄的史语所住上几年，那这个文化中心的分量就更重了。其实说者不知，陈寅恪原本是要奔李庄来的，据陈先生的长女流求女士在一封信中告诉我，抗战时期寅恪先生全家由香港逃出返回内地时，原打算由桂林入川到史语所工作，并做好了去李庄的准备。后因得知李济两个爱女不幸夭折，说明当地医疗条件很差，当时身体条件极坏的陈先生担心自己和家人无法适应，乃应燕京大学之聘，入川后直接从重庆过内江去了成都。自此，李庄与这位学术大师失之交臂。

岁月如梭，一晃六七十年过去了，当年迁往李庄的许多人已经不在人世。今天读这部作品，我感触良多。此前，我与岳南有过一些交往，知道他在二十几年中一直联合志同道合的朋友研究和撰写中国考古界的人和事，并有十几部纪实文学作品问世。与他以前的作品不同的是，这部作品明显是以李庄的人文历史为主轴，对相关人物命运多侧面地加以铺排和描述，这样的一个变化，就需要作者对当地风土人情与相关人物背景、生活情形有相当的了解，否则，要写出接近历史事件和人物原貌的作品是不可能的。值得庆幸的是，岳南通过实地采访和体验生活，对李庄当地人文历史有了一定把握，加上在大陆和台湾两地查阅大量相关的历史资料，在相互校对考证之后再加以书写，这样写出的历史事件与逝去的人物就与向壁虚构的完全不同了。我在读完初稿后深为感动，尤其看到那些历尽劫难、九死一生、我熟识或不相识但闻其名的老一代学人，在走出李庄后于政治风云变幻中大起大落的生活境况与悲怆命运，当然还有李庄本土一些值得纪念的人物所遭受的人生际遇，禁不住唏嘘叹息，为之扼腕。或许，这部作品向人们提供的文化精髓就隐化于这难言的、如同林徽因诗中所述的“万千国人像已忘掉”的历史记忆之中吧！

谨抄录宋人陈与义词《临江仙》一阕，以结此序：

忆昔午桥桥上饮，坐中多是豪英。
长沟流月去无声，杏花疏影里，吹笛到天明。
二十余年如一梦，此身虽在堪惊。
闲登小阁看新晴，古今多少事，渔唱起三更。

李光谟

（李光谟，1926—2013，李济之子，已故中国人民大学教授、翻译家。）

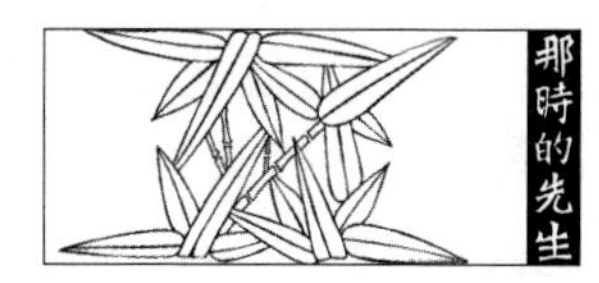

序章

1941年6月27日，国立西南联合大学常委梅贻琦、总务长郑天挺、中文系主任罗常培，自四川泸州码头乘船，溯江而上，往万里长江第一古镇——李庄进发。

此前的6月5日，梅贻琦一行从重庆乘船至泸州，欲转陆路到西南联大叙永分校视察后再转赴李庄。[1]那时，江水开始上涨，尚未形成滔天之势，但行程并不顺利，战争阴影笼罩下的“天府之国”，文化衰微，经济凋敝，社会混乱不堪。一条陈旧的轮船，原定4点钟由重庆嘉陵江磨儿石码头起航，因机器故障一直拖到9时才成行。又因临时安插了几十名持枪士兵，船舱内外拥挤不堪，所有乘客与逃难者无异，各自于愤懑中又夹杂了几分叹息。梅贻琦在当天的日记中写道：

> ……房门外兵士坐卧满地，出入几无插足之处，且多显病态、瘦弱之外，十九有疥疮，四肢头颈皆可见到，坐立之时遍身搔抓，对此情景，殊觉国家待此辈亦太轻忽，故不敢有憎厌之心，转为怜惜矣！[2]

民族衰败，山河破碎，这些为家国存亡提着脑袋奔走于硝烟战场的热血男儿，并未引起社会与政府的普遍重视和特别关照，肉体的伤病得不到医治，精神上的苦痛更是难以解脱。梅贻琦等人发现，“兵士早九点米饭一顿（自煮）后，至晚始再吃”，下午时分，“门外有二兵以水冲辣椒末饮之，至天夕又各食万金油少许，用水送下，岂因肚中饿得慌而误以为发痧耶！”[3]望之顿感悲凉。

叙永分校在泸州下辖的长江南部叙永（古称永宁）县城几座寺庙内，梅贻琦等到来后就学校生活、学习条件等做了详细视察，并与师生就分校是否重返昆明等问题进行交谈。视察结束，梅贻琦率郑罗二人于6月17日至蓝田坝等船返泸州，而后再乘船赴李庄与乐山一线考察访问。

此时，江水已成狂暴之势，6月19日，梅贻琦日记写道："天夕与郑、罗至江边散步，看江水滚滚奔流，不禁惊叹。"[4]第二天，决定午前渡江到泸州码头等船，因忽有敌机空袭警报，避之午饭后方收拾过江。时"江水继长增高。昨晚所见江边沙滩一片，今已没入水中矣。江边有种高粱瓜豆者，一二日内即有湮没之虞，水势之浩大，殊堪惊叹"[5]。

除了心中一连串的"惊叹"，更多的是被困泸州馆舍内不能旅行的焦躁不安。

按原定计划，梅贻琦与同人沿江上行的目的有二：一是赴乐山、成都一带参观、考察抗战中内迁的学术机关；再是由昆明迁往李庄镇的北大文科研究所青年学子的论文需要毕业答辩，作为该所兼职副所长的郑天挺和导师罗常培，需完成各自应负的责任。李庄古镇在泸州上溯乐山一线的南溪县境长江南岸，此行可谓一举两得。当然，除却两项公务，三人还有一个共同愿望，顺便看望战时流亡到李庄的老同事、老朋友。

泸州到南溪县李庄镇50多公里，因遭逢战乱，又赶上夏季暴雨期来临，既没有车，也没有船，何时成行，无人能说得清楚。梅贻琦连呼是上帝在"倒霉（梅）"，只好在这个江边古城踯躅，望江兴叹。想不到这一"倒"就是一个礼拜，26日傍晚才等到有船上行的消息。

27日天色微明时分，几乎一夜未眠的梅贻琦叫起郑罗二人，洗漱后提着行李匆忙离开旅馆，紧随乱哄哄、闹嚷嚷、破衣烂履、背篓挑担、呼儿唤女的人流步行到江边码头，搭上了拥挤吵闹的"长丰"轮，迎着狂奔暴涨的川江水，一摇三晃地溯江而上。因江水汹涌，轮船载重过量，几次过滩差点触礁，吓得旅客特别是舱门外坐卧的士兵惊叫连连，所幸没发生意外。当天下午3点40分在南溪上游李庄镇码头停靠，梅贻琦等三人急不可耐地收拾行李，钻出几乎令人窒息的船舱，由"地漂"（趸船）辅助登岸，在魁星阁附近临江的"君子居"茶楼稍事休息，于4点35分随两名挑夫向国立中央研究院历史语言研究所与国立北大文科研究所办事处租赁的板栗坳（栗峰山庄）走去。

板栗坳在李庄郊外一个临江的山坳里，离镇5公里，按梅贻琦旅行记录，出得李庄古镇，沿小道"先经田间二里许，继行山道曲折，又约三里，始至板栗坳，时

◎魁星阁前的长江。李庄镇魁星阁建于清光绪初年，为全木结构通高三层建筑，建于长江边上江岸凸出部位。抗战时到李庄的梁思成先生评价魁星阁是从上海到宜宾长江 *2000* 多公里江岸边建造得最好的亭阁。雄踞长江之滨的魁星阁与近在咫尺的李庄南华宫构成一幅有山有水的和谐壮观画面

已 5:30 矣。途中在山半一老黄果树下休息，坐石磴上俯瞰江景，小风吹来，神志为之一爽。盖此时已汗透衣衫矣”[6]。

梅、郑、罗三人到来，受到战时流亡李庄的学术机关、高校及当地官僚士绅热情接待。梅贻琦在日记中说：“中研院史语所在此租用张家房舍三大所，分为三院，余等寄住于中院宿舍，郑、罗在花厅，余在李方桂家。所中现由董彦堂君代理，招待极周到。晚住处完妥后在‘忠义堂’大厅上饮茶闲谈，晤所中同人十余位。十点归房就寝。”[7]

自第二天起，国立中央研究院史语所、社会科学研究所、体质人类学研究所筹备处（史语所民族学研究组）、国立中央博物院筹备处、国立北京大学文科研究所办事处、国立同济大学、私立中国营造学社、国立宜宾师范专科学校等流亡李庄古镇的科研机构和高校，分别派人前来邀请三位名震学界的远方客人到自己驻地、办公场所、课堂甚或宿舍进行考察、座谈、演讲。其间，避居李庄的国立同济大学校长周均时，国立中央研究院及其他科研机构的李济、董作宾、梁思永、李方桂、吴定良、凌纯声、芮逸夫、劳榦、石璋如、陶孟和、汤象龙、梁方仲、梁思成、刘敦桢、林徽因、郭宝钧、吴金鼎、夏鼐、曾昭燏等著名学者，以及当地官僚士绅张官周、张访琴、罗南陔、罗伯希、李清泉等，先后与梅氏一行有不同形式的会面并予以力所能及的食宿招待。分散在李庄镇郊外板栗坳张家大院的马学良、刘念和、汪篯、阎文儒、杨志玖、逯钦立、张政烺、任继愈、李孝定、王叔岷、邓广铭、傅乐焕等北京大学文科研究所在读或北大历史系刚“出炉”的青年学子，他乡遇恩师，大有喜从天降之感，尤其在兵荒马乱的战时岁月，与相距千里的恩师相逢，自是倍感亲切兼兴奋。处于沉闷酷暑中的川南江边古镇，似乎因梅贻琦等几位客人的到来

而增添了一丝清凉与干爽。

几天的欢乐时光转瞬即逝，马学良等研究生们的毕业论文答辩完毕。7 月 5 日，梅贻琦和郑天挺、罗常培商定，清早下山，下午赶往叙府（宜宾），再沿岷江转赴乐山。辞别诸友后，三人走出板栗坳大院，下山往李庄镇走去。中研院史语所研究员、“非汉语语言学之父”李方桂偕夫人徐樱（民国名将徐树铮之女），连同十几位旧朋新友，恋恋不舍地送出一里多路。众人来到一个山坡，李庄镇内房舍在望，梅贻琦等再三辞谢，送者方止住脚步。大家略带伤感地不停抱拳遥祝，梅贻琦触景生情，不禁慨叹道：“乱离之世会聚为难，惜别之意，彼此共之也。”[8]

下得山来，梅贻琦一行再次来到位于李庄镇郊外上坝月亮田——中国营造学社租住的小院，专程看望一直萦绕心头、最为挂念的建筑学家梁思成、林徽因夫妇。

此时林徽因肺结核病复发，正发低烧，几乎失去了工作、生活能力。只见她斜卧在一张行军床上，面容瘦削苍白，说话困难，再没有了当年“太太客厅”时代谈锋甚健、豪情满怀的风采了。此前的 6 月 30 日，梅、郑、罗三人被同济大学邀请下山时曾专程前来探望，其情形是“徽因尚卧病未起床，在其病室谈约半时，未敢久留，恐其太伤神也”[9]。

今天，尽管梅贻琦与同人心中颇为踌躇，恐再令这位病中才女因别离神伤，但心中挂怀又不能不前来做最后辞别。既然无法解除其身体痛苦，尽可能给其多一点抚慰，亦使二者心安。交谈中，梅贻琦得知，由于李庄相对闭塞，生活条件极其艰苦，学术研究遭遇的困难要比想象的大得多。林徽因刚到此地时，主要整理几年前在山西五台山佛光寺考察所做报告和其他一些古建筑材料，欲撰写一部古建筑史书，现重病在身已无法工作。五台山佛光寺的考察报告由梁思成一人整理，迟迟未能定稿，二人甚感苦恼与无奈。林徽因得知国立西南联大叙永分校即将回迁昆明时，悲从中来，说自己不适应李庄的气候和水土，病情复发，想随分校师生一起重返气候温和的昆明，与联大教授朋友们在一起过几天快乐的日子，身体或许会有好转，在学术上也能做一点事。身为前辈的梅贻琦听闻此语，不禁凄然，未置可否，原因是“余深虑其不能速愈也”[10]。

下午 3 时，“长丰”轮在李庄镇码头停泊，梅贻琦一行三人作别送行的陶孟和、李济、董作宾等好友，即行登船。时年 40 岁的梁思成坚持独自一人踏“地漂”把客人送到轮上，此举令 52 岁的梅贻琦深为感动，心中生出“余对此小夫妇更为系念也”[11]的牵挂怜爱之情。

“想不到离开北平才四年光景，徽因的身体竟糟糕至此，真是不堪回首呵！”梅贻琦望着梁思成同样羸弱的身子和疲惫神情唏嘘不已。梁听罢，表情凝重，默不作声，梅贻琦想再叮嘱几句宽慰的话，但又不知从何说起，遂侧身望了一眼大江对面气势磅礴的桂轮山和山中白云深处若隐若现的一座古庙（当地称雷峰塔），轻轻说道："思成呵，如果我没记错的话，四年前的今天，你们小夫妻正蹲在五台山佛光寺梁柱上放声歌唱吧？"

一句话触动了梁思成敏感的神经，他稍感意外地愣了片刻，随着一声低沉沙哑的"梅校长……"眸子已经湿润。他咬紧嘴唇点了下头，抬手想遮掩那双发烫的眼睛，随着一阵风浪袭过，泪水却溢出眼眶……

"长丰"轮鸣笛启程。岸上的梁思成望着浩浩长江中渐行渐远的船影，耳边回响着梅贻琦这位尊敬的长者离别的话语，转身返回。四年前那个令人心潮荡漾、颇具传奇色彩的场景又在眼前晃动起来——

1937 年 6 月下旬的晚些时候，梁思成、林徽因夫妇以中国营造学社研究人员的身份，踏上了赴山西省辖境考察的旅途。

这是他们从事中国古建筑考察以来，第三次也是最重要的一次山西之行。梁氏夫妇在学术上的成就，有相当一部分得力于山西的古建筑，正因这次旅行，他们迎来了考察生涯中最为辉煌的巅峰时刻。

此前，作为受过中西文化教育与专业学术训练且成名甚早的建筑学家，梁思成、林徽因通过对古建筑学领域绝世之作《营造法式》的研究[12]，认识到框架式木结构是中国古代建筑的基本形式，而中国唐代建筑风格不但具有自身独到的特色，同时承载着中华民族建筑文化承上启下的关键使命，因此，能目睹唐代建筑遗存，是每一个近现代建筑学家梦寐以求的幸事。于是，寻找一座留存于今的唐代木框架建筑，就成为这对年轻夫妇久萦于心一个遥远而辉煌的梦。

自 1932 年始，服务于私立中国营造学社的梁思成、林徽因夫妇以及莫宗江、刘致平等研究人员，几乎考察了华北、中原、华南等地所有古建筑可能遗存的地区并获得了丰硕成果，但其中年代最古老的建筑就是辽宋时代的蓟县独乐寺与应县木塔[13]，唐代建筑踪影绝无。难道偌大的中国真的没有一座唐代木构建筑物遗存了？

就在他们怀揣梦想与疑问，风餐露宿，四处奔波，所得结果又迟迟冲不破辽、宋这段狭窄历史隧道时，几位号称对中国文化颇有研究的日本学者得意地宣称：中国大陆已不可能找到唐代的木构遗存，要想一睹唐制木构建筑的风采，只有到大日本帝国的奈良或京都去开开眼界，那里有着世界上独有的完美唐代作品。[14] 这个狂妄的臆断竟得到当时世界范围内许多古建筑学权威的认同。大唐王朝近三百年的辉煌建筑，在它曾兴盛发达的本土似乎随风飘逝，一点痕迹都不复存在了。

然而，正一步一个脚印在北国大地上行走的梁思成、林徽因夫妇，凭着科学训练的理性以及实地考察磨炼出的敏锐直觉，坚定地认为在中国辽阔凝重的大地上，在某个不被人重视的角落，在山野草莽之中，一定还有唐代木构建筑孤独而寂寞地屹立，伴着斗转星移，云起云落，耐心等待着有缘人前来相会。只是，正如佛家偈语：千载一时，一时千载。如此重大的因缘，需要探索者的真诚、智慧、勇气、时间，外加一点运气。

正当梁氏夫妇踏破铁鞋无觅处，于崇山峻岭的峭崖绝壁间为心中的那个陈年大梦“拔剑四顾心茫然”之际，因一个偶然的机会，从“山有小孔，仿佛若有光”的小隧道，一下望见了藏在深山人未识的桃花源——幸运之神悄然降临到他们的身上。

这束光亮源于法国汉学家保罗·伯希和（Paul Pelliot）在中国西部考察后所著的《敦煌石窟图录》（*Les grottes de Touen-houang*）。书中披露了敦煌第 61 号洞窟两张唐代壁画。壁画不仅描绘了中国北方最著名的佛教圣地——五台山全景，还指出了每座庙宇的名字，其中一处名为佛光寺的古刹尤其引人注目。梁氏夫妇对这两幅壁画精心研究后，突然爆发出灵感的火花，随着一道光亮于眼前闪过，如同闪电劈开暗夜的阴风浓雾，掩映于山野草莽的金光灿烂的佛光寺山门轰然洞开，风铃的声响自殿宇飞檐翘角下隐约传来。按照光亮与铃声的指引，梁林二人马上于北平图书馆查阅《清凉山（五台山）志》和《佛祖统计》等相关志书，终于找到了有关佛光寺的记载。据史料披露，佛光寺号称五百里清凉山脉颇负盛名的大寺之一，首创于北魏时期，唐武宗灭佛时该寺被毁。12 年后，随着李唐王朝佛教政策回暖，逃亡的该寺僧人愿诚法师卷土重来，再度募资重建并恢复了原有规模。从此，佛光寺作为五台山最具影响的重要宝寺之一，伴着绵延不绝的香火延续了 1000 多年。

假如这座佛寺尚存，当是一处极其重要和具有非凡价值的唐代木构建筑。根据以往野外调查经验，梁思成、林徽因认为越是号称“名胜”的地方，古建筑越易遭到毁坏，多数建筑则在毁坏、重修、再毁坏、再复建的循环中衰败湮没，侥幸残存者则越来越偏离本来的神韵、特色和风格，沦为一堆泥巴糊成的、死的石材木料或假古董。这也正是中国营造学社诸君对大唐三百年众多名寺古刹，苦苦寻觅五载而始终不得的症结所在。

从史料所示地理位置可知，佛光寺并不在五台山的中心——台怀这一地区，而是地处南台外围的僻野之乡，此处并非世俗的“名胜之地”，或可有原物保存至今。根据这一推断，梁思成夫妇会同中国营造学社莫宗江、纪玉堂两位助手，于这年 6 月下旬开始了注定要在中国乃至世界建筑史上留下光辉一页的大唐古迹发现之旅。

◎梁思成、林徽因率领中国营造学社部分人员在去五台山考察古建筑途中

梁氏夫妇一行四人携带野外考察仪器和生活用品，由北平坐火车至山西太原，于当地政府部门办完考察手续，再由太原北行向五台山进发。第二天黄昏时分到达目的地——五台山南台外豆村东北约 5 公里的地方。此时，夏日的太阳正于不远处的山巅坠沉，血色的余晖映照着苍山林海。不远处，一座殿宇以恢宏的气度和卓尔不群的英姿，傲然屹立于山坡树丛之中，似在向几位虔诚的造访者频频召唤——梁思成、林徽因眼睛一亮，朝思暮想的佛光寺竟如天尊至圣横空出世般神奇地展现在眼前。

四人跳下毛驴，怀着对古老文化的敬畏仰慕之情，在西天最后一抹晚霞瑰丽的光影里，躬身施步，小心而虔诚地向心中的圣地走去。

寺院只有一位年逾古稀的老僧和一个年幼哑巴弟子守护。待说明来意，那扇厚重斑驳的山门随着“咯吱”的声响开启了。一行四人鱼贯而入，瞻仰左右，只见正殿分为七间，昏暗中显得辉煌壮观而富有气势。在一个偌大平台上，有一尊菩萨坐像，侍者环立，形成了一座众仙之林。平台左端为一个真人大小、身着便装的女子坐像，询问老僧，答曰：“此女子乃大唐篡位的则天武后。”经对塑像面貌特征及相关物件初步观察，梁思成断定应是晚唐时期的作品，假如这群泥塑像是未经毁坏的原物，那么庇荫它的大殿必定也是原来的唐代建构，因为要重修殿宇必定会使里面的一切受到一定程度的损坏——这个推论令几位造访者欣然认同并振奋不已。

经过几天的考察研究，得到如下结论：大殿建成于晚唐公元 857 年，不但比此前发现的最古老木结构建筑——独乐寺早 127 年，而且是当时中国大地上所见年代最为久远，且是唯一一座唐代木构建筑。为此，惊喜交加的梁思成感慨道：“我们一向所抱着的国内殿宇必有唐构的信念，一旦在此得到一个实证了。”[15]

梁、林及两位助手于佛光寺工作了一个星期，一直处于亢奋状态的梁思成告诉

◎五台山佛光寺

老住持，自己准备写信向太原教育厅报告这一重大发现，并“详细陈述寺之珍罕，敦促计划永久保护办法”[16]云云。最后道别时，梁氏夫妇双双向老僧鞠躬，以表达对这位寺院守护者的敬意与感谢。向来以谈锋锐利著称的林徽因，面对颤颤巍巍的寺院老住持和年轻的哑巴弟子和善的面容与虔诚的举动，情绪激动，几度语塞，眼里汪着深情的泪水，答应明年再来，对寺院进行更加详尽的考察，还要争取带上政府的资助前来进行修缮云云。

满身透着沧桑、厚道的老僧望着面前这位奇女子真挚的表情，干枯的双手合于胸前，口诵“阿弥陀佛”，躬身施礼，声称自己一定要好好活着，精心照护这座寺院和佛祖神灵，等待与几位大德施主再次相会的日子。

梁思成一行四人走出山门，在北国盛夏灿烂、炽烈的晚霞中离开佛光寺，骑着毛驴，左盘右旋向山下走去。

当他们来到附近豆村一家鸡毛小店安顿下来，身心沉浸在此次神奇发现的梦境之中时，暗夜里，北平郊外卢沟桥畔，枪声骤然响起……

注释：

[1] 自 1940 年始，日军飞机对昆明实施狂轰滥炸，处在硝烟炮火中的国立西南联合大学，这一年招生工作因此推迟，7 月统考完毕，一直拖到 10 月才发榜。为应付日益严峻的战争局势，按照国民政府教育部指令，西南联大校委会决定在长江上游泸州以南，川、滇、黔三省边境交会之地的偏僻小城——叙永成立联大分校，新生全部迁往分校上课。于是，这年招收的 600 余名新生，在负责分校工作的杨振声、樊际昌两教授率领下，踏上入川之路，于次年 1 月中旬到达叙永，虽比正常时间整整晚了四个月，但总算把书桌安放下来了。只是好景不长，刚过一个学期，因地理位置过于偏僻、条件太差，有师生闹着返回昆明，而联大

校委会亦表同情，乃有梅贻琦率同人于 1941 年 6 月 5 日由重庆至泸州，9 日至 14 日乘车由泸州往叙永分校视察并与昆明的蒋梦麟等常委商量是否回迁等具体事宜。7 月 4 日，时局缓和，校方决定叙永分校不再续办，8 月，分校撤销，全部迁入昆明西南联大，叙永分校成为抗战中国立西南联大的一个插曲和部分师生温馨的回忆。

[2][3][4][5][6][7][8][9][10] [11]《梅贻琦日记（一九四一——一九四六）》，黄延复、王小宁整理，清华大学出版社 2001 年出版。

[12]《营造法式》是宋代著名学者李诫在两浙工匠喻皓的《木经》基础上编成的，起编于熙宁年间 (1068—1077 年)，成书于元符三年 (1100 年)，刊行于宋崇宁二年（1103 年），是北宋官方颁布的一部建筑设计、施工的规范书，亦是中国古代最完整的建筑技术书籍，这部著作的问世标志着中国古代建筑艺术已经发展到了水平相当高的历史阶段。

1925 年，时在美国宾夕法尼亚大学读书的梁思成首次见到《营造法式》，那是在陶湘本《营造法式》出版后不久，由其父梁启超寄来的。对此，梁思成回忆说："当时在一阵惊喜之后，随着就给我带来了莫大的失望和苦恼——因为这部漂亮精美的巨著，竟如天书一样，无法看得懂。"1931 年，梁思成与林徽因从东北大学转到中国营造学社后，开始系统研究《营造法式》这部"天书"，力求诠释并绘制插图，使现代人特别是建筑学家与工程师能够看懂。由于历史久远，缺少实物印证，再加上许多建筑学名词术语多有演进变化，梁氏夫妇选择先从清工部颁发的《工程做法》着手，因为清代建筑在北平有实物可考察，而且还可以就近向老匠师求教。1932 年，梁思成完成了《清式营造则例》一书，为深入研究《营造法式》打下了坚实基础。也就是从这年春天开始，梁思成、林徽因等中国营造学社成员外出调查，寻找宋代建筑实物加以印证。在此后十余年间，营造学社同人调查了约两千余项古代建筑，其中唐、宋、辽、金木结构建筑将近 40 座。通过对这些实物的测绘，他们对《营造法式》有了更加深入的理解。由此，梁思成被誉为近现代研究《营造法式》开山第一人。（参见杨永生著《建筑圈里的人与事》）

[13] 独乐寺，位于天津蓟县，梁思成、林徽因于 1931 年在考察中发现，重建于辽代统和二年（984 年），是当时已发现的中国最古老的木构建筑。这座建筑保留着唐代建筑的风格。

1933 年 9 月，梁氏夫妇在山西大同沿线考察中，发现了闻名于世的应县辽代木塔（始建于公元 1056 年）。事后林徽因在《闲谈关于古建筑的一点消息》中说道："山西应县的辽代木塔，说来容易，听来似乎也平淡无奇，值不得心多跳一下，眼睛睁大一分。但是西历一〇五六到现在，算起来是整整的八百七十七年。古代完全木构的建筑物高到二百八十五尺，在中国也就剩这一座独一无二的应县佛宫寺塔了。比这塔更早的木构专家已经看到，加以认识和研究的，在国内的只不过五处而已。"

林徽因所说的五处，除独乐寺和应县木塔，另外三处是：大同下华严寺薄伽教藏殿，建于辽重熙七年（1038 年）；天津宝坻广济寺三大士殿，建于辽太平五年（1025 年）；辽宁锦州市义县奉国寺大雄宝殿，建于辽开泰九年（1020 年）。（见《林徽因文集 · 建筑卷》，梁从诫编，百花文艺出版社 1999 年出版）

[14] 日本奈良、东京所存几处模仿隋唐式的建筑为：飞鸟时代（552—645 年）、奈良时代（645—784 年）、平安前期（784—950 年）。（参见梁思成《敦煌壁画中所见的中国古代建筑》，转引自《薪火四代》，梁从诫编选，百花文艺出版社 2003 年出版）

[15][16] 梁思成《记五台山佛光寺的建筑》，载《文物参考资料》，1953 年第 5—6 期。20 世纪 50 年代初，山西省文物管理委员会于古建筑普查中，在五台山离佛光寺不远处发现了年代更加久远的南禅寺，该寺院重建于唐德宗建中三年，即公元 782 年，比佛光寺早 75 年，但殿宇规模较佛光寺小了许多。（参阅《文物参考资料》，1954 年第 11 期）

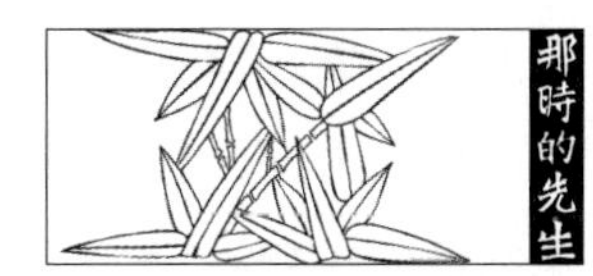

第一章　沦陷与流亡

逃出北平

卢沟桥枪声响起的时候，梁思成等人没有——当然也不会听到。此前他们有一种预感，日本军队迟早要对平津两地乃至整个华北动手，但万万没想到在自己离开佛光寺的这个夜晚，北平郊外已是炮声隆隆，中日双方军队真刀真枪地干了起来。在阵阵喊杀与哀鸣声中，一场血光之灾，以泰山崩塌、大地陆沉之势席卷而来。

第二天，五台山阳光灿烂，空气清新，壮阔的山河越发俊秀雄奇。沉浸在美好憧憬中的梁思成、林徽因和两位助手骑上毛驴，离开鸡毛客栈，怀揣发现佛光寺的狂喜，意犹未尽地围绕山中几处名胜古迹继续寻访调查，先后走访了静灵寺、金阁寺、镇海寺、南山寺等庙宇，但没有获得理想的成果。几天之后，一行人来到沙河镇，沿滹沱河经繁峙向西北方向古城代县奔去。抵达县城后，梁思成决定暂住几日，除了恢复已消耗殆尽的体力，也借机好好回顾和整理此前考察搜集的大量资料。

7 月 12 日傍晚，忙碌一天的梁思成接到一捆报纸，这是之前他专门托朋友从太原捎来的，因近来持续暴雨，山路被洪水冲毁，拖延了几天才得以送到。梁思成躺在帐篷中的帆布床上把报纸慢慢摊开，目光刚一接触标题，整个身心如遭电击，血轰地一下冲上脑门。他下意识地起身冲出帐篷，对正在外边乘凉的林徽因和两位助手大声高呼："不好了，打起来了，北平打起来了！"

众人大惊，急忙围将上来，只见报纸第一版大字号黑色标题耀眼刺目："日军猛烈进攻我平郊据点，北平危急！"

此时，卢沟桥事变已经爆发五天了。

北平危在旦夕，家中老小在炮火中不知生死，中国营造学社同人也一定乱作一团，必须立即赶回去。但据报纸透露的消息，津浦、平汉两路已被日军截断，只有北出雁门关，经山阴道赴大同，沿平绥铁路转回北平。

次日清晨，梁思成一行从代县出发，徒步来到同蒲路中途的阳明堡。此时，梁思成深恐平绥路一旦断绝，将不知何时能返北平，又恐已获取的珍贵资料有所闪失，决定让纪玉堂带上图录、稿件等测绘资料，暂时返回太原，一面向山西省政府报告考察成果，一面待机返北平。主意已定，几人匆匆分手，各奔南北。梁氏夫妇和莫宗江出雁门关，沿着唯一的回归之路，心急如焚地赶往北平，纪玉堂南下太原。

待梁氏夫妇与莫宗江返回北平后，发现整个北平城已笼罩在战争的恐怖气氛之中。据梁氏夫妇的儿子梁从诫回忆说："当时谁也不能预料这场战争会打多久，会有多艰苦，甚至中国能不能赢。北总布胡同三号院里的气氛变了，连小孩子也能觉察出来。"又说："……不久，日军兵临北平城下。宋哲元的部队做出要抵抗的样子，战壕竟挖到了北总布胡同。我还依稀记得我家门口也垒起了沙袋。但没有两天，就成了一条空无一人的破土沟，'大刀队'们也不见了。日本人进城了。"[1]

7月28日，二十九军军长兼冀察政务委员会委员长宋哲元，携二十九军副军长兼北平市市长秦德纯及师长冯治安等数位高官大员，率部仓皇南撤。7月29日，北平陷落。

◎卢沟桥事变爆发后，驻守宛平城的二十九军官兵被迫应战

7月30日，天津陷落。继之日本军队向华北更广大的地区进击和扫荡。

从卢沟桥事变爆发到平津陷落的20多个日夜，中日军队交战的隆隆炮火与日本轰炸机的呼啸轰鸣，令平津地区人心惶惶，谣言四起，各政府机关及工商界人士于纷乱中开始自寻门路纷纷撤离逃亡。以国立北京大学、国立清华大学、国立北平大学、国立北平师范大学、私立南开大学、私立燕京大学、私立辅仁大学等著名高校为代表的教育界，同样呈现一派惊恐、慌乱之象，一些人悄然打点行装，拖儿带女，随着滚滚人流，冒着盛夏酷暑和弥漫的烟尘，纷纷向城外涌去。

◎被日军轰炸后的南开大学校园惨状

当时正在庐山主持国防会议的国民政府军事委员会委员长蒋介石闻讯，向宋哲元、秦德纯等接二连三拍发“固守勿退”的电令，同时分别邀请各界人士火速前往庐山牯岭，频频举行谈话会及国防参议会，共商救国图存大计。国立北京大学校长蒋梦麟、国立清华大学校长梅贻琦、私立天津南开大学校长张伯苓等一批平津学界要人也应邀参加会议。

此时，平津两地各高校正逢暑期，被邀请到庐山参加会议的各大学校长以及部分在外地的教职员工，由于远离平津，对战事真相难辨真伪，因此恐怖的谣言随着混乱时局像野火一样在中国大地上四处流窜飞腾。在民族生死存亡之际，保护和抢救平津地区教育界、文化界知识分子与民族精英，越来越显得重要和迫在眉睫。由庐山转入南京继续参与国是讨论的北大、清华、南开三校校长蒋、梅、张，以及胡适、傅斯年等学界名流，日夜奔走呼号，与国民政府高层反复商讨如何安全撤退和安置各校师生。一时间，南京与平津高校间密电频传，共同商讨抗敌避乱、弦歌不辍的对策。

8月中旬，国立中央研究院史语所所长兼北京大学文科研究所副所长傅斯年，在同北大、清华、南开等三所大学校长反复商讨、权衡后，力主将三校师生撤出平津，在相对安全的湖南长沙组建临时大学，这一决议得到国民政府最高教育会议通过。9月10日，国民政府教育部发出命令，宣布国立北京大学、国立清华大学、私立南开大学等三校校长蒋梦麟、梅贻琦、张伯苓三人任长沙临时大学筹备委员会常务委员，教育部代表杨振声任筹委会主任秘书（代表教育部次长周炳琳）。筹委会成员由每校委派一人，北大为胡适，清华为顾毓琇，南开为何廉；此外成员还有傅斯年、湖南教育厅厅长朱经农、湖南大学校长皮宗石等人。筹委会主任委员由教育部部长王世杰担任。9 月 13 日，筹备委员会召开第一次会议，确定租赁长沙市韭菜园一号原美国教会所办圣经书院作为临时校舍，并明确院系设置、组织结构、经费分配等事宜。此时长沙圣经书院已经停办，校内教室、宿舍、家具及办公用具较为齐备，另外还有一个大礼堂的地下室，正好作为临时大学师生的防空洞。9 月 28 日，国立长沙临时大学关防正式启用，校务由三校校长及主任秘书所组织的常务委员会负责。[2]

在此之前，由教育部发出的撤退令已在平津三校师生中秘密传达，早已心神焦灼、翘首以盼的教职员工和学生们接到口头通知，纷纷设法出城，尽快逃离沦于敌手的平津两地，辗转赶赴湖南长沙。与此同时，国民政府命令国立北平大学、国立北平师范大学、国立天津北洋工学院（原北洋大学）三所院校于 9 月 10 日迁至西安，组成西安临时大学继续开课。——中国现代历史上最为悲壮的一次知识分子大撤退开始了。由于这一决定是在时局激变的紧急情况下仓促做出的，因而，此次撤退实际上是一次毫无组织和秩序可言的慌乱大溃退与大逃亡。

平津几所著名高校的师生走了，其他众多知识分子却在沦陷的北平、天津甚至整个华北茫然四顾，不知自己的命运维系何处。按照南京国民政府制定的纲要草案，鉴于时局危殆，政府资金短缺，除天津南开私立大学之外，整个华北地区包括燕京、辅仁在内的著名私立大学、非国立学校、私立文化科研机构，一概弃之不顾。这些学校和机构是存是亡，是死是活，如果自己不设法自谋生路，只有听天由命。此时梁思成、林徽因服务的中国营造学社，正是一所私立机构，自然属于中央政府“弃之不顾”之列。

在内外交困、险象环生的大混乱、大动荡之际，梁思成匆忙来到设在北平中山公园内的中国营造学社总部，找老社长朱启钤和同人商量对策。结论是：在如此混乱的局势下，营造学社已无法正常工作，只好宣布暂时解散，各奔前程，是死是活，各自保重。老社长朱启钤因年老体衰不愿离开北平，学社遗留工作以及未来的希望，都托付给梁思成负责。令同人最放心不下的是，学社工作的成果——大量调查资料、测稿、图版及照相图片等该如何处置？为不让这批珍贵的文化资料落入日本侵略者手中，朱启钤、梁思成、刘敦桢等共同决定暂存入天津英租界英资银行地下仓库一保险柜中，“所定提取手续，由朱启钤、梁思成和一位林行规律师共同签字才行”[3]，否则无法开启。

按照约定，中国营造学社同人紧锣密鼓处理各种繁杂事务，这时梁思成突然收到署名“东亚共荣协会”的请柬，邀请他出席会议并发表对“东亚共荣文化圈”的看法。梁思成深知日本人已注意到自己的身份和在北平文化界的影响，要想不做和日本人“共荣”的汉奸，必须尽快离开北平。

事不宜迟，梁思成与爱妻林徽因一面联系可结伴流亡的清华大学教授，一面收拾行李，准备第二天出城。除了必须携带的几箱资料和工作用品外，只带了几个铺盖卷和一些换洗的随身衣服，其他东西包括一辆雪佛兰牌汽车，不管贵重与否，都只好采取国民政府对待自己的政策——“弃之不顾”了。国破家亡，如此狼狈不堪、怆然逃离故园，心中自有说不出的凄楚。

◎林徽因与女儿梁再冰在北总布胡同家中

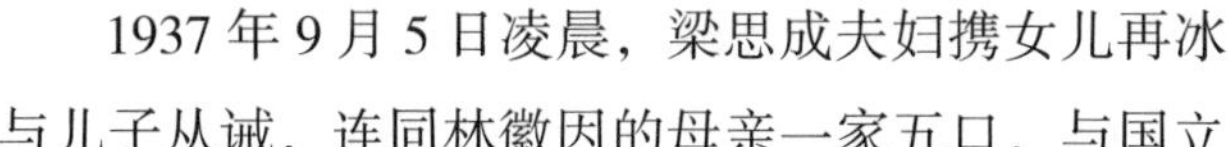

1937 年 9 月 5 日凌晨，梁思成夫妇携女儿再冰与儿子从诫，连同林徽因的母亲一家五口，与国立清华大学金岳霖等几位教授，匆匆走出北平城内北总布胡同三号家门。临上车的一瞬，多愁善感的林徽因忍不住回头一瞥，脆弱的心像被什么东西刺了一下，一阵酸楚袭过，泪水夺眶而出。这一别，不知何时才能回来。此前医生曾警告过，说她的身体难以承受千里奔徙的颠沛流离，但林徽因于无奈中悲壮地答道：“我的寿命是由天的了！”[4]

此前，北平城的东、北、西三面均受日军与汉奸队伍围困，只剩向南的一条通道——平汉铁路尚处于中日争夺之中。当梁、林逃亡之时，这条紧挨卢沟桥的交通大动脉已被日军占领并切断。出城流亡的路，只有从北平乘车到天津，由天津码头转水路绕道南下。

一行人悄然来到前门乘火车赴津，提心吊胆地躲过了日军与汉奸的设卡盘查，总算到达天津。梁思成一家和金岳霖等稍事休整，之后乘“圣经”号轮船到青岛，再经济南、郑州、汉口，最后到达长沙。在天津上船前，梁思成把他此前用英文撰写的几篇关于古建筑发现的学术论文寄给美国朋友费慰梅，请她设法在国外发表，并匆匆附上一张字条说：“发生了这么多事，我们都不知道从何说起。总之我们都平安，一个星期前我们抵达天津，打算坐船到青岛，从那里途经济南，去到换车船不超过五次的任何地方——最好是长沙，而这期间尽可能不要遇上空袭。等到战争打赢了，我们就可以结束逃难生涯。”[5]

轮船拔锚起航，站在“圣经”号甲板上的梁氏夫妇，目送陆地渐渐远去，一定没有想到他们到了长沙之后会再转昆明，最后辗转到一个从未听说过的地方——四川南溪李庄镇郊外一个叫上坝月亮田的野间小院隐居下来。他们或许认为中国会很快打赢这场战争，自己也会很快返回那座留下了温馨记忆的家园。但正如此时同他们一道站在甲板上，眼望浪花翻腾、海鸥飞舞的宝贝儿子梁从诫在许多年后所说：我的父母“也许没有料到，这一走就是九年。此时他们都年轻、健康、漂亮，回来时却都成了苍老、衰弱的病人”[6]。

清华园结义

一路颠簸动荡，梁思成一家与朋友们总算到达了长沙。如老金（金岳霖，梁思成夫妇常呼之曰“老金”）致费慰梅信中所说：“一路上没出什么大岔子，不过有些麻烦已经够难应付了。我们绕来转去到了汉口，最后总算到达长沙，这时已是十月一日了。联合大学十一月一日开学。”[7]

到达长沙后，梁思成经几天奔波，总算在火车站旁租到一栋二层楼房上层的三间作为全家栖身之所。

梁家刚刚安顿下来，从北平流亡到此地的清华、北大等高校的教授朋友们纷纷上门，除了寻找一点家庭温暖，更多的是聚在一起谈论日趋酷烈的政治、战争局势，预测着中国未来前景。大约十几天后的一个傍晚，梁思成弟弟梁思永又带一位朋友找上门来，梁氏夫妇一看，大为惊喜。来人是他们的老友李济。

在流亡的路上梁氏夫妇没有想到北平一别就是九年，此时他们同样没有想到，这个傍晚的不期而遇，意味着未来九年的生活，将与面前的两人以及他们所在机关的朋友们紧紧维系在一起。

在战火连绵、危机四伏的异地他乡，兄弟相见，手足之情自不待言。而梁思成夫妇与李济的会面，亦非一般朋友故旧所能体会，双方自是百感交集，别有一番滋味在心头。

站在面前的李济，与梁氏家族两代人有着非同寻常的渊源。

1896 年 6 月 2 日生于湖北钟祥县的李济（字济之），1907 年随任小京官的父亲李权（号郢客）进入北京五城中学（北师大附中前身）读书，14 岁考入清华学堂。

1918 年，李济毕业并以官费生身份赴美留学。与他同船离开上海码头的中国留学生还有几位，如后来成为国立中央研究院院长的朱家骅、总干事叶企孙，而其中在坊间名气最大的则是梁启超的得意门生、自费出国留学的徐志摩。

李济与徐志摩结伴到达美国，双双进入马萨诸塞州克拉克大学学习，李攻读心理学，徐攻读财政、银行学专业。一年之后，徐志摩转赴纽约哥伦比亚大学攻读政治经济学，李继续留在克拉克大学以研究生身份攻读社会学，并于 1920 年获硕士学位，同年转入哈佛大学攻读人类学专业。1923 年，李济以题为《中国民族的形成》的论文获得哈佛大学博士学位，旋即踏上归国的途程，时年 27 岁。正如若干年后李济自己所言："那时的留学生，没有一个人想在美国长久地呆下去，也根本没有人想做这样的梦。那时的留学生，都是在毕业之后就回国的。他们在回国之后，选择职业的时候，也没有人考虑到赚多少钱和养家糊口的问题。我就是在当年这种留学风气之下，选择了我所喜爱的学科——人类学。"[8]

1925 年 2 月，在曹云祥校长的主持下，清华学校国学研究院筹备处鸣锣开张，聘请由美国哈佛大学学成归国的一代名士吴宓为研究院筹备处主任。自此，吴宓开始协助校长曹云祥积极物色延聘国内"精博宏通的国学大师"来院执教，而第一个聘请的就是王国维。王氏作为清王朝最后一位皇帝——溥仪的"帝师"（曾任宣统朝南书房行走，正五品），自然属于旧派人物，经过反复权衡，又偷偷跑到天津，私下征得已被赶出紫禁城的逊帝溥仪"恩准"，才答应就任。

与王国维的性格、处事风格大为不同的是，梁启超一见聘书，就极其痛快地接受了。当时北平学界几乎尽人皆知，梁启超与清华学校有着相当深的渊源与感情，其三位公子先后求学于清华学校。长子梁思成 1915 年入学，1923 年毕业，次年留学美国宾夕法尼亚大学；次子梁思永 1916 年入学，1924 年毕业后留学美国哈佛大学；三子梁思忠 1918 年入学，1926 年毕业后同样留学美国，并进了著名的西点军校接受训练。梁启超本人于 1914 年前后，曾数次来清华学校做"名人演讲"，与清华师生建立了真挚的友谊。对这段历史因缘，梁启超曾直言道："我与清华学校，因屡次讲演的关系，对于学生及学校情感皆日益深挚。"[9] 稍后，梁氏还不时来清华"小住"，著书立说，与清华上下左右的关系更加密切。

时年 49 岁的王国维和时年 53 岁的梁启超到任后，由清华教务长张彭春和吴宓分别推荐，相继聘请了另外两位留学欧美的大字号"海龟"。一位是年仅 34 岁、才情超群、知识广博、号称"汉语言学之父"的赵元任；另一位是号称"三百年仅此一人"（傅斯年语）的史学大师、"教授的教授"、时年 37 岁的陈寅恪。——这就是

◎ 1925年冬，在清华园国学研究院教师合影。前排左起：李济，王国维，梁启超，赵元任。后排左起：章昭煌，陆维钊，梁廷灿。时陈寅恪未到校（引自《清华年刊》1925年26期）

当年天下学界为之震动，被后人广为流传并影响深远的清华国学院“四大导师”。

紧随“四大导师”进入国学院的另一位导师，就是后来被誉为“中国人类学和考古学之父”、当时最为年轻的“海龟”李济。时年29岁的李济，以特约讲师的身份出任清华国学研究院研究生导师。因李氏当时在美国弗利尔艺术馆基金会就职，在清华属兼职，只能聘为讲师衔的导师，以与教授衔的“四大导师”区别。其担任的课程先后有普通人类学、人体测量学、古器物学、考古学等，同时还主持了一个考古学陈列室，重点指导的研究生只有一个半，一个是后来中国龙山文化和南诏文化的发现者、著名考古学家吴金鼎；半个是著名考古学家、古文字学家徐中舒。因徐氏主修课业是跟随王国维游学，故从李济指导的角度而言只算半个。[10]

1926年2月5日，李济走出清华园书斋，与著名地质学家、曾随瑞典著名学者安特生发掘闻名于世的“仰韶文化”的袁复礼同赴山西，沿汾河流域到晋南做考古调查，发现了几处新石器时代的彩陶遗址，取得了一些标本。在初步确定几个可供发掘的地点后，于3月底返回清华园。同年10月，在李济的直接协调洽谈下，由清华国学研究院和美国弗利尔艺术馆共同组织，由美方出部分经费，李济、袁复礼主持，赴山西夏县西阴村进行田野考古发掘——这是中国人自己主持的第一次近代科学考古发掘尝试，也是李济在清华任教的几年间做成的唯一一次考古发掘。对此项中外合作发掘事宜，时任中国考古学会会长的梁启超极感兴趣，给予大力支持与关怀。凭着自己的声名与庞大的人脉背景，梁曾两度亲笔写信给权倾山西的阎锡山，请他对这一新兴科学事业给予官方支持。李济后来曾深情地回忆道：“梁启超教授是非常热心于田野考古的人，他主动地把我推荐给山西省模范省长阎锡山。”[11]因有了阎老西政府的撑腰，这次考古发掘非常顺利。

此时，梁启超次子梁思永正在大洋彼岸的美国哈佛大学就读，主攻考古人类学专业。这一专业的选择缘于梁启超的精心策划与安排。具有远大学术眼光和强烈民族责任感的梁任公，眼望世界范围的考古学迅猛发展，而在号称有五千年文明史的中国境内，从事考古工作的人都是以各种名义来华的西洋或东洋学者，如瑞典人安特生（J. G. Andersson），加拿大人步达生（Davidson Black），德国人魏敦瑞（J. F. Weidereich），法国人德日进（Pierre Teilhard de Chardin），日本人鸟居龙藏、水野清一等。梁启超对这种现状颇为不满和不服气，很希望有中国人自己出面来做这一科学的考古工作。对这门学问的前景，他在一次演讲中曾满怀信心地指出，“以中国地方这样大，历史这样久，蕴藏的古物这样丰富，努力往下作去，一定能于全世界的考古学上占有极高的位置”。[12] 正是有了如此眼光和信心，这位决心以学术薪火传家立业的“饮冰室主人”，让长子梁思成赴美国学习建筑，次子梁思永学习考古。这一安排，皆是为了让这些当时不受中国学术界重视的冷僻专业，能够在中国大地上生根、发芽、成长、壮大，“为中华民族在这一专业学问领域争一世界性名誉”[13]。他在致子女的信中说：“思成和思永同走一条路，将来互得联络观摩之益，真是最好没有了。”[14] 后来事实证明，梁启超的目的达到了，梁思成与梁思永学成归国后，分别成为自己专业学科中领一代风骚的宗师，只是梁启超没能亲眼看到这一天的到来。

1926 年 12 月 10 日夜，梁启超于清华园斗室给正在哈佛就读的次子梁思永写信，信中多次提到李济的田野发掘：“李济之现在山西乡下（非陕西）正采掘得兴高采烈，我已经写信给他，告诉以你的志愿及条件，大约十日内可有回信。我想他们没有不愿意的，只要能派作实在职务，得有实习机会，盘费、食住费等等都算不了什么大问题。”[15] 在梁启超写这封信之前，梁思永于学习期间曾参加了印第安人遗址的发掘，他写信给父亲梁启超，表示想回国实习并搜集一些中国田野考古资料。为此，梁启超除向这个远在异国的儿子提供有关统计资料，还为其回国后的实习机会和条件做了精心安排。从信中看出，梁思永一旦回国，就可跟随李济到田野上一试身手。

李济和袁复礼在山西工作了两个多月，直到 12 月 30 日方结束。此次发掘收获颇丰，共采集出土器物 76 箱，分装 9 大车，于次年元月初，历尽艰险磨难和几昼夜的风餐露宿，安全无损地押运到北京郊外的清华国学研究院。——山西夏县西阴村遗址的成功发掘，揭开了中国现代考古学序幕，标志着现代考古技术已经在远东这块古老大地上生根、发芽。作为人类学家的李济也由这次发掘而转到考古学领域的探索与实践中，从而奠定了他在中国现代考古学发展史上开一代先河的大师地位。

1927 年 1 月 10 日，清华国学研究院为庆祝李济、袁复礼考古发掘取得重要成果的茶话会在众人期待中召开。时任清华学校教务长的梅贻琦（后于 1931 年 12 月 3 日就任国立清华大学校长）、清华国学院全体导师和学生出席了会议。梁启超听取了李袁二人所做考古发掘的长篇报告，欣喜逾常。当天晚上回到寓所后，以极大兴致给远在大洋彼岸的儿子梁思永写了一封 2000 余字的长信。信中充满激情地说道："他（李济）把那七十六箱成绩，平平安安运到本校，陆续打开，陈列在我们新设的考古室了。今天晚上，他和袁复礼（是他同伴学地质学的）在研究院茶话会里头作长篇的报告演说，虽以我们的门外汉听了，也深感兴味。他们演说里头还带着讲他们两个人'都是半路出家的考古学者（济之是学人类学的），真正专门研究考古学的人还在美国——梁先生的公子'。我听了替你高兴又替你惶恐，你将来如何才能当得起'中国第一位考古专门学家'这个名誉，总要非常努力才好。"又说："（李济）所说'以考古家眼光看中国，遍地皆黄金，可惜没有人会拣'真是不错。"梁启超再次建议儿子回国后"跟着李、袁两人做工作，一定很有益。"又说："即使因时局动荡而无法外出做田野发掘，在室内跟着李济整理那七十六箱器物，也断不致白费这一年光阴……"[16] 按梁启超的打算，他还想让梁思永丰富古文物方面的知识，多参观几个新成立的博物馆，然后再去欧洲深造几年，这样眼界会更加开阔，受益自然更多。

梁思永接受了父亲的建议，于 1927 年 7 月回国来到清华园。令人扼腕的是，当他在父亲梁启超带领下，于国学研究院一一拜见各位名师巨匠时，"四大导师"之一的王国维已命赴黄泉了。

梁思永回国前的 6 月 2 日上午，王国维阅完了学生最后一份试卷，罕见地向同事借了五元钱，悄无声息地独自走出清华园，乘一辆洋车赶赴几里外的颐和园，花六角钱买了一张门票，匆匆进门，而后来到鱼藻轩前的昆明湖畔，怀揣剩余的四元四角钱和一纸写有"五十之年，只欠一死，经此世变，义无再辱"等字样的简短遗书，纵身一跃，沉入湖底，至此告别了红尘滚滚、充满苦痛与悲伤的世界，时年 51 岁。

在水木清华古月堂前漫步沉思的梁思永，当时尚未意识到王国维奇特、诡异、神秘的离去，给这个世界留下一串谜团的同时，也昭示了一个不祥的预兆：清华国学院"四大"支柱轰然断裂一根，另外一根也岌岌可危，马上就要坍崩——这就是他的父亲。

1926年年初，梁启超因尿血症久治不愈，不顾朋友们的反对，毅然住进美国人创办的北京协和医院，并于3月16日做了肾脏切除手术。极其不幸的是，手术中却被协和医院院长刘瑞恒与一位纯种的美国医生，误切掉了健全的“好肾”（右肾），虚弱的生命之泉只靠残留的一只“坏肾”（左肾）来维持。

此时西医在中国立足未稳，大受质疑，为了维护西医的社会声誉，使这门科学在中国落地生根，对于这一“以人命为儿戏”（梁启超语）的医疗事故，作为亲身的受害者，在“协和已自承认了”的情形下，梁启超不但没有状告院方，相反，在他的学生陈源（西滢）、徐志摩等人以“白丢腰子”，通过媒介向协和医院进行口诛笔伐、兴师问罪之时，仍把西医看作科学的代表，认为维护西医的形象就是维护科学、维护人类文明的进步事业。他阻止徐志摩等人上诉法庭，不求任何赔偿，不要任何道歉，并艰难地强撑病体亲自著文为协和医院开脱。1926年6月2日，《晨报副刊》发表了梁启超《我的病与协和医院》一文，详述了自己此次手术的整个过程，肯定协和的医疗是有效的。梁启超对做了错事的协和医院“带半辩护性质”，文章最后极为诚恳地讲道：“我盼望社会上，别要借我这回病为口实，生出一种反动的怪论，为中国医学前途进步之障碍。——这是我发表这篇短文章的微意。”

梁启超默默承受着身心苦痛与煎熬，维护着他笃信的科学与进步事业，而代价是他的生命。与其说梁启超“白丢腰子”是被他所“笃信的科学”所害，不如说是他为科学所做出的牺牲更具理性和人道。[17]

当梁思永从美国来到清华园的时候，梁启超的人生之旅已是日薄西山，即将走到尽头。

正应了古人“祸不单行”的一句老话，时局变幻纷乱，军阀之间刀兵不息，整个中国战祸连绵，使得李济精心筹划，准备与梁思永一道去山西和西北的两次田野考古发掘皆成泡影。心怀焦虑与惆怅的梁思永，只好以清华国学研究院梁启超助教的名分暂时留了下来，憋在室内整理、研究李济西阴村发掘的陶器。1928年8月，梁思永带着未完成的研究报告和一颗痛苦之心，再度赴美深造。他刚踏出国门，死神就开始“嘭嘭”叩击梁府大门那个怪兽状的铜环，梁任公生命之火已是油干薪尽，回天乏术，父子俩这一别竟成永诀。

1929年1月19日，梁启超与世长辞，享年57岁。六个月后，盛极一时的清华国学研究院宣告解体。

1930年夏，梁思永于美国获得硕士学位归国。此时李济已投奔国立中央研究院历史语言研究所出任考古组主任。感念旧情，李济把梁思永推荐给史语所所长傅斯年，分配到考古组工作。

自此，继梁启超之后，命运之神又赋予李济一段奇特的因缘，与梁思成、梁思永兄弟，开始了近20年密切合作与交往的人生之旅。

殷墟考古发掘

李济从清华转到中央研究院史语所就职，离不开时势造英雄的际遇，但更多的是他自身迸发、闪耀出的学识与人格光辉所铸就的必然结果。

1928年10月底，李济以清华国学研究院导师的身份去美国商谈继续合作考古发掘事宜，顺便讲学。回国时，路过广州，顺便到刚成立不久的中山大学去转转，谁知一去，便结识了傅斯年。李济回忆说，傅氏像是老朋友一样一定要李济在中山大学住几天，并大谈中央研究院办历史语言研究所之事，“谈了不久，他就要我担任田野考古工作”[18]。正是这次会谈，决定了李济50年的考古学术历程。

李济偶然结识的傅斯年，字孟真，山东聊城人，与自己同庚。1896年，傅斯年生于一个儒学世家兼破落贵族家庭。其先祖傅以渐乃大清开国后顺治朝第一位状元，后晋升为光禄大夫、少保兼太子太保、兵部尚书、武英殿大学士，掌宰相职，权倾一时，威震朝野。傅以渐之后，傅氏一族家业兴旺，历代显赫，故聊城傅宅有“相府”之称。据说傅斯年自幼聪颖好学，熟读儒学经典，号称“黄河流域第一才子”，1913年考入北京大学预科，后转入国学门。在校期间，与同学好友罗家伦等人以胡适主编的《新青年》为样板，搞起了一个叫作《新潮》的刊物，学着《新青年》的样子鼓吹另类思想与另类文化，且倡言要在文学界革命，大力宣扬“德先生与赛先生”云云。此举甚得陈独秀、李大钊、胡适等人的激赏。

1919年5月4日，北京爆发了中国历史上最著名的大规模学潮，傅斯年作为北京学生游行队伍总指挥参加了这次爱国主义行动，名声大振。这年夏天，傅斯年毕业离校回到家乡聊城休整。秋季，山东省教育厅招考本省籍官费留学生，傅不失时机赴省会济南应考并以全省第二名的成绩登榜，于同年12月26日由北京动身去上海，乘轮船赴英国留学。抵英后，傅氏先入伦敦大学跟随斯皮尔曼（Spearman）教授攻读实验心理学，后兼及生理学和数学。1923年由英国至德国，入柏林大学哲学院跟随近代德国史学之父、语言考证学派一代宗师兰克攻读比较语言学与史学。其间，与由美至德旅行的赵元任夫妇，以及在柏林大学留学的陈寅恪、俞大维、罗家伦、毛子水、金岳霖、徐志摩等中国学生，成为经常唱和往还的朋友。经历了七个春秋寒暑的面壁苦读，傅斯年于1926年年底学成归国进入中山大学任教。

◎在柏林大学的傅斯年

1926年7月，孙中山创立的广东大学正式改名为中山大学，以示对这位民国创建人的纪念。更名后的中山大学被国民党操控，实行校务委员会负责制，蒋介石亲自任命他的铁杆兄弟戴季陶为校务委员会委员长。同济大学出身，曾两次留学德国并出任过北大地质系教授兼德文系主任的朱家骅，出任中大校务委员会副委员长兼地质系主任、教授，主持日常校务工作，并奉蒋介石和国民政府之命改组学校。一时间，中山大学颇有起色、新气象，吸引了不少革命理想主义者前往教授或就读。

傅斯年在回国途中的香港接到朱家骅发来的聘书，答应就聘后先回老家聊城探望老母，同年12月携胞弟傅斯严一起来到广州，出任中山大学文科学长（后改称文学院长）暨国文、史学两系主任。——这是傅斯年与民国时期学界最有影响力的重量级人物之一朱家骅相见、交往的开始。从此，两人在工作、生活中建立了深厚的友谊。尽管后来一个是亦官亦学，一个从政，走着不尽相同的道路，但共同的事业和理想却把他们紧紧连在一起，并在未来20余年国家危难、颠沛流离的岁月中，共同度过了相互信任与协作的难忘时光。

1928年3月底，中央研究院筹备委员会一致通过，因历史语言研究之重要，决设历史语言研究所于广州，任命傅斯年、顾颉刚、杨振声为常务筹备委员。同年4月，国民政府决定改中华民国大学院中央研究院为国立中央研究院，成为一个与后来的国民政府教育部同样级别的独立学术研究机关，任命蔡元培为中央研究院院长，杨杏佛任总干事。下设各研究所及首任所长如下：地质所李四光，天文所高鲁，气象所竺可桢，物理所丁燮林（又名丁西林），化学所王进，工程所周仁，社会科学所杨端六。

1928年10月14日，中央研究院历史语言研究所正式成立，因傅斯年特有的霸气，所址不是在南京或上海，而是随傅斯年设在广州东山柏园。傅氏本人辞去中山大学教职，出任中研院历史语言研究所所长，这个在世俗社会算不上官的官位，傅斯年却视为命根，直到死都没有脱离这个职位。

傅斯年一上任，即四处网罗人才，首先把目光投向了北平的清华国学研究院。面对傅斯年的真诚相邀，陈寅恪、赵元任“二大”表示愿意接受，分别出任史语所属下的历史组和语言组主任。

稍后，傅斯年以极大的热情与真诚打听李济的下落并准备邀请其加盟史语所，就在这个节骨眼上，李济不请自到，自美国讲学返国后竟鬼使神差到中山大学校园转悠起来。——好似上帝巧妙的安排，傅、李两位学界巨子的大手于 1928 年的初冬握在了一起。于是，李济决定辞去清华园的职位，加盟中研院史语所并出任第三组——考古组主任。

1929 年 6 月，在傅斯年主持的所务会议上，正式决定把全所工作范围由原来预设的九个组，压缩为历史、语言、考古三个组，通称一组、二组、三组。主持各组工作的分别是陈寅恪、赵元任、李济。后又增设第四组——民族学组，由留美的“海龟”吴定良博士担当主任。这一体制，直到史语所迁往台湾都未变更（抗战军兴，民族学组欲从史语所分出，单独成立体质人类学研究所筹备处，但终未正式独立建所）。

当史语所三个组的人员各就各位，傅斯年以独特的学术眼光和非凡的办事能力，很快为第一组找到了内阁大库档案，指定了汉简与敦煌材料的研究范围；为第三组划定了安阳与洛阳的调查；二组的工作也相应地开展起来。为消除此前李济担心的“口号将止于口号”这一形式主义的痼疾，早在 1928 年史语所正式成立前，富有学术远见的傅斯年就于当年的 8 月 12 日，指派时任中山大学副教授及史语所通信、编辑员的董作宾，悄悄赶往河南省洛阳，还重点到安阳殷墟，对甲骨出土地进行调查并收集甲骨。

自清光绪二十五年（1899 年）秋，时任国子监祭酒（相当于皇家大学校校长）的山东烟台福山人王懿荣买药而发现甲骨文字并得以确认后，天下震惊，中国历史研究的新纪元由此开始。

继王懿荣之后，1912 年 2 月，著名古器物与古文字学家罗振玉，按照世间流传和自己调查的线索，委托他的弟弟罗振常到河南安阳访求甲骨。罗振常不负所望，在安阳小屯逗留 50 余日，不仅弄清了甲骨出土地的准确位置，而且搜求甲骨多达 1.2 万片，分两次通过火车运往北京。罗振玉通过对这批甲骨深入细致的研究，从《史记・项羽本纪》“洹水南殷墟上”的记载中得到启示，认为此地为商朝“武乙之都”。后来又在其所著《殷墟书契考释》自序中，确定了小屯为“洹水故墟，旧称亶甲，今证之卜辞，则是徙于武乙去于帝乙”的晚商武乙、文丁、帝乙三王时的都城。这个考释，无论在当时还是之后，都被学术界认为是一项了不起的具有开创性的重大学术研究成果。

继罗振玉之后，王国维通过对甲骨文的研究、考订，使商代先公先王的名号和世系基本上得到确认，并在整体上建立了殷商历史的体系。因此，王国维作为“新史学的开山”（郭沫若语）登上了甲骨学研究的第一座奇峰。他所写的《殷卜辞中所见先公先王考》和《续考》，为甲骨学研究、发展做出了划时代贡献，从而直接引发了古代史，尤其殷商史作为可靠信史研究的革命性突破。

毕业于北京大学国学门、时年 34 岁的河南南阳人董作宾到达安阳，通过实地调查得知，小屯地下埋藏的有字甲骨，并不像罗振玉等人所说的那样已被挖尽，从当地农民盗掘甲骨留下的坑痕判断，殷墟规模庞大，地下遗物十分丰富，且遗址的发掘已到了刻不容缓的关头，“迟之一日，即有一日之损失，是则由国家学术机关以科学方法发掘之，实为刻不容缓之图”[19]。

傅斯年看罢董作宾由前方发来的调查报告，惊喜交加，马上筹措经费，购置设备，调配人员，在蔡元培院长的大力支持下，组成了以董作宾为首的殷墟科学发掘团，其成员有李春昱、赵芝庭、王湘、张锡晋等专业人员和工作人员，另外还有一名董作宾的同乡同学，时任河南省教育厅秘书的郭宝钧。

1928 年 10 月 7 日，以寻找甲骨文为主要目的的殷墟首次发掘正式开始，当月 31 日结束，前后共进行了 24 天，发掘土坑 40 个，揭露面积 280 平方米，掘获石、蚌、龟、玉、铜、陶等器物近 3000 余件，获得甲骨 854 片，其中有字甲骨 784 片，另有人、猪、羊等骨架出土。董作宾作为本次发掘的主持人，手抄有字甲骨 392 片，并做了简单的考释，这个成果与他前期的调查报告共同

◎ 1929 年春，河南安阳殷墟小屯第二次发掘开工情形。坐者：李济（左一），裴文中（左二）；立者：董作宾（右二），董光忠（右一，代表美国弗利尔艺术馆）；左方立者为冯玉祥派来的庞炳勋部的护兵；坐者另四人可能是护兵卫队的“长官”（李光谟提供）

在后来史语所创办的《安阳发掘报告》上作为首篇文章刊载。如后来李济所言，此次发掘与著述的问世，“不仅结束了旧的古物爱好者‘圈椅研究的博古家时代’，更重要的是为有组织地发掘这著名的废墟铺平了道路”[20]。

当然，未受过西方近代考古学正规训练的董作宾所组织的发掘，出现了一些疏漏甚至笑话。许多年之后，已成为著名考古学家的夏鼐就曾讲道：“我在1935年参加殷墟发掘时，还听说过一个关于董作宾1928年主持初次发掘时‘挖到和尚坟’的故事。书斋中出来的董作宾，从来没有看见过出土的骷髅头，只从笔记小说中知道死人身上头发是最不易腐朽的。所以，他发掘到一座时代不明的古墓时，便认为头上无发的墓主人一定是一位和尚。骷髅头狰狞可怕，所以仍被埋起来。到了李济、梁思永主持发掘时才注意到人骨标本的采集，并且用科学的采集方法和保存方法。”[21]

或许正是由于以上的缺憾，董作宾感到有些惶恐不安，从而有了中途换将，由李济出任第二次发掘主持的因缘。按照国立中央研究院院长蔡元培的说法，“董先生到了那里，试掘了一次，断其后来大有可为。为时虽短，所得颇可珍重，而于后来主持之任，谦让未遑。其时，适李济先生环游返国，中央研究院即托其总持此业，以李先生在考古学上之学问与经验，若总持此事，后来的希望无穷。承他不弃，答应了我们，即于本年（1929年）2月到了安阳，重开工程”[22]。

接到蔡元培与傅斯年的邀请，李济正式以中央研究院史语所考古组主任身份，赴河南与正在那里的董作宾见面协商发掘事宜。在阅读了董作宾撰写的报告后，通过接触交流，李济对殷墟遗址有了进一步认识，并做出了三个方面极具科学眼光的设定：

小屯遗址明显是殷商时代的最后一个首都；

虽遗址范围未确定，但有字甲骨出土的地方一定是都城遗址的重要中心；

在地下堆积中与有字甲骨共存的可能还有其它类遗物，这些遗物的时代可能与有字甲骨同时，或早或晚，当然要依据埋藏处多种因素而定。

根据以上三个设定，李济制订了第二次小屯发掘计划，并得到了美国弗利尔艺术馆的经费支持。在董作宾密切配合下，李济率领考古队于1929年春季和秋季分别进行了第二次和第三次发掘，陆续发现了大批陶器、铜器，以及3000余片甲骨、两大兽头刻辞与闻名于世的大龟四版（即四个完整的龟盖，上面刻有众多殷商时代文字）。

◎ 1929 年，李济（左）和董作宾（右）在安阳轧道车上（李光谟提供）

1930 年春，当史语所准备对殷墟再度进行发掘时，却出现了不祥的征兆。河南大雨、冰雹成灾，所降“冰雹大者数斤，小者如鸡卵”。这场灾难过后，接着出现旱灾，导致河南全境“每天平均饿死 1000 余人”[23]。再接下来，民国史上著名的军阀混战——中原大战爆发，由阎锡山、冯玉祥、李宗仁等地方军阀组成的联军，与蒋介石为首的中央军以河南省辖境为中心展开激战。交战双方投入兵力达到 130 万人（阎、冯、李联军 60 万，中央军 70 余万），大战持续时间达半年之久，双方共死伤 30 万余众。最后以张学良调集东北军入关助蒋，阎、冯、李联军败北溃散而告终。史语所原定对安阳殷墟的第四次发掘计划，在大炮轰鸣、硝烟弥漫、血肉横飞、新鬼添怨旧鬼哭的风云激荡中化为乌有。

以考古发掘和学术研究为志业的李济等人，并没有因为战争而中断自己的事业（除战争之外，1929 年冬，中研院殷墟发掘队与河南地方势力为争出土器物闹纠纷也是障碍之一）。既然在河南的地盘不能工作，李济决定率部转移到山东城子崖继续进行田野考古发掘。

著名的城子崖遗址于 1928 年被吴金鼎发现。吴是清华国学研究院李济唯一一位攻读人类学与考古学的研究生。这年春天，已是山东齐鲁大学助教的吴金鼎利用业余时间进行田野调查，在济南东约 30 公里的历城县龙山镇一个叫城子崖的地方，发现了一处黑陶文化遗址。他及时把这一情况报告给自己的导师李济。由于河南已成为军阀混战的中心，史语所很想避开战祸，在山东临淄故城开辟一新的发掘工地，但又颇为踌躇，因为“问题太复杂了，绝非短时期可以料理得清楚的”。正在犹豫之际，城子崖遗址横空出世。李济随吴金鼎到现场察看过后，立即意识到这是一处极其重要的遗址，遂决定选择城子崖作为山东考古发掘第一个工作地点。

1930 年秋，中原大战硝烟尚未散尽，李济与董作宾率师移驻城子崖开始首次发掘。考古人员发现遗址中明显具有新石器时代特征，所出土的文物与河南西部仰韶文化风格迥异，其中发现最多的黑陶和灰陶器具，几乎完全不同于河南、甘肃的彩陶，器形也没有相同之处。而发掘所得的最具特征的“蛋壳陶”，通体漆黑光亮，

◎城子崖遗址出土的龙山文化陶鬶

薄如蛋壳，其制作工艺达到了新石器时代的顶峰，并作为一种文化标志——黑陶文化，成为前无古人、后无来者的绝响。

城子崖遗址的发掘，“不但替中国文化原始问题的讨论找了一个新的端绪，田野考古的工作也因此得了一个可循的轨道。与殷墟的成绩相比，城子崖虽比较简单，却是同等的重要”[24]。根据发掘成果，李济等认定其文化遗存属于新石器时代。由于城子崖遗址地处龙山镇，遂将这一文化命名为“龙山文化”。

中原大战硝烟散尽、血迹风干之后的1931年春，李济率队再返河南安阳殷墟进行第四次发掘。此次发掘在李济的具体指导下，有计划地将殷墟遗址划分为五个大区，每区由一位受过专业科学训练或有经验的考古学家指导，以“卷地毯式”的新方法进行工作。发掘队除原有的郭宝钧、王湘等人外，增加了十几位年轻学者。史语所新招聘的吴金鼎、李光宇来了；河南大学史学系学生石璋如、刘燿（尹达）来了；最令人瞩目的是梁启超的二公子、被李济称为“真正专门研究考古学的人”梁思永，也在这个明媚的春天里，带着勃勃生机，神采飞扬地到来了。

梁思永于1930年夏季在哈佛大学获硕士学位后归国，此时梁启超已去世一年余，清华国学研究院也已解体一年，梁思永举目四望，物是人非，恍如隔世，其悲痛之情无以言表。正在北平的李济感念梁氏家族与自己的旧情，主动把梁思永介绍给傅斯年。从此，梁思永正式加入了国立中央研究院历史语言研究所考古组行列。就在李济主持山东济南城子崖发掘的那个秋日，梁思永被派往黑龙江昂昂溪遗址调查并发掘了一处史前文化遗址，发现了众多的石器、骨器。返回北平的冬日，梁思永又转道通辽，入辽西、热河一带调查，采集了众多新石器时代陶片、玉器等遗物。到了次年春天，安阳殷墟发掘开始，新婚刚刚三个月的梁思永告别北平家中的爱妻李福曼，意气风发地来到了安阳。

此前，殷墟附近有许多满布陶片的遗址，只因不出带字甲骨而未引起考古发掘者的重视。李济主持第四次发掘时，感到有发掘附近遗址的必要。于是，他决定选择殷墟遗址东南部，靠近平汉路一个明显凸出地面、名叫后冈的地方进行发掘，并把该区划为第五区，发掘工作由刚刚来到安阳的梁思永独立主持。

由于梁思永真正受过严格的考古学训练，在田野考古发掘中，无论是思维方式还是技术技能，都比其他人更胜一筹。在发掘中，梁思永带领吴金鼎、刘燿等几名年轻学者，采用了西方最先进的科学考古方法，依照后冈遗址不同文化堆积的不同土质、土色、包含物来划分文化层，成功地区别出不同时代的古文化堆积，以超凡卓绝的才识，发现彩陶—黑陶—殷墟文化三者之间以一定的顺序叠压着。这一现象引起梁思永高度警觉，他以独特的学术眼光和科学的思维觉察到：既然彩陶文化代表着安特生所发现的仰韶文化（此前瑞典人安特生在河南西部渑池县仰韶村与甘肃一带黄河中游地区发现的一种新石器时代彩陶文化），那么黑陶文化是否代表着城子崖的龙山文化？如果这一命题成立，则意味着龙山文化不仅局限于城子崖一地，所涉及范围应更为广阔，并代表着一种普遍的史前文化。这一极富科学眼光的洞见，无疑让大家找到了解开中国史前文化之谜的一把钥匙。面对史语所同人“天天梦想而实在意想不到的发现”（李济语），李济等考古学者感到城子崖遗址是获取这把钥匙的关键所在，实有再度发掘以详察内容及充实材料的必要。于是，傅斯年决定暂缓编印殷墟发掘报告，派梁思永率一部分考古人员赴城子崖再度展开发掘。

1931 年秋，梁思永率领吴金鼎、王湘等人转赴山东城子崖，开始继李济之后第二次发掘。发掘的结果再次证明，殷墟与城子崖两地的黑陶文化基本相同，这证明了梁思永天才推断的正确。城子崖遗址的发掘，以鲜明亮丽的事实证据，纠正了瑞典学者安特生将仰韶与龙山两种文化混在一起，轻率得出的“粗陶器要比着色陶器早”的错误结论，进而推动了殷墟发掘中“地层学”这一考古新方法的运用，使当时与后世学者认识到必须将殷墟文化与其他文化进行比较分析的重要原则，从而为中国考古学发展的科学化和规范化树起了一个里程碑式的坐标。

◎梁思永指挥史语所人员发掘安阳殷墟大墓情形（台湾“中研院”史语所提供）

城子崖发掘结束后，梁思永率队返回安阳。在以后的几次发掘中，于殷墟西部的同乐寨发现了纯粹的黑陶文化遗址。这个发现使梁思永坚信在后冈关于仰韶文化—龙山文化—商（小屯）文化三叠层，按先

◎安阳殷墟发掘工作伙伴与师友（名牌上有编号者为“十兄弟”长幼顺序编号）。本图根据台湾“中研院”史语所印行之“殷墟发掘八十周年学术研讨会海报”制成（董敏制作并提供）

后时间划分的论断。这一伟大发现，“证明殷商文化就建筑在城子崖式的黑陶文化之上”[25]。后冈三叠层的划分，成功地构筑了中国古文明发展史的基本框架，使中国考古学与古史研究有了划时代的飞跃。自此，干涸的历史长河沿着时间的脉络重新开始流淌。梁思永也由于这一划时代的伟大发现一举成名，奠定了他在考古学史上一代大师的地位。这一光辉成就，正应了其父梁启超当年的良好愿望，只是命途多舛的梁任公没有亲眼看到这一成果问世，更无法与其举杯同庆了。

1934年秋到1935年秋，由梁思永主持的第十、十一、十二次殷墟发掘，对已发现的王陵迹象紧追不舍，继续扩大战果。此时，参加发掘的专业人员达到了殷墟发掘史上最为鼎盛的时期，除总指挥梁思永外，另有董作宾、石璋如、刘燿、祁延霈、李光宇、王湘、胡福林、尹焕章、马元材、徐中舒、滕固、黄文弼、李景聃、高去寻、潘悫、王建勋、李春岩、丁维汾、刘守忠、王献唐、富占魁、夏鼐（实习）、吴金鼎（访问）、傅斯年（视察）、李济（视察）、法国汉学家伯希和（访问）以及河南大学、清华大学等部分师生。一时大师云集，众星闪耀。胸有成竹的梁思永充分表现出一个战略家的宏大气魄，规划周密，指挥若定，遗址得以大面积揭露，每天用工达到550多人。在这段时间里，一连发掘了10座王陵，以及王陵周围1200多座小墓和祭祀坑。所揭露的大墓规模宏大，气势壮观，虽经盗掘，但丰富精美的出土文物仍令举世震惊。

1937年春，由石璋如主持的第十五次更大规模的殷墟发掘再度展开。此次发掘从3月16日开始，一直延续至6月。此时，华北已是战云密布，局势一日紧似一日，日本人磨刀霍霍，即将血溅中原，饮马长江。面对一触即发的中日大战，为防不测，殷墟发掘不得不于19日匆匆结束——这是抗日战争全面爆发之前最后一次发掘。至此，从1928年开始的殷墟发掘，九年共进行了15次，出土有字甲骨24 918片，另有大量头骨、陶器、玉器、青铜器等器物出土。其发掘规模之大，牵涉人员之多，收获之丰，前所未有，世之罕见。这一创世纪的伟大成就，正如后来著名考古学家、美国哈佛大学教授张光直所言："在规模上与重要性上只有周口店的研究可以与之相比，但殷墟在中国历史研究上的重要性是无匹的。"[26]

当发掘人员把出土器物整理装箱，风尘仆仆地押运到南京北极阁中央研究院史语所大楼时，喘息未定，额头上的汗水尚未抹去，震惊中外的卢沟桥事变爆发了。

注释：

[1][6]《北总布胡同三号——童年琐忆》，载《不重合的圈——梁从诫文化随笔》，梁从诫著，百花文艺出版社2003年出版。

[2] 据曾担任过清华大学教授、法学院院长的陈岱荪后来回忆说，北大、清华和南开三校南下，并在长沙办临时大学，主要有以下几个方面的原因：我们刚到长沙时住在圣经学院，是教会办的，在长沙西门外。为什么叫"长沙临时大学"，因为在抗战前两年，清华已感到北京这个地方有危险，所以停止建设一座大楼，把这个钱拿出来，在南方找一个根据地，以备后患。选中了长沙，在岳麓山底下，是乡下，那是个空旷的地方，投资大概30万块的样子，那时30万块钱很值钱。1937年战争爆发时，那个房子还没盖好，里面没整修，恐怕还得几个月的时间才能用。在南京，几个校长开会的时候，认为这个地方既然有清华那个底子在那里，几个学校搬到那去，几个月后就可以利用，所以决定搬到长沙。临时这几个月怎么办呢？就看看长沙有什么房子可以利用。到长沙一看，有个圣经学院。因为是打仗，他们人都散了。当时就说把这个圣经学院给租下来。圣经学院有两个地方。一个是主校，就在长沙，另外一个是分校，在衡山底下，叫圣经暑期学校。夏天他们到那儿去，可能是嫌长沙太热了。我们两边都租下了，主要是在长沙西门外。在长沙只有半年。到长沙后，文学院是在衡山底下的那个圣经学院，法学院是在长沙，我是在长沙，金岳霖先生等是在衡山，两个地方。（王中江《金岳霖其人其学访问记——陈岱荪先生访问记》，载《金岳霖的回忆与回忆金岳霖》，刘培育主编，四川教育出版社1995年出版）

[3] 单士元《中国营造学社的回忆》，载《中国科技史料》，1980年2期。

[4][5][7]《中国建筑之魂——一个外国学者眼中的梁思成林徽因夫妇》，[美]费慰梅著，

成寒译，上海文艺出版社 2003 年出版。

[8][11]《李济与清华》，李光谟编，清华大学出版社 1994 年出版。

[9]《清华国学研究院史话》，孙敦恒编著，清华大学出版社 2002 年出版。

[10] 关于李济没有成为“五大导师”的原因，一种说法是，李济当时正和美国弗利尔艺术馆合作组织考古发掘事宜，在时间分配上，考古发掘占相当比重，大部分薪水由美方拨发，每月 300 元，清华每月发 100 元，二者合在一起，正好和梁、王、陈、赵“四大”教授薪水持平。因清华支付的 100 元并不是教授薪水，故只能给个特别讲师的帽子戴在头上。（参见戴家祥《致李光谟》，载《李济与清华》，李光谟编，清华大学出版社 1994 年出版）戴家祥是 1926 年考入清华国学研究院的第二届研究生，据他说：当时的清华研究院有王、梁、陈、赵等教授四人，各有工作室一间，助教一名。李济同样得到了一间工作室、一名助教的待遇，其助教是第一届毕业生王庸（字以中）。根据院方安排，研究生可以直接找导师谈话。清华出身、后任教于北大的季羡林教授在 1992 年主持纪念赵元任先生百岁诞辰座谈会的发言中明确提到，“成立时的导师应是五位，其中李济之先生当时的职称是讲师，但他属于五位导师之一”。（李光谟《“好像刚出笼的包子”——记李济二进清华园》，载《永远的清华园——清华子弟眼中的父辈》，北京出版社 2000 年出版）羡林之说，甚也。

[12]《梁启超年谱长编》，丁文江、赵丰田编，上海人民出版社 1983 年出版。

[13][14][15][16]《给梁思成等孩子们书信十一封》，载《薪火四代》（上），梁从诫编选，百花文艺出版社 2003 年出版。

[17] 就在梁启超去世 40 多年后的 1971 年，清华大学教授梁思成因病入住协和医院，于一个偶然机会，从自己的医生那儿得知父亲早逝的真相。具体情形是：在梁启超入住协和医院后，鉴于其在社会上的显赫地位和名声，协和医院相当慎重，决定由留美博士、协和医院院长刘瑞恒亲自主刀，美国医生副之，其他人员也是从各方面选拔而出，可谓阵营强大，按理说不会有什么闪失，但闪失还是发生了。据当时参加手术的两位实习医生后来私下对同行说：“病人被推进手术室后，值班护士就用碘在肚皮上标位置，结果标错了地方。刘博士（南按：刘瑞恒）就动了手术，切除了那健康的肾，而没有仔细核对一下挂在手术台旁边的 X 光片。这个悲惨的错误在手术之后立刻就发现了，但因关乎协和医院的声誉，被当成‘最高机密’归档。”（参见《中国建筑之魂》，第 56 页，[美]费慰梅著，成寒译，上海文艺出版社 2003 年出版）未久，不少媒体把此事炒得沸沸扬扬，且成为一桩秘闻流传于坊间。其实，梁启超出院不久，协和医院就已默认了，梁启超也已确切得知自己的好肾被割掉，但为什么被割掉，协和医院方面没有透露，梁家及亲朋好友兼及社会中人自是雾中看花，不甚明了。梁氏在 1926 年 9 月 14 日给孩子们的信中曾这样写道：“……伍连德（大夫）到津，拿小便给他看，他说‘这病绝对不能不理会’，他入京当向协和及克礼等详细探索实情云云。五日前在京会着他，他已探听明白了。……他已证明手术是协和孟浪错误了，割掉的右肾，他已看过，并没有丝毫病态，他很责备协和粗忽，以人命为儿戏。协和已自承认了。这

病根本是内科，不是外科。在手术前，克礼、力舒东、山本乃至协和都从外科方面研究，实是误入歧途。但据连德的诊断，也不是所谓‘无理由出血’，乃是一种轻微肾炎。……他对于手术善后问题，向我下很严重的警告。他说割掉一个肾，情节很是重大，必须俟左肾慢慢生长，长到大能完全兼代右肾的权能，才算复原。”“当这内部生理大变化时期中，左肾极吃力，极辛苦，极娇嫩，易出毛病，非十分小心保护不可。唯一的戒令，是节劳一切工作，最多只能做从前一半，吃东西要清淡些。……我屡次探协和确实消息，他们为护短起见，总说右肾是有病（部分腐坏），现在连德才证明他们的谎话了。我却真放心了。所以连德忠告我的话，我总努力自己节制自己，一切依他而行。”（《梁启超年谱长编》）

有研究者分析，认为协和误割好肾当然是一劫，也是梁启超致命的一个重要原因。但他若切实地按照伍连德提出的要求进行疗养，还是可能多活一些岁月的。而不良生活习惯，也是导致梁启超患病和屡医无效的重要原因之一。加上后来夫人李蕙仙病故等刺激，又成为他发病的一个导因。再有就是梁氏的写作欲过于旺盛，夜以继日地写作，不愿过“享清福”的疗养生活，“家人苦谏节劳”而不听，没有认真考虑劳累为病体带来的恶劣后果，是他早逝的第三个重要的甚至是最主要的原因。梁思成在追述父亲得病逝世的经过时说：“先君子曾谓‘战士死于沙场，学者死于讲座’，方在清华、燕京讲学。未尝辞劳，乃至病笃仍不忘著述，身验斯言，悲哉！”

2006 年 8 月 10 日，北京协和医院举办了一次病案展览，打开尘封的档案袋，一大批珍贵的病案得以面世，其中包括梁启超病例档案。经专家观察研究，与梁思成听说原因基本相同。至此，80 年前梁启超“错割腰子”一案，总算尘埃落定。

[18] 李济《傅孟真先生领导的历史语言研究所》，载《感旧录》，台北：传记文学出版社 1985 年出版。

[19] 李济《安阳最近发掘报告及六次工作之总结》，载《安阳发掘报告》，1933 年第 4 期。

[20]《安阳》，李济著，河北教育出版社 2000 年出版。

[21]《安阳殷墟头骨研究 · 序言》，转引自《敦煌考古漫记》，载《夏鼐文集》卷中，社会科学文献出版社 2000 年出版。

[22][26] 张光直《李济考古学论文选集 · 编者后记》，文物出版社 1990 年出版。

[23]《20 世纪中国大事年表》，贾新民主编，中国人民大学出版社 1992 年出版。

[24] 李济《城子崖 · 序》，转引自《安阳》，李济著，河北教育出版社 2000 年出版。

[25]《安阳发掘报告》，中央研究院历史语言研究所编，1933 年第 4 期。

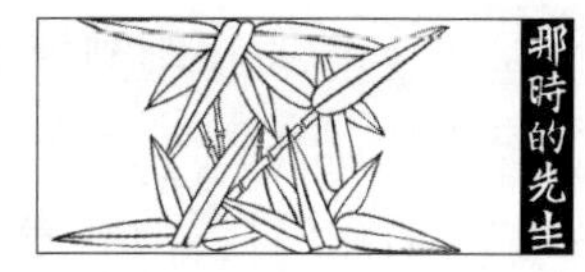

第二章　南渡自应思往事

长沙、长沙

卢沟桥事变发生不久，傅斯年与胡适、梅贻琦、蒋廷黻、钱端升、周炳琳等学界名流，受国民政府蒋介石委员长邀请赴庐山牯岭出席各党各派团体领袖及社会各界人士谈话会，共商御侮图存大计。借助这一历史契机，傅斯年成为国民政府参政员，踏上了参政议政之路。

1937 年 7 月下旬，傅斯年离开庐山回南京，处理中央研究院特别是史语所各项事务。史语所自 1928 年于广州成立后，随着国内局势纷纭变化，一路颠沛流离，先是迁到北平北海静心斋，再迁上海曹家渡小万柳堂，后至南京北极阁史语所大厦与中央研究院总办事处在一起，算是落地生根，安顿下来。1936 年春，继被刺身亡的杨杏佛之后担任中央研究院总干事的丁文江因煤气中毒不幸在长沙去世，院长蔡元培示意傅斯年与其他几位所长协助自己共同邀请朱家骅接任总干事。朱碍于情面，半推半就于这年 5 月就职。是年冬，朱家骅被国民政府任命为浙江省政府主席，对中研院总干事一职已无兴趣，再三坚辞，仍无结果。卢沟桥事变爆发，日军即有进攻上海、迫近南京之势，华东陷入全面危急，朱家骅显然已无法继续兼顾中研院事务，只好请傅斯年出面代理，傅顾及各方情面与国家危难，毅然挑起这副担子。因而，从庐山回到南京的傅斯年，开始以事实上的总干事身份处理中央研究院各项事务，繁乱的工作刚刚理出一点头绪，“八一三”淞沪抗战爆发，日本企图让中国灭国灭种，而中国军民誓死保家卫国的生死之战就此开始。

8 月 17 日，国防参议会最高会议在南京召开，胡适、傅斯年、蒋梦麟、梅贻琦、张伯苓、罗家伦等学界要人出席会议。会议决定派胡适以非正式外交人员身份出使美国，蒋百里出使德国，孙科出使苏联，以争取国际援助。

8 月 18 日，蒋介石在南京发表《告抗战全军将士第二书》，表示：“为确保国家的生存，为争取民族的自由，为拯救国家民族的危亡”，决心发动全国抗战到底。[1]与此同时，南京国民政府开始设法动用一定运输力量，把国家珍品、工业设施、战略物资和科研设备，经长江、陇海铁路和各条公路悄悄运往中国内地特别是西南地区，以保存实力，长期抗战。与此同时，国民政府做出了中央研究院各所与平津两地六所大学迁往长沙、西安成立临时大学的决定。根据这一战略决策，傅斯年立即指示中央研究院各所捆扎物资仪器，打点行装，准备启程。

早在淞沪战事爆发之前，史语所考古组已根据战争形势，在富有远见和责任心的李济指挥下，开始对历次发掘器物和各种器材进行打包装箱，准备内迁。据史语所《大事记》民国二十六年（1937 年）七月条载：“本所随本院西迁，先选装最珍贵中西文图书、杂志及善本书共六十箱，首批运往南昌农学院，其余一千三百三十三箱分批运长沙。但部分殷墟出土的人骨、兽骨及陶片等，限于运输工具，暂留原址。”八月条：“本院组织长沙工作站筹备委员会，本所迁入长沙圣经学院，所长傅斯年仍留南京，派梁思永为筹备会常务委员。”[2]

此次行动，按照石璋如若干年后的说法，“因为南京离上海很近，战事吃紧，所以先行装箱”。首先选择重要的文物装箱，“像骨头就选人骨，其它部分就留下，这也是一种决定”[3]。根据不同情况，傅斯年与李济、梁思永商定，已捆装完毕的 60 箱最珍贵的中西文图书及善本书等，由李济亲自负责押运到南昌农学院保存，其他 1300 多箱出土器物，陆续运到南京下关码头装船，沿长江分批运往长沙，由梁思永总负其责，组织雇用船只、运输和安置。

就在中研院史语所人员装船之时，日本飞机开始飞往南京进行轰炸，作为国民政府的首都，瞬间被战火硝烟笼罩。在此危急时刻，一批又一批满载成箱国宝的轮船悄然离开下关码头，沿长江溯水而行，向西南大后方进发。史语所大部分人员连同家眷一同随船启程，也有个别人员如那廉君、石璋如等乘火车从陆路绕道赶赴长沙，落脚于圣经学院。坐落于长沙韭菜园的圣经学院是一座三层楼的建筑，空间较大，且有地下室可储藏东西。但因长沙临时大学的师生已陆续迁入，大部分房间已被占据利用，中央研究院只分配到三层楼的原学生宿舍及一小部分教室，史语所运来的所有箱子都放在地下室暂存。10月之前，史语所人员一直忙于装船运输与搬运、整理，差不多到了10月中旬才开始安顿下来。由于梁思永一直在南京组织装船运输，长沙的搬运工作由董作宾、石璋如等人具体实施。当梁思永随最后一艘轮船抵达长沙时，已是10月下旬，这时梁思成一家已在长沙找到栖身之处，兄弟两家始得以在异地他乡见面。

此时，李济正以中央博物院筹备处主任的身份，奉命率部押运100多箱国宝级文物向重庆行进。这批文物原属北平的故宫等处，九一八事变之后才抢运到南京暂时收藏。

1931年九一八事变爆发，“不抵抗将军”张学良统率的30万关东军一枪不放退入关内，日本军队迅速占领中国东北三省，并进一步向华北地区进犯，平津震动，华北危急，中华民族进入了危难之秋。——鉴于清末英法联军占领北京火烧圆明园，导致大量价值连城的文物遭到焚毁和劫掠的悲惨命运，面对日本关东军步步进逼，北平故宫等处所藏文物有可能在战火中被焚毁或遭日军抢劫，故宫博物院院长易培基等有识之士，电告南京中央政府，提出尽快把文物南迁以避刀兵之灾。此举得到国民政府批准，北平几家相关机构于1932年年底商定派员精选文物，紧急装箱南迁。除故宫博物院集中的13 427箱零64包外，另有古物陈列所、太庙、颐和园、国子监和奉天、热河两行宫等处文物6066箱，由国民政府委托故宫博物院派人一起押运南迁——这便是中国现代史上著名的“国宝南迁”大行动。此批文物在1948年年底大部分随国民党运输舰船迁往台湾，并以此为基础充实了台北“故宫博物院”藏品。

南迁文物先是运到上海暂存，同时利用南京朝天宫旧址，修建故宫博物院南京分院，以便存放北平故宫博物院迁来的文物。因一同运往上海的其他机构如太庙、颐和园等原有的6066箱文物无处存放，经中央研究院院长蔡元培倡议，于1933年4月在南京成立了国立中央博物院筹备处，暂时接管这批文物。中央博物院隶属教育部，办公地点设在鸡鸣寺路1号，暂与中央

◎南京博物院大殿（南京博物院提供）

研究院同楼办公，另在中山门半山园征地12.9公顷，拟建人文、工艺、自然等三大馆为收藏展览场所。

中央博物院筹备处成立后，由蔡元培出任第一届理事会理事长，傅斯年为筹备处主任，同时延请翁文灏、李济、周仁分别为自然馆、人文馆和工艺馆筹备主任。确立了“提倡科学研究，辅助公众教育，以适当之陈列展览，图智识之增进”的宗旨。同年10月，国民党中央政治会议第377次会议做出决议，将北平古物陈列所（1914年袁世凯北洋政府设立）迁到南京的文物拨付给中博筹备处。1936年，把原国子监（位于北京市东城区国子监街，始建于元朝大德十年即公元1306年，是中国元、明、清三代国家管理教育的最高行政机关和国家设立的最高学府。1912年成立的北京历史博物馆暂设于此）、颐和园等处迁往南京的文物，全部拨付给中央博物院筹备处保存。这两批文物入库，不但成为筹建中的国立中央博物院藏品的基础，也奠定了该院日后在文博界的扛鼎地位。

1934年7月，中博筹备处主任傅斯年因兼职过多，决定辞职，由李济继任，原安阳发掘队队员郭宝钧任总干事。也就在这一年，开始成立中央博物院建筑委员会，特聘中国营造学社梁思成为专门委员，进行初期筹备建设规划，向全国建筑界人士征集建筑方案。建筑委员会的成立以及梁思成的介入，是李济继与梁启超、梁思永共事之后，又一次与梁氏家族成员密切合作。1935年，著名建筑师徐敬直设计的方案入选，后徐氏会同梁思成将方案稍加修改，整个建筑群外部仿辽代宫殿式，内部结构则中西合璧，具有独特风格和磅礴气势。修改后的建筑图案获委员会通过，1936年第一期工程开工。1937年7月，因卢沟桥事变爆发及日寇大举入侵上海，南京告急，第一期工程建造的人文馆刚刚完成四分之三（即后来的南京博物院大殿）被迫停工，仓皇撤离。所有人员连同收藏的国宝，开始了历史上最为悲壮的又一次大迁徙。

卢沟桥事变爆发当天，中博筹备处在李济领导指挥下，把一部分书画等珍品运出，密存于上海的兴业银行。上海战事爆发，李济负责押运史语所60余箱中西文杂志及善本书安全抵达南昌农学院后，迅速返回南京，同故宫博物院南京分院负责人马衡等人一起，商讨由北平迁往南京的大批文物的转移办法。协商结果是，文物分三批运往川、陕、甘等地。根据各自的分工，这年10月中旬，李济奉命押运中央博物院保存的100余箱国宝级文物，乘轮船沿长江赴重庆密藏。工作人员也从南京迁往重庆沙坪坝暂住。一切安排妥当后，李济又急如星火地赶往长沙与史语所同人会合。此时已是11月下旬，中研院迁来的史语所、社会所等基本安排就绪。得知梁思成一家已从北平迁来长沙的消息后，在梁思永带领下，李济登门拜访。

此时，主客双方都没有想到，随着这一机缘重新聚合，梁思成一家与李济将开始千里逃亡与长达九年的密切交往。

长沙临时大学和中央研究院几个研究所暂且安身后，沦陷区大批机关单位、知识分子、工人、商人、难民、流氓无产者等各色人物，潮水一样纷纷向长沙涌来，整座城市人满为患、混乱不堪。而每一股难民潮的涌入，都标志着前线战场国军不断溃退以及大片国土的连连丧失。

1937年9月20日至10月10日，华北重镇保定失守，石家庄沦陷！

同年10月中旬，日军突破晋军阎锡山部设在晋北的长城防线，进逼太原以北的忻州要塞，驻忻口晋军与日军展开血战，阵地多次易手，争夺持续20余日。日军消耗兵力达两万余人，晋军更是伤亡惨重，第九军军长郝梦龄、第五十四师师长刘家麒等将领阵亡。日军源源不断增兵，猛烈炮火步步进逼，晋军力不能支，败退太原。自此，整个晋北沦入敌手，著名的风景名胜五台山在硝烟炮火中呻吟。五台山南台外豆村佛光寺那位一脸苦难的老住持和哑巴弟子，自梁思成、林徽因等四人走后，整日吃斋念佛，苦盼着这一路大德施主进香还愿。但等来的不是烧香磕头的众生，也不是梁思成、林徽因夫妇以及那诱人的“政府资助”，而是端着滴血刺刀“呜哩哇啦”叫喊的日本鬼子和照准光亮脑袋抡过来的响亮耳光。

10月29日，南京国防最高会议正式决定国民政府迁都重庆，并对外公告。此举向全世界展示了中国政府与军民坚持长期抗战，决不屈服于倭寇的坚定信念。

11月5日，河南安阳沦陷。日军的铁蹄踏进这座历史古城后，随军而至的日本“学者”窜到殷墟遗址，开始明火执仗地大肆盗掘、劫掠地下文物。

11月8日，阎锡山弃守太原，三晋大部落入敌手。

◎淞沪战役中，国民党军八十七师一辆装甲车孤军进入日军阵地，给日军以重大威胁，后因缺乏后援，被日军摧毁

11月11日，淞沪战场上的国民党军队已苦苦支撑达三个月之久。中日双方共投入兵力约103万人，日本动用28万陆海空精锐部队，与约75万中国军队进行了一场空前惨烈的大兵团会战。以其规模与死伤人数论，是整个第二次世界大战中最大型的会战之一，无论是后来闻名欧洲的诺曼

底登陆，还是太平洋战场的硫黄岛大血战，都无法与之匹敌。由于装备与兵员素质等诸方面差距悬殊，中国军队损失惨重，最终力不能敌，被迫从苏州河南岸撤出。

11 月 12 日，远东最大的海港城市上海失陷，日军转而围攻国民政府首都南京，中华民族到了最危急的紧要关头。

民族危急，国难当头，流亡到长沙的知识分子从内心深处生发出一种悲愤交织的情愫，这种情愫又迅速铸成哀兵必胜、置之死地而后生的坚强信念。一种与国家民族同生死共患难的英雄主义气概，在这个群体中蔓延升腾开来。许多年后，梁思成、林徽因的女儿梁再冰回忆这段生活时说道："那时，父亲的许多老朋友们也来到了长沙，他们大多是清华和北大的教授，准备到昆明去筹办西南联大。我的三叔梁思永一家也来了。大家常到我们家来讨论战局和国内外形势，晚间就在一起同声高唱许多救亡歌曲。'歌咏队'中男女老少都有，父亲总是'乐队指挥'。我们总是从'起来，不愿做奴隶的人们！……'这首歌唱起，一直唱到'向前走，别退后，生死已到最后关头！'那高昂的歌声和那位指挥的严格要求的精神，至今仍像一簇不会熄灭的火焰，燃烧在我心中。"[4]

战火已在大江南北燃起，国军丧师失地，节节败退，长沙自然不是世外桃源。上海沦陷后，日军一面围攻南京，一面派飞机沿长江一线对西部城市展开远程轰炸，长沙即在被攻击范围之内。不久，梁思成一家即遭到日机炸弹猛烈袭击，灾难来临。

那是 11 月下旬的一个下午，大批日机突袭长沙。由于事先没有警报，梁思成以为是中国的飞机为保护人民大众和流亡的知识分子突然到来，听到声响后，怀着一份感动跑到阳台，手搭凉棚对空观看。刹那间，只见几个"亮晶晶的家伙"从飞机肚子里喷射而出，"嗖嗖"向自己住处飞来，梁思成的头"嗡——"地一震，"炸弹！"两字尚未喊出，一枚"家伙"就在眼前落地爆炸。随着一团火球腾空而起，梁思成本能地折回房中抱起了 8 岁的女儿梁再冰。屋中的林徽因惊愣片刻，顺势抱起 5 岁的儿子梁从诫，并搀扶着一直跟随自己生活的母亲随梁思成向楼下奔去。就在这一瞬间，炸弹爆炸产生的巨大冲击波将门窗"轰"的一声震垮，木棍与玻璃碎片四处纷飞。当一家人连拉加拽，跌跌撞撞奔到楼梯拐角时，又有几枚炸弹落到了梁家院内。在"隆隆"的爆炸声中，院墙上的砖头、石块随着腾起的火焰向外迸飞，林徽因抱着儿子被震下几级阶梯，滚落到院中。紧接着，整座楼房开始"轧轧"乱响，门窗、隔扇、屋顶以及天花板等木制物件瞬间坍塌，劈头盖脸地砸向梁思成和他怀中的女儿……等梁氏一家冲出房门，来到火焰升腾、黑烟滚滚的大街上时，日机再次俯冲，炸弹第三次呼啸而来，极度惊恐疲惫的梁思成和林徽因同时感到“一家人可能在劫难逃”了，遂把眼一闭，等着死神的召唤。出乎意外，落在眼前的那个“亮晶晶家伙”竟在地上打了几个滚儿，再也没有吭声——原来是个哑弹。梁思成一家死里逃生。

当晚，梁家老少五口无家可归，梁思成那“合唱队指挥”的职位自然随之化为乌有。面对如此凄惨景况，清华大学教授张奚若把自己租来的两间屋子让出一间给梁家居住，张家五口则挤在另一个小房间度日。第二天，梁思成找了几个人，把家中没有砸烂的物品慢慢从泥土瓦砾中挖出来。

这次轰炸之后，梁思成、林徽因感到长沙如此动荡不安，拥挤不堪，每天面临不是家破就是人亡的威胁，很难做成什么事情，遂萌生了离开长沙前往昆明的念头。按他们设想，处在中国大西南的昆明，离战争硝烟应当更远一些，既可以暂时避难，又可以静下来做点学问，是个一举两得的地方，遂下定决心奔赴昆明。

12 月 8 日，在一个阴风阵阵、星光黯淡的黎明，梁氏一家五口搭乘一辆超载的大巴车向云南方向奔去。

此时，战场的局势进一步恶化，前线传来的消息已到了令中国人顿足捶胸、撕心裂肺的程度。

12 月 5 日，日军开始围攻南京，中国 10 万守军在司令官唐生智总指挥下拼死抵抗，伤亡惨重但未能阻止日军凌厉攻势。10 日，强悍的日军以精锐部队和配备优良的武器同时进攻雨花台、光华门、通济门、紫金山等战略要地，并切断中国军队的后路，南京守军 10 万将士血战后不支。危急时刻，蒋介石命令顾祝同向唐生智传达弃城突围、全军沿津浦路北撤的命令。由于日军早已切断了后路，只有六十六军、八十三军少数部队突围成功，多数将士被困于城郊未能及时渡江而遭日军枪杀。

◎日本随军记者拍摄的 1937 年南京沦陷后日军入城仪式

12 月 13 日，日军攻占了中国首都南京，这座散发着脂粉与墨香气味的六朝古都，顿时淹没在鲜血、呻吟与绝望的哀号声中。全世界每一个关注中国命运的人，都感受到了 1937 年隆冬那来自远东地区强烈的震撼与滴血的呼喊。

紧接着，杭州、济南等重量级省会城市

于12月下旬陷落。

由于平汉铁路沿线的保定、石家庄、新乡等军事重镇相继失守，长江沿岸的上海、南京、芜湖等地区陷落，骄狂的日军开始集结精锐，沿长江一线向西南方向大规模推进，地处两条干线交会处的军事要道武汉三镇，立即成为中日双方瞩目的焦点和即将进行生死一搏的主战场。

大战在即，而长沙与武汉只有300公里之距，一旦武汉失守，长沙势难支撑。面对危局，无论是刚组建不久的临时大学，还是中央研究院在长沙的几个研究所，又一次面临迁徙流亡的历史性抉择。

何处才是安身之地？长沙临时大学委员会在迁往重庆还是昆明之间摇摆不定，中央研究院院长蔡元培已离开上海赴香港，傅斯年已随中研院总办事处迁往重庆。在群龙无首的境况下，中研院长沙工作站委员会几名常务委员经过几轮讨论协商，仍未能达成共识，谁也不知流落何处更为有利。在进退维谷的艰难处境中，梁思永以中研院长沙工作站委员会常务委员的身份，与史语所代所长李济共同召集史语所主要人员开会商量对策。经过一番激烈争论，总算拿出了一个大概的应对策略，这就是“为了此地同人的安全，不能够留在长沙工作，要再搬家。搬家的地点目前虽然还未确定，只有一个先决原则：同人的家庭没有沦陷的话，就先回家；家庭沦陷的话，可以跟着所走，只是地点未定；若不想跟着所走，也可以自便。决定此一原则之后，就让各组自行商量”[5]。

史语所考古组（三组）经过协商，决定先把个人手头的工作尽快结束，全部交付李济主任处，而后再谈个人去留问题。经过几天的紧张忙碌，所有的资料全部收集起来，按顺序打包装箱，倘日后有其他人接手，可以按照原来的顺序继续工作，不致茫无端绪。待这项工作结束后，李济召集考古组全体人员集会，议决各人的去留问题。商量的结果是：李济是组主任，不能走；董作宾专门研究甲骨，安阳出土的所有甲骨都需要他负责保管研究，因而也不能走；梁思永正研究殷墟遗址西北冈出土的器物，同时又是中央研究院长沙工作站管理委员会常委，即使走，也要等各所的事务告一段落才能走，因而暂时不动。同时，李、董、梁三人属于中央研究院的高级委员，各自都带有家眷，上有老下有小，所谓拖家带口，真要走也不是件容易之事，不到万不得已，前行的脚步是不易迈出的。

除李、董、梁“三巨头”外，史语所考古组的“十大金刚”（又称“十兄弟”）要各奔东西。老大李景聃是安徽人，家乡尚未沦陷，表示乐意回去。老二石璋如是河南偃师人，当时洛阳一带还在中国政府控制之下，偃师属于尚未沦陷的洛阳一部分，因此石璋如也要回家乡暂住。老三李光宇是湖北人，家乡那个偏僻村落虽没进驻日本鬼子，但他一直负责管理三组的出土器物，因而不能走。老四刘燿是河南滑县人，家乡已经沦陷，他自己表示要投笔从戎，奔赴延安投奔共产党抗日。对于这一抉择，众人觉得中央政府领导的国军就在眼前，与整个中华民族生死攸关的武汉大会战即将打响，而刘氏弃而不投，偏要远离血与火交织的正面战场，越长江跨黄河，跋山涉水，不远千里到陕北的山沟里去参加“敌进我退，敌跑我追”的游击式抗日，颇有些不可理喻，并担心这种“游击”会不会变成“游而不击”。想到人各有志，也就没人再去理会。“十大金刚”中的老五尹焕章在安阳发掘之后，被河南古迹研究会留下来帮忙，压根没到长沙，也就不存在走与留的问题。老六祁延霈是山东人，家乡已沦陷，不过家人已流亡到重庆，他决定到重庆寻找亲人。老七胡福林（厚宣）是河北人，家乡属于最早沦陷的一批，两眼茫茫已无退路，若到前线战场跟鬼子真刀真枪地拼几个回合，来个刺刀见红，胡氏既没有胆量，又不情愿到沙场送死，只好表示跟着史语所走。老八王湘是河南南阳人，家乡尚未沦陷，但他年轻气盛，好勇斗狠，平时经常与流落到长沙的大学生在茶馆酒肆吃吃喝喝，发表“世风日下，人心不古，众人皆醉我独醒”之类惊世骇俗的豪言壮语。当时长沙临时大学曾布告学生，凡愿服务于国防机关者，得申请保留学籍，并得由学校介绍，张伯苓还担任了临时大学军训队队长兼学生战时后方服务队队长。有了这一规定，临时大学差不多有三分之一的学生投笔从戎，这是后来西南联大学生大批参军的先声。王湘受这股风潮影响，决定跟着临时大学的学生到前线参加抗战，与鬼子真刀真枪地干上几个回合。既然王湘本人有这份热血与激情，其他所内成员只能表示赞许，并未挽留。老九高去寻，河北保定人，家乡已在日本军人的铁蹄之下，万般无奈中，决定与史语所共存亡。老十潘悫，被内定为古物押运人员，自然不能离去。如此一来，在“十大金刚”中，有“六大金刚”要走，只有四个留

◎ 1936 年 2 月，考古组同人在南京北极阁史语所大楼前合影。后排右起：胡厚宣，李光宇，高去寻，李济，梁思永，徐中舒；前排右起：祁延霈，李景聃，刘燿，郭宝钧，石璋如，董作宾，王湘（李光谟提供）

下，整个史语所考古组的骨干人员，基本上走掉了一半。这个数字与结果一旦成为定局，每个人的心中都蒙上了一层难以言表的悲怆与苍凉。

去留问题得以拍板，天即将黑下来，李济决定史语所三组全体人员到长沙一个酒肆——清溪阁举行告别宴会。参加的人员除李、董、梁“三巨头”和“九大金刚”外，还有几位技工。由于人员较多，一室分成两桌围坐。此时，众人情绪都有些激动、悲凉和忧伤，据石璋如回忆说：菜还没有上桌，几个年轻人就开始叫酒，并很快喝将起来。“三巨头”酒量都不算大，只能勉强应付。而年轻又经常下田野的几个河南、山东汉子如王湘、刘燿、石璋如、祁延霈等，倒有几分中原好汉与山东响马那种大块吃肉、大碗喝酒的豪气。待把各自面前的酒杯倒满，几条汉子就迫不及待地招呼开席。众人端着酒杯站起来，“九大金刚”面色严峻地相互望着，在“三巨头”带领下，嘴里喊道“中华民国万岁！”各自举杯，一饮而尽；第二杯酒端起来，大喊“中央研究院万岁！”再一饮而尽；第三杯酒端起，齐声喊道“史语所万岁！”又是一饮而尽；第四杯喊“考古组万岁！”第五杯是“殷墟发掘团万岁！”第六杯喊“山东古迹研究会万岁！（该会最早成立，傅斯年、李济等都是常务委员）”；第七杯是“河南古迹会万岁！”第八杯是“李（济）先生健康！”第九杯是“董（作宾）先生健康！”第十杯是“梁（思永）先生健康！”第十一杯是“十大金刚健康！”如此这般痛快淋漓地喝将下去，有几位“金刚”从历代酒场上规律性的“和风细雨——窃窃私语——豪言壮语——胡言乱语——默默无语”五大阶段，猛地一下晋升到“胡言乱语”的台阶上来。在一派群情激昂、张牙舞爪的觥筹交错中，王湘、祁延霈、刘燿、石璋如等表现最勇猛的“四大金刚”，端着酒杯各自摇晃了几下，眼前发黑，腿打哆嗦，一个个“扑通、扑通”倒了下去，算是进入了酒场中“默默无语”、人事不省的最高境界。

据石璋如回忆说：“我们本来是住在长沙圣经学校宿舍，可是醉到一塌糊涂，又吐，根本不知道怎么回去。没喝什么酒的胡占奎、李连春吃了菜之后，就将我们带回宿舍，打开房门放到床上。我次日清早醒来，只记得在清溪阁喝醉，之后怎么回来完全不记得，真是醉得一塌糊涂啊！”[6]

从沉醉中醒来的“五大金刚”，于当天上午各自收拾行李，含泪作别史语所同人，离开长沙，星散而去。

今天到了昆明

1937 年 12 月，根据国民政府指令，设在长沙的临时大学撤往昆明，更名为国立西南联合大学；中央研究院在长沙各研究所，即刻向重庆、桂林、昆明等不同地区撤退转移。

1937 年年底至 1938 年春，中央研究院在长沙各所陆续迁往昆明等地，史语所人员押送 300 余箱器物，先乘船至桂林，经越南海防转道抵达昆明，暂住云南大学隔壁青云街靛花巷一处楼房。据《史语所大事记》民国二十六年（1937 年）十二月条："议迁昆明，图书标本迁昆明者三百六十五箱，运重庆者三百箱，运桂林者三十四箱，待运汉口者两箱，待运香港者五十二箱，其余六十多箱且封存于长沙。"翌年一月条："西迁昆明，经过桂林之工作人员暂驻桂林、阳朔调查研究。"[7]

几乎与此同时，长沙临时大学分成三路人马赶赴昆明。第一批从广州、香港坐海船由安南（越南）海防到昆明；第二批"湘黔滇旅行团"沿长沙经贵阳至昆明公路徒步行军；第三路从长沙出发后，经桂林、柳州、南宁，取道镇南关（今友谊关）进入越南，由河内转乘滇越铁路火车，奔赴昆明。

在中研院史语所同人抵达昆明半个月后，湘黔滇旅行团的闻一多、曾昭抡、袁复礼等教授率领 200 余名师生，徒步跋涉 3500 多里，日夜兼程 68 天，带着满身风尘和疲惫，从贵阳赶到了昆明。进城之后，大队人马正好经过史语所临时租赁的拓东路宿舍门前。语言组主任赵元任率领同人在路边设棚迎接，队伍前锋一到，众人立即端茶送水递毛巾。欢迎人群还为这支历尽风霜磨难的队伍献歌一曲，这是赵元任特地为师生赶写的，词曰：

遥遥长路，到联合大学。
遥遥长路，徒步。
遥遥长路，到联合大学，
不怕危险和辛苦。
再见岳麓山下，再会贵阳城，

遥遥长路走罢三千余里，
今天到了昆明。

歌声响起，联大师生和现场观者均大为感动，许多学生想到了国难当头与一路艰辛，禁不住涕泗纵横。

此时，梁思成一家已先期抵达昆明，并在翠湖边一个大宅院里落脚，中研院史语所、中博筹备处同人与张奚若、金岳霖、钱端升等联大教授，与梁家在这个陌生的南疆省城再度相会，自是又一番兴奋与感慨。

因长沙撤退诸事繁杂，梁思永劳累过度，身体患病不能再负责任，根据傅斯年提议，史语所撤退事务由李济负责，在自己到达昆明之前，李济为中研院史语所代理所长，处置在滇一切事务。

自 1928 年 6 月中央研究院成立，陆续按学科分科增设各研究所，到 1937 年抗战爆发前，已设立物理、化学、工程、地质、天文、气象、历史语言、心理、社会科学及动植物等十个研究所。理、化、工等三研究所设在上海，其余各所与总办事处均设于南京。

七七卢沟桥事变爆发、抗战军兴，中央研究院院长蔡元培当时正居住在上海。此时，中研院理、化、工等三个研究所仍留在上海租界内开展工作。淞沪战事起，蔡元培强撑病体，号召全院各研究所集中物资设备，准备向内地撤退。上海城陷之际，在南京北极阁的中研院总办事处已由朱家骅和傅斯年共同组织撤往长沙，而后转往重庆。蔡元培满怀悲愤与忧伤，乘一艘外国邮轮独自一人从上海赶往香港，准备转赴重庆与总办事处人员会合。一路颠簸漂荡，年高体衰的蔡元培抵达香港后病体不支，被迫滞留港岛疗养休整，暂居跑马地崇正会馆。次年 2 月，一家老小逃出沦陷的上海乘船抵港。蔡元培携家迁往尖沙咀柯士甸道（Austin Road），化名“周子余”隐居下来，平时谢绝一切应酬，但仍遥领中央研究院事务，通过各种渠道密切关注着中研院的命运，并为本院各所迁徙与未来的生存、发展思谋筹划。

就在国军于淞沪战场死打硬拼，最终力不能敌，即将全线撤退的前夜，中研院在南京的七个研究所奉令撤退，史语所是行动最快、执行命令最坚决的大所之一。与史语所形成巨大反差的是，天文研究所对代理总干事傅斯年的命令与组织调动却阳奉阴违，采取推诿、敷衍战术，负责人甚至假公济私，于危难中不顾大局，使气任性，成为抗战流亡学术机构中一个令人扼腕叹息的典型。1938 年 1 月 12 日，激愤难平的傅斯年致函已至香港的蔡元培，对天文研究所负责人所作所为予以呈报，并阐明相关责任，函曰：

院长钧鉴：

自京迁往内地各所，在迁动中，最不使人满意者为天文所，此事本不想上渎清听，然责任所在，欲罢不能，思之两月，谨以奉闻。

一、天文所自北平迁来之古仪器，其中有明成化仿郭守敬之二仪，乃世界科学史上之实器，亦是中国科学史上之第一瑰宝也。此二仪前自北平运京（亦由斯年鼓动），由京移至紫金山上。战事一起，即由院务会议议决请其迁下，并由斯年催促无数次。乃余所长一味推诿，率领全所研究员来总处与斯年辩论。（余、李、陈等）。斯年谓此物如不迁出，虽院长亦负大责任，若谓无法迁下，何以当年有法运上？最后斯年又谓可将上层拆下，以便运。（此器去德国时已拆散也。）[行首自注："此二件即以凡尔赛条约返之中国者"。]余又谓路上新修门，不便。斯年谓可即去与警备部接洽。如此争论数次，余所长谓当去接洽，以后催问，迄无下文，如是者两个多月，不得结果，又推诿无法借车。（斯年亦代为想法，用木条滚下，余又谓无工人。然他处皆可觅到工人。）及上海撤兵，一时局面大变，乃无法可想矣。[行首自注："此事责任甚大，所谓'不尽人事'也。如政府后来追问，本院无词以对。余对毅侯兄等云，古董不如新仪器要紧，盖全不知此件之价值也。"]

二、八月初，决定近北极阁各所在他处觅房，天文所迁一部下山。适陈遵妫君房子出来，即以转租于研究所，然其地正在北极阁下。八月廿六日夜，日机大轰炸，三工人丧命。此一地点，总处事前全不知其即在北极阁附近。且总办事处早嘱各所自北极阁迁远者，何以返迁近？岂是但图转租之便耶？

三、在京时，天文所只有一人来湘，余所长等仍留京，即以其自己之住宅租给研究所，月领百元，又用厨房勤务，皆开公账。其实此时住内职员，余外仅有二、三人，以报时诸人在外也。（余先生自谓在京管报时，然李铭忠又谓此事与余无关。）毅侯兄对此开支深不谓然，曾对天文所庶务有所指摘，余先生次日来辩，谓天文所每月九百元之杂费不为多。斯年不便指明，只好模糊了事。

四、上海撤兵后，京局顿紧张。余所长遂用所中二汽车载物而行（公私皆有，且开至湘潭，其岳家所在地也），而将报时等要件由李铭忠赁民船西行。李自谓一套仪器分成三批，无法工作，又谓去京时，余不理之，只顾自走。

五、总处迁至长沙后，开一院会，会后余谓要回家。斯年问，天文所尚有多物，如何安置？余谓可问李铭忠。次日问李，李云，余无交代；再次日，李亦不见矣。船运之物到汉，茫然无人过问，于是电陈，自南岳到此，然后稍作安置。余先生对公物似全无顾惜之念。[行首自注：“斯年曾以此信中各节面质李君，李谓颇有同感。”]一所四人，余先生回家，陈与他所往桂，李则不知去向矣。[行首自注：再，斯年请陈君来此，曾将此中各节面告之，陈君不能答。斯年当时曾大发脾气，旋即谢过。然事实如此，终应有以明之。]

在此情形中，固不能保证物件之不失，然必须尽人事，然后可以心安。今果尽人事乎？其责任谁负之乎？乞先生将此函交余先生，请其向先生直接作答。至于何以善其后，非斯年所能知也。专此，敬叩

钧安

傅斯年　谨上

一月十二日[8]

傅斯年信中所说的余所长，乃余青松，福建厦门人，时年40岁，属于中研院较年轻的所长之一。当初天文研究所成立时，以高鲁为所长。1929年，高鲁被国民政府委任驻法国公使，高氏向蔡元培推荐当时在厦门大学任天文系主任的余青松接替其职，蔡允。余氏于一个学期结束后到天文所就职，未久创建了南京紫金山天文台。抗战爆发，余氏奉令组织内迁，但推进极不顺利，同人亦不团结，惹得傅斯年大怒而又无可奈何，半年后在各方督促下，总算携部分仪器入滇并在昆明东郊建成了昆明凤凰山天文台。之后，余氏多次致函蔡元培提出辞职，蔡予以挽留，双方你来我往拉锯到1940年年底，余终于辞去天文所所长职务，1947年赴北美于天文台和大学等机构工作、教书，直至终老海外。此为余氏一生之大致信息。

傅信所言余青松率全所研究员跑到总处与之辩论的“李、陈”二人，应是天文所负责子午仪室的李铭忠与变星仪室的陈遵妫两位主任，后二人随余氏流亡到昆明继续工作。1938年9月28日，日军飞机首次轰炸昆明，昆明天文台被炸，李陈二人与嫡亲皆受重大伤亡，至堪痛心。此为后话。

且说在南京组织内迁的代理总干事傅斯年，面对天文所一班人的散漫与阻力大为恼火，而对于上海三家研究所负责人的明显对抗，更是愤愤不平。当上海危急、蔡元培欲赴香港之际，傅斯年已与翁文灏统领的国民政府资源委员会协商好，由该委员会资助钱款与交通工具协助三所搬迁。为促成此事，傅斯年专门赴上海督促撤离。不知是故意对傅斯年本人予以反抗，还是不愿离开上海而采取拖延、消耗战

术，时驻上海的物理、化学、工程等三所所长丁燮林（即丁西林，字巽甫）、庄长恭（丕可）、周仁（子竞）面对傅氏的督促竟置之不理。眼看局势越来越紧，国军全线撤退在即，傅斯年捶胸顿足仍无济于事，对方一直采取哼哼哈哈或不理不睬的态度虚与委蛇。傅见事不可为，只好弃之不管，一跺脚离开上海回了南京。同年12月，中研院总办事处及下属史语所等机构迁往长沙并开一紧急院务会议，再度提出中研院各所以紧缩为主旨，必须立即迁往内地，傅斯年拍电报至上海再度督促三个所果断行动，但工程所所长周仁竟指傅氏电报谓“令其解散”，对傅大为不满，多亏丁燮林日记中有所记载，证明其非如此，才免于继续争执。按傅斯年致蔡元培信中的说法，“此将一年中可谓三所各行其是也。大约巽甫兄只是畏难（此亦实可畏者），庄丕可乃以上海为天堂，故彼之去职，可以其一语括之：‘离上海不能研究’（实不能生活耳）。子竞此时在精神失常态中，不敢有任何劝告也”。[9]三所所长如此一番打着不动、踹着团团的软体模样，且还有一个精神病夹在其间，霸气如傅斯年者亦无能为力，只好听凭三所负责人自作主张，各自率部于日军刺刀底下死地求生了。

对于以上诸事，在香港的蔡元培了解后，于1938年1月14日致信傅斯年，对傅所做的努力表示敬意，同时表达了自己的歉疚之情，信曰：

孟真我兄大鉴：

接本月十日快函，敬悉一切。本院在京各所由京而湘，由湘而桂，头绪纷繁，环境又时出变态，焦急、失望、兴奋、疲倦，为人之所不能免之苦痛。而兄适当其冲，艰辛可想。幸同人知识均在水平线以上，与共患难，尚能互相谅解。而在京各所之重要书器，辗转迁移，已达于较为安全之地点，苟中国不亡，国民经济不破产，他日当能继续工作，在文化上尽相当之力，则感谢吾兄者，岂特本院同人已耶？弟衰病侵身，又因有特殊关系，不能来京，为兄分劳。对于上海三所又太偏放任，不曾预定计划，强制执行，即令陷于僵局。负疚寔深，何以补过？骝公自去浙后，两表辞意，经弟恳劝而罢，今既离浙，当然回院，弟于十日致毅侯兄函中曾附一纸，托加封寄去，即以院务谂记之。今来书特去电相邀，甚善。弟已于昨日发一电，旃“中研院全仗鼎力维持，务请即回院视事”云云。当此艰难时期，想渠亦不肯坐视也。……

弟　元培

一月十四日[10]

傅斯年得信，稍感安慰的同时，继续以代理总干事身份处理中研院纷繁事宜，与蔡元培保持书信、电报联系，遇到大事、难事及时汇报请示，按蔡的旨意处置办理。1938 年 2 月，当傅得知中研院各所已陆续向桂林、昆明一带搬迁（原在南京的地质所、心理所等两个研究所抵达桂林不再前行，并在离桂林市 40 里外的良丰镇郊外山中安营扎寨，准备长驻于此，其他所继续前行赶往昆明。原在上海的物理、工程、化学等三所，于 1938 年暑期开始从日本占领区秘密搬迁，至年底，物理所迁往桂林，另二所迁到昆明。未久，化学所所长庄丕可辞职，吴学周代理），致函蔡元培予以报告并提醒注意事项，函曰：

院长先生钧鉴：

此信乞阅后，交丁、庄、周诸先生一看，并由此间抄下一份，寄迁滇、桂在途中各所。（但看完后乞即焚之。）院中同事时时以“将来经费如何”见问，院外之人又时时以“研究院迁何处，上海部分现在哪里”见问。对此斯年有回答之义务，同时亦皆系极难答之问题。其实此两事关系甚大，今自经费说到迁移及工作。

…………

四、迁后安顿。此时逃难中人心难定，本人情之常，势不能免，然须早为安顿，以资祛除。故迁桂者应在桂安居，不作再迁之计。如其不能，便即行迁滇，勿稍留恋。不可先展开再搬家，既住下又思走。总之，此次一搬便搬到底，如不以桂为妥，即行赴滇。在滇、在桂，一经住下，便扔去再搬之思想，积极恢复工作。

五、本院公物应竭力保全，勿以“所值不过几千几万”而弃之。此事关系院长之责任甚大，同人谅必看清。其非人力所能挽救者，固非罪过，然必须先尽人事，时间上之关系尤大也。

六、各所迁后总要积极做几件切要的事。按，各所安顿后，似当即行恢复工作，择与时势有关者为之。（此不指一切所言。）故气象所之工作必不可断。地质所似可写下近、未来调查南方矿产之草结果送给政府。社会所似亦有同类题目可作。如此则便于宣传，便于向政府要钱。以后要钱，非宣传本院如何如何重要不可。如谓此话难听，则良心上亦当如是也。[11]

傅斯年确知他最为挂念的史语所已抵达昆明且安顿就绪后，于1938年3月30日致函代理所长李济，就有关未来计划与注意事项直率相告，函曰：

本所同人既几全到昆明，大可安定矣。以院所情形论之，本所可以维持至明年暑假，故不必过分忧虑，以后亦不再疏散。此两点请告同人。至于法币问题若有毛病，自然不了，然此乃四万万人之问题也。

我们在云南，总是"羁旅之人也"，理当"入门而闭禁"，在此风闻云南情形，亦不齐一，教厅长似与建厅长不甚要好。云南大学是建厅一派的。临大到彼，又是云大招待，故教厅不甚帮忙云云，此亦姑妄言之姑妄听之耳。然本所在滇之人类调查，本系龚厅长勾引去的，且旅费是云南出的，中间教厅又甚帮忙，而建厅厅长竟谓要向中央提议取销此等研究！（此该厅长亲对丁、庄二位说的）看来似乎彼此吃醋。我们的原则，应该是①不得罪任何人，②不沾任何人的光，③与一切人皆客客气气，④切勿批评地方任何事件。使得他们知道我们是有礼的客人，便好了。昆明情形，不特不能比南京，且不能比长沙、桂林，此意请诸兄务必格外注意。

同人迁移中安适，至慰。闻诸兄皆有定居，羡甚羡甚。即此可以开始大工作矣。印刷出版，弟负全责。只愁无稿，不愁无法印也。昆明天气既佳，大可为长居之计，纵使驱寇出境，吾辈亦不易返京，盖经济与房子皆成问题也。弟意在昆明可以作长久想，倭贼也到不了那里。

所址租到此一处（靛花巷三号者），至妙，恐以全租为宜。有此廿间，本所似可全够用。乞与交涉全租下，如此岂不方便之至乎？拓东路房子，自然仍当留下也。

临大如建筑，我们似可以入一股（自盖房子于其中），万元之内，可以生法（基金）。[12]

时人与后人谈到傅斯年，多着笔于他的才气、豪气与霸气之"三气"，很少注意他在为人处世方面能屈能伸、屈伸自如的机智与超强本领。从此信可看出，他人虽在重庆，但对云南地盘上错综复杂的人际关系及复杂纠葛，可谓观察得细致入微，秋毫皆知。而其谨小慎微的态度及竭力尊重当地人事与风俗之境界，又远非一般人特别是在内地城市骄横惯了的高官大员、大腕名流或一帮土豪能望其项背者。所谓细微处见真功夫，甚也。除对天时、地利、人和等诸方面的参悟与自觉，从此信还可看出，此时的傅斯年把往昔组织各所搬迁的烦恼与愤懑尽抛脑后，对史语所在昆明的前景持乐观态度，且认为得此有利条件，正是徐图奋发，挽起袖子于国难中大干一场的时候。

只是，这种乐观未能持续多久。无论是中研院史语所还是其他研究机构人员，或是迁往昆明的高校师生，很快就开始面临沉重的生活压力。

地处西南边陲，多崇山峻岭，在国人眼中地位并不突出的云南，由于战争爆发之后国军节节败退，其战略地位显得越来越重要。省会昆明不仅成为支撑国民政府持续抗战的大后方，同时也成了沦陷区各色人等的避难所。原在上海的几百家工厂企业、国立同济大学等机构纷至沓来，北平一些文化教育机构如北平研究院等也相继到来。同当初的长沙一样，向以安然静谧闻名于世的昆明，因蜂拥而至的滚滚人潮而显得拥挤、嘈杂和混乱起来。城中的大街小巷，随处可见拖家带口、风尘仆仆的外地来客在匆匆穿行。

大批流亡者突然涌进，导致原本交通条件相对落后的昆明货物短缺、物价飞涨。中研院各研究所人员和西南联大师生，在生活压力下入不敷出，开始典当衣物，出卖由内地携来的各种物件。而毫无经济来源的梁思成、林徽因为了生存，只好拿出他们作为建筑师的特殊技能，开始外出“打工”，为那些“卑鄙的富人奸商”和发了国难财的暴发户设计房子。尽管“雇主是一批可憎的家伙，而且报酬很不稳定”[13]，为了解决一家五口的“吃饭”问题，梁氏夫妇也只好默默忍受。生活的重压导致梁思成急火攻心，患了严重的脊椎关节炎和肌肉痉挛，疼得昼夜不能入睡，经医生诊断是由扁桃体脓毒引起，决定切除扁桃体。想不到这一切又引起牙周炎，索性再把满口牙齿拔掉。当两大“障碍物”被铲除之后，梁氏的病情却未见好转，关节与肌肉的疼痛使其不能在床上平卧，只能日夜躺在一张帆布椅上苦度时日。大约半年之后，经过无数大小不等、土洋不同的医生诊治，才开始渐渐好转。当梁思成病体痊愈，离开帆布椅重新站立起来时，中国营造学社也随他一道在西南边陲这片散发着温情的红土地上，奇迹般摇摇晃晃地重新站起。

就在梁家抵达昆明不久，刘致平、莫宗江、陈明达等几位老同事得到消息，从不同的地方先后赶了过来。尽管前线依然炮声隆隆，战火不绝，但此时的梁思成感到有必要把已解体的中国营造学社重新组织起来，对西南地区的古建筑进行一次大规模调查，唯如此，方无愧于自己与同事的青春年华以及老社长朱启钤的临别嘱托。他开始给营造学社的原资助机构——中美庚款中华教育文化基金会发函，说明大致情况并询问如果在昆明恢复学社的工作，对方是否乐意继续给予资助。原清华学校校长、时任该基金会总干事的周诒春很快给予答复：只要梁思成与刘敦桢在一起工作，就承认是中国营造学社并给予资助。梁思成迅速写信与在湖南新宁老家的刘敦桢取得联系，得到了对方乐意来昆明共事的答复。于是，中国营造学社的牌子又在烟雨迷蒙的西南边陲挂了起来。

◎ 1938 年，梁思成一家在昆明西山华亭寺与清华好友合影。左起：周培源，梁思成，陈岱孙，林徽因，梁再冰，金岳霖，吴有训，梁从诫

眼看梁思成主持的中国营造学社牌子重新挂起，且人员得到了相当补充，代理史语所事务的李济认为自长沙迁徙而来的同人已在昆明站稳脚跟，各项工作即将展开，遂与同人商量后致信傅斯年，欲把于长沙流散的石璋如、王湘等旧部重新召回，扩大史语所阵营，继续完成未竟的事业。傅斯年得信甚表赞同，于 4 月 30 日回信道："约璋如、子湘回来一事，甚妥甚妥。当时一批走去数人，皆是好手，如此'淘汰'，决非办法，如能全招之归（以那一批同走诸人为限）尤佳。如此办法，自然有反本院一般之办法，然反之者不自本所始，上海三所皆大恢复（然所恢复者究何在，弟亦不知也）。此一批中诸位回来时，其薪水恐须在'中基会'补助中支。第一组弟近来把姚家积恢复了（其薪由中英庚款会补助项下支），其他皆拒绝。此等恢复办法，弟意可有下列标准：（一）以助理为限，（二）须大家同意，（三）须薪有著落，如此似可无流弊矣。"又说："一组事，在寅恪未到前，请即托岑仲勉先生料理。"[14]

1938 年 5 月 6 日，傅斯年再度于重庆中研院总办事处致函昆明的李济，谓："昨见张政烺，知贵组北去各助理之踪迹。祁赴新疆（其父在南渝教书，云如此），刘、王赴陕北（必失望也），石在西安，李回家，杨所在不知。看来祁是无法回来，其他当可招之返也。"[15]

信中所说的祁，乃山东人祁延霈，此公离开长沙后奔赴延安并加入共产党，1939 年 1 月被调往新疆哈密地区任教育局局长，同年 11 月因患伤寒病去世；刘、王，指的是刘燿、王湘二人，刘时在延安马列学院学习，后任陕北公学教员、中共中央出版局出版科长等职；王湘时任延安振华造纸厂厂长。只是傅斯年所言刘王二人“必失望也”，没有说中，此时二人蹲在陕北延安的窑洞里干得正欢，一点没有重返史语所的打算；石，指的是石璋如；李，指的是当年考古组“十大金刚”中的老大、安徽人李景聃，时在家乡闲居；杨，指的是杨廷宾，时在延安中央出版局工作，主要从事美术（人物木刻）创作，后有毛泽东、朱德、斯大林等木刻作品传世。上述诸人，除杨廷宾是于南京沦陷前出走延安外，其他人皆为长沙流散的考古组人员。李济根据得到的线索分别致函与诸位联系，但最终召回昆明的只有石璋如与李景聃二人，且这时石璋如本已受召唤到了昆明重新进入史语所工作了。据石璋如回忆，他自长沙回到家乡后，闲居无聊，过了春节便独自一人到陕西宝鸡做田野调查。之所以到宝鸡，是因为石璋如 1937 年 7 月到过北平研究院，看到了考古人员于宝鸡斗鸡台先秦遗址、墓葬发掘的东西，经手发掘的是北平研究院的重要人物徐炳昶、苏秉琦与心灵手巧的职员白万玉等人。当时考古人员在遗址内发现了一辆车，因天气太热，便把车上一小部分部件挖出来带回北平，车的整体又重新埋好，准备下次开工时再挖。石璋如在北平研究院只看到一个小铜泡，便想着有一天自己能到宝鸡去实地调查，看看宝鸡出土的车与安阳出土的车有何区别，同时在学术上予以考证。于是他便怀揣盘费乘火车去了宝鸡，在斗鸡台等遗址处进行了一个多月的调查。返回西安后，石璋如将调查情况写一报告寄给了李济。石回忆说：“我是在二十七年三月初写信给李济先生，寄到长沙圣经学校总要好几天，会寄往长沙……一方面是三组的东西多，可能一时运不完，还有人留守。或许圣经学校的留守人员知道李济先生已经到达昆明，就把信转过去……可能就这样收到的。李济先生回电报的时间是三月底，电报传递就比信件快得多。我接到电报之后，除了走铁路线可到长沙，也必须先到圣经学院问明情况，不过总算是归队了。”又说：“我大概是四月到昆明的，雇马车找到青云街靛花巷。所谓靛花巷只是一个楼房，是三层楼，外面有门，还有号房，并不清楚房子的原先用途。……到了昆明之后算是安定了，我获分配去整理过去发掘的资料。东排是梁思永、董作宾二位先生工作的地方，其他人在西排工作，从五月起，我正式开始工作。”[16]

史语所流散的人员陆续被召回，并补充了几个新的青年职员，中央博物院筹备处也欲招人充实队伍，并有到野外实地考察发掘的打算，而中国营造学社因重新召回了刘敦桢、莫宗江、陈明达等旧部，焕发出新的活力。于是，几个研究机构开始在昆明这个新的聚集地大干起来，战前的气象在春城昆明再度得到短暂呈现，然而更大的危机却悄然逼来。

1938 年 7 月中旬，25 万日军沿长江两岸和大别山麓向西南疾速推进，国民政府调集 100 万大军，以武汉为中心，在大别山、鄱阳湖和长江沿岸组织武汉保卫战。10 月下旬，骄悍的日军逼近武汉三镇，中国军队与日军在扬子江一线高山峻岭、密林险滩中展开了空前的大血战，这是抗日战争初期最大规模的一次战役。交战双方伤亡异常惨重，日军伤亡人数达 10 万以上，中国军队伤亡 40 万之众。武汉会战不仅有效地阻止了日军进攻西南大后方的脚步，更重要的是为由上海、南京等地迁往武汉的大约 3000 家兵工企业、民用制造业和大批战略物资转移到四川、广西、云南等后方基地，赢得了时间与空间。

10 月 25 日，国军百万部队激战后不支，为保存实力，不与敌人争一日之胜负，国民政府军事委员会下令全线撤退，武汉沦陷。

武汉会战尚未结束之时，日本军部已将注意力转移到切断、封锁中国国际通道的战略行动中。日军大本营首先派遣海军航空队轰炸昆明至越南、缅甸的滇越铁路和滇缅公路，同时出兵侵占广东和海南岛，切断了香港和内地的联系，继而进攻广西，切断了镇南关和法属印度支那越南的联系。

1938 年 9 月 28 日，日军以堵截、破坏滇越铁路和滇缅公路为终极战略意义的昆明大轰炸开始了。九架日军航空队飞机从南海一线突然飞临昆明上空，首次展开对昆明的轰炸。当地居民和无数难民见敌机一字排开向昆明城压来，不知所措，许多人停住脚步抬头观望。炸弹从天空倾泻而下，观看的民众立时血肉横飞，人头在巨大冲击波中如断线的风筝翻腾乱滚。时在昆明西门外潘家湾昆华师范学校附近聚集了大批外乡难民和好奇的市民，几十枚炸弹落下，当场炸死 190 人，重伤 173 人，轻伤 60 余人。

许多年后，石璋如对这次轰炸的悲惨场景仍记忆犹新：“当天九点响起空袭警报，我跟高去寻先生两人一起跑，藏到一个挖好的战壕……我们从战壕出来，回去昆明城内，大概是下午两点左右。往小西门方向走，那一带有昆华师范学校，被炸得很厉害，听说死了不少人。我们研究院的天文所也有损失，我不知道天文所在哪里，只

敵機又狂炸本市

西北東南兩區投彈百三十枚

毀屋七百間傷亡共三十餘

◎日本飞机轰炸昆明——市中心区华山南路，当地报纸此类报道甚多

听人说天文所的研究员（可能还是所长，很有名气）李鸣钟[铭忠]的妻女都被炸死了。董（作宾）先生作《殷历谱》时经常一起讨论的天文所的研究员陈遵妫，他的母亲跟弟弟都被炸死，太太跟儿子被炸伤。这可能与天文所在高处，目标显著有关系，不然怎么会死伤这么多人？我不认识李鸣钟，认识陈遵妫，都被炸得很悲惨。”[17]

惨剧发生后，昆明市民政局一位参与赈济救灾的科员孔庆荣目睹了当时的场面："炸弹落地爆炸，硝烟弥漫，破片横飞，死者尸横遍野，幸存者呼天嚎地，惨叫之声不息……最惨者为一年轻妇女领一岁多的小孩，娘的头被炸掉，尸体向下，血流不止，而孩子被震死于娘的身旁。除此，其它破头断足、血肉狼藉……”[18] 其凄惨之状不忍追忆。

这次惨剧发生之后，日军展开对昆明的持续轰炸，许多人目睹了这样的恐怖场面：日本飞机在空中从容变换队形，一架接着一架俯冲投弹，整个城市浓烟四起，烈焰升腾，而后才是炸弹的呼啸和爆炸声，有时甚至可以清楚地看到一枚枚炸弹如何从飞机肚子里钻出来，带着“嗖嗖”的风声向城市飞去。西南联大师生和中央研究院等学术机构的众位人员，因在长沙时已有了跑警报的经验，一看敌机飞临，立即向防空洞或野外躲避。中研院史语所驻地靛花巷，离昆明城北门极近，一出北门即是野外乡下一片乱坟岗，学者们听到警报响起，就扔下手中工作向北门外的荒山野地兼乱坟岗狂奔。

敌机前来轰炸的次数不断增加，间隔相继缩短，几乎每天都要跑警报，有时一天要跑几次，搞得人心惶惶，鸡犬不宁，省政府即通知驻昆各学校及科研院所疏散到城郊乡下以利安全和工作。史语所为保存明清档案及书籍不受损毁，决定搬到一个既安静又不用跑警报的地方去。此前，石璋如曾到城外十几里外的黑龙潭旁一个叫龙泉镇的龙头村做过民间工艺调查，认识龙泉镇棕皮营村村长赵崇义（棕皮营村紧挨着龙头村和麦地村，而以龙头村为最大，外界多把这三个村子统称龙头村），知道棕皮营有个响应寺，此处条件不错。于是他引领李济、梁思永等人前去察看，并通过赵崇义与镇长商量，决定迁于此地。正在这时，傅斯年来到了昆明。

淞沪抗战爆发后，傅斯年托史语所一位陈姓职员护送自己的老母前往安徽，暂住陈家，继而让妻子俞大綵携幼子傅仁轨投奔江西庐山牯岭岳父家避难，自己只身一人留在危机四伏的南京城，以中研院代理总干事的身份，具体组织、指挥中央研究院总办事处和各所内迁重庆、长沙等地事务。南京沦陷前，傅斯年奉命撤离，同年冬到达江西牯岭见到爱妻幼子，随即携妇将雏乘船经汉口抵达重庆中央研究院总办事处。

1938 年初夏，蔡元培终于同意朱家骅辞去总干事职，本想请傅斯年继任，但傅坚辞，说对昆明的弟兄放心不下，急于到昆明主持史语所工作，蔡元培一面劝慰，一面邀请原中国科学社创办人、中基会（即中华教育文化基金会）干事长、著名科学家任鸿隽（字叔永）继任。

傅斯年对重庆方面的事务稍做安顿，携妻带子来到昆明，与史语所同人相会于昆明靛花巷三号一楼，继之迁往龙泉镇龙头村。1939 年 1 月 20 日，在昆明的傅斯年为爱子仁轨画了一张旅程图，并题记曰：“小宝第二个生日，是在牯岭外公外婆家过的。爸爸在南京看空袭。生下三年，走了一万多里路了！”[19] 言辞中透着悲怆与凄凉。

就在史语所迁往龙头村不久，中央博物院筹备处大批人员与物资也从重庆迁往昆明，并在离史语所不远的龙泉镇起凤庵暂住下来。尽管生存环境不尽如人意，但毕竟在敌人炸弹纷飞中又安下了一张书桌，学者们的心渐趋平静后，又在各自的专业领域忙碌起来。

只是，以研究为主业的学者，要开展工作就需要有辅助这一工作可供查阅的图书资料，否则所谓工作无从谈起。时西南联大的图书极端匮乏，唯清华在卢沟桥事变前后抢运出部分图书及设备仪器，北大和南开几近于零。自长沙撤退后，清华通过本校毕业生、时任教育部次长的顾毓琇联系，将图书大部分运往重庆，存放于顾教授之弟顾毓瑔为负责人的经济部下属某所。想不到 1938 年 6 月 26 日，顾毓瑔从重庆急电昆明主持联大工作的梅贻琦，告之曰：

> 昨日敌机狂炸北碚，烧炸之惨前所未有，敝所全部被焚毁，抢救无效。贵校存书全成灰烬，函详。[20]

此前南开大学图书馆在津门几乎被日机炸为灰烬，北大图书也没有抢出，如今，抢运出来的清华图书又被炸成灰烬，整个西南联大几乎无图书可资参考。只有中研院史语所来昆明后，为方便研究工作，傅斯年设法将先期疏散到重庆的 13 万册中外善本图书寄运昆明靛花巷三号驻地，随即又将靛花巷对面竹安巷内的一座四合院租下作为图书馆，算是为西南联大和其他学术机构研究人员借读缓解了燃眉之急。孤立无援的梁思成与史语所协商，借用其从长沙和重庆运来的图书资料及部分技术工具，以便开展业务工作。——自此之后，史语所与中国营造学社这两个本不搭界的学术团体，就形成了老大与老二、国有与民营、依附与被依附的“捆绑式”格局。当史语所迁入昆明郊区龙头村时，营造学社也跟着搬过来，在史语所旁边的麦地村落脚，寻租一处尼姑庵做工作室，在龙头村建造房子作为居住生活之处。

无论如何，在抗战军兴、祖国危难之际，流亡的知识分子在西南边陲昆明城郊的乡村寺庙，终于赢得了一个喘息和工作的机会。

搬到麦地村的梁思成除率领队员在昆明城内外搞古建筑调查，还带队赴四川西康一带做野外古迹考察，同时与史语所的李济、石璋如等人组织成立了一个“天工学社”，专门调查昆明的手工制造业。傅斯年则在龙头村观音殿内用新发现的内阁大库档案研究成果校勘《明实录》。董作宾在自己的斗室埋头研究甲骨文，撰写后来轰动于世的皇皇大著《殷历谱》。梁思永则独自研究殷墟西北冈出土的铜器，每当需要画精确铜器图饰时，便请营造学社的陈明达、莫宗江协助。陈莫二人受过绘图训练，绘图功力深厚，既仔细又准确，往往白天跟随梁思成出外调查，晚上回来再加班画图，一时忙得不亦乐乎。

由于西南联大特别是清华大学流亡时带出的图书多被敌机炸成灰烬，校内师生已无书可以参考，不得不依靠中研院史语所的图书作为学习、研究资本。当敌机空袭昆明后，史语所建的临时图书馆撤销，书籍再度打包运往龙泉镇龙头村暂存。1939 年 11 月 20 日，傅氏向西南联大领导人梅贻琦、蒋梦麟、黄钰生、杨振声等发函，谓：“查敝所各部分书，均已整理就绪。其中普通汉籍一部分约十万册，已与贵校订立合同，规定阅读、借出各项办法。兹为便于贵校教员起见，谨拟下列扩充办法……”[21] 同一天，傅斯年为图书借阅事再致函梅贻琦、蒋梦麟、黄钰生，函曰：

月涵、孟邻、子坚先生左右：

查清华、北大两校在龙泉镇建房十二间，专为联大教员来此阅书者住宿之用，早经动工，中经大雨，墙倒其什八，兹已督工赶修，当可于下月中旬完工，围墙尚须稍待。在此房未能使用之时，贵校教员如有来此看书因而留宿者，如同时人数不过四人，可在本所办公室中临时安置铺板，差足舒适；其饭食一事，除有友人在此可以设法者外，亦可在敝所同人公厨搭用伙食（每餐约五角左右），并无不便，仅铺盖、盆器须自备，为此奉达左右。贵校教授如有需要，可由先生分别介绍，便即招待，不必俟清华、北大所建屋落成之后也。专此，敬颂

道安

傅斯年　谨启

28 / 11 / 20[22]

如此情景，难免令人想到辙中之鱼相濡以沫的悲壮情谊。身处战时，尽管如此落魄不堪，对于救亡图存的流亡知识分子而言，能避开敌机轰炸躲在乡村安静地读几天书，哪怕夜间躺在木板上于清风寒月中独眠，也算是一种“世外桃源”般的生活。只是这种生活过于短暂，仅过半年，昆明局势进一步恶化起来。

自1940年7月起，为彻底切断中国仅存的一条国际通道，日本军队利用欧洲战场上德国人胜利的有利时机，直接出兵强行占领了法属印度支那的越南，不仅切断了滇越铁路，而且由于距离缩短，日军飞机对滇缅公路和终点站昆明的轰炸更加频繁。这年的8月底9月初，日机对昆明轰炸力度明显加大，来势汹汹，火力猛烈，轰炸范围已扩大到昆明郊区。与此同时，日军作战大本营开始组织陆海军精锐部队向云南进犯，形势日趋危急。住在昆明郊外龙头镇的史语所与中国营造学社同人，每天都在警报鸣响中惶恐度日，其悲苦之状从林徽因致费慰梅的信中可以看到：

> 日本鬼子的轰炸或歼击机的扫射都像是一阵暴雨，你只能咬紧牙关挺过去，在头顶还是在远处都一个样，有一种让人呕吐的感觉。
>
> 可怜的老金，每天早晨在城里有课，常常要在早上五点半从这个村子出发，而还没来得及上课，空袭就开始了，然后就得跟着一群人奔向另一个方向的另一座城门、另一座小山，直到下午五点半，再绕许多路走回这个村子，一整天没吃、没喝、没工作、没休息，什么都没有！这就是生活。[23]

而在梁氏夫妇的儿子梁从诫的童年记忆里，曾留下这样的画面：“有一次，日本飞机飞到了龙头村上空，低到几乎能擦到树梢，声音震耳欲聋。父亲把我们姐弟死死地按在地上不让动。我清楚地看见了敞式座舱里戴着风镜的鬼子飞行员，我很怕他会看见我，并对我们开枪，感受到了死亡的威胁。”[24]

◎梁思成、林徽因与费正清夫人费慰梅（右）在一起。从20世纪30年代起，中美两对夫妇成为至交

这样的生活显然难以支撑下去，于是，国立西南联合大学、国立同济大学、国立中央研究院

史语所、国立中央博物院筹备处等驻昆学校和科研机构，根据国民政府和军事委员会蒋委员长的指令，开始考虑再度搬迁。

此前的1940年3月5日，蔡元培于香港与世长辞，消息传到昆明，中央研究院各研究所、中央博物院筹备处与西南联大受过蔡氏直接、间接恩泽的教职员同声悲泣。傅斯年在龙头村响应寺弥陀殿大殿外组织召开追悼会，除史语所与中央博物院筹备处人员外，梁思成、林徽因夫妇及营造学社同人也前往参加。傅斯年作为主持人，在讲述蔡元培生平特别是上海沦陷前后的一段经历时，泪如雨下……

蔡院长去世后，根据中央研究院章程，流亡各地的中研院评议会评议员云集重庆，选举新一届院长。参与竞选者有王世杰、朱家骅、翁文灏、任鸿隽等亦官亦学的两栖人物，经过多轮明争暗斗以及评议人员多次投票选举，最后选出朱家骅与翁文灏两位人选，由蒋介石在二人之间圈定朱家骅为中央研究院代理院长，并于蔡元培去世半年后的1940年9月正式公布。朱家骅作为新上任的中研院代理院长，力邀傅斯年出任总干事，协助其处理总办事处和散落西南各地的研究所事宜。此时傅斯年与朱家骅已经结成坚固的政治同盟，受此邀请，答应就任并再度为院务由昆明而重庆地来回奔波起来。

因为敌机轰炸昆明日渐猛烈，在蒋委员长下达驻昆教育、学术机构再度迁往内地以避战火的命令后，国民政府教育部、中研院等机构联合召开研讨会，商讨撤退地点与办法。入会者根据局势分析认为，最合适搬迁的地方当是三峡以西的四川辖境，因蜀地既有千山万壑的阻隔，又有长江或岷江、金沙江、嘉陵江等支流和国民政府战时陪都重庆相通，沃野千里，是一个可进可守的天然避难场所，也是积蓄力量伺机反攻的大后方。三国时的蜀国，民少将寡，兵员不足，却能与强大的魏国、富甲一方的东吴孙氏政权鼎足而立，且一度处于攻势地位，主要原因就是掌控了四川这一“天府之国”。著名的《隆中对》已说得明白：“益州险塞，沃野千里，天府之土，高祖因之以成帝业。……天下有变，则命一上将将荆州之军以向宛、洛，将军身率益州之众出于秦川，百姓孰敢不箪食壶浆以迎将军者乎？诚如是，则霸业可成，汉室可兴矣。”“益州”，就是古代的九州之一，治所在蜀郡的成都，其范围包括现在的四川省（川西部分）、重庆市全境和陕西省南部、云南省西北部一带。而中国历史上许多王朝在大难临头之际，皇帝妃嫔都选择逃亡蜀地

◎朱家骅

避难，如唐朝天宝年间的安史之乱，在长安城陷之际，唐玄宗携部分文臣武将出逃四川剑南，使李唐王朝在天崩地裂的摇晃震荡中最终又站了起来，由此可见蜀地对天下大势之决定性的分量。

当然，四川之所以被誉为“天府之国”，是因为一个不可忽视、极为重要的条件，这便是人体不可或缺的元素——食盐的充足。川南的自贡地区自古盛产井盐，而富世、大公二井享誉九州，为历代朝廷所重。远的不必述及，仅清咸丰年间，洪杨之太平军建都南京，淮盐不能上运，清廷饬令川盐济楚，借此契机，富世、大公二井的盐业生产进入鼎盛时期，年产量占全川的一半以上，成为“富庶甲于蜀中”的“川省精华之地”与名副其实的“千年盐都”。假如蜀地没有发现盐井，没有提取生产食盐的产业，“天府之国”的名号就要大打折扣或根本不存在了。

盐业为历代朝廷与统治者所重视，且不说古代炎、黄二帝之争，实际上就是为争夺盐井产地而战，即便对于近现代的军阀或国共两党之争，盐业的存亡有无，亦有着重大影响。据胡适分析，共产党率领的中国工农红军之所以离开江西苏区进行万里长征，固与当地农村经济衰败以及蒋介石采取“铁桶合围”战略战术有关，但另一个极其重要的原因就是苏区食盐的极度匮乏。因国民党军队围困，外部食盐运不进苏区，缺少食盐导致红军将士出现身体浮肿及其他病症，最终到了人马皆不可战的崩溃边缘，红军高层不得不放弃苏区而另觅存身之地。抗战爆发后，随着沿海城市不断沦陷，川盐再次济楚，并向四周未失的城市乡村输送补给。为便于战时军需、民食及支持前线抗战将士，国民政府于 1939 年 8 月，决定在川南产盐地区设置独立市，以采盐、制盐、输盐等盐务为经济供给中心。经四川省政府批准，划出富顺县第五区和荣县第二区产盐区，取“自流井”和“贡井”第一字合称“自贡市”。这年 9 月 1 日，自贡市政府成立，隶属四川省政府，这一地区的人民开始以特别的方式投入救国图存的生产生活中，为抗战胜利贡献了自己的力量。

鉴于这样一个天然条件，驻昆的机关、工厂及各教育单位与学术机构，纷纷派人入川考察，欲尽快撤离昆明这座战火熊熊的城市。

1940 年 10 月，赴四川考察的西南联大人员已在长江上游、川南地区泸州南部的叙永找到了安身之地；史语所派出的副研究员芮逸夫，也在宜宾沿江下游 22 公里外找到了可供安置书桌的地点。回到昆明后，芮逸夫将赴川考察、洽谈情况向傅斯年做了详细汇报，傅听后与李济、梁思永、董作宾、李方桂等人交换意见，认为在没有更好地方可去的情况下，只能选择此地暂时落脚。于是，中央研究院在昆明的几个研究所，连同相关的中央博物院筹备处、中国营造学社等学术机构，与同济大学等一道，又开始了一次大规模迁徙，目标是傅斯年所言一个“在地图上找不到的地方”——四川南溪县李庄镇。

“同大迁川，李庄欢迎”

中研院史语所连同相关的科研机构之所以选择李庄，得益于同济大学的导引。

国立同济大学是由一位早年于上海行医的德国医生埃里希·宝隆（Dr. Paulun）创办，大致经过是：1900 年（庚子）爆发义和团运动，导致英、法等八国联军携枪弄炮来华兴师问罪，掌控朝廷大权的慈禧老佛爷于悲愤交加中，以皇帝的名义发布对八国联军的宣战诏书。于是，清廷官兵联合号称“金钟罩、铁布衫”“刀枪不入”的义和拳民，与八国联军在天津、北京一带展开激战。其结果是清军与义和拳民很快溃不成军，大败而散。慈禧老佛爷见势不妙，挟持光绪皇帝等数人潜出紫禁城逃往西安避难，逃亡路上诏令朝廷重臣李鸿章等与八国联军议和，请求对方息战撤兵，最终以斩杀肇事的臣僚与拳民首领，并赔偿白银 4 亿 5000 万两的代价，求得交战国政府下令罢兵息战。

经这一场混战，八国联军方面在赢得胜利的同时也有不小伤亡。态度最为强势的德国为应付战时急需，从欧洲本土运来大批医疗设备，并聘请当时在沪极负盛名的埃里希·宝隆医生在上海协助成立伤兵医院。战乱结束，清廷屈膝投降，联军陆续归国，德国方面鉴于运输困难，把伤兵医院的全套设备无偿赠送给宝隆医生，以示感谢。面对从天而降的这笔横财，颇具远大理想与抱负的宝隆没有沾沾自喜或躺在银子堆上享受，而是利用这批设备，另外捐了一笔款子，在上海公共租界白克路创办了同济德文医学堂。正是这个医学堂的创立，孕育了一个全新的同济大学。这所大学在未来的

◎同济大学旧门（同济大学宣传部提供）

◎同济大学校园内老式房子

抗战岁月里，成为沟通中国与德国文化的唯一桥梁。1917年，借欧战德国战败之机，同济医学堂被中国政府接收，迁入上海吴淞新址，1927年易名为国立同济大学。抗战爆发前，同济大学已是一所具有医、工、理三个学院，在国内外颇负盛名的综合性大学了。

1937年“八一三”淞沪抗战爆发，同济大学在上海吴淞江湾的校舍遭到日军首轮炮击，顷刻夷为平地。同济师生于惊恐慌乱中冒着敌人的枪林弹雨仓皇逃离。先是流亡到浙江金华；旋因杭州局势趋紧，退至江西赣县；随着战火步步紧逼，再度迁往广西八步；到达后，尚未安顿下来，又因广东战事吃紧，桂境时受敌机侵扰，不得不于1938年12月再次议决迁往昆明。翌年2月，全校师生经过艰难跋涉抵达昆明城，开始在临江里、武成路、富春街等十几个狭窄混乱的街区租赁房屋开课。1940年7月，由于日军对昆明的轰炸日渐加剧，同济大学高职机械科学生项瑞荣在一次日军空袭中当场被炸死，噩耗传出，全校师生悲怆不已又无可奈何。眼看局势持续恶化，根据全校师生的意愿，同济大学高层决定离昆迁川。经国民政府教育部和最高当局同意，同济方面派出人员在川东长寿一带寻找地方，后认为该地离战火较近，安全堪忧，遂改向川南叙府（今宜宾）中元造纸厂厂长、同济大学校友钱子宁拍发电报求援，请他在宜宾与泸州一带为同济大学找寻落脚之地。

钱子宁者，浙江绍兴人也，早年毕业于同济大学，后留学德国柏林大学，当时正是中国留学生在柏林就读的鼎盛时期，俞大维、赵懋华、周自新、李祖冰、邓名方、邓演达、黄祺翔、巴玉藻等数十位后来的军政界名人皆为其同学兼好友。德国学成，钱氏转赴法国学习先进的造纸技术，归国后集资办厂造纸，随后在杭州创办中元造纸厂并出任厂长。后战事兴起，中元造纸厂沿长江内迁至叙府落脚，继续从事生产。

钱氏接电，得知母校师生正处于敌人炸弹带来的死亡威胁与精神煎熬中，不敢大意，立即奔波忙碌起来。当时的叙府已是人满为患，从上海、武汉、长沙一带内迁的机构人员特别多，几乎到了难以插足的地步，同济大学人多，根本不可能再安插进来。后通过朋友探知，下游的泸州比叙府情况更为糟糕，几乎无立锥之地，根本不能考虑。于是，同济大学的命运就只能维系在叙府与泸州之间狭小的沿江一线。所幸，钱子宁偶然听说在这一线之间的南溪县和江安县尚有可利用空间，于是火速派得力干将前去打探联系。事出意外，江安县已有国立剧专师生捷足先登，无力他顾，只有南溪县还有条件和能力安置。可惜，当地官僚和士绅不肯援手相助，其公开的理由是“小庙供不起大菩萨”，“这么多‘下江人’拥到这个江边小城，会给当地社会造成动荡，治安无法保证，传统的社会风俗将变质、变坏”云云。其实不肯相助的真正原因是，当地上层官僚不乐意多事，只想多捞钱、少费劲，清静安然地享受悠闲日子；而与下层劳动者联系较紧密的当地士绅和社会贤达，则怕“下江人”到来后，哄抬物价，大米小菜都跟着抬成了天价，使当地人的生活陷入困顿，因而表示拒绝。

正当钱子宁派去的人灰头土脸从各衙门走出，身心疲惫，正在南溪县城一家饭馆借酒消愁时，一个新的机缘来临了。

只见酒馆走进两个50多岁的中年汉子，双方一照面，当即打起了招呼。来者是南溪县李庄镇有名的士绅罗伯希与王云伯，大家在十几年前就有交情，如今在此偶遇，自然感到格外亲切。稍事寒暄，几人便围坐一桌，推杯换盏地喝将起来。席间少不了谈到同济大学欲迁川避难，而南溪县官僚、士绅拒不接纳的情形。罗伯希听罢，颇怀义愤，借着几分酒劲说道：“这国难当头，怎有能接而不接的道理，这帮官老爷和那帮闲杂碎也太不识大体、顾大局了。”言毕，头突然转把向身旁的王云伯：“我说云伯，他们不要，咱来接待咋样？别看咱这个李庄镇不大，可是有九宫十八庙和大片庄园啊，我估摸着安置这伙‘下江人’没得多大问题。”云伯听了，会意地点点头，附和道：“应该没得问题，不过要回去商量一下才好。”

“那是，是要回去商量，我们俩力争把这件事促成，也好给南溪县城那些官老爷和闲杂碎一点颜色瞧瞧，让他们没得脸面！”

听者心里明白，这罗伯希可不是因为泸州老窖喝高了胡言乱语，也不是吹牛摆龙门阵。此人见过大世面且办事严谨，早年出身行伍，曾做过川军将领刘云辉的副官，并在成都川军二十六集团军办事处当过少将参谋，后因不满军阀之间相互残杀与争斗，解甲归田，回李庄老家栖居，欲谋再起的机会。因其特有的政治背景，在李庄甚至南溪这块地盘上，他算是个叫得呱呱响的人物。钱子宁手下干将于走投无路、垂头丧气之际，眼前突然出现了一个柳暗花明的李庄，大感意外，内心生出感激之情，赶紧给罗伯希二人添酒加菜，好言相捧，直弄得罗王二人满脸热汗，心中舒坦已极。待酒足饭饱，罗伯希意犹未尽，乃邀请对方同去李庄做一番实地考察，并与当地官员、士绅打个招呼，待正式商量后，再做决定。如此这般，历史在不经意间注定了同济大学与李庄古镇结缘的命运。

几个人到达李庄，罗伯希找了个上岁数的当地人，带领钱子宁手下镇内镇外地转了起来。他与王云伯则很快找到了一位重量级人物——时任国民党李庄区党部书记罗南陔说明一切。罗南陔本是读书人出身，对知识分子比较尊重，当即表示可以考虑，并派人把李庄的张官周、张访琴、杨君慧、宛玉亭、范伯楷、杨明武、李清泉、邓云陔等权势人物及士绅名流、巨贾富豪，请到自己在李庄镇羊街 8 号的家中厅堂，共同商议。

此前，为躲避敌机轰炸，省立宜宾师范学校与宜宾中学两所学校已迁往李庄镇，分别住在张家老宅大房子和李庄下坝。因有了接待来客的经验，再接待一个同济大学就不觉太过棘手。经过几个时辰的反复权衡、议论，与会者最终达成共识：如果同济大学有意迁居李庄，大家将竭尽全力为其安置。——众位乡绅之所以如此痛快地达成共识，据罗南陔的儿子罗萼芬后来回忆，除因罗南陔等人对知识分子同情和尊重外，还有一个不可忽视的历史原因，那就是：南溪县城居长江以北，李庄居长江以南偏西位置，一江隔了南北，而南北两地的官僚与民众长期互不服气，抗战后隔阂日深，一度视同仇寇。此时的李庄官僚与士绅富贾，大有“凡是敌人反对的，我们就要拥护”的意气用事之感，也就是说，既然南溪县城不予接纳，李庄就要揽过来，这同罗伯希在南溪酒馆里的表现是一样的。正是这许多的复杂因素使得奔流的历史长河不断地拐弯，想不到这一拐，同济大学竟拐到了李庄。

既然李庄方面已有意接纳，与罗伯希一道来考察的几人也已围着镇子转了一圈，见此处房屋大院既多且古，颇感满意，于是乘船赶往宜宾向钱子宁汇报。钱氏一听，既惊喜又踌躇，尽管李庄有情，但毕竟只是个乡镇，不知同济方面是否有意，于是决定亲自乘船前来看个究竟。当他来到李庄镇，对当地的山川形势、风物民俗，特别是九宫十八庙及周边几个大山庄做了一番考察后，心中悬着的石头砰然落地。在没有更好地方可接纳的情况下，此处未尝不是

◎长江边上的李庄古镇

一个避难读书、生活工作的安居之所。

钱子宁与当地官僚、士绅就相关情况进一步洽谈，李庄方面为表诚意，由罗南陔当场起草了一份“同大迁川，李庄欢迎，一切需要，地方供给”的16字电文，请钱子宁带到宜宾发往昆明的同济大学。随后，又写了几份函件，对李庄的历史、地理、交通、物产、民俗等各方面做了较为详细的介绍，由钱氏分别转达同济大学与重庆国民政府教育部等相关机构。同济大学当局得到报告，颇为欢喜。时同济校长赵士卿（字吉云）因校内经费不足、债台高筑，又得不到师生与教育部的谅解和同情，于进退两难中选择辞职走人，教育部改派留德出身的周均时代理校务。

◎由李庄罗南陔拟稿发出的16字电文（逯弘捷提供）

受命于危难之间的周均时一上任，立即派出理学院院长王葆仁、事务主任周召南赴李庄考察并筹备迁移事宜。正在重庆的傅斯年通过教育部得知消息，即刻发电通知在昆明的史语所民族学组的芮逸夫，随王周二人一同前往李庄考察，以备中央研究院在昆明几个所的迁徙。于是，一个注定在中国文化史上留下深刻印记的新的文化中心，即将在山河破碎的西南一隅悄然形成。

同济大学派王葆仁、周召南赴李庄，主要是出于安置师生校舍这个层面的考虑；而傅斯年派芮逸夫而不派考古组或历史组其他人前往李庄，则有更深一层的缘由。尽管傅斯年游走过大半个世界，属于见多识广之人杰，但对叙府一带的川南却未曾涉足，尤其是长江上游的李庄，他不但此前没有听说过，也无法从地图上找到。他想起此前国民政府及其附属机构迁往重庆时，曾遇到不少阻力和麻烦，对于这个小小的李庄是个什么状况，心中自是没底。作为一个历史学家，傅斯年当然知道四川有“天府之国”的美誉，但也没忘记“天下未乱蜀先乱，天下已定蜀未定”的警世箴言。在这个人口众多、物产丰饶的省份，自古以来经常发生动乱和暴乱，造反举事的次数和阵势，不亚于自己的山东老家水泊梁山一带巨野泽。尤其是川南一带，那可是当年诸葛亮七擒孟获的地方，神机妙算的诸葛孔明当时没少吃苦头，著名的“治蜀宜严”遗训就是由此产生的。因了这些警世箴言与遗训，傅斯年心中忐忑不安。抗战军兴，正是天下大乱、匪盗蜂起的时候，确应派一得力干将前往李庄，对那里的历史、地理、民风、民俗、商业、教育以及盗风匪患，来一个全面考察了解，待大局已定，自己再亲率中研院几个所的同人出滇入川，方保无虞。于是，傅斯年便委派芮逸夫前往川南以探虚实。

芮逸夫是江苏溧阳人，1899 年生，东南大学外文系毕业，后到上海任中央研究院社会所民族学组助理研究员。1933 年春夏间，受中央研究院派遣，与留法归国的凌纯声博士一同深入湘西苗族地区，历时三个月，在当地驻军、政府以及苗族人的协助下，对湘西苗族进行了一次比较全面的调查，写出了著名的学术研究论著《湘西苗族调查报告》。自 1934 年起，随社会所民族学组归并于史语所民族学组，仍任副研究员。1935 年，芮氏参与外交部考察滇缅未定界务，并考察西南少数民族文化，对当地婚丧、巫术宗教、神话传说、歌谣、语言、地理、历史等诸方面，都做了详尽的考察研究，取得了丰硕成果。此次芮逸夫李庄之行，可见傅斯年用人得当。芮到达李庄后，以其独特的眼光、学识和经验，用训练有素的方法对这块土地上的民风、民俗展开了全面考察。

这个"在地图上找不到的李庄"，具体位置在宜宾市下游 22 公里处的长江南岸，下距南溪县城 24 公里，上扼金沙江、岷江等江河口，下可直达泸州、重庆、武汉、南京、上海直至入海。镇区为一平坝，全坝东西长约 5 公里，南北宽 1 公里余。北临大江，隔江与雄奇壮美的桂轮山对峙，南倚天顶、铜钱诸山，自古为川南地区通往滇、黔的重要驿道。在相当长的历史时期，李庄镇曾是川南的政治、经济、军事、文化中心。历代朝廷曾在此屯兵防边，屏障戎州东南。

按照李庄乡民口传的历史，这个地方原是一片荒草野滩，根本无人居住。很早很早以前，有一家姓李的来到此处披荆斩棘，开荒种田。待有了一定积蓄后，李姓主人深感长江中捕鱼船工极其辛苦，心生怜悯，拿出部分钱财在江边修了个茶亭，每天备一些简单的茶点，为在江中来回穿行的捕捞者提供一个歇息、交流、躲避风雨、补充体力的驻点。几十年后，李姓主人去世了，因感念这位老人的恩德，捕鱼者自发组织捐了些钱财，在茶亭边修建了一座

◎长江岸边的李庄古镇，对面即为桂轮山

小庙，名曰李王庙。再后来，就有外乡人迁来居住，时间一长，便聚集起一个村庄，因有李王庙在先，这个村庄便叫作李家庄，后又简称李庄。

这个故事只存活于当地人的口传中，并未形成文字，因而关于李庄的起源，后人已难考证。据有关史籍和当地府、县志记载，此地至迟在战国时已为僰人聚居之地，秦以前属僰侯国，秦孝文王时（前301—前250年）属于秦国蜀郡，并划归僰道县，自西汉至南齐均属僰道县辖境。梁武帝大同六年（540年）在李庄置南广县，并置六同郡。从大同十一年（545年）起，南广县属戎州所辖之六同郡，郡之所在地直至北周之末（580年）都在李庄。隋王朝统一中国后，于开皇初（约581—590年）废六同郡，南广县直属戎州。至仁寿元年（601年）为避太子杨广之讳，南广县改名，因当时县城主要在今李庄镇北岸僰溪（今黄沙河河口段）之南，故易名为南溪县。此地作为戎州治所和南溪县治所所在，经唐末和五代时前蜀、后蜀至宋末，一直未再变动，历400余年。

1937年，镇人罗伯希等曾在僰溪西岸大红山麓榛莽丛中发现一古石碑，石刻全文为："维天授三年太岁壬辰一月丁卯朔其日甲申戎州界"，共二十一字，分三行刻，其中"月"写作"口"，"日"写作"⊙"，经考证是武则天独创的异体字。[25]戎州州治早于贞观六年（632年）由李庄迁回僰道，天授时的石碑为戎州定界碑。这一发现，证明了史书记载的可靠性。

到了北宋初的乾德年间（963—968年），不知因何变故，南溪县治所由此地迁奋戎城（今南溪县城）。此后李庄不再作为县治所在，但经济交往一直保持强劲势头，未曾衰落。从明代起，李庄设镇，咸丰时成为川南第一大场镇。

自清光绪三年（1877年）起，李庄始设食盐官运局分局（总局在泸州），滇、黔两省部分地区及南六县（庆符、高县、筠连、珙县、长宁、兴文）的食盐均由此地运发，货商也引来上述地区的土特产品在此销售。直到抗战初期，李庄镇仍驻有"盐务缉私队"，专门打击不法盐商。

长江作为黄金水道在古代西南地区的交通中具有无与伦比的重要性，这决定了李庄在历史上是不可替代的兵家必争之地和货物集散地。除盐务外，李庄地区自然条件优越，周边物产丰富，粮食、花生、蔬菜、水果等产量均为川南之首，号称"四川的米仓"。自汉代起，此处就成为川南著名粮食集散地之一，直到抗战爆发前，米市成交额都远远大于南溪县城甚至泸州，从这里运出的大米供应宜宾、五通桥、泸州，并成为重庆最主要的粮食供应基地之一；豆类则远销自贡、乐山、武汉、南京、上海等地。整个李庄镇码头船来车往，络绎不绝，每天都有大批的运粮船队离港远航。李庄镇内常年设有大小两个粮市，经营此业者一直保持在100家以上，粮市管理者在街头设公斗20张，仍应接不暇，其繁盛景象，在川南罕有其匹。

正应了“天下未乱蜀先乱”那句老话，李庄自从设郡立县以来，大大小小的动乱此起彼伏，从未消停过，尤其到了改朝换代的年月，更是战乱频仍，动荡不安。

关于李庄战乱兵患的史事，唐以前只凭口头流传，未发现确切的材料，有文字记载的是北宋淳化五年（994年），拉杆子造反的王小波农民军张余、马保太部，受官军围捕分割后退踞川南，并在叙府与泸州一线的长江两岸，与官军、民团展开激战，一度攻陷李庄，杀掠焚烧后，抢走了大批粮食与其他物资南遁。当张马两部被官军围剿镇压后，由于动乱激起的余波未得及时平息，川南一带土匪盗贼蜂起，李庄深受其害达百年之久。

元末之时，揭竿而起的红巾军明玉珍部，在官军打压进逼下败退川南，其部在休养生息、招兵买马的同时，又与当地官军、民团为争夺地盘与生存权展开厮杀，李庄成为双方在长江一线的战略要地和粮食物资补给地。经过几年生死相搏，官军败绩，民团星散，明玉珍部夺取了整个川南地区，并一度在叙府设置安抚使司，李庄在其治下，并派驻军守防。改朝换代引起的战乱与社会动荡，使四川人口大幅下降，土地荒芜。在当过叫花子及和尚的朱元璋打下天下后，为使恢复元气，从两湖和广东大量移民入川，史称“湖广填四川”。但战乱与社会动荡并未立即停止，直到朱明王朝在南京建立几十年后，李庄及其四周仍余波未平，大小暴乱时有发生，此等状况直到明朝中叶才稍有好转。

明末，陕西北部李自成、张献忠公开扯旗造反，其声势之大，天下震动，朝野惊慌。崇祯十七年（1644年）初，自封为大西王的张献忠部攻入四川。四月，张部在忠州击败明军。六月，攻下涪州，占领重庆。当月，攻破泸州，溯江而上攻陷南溪和叙府，李庄为其所占据。八月，攻占成都。至此，整个四川全境均为张献忠的大西军所占领。

由于张献忠军队每到一处，除攻城略地、屠城放火，还四处捕杀百姓，搞得全川官宦、民众犹如惊弓之鸟，纷纷携带粮食物资逃离家园，四处流窜，全川陷入了长久的大动荡与大混乱之中。此等情形使南明几支脆弱的军队乘虚而入，樊一蘅、杨展、马乾等残明部将，趁机从滇、黔边境向蜀地杀奔而来，并很快收复了已被张献忠部占领的川南地区的叙府、内江、

◎张献忠铸钱“西王赏功”

◎张献忠铸钱“大顺通宝”

泸州、合江等地。但此时川南、川东南一带已是人烟稀少，耕地荒废，粮食奇缺。樊一蘅、杨展等部在中南部立稳脚跟后，面对随时会卷土重来的张献忠部，不得不在当地募兵扩军，以对强敌。扩军必须增饷，饷无可筹，则饥军难于约束，因而樊、杨等部每到一城一邑一镇，便下令抢夺劫掠。待无粮可抢、无果可掠时，开始抓人而食。川南一带百姓自遭张献忠屠杀之后，又遭遇了一场南明军队残杀后食人的浩劫。处于川南中心地带的李庄，自是在劫难逃，被南明军队抓走而食者不计其数。也正因如此，南明军队在收复叙、内、泸、合等城邑之后，遭到了各山寨乡勇民众的顽强阻击抵抗。面对南明军队的围攻和步步进逼，各山寨川人在内无粮草、外无救兵的绝境中，宁肯自己相互而食，也不让明军抓获屠宰烹煮成为盘中大餐。南明军队至此便步步荆棘，再难前进，只好在嘉定一带与张献忠大军成对峙状态。历史上谓张献忠屠蜀吃人，但据考证，“吃人”一事，实由南明的所谓“义军”始，而后才是献忠也。

张献忠定居成都并自称南帝后，派孙可望、刘文秀、李定国、艾能奇等四路大军分道出剿南明残军与当地顽固分子，同时抢些粮食以备后方之需。不料愈剿叛民愈众，守寨愈坚，反为樊一蘅、杨展等南明将领得了空隙，占了便宜，不但趁机破了城寨抢了粮食，还把当地百姓差不多全捉住吃光了。张献忠的四路大军刚出征时，尚能抢到一些粮食供应成都，几个月后，各城邑已无粮可抢，各路大军皆闹起饥荒，大有朝不保夕之势。这一危急情形报于成都内宫，张献忠既惊且忧，见军粮已无处可掠，又听说各寨乡勇与南明军队都以人为食，吃饱之后再与自己对垒交锋，心想这大西军也不能只看着活人满地乱跑而不抓来吃掉，自己干瞪着眼活活饿毙，成为各寨寨主与南明军队的盘中美食。于是迅速下达命令，各路大军以人肉代替军粮，号为“人粮”。孙、刘、李、艾四路大军首领，依张献忠命令各率本部人马，到了应剿州县，分别乡区界至，扎下围场，采取铁桶合围战略战术，不管是地上跑的还是天上飞的，通通擒获宰杀，除分而食之，还要留出一些装入车中，用盐腌渍，拉入成都供后宫妃嫔及朝廷官宦享用。此种方法在历史上被称作“草杀”，其意就是如农民在野地里割草一般宰杀。待一地的人畜被斩尽杀绝后，大西军再移居另一乡区，如法炮制，一县斩尽再移他县，一州杀绝再移他州。四路大军所到之处，地上的人畜与天上的雕鹫皆为之绝迹，只有一堆堆白骨昭示着蛮荒时代的重现。当人畜被赶尽杀绝，再无可杀可吃之物，饥饿难耐的四路大军不得不先后退回成都。

此时云集成都的张献忠所部尚有十余万之众，粮草皆尽，只靠捕杀城内和周边百姓为生。四路大军返回成都后，更是难以为继，眼看百姓越来越少，不足以支撑全军的“人粮”，已到了山穷水尽的绝境。恰在这时，与张献忠几乎同时造反的李自成攻陷北京后，兵败南逃，清军已经入关并占领北京，向南围追而来，张献忠闻讯更是焦虑不安。有几位忠诚精明者如随军和尚志贤等，曾冒死向献忠苦谏，谓：“西蜀沃野千里，号为天府，一年多来竟已是人尽粮空，天荒地老。倘不改弦易辙，何地不可变成沙漠。宇宙虽大，我军终当饥困坐毙，徒累一方生灵而已……坚定志趣，招垦劝耕，以为亡羊补牢之计。”[26]孙可望等将领也苦劝张献忠。但流寇毕竟是流寇，他的最大本领是“流”而不是“坐”，否则如鲁迅所言将成稍受百姓欢迎的“坐寇”，天下百姓所惧怕者，也全在一个“流”字。

此时刚愎自用、嗜杀成性的张献忠已听不进任何锦囊妙计，仍一意孤行，命人在他的大殿前立“七杀碑”一座，公开标榜自己杀人是最好、最有效的“替天行道，除暴安良”。并亲自撰写碑文命人刻于其上，文曰：“天生万物以养人，人无一德以报天，杀杀杀杀杀杀杀！”[27]

杀气冲天的“七杀碑”高高立起，但整个成都几乎已无可杀之百姓，张献忠传下密令，把城内青羊宫近百名道士、成都周边寺庙的几百位和尚，连同特意骗来贡院赶考的千余名四方八乡的儒林士子，全部派兵抓来杀了充当食物。当道士、和尚与读书的儒生被斩尽杀绝后，张献忠再下令，把军中平日专门靠耍笔杆与饶舌混饭吃的宣传部门的官员，以及老弱病残的武官及兵差全部杀掉分食。实在无人可吃时，张献忠便走出骷髅成堆、阴气森森、四处飘荡着血腥气味的内宫，命手下兵士一把大火把成都这座千年古城烧了个片瓦不存，自己统率大军在火光熊熊中向川北逃亡而去，一个号称全盛之局的大西国，至此消亡了。

张献忠逃亡后，四川分别为南明军与清军所占。不久，已渡过江淮、进入川境的清军，以保宁（今阆中市）为大本营，与南明军展开争夺川境的战斗。南明军以嘉定为大本营，抵抗清军劲旅。保宁与嘉定之间相隔七八百里，其间只有飘荡的藁草而不见人烟。清军携粮来打嘉定，总是粮尽败归，而南明军又携粮去打保宁，亦是粮尽败回。明清两军往复征战，厮杀经年，直到永历皇帝入缅之后，南明军溃退，四川全境才为清军所占。那时已是永历十二年（1658 年）戊戌，即清朝顺治十五年。此后四川境内并未安宁，尚有郝承裔与李赤心及其他许多不服清朝的当地士绅与民众，先后纠集武装，起兵据地，与清朝军队为敌，双方直杀到康熙三年（1664年）甲辰，四川人战死或被杀者无数。世人皆说张献忠屠蜀，其实张献忠仅据蜀三年，最多亦不过杀掉川人百分之几，其余大部分乃是因为战争、饥饿、瘟疫，以及张献忠死后明清两军为争夺蜀地相互砍杀、捕食了十七年而尽的。

清康熙二年（1663年），四川巡抚张德地受朝廷之命，由广元入蜀赴任。当他率领一班人马来到天府之国首府成都时，昔日辉煌的宫殿楼阁已被张献忠烧了个精光，抬眼四望，全城尽为瓦砾，芳草萋萋，满目疮痍，除了啃吃人骨而红了眼的野耗子在残垣断壁间来回窜动，以及在天空中盘旋打转、哀鸣不已的野鹭黑雕，一个人影都未见到。整个成都成为"万户萧疏鬼唱歌"的无人之国。面对眼前的凄惨之状，张德地触景生情，想到战争之残酷，民生之多艰，禁不住流下了眼泪。

眼看成都已无法落脚，更不能成为官府衙门所在，张德地只好由成都去嘉定，察看了当年南明军队的老巢，但见残败不堪，仍无法久驻。接着乘船顺岷江而下到叙府，再至李庄、南溪、泸州、重庆，沿嘉陵江上溯至合川，舟行千余里，一路寂无人语，仅是空山远麓，江上鸟影，令同船者不胜唏嘘。最后，张德地一行来到当年清军与南明军对峙的大本营——保宁，方见有人声犬吠，房屋茅舍，西蜀的巡抚衙门就在此地安置下来。

张德地上任后，首先派出文官集团对各地人口进行统计，武官集团分责平息社会动荡。同时在各地设置官吏，以恢复原有的生产、生活秩序。由于民众少得可怜，不得不将几个县并为一县，但仍是人口稀疏，不足成形。当时的安岳县已到了"户不盈十，丁不满百，难以设官"的地步[28]，不得不归并到遂宁县。既然此地已无乡民，作为统治者的官员，自然就成了空架子，既没有威风可摆，也没有油水可捞，做官好像没有了实际意义。张德地为了让自己这个巡抚有个官样儿，也有点油水可捞，就上奏朝廷，谓"四川自张献忠乱后，地旷人稀，请招民承垦"，请求朝廷颁诏，号令川省出走的流寇、流民与流氓无产者"三流"之人，速回原籍生产、生活；同时以优惠政策和条件，招民填川，让"无业者入蜀垦荒"，使沃野千里的川省再现当年"天府之国"的辉煌。极具雄才大略的康熙皇帝见到奏折，觉得此不失为一个好的策略，于是恩准，并批转吏部、户部及江南各省督抚，着行照办，不得有误。

为了鼓励外省人丁来川开荒种粮，向官府纳税，张德地再度向康熙皇帝请求："无论本省外省文武各官，有能招民三十家入川安插成都各州县者，量与记录一次；有能招民六十家者，量与记录二次；或至百家者，不论俸满，即准升转。"[29]康熙见奏，再度恩准。于是，两湖、广东、广西、江西、陕西、福建及滇、黔等诸省的流民，从饥寒交迫的苦难与重压下逃脱出来，呼儿唤女，背篓挑担，蚂蚁搬家一样向蜀地拥来。南方之流民，多是顺长江水道，穿三峡，进重庆，分流至川南、川西各山川平坝之中，安营扎寨，开荒拓土。张德地因为“四川人口大幅度增长”的辉煌业绩而获得“加工部尚书衔”的升迁。

继张德地之后前来四川任职的大小官员，见招民开垦不但可收到租税，还可得到朝廷赏封加冕，赐奉加爵，为利益驱动，更是不遗余力地四处招民。当各地的无业游民与流民大都安居乐业，再无人可招时，为了冒功领赏，当地官员开始趁大乱之后的混乱局势浑水摸鱼，将当地土著纷纷改籍，摇身一变成了外地迁来的“移民”。更有甚者，开始“捏造姓名，指称依傍”[30]，予以冒籍。在这场以获取利益为最终目的的鼓噪与蒙骗中，出现了历史上最大规模的一次“湖广填四川”移民浪潮。尽管在康熙驾崩之后，接替其父执掌朝柄的雍正皇帝对这股经久不衰、声势浩大的“移民入川潮”有些警觉并产生过怀疑，发出“去年湖广、广东并非甚歉之岁，江西、广西并未题成灾，何远赴四川者如此之众”的疑问，但由于其间暗伏层层官吏的共同利益，仍未能阻止这股大潮汹涌流动。到了乾隆元年，编查户籍，全川百余州县，合缘边土司计，共 653 430 户。这时张献忠死去已有 90 年矣！

就在这股历康、雍、乾三世，持续时间长达半个多世纪的“移民填川”大潮中，长江上游第一古镇、川南重要的“米仓”和交通驿站——李庄，自然成为各路流民瞩目的焦点和争相迁居的风水宝地。

由于人口增多，当地经济逐渐恢复。随着“康雍乾盛世”来临，李庄进入历史上最为鼎盛的繁荣时期。一些会馆、佛寺、道观开始复修兴建，仅乾隆年间就先后修建了文武宫、桓侯宫、南华宫、文昌宫等四座宫殿，以及佛光寺、万寿寺、玄坛庙、永寿寺、关圣殿、伏虎寺、常君阁、天宫庙等八座规模庞大的庙宇楼阁。至咸丰一朝，在李庄地面上形成了九座宫殿十八座庙宇——号称“九宫十八庙”，外加两座教堂的辉煌格局，其势力之大，气派之盛，威震川南，名播巴蜀，为一时所重。

注释：

[1]《蒋介石年谱》，李勇、张仲田编，中共党史出版社 1995 年出版。

[2][3][5][6][7][16][17]《石璋如先生访问记录》，访问：陈存恭、陈仲玉、任育德；记

录：任育德，台湾“中央研究院”近代史研究所 2002 年出版。

[4]《困惑的大匠——梁思成》，林洙著，山东画报出版社 1997 年出版。

[8][9][11]《傅斯年致蔡元培》，载《傅斯年遗札》第三卷，王汎森、潘光哲、吴政上主编，台湾“中央研究院”历史语言研究所 2011 年 10 月出版。编者注：此函件取自台北“中央研究院”近代史研究所《朱家骅档案》，页末收发注记：“元月廿二到”。

[10]《蔡元培致傅斯年》，台湾“中央研究院”历史语言研究所傅斯年图书馆藏“傅斯年档案”。

[12][14][15]《傅斯年致李济》，载《傅斯年遗札》第三卷，王汎森、潘光哲、吴政上主编，台湾“中央研究院”历史语言研究所 2011 年 10 月出版。

[13][23]《中国建筑之魂——一个外国学者眼中的梁思成林徽因夫妇》，[美]费慰梅著，成寒译，上海文艺出版社 2003 年出版。

[18] 孔庆荣、段昆生《忆日机首次轰炸昆明》，载《昆明文史资料选辑》，第六辑。

[19] 俞大綵《忆孟真》，载《傅斯年》，山东人民出版社 1991 年出版。

[20]《梅贻琦 1937—1940 来往函电选》，黄延复整理，载《近代史资料》，第 19 页，李学通主编，中国社会科学出版社 2002 年出版。

[21][22]《傅斯年致梅贻琦、蒋梦麟、黄钰生、杨振声》，载《傅斯年遗札》第二卷，王汎森、潘光哲、吴政上主编，台湾“中央研究院”历史语言研究所 2011 年出版。

[24]《北总布胡同三号——童年琐忆》，载《不重合的圈——梁从诫文化随笔》，梁从诫著，百花文艺出版社 2003 年出版。

[25]《四川省历史文化名镇——李庄》，熊明宣主编，宜宾市李庄人民政府 1993 年出版（内部发行）。

[26]《蜀乱》，转引自《西王张献忠》，任乃强著，陕西人民出版社 1995 年出版。

[27] 著名的“七杀碑”现存立于四川广汉房湖公园。一种说法是张献忠亲题，一种说法是清朝将领所改，这种说法的考证较详细，谓“七杀碑”原是号称大西皇帝的“圣谕碑”，碑上共二十字：“天有万物与人，人无一物与天。鬼神明明，自思自量。”张献忠战败后，明将杨展在此碑背刻《万人坟碑记》。清军入关后，将“圣谕碑”题刻改为：“天生万物以养人，人无一德以报天，杀杀杀杀杀杀杀！”此后被称为“七杀碑”，现碑、文依然如故也。

[28][29][30]《清史稿》。

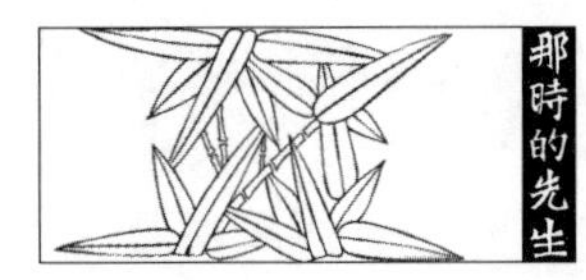

第三章　扬子江头第一古镇

三大家族的合纵连横

在清初“湖广填四川”移民大潮中，有张、罗、洪等三姓家族先后来到李庄，开荒拓土、艰苦创业，最终开创了百年家业长盛不衰的局面。这三大家族正是有了在李庄创立的宏大基业以及呼风唤雨的政治地位，才埋下其后辈子孙与同济大学、中央研究院、中央博物院筹备处、中国营造学社、北大文科研究所等教育学术机构万余名大小知识分子相会的伏笔。

据张家族人回忆，张姓在李庄的始祖是从湖北麻城县孝感乡流亡来的兄弟二人。他们沿长江来到李庄坝子，见土地肥美、树木葱郁，是个开荒拓土的好地方，便定居下来。兄弟二人先在江边扎起帐篷，找了个山坳伐树除草。在劈开遮天蔽日的树林向纵深处前行时，突然发现了一座大宅院，院内荒草丛生，阴森可怖，几条碗口粗细、一丈多长的巨蟒，在院中树木草丛中缠绕蠕动，另有百千条一尺多长的青花蛇，瞪着黑亮的小眼睛，在墙角壁缝间上下窜动。张氏兄弟于惊恐中对这所荒芜日久的宅院做了初步观察，怀着好奇与欲得到这处房产的双重心理，做了精心准备，采取火攻与刀砍斧劈的战略战术，陆续将院中的巨蟒和小蛇杀死惊散，用了五六天的时间方才进得厅堂。只见厅堂和里屋躺着五具尸体，肉体已经腐烂，骨架尚完好，从骨架的大小推断，其中三个是未成年的小孩。看上去死者应是一家人，

◎板栗坳一角

◎板栗坳的城墙一角（王荣全摄并提供）

有一成年死者明显是怀抱幼儿罹难，不知是为军匪所杀还是自杀。一家人把自己的家园当成了坟墓，其凄惨之状令人不忍直视。张家兄弟把尸骨收拾起来，在山下找了个地方分别掘坑掩埋，并出于对死者的尊重，为他们立了牌位，先是放在这座宅院中，后移往李庄镇中心的张家祠堂常年供奉。

掩埋好死者的尸骨后，张氏兄弟对这座宅院全面清理、修补后居住下来。很多年之后，据当时因战乱流亡外地后回归的当地人讲，这家宅院的主人姓宋。为了表示对这家主人的纪念，张家兄弟将这个地方取名宋嘴。是为康熙年间事。

到了清乾隆年间，张家兄弟已传了八代，并有了八大房之说，总人口达到了千余众。由于宋嘴地面无法容纳众多人口，张氏家族开始按支系分家迁移，其中大房一支迁往李庄镇外的板栗坳，又称栗峰山庄；另几支迁往李庄郊外的门官田、麻柳树、大房山庄等地，与最大的一支——板栗坳族群成掎角之势，遥相呼应，整个家族势力支撑起李庄的半壁天空。

清代晚期，张家族人家业发达，人丁倍加兴旺，总人口已达到了数千之众（据镇志记载，1922 年达万人）。最大最有实力的一支，仍推移居板栗坳的族群。李庄镇上游约 5 公里的长江边上，因有一座状如犀牛的小山，山上有一株数百年的板栗树，故名板栗坳。自乾隆年间始，板栗坳一支张姓家族，在此处打造宅院，历经数辈辛勤积累，庞大坚固的山庄终于建成，前后耗白银两万多两，用工不计其数。山庄按照堪舆学“山管人丁水管财”的理论体系进行规划建造，因整个建筑群极其庞大复杂，建筑者采取依山傍水，从低向高分层建筑的方法予以兴建，最终形成了由七处院落组成又相互联系贯通的栗峰山庄。山庄中轴线上有一宽敞威严的大门，大门内共计一百零八道中门与小门，暗合三十六天罡星、七十二地煞星之数。整个山庄按照地势起伏特点，建有内、外两道砖石结构的高大厚实的围墙，以防兵匪盗贼骚扰与抢劫。墙上修有防兵匪盗贼入侵的垛口，四角修有瞭望楼与炮台，几十台威力巨大的火炮分列其上，看上去气势磅礴，威风凛凛。庄园之内，近百乡勇家丁日夜巡逻守护，几座大的厅房与院落安置打造枪炮的红炉作坊，专门制造枪炮。所造兵器除山庄自用，还对外出售，发往全国各地，俨然一兵器制造局。与此同时，山庄内还设有铸造铜钱的模具设备，公开制造货币发行全国。板栗坳雄伟的建筑、宏大的气派、辉煌的家族基业，如同一个百业俱兴的独立王国，傲然耸立在川南栗峰山上，俯视大江南北。

与辉煌基业相互映衬的是，张氏家族在李庄站稳脚跟后，开始了耕与读两手抓、两手都要硬的治家策略。据张氏族谱云："子侄慧，能读则读，弗能读，即去而耕。无舍业嬉者，无袖手游者，无嘻嗃，无诟谇。门以内皆纺车机杼声，操女红者袜履缝纫外，无他刺。"（据1948年统计，张氏族人当年在校学生达1600余人。）正是在这样的家风熏养下，至清朝末年，张家族人应科举得功名者不计其数，翰林、进士、举人比比皆是，高官大吏遍布京师与全国各州县，逢年过节或到了家族聚会之日，张氏族人的顶戴花翎成行成片，如同雨天街头撑起的伞盖，耀眼夺目，故在李庄甚至整个川南，有"张家的顶子"之说流传于世。

有了如此庞大的经济实力与人脉背景，同历史上许多富贵家族和黑社会势力一样，在特定的历史转折点，都要滋生与朝廷分庭抗礼，问鼎中原，夺取天下的妄念和野心。到了清咸丰一朝，张氏家族的"张四皇帝"等人，得知洪秀全、杨秀清等辈在西南起兵，并打出了太平天国的旗号，北京紫禁城金銮殿咸丰帝的那把椅子已开始摇晃，并有倾倒的可能。于是，一伙草莽绿林汉子野心膨胀，反意萌生，在一个月黑风高之夜开始拉杆子闹将起来。

"张四皇帝"本名张万金，属张氏家族的一支，家住李庄郊外长江之南的九盘溪，此溪因蜿蜒曲折如同长龙打坐，故名九盘。溪流绕过蒲家滩，滩上有一大桥，谓卧龙桥，锁住这条溪口，溪水到此成一大曲折，如同巨龙仰头长吟。溪上山岭重叠，林木森森，触目皆是极为壮丽的景观。左边不远即为张氏家族的祖坟群，其中块头最大、地位最显、年代最久的主坟，正对着奇秀山峰上的寒蓬寺。这山峰远远看去，犹似一面旗帜迎风飘扬。溪流右侧有一偌大的村落，就是张万金家族的住宅。万金在家中排行老四，当年30多岁，身材高大，相貌堂堂，耳长额宽，目光如电，性直爽，喜交际，善言谈，说起话来滔滔不绝，且经常议论时政，褒贬是

◎张万金居所外的卧龙桥与九盘溪（王荣全摄并提供）

◎张万金祖坟对应的奇秀山峰（王荣全摄并提供）

非，加上他那具有磁性的嗓音，使当地民众特别是少男少女格外迷恋追捧，在李庄算是少有的英武之士。据说，就在张万金扯旗造反前几年，一日黄昏时分，路上偶遇一黑衣白发老道，这道人一见万金，先是打了个激灵，而后“扑通”跪倒在地，高声呼曰：“万岁！”并说道：“贫道盼望您好久了，如今天下生灵涂炭，民不聊生，大清江山就要易主，还望万岁爷早登大位，解百姓于倒悬，救万民于水火！”

张万金闻听，大为惊诧，不禁向前问道：“老爷子，你是在跟我说话吗？”

“千万不要这样叫，愧煞奴才了，我正是跟新的天下共主、万岁爷皇帝陛下您禀报呀！”老道说着趴在地上“咣咣”叩起头来。

“你是说我能当皇帝？！”张万金这才回过神来，满腹狐疑。

“正是，贫道从西南云游至此，就是专程向陛下禀报此事的呵，还望陛下不要错过机会，当立则立，待机行事！当断不断，反受其乱！”老道站起身，一脸严肃而真诚地说着。

“别看我叫张万金，但家中并没有几个大钱呀，这样的好事咋就会轮到我头上？你这牛鼻子老道不是喝高了胡言乱语吧？”张万金依旧表示怀疑。

只见老道人抬手捋了一把胸前的白须，微微一笑，道：“我没喝高，也不是胡言乱语，你今日之福分全靠你祖上的造化呵！”说毕，用手指了指寒蓬寺和张家的坟茔，对张万金道：“看，这山势如一面黄龙大旗正对着谁？正是皇帝陛下的先祖，是先祖坐定了龙脉，把住了龙头，庇护了子孙，才有陛下夺得大位之幸呵！”言罢，悄然消失于道边的山野草莽，于暮色中再也望不到了。

张万金迷迷糊糊地回到家，把路上奇遇对乡民讲出，乡人于嬉笑中说了些“不是活见鬼，就是鬼拉人”之类的丧气话，开始戏称张万金为“张四皇帝”。时为道光二十八年（1848 年）间事。

尽管四乡八邻把张万金的话当作奇谈怪论加以嘲讽，张万金自己却越来越坚信道士所言，渐渐迷恋起造反的行当来。咸丰元年（1851 年）九月，洪秀全所率太平军一举攻克永安州，这是洪、杨自金田举事以来占领的第一座城市。次年六月，太平军又攻克湖南道州，当地流民与天地会人员争相来附，太平军迅速扩大到五六万之众，比在广西举事时增加了近十倍人马。消息传出，朝野震动。张万金得此消息，认为自己出手的机会终于到来了，开始往返于大江南北，在李庄镇与南溪地面纠集破落乡绅、流氓无产者等一帮青壮汉子，以自己的住宅与板栗坳张氏家族最大的山庄为隐蔽点，秘密召开会议，准备造反起事。按照张万金的设想，首先组建队伍，在李庄举起造反大旗，然后率部进攻叙府，沿岷江一路向成都进攻。待拿下成都，迅速占领全川，而后建国立号，分封诸王，迎后娶妃，招募太监，过个风流快活日子。当然，占了成都的张万金并不会止步，当文臣武将、宫妃太监都摆弄妥当，势力扩大之后，再分兵北上，推翻清王朝，夺得皇帝大位，把紫禁城三宫六院中的七十二妃，一个都不能少地捉来供自己享用。

计划制订好，张万金风风火火地大干起来。他先是派人暗中与在云南大关县造反拉杆子的李永和、兰大顺两人取得联系，后又派人赴湖南联系太平军翼王石达开。因太平军转战南北，去向不定，一时联系未果。此后，张万金用计说服板栗坳张氏家族的头面人物张树元，组建了一个造反叛乱指挥部，大本营设在栗峰山庄，并仿照洪、杨太平军建制设立官衔和各项制度，其设置为：张万金为天王，总理军政事务；张树元为东王，分管筹集钱粮，设置红炉，打造戈矛枪炮，兼铸钱币，保证军队粮饷供应；李庄镇的王三兴为西王，负责军队作战部署与实施；南溪县城的万梅轩为南王，负运筹帷幄、决胜千里之重任，相当于指挥部的军师；南溪县城著名书法家

◎板栗坳牌坊头一角，“张四皇帝”起兵之处

包小和为北王，为指挥部幕僚长，专职负责文书布告的草拟发布和宣传事务。因仓促举事，可用之才不足，只设此五王，但仍按太平军规矩，西王以下归东王节制。也就是说，指挥部的大权总体上控制在以张万金为领导核心的张氏家族手中。

几路大王分封之后，各王按自己的职责开始秘密行动。张树元负责打造的戈矛枪炮，全部藏匿于板栗坳山庄几处密室夹层和地下窖穴中。张万金足力强健，号称日走200余里，常奔走于川、滇、黔边境，秘密结纳当地百姓，收罗流民，建立军事组织。包小和则随张万金在民间和已建立的军事据点做宣传蛊惑工作。到了咸丰九年（1859年），云南大关的李永和、兰大顺两人率数万之众入川境攻打叙府（宜宾），张万金本想拉起武装，来个里应外合一举将叙府攻克，但又顾虑到沿江两岸清兵团练、地主武装密如蛛网，板栗坳又在离叙府不足20里的江边，为官军与团练密切防范之地，加以自身势力不足，未敢冒险行动，遂采取坐山观虎斗的战略战术，以待时变。李永和、兰大顺部久攻叙府不下，孤军难支，最后被官军击溃，只好撤回云南边境。张万金凭借自己占据的天然地势，趁机将李、兰残部截留，拉入川滇边境，暗中整编训练。

咸丰十一年（1861年）七月，咸丰帝驾崩，朝廷内部展开了血雨腥风的权力争夺大战，主策者一时无暇他顾，天下更加纷乱。张万金感到机会来临，遂率领一万余众，于这年的十一月在板栗坳以南几十里地的长宁县三村坝悬起“替天行道”的大旗，宣布造反。在突破了清军、当地团练一连串的围追堵截后，万金率部攻打长宁县城，一举击破城门，斩杀守城官兵，俘获知县。紧接着又分兵攻克建武（今兴文县），进窥江安。同治元年（1862年）三月二十八日，张万金接到太平军翼王石达开的密信，约他在大娄山下的桐梓会面。万金率精锐部队星夜启程直赴大娄山，帮助石达开部从间道插于四川辖境。因石达开欲进军横江，张万金率精锐3000人进驻沙河驿牵制清军。九月中旬，曾国藩的湘军与清军大批入川围剿石达开部，石氏闻讯，率部由西南小径斜绕北上，张万金见石部已离开横江地域，又探知进攻江安的一部遭清兵围困，情势危急，当即从沙河驿拨兵东下，急趋400里驰援，途中处处遭遇清军与团练伏击，损失惨重。当张万金率部仓促奔驰到安宁桥时，遭遇强敌围攻，激战数日，刚刚杀出重围，又陷于投降清朝的叛将唐友耕包围。已是人困马乏的张万金部寡不敌众，全军溃败，万金被俘，解送成都后被枭首示众。

万金被处极刑后，清军在李庄一带大肆搜捕其余党，东王张树元、西王王三兴等高级将领及残部纷纷被捕，或砍头，或剥皮，或抽筋，或被煮，或被烹，或被点了天灯。万金余部有的投降清军为朝廷效力，有的改行做了水贼，有的成了专以绑票砸孤丁的土匪，有的复为无业游民，顷刻间树倒猢狲散。在所有高级将领中，唯有号称“小诸葛”的包小和侥幸逃脱。[1]

板栗坳的张氏家族眼看清军在李庄如秋风扫落叶一样大肆搜捕砍杀，于极度惊恐中迅速派人把张树元打造的兵器暗中抛于栗峰山下的滚滚长江，来不及抛的器械仍藏于密室夹壁中。与此同时，张家族人拿出大批珠宝金银向搜捕的官军行贿，经过一系列提心吊胆的补救，板栗坳总算躲过了一劫，藏在夹壁中的刀矛剑戈无人胆敢妄动，直到中央研究院的芮逸夫来李庄考察时，仍大部完好无损地保存于内。

万金被枭首十几年后，李庄镇来了一位风水先生，有好事者把“张四皇帝”的遭遇和盘托出，询问个中缘由。风水先生到张万金的宅地和祖坟处转了一圈，对人道：“当年张万金遇到的那个道士其实是洪杨派来的，为的是在这里找到造反的同盟军，此人可能听说过寒蓬寺所在的小山很像是一杆黄龙旗的坊间议论，就给张万金对号入座，弄了个皇帝帽子戴上了。可是以堪舆学来看，这旗形的山峰，是倒着的，所以万金欲登大位未成反遭砍头之祸。如果这山头是直立的旗形，那‘张四皇帝’可能真要成为皇帝了。”

面对这位风水先生的解说，乡民们不知真假，只有对世事沧桑不可捉摸的一脸茫然。

“张四皇帝”造反失败，张家势力暂时受到了遏制，李庄镇一直与张家抗衡但势力相对较弱的罗、洪两大家族趁机崛起。

罗家以钱财名世，洪家以武力刚强著称，两家势力大有“贾不假，白玉为堂金作马”“丰年好大雪，珍珠如土金如铁”之气派，最终形成了“张家的顶子，罗家的银子，洪家的锭子（拳头）”三足鼎立之势。这种格局像三国时的魏、蜀、吴一样，在近百年的时间里，三大家族时常采取合纵连横的捭阖、钩钳之术，既相互依存又相互争斗，直至为各自的利益与政治主张发生混战，上演了一幕幕惊心动魄、让人眼花缭乱的悲壮活剧。

罗家入川较张家为晚，约于乾隆中期从湖北一带迁来。从罗家一直保存的族谱看，最初在南溪县刘家场镇落脚生根。大约过了60余年，已有了相当规模的基业和近百口家眷，鉴于刘家场地面狭小，发展空间受限，遂于道光初年迁往李庄镇，开始了造宅置地、耕读持家的新一轮创业历程。到了咸丰末年，罗家已成为拥有几千亩土地、几百口人、家财万贯的名门望族，气势与财力直逼张氏家族。张家一看罗家渐成气候，心中自是又妒又忌，既拉又打，不让对方一日无事、一日有轻松踏实之感，以此来维护自己李庄霸主的地位。既然罗氏家族势力已经壮大，自然不再吃这一套，或明或暗地与张氏家族较起劲来，并生发与对方一决高下的信念与勇气。三年后，一场会战在双方长期面和心不和的对峙后终于爆发。

这一年的秋天，张氏家族成员赶着千余只鸭子赴叙府出售，在走出板栗坳之后须穿过罗家的地盘，由于鸭子太多不好约束，其间不免吃了罗家地盘的菜粮。罗家为此提出强烈抗议，但张家并不放在心上，遂将罗家激怒。双方先是口角相向，继而互殴，直至去官府打起了官司。官府判官见两家各有非同寻常的势力与人脉背景，哪一家都不可得罪，索性来了个“葫芦僧乱判葫芦案”，于两者之间和起了稀泥，弄得双方皆不满意。那判官见调解与判决皆不能奏效，双方又不依不饶，索性一拖二躲不再理会。张、罗两家一看官府之人如此不堪一用，便调转头来，皆向李庄的第三大户洪家诉苦，欲请其出面主持公道、给个说法。洪家原本以习拳弄棒、开武馆办团练为业，后生意越做越大，协助朝廷与地方官府平息叛乱，捉匪拿贼，一时称盛。对张、罗两家的公案，洪氏家族长老在反复权衡之后，认为两家之所以互不服气，其根源是张家依仗顶子多，罗家依仗银子多，两家是官多气盛，财大气粗，有权有钱就是任性，都是权势与金钱惹的祸，要平息事端，只有在这两方面下功夫。于是，便生出一个馊主意，即以武林惯用的华山论剑之法予以办理。其具体操作方案是：在李庄对岸桂轮山一个高处平台，张家与罗家各备朝廷命官与银子若干，由洪家主持，双方向江中扔活人与白银。凡张家扔下一个官员，罗家必须扔下一筐白银，如此这般，交替投掷，直到一方宣布败北方可停止。失败的一方须在家设席向胜利方赔礼道歉，并赔偿损失，等等。

这个听起来很荒唐的方案，居然得到失去理智的张、罗两家认可。盛气之下，张家开始召集、组织朝廷任命的各色官员向李庄集结。罗家则四处追讨欠账，变卖部分田宅器物，收罗银子，欲与对方决一雌雄。在双方准备停当之后，形式奇特、声势浩大的桂轮山决战开始了。

开战的日子选在暑期 7 月初，高大峻峭的桂轮山树木郁郁，葱翠欲滴，一片生机盎然；脚下的长江之水，波涛翻滚，浪花飞溅，泱泱然奔腾不息，东流而去。只见张、罗两大家族分列桂轮山平台两侧，中间摆设香案，几十名不同姓氏、德高望重的乡绅组成的裁判团成员分列两旁，洪氏家族长老作为总裁判，神色庄严，倚案而立。待香火燃起，裁判团对双方准备的人、财查验无误后，用高亢响亮的声音宣布决战开始。

大战临头，张、罗双方皆有惧色，但事已至此，无法撤退，只好咬牙瞪眼，强作镇静开始行动。张家在前，先有一青年官员被几个专门雇来的大汉抬起，来到平台的尽头，“嗖”的一声向山下的大江扔去。那青年早已面无血色，闭了眼睛，如同一块柔软的面团，凌空飞下，飘飘悠悠地落入急流涌动的江中，不见了踪影。在一片惊叫唏嘘声中，罗家的一筐银子被大汉们抓起，晃动了几个来回，随着“嗨”的一声叫喊，箩筐脱手而出，翻着跟斗砸向江面，沉入水底。围观者无不以复杂的心情啧啧叹息，这可是白花花的银子啊！正是白花花的银子，才如此惊心动魄，牵动着现场每个人的神经。如此一人对一筐，循环交替，向大江扔去。两个时辰过去了，罗家运来的银子已被抛罄，而张家的朝廷命官依然成行成片站立台上。罗氏家族力不能敌，表示放弃对决。于是，一场惊心动魄的桂轮山之战，以罗氏家族的败北而告终。

关于这场看似荒唐，实则对李庄的家族势力划分与定位影响深远的张、罗两族之战，许多年后才透出了不曾为外人所知的内幕。洪家本是出于一种玩世不恭的态度出此下策，本想用此激将法和一番稀泥拉倒，是是非非任它而去。但罗家得此消息后，认为张家不可能拿人的性命来做赌注，遂当场答应，想以此阵势把张家唬住。而张家在得知这一决战的形式后，对罗家可能用来打水漂的家财做了充分估算，最后想出一个奇策怪招，即在家族中选拔一些年纪轻、水性好的子弟打头阵，其人数基本可以把罗家拿来对阵的钱财消耗殆尽。而在决战之前，张氏家族不惜重金租来大吨位轮船，在下游的桂轮山转弯处不事张扬地悄悄阻截，而后又从叙府和重庆聘请大批水鬼（潜水员）于投水地域和轮船停泊处实施秘密救援。如此一来，江中形成了一道水下救援防线。当被扔下的人沉入江底时，可凭借自小在长江中练就的水性，憋住气顺水漂流，到转弯处自有船员和水鬼予以接应，如此则性命无忧矣。在这一战略思想指导下，张氏家族做了充分准备，表示乐意应战。此时罗家尚蒙在鼓里，面对张家咄咄逼人的态势，已是骑虎难下，只好硬着头皮忍痛舍出万贯家财，出战迎敌，想不到却落入张氏家族的圈套，落了个血本无归、灰头土脸，大败而回。而张家落江之人，由于事前部署周密，竟全部奇迹般生还，无一折损。许多年后罗家得知这一秘密时，只能是悲愤交集，徒自感伤矣！

洪家出此下策，使罗家在白白折损了大批钱财后，气焰顿消，而张家则由此摆脱了“张四皇帝”拉杆子造反留下的阴影，以胜利者的姿态，在李庄地盘上再度趾高气扬。洪氏族人心中颇感惭愧，为弥补罗家的损伤，同时也为了牵制与打压张家的势力，遂仿照三国时代吴、蜀结盟共抗曹魏的战略，洪家人主动把到婚嫁年龄的女子许配给罗家子弟为妻，而罗家也知趣地投桃报李，主动把女子许配给洪家子弟。自此，罗、洪两家结成了一种具有血缘关系的坚固联盟，张、罗、洪三大家族鼎足而立的局面得以稳固，在后来半个多世纪的风云变幻中，这个格局一直未被打破。[2]

历史在吵吵嚷嚷中不断前行，李庄经历了庚子之乱、辛亥革命、南北议和、军阀混战等一连串的事件带来的震荡与冲击之后，迎来了国共两党第一次合作的具有历史转折意义的1927年。这一年，受大气候影响，李庄的张、罗、洪三大家族人员，纷纷加入国民党或共产党，并酝酿合计着干点惊天动地的大事，以无愧于乱世出英雄的伟大时代。一时间，李庄产生了两位书记，一位是罗氏家族的罗南陔，组建了国民党（左派）南溪县李庄分部，并出任书记；一位是张氏家族的张守恒，组建了中共南溪县李庄区委，被委任书记。洪氏家族的洪汉中、洪默深叔侄两人，分别在罗家与张家组建的两党内任职，洪汉中以南溪县团练局局长的身份，兼任罗南陔手下的支部委员；洪默深以黄埔军校五期炮、步两科肄业生的身份，出任张守恒手下的区委委员兼李庄帅家沟支部书记。

三大家族两大阵营组建后，属下党员来自李庄不同姓氏家族的不同社会阶层。如罗南陔的国民党阵营就有张家的张九一、张增源、张云龙、张官周、张访琴和洪家的洪俊文等人；而张守恒的共产党阵营又有罗南陔的三个儿子罗纯芬、罗蔚芬、罗兰芬以及儿媳李实之（其妹李立之任中共南溪县委书记），还有洪家的洪默深等。国、共两党人员的关系如同广州的黄埔军校，形成了盘根错节，枝杈丛生，你中有我、我中有你的政治格局。在这个格局形成之后，不甘寂寞的两党人员，如同烈火投入晚秋的荒野，很快在这块地盘上燃烧升腾起来。

1928年2月8日，在中共李庄区委书记张守恒、委员洪默深等人鼓动、组织下，成立了南溪县农民协会，张守恒被任命为协会主席，洪默深为副主席。有这一原始的农民组织作为班底，张守恒等人按捺不住心中的躁动，立即要拉杆子搞暴动，推翻当政的国民党政府。就在张守恒被任命为农协主席13天之后的2月21日，便会同洪默深、赵之祥等骨干成员，在李庄天府堂秘密制订了一份《南溪农暴军事计划》，欲以“川南工农革命军”名义号令天下，同时决定设总指挥部于牟坪乡一家祠堂内，以长江为界，分南北两路进攻。由张守恒任总指挥兼总参谋长，赵之祥任南路军前敌总指挥，洪默深任北路军前敌总指挥，南北两岸各乡一同举事，事成之后在李庄会师，然后率部攻打宜宾城，如事败则转入汉王山打游击。若拿下宜宾，则沿岷江向乐山、成都进攻。待拿下成都后，建立武装割据政权，占领全川，之后大军分两路进发，一路出川北，向陕西、山西方向进攻，一路沿长江东下，一举荡平重庆、武汉、南京、上海等城市，踏平江南，最后进击江北，两路在北平会师，夺取全国政权。洪默深凭着在黄埔军校学到的本领，主持制订了进军路线、联络口令、战时宣传、军需供给、控制沿江船只等计划，并赶制了造反大旗、印章等诸方面战时用品。确定在4月7日夜，全县统一行动。

◎罗蔚芬，字仲威，中共党员，重庆中法大学学生会主席、足球队长。1926年12月随陈毅（中法大学共产党支部书记）参加由中共领导的首次起义——泸顺起义，该次起义总指挥刘伯承，前委书记杨闇公，高级参谋朱德，政工陈毅。1927年年初在重庆“三三一”惨案中受伤致残，回家养病。1928年在病床上组织、策动“川南暴动”，指挥部设在李庄植兰书屋。1942年春夏之交去世，后被追认为革命烈士（逯弘捷提供并解说）

此后，张守恒、洪默深等又以国民党李庄分部书记罗南陔的儿子，时已加入中共组织的罗蔚芬的家为联络点，多次开会密谋，制订了更加详尽的作战方案。会上，洪默深慷慨激昂，口若悬河地谈了一番“凡战者，以正合，以奇胜”以及“古之善理者不师，善师者不阵，善阵者不战，善战者不败，善败者不亡”等孙子兵法和诸葛亮用兵之道，直把在座的众儒生和农民兄弟唬得目瞪口呆，啧啧称赞。见众人对自己的高见佩服得五体投地，洪默深越发兴奋，兴起之下，主动提出要大义灭亲，首先率部攻打其家族在李庄蛮洞湾的住宅，夺取钱粮充当军饷，提取枪弹以壮军心。这一颇具侠客义士古风的方案一经提出，立即得到了参会者的赞同。于是，洪默深开始激情澎湃地投入攻打自己家族的战略谋划之中。

洪默深万万没有想到的是，他的所作所为在许多方面已违背了孙子关于“兵者，诡道也。故能而示之不能，用而示之不用；近而示之远，远而示之近”的用兵之道，在他“能而示之能”的思想指导下，其动向很快被其伯父——时任南溪县团练局局长兼李庄国民党支部委员的洪汉中侦知。洪汉中立即带一个武装分队由县城回到蛮洞湾老家，略施小计，派人将正在滔滔不绝做孙子兵法演讲的洪默深骗回家中，一声令下缉拿归案，押至县城监狱囚禁，使其动弹不得。

张守恒等人得知洪默深尚未公开宣誓就任，更未放一枪一弹就稀里糊涂地成了牢中之囚，感到实在有些窝囊。为了挽回面子，更为了稳住人心，张守恒决定铤而走险，对洪氏家族施以报复。他以“川南革命军总指挥”的名义，召集李庄镇一帮苦大仇深的农民、无业游民等组成“川南革命军李庄分队”，攻打洪家大院。于是，100多人携带土制台炮和打兔子枪，以及大刀、长矛、斧头、镰刀、锤子，外加切菜刀、烧火棍等，迅速向蛮洞湾洪家老巢杀奔而去。

以拳头威震李庄与南溪县城的洪家，尽管家中养有几十名看家护院的带枪家丁和武林高手，但因事发突然，没有防范，突如其来的革命军一拥而上，攻破大门，杀入院内。洪家的护卫家丁仓促中急忙操枪应战，但为时已晚，未放几枪就被蜂拥而至的革命军拎着切菜刀、烧火棍砍倒拍翻在地，立马失去抵抗能力。此时，洪氏家族的掌门人洪辉延正和儿子洪丕德（洪汉中弟弟）在厅堂招待一位客人，忽见大队人马杀将过来，来不及逃走，整个厅堂就响起了密集的枪声和喊杀声，洪氏父子和那位客人当场被打兔子枪轰倒毙命。混乱中，连在厅堂中玩耍的孩子也受了伤。

革命军攻打洪家大院的战斗大胜，共夺得几十支手枪、步枪和盒子炮，子弹近千发，粮食几十大车，金钱无法计数。

张守恒一看自己的队伍轻而易举地攻占了蛮洞湾洪家老巢，既复了仇，挽回了面子，又缴获了大量枪支弹药和粮食金钱，遂决定一不做二不休，率全部人马攻打李庄镇政府。驻李庄的国民党军守备六连已闻知洪家被血洗，遂加强防范并做了临战部署。与此同时，守备六连又与张氏家族张访琴联系，让他们把自己的私人武装——一个手枪连调出，与守备部队呈掎角之势共同阻击革命军。张守恒见状，未敢轻举妄动，而率部出其不意地击毙一民团大队长，将其队伍大部改编为革命军。而后，把南北两岸的革命军共1000余人集中起来，兵分四路强攻李庄。早已做好战斗准备的守备六连、张访琴手枪连组成联军与革命军展开激战，战斗很快白热化。只见“有的革命军枪弹打完了，枪上又没有刺刀，便拿枪托与敌对打，有的手无寸铁，而对荷枪实弹的敌人，采取穿家越户的办法，与敌周旋，寻机抢夺武装”。有两个三辈给地主扛大活的农民，被敌紧追不放，便“急中生智，迅速闪入一家饭馆，等敌人追来时，就势把一锅刚烧开的羊肉汤掀起，向敌人头上倒去。在敌人的蹦跳嗷嚎中，乘机夺了他的枪支撤转……”（据李庄镇政府所存资料）。革命军与守备六连以及张访琴的手枪连激战四小时，装备低劣、缺乏训练的张守恒部力不能支，终被击溃。整个李庄镇街区尸横遍地，血流涌动，如同一个巨大的屠宰场般狰狞可怖。次日，南溪县守军从泸州借来两个营的部队，与当地守军和洪汉中的团练一起截击围攻革命军。张守恒率部突围至龙船寺一带，与敌激战三昼夜，弹尽粮绝。除张守恒率一部分人突围成功，沿江撤退外，其余大部分人死于国民党军与团练的枪口之下。

龙船寺之役结束一个月后，国民党军将在此役中俘获的洪氏家族的洪大毛以及造反队员共11人，捆绑于李庄镇街头斩杀示众。

此后至1929年，躲藏在外的张守恒手下重要成员张云龙、李安廷、涂长春等，先后被国民党军俘获枪杀。而在 1928 年，洪默深随其任县团练局局长的伯父洪汉中回老家奔丧，借此机会，摆脱看守人员的监视逃走，此后复在宜宾、李庄、南溪、泸州一线继续以“川南工农革命军”旗号秘密组织武装，欲再度起事。1933 年，洪默深在李庄一家粮店秘密活动时，遭南溪县缉警队侦知逮捕，同年 12 月在县城南门外被斩首。1934 年 11 月，撤退川西的张守恒，再度起事未遂，在邛崃属石头场蒋家碾子村遭逮捕，旋被斩首于当地平落坝。至此，轰动一时的“川南工农革命军”彻底败亡。

抗日战争爆发后，由于全民族都集中力量投入抗战，川南土匪势力趁机窜起，给当地乡绅百姓制造了无数痛苦与灾难。

当同济大学的王葆仁、周召南和中研院史语所的芮逸夫等人把李庄的地形地貌、历史轶闻、风土人情一一考察而了然于胸后，认为此地虽乱象丛生，尚可暂住。镇区内外有“九宫十八庙”和板栗坳上这样庞大规模的山庄可以租用，这使同济大学和中研院在昆明的几个研究所共一万余人全部搬来成为可能。于是，在李庄羊街 8 号国民党李庄分部书记罗南陔摆的宴席上，以及镇内张家祠堂里由当地最大的士绅张访琴、张官周兄弟和镇长杨君慧等专设的茶座上，三方开始商讨迁居的各项事宜。基本达成协议后，王、周、芮三位考察人员相继返回昆明，分别向自己的上司禀报。

至此，一场对中国文化具有深远影响的迁徙行动，悄然开始了。

从昆明到李庄

根据国民政府教育部和中央研究院总办事处指示，中央博物院筹备处和中研院流亡昆明的历史语言研究所、人类体质研究所筹备处（史语所民族学组）、社会科学研究所等三个所，即中研院人文科研机构的全部，于 1940 年秋冬时节，将要分期、分批动身迁往李庄。与此同时，同济大学也开始做全校大迁徙准备，国立西南联大亦在四川叙永找到了落脚点，准备将当年招收的新生迁往该地上课。9 月上旬，同济大学向教育部呈文《为造具本校迁川计划及概算表呈请核发费用由》，文曰：

◎周均时

查本校奉命迁川，刻已组织迁建委员会，积极计划进行。除新校校址现拟（宜宾南溪间李庄之张家大院）已另行筹划并经派员接洽办理外，其关于校产员生行李及员生之迁川处置，则拟将校产及员生行李，由昆（明）运泸（州），再改水道前往新校址所在地（南溪李庄）。至于员生，则为安全计，拟自昆明取道贵阳经渝前往。所需经费，经会同各主管部分详细估算。计运输数量，共约三百吨，员生人数，共约二千七百一十人，所需费用，包括（一）校产运输费；（二）行李运输费；（三）员生旅费津贴；（四）旅行站办公费用四项，以现时价格计算，合计约需国币壹佰柒拾伍万玖仟壹佰元。时机急迫，敬恳钧部迅予核发，以利进行。是否有当，理合俱文检同迁川运输计划及概算表呈请鉴核祇遵。

谨呈教育部部长

附呈迁川运输计划及概算表五份

国立同济大学代理校长周均时[3]

教育部接到呈文，由部长陈立夫与已改任中央组织部部长兼中研院代院长的朱家骅联合签呈最高当局蒋介石，蒋请教育部核定迁移运费的同时，特拨50万元作为迁川整顿补助费用。电令传至昆明，周均时代校长甚感此款太少，不堪敷用，于9月26日再次向陈立夫、朱家骅发函，谓经费非增加预算不足以应付，前任赵吉云校长之所以辞职，所遇最大困难即为经费无法支持。周函说："本校前经决定迁至川东长寿，因该地已有房屋可以利用，所需建造之费可以较少。现改定迁至川南叙府，现有房屋不敷应用，所需建造费自属更多……所差约一百二十万元实属无法支配，而将来新校建造所需更无着落矣。"[4]

陈朱二人接函，再呈国民政府最高当局裁夺，此后以教育部名义向即将启程的同济大学代校长周均时拍发密电：

该校迁川整顿，重要图书仪器应尽先迁运，笨重机械可就地利用。建置及迁移费已奉委座特予核准拨发五十万元，兹由部再拨发二十八万元，除已汇十七万元外，特续汇十一万元，仰撙节支配速迁，具报教育部。[5]

周均时得电，知再无争取经费之可能，虽心有不甘又无可奈何，只能强打精神指挥全校教职员工行动起来。

对于中研院史语所搬迁事宜，在长沙时所依靠的几员干将中的李济因要组织中博筹备处的搬迁，无力他顾；赵元任至昆明后因与李济产生矛盾，遂赴美讲学一直未归；梁思永身体欠佳，几乎不能乘车行动；傅斯年在昆明与利国、欧亚等汽车公司联系过一阵，后往返于昆明与重庆之间难以兼顾。经协商，搬迁事宜主要由语言学组的研究员李方桂主持，三组石璋如作为总提调予以协助。临去重庆前，傅斯年已筹划决定以雇用利国公司卡车为主，欧亚公司车辆为辅，如此方不至于因一方出事而耽误。

在中研院十个研究所之中，史语所物资之多为流亡昆明的学界所共知，甲骨、青铜器、陶器等出土器物，连同 20 多万册珍贵书籍，共有 1000 余箱之巨。为了运送这些国宝级的庞大物资，李方桂雇用了 20 多辆卡车，每 5 辆为一组，分批行动。按照计划，第一批车队需与第二批在第一个关口会合，以便第二批看第一批要办哪些手续；当第一批走后，第二批再带第三批办理手续，依次而行，直到最后一批过关。因史语所“家眷甚多，同人之老父母、幼子女，尤占多数。其中如李济之兄之太翁，李方桂兄之太夫人，凡年在七八十以上者有十人之谱。故路上做‘黄鱼’为不可能之事。故拟分两次开行，每次一客车，一卡车（全部家眷约六十人），老弱在客车上，年壮夫妇在卡车上，如此办法最为经济，舍此亦想不到他法也”[6]。李石二人依傅斯年指令，为照顾研究人员家眷，每批车队特地雇了一辆有篷客车，以供李济父亲等老人、妇女与小孩乘坐，而年轻的眷属与押运人员则全部坐无篷货车，如遇下雨天气，则用一块塑料布遮掩。

9 月 24 日，傅斯年致电已提前赴川办理租房接待事宜的芮逸夫：

急。泸县第七专员公署转中央研究院特派员芮逸夫兄：

即在李庄设办事处，已由农本局何局长电知该地仓库照料，物件不日分批启运，经泸时托兵工厂吴厂长照料并觅船运李庄，请与两处接洽，兄可觅临时照料人员，需款电王毅侯。再，张家大院除本院各所外，联大文院亦拟用，并示兴隆如何？

斯年 敬（廿四日）[7]

傅斯年电称的吴厂长，乃兵工署二十三厂厂长吴敬直，为俞大维部下。此前，傅斯年专门致函俞大维，请求给予帮助，俞指令吴敬直在泸州一带予以协助，此举令傅斯年与史语所同人心中的底气增添了不少。

9月29日，傅斯年向正在李庄来回奔波、主持租房和安置事宜的芮逸夫拍发电报：

急。宜宾水井街育英间14号育英学校转中央研究院特派员芮逸夫兄：

敬电悉。一、张家院房速订约，如有困难，商专署协助，押租最好勿接受；二、博物院、营造学社并迁，如四围有妥房可租下，并为同人住家用；三、即在李庄设办事处，物品、家属下周可行，届时电达。在泸已托吴厂长照料；四、即修理，使去人可暂住；五、款电毅侯汇；六、李庄农本局何局长允本所在彼处仓库设办事处收信件。

斯年 代日[8]

芮逸夫接电一一照办，昆明方面载运物资的专车准备就绪，即将启程。

10月2日，第一批车队自昆明北郊龙头村出发。梁思成、林徽因及中国营造学社同人，尽管对迁往偏僻的李庄很不情愿，但要继续从事学术研究，就必须依靠史语所的图书，万般无奈中，只好决定随车前往。为此，梁思成夫妇在给好友费正清的信中表白道："这次迁移使我们非常沮丧。它意味着我们将要和我们已经有了十年以上交情的一群朋友分离。我们将要去到一个除了中央研究院的研究所以外，远离其他任何机关、远离任何大城市的一个全然陌生的地方。大学将留在昆明，老金、端升、奚若和别的人也将如此。不管我们逃到哪里，我们都将每月用好多天、每天用好多小时，打断日常的生活——工作、进餐和睡眠来跑警报。但是我想英国的情况还要糟得多。"[9]

因搬迁事多，混乱、焦急与疲劳使得梁思成于行前突发高烧，无法随车行动，只得留下休养，待病好之后再赴川。林徽因带着母亲和两个孩子，乘第一批车队中家眷专用的一辆有篷客车，于10月2日向李庄进发。据林徽因事后对费慰梅说，她们所乘客车中，从70岁的老人到怀中的婴儿，共有30多人。由于人多物杂，车厢拥挤不堪，每个人只好采取"骑马蹲裆式"，把两脚叉开坐在行李卷上，尽量减少占用空间，随着车的颠簸动荡苦熬时日。

从昆明到李庄，需经滇黔公路入川，中途要翻越沟壑纵横、坡陡路险的乌蒙山脉，渡过著名的赤水等几十条湍急的河流才能抵达泸州。许多年后石璋如回忆说：从昆明到李庄，一路要过曲靖、宣威、黑石头、赫章、威宁、毕节、叙永、蓝田坝等地。不说其他几个地方的艰难险阻，在“黑石头、赫章、威宁一带的山区，其实都很危险，因为夜晚时老虎会下山觅食，人都不敢出来。在黑石头、赫章，司机、副手会留在车内，锁上车门，不敢出来。到了威宁，地方稍微平坦一些，车子可以围在一块儿，司机还是留在车内，万一有老虎过来，司机可以打开车灯吓走老虎”[10]。

车队抵达泸州地盘，车不能过江进城，要停在长江南岸的蓝田坝卸货，由史语所先遣人员潘悫、王文林负责接货，通过当地的转运站由轮船运往宜宾，再从宜宾运往李庄码头上岸。根据傅斯年指示，潘、王等人与当时长江航线赫赫有名的民生轮船公司联系，负责长江一段的航运事宜。

史语所由昆明派出的第一批车队行程并不顺利，一辆在易隆附近的山区翻车，一辆中途抛锚，不得不趴在山野草莽中暂且与虎狼为伴，林徽因等人乘坐的眷属车也无例外地遇到了麻烦。据梁从诫回忆：“到威宁县城，天已全黑，而车子在离城门几里处突然抛锚。人们既不能卸下行李掮进城，又怕行李留在车里被人抢劫，最后只好全车人留在卡车里过夜。而我又偏偏发起高烧，妈妈只好自己拖着一家人进城为我找医生。次晨听说，夜里狼群竟围着车厢嗥了半宿。”[11]

包括有篷家眷车在内的三辆汽车，经过了近两个星期的风餐露宿，“一路受了颠沛之苦”（董作宾语），总算安全到达了泸州长江南岸的蓝田坝。在潘悫、王文林等先行人员与当地转运站交涉后，人与物资一起转换民生公司轮船，溯江西行至宜宾，再换乘小型木船到达李庄。傅斯年得此信息，于1940年10月15日致电在成都的四川教育厅厅长郭子杰并转呈四川省政府，文称：

> 前承拨给南溪县李庄为本所迁往所址，兹第一批人员、物资已到达，余在途中，特闻并谢。[12]

正当傅斯年欲舒一口气之时，令人不快的消息突然传来。

同济大学由昆启程迁川，员生近3000人，加上教职工随行家眷人数近8000之众，原定房舍院落一部分需要修缮才能入住，而学校请款所差之数甚大，无力应付，因而一批房舍不能按预期付租及修复，遂成骑虎难下的尴尬紧迫局面。代理校长周均时于万般无奈中想出一个有点损人利己的招数，悄然致函中研院与教育部，并把抄件交由中研院前总干事兼化学研究所所长任鸿隽（叔永）转达史语所，其内容大体是：把史语所商谈租赁的张家大院等地盘全部让于同济师生使用，史语所与中央博物院等机构人员另觅他处安身。

当任叔永把其意转告傅斯年后，傅氏大怒，于9月24日致电朱家骅，同时转呈教育部，谓："兹已有两批古物运往，正在途中，沿路照料均已设定，若再更改，本所必损失数万，且古物久在中途堪虞。李庄现定房屋仅百余间，同济全部安置不下，本院社会所亦决迁往，他所迁川者亦拟用此存储，乞即商立夫先生、一樵兄勿更原议，至感。"[13]中研院得电立即向教育部打招呼，谓同济大学不得在李庄与史语所争抢地盘，令校长周均时打消此念，自觅安身之处。但周却一意孤行，电令驻李庄接应的同济人员围绕张家大院等二处，与史语所公然争抢起来。

10月20日，傅斯年强按怒火致电朱家骅："关于同济在李庄与本院抢房一事，前经电达并请转达立夫部长、顾、余两次长，并经教部惠复在案。兹据李庄办事处来电，有同济之校友赵君迳向张家大院、穆坝两处房主直接接洽，此事甚为不妥，今日已电教部，兹将原电钞呈察阅，并望派人往教部接洽。"[14]同时，傅斯年致电教育部，特别指出："查同济已决迁李庄之内，上列两处均在李庄之外，似不应相争，乞电饬该校注意，勿变前议，至荷。"[15]

二电发毕，傅斯年以强硬姿态又向时在李庄办理租赁房屋与接迎事宜的史语所特派员凌纯声、芮逸夫连发二电：

> 张家四院、穆坝均请即日租定，并在附近为博院、营社、北大文所租屋及私人住宅，勿放松，以免为人攘去。款已请渝即汇。[16]

> 穆坝房无让某校之理，张家第四院勿挂社所牌，可租房均请租下，对某校勿退让。[17]

凌芮二人此前已在李庄与同济特派员明争暗斗起来，此次接电见傅之强硬态度，斗志更盛，迅速找到上述二处房东，先付定金签署合同，同时答应汇款即到，请其不得租与同济大学，如果租给同济将受到严惩云云。经过如此一番软硬兼施的商谈，两处院落算是正式搞定。此后，凌芮二人又按傅斯年指令在周边展开调查，为后来者租赁住房。待李庄房屋租赁事基本搞定，运输方面又发生了令傅斯年悲愤交集、"如丧考妣"的大事。

11月11日，由史语所王崇武压队的第三批共140箱物资抵达宜宾，稍停留后，分装几艘小型驳船运往李庄。令人意想不到的是，其中一艘驳船不幸倾覆，船上运载的物资全部滚落于江水之中。众人一看大事不好，急忙上岸找人打捞抢救。宜宾专员冷寅东闻知，深感事关重大，当即下令所属水运局火速派遣潜水员下水打捞。经过上下左右一番紧急抢救，总算把落水的箱子全部打捞上来。令人万分痛心的是，落水的偏偏不是出土青铜器、陶器或甲骨，而是分装于各箱中的拓本、善本书籍，尽管装箱时外面包了一层函套，仍全部被江水浸透。

◎民生公司轮船在抢运货物

因傅斯年已赴昆明，在李庄负责接待安置搬迁人员与物资的芮逸夫直接致电重庆中研院代院长朱家骅：

朱院长：

本所历代拓片、善本图书、殷墟器物、骨骼及人类组材料、仪器等140箱托民生公司由泸运叙，职员王崇武等灰（十日）晚八时随船来叙。真（十一日）晨黎明，趸船倾覆，所有箱件全部没水，虽经捞起，但均湿透，未敢提取。经与该公司叙府经理交涉，派员会同本所人员开箱检查，拓片、善本粘凝成饼，无法揭视，损失奇重。查该趸船事前紧靠航轮，徒以装载失均，致真晨航轮移动，趸船失靠遂向外倾倒，交通管理疏忽如是，实深痛恨。究应如何交涉赔偿之处，敬候钧示祇遵。

芮逸夫　文 [18]

朱家骅接电，颇感事态严重，立即回电令其设法补救，同时转告傅斯年速与李庄方面取得联系，做好善后事宜。傅斯年得知此情，惊恐之余气急败坏，血压上蹿，倏忽间差点昏厥过去。待缓过气来，大骂王崇武不是个东西，成事不足，败事有余，眼睁睁看着几十只书箱翻落水中云云——那可是珍贵无比的善本书，且是世之罕绝的宋元刻本，竟成箱地滚落长江，这还了得？待稍微冷静之后，一面派人和民生公司重庆总部联系索赔事宜，一面指示宜宾王崇武等人速把落水书箱搬到一个安全地方开启查验并设法救治。11 月 13 日，傅斯年向李方桂、石璋如发电，略述宜宾书箱等落水之事：

方桂、璋如两兄：

一岔未已，一岔又来。兹将芮电另纸抄奉。顷为此事已电达矣。弟当即连电前往迅速开箱晒干，不能揭者徐图蒸治，交涉由此直办，勿多时放在箱中。查此次损失之大，恐不可胜计。弟今晨精神上“如丧考妣”矣。宋元刊本本自骄贵，何堪落江？弟已电王育伊兄负责晒，同时乞告苑峰兄迅速去（搭最近之车），弟当在蓉觅工蒸治之，但决不如北平之手艺也。若在箱中多耗几日，则不堪救药矣。心中诚焦急欲死也。怕的是路上出事，不意事乃出于趸船自倾，此真梦想不到者也。专叩

晨安

弟 斯年 十三[19]

王育伊乃国民政府经济部农本局李庄分库专员，经傅斯年的好友、农本局局长何廉指示帮助史语所处理安置事宜。苑峰乃中研院史语所助理研究员张政烺。傅找二人前去并无深意，无非是增强一点抢救力量而已。

11月15日，傅斯年再次致电石璋如，谓此次运输船失事，“大约三组损失最小，善本几当全部80%，而四组亦重也。此一批（即六柴油车）之内容乞即开示。弟几为此去叙，亦因此间事无法分开也”[20]。

11月17日，潘悫于泸州向昆明的李济和梁思永发电，通报四川方面接运情况：“沉没公物已全数打捞，正觅修裱人。运来六车，五车已到，一车在毕节抛锚，已带零件救济，俟其到即可装运。”[21]

其间，傅斯年电请董作宾由李庄赶往宜宾，亲自组织指挥对落水书籍的救治事宜，凡从江水中打捞出的箱子，全部集中到宜宾明德小学开箱、晾晒，并一一登记造册，而后到成都请高级装裱师前来整治。于是，在重庆与宜宾之间，傅斯年与董作宾的信函你来我往，频频交换救治情况并商量对民生公司的索赔对策，如11月下旬，傅斯年向董作宾连发二电，曰：

顷与民生公司商定，双方封条之箱先打开再晒，免再受损失，将来以原签文件为凭即足。又，落水照相、画图器原价，重损书原价，请即开示。[22]

均一归来，已将落水书物价目开列造册寄上，请查核。[23]

由于书籍损失太多，在傅斯年要求下，民生公司不得不答应赔偿，但在损失数量论证和赔偿数额方面，双方仍存很大争议。为此，身在重庆的傅斯年曾几次找到民生公司掌门人卢作孚与其理论，希望能给个大家都感觉过得去的说法。卢作孚虚与委蛇一阵后，令手下与傅斯年具体交涉，傅斯年尽管心中颇觉窝囊和憋气，但事已至此，也只能耐下心来与对方通过谈判解决。

◎民生公司创始人、总经理，著名爱国实业家卢作孚

除了王崇武一队遭遇灾难，在昆明最后一批压车启程的石璋如，途中也遇到了较大麻烦。一辆汽车翻入赤水河桥下，所幸没有落入水流滚滚的河心，车上箱子大多散落在桥头，只有几个滚落于河边浅水里。石璋如与同行的王志维等到当地找吊车求百姓帮忙拖吊，在寒风呼号、细雨迷蒙中，经过三天三夜的折腾，车子才被拖上来，重新上路。来到泸州装船时，已是 1941 年 1 月 9 日，又经过四天折腾，全船物资才安全运往李庄板栗坳。

宜宾方面的落水图书，除王崇武一队人马外，又加派了后到一组同人共同晾晒救治，到 1941 年 1 月 12 日，经卷的晾晒与整治装裱才算告一段落，所有人员乘船押运物资抵达李庄板栗坳。参加押运的石璋如想起由昆至川发生的令人悲欣交集的事，联想到《西游记》中的唐僧四人西天取经路过通天河被千年老龟从盖上掀到河中，以致人书尽湿的西游故事，不禁感慨系之，叹谓自己与同事蹲在扬子江头“等于晒了三个多月的经”[24]。至此，所有人悬着的心才得以放下，并深深嘘了一口长气。

1941 年 1 月 18 日，傅斯年从重庆匆匆赶往李庄主持分房事宜。四天后的 1 月 22 日，傅氏致函朱家骅，汇报来李庄的情形。函曰：

骝先吾兄院长左右：

到李庄已四日，诸事纷然，迄今始获上候，为歉。船行五日，连前转船共七日，方达宜宾，在宜宾又以结束水渍公物之故，费去二日，方转李庄。交通不便一至于此。然下行船则不需如是也。所中同人均好，勿念。所迁入之板栗坳房子（即梁仲栗兄之外家也）甚为适用，只住家微有不便，亦无大不了也。

只是弟未能常在此，一切困难，乃至磨擦，由此而生耳。弟恐须二月五日方可自李庄赴宜宾搭船，十日可到重庆，未知误事否？

专此，敬叩

政安

弟 斯年 谨上 一月廿二日

水渍公物，全损者不多，相貌改变者几无能免。能如此，仍由同人奋力抢救，详情俟写成后奉呈。[25]

傅斯年来李庄之前，同济大学雇用的载货、载人车辆，分两路向李庄进发。一路车队满载仪器设备及学习、生活用品，翻越乌蒙山脉，渡过赤水河，自泸州卸货转船溯江而来；另一路则承载2700多名师生及家属5000多人，自昆至黔再经重庆，乘船向目的地逆水而上。当时人口只有3000多人的李庄镇，突然要安置上万之众的“下江人”，尽管李庄士绅和民众早有心理准备，但当一队队人扛着箱子，背着背包，提着行李，大呼小叫潮水一样由码头涌来时，仍不免感到震惊和为难。事已至此，只好硬着头皮，表示要克服困难，尽数接纳云云。

当初联系迁徙地点时，同济大学在先，且李庄乡绅发的电文是“同大迁川，李庄欢迎，一切需要，地方供应”，而中央研究院芮逸夫只是跟随而来，因而在李庄的房舍分配上自然被动。这也是同济大学校长周均时敢置傅斯年这尊“大炮”于不顾，悍然致信中研院和教育部并由前总干事任叔永转达傅斯年，请史语所让出房屋给同济大学的一大原因，只是傅斯年没有理会并令凌纯声、芮逸夫抢先行动，挫败了周校长的企图并把张家大院弄到手。如果不是傅斯年的霸气与其在政学两界的超强实力，张家大院很可能要易手同济。

尽管如此，同济大学凭着此次行动中开山鼻祖的地位，仍然博得头彩，凡李庄镇适合外来人员办公、学习的“九宫十八庙”，以及“湖广填四川”时兴建的各种会馆、祠堂等，均被同济大学所占，如南华宫变成了同济大学理学院，紫云宫变成了同济大学图书馆，曾家祠堂成了同济大学体育组驻地。而镇内位置最显要、规模最大、厅堂最好、房舍最为宽敞明亮的禹王宫，成了同济大学校本部。最具川南代表性的建筑——东岳庙，经同济派员说和，当地士绅组织人力用滑轮和长杆起吊神像，把掌管风调雨顺、五谷丰登的天神们暂时集中到一间黑屋子里反思自省，腾空的大殿、偏殿和各个大小不一的套院里，支起了简易的课桌——同济大学规模最大的工学院在此敲响了上课的钟声。李庄有名的大地主罗用光一处私人大院刚刚建成，一经磋商，便痛快地答应转租给李庄小学，而原小学校址——祖师殿腾出后移交同济大学医学院，除平时上课外，还作为医学院解剖、实验场所。当地驻军十八师一个团部住在东岳庙偏殿，经同济校方和当地士绅委婉劝说，很快移迁他处，殿房调给同济使用。得天时、地利、人和的同济大学师生，渡过了千山万水，风尘仆仆、满面风霜，终于在这座千年古镇找到了温暖的乡情厚意与一片栖身之地。

◎李庄镇面朝长江的禹王宫，现改为慧光寺，抗战期间为同济大学校本部

经过近一个月的清理与小规模修缮，同济大学各教学与科研单位的住处大略安置妥当，但一些附属机构与家眷尚需筹措安排。在各方代表共同奔波努力下，李庄镇内外一幢又一幢私人住房被腾出，一个个院落被清空，大批人员进入，有的一个院落住进几个家庭，以解燃眉之急。尽管拥挤杂乱，师生们总算躲过了敌机的轰炸，在战时有了一个安静的工作学习环境，一个让疲惫的心得以暂时歇息的家园。

与同济大学相比，中研院来李庄的研究所、中央博物院筹备处和中国营造学社等机构，就逊色了许多。凭着傅斯年的霸气及其处理实际事务的杰出才能，史语所总算占据离镇中心约 5 公里的张氏家族最庞大的居住地——板栗坳（栗峰山庄），亦即“张四皇帝”造反起事的大本营。半年之后，当西南联大梅贻琦一行三人赴李庄时，中文系主任罗常培对其位置和地形有过如下描述：

> ……历史语言研究所的所址在板栗坳，离李庄镇还有八里多……离开市镇，先穿行了一大段田埂，约有半点钟的光景。到了半山的一个地方叫木鱼石，已经汗流浃背，喘得上气不接下气。躲在一棵榕树荫下休息一会儿等汗干了，才继续登山。又拐了三个弯，已经看不见长江了，汗也把衬衫浸透了，还看不见一所像样的大房子。再往前走到了一个重峦挑拱的山洼里，才算找到板栗坳的张家大院。[26]

尽管板栗坳离镇中心远了点，要过田埂，穿树林，上山要爬500多级台阶。但这个当年曾经暗藏刀兵、被聚众造反者视为“革命圣地”的山坳，像当年水泊梁山的水寨一样庞大，且自成体系，除有房舍可存放大批物资外，还可安置研究人员与家眷工作居住，倒也不失为一处理想的避难之所。

傅斯年来到后，开始找人修整房舍并着手分配。考古组身体孱弱的李济与梁思永两位重量级人物都不想上山，自己在李庄镇内找房租住。另一位重量级人物董作宾因所藏甲骨皆在板栗坳，要研究甲骨做学问，乐意上山与史语所本部一起聚居。为此傅斯年做出严格规定，凡是单身的研究人员与技工必须全部上山，并在山上成立伙食团，共同搭伙做饭。板栗坳的住房按照等级制分配，职级较高的研究人员分配的房子相对好一些，职级低的年轻人自然要差。为便于管理，住房与办公场所基本以当地所称“桂花坳”“柴门口”“田边上”“牌坊头”“戏楼院”等五处大院为主。

按照国民政府所属机构迁移次序排列，中国营造学社属于被“弃之不顾”的民间学术机构，是被迫随史语所来到李庄的。就行政建制来讲，营造学社与中研院没有直接隶属关系，故而面对安家置业这类需钱需力的大事情，傅斯年虽有心相助但力不足恃，只能在工作、生活方面给予一点道义上的照顾和支持。而主持学社工作的梁思成在离昆时突发高烧，直到一个月后方随史语所最后一批车队赶到李庄，所以营造学社的搬家事宜只能靠另一位重要支柱刘敦桢以及林徽因等人操劳。所幸，学社仅十余人，只需一个大点的院落便可安身，未出几日便在李庄郊外上坝月亮田找到一处安身立命之所。

◎在李庄镇郊外上坝月亮田的中国营造学社，站立者为莫宗江

相对而言，陶孟和领导的社会科学研究所（简称“社会所”）就显得颇有些尴

尬和狼狈了。

中研院社会所迁往李庄是仓促间成行的。此前，所长陶孟和既没有像同济大学或史语所那样派出人员前往李庄考察，也没有专托史语所人代劳觅租。到了不得不离开昆明，整所人马来到李庄这个陌生地盘后，面对拥挤杂乱局面的时候，陶孟和与全所人员在震惊之余才心慌起来。此时已是寒冬季节，李庄的天气虽然不像北方那样寒冷，但长江雾气弥漫天空，挡住了阳光，使人感到一种阴森森的彻骨寒意。这种气候对刚由四季如春的昆明迁徙而来的人来说，更是难以适应。为此，许多社会所研究人员特别是随所而来的家眷老小，先后"扑扑腾腾"地病倒在地，呈现一片困厄潦倒、无家可归、如乞丐与叫花子般的悲惨凄凉景象。万般无奈中，陶孟和只得和李庄的罗南陔、张官周等士绅协商，将社会所人员连同家眷化整为零，分散于有空房的户主家中暂住，先治病救人，恢复身体，等熬过严冬，待来年春天再设法安置。

到了 1941 年 5 月中旬，社会所总算在距李庄镇 5 里地的石崖湾与门官田（又称闷官田，以夏日酷热、不透风而闻名）两个地方找到了落脚点。尽管两处相隔四五里路程，生活、研究等极其不便，且门官田的办公室隔壁就是牛棚，中间仅有一道竹"墙"相隔，整日牛喊驴鸣，臭气熏天，真可谓实实在在地入了牛马圈，但毕竟安下了一张平静的书桌，有了自己的栖身之处。在陶孟和亲自指挥下，社会所人员分批迁入居住和办公。

至此，李庄的外来人员达到了 1.1 万之众，这些"下江人"在抗战烽火中，随着自己就读和服务的学校与学术机构，与祖国同呼吸共命运，在这块陌生的土地上开始了新的生命历程。

傅斯年因兼任中研院总干事，不能在李庄久留，待板栗坳租赁房子分配完毕，便回到重庆中研院上清寺总办事处，协助上任不久的代理院长朱家骅处理各种烦琐事务，史语所的日常工作由李方桂代为主持。未久，李方桂辞职，由董作宾代理史语所所长。

◎中央研究院社会所在李庄镇郊外门官田的办公处之一（王荣全摄并提供）

一切安排妥当后，无论

同济大学还是迁往李庄的其他学术研究机关，都陆续开始办公。令人意想不到的是，刚刚躲过了日机轰炸，从颠簸劳顿中缓过神来的流亡人员，突然又陷入一种新的惊恐与尴尬。

“研究院吃人”事件

按照各自的工作计划，在李庄板栗坳史语所三组的董作宾开始继续整理安阳殷墟出土的甲骨，李济整理陶片，梁思永做侯家庄大墓的研究；四组的吴定良整理殷墟出土的人头骨，凌纯声、芮逸夫等则筹划做少数民族风土人情的调查；一、二组人员也继续研究自己的业务。如此一天天安静地过去，可是出乎史语所人员的预料，吴定良与董作宾的工作竟引来了一场大麻烦。

抗日战争爆发之后，殷墟发掘的近千个头骨标本，随史语所其他器物开始一起搬迁，由南京而长沙而昆明，后存四川南溪李庄；在抗战胜利后又搬回南京，最后运往台湾。经过如此的搬迁折腾，这批标本受到很大损失。据说在台湾最后整理时，头骨完整可供测量者仅余398个。对此夏鼐曾分析说，这是由于当年发掘者贪图省事，许多头骨脑腔内的填土没有挖取出来，以致干燥后成为坚硬的小泥球，这些泥球在搬运时受到震动，不断来回碰击，遂使好端端的头盖骨被碰成碎片。而据吴定良解释，头骨的主要损失还是在从南京到李庄的路上。由于这一时期战火连绵，兵荒马乱，道路艰险，许多箱子在运输时碰碎摔裂，导致后来清点时看到的恶果。而在李庄发生“研究院吃人”事件，也是以装载头盖骨的箱子摔裂为肇端的。

史语所大批物资由昆明运往李庄板栗坳时，其中一批箱子专门装载殷墟出土人头骨。这批珍宝在宜宾转船抵达李庄码头，再往山顶的板栗坳搬运，其中一箱不慎摔裂，盛装的人头骨滚了出来。抬滑竿的当地农夫见状，大为惊骇，一胆大者迷惑不解地问：“这箱子里咋会有死人头？”

史语所押运人员在痛惜之余，一边埋头收拢头骨重新装箱捆扎，一边没好气地答道：“不只是死人头，连活人头都有，你们这个样子抬咋能行，摔坏了谁担得起这个责任？”

◎史语所人类学组在李庄板栗坳办公处陈列的体质测量标本，多数是安阳殷墟发掘的古物

几名轿夫自知理亏，不敢争辩，也不再继续追问下去，但在心中有一个疑团始终挥之不去，那就是：这帮人到底是干啥买卖的？为什么箱子里竟藏着人头？难道是孟州道上十字坡那个开黑店、卖人肉包子的孙二娘又复活了吗？如果不是杀人越货的勾当，哪儿会有这么多的人头骨一箱箱藏起？

随着人头骨滚落，疑问在轿夫心中盘桓，一种不祥的谣言像风一样在李庄镇大街小巷弥漫开来：研究院开黑店吃人肉，箱子里还藏有将人杀死之后煮熟的残骨和人头……此种谣言如同暗夜的鬼火，由镇内散播到镇外，在长江两岸几十个村落飘忽流传，搞得人心惶恐不安，许多乡民开始疑神疑鬼，对“下江人”的所作所为越发关注和警惕起来。

更加令当地民众惊愕的是，自史语所在板栗坳开张之后，以董作宾为首的几个研究人员，竟在牌坊头厅堂将殷墟出土的甲骨，公然摊放在桌面上研究。而以吴定良为首的第四组人马，更是把殷墟出土的可怖的头骨，从封闭的木箱里取出，又是测量又是修补地反复摆弄。有机会进入该室的当地人见状，无不骇然，“研究院吃人”的谣传更加盛行，向更大的范围扩散。恰在这个时候，几个意外插曲相继出现，终于使“研究院吃人”谣言演变成一个难以遏制的大事件。

却说有一天早晨，李庄一农民应约为史语所送菜，当走进板栗坳后，面对层层阶梯和曲径通幽的大小套院、厅房，老农如进入迷魂阵，转了半天总找不到该走的门径。最后经当地人指点，才走进了史语所在一个院内开设的职员食堂。

在老农进门后，受“研究院吃人”谣言蛊惑的一帮闲极无聊的人，开始在大街小巷的墙角门边探头探脑地观望，但直到太阳下山，夜幕降临，也未见送菜的老农从食堂前门出来。于是流言很快传了出来，谓老农肯定是进了孙二娘的黑店，被史语所这帮“下江人”做了人肉包子吃掉了。——事实是，送菜老农从一个偏僻的后门离开了。这个后门是史语所为建食堂临时建造的，大小只容一人穿过，故连当地的好事者也多有不知。

就在“送菜老农变成人肉包子”的流言在李庄风传之际，恰好有一群当地农民的娃娃在板栗坳山庄内玩“躲猫猫”或谓“瞎子摸鱼”的游戏。一个小孩跑到僻静的角落，将一只特大号木桶的桶盖推开一条缝，跳了进去。这小孩的奇招果然瞒过了前来“摸鱼”的伙伴，但也差点要了自己的小命。“摸鱼”的孩子们迟迟不能捉到这一漏网之“鱼”，眼看天色已晚，便停止了搜索，各自散去。木桶中的小孩见长时间无人发现自己这条狡猾的“鱼”，暗自得意之余，想探出头来看个究竟。他万万没想到，这木桶又大又深，站起身踮起脚也摸不到桶沿，小孩于黑暗的桶内焦急地来回转圈、踢动，始终无法突围而出。小孩开始感到大事不妙，惊恐中手脚并用拼命击桶，并放声大哭，却没有引起外界的注意，更没有人来搭救他逃出这黑暗的“鱼瓮”。多亏桶盖留出的缝隙可透进空气，否则该“鱼”将因空气耗尽而一命呜呼。

当小孩在木桶中拳打脚踢，叫天天不应，叫地地不灵，泪干泣血之时，他的家长在板栗坳内外的山林旷野中开始搜寻，经一天一夜未觅到踪影。此时，家长与闻讯赶来的亲戚们开始呼天抢地大放悲声，其哀凄之状令人心碎。在悲声不绝中，有人突然宣布，那小孩肯定是被研究院的人吃了。于是，“研究院偷吃娃娃”的消息迅速传播开来。

事有凑巧，就在“研究院吃人”的消息风传之时，住在李庄祖师殿的同济大学医学院师生准备做人体解剖实验。因室内光线太暗，他们在室外花坛之上搭了几块木板作为解剖床，当几名教授和若干学生从室内抬着一具尸体呼呼隆隆来到花坛前摆放妥当，开始操刀解剖时，当地一位泥瓦匠正好在祖师殿的屋顶上做修缮工作。此人见状，大惊失色，一个恐怖念头忽地自心中冒出：看来不只是研究院吃人，同济大学也开始吃人了，眼前就是活灵活现的铁证啊！想到这里，泥瓦匠感到头皮发麻，两腿发软，差点瘫了。为了不被对方捉住吃掉，泥瓦匠迅速屈身弓背，顺着房后的梯子悄无声息地滑落到院外，溜之乎也。

◎李庄镇祖师殿，抗战时同济大学医学院所在地

◎祖师殿内的花坛。据现居住此院的原中央大学毕业生、李庄中学退休教师左鹤鸣说：当年同济大学的尸体解剖台就设在这个花坛上，“吃人事件”也与此有关系（作者摄）

因了泥瓦匠关于自己“虎口脱险”的叙述，研究院与同济大学共同吃人的传闻如同火上浇油，越发凶猛广泛地在李庄镇内外燃烧流窜起来。因为有泥瓦匠亲眼看到的“活生生的事实”，有人向丢了孩子的家长献计：小孩在板栗坳丢失，很可能被研究院的“下江人”藏起来或已吃掉了，让其直接找研究院的人索要小孩，如对方交出便罢，若拒不交出，就和他们拼命，把板栗坳史语所弄个底朝天，找出证据，把“下江人”全部逐出李庄。

丢小孩者听了这一建议，急火攻心，顾不得多想，便召集亲戚好友呼啦啦来到板栗坳，怒气冲冲向史语所要人。李方桂、董作宾、李济、吴定良等见对方来势凶猛，呈咄咄逼人状，开始就如丈二和尚摸不着头脑，待问明事情原委，甚觉冤枉，但一时解释不清，同时又替对方着急。读书人毕竟是读书人，董作宾、李济怀着同情和理解，主动与对方一起分析当时的情况和小孩可能的下落。从对方叙述中他们意识到，小孩被当地土匪绑票的可能性很小，因为这是一个地地道道的穷苦人家的孩子，土匪不会费心思做这一桩出力而不获利的买卖。最大的可能是小孩仍在板栗坳的某个地方，要么掉入深井或山谷已经死亡，要么困于哪个平时不为人注意的阴暗角落在苟延残喘。对方该做的不是气势汹汹，凭着坊间传闻向史语所要人，而是在板栗坳一带展开更加耐心细致的搜寻，特别注意平时易被忽略的死角和奇特的建筑物等。

听了董、李等几位学者平心静气的分析，小孩的家长及一堆亲戚终被说动，尽管对“研究院吃小孩”的传闻仍是半信半疑，但毕竟没有拿到确凿的证据，不便总赖在史语所办公室不走，况且研究院的人说的也有些道理，还是找娃要紧。于是，对方决定暂时停止找史语所的麻烦，分头在板栗坳一带继续“瞎子摸鱼”。临走时，李济突然想起了什么，把对方叫住问道：“你们原来是咋个方法摸的鱼？”

对方听罢，稍一愣神，想了片刻答道：“咋个摸法，还不就是在这一块转圈寻？都转了几十圈了，又到山上和江边去摸，咋就摸不到？”

对方的话，让李济想起了网球与方格探方，或被称作“瞎子摸球”的当地游戏。

一个网球在一大片草地中不见了，谁也不知道它藏身何处。好几个找球的人在草地上来回搜寻，就是找不到网球的踪影。最后有个人想出了一个办法：在草地上按一定尺寸划出若干方格，然后逐个方格依次寻找。结果，网球找到了。——这便是李济前些年在山东城子崖遗址发掘中采用的方法。李济将这一实践证明行之有效的田野工作方法总结为“方格网式普探法”。这一方法不但在后来殷墟历次发掘中被借鉴沿用，也成为中国乃至世界考古界普遍遵循的一种科学发掘方式。

想到这里，李济便想把考古学上的理论应用于这次现实中的“瞎子摸鱼”，他真诚地向对方建议道：“你们以前的方法容易有漏洞，大家看是不是这样，先把板栗坳分成几大块，你们十几个人分成几个小组，从南往北，一块一块，一个院子一个院子地搜索，哪怕是草丛中的一块石头、一根木头，也要细心地晃一晃，摇一摇，搬一搬，探一探，看有无异常。如此走下来，效果可能会不一样。”

对方听罢，觉得合乎情理，便按照李济的说法行动起来。

大约过了三个小时，有消息传来，丢失的小孩找到了。此前，不止一个搜寻者曾在那个偏僻角落的大木桶边走过，却都没有上前揭开盖子探个究竟。这次，小孩的舅舅因心里装着李济说过的话，搜索极其细心，当他来到大木桶前，下意识地伸手推了几下木桶，突然感觉有些异常，像有什么东西在桶内活动，心中一惊，立即双臂用力将庞大厚重的桶盖揭开——奇迹出现了，奄奄一息的小孩正蜷缩在桶底。

由于李济推荐“方格网式普探法”而让家长找到了丢失的孩子，按理说对方应当表示感激。可是由于“研究院吃人”的谣言依然在坊间乡里蔓延，不但“吃人”的事未能澄清，反又横生枝节，很快产生了“研究院的人把小孩抓了放到桶里待煮吃，后被发现未吃得成”的谣言。史语所的李济、董作宾等人听了，只是苦笑，并没有放在心上。按他们的想法，这些谣言乃当地坊间乡里无聊之人所编所传，很快就会过去，不会掀起多大的波澜。作为学者，他们智慧是超人的，而一旦面对现实生活却过于天真。他们没有想到，此时当地一些受谣言蛊惑的无业游民、地痞流氓及部分工商失业者联合不明真相的乡民，正在悄悄设法对这些“下江人”施以颜色。

先是在乡民与研究院、同济大学等机构的人员之间，建起了一道心理屏障，呈井水不犯河水之势。倘有人路过史语所驻地板栗坳、社会所驻地门官田、中国营造学社驻地上坝月亮田，或李庄镇内同济大学所在的几个学院，宁可绕行，不予接近。与此同时，在李庄镇经营柴米油盐酱醋等日常生活必需品的商贩，见“下江人”前来购买，无论对方出价高低，坚决不卖，弄得“下江人”尴尬疑惑又无可奈何。就在同济大学与各研究机构人员的生活即将发生危机时，又一件奇特诡谲的事发生了。

这天晚上，板栗坳牌坊头戏楼院对面山上一座草屋突然着火，史语所人员见状，忙提了水桶脸盆，盛水前往扑救。就在这时，山顶突然传来了喊声：“不得了了！吃人了，下江人吃人了！吃人了……”寂静山坳，墨色的天地间，这喊声如同野坟乱岗中猫头鹰发出的凄厉悲鸣，闻者无不心惊胆战，惊骇莫名。

当此之时，川南一带为防匪患，正实行保甲制度搞乡村联防，每家每户都制有竹梆。倘一家发生不测事故，立即敲梆求援，相邻各户必须迅速取出竹梆跑到门外的高处或宽阔地带予以敲击，以示声援。若哪家遭遇了盗贼或抢劫绑票的土匪，只要一喊，各家各户立即敲着梆子跑上山，一边急剧地敲梆一边高喊“某某家遭抢了”“某家小孩被绑了”“土匪向那个方向逃走了”等。敲梆的意义除了先声夺人，把信息传给更广大的民众外，也有震慑作用。待各处梆声响起，一般的情形是，当地民团、镇内的警察及保安部队闻声而动，前往清剿。盗贼或劫匪见自己的行动已经暴露，且周边梆声、喊声震天动地，不敢久留，抢些财物便匆匆逃走。如果梆声响起，众人纷纷奔出家门，聚集镇郊、山坡，而有不出门者或落后分子，则被当地政府安保机构视为与盗贼土匪有勾结的“特嫌分子”予以捉拿和监控。

当板栗坳牌坊头对面山坡草房着火，凄厉的喊声响起时，四周乡民大惊，纷纷拿起竹梆奔出家门，连敲加喊地向板栗坳方向狂奔而来。当地民团、警察、保安部队闻讯，立即操枪持械将板栗坳张家大院围起来。另有一帮乡民打扮的人，在熊熊火光映照下，吵闹着要把史语所的人扔入火中。据当时参与灭火的史语所研究人员石璋如回忆，面对这种纷乱且明显带有敌意的挑衅，“我们就极力想解释清楚，以破除谣言”。遗憾的是，不但没有解释清楚，史语所的人还差点被一群身份不明的人，趁着夜色扔入火中当北京烤鸭烧了。幸亏当时驻军周勋团的一个连赶来，与当地警察一起制止了这群人的行动，研究人员才幸免于难。

第二天，“下江人”吃人的谣言，由李庄很快传遍了祭天坝、宋家山、牟家坪等乡镇，接着又在长宁、庆符等县传开。研究院几个所的工作人员、家属及同济大学师生，被置于十分危险的境地。李方桂、董作宾、李济、梁思永以及社会所的陶孟和、同济大学校长周均时等人，意识到问题的复杂性与严重性，决定电告傅斯年和教育部，把近来李庄发生的所谓“吃人”谣言及颇感蹊跷的事情逐一汇报。同时史语所请傅斯年不要只在重庆做甩手掌柜，应时刻关注李庄弟兄的处境和人身安全等。

傅斯年接电，认为事关属下和家眷的人身安全，必须加以防范，遂立即把情况报告给中央研究院代院长朱家骅，同时向教育部、内政部、国防委员会等相关部门做了报告，并表示自己决不做甩手掌柜，要亲临李庄与地方政府一道处置此事。于是，傅斯年辞却繁忙的公务，乘坐民生公司的“民望”轮由重庆溯江而上，向李庄驶来。

注释：

[1] 参考《四川省历史文化名镇——李庄》，熊明宣主编，宜宾市李庄人民政府 1993 年出版（内部发行）。

[2]2003 年 9 月 26 日，作者在李庄采访罗家、洪家后人罗萼芬、洪恩德记录。

[3][4][5] 台湾“中央研究院”近代史研究所藏“朱家骅档案”，馆藏号：301-01-09-138，册名：国立同济大学：校长周均时任内文卷。

[6]《傅斯年致彭学沛》（1940 年 10 月 19 日），载《傅斯年遗札》第二卷，王汎森、潘光哲、吴政上主编，台湾“中央研究院”历史语言研究所 2011 年出版。

[7][8]《傅斯年致芮逸夫》，载《傅斯年遗札》第二卷，王汎森、潘光哲、吴政上主编，台湾“中央研究院”历史语言研究所 2011 年出版。

[9]《中国建筑之魂——一个外国学者眼中的梁思成林徽因夫妇》，[美]费慰梅著，成寒译，上海文艺出版社 2003 年出版。

[10][24]《石璋如先生访问记录》，访问：陈存恭、陈仲玉、任育德，记录：任育德，台湾“中央研究院”近代史研究所 2002 年出版。

[11]《北总布胡同三号——童年琐忆》，载《不重合的圈——梁从诫文化随笔》，梁从诫著，百花文艺出版社 2003 年出版。

[12]《傅斯年致郭有守》，载《傅斯年遗札》第二卷，王汎森、潘光哲、吴政上主编，台湾“中央研究院”历史语言研究所 2011 年出版。

[13][14][25]《傅斯年致朱家骅》，载《傅斯年遗札》第二卷，王汎森、潘光哲、吴政上主编，台湾“中央研究院”历史语言研究所 2011 年出版。

[15]《傅斯年致陈立夫、顾毓琇、余井塘》，载《傅斯年遗札》第二卷，王汎森、潘光哲、吴政上主编，台湾“中央研究院”历史语言研究所 2011 年出版。

[16]《傅斯年致凌纯声、芮逸夫》，载《傅斯年遗札》第二卷，王汎森、潘光哲、吴政上主编，台湾“中央研究院”历史语言研究所 2011 年出版。

[17]《傅斯年致王育伊、凌纯声、芮逸夫》，载《傅斯年遗札》第二卷，王汎森、潘光哲、吴政上主编，台湾“中央研究院”历史语言研究所 2011 年出版。

[18]《芮逸夫致朱家骅》，载《傅斯年遗札》第二卷，王汎森、潘光哲、吴政上主编，台湾“中央研究院”历史语言研究所 2011 年出版。

[19]《傅斯年致李方桂、石璋如》，载《傅斯年遗札》第二卷，王汎森、潘光哲、吴政上主编，台湾“中央研究院”历史语言研究所 2011 年出版。

[20]《傅斯年致石璋如》，载《傅斯年遗札》第二卷，王汎森、潘光哲、吴政上主编，台湾“中央研究院”历史语言研究所 2011 年出版。

[21][22][23] 台湾“中央研究院”历史语言研究所傅斯年图书馆“傅斯年档案”。

[26]《蜀道难》，罗常培著，辽宁教育出版社 2000 年出版。

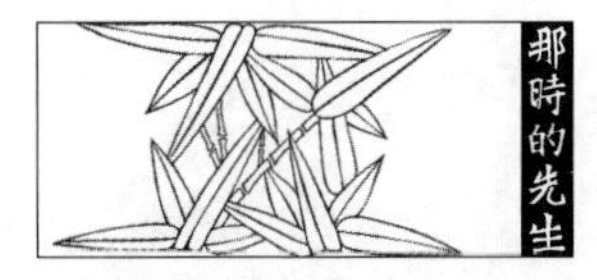

第四章　险象环生的山坳

揭开“吃人”的秘密

就在傅斯年奔赴李庄之时，国民政府内政部向四川省政府拍发电报，其中有“前方在抗战，后方捣乱”等语，下令省政府与宜宾专署配合当地政府和驻军整治李庄的社会秩序，让内地迁来的各学术机构、学校有个安静的工作、学习环境，同时稳定抗日后方的局势云云。

宜宾方面接到省政府转来的电令，经过分析，认为这一事件的出现，极有可能是因为有人故意煽风点火，这伙人可能来自两条暗道：一是当地的汉奸故意制造谣言，以达到扰乱后方，给抗日前线施加压力的目的；二是共产党地下武装借机制造混乱，趁势组织农民和失业商人、官僚以及无业游民等搞武装暴动。而这些人大多是当年张守恒、洪默深等组织的所谓“川南工农革命军”造反暴动的“残渣余孽”。一旦让他们借机成了气候，在李庄甚至整个川南闹将起来，将是一件不得了的大事。身在陪都重庆的蒋介石最忌恨的就是共产党拉人入伙搞暴动。如真的造起反来，宜宾专署不知有多少地方大员或驻地军官要遭革职查办，甚至拿入大牢落个“秋后问斩”的结局。想到此处，坐宜宾专署第一把交椅的专员冷寅东不敢怠慢，立即下令组织一批地方要员和两个营的兵力，亲自带队，乘“长虹”号火轮（老式轮船，1949 年后归四川省轮船公司所有，20 世纪 70 年代退役）顺江而下，向李庄进

◎李庄镇中的南华宫，一度成为同济大学理学院所在地

发。当船行至宜宾与李庄之间的双流溪战略要地时，按照预定方案，一营兵力弃船登陆驻扎，其他人员和官兵继续沿江东下，在李庄码头登陆。

冷寅东来到李庄，立即于南华宫大殿召集邻县县长，乡镇长，民团、联防头目，驻军首领，中央研究院方面的李方桂、李济、董作宾、梁思永、陶孟和，中国营造学社的梁思成、刘敦桢，以及同济大学校长周均时等各色人物开会。在听取了相关汇报后，冷寅东下令各县、乡镇的负责人先在自己掌管的地盘内，组织力量严查密访，除查出借机造谣捣乱的汉奸外，着重探查暗藏的共产党人，对当年张守恒、洪默深等“川南工农革命军”及其九族，进行地毯式的清查。一旦查清与“吃人”谣言有关者，立即捉拿归案，押入大牢，老虎凳与辣椒汤伺候。

各县、乡镇长回归自己掌管的一亩三分地，迅速组织民团、警察及联防队员展开调查。但查来查去，几天过去，各地除抓获一批地痞流氓、游手好闲的无业者，以及参与造谣或聚众滋事、向史语所和同济大学发难的愚昧乡民外，并未发现共产党的秘密组织与事件指挥的线索。冷寅东听罢，尽管心有不甘，倒也算一块石头落地。在他看来，只要没有共党分子从中捣鬼，几个地痞流氓和无知乡民根本不值得大惊小怪与兴师动众。但既然已经兴师动众来到李庄，总得有所作为或动作，好给上司有个交代，于是冷寅东再次于南华宫召开会议，商讨对策。

此时，傅斯年已抵达李庄并应邀参加了会议。除上次参加会议人员外，李庄的党部书记罗南陔，区长张官周，镇长杨君慧，士绅李清泉、张访琴、罗伯希、王云伯等也应邀参加。会议讨论的主题有二,一是被抓人员如何处置；二是如何平息事态，消除谣言，体面地收场？

众人吵吵嚷嚷，争论了半天，各种意见相持不下，一直在桌旁默不作声的党部书记罗南陔突然起身道：“诸位，能不能容兄弟我说几句？”

人们停止了争吵，目光渐渐转了过来，主持会议的冷寅东望了罗南陔一眼，点头道：“好，好，下面听罗先生的高见。”[1]

罗南陔清了清嗓子道：“依兄弟愚见，那些被抓起来的人中既然没有共党异己分子，没必要非来个老虎凳与辣椒汤伺候，老虎凳暂且放着备用，歉收之年，弄一罐辣椒汤也不易，还是留着给感冒发烧者喝吧。至于中央研究院、同济大学吃人，在兄弟我看来确有其事，怎能怪罪乡民传播消息？”

◎罗南陔

话音刚落，南溪县县长叶书麟霍地起身，沉着脸，目光逼视罗南陔，厉声道：“南陔兄，你是不是昨晚猫尿骚儿喝高了，到现在还没醒，果真如此，我劝你还是到外面醒醒再开尊口吧。”

叶书麟冷不丁地横插一杠子，会场气氛骤然紧张起来，众人望望罗叶二人，开始交头接耳地小声议论。罗南陔略做沉思状，微笑道：“兄弟我是不是喝多了，请县长大人听完我的话再下结论不迟。诸君子在李庄逛街的时候已经看到了，有几家牛肉馆门前堆着牛骨头，不用查，馆子里肯定杀过牛。还有几家羊肉馆，门口也摆着一堆骨头，这个馆子几乎是天天宰杀羔羊。中央研究院和同济大学医学院在室内室外摆着人头、人骨，还有完整的人尸体，这不是杀人、吃人是什么？诸位仁兄想想在下所言是否有理？”

“放肆！你这是哪家道理？分明是一派胡言！”叶书麟因一时摸不清罗南陔的真实意图，怕把事情搅得过于复杂，让自己这个父母官不好收拾，脸色铁青，怒气冲冲地对罗指责起来。

罗南陔并不理会这位县太爷的态度，依旧微笑道：“当然，兄弟我刚才所说，只是一般民众的心理和看法，并不代表在座诸兄的心理。试想，这乡间农民整年在山中劳作，与水土树木、五谷杂粮打交道，哪曾见过这等风景？他们咋个晓得和理解这帮搞学问与教学的专家，是在研究古人类和解剖人体？因不晓得和不理解，就像在牛肉馆、羊肉馆门前看到的情形一样，误认为是吃人。常言道，不知者不为罪嘛，我说对抓起来的人没必要把他们按在老虎凳上捏着鼻子灌辣椒汤，搞得杀猪一样号叫连天。兄弟我的意思，除几个寻衅滋事、唯恐天下不乱的小混混，其他人想个法子，如按头捏鼻让其学学狗爬狗叫等教训一下就行了。至于那些不知内情的民众，兄弟我也有办法对付，古人云，解铃还须系铃人，由中央研究院和同济大学各自办个展览，把那些人头、尸骨拿出来让大家看看，再做些适当的解释并发布，谣言可不攻自破矣！兄弟我的话完了。由于鄙人才疏学浅，见识不多，不当之处，兄弟自当谢罪。”罗南陔说罢，冲众人一一拱手，坐了下来。

◎傅斯年与他的特大号烟斗

会场一阵沉默，此前没有人会想到罗南陔说出这番颇具悬念与幽默感的话来，叶书麟更感到意外，顿觉尴尬万分，只好扭头咳嗽几声，故作冷静地点火抽起烟来。

冷寅东见众人沉默不语，把目光转向正含着烟斗喷云吐雾的傅斯年，微笑着以征询的口气道："孟真先生，请谈谈您的高见吧。"

"噢，噢，好的，好的。"傅斯年似如梦初醒，将硕大的烟斗从嘴边拔出，庞大的身躯缓缓站起，两眼放光，煞是威严地环视一周，朗声道："刚才南陔先生所言是个好主意，我赞成这个意见。共党分子捣乱倒未必，对那些唯恐天下不乱者整治一下是必要的，但不要太过，打击面不要过大。最主要的还是中央研究院和同济大学要多做些公开的宣传工作，这方面的事由我和同济的周校长商量来办，其他的事冷专员与大家多帮忙。"

由于傅斯年的身份和地位，加之特有的霸气与豪气，在场的其他人只有诺诺称是，难以提出相左的意见。最后，由冷寅东主持，会议决定将板栗坳着火的那天晚上，带头呼喊"下江人吃人"与"研究院吃人"等不怀好意者，连同他的一群狐朋狗友，外加听信谣言不能自拔并为之大张旗鼓煽风点火者全部抓捕关入监狱，其他已经抓捕但情节轻微者予以释放；史语所与同济大学方面尽快筹备展览会，以实际行动消除谣言，使研究和教学工作早日步入正常轨道。

有了这一决定，冷寅东心中的石头算落了地，着令随同而来的一干人马拔寨启程，乘火轮返回宜宾向省政府复命去了。傅斯年因中央研究院总办事处事务繁忙，亦要返回重庆，临走时与史语所同人协商，因6月9日是中央研究院成立十三周年纪念日，决定展览会定于当天举行。

1941年6月9日转眼即到，按照计划，由中研院史语所出面在板栗坳组织展览会、演讲会，邀请当地官员和士绅及周边地区的名流与新闻界人士前来观摩，同时还要略备薄酒请客，以拉近研究机构与地方的关系，趁机做些解释工作。作为李庄区长兼豪绅的张官周，早年毕业于北平大学，对研究院学者很敬佩并引为同道中人，平时除照料李庄区和自家公私事务，还自告奋勇在史语所兼职，处理些对外联络方面的事务。用他的话说是想跟着先生们学点知识，开开眼界；其实还有一个想法没有说出，即他深知这些“下江人”能量巨大，手眼通天，只是一时落难流亡到李庄这个偏僻之地而已；借此乱世，自己趁势到史语所做些事，和学者们建立起私人友谊，无论当时还是以后都有个照应。——这也正是知识分子出身的豪绅大亨，与当地没见过世面的土财主或普通乡民在思维、眼界和行为方式上的大不同处。

展览会由史语所代理所长董作宾总负其责，文物展品则由各组自行筹备。以考古发掘为特长的三组，在板栗坳比较宽敞的戏楼院展览殷墟发掘的甲骨；四组则在吴定良指挥下，在“田边上”办公室展览殷墟出土的人头骨；史语所善本图书馆也部分开放，让来者参观。因牌坊头室内有木壁，上面挂上研究人员手绘的图画以示说明。为了尽力将展览做大做好，让不同层次的人都有了解，开幕前几天，董作宾就着人与当地政府联系，派出专人四处张贴海报。从李庄到南溪，从南溪到宜宾，甚至南溪下游的江安、泸州等地，都作为宣传招引的目标，广为张贴。在文化生活极度贫乏单调的川南地区，人们看到海报，对海报上那闻所未闻的消息倍感新鲜、刺激，遂奔走相告，扶老携幼，纷纷沿水路和条条山道向李庄云集而来，以便目睹“真人头”的容颜。展览尚未开始，在李庄镇内和板栗坳就聚集了几百名专程从外地赶来的男女老幼，翘首以待，盼望展览会早点揭幕，好先睹为快。

令众人渴盼的6月9日终于来临了，纪念会暨展览会于上午9点钟正式开始，主会场设在板栗坳最大的院落牌坊头，由董作宾主持，资格最老的社会所所长陶孟和首先发表演讲。

陶孟和向众人介绍了中央研究院的成立概况、工作性质及对科学的贡献等，具体到社会科学研究所时，说：“社会学研究所的任务就是要把中国社会的各个方面调查一番，这个调查除了学术上的趣味以外，还有实际的功用。一则可以知道我国社会的好处，例如家庭生活种种事情，婚丧祭祀种种制度，凡是使人民全体生活良善之点，皆应保存；一则可以寻出我国社会上种种，凡是使人民不得其所，或阻害人民发达之点，当讲求改良的方法。我们每一个人大都生长在一个地方，而关于生长地的情形知道得并不详细，更不必论全中国了。我觉得我们中国各地方人，互相隔阂，所有一知半解者，亦不过一个小的方面，

◎陶孟和

却不是社会之全体。”最后，陶孟和谈到社会所的学者，将尽可能地多做些调查研究，消除人与人之间的隔阂，并根据战时中国各地不同的特点，多做些乡村生活、农民生活的调查，以利于整个社会共同进步云云。

陶孟和演讲完毕，由吴定良接着演说。

吴定良者，江南才子也，与朴学宗师段玉裁、现代数学大师华罗庚等名家同乡。1893 年 1 月出生于江苏省金坛县的一个开明地主家庭，其父为当地著名中医，长于喉科，生子女五（男二女三），吴定良排行第五。他幼年丧母，因继母不贤，不准其进学校读书，被整日关在家中帮做家务。后在父亲力争下他得以进私塾读国文，另找人补习英文、算术等课业。在他 12 岁时，父亲不幸病故，继母更恶，吴定良被迫离家独立生活。

1916 年，吴定良以同等学力考入江苏扬州省立第五师范学校，1920 年毕业，考入南京高等师范学堂（后改名为东南大学）教育心理学系。1924 年毕业后留校当助教。1926 年，江苏省招收“乡村教育”和“教育行政”官费留学生各一名，吴定良考取了“乡村教育”名额。同年 8 月，赴美国纽约，在哥伦比亚大学心理学系攻读统计学。翌年，转学到英国伦敦大学文学院，继续攻读统计学，师从英国著名统计学与人类学家卡尔·皮尔逊（Karl Pearson）教授。学习期间，发表了《相关率显著性查表》等多篇统计学方面的论文，1928 年获统计学博士学位。之后，吴定良申请到中华教育文化基金董事会研究补助费，继续留在英国，跟随皮尔逊教授学习人类学，成为中国第一个人类学留学生。其间，吴定良与导师皮尔逊、著名人类学家莫兰特（G. M. Morant）等名师合作，或自己单独研究，共发表统计学和人类学方面的论文 50 余篇，获得人类学博士学位。1934 年夏，吴定良到瑞士楚列须（Zurich）大学从事埃及 9 世纪头骨研究，成绩斐然。1935 年夏，吴氏回国，应中央研究院院长蔡元培邀请，任中央研究院历史语言研究所人类学组主任兼专任研究员。同年，与刚从南京中央大学生物系毕业、留校任助教的史久庄女士结婚。此后，吴定良怀着创立与发展中国人类学事业的雄心，终年奔走在边疆少数民族地区做体质调查，发表论文十数篇。史语所由昆明迁川之前，在傅斯年、朱家骅等上司积极支持下，吴定良着手筹建体质人类学研究所并任该所筹备处主任。来到李庄后，吴氏既是史语所四组主任，又是体质人类学研究所筹备处主任，一个机构两块牌子，对外对内统称主任。

吴定良天生具有南方人聪明伶俐的特点，平时不爱说话，属于“寡言君子”一类，一旦登台演讲，其渊博的学识与出众的口才常常语惊四座。他深知前一段发生

◎吴定良

的种种奇事、谣传与第四组研究的人头骨有直接关系，因而对于这次演讲，自知肩负的使命格外重大，遂做了充分准备。

演讲中，吴定良着重就人头骨研究的目的、意义、内容、方法等，以通俗易懂的语言进行了多角度解释。其天上地下、古今中外、滔滔不绝的演说，使得听众如同听一部惊险无比、悬念丛生的侦探小说，一个个如痴如醉，连连称奇。吴定良在说到研究人头骨的意义时举例道："对于尸骨的研究，还可以帮助警务人员侦破疑案。比如说，前几年，在我国北方一个山区，曾发生了这样一桩案件：在深山的一个山洞里，发现了几具尸体，尸骨已经散架，混杂在一起。警察发现，其中有具尸体左手中指骨上套着一枚金戒指。侦察人员查出有三个头骨，说明死者是三人。他们对尸骨加以鉴别、分类，结果证明那金戒指是属于一具女尸的，根据骨骼的特点，他们测出了这具女尸的身高。另外，还根据女尸的牙齿估计了死者的年龄。在查明了死者的性别、年龄、身高、左手中指戴一金戒指这些特征之后，破案就有了线索。半年之后，这桩疑案终于被侦破。原来死者生前三人结伴同行，到城里走亲戚，在山中小道上被早有埋伏的盗贼劫杀，之后将尸体拖进山洞藏匿起来，直到一个砍柴的少年到洞中捉野兔时才发现。"

"当然，"吴定良继续说道，"除了帮助破获现代疑案之外，通过对尸骨的研究，还可纠正过去传说中的讹误。比如说，大家都熟悉的古代小说《水浒》，其中有一个脍炙人口的故事：打虎英雄武松的嫂嫂潘金莲和西门庆勾搭成奸，用砒霜毒死了自己的丈夫武大郎。当时，武松不在家，尸体火化了。武松回来后，何九叔就把火化武大郎时自己偷偷收藏的两块骨头拿给武松看，作为潘金莲毒死武大郎的见证。武松根据这个证物，认为潘金莲确实是毒死哥哥的凶手，就把她和奸夫西门庆一起杀了，为哥哥报了仇。其实，今天来看，这是没有科学道理的。人死后，不论有没有中毒，经过一段时间，尸骨都会被空气中的氧气氧化而致黑。再说，砒霜的化学成分为三氧化二砷，中毒后主要是引起呕吐、腹泻、中枢神经麻痹、血压下降，进入骨头的砷却极少，也不会使骨头变黑。所以说，小说中写的这个证物缺乏科学依据，属于瞎掉阖的事，不足为信。"

吴定良的演讲受到与会者热烈欢迎，众人一边高声喝彩，一边要求继续讲下去。鉴于时间有限，大会主持人董作宾根据此前的计划，示意吴定良见好就收，留出时间让其他人演讲，吴氏不好恋战，只得在掌声中挥手走下讲台。

继吴定良之后，按计划应是凌纯声演讲，但凌临时有事未能赶到，只得由排在后面的李济继之。

李济生性“刚毅木讷”，能踏踏实实地做事，写得一手漂亮文章，是重量级考古学大师，具有超强的管理能力和组织能力，却不是演讲大师，就纯粹的演讲口才而言不是很好。他简单讲述了三组的工作性质后，着重就安阳殷墟的发掘情形做了叙述，并解释此前乡民们看到的人头骨和甲骨等都是来自安阳小屯等地的发掘品，并不是研究院“吃人”后剩下的人骨。尽管李济在言谈上有些木讷，却并不失智慧和幽默，他知道在演讲中如何抓住听众的心，在谈到考古发掘及研究人骨的意义时，也为众人讲了一个亲身经历的故事。

李济说：前几年我在南京时，曾听过一位学术界的前辈谈到他所眼见的几件事，乃公是一位很不错的收藏家、文物鉴赏家及受人尊敬的目录学家。他的博闻强识，是同时代学者及晚辈后学共同敬佩的。在座的诸位可能还记得，1928 年 7 月，北方一个叫孙殿英的军阀，以剿匪和军事演习为名，率领一个军的兵力荷枪实弹进入北平以东遵化马兰峪界内的清东陵，用七天七夜的时间，打开了乾隆皇帝、慈禧太后的两座陵墓地宫，劈棺扬尸，将价值连城的珍宝洗劫一空后逃之夭夭。这一惊天大案发生后，对孙殿英劫盗行为的惩治，似乎仍是照例的“以不了了之”，国民政府没有一个明确的说法，所盗宝物也没有一个清楚的下落。而关于清理劫余陵墓的工作，也没有看见过一份正式的报告发表。不过有参加这一清理工作的学术界人士，在不同场合曾经透露若干侧面的消息，我刚才说的那位先生就是清理地宫的参与者之一。这位先生告诉我说，他曾抚摸过乾隆的头骨，那一场景在他心中留下了很深的印象。他还有几分炫耀地对我说，乾隆的一口牙还保存得很好。不想这件事挑起了我的好奇心，如是就有了下面的对话：

我说：“乾隆的牙，到底还有多少保存着？”

他回答道：“整整的 40 枚牙，都保存得很好，很整齐。”

我听了感到很惊奇，就说：“这不可能吧，你有没有搞错？”

他很有把握的样子，摇摇头说道：“绝对的，我绝没有搞错，我还亲自数过，咋会搞错呢？”

听了这话，我也摇了摇头，对他说：“凡是世界上的人，不管是几万年、几十万年的化石人，还是过去的野蛮人，或者近代的文明人，没有一个是有40枚牙的，这是一个早已被科学研究无数次证明了的事情。”

老先生听罢，就有点不太自信了，他抬手拍拍脑袋，轻轻地说：“哎，我确实数过的呵！”

这个时候，我就直截了当地告诉他：“这是一个不需要再辩论的事情，因为灵长目各科属动物，所具有的牙齿数目，已是一件科学的事实存在。人类的牙齿，若是正常发育的话，从古代到现代，没有超过32枚的。一般现代的人，尤其是中国人，大多数只有28枚至32枚之间。为什么呢？就是因为烹饪术，也就是炒菜技术的进步，人的第三臼齿，也就是上下两边最后的一颗大牙，往往是长不出来的。”

李济说到此处，停顿了片刻，微笑着对众人道：“这位老先生听了我的解释，直摇头，不过这次摇头和上次很有些不同了，为什么呢？他不自信了，但心中又不太相信他会把乾隆皇帝的牙齿数错了。我看在座的诸位也有不太相信的，这好办，你们回家后，好好把自己的牙齿数一数，如果哪一位超过了我说的32枚，甚至达到了乾隆皇帝的40枚，你来找我，我个人出钱请你到李庄镇内的君子居酒楼吃一顿。”

语毕，李济在掌声与笑声中走下讲台。

此时将近中午12点钟，作为主持人的董作宾讲了几句“感谢光临”之类的官面话，宣布结束。应邀前来的嘉宾开席吃饭，其他人则拥到各个展室观看展品。据石璋如回忆，由于是在战争岁月，物资供应困难，物价高昂，史语所准备的“菜肴很简单，类似流水席，大概一点（钟）就散席了”[2]。

午餐过后，董作宾、李济、梁思永、吴定良、芮逸夫、石璋如等分别来到展室，为观众担当解说员。除了安阳殷墟发掘的头骨、甲骨外，展品中还有远古人类骨骼化石和恐龙等动物化石，古代兵器、甲胄以及专门用来祭祀的大型青铜器，另外还有明清字画摹本、国外的出土文物模型等。参观者除李庄本地的父老乡亲、大中小学生外，还有来自成都、乐山、宜宾、南充、泸州、江津甚至重庆等地人员，当时迁居江安县继续开办国立剧专的曹禺、欧阳予倩以及流亡到四川、云南、贵州等地的学界名流，也搭舟乘车纷纷前来观看。一时间，整个李庄车水马龙，好不热闹。

为了造出一种具有强烈冲击力的声势，在展出板栗坳的展品之时，同济大学在校长周均时指示下，由医学院组织，于李庄镇内祖师殿厅堂举办了“人体解剖展览”。许多年后，参观过这个展览的原南溪县团练局局长洪汉中之子洪恩德，对当时的情景还历历在目。洪氏曾回忆道：“同济大学医学院在祖师殿的展览开始后，许多老人拄着拐杖，领着孙子，同年轻人一道进去参观。展览在医学院解剖室摆设，这个解剖室其实就是大殿的厅堂，房子很大，很宽敞。一进门，就看见两边各放一个骨头架架，当地人称精骨人。旁边有各种人骨，那骨头有的白、有的黄、有的黑。再里边有心、肺、脾、肝、肠子等人体内部器官。五脏用药水泡起，肠子是花花的。再后面还泡着几具男、女、儿童等大小不一的尸体。里边有解说员，可以去询问，胆大的还可以伸手在人骨上摸一摸。里头的医学教授和同济的学生拿着手术刀，在一个木案上割尸体，有的教授指着一个部位说，这里容易得什么病，那里得什么病，要是得了这种病，就要到同济大学医学院门诊部去看，如果治不好，就到同济大学在宜宾开设的医院去治。教授们这一说，有些老人当场就说自己可能有这种病，求教授给他们看，教授们也就当场看起病来。看到这个场面，好多老人感慨不已，说活了大半辈子，白活了，连自己的身体都不知是咋回事，这次大开眼界了，不白活了一场。有外地来的人，说看了之后明白了许多事，这大老远跑来，不虚此行。也有些胆小的，看后害怕，呕吐，吃不得饭，晚上做噩梦。这些事情被当作故事讲起，很快在四邻八乡传开了。”

由中研院与同济大学两家分别在板栗坳与祖师殿举办的展览，轰动四方，并作为川南一个重大的文化事件载入史册。当时的新闻媒体如《中央日报》《新华日报》等报刊，都分别做了报道。石璋如的说法是：“经过沟通说明后，当地人知道研究院做些什么，此后双方关系就改善多了。”[3] 据洪恩德根据自己在李庄的所见所闻回忆说：“展览过后，群众对中央研究院和同济大学，由误解变为理解，全部拥护了。做生意的说‘下江人’不吃人，他们买什么就给他们送去。有的说‘下江人’有钱，没有当地人抠门，不太跟生意人计较，农民们听了就很乐意卖给他们东西。镇上有人生了病，也找他们看，关系好得很。”[4]

由于此次展览规模宏大，参观人数众多，对两地展品的名称、出土地等专业知识，误听误判者也为数不少。有许多人在回忆这次盛况时，都称在板栗坳的展品中有闻名于世的“北京人”头盖骨，且言之凿凿，不容置疑。直到岁月流逝了70多年之后，关于李庄是否展出或保存过“北京人”头盖骨，仍争论不休。

清华校长梅贻琦李庄遇匪

展览会掀起的热潮刚刚退却，国立西南联合大学常委梅贻琦、总务长郑天挺、中文系主任罗常培等三人结伴来到了李庄，这是中央研究院所属研究所与同济大学等学术、教育机构自昆明迁入四川后，迎来的第一批尊贵的客人。

前文已述，梅贻琦等人此次来川的目的，主要是到西南联大叙永分校考察，以决定是留在原地继续办学，还是回迁昆明。

叙永小城在长江以南，位于泸州的正南方，属川、黔、滇三省边境之地，有永宁河通往长江，与西边的南溪李庄虽有一段距离，但同属于川南地区，风土人情近似，因而在各方面多有联系。中研院史语所、同济大学等机构从昆明迁李庄时，叙永是必经之地，过了叙永就是长江南岸的蓝田坝，过了坝便是长江与北岸的名城泸州。史语所的石璋如等人在押运物资从昆明迁往李庄时，曾在叙永附近翻车于赤水河中，为此，他对叙永及西南联大分校的情况有了一个回忆片断："叙永算是一个关口，也不算小地方，不过查得没有蓝田坝厉害……当时很多搬迁的机构来到叙永附近，像西南联大就把招考的新生搬到叙永上课，结果有很多在昆明考上的学生，千里迢迢来到叙永上课，但是在叙永上课的地方很少，是借用一间小庙来用。我们在叙永的时候，联大正准备教室的布置，尚未正式上课。"[5]

梅贻琦一行是 1941 年 6 月 9 日到达叙永的，三人返回泸州后，于 6 月 19 日分别致信昆明西南联大的蒋梦麟、潘光旦等人，谓"详告叙永分校诸君对于取消分校之意见，正反各列五条，末附本人意见……总之无论如何以早决定为宜。如叙校迁回，同人及眷属旅费应酌予增加"[6] 云云。

6 月 27 日，三人登上"长丰"轮，溯江来到李庄，未几即开始组织北大文科研究所几个研究生进行论文答辩。

北京大学文科研究所于 1918 年初创，1921 年称北京大学研究所国学门，后改称北京大学研究院文史部。沈兼士、刘半农先后为主任。1934 年始称北京大学文科研究所，是以培养文、史、哲等学科研究生为主的学术机构。1937 年卢沟桥事变后停办，1939 年经傅斯年等人建议，于昆明恢复。由于胡适在抗战初期赴美，随后不

◎ 1937 年胡适、郑天挺与中文系毕业生合影。前排右起：唐兰、魏建功、郑天挺、胡适、罗常培、罗庸、何容（引自《郑天挺先生学行录》）

久出任驻美大使，所长一职由傅斯年代理，原北大秘书长郑天挺担任副所长。文科研究所下设语言、文字、文学、哲学、史学等组。语言组的导师是罗常培、李方桂、丁声树等，据说本来还有魏建功（南按：著名学者，1949 年后有绰号“跟党走”），由于魏和罗常培闹别扭，不久就离开了研究所；文字组的导师由唐兰担任；文学组导师有罗庸、杨振声等；哲学组为汤用彤；史学组有陈寅恪、姚从吾、向达、郑天挺等。其导师阵容之强大，远过于国内任何一所大学的研究所。

在昆明恢复后的北大文科研究所，因条件所限，第一届招收了 10 名研究生，分别是：语言组的马学良、周法高、刘念和；文学组有阴法鲁、逯钦立；哲学组是任继愈、王明；史学组有杨志玖、汪篯、阎文儒。文字组在第一届未招生，第二届招了王玉哲。与王氏同届或下一届的研究生有殷焕先、高华年、董澍、王永兴、李孝定、王叔岷、王利器等共 20 余人。研究生最早借住中研院史语所于昆明靛花巷三号租来的房子。当史语所迁往四川李庄时，一部分随史语所迁往李庄，一部分学生离开靛花巷三号，搬到郊外的龙头村史语所旧址继续攻读，后因在龙头村无书可读，留住的研究生又不得不步史语所后尘迁往李庄，以便查阅图书资料以完成学业。据当时档案显示，研究生中的马学良、刘念和、逯钦立、任继愈、杨志玖、阎文儒、张政烺等都先后离开龙头村赴李庄。作为助教的邓广铭和他在北大的同班同学、进所不久的助理研究员、傅斯年的侄子傅乐焕等，也相继迁来。

当初傅斯年在昆明竭力恢复北大文科研究所，其主要目的就是要把毕业生招到史语所留用，这个研究所实际上成了中央研究院史语所预备培训班。当研究生们到达李庄后，全部被安排在板栗坳，与史语所同人一起居住、生活，平时则各人在图书馆看书学习，着手撰写论文。为了显示这股力量的存在，傅斯年还专门让研究生们在居住的门口挂起了一块“国立北京大学文科研究所办事处”的牌子，作为一个相对独立的单位彰显于世。若干年之后，当地政府在统计李庄外来学术机构时，这个研究所理所当然地被列入其中。

◎ *1938* 年，北京大学中文系学生与文学院教授于蒙自合影。前排左起：罗常培，魏建功，罗庸，郑天挺，逯钦立；二排左起：徐松龄，马学良，宋汉濯，詹锳，刘泮溪；三排左起：傅懋勣，周定一，张盛祥，马彭（马原），阴法鲁；四排左起：陈士林，何善周，陈登亿，向长清（引自《郑天挺先生学行录》）

在李庄的几个科研机构中，按照辈分排列，除陶孟和之外，梅贻琦几乎是所有人的前辈，尤其对于清华出身的学子更是如此。声名赫赫的李济、梁思成、梁思永、李方桂等皆是梅贻琦的学生。李济在清华国学研究院任导师不久，梅贻琦便接替张彭春任清华学校教务长。自 1931 年起，梅出任清华大学校长并提出了著名的“大师”说，留下了注定要流传久远的至理名言：“一个大学之所以为大学，全在于有没有好教授。孟子说：‘所谓故国者，非谓有乔木之谓也，有世臣之谓也。’我现在可以仿照说：‘所谓大学者，非谓有大楼之谓也，有大师之谓也。’”[7] 卢沟桥事变爆发后，梅贻琦率清华师生迁长沙，再迁昆明。西南联大成立后，他以常务委员的名义执掌事实上的联大事务。此次梅、郑、罗三人李庄之行，受到众学者的敬仰与尊重，自是顺理成章的事情。

7 月 3 日，是北大文科研究所研究生答辩的日子。按所中制度，每一名研究生配一位正导师、一位副导师，该所在昆明恢复时，语言组第一届研究生的研究范围和导师有：

> 马学良，云南非汉语研究，导师李方桂、罗常培。
>
> 周法高，汉语历史音韵，导师罗常培、丁声树。
>
> 刘念和，汉语历史音韵，导师罗常培、魏建功（未就聘）。

每当研究生答辩时，正、副导师按理都要参加。此时，与其他组的研究生一样，以上三位研究生都将出席在板栗坳戏楼院召开的论文答辩会。由于战时导师、学生被分隔几地，且有的导师如魏建功等早已与北大文科研究所分道扬镳，哪里还有师生齐聚一堂的机会？因而，1941 年酷热夏季的这场答辩会，也只能因地制宜。事实上，这批研究生到李庄后，与昆明相隔千山万水，郑罗二人只能算是通信指导

◎北大文科研究所人员居住之处（作者摄）

教授。蛰居在板栗坳的研究生除了相互切磋和利用史语所藏书自学外，主要靠史语所的几位大师指导，如罗常培所言：“马刘两君（马学良、刘念和）受李方桂、丁梧梓（声树）两先生指导，李君（孝定）受董彦堂（作宾）先生指导，李、董、丁三位先生对他们都很恳切热心。据马君告诉我说，李先生常常因为和他讨论撒尼语里面的问题，竟至忘了吃饭，这真当得起‘诲人不倦’四个字。任君（继愈）研究的题目是‘理学探源’，他在这里虽然没有指定的导师，可是治学风气的熏陶，参考图书的方便，都使他受了很大的益处。这一天听说有空袭警报，但是史语所同人仍然照常工作并没受影响，专从这一点来说，就比住在都市里强得多。”[8]

在昆明时，马学良就随李方桂赴云南路南县尾则村做过倮倮语的调查研究。李方桂选中尾则村调查的一个重要原因，是由于该村不足百户，偏僻贫困，千百年来极少对外交流，恰似一个方言孤岛。在当地流行的倮倮语中，又有一种极特殊的撒尼语，李方桂师生着重调查的就是这种语言。实际调查中，李方桂等首先找到村里一位小学教师做发音人，随时提问。从身体的器官、室内的陈设，直到门外的花鸟鱼虫、飞禽走兽、瓜果蔬菜、山川景物，莫不成为提问的对象。几个人边问边用国际音标记录，每记录、整理完毕，再请发音人重新核对，尽量保证其准确性。

马学良随李方桂在路南县境奔波了一个多月，师生二人各掉了十多斤肉，白皙的皮肤也早已变成灰黑色，总算把撒尼语的词汇记录下来，并整理出了一个语音系统。遗憾的是，由于时间和经费有限，未能进一步记录其语法系统。

1940年秋冬，马学良与张琨等研究生，随李方桂与史语所迁往李庄板栗坳，并继续在李氏的指导下整理研究撒尼语资料，同时着手撰写毕业论文。

此时，郑天挺和罗常培看到马学良的论文，就是有关撒尼语的整理研究成果。关于马学良本人及论文，罗常培在他的《蜀道难》一书中做了如下评价：“三日上午，约马学良君来，评定他所作的《撒尼倮倮语语法》。……李先生对我说，他这篇论文在已经出版的关于倮倮语的著作里算是顶好的。这虽然含着奖掖后学的意思，但是我看过论文初稿后，也觉得李先生的话不算是十分阿好或过誉。我一方面佩服马君钻研的辛勤，一方面更感谢李先生指导的得法。”[9] 字里行间，透着罗常培关怀爱惜之心，欢喜感念之情尽在其中。

马学良的勤奋和几位导师的心血很快得到了回报。经过几年的不懈努力，马氏的《撒尼倮倮语语法》著作赶在抗战结束、全部人员撤出李庄之前得以完成，并于1950年以《撒尼彝语》的书名由中国科学院出版社出版。此时，历史上一直沿称的“倮倮”已改为彝族，这部著作是中国第一部用现代语音学理论研究少数民族语言学的力著。通过对撒尼彝语的研究，揭示了藏缅语系的重大语言和语音特征，成为了解、学习彝语，以及探索彝族文化奥秘的坚实基础和有效工具。此为后话。

酷暑中，师生经过一天的忙碌，答辩会圆满结束。对于各位研究生提交的论文，郑罗两位导师均感满意，大家都为之庆幸。

7月5日凌晨，约四更时分，李方桂夫妇被枪声惊起，出门察看。只见板栗坳远山近林笼罩在墨一样的黑暗中，并无异常动静。刚要回室，枪声再度传来，且越来越密集，越来越清晰，似是沿长江边向板栗坳推移。“土匪，是土匪，不是抢劫就是火并。”暗夜里，李方桂轻声对妻子说。

“要不要唤起梅校长？”李夫人徐樱悄声问。

“他可能刚睡着，不要唤他，估计没啥大事。”李方桂回答着，徐樱不再作声。

枪声响了一阵，渐渐稀疏起来，见板栗坳周边仍没异常动静，李氏夫妇方回室内入睡。

早上6点钟，梅贻琦等即起床准备下山，下午在李庄码头乘船赴宜宾。吃早饭时，李方桂夫妇问道：“校长，昨夜听到什么异常动静没有？”

梅贻琦摇摇头道：“开始热得睡不着，等睡着的时候就什么也不知道了。”

李方桂绘声绘色地讲述了夜半枪声之事，梅贻琦吃惊之余，叮嘱道：“看来你们以后要多加小心，我在泸州和叙永分校时，就听说川南一带土匪自抗战以来，像蝗虫一样在川江两岸窜起了。乱世出盗贼，自古亦然，只是你们别发生意外就好。”

◎李方桂与徐樱在清华园合影

梅贻琦断断续续地说着，吃罢早餐，离开李家，同郑罗二人一道告别史语所与北大文科研究所诸君，在李方桂夫妇陪同下，往山下走去。

至一山坡，李庄镇的风物已看得分明，梅贻琦等在一棵大树下站住辞别。李氏夫妇恋恋不舍地望着三位师友，各自眼里含着泪水。握别时，李方桂道："今日一别，何时再得一见，天南地北，恐遥遥无期矣！"一句话引得夫人徐樱泪水夺眶而出，众人顿时怆然。

8 点半左右，梅氏一行来到李庄郊外上坝月亮田，看望梁思成夫妇与刘敦桢等研究人员，借此告别。

此次登门"再看梁夫人病"，令梁氏夫妇甚为感动，为表示礼貌，林徽因强撑着发烧的病体，令人将行军床抬到室外与来客交谈。"大家坐廊下，颇风凉。徽因卧一行床，云前日因起床过劳，又有微烧。诸人劝勿多说话，乃稍久坐。"[10]

谈话在压抑的气氛中结束，梅、郑、罗三人离开营造学社，在李济家中吃过湖北做法的凉面后，至江边一茶楼饮茶等船。此时，董作宾、芮逸夫、杨时逢、陶孟和、李济、梁思成、梁思永等皆来送行。李济的老父亲、词人——李老太爷（郢客）也颤颤巍巍地参加到送行之列，梅氏等人甚为感动。临别时，李老太爷与梅贻琦握手曰："江干一别。"梅氏听罢，一阵悲伤袭上心头，"意外之意，不禁凄然"[11]。

下午 3 点钟，"长丰"轮到李庄码头，仍以"地漂"登轮，梁思成坚持独自踏"地漂"将梅贻琦一行送到轮上。在无尽的祝福和感念中，"长丰"轮载着三位学界巨子，迎着滚滚的江水向宜宾方向驶去。

令李庄同人意想不到的是，梅贻琦一行刚刚离去，成百上千的土匪从四面八方向李庄云集而来。

史语所被劫案

十几天之后，梅贻琦与史语所同人一直担心的事情发生了。

因史语所在栗峰山上，到镇上购物极不方便，傅斯年为同人分配房子的时候，就专门指示在板栗坳牌坊头拿出一间屋子成立一个合作社，由史语所老技工魏善臣出任总经理兼雇员，平时从外面进些生活物品，卖给史语所人员兼顾板栗坳乡人，如果所内同人或乡亲们需要特殊货物，可提前登记，由“魏总”外出提货时一并带来。合作社给众人带来不少方便，但天有不测风云，魏善臣的“老总”帽子没戴多久就出事了。

这天，老魏乘船到宜宾办货，当他从李庄码头上岸，背着一布袋货物回到板栗坳山下长江中心著名的标志物——木鱼石对面时，已是汗流浃背，气喘吁吁。待稍事休息，准备爬500多级台阶上山进板栗坳驻地，突然发现十几名蒙面劫匪驾驶三只小船，从长江对岸包抄而来。一看这杀气腾腾的场面，“魏总”先是打了个激灵，立即意识到大事不好，仓皇之中背起布袋撒腿往山上奔跑。魏是北京人，此时已年近五十，早年曾随史语所考古组搞过田野调查，蒙古语说得相当流利，平时侃起大山来，和大多数北京人一样，一套套没完没了，很有些“天下英雄无足论者”之势。但嘴上的功夫毕竟抵挡不住劫匪的刀锋，眼看大祸临头，老魏两腿就有些发软，本就不善山地奔走，加之货物负累，结果未逃出多远，劫匪已越过木鱼石在南岸登陆。只片刻工夫，“魏总”即被劫匪掀翻在地，连吃了几抡重拳，身上1000多元现金被洗劫一空。劫匪们把布袋中的货物倒出来一看，全是些油盐酱醋，外加万金油、仁丹丸等乱七八糟的东西，没有值钱之物，遂将货物丢弃一地，朝趴在地上挣扎的老魏猛踹几脚，悄然遁去。

当年史语所从长沙迁往桂林装船时，由于几百只箱子来来往往搬运，看上去每一只箱子都沉甸甸的，当地人就传说此机构非中央研究院（因中央研究院名头大，外界都称史语所为中央研究院），而是中央银行，箱子里装的也并非残物朽骨，而是黄澄澄的金条和令人眼热的钞票，遂引起土匪的觊觎。多亏史语所走得及时，再加上军队保护，才没有酿成祸端。如今史语所等几个机构迁往李庄，尽管不再被当成中央银行，但当地人看到如此多的物资，一船又一船地在李庄码头卸货上岸，极其小心谨慎外加有些神秘地被抬到各处密藏，便断定中央研究院如同中央银行一样，是个拥有大量金银财宝的机构。于是，川南的土匪闻风而动，水陆并进，纷纷向李庄一带云集，伺机抢劫。老魏的遭遇不过是土匪们牛刀小试的一个前奏而已。

当“魏总”鼻青脸肿、衣衫不整、晃晃悠悠地回到史语所时，众人大骇，问明情况，更添惊恐，联想起梅贻琦等人走前那个晚上的枪声，越发忧虑。李济、董作宾、梁思永、李方桂、石璋如等史语所元老，除了震惊，更有盛怒，认为光天化日竟有人明目张胆地抢劫，这对李庄的研究人员特别是家眷的生命以及国家财产安全构成重大威胁。万一土匪再来打劫，来个“拉肥猪”（川南一带土匪绑票的特称），后果不堪设想。7月20日，几位元老经过协商，由董作宾修书一封，派人分别送往

◎南溪县城文明门（作者摄）

南溪县政府、南溪县第三区区署、李庄镇公所等衙门，除详细叙述老魏被劫经过，还以强硬姿态向对方提出："请即派队缉捕劫匪并清查江滨一带户口以绝匪源。"

南溪县政府接到报告，同样意识到问题的严重性。此时，南溪县原县长叶书麟因"研究院吃人"事件未及时控制谣言，以致事情闹大，惊动重庆国民政府，最终弄了个明调暗降的差事，灰头土脸地离开了南溪县衙。新任县长李仲阳为免重蹈叶书麟覆辙，对此案极其重视，立即下令严加查办，同时复函史语所："已嘱派队缉捕抢劫合作社经理人魏善臣之劫匪，并将办理情况函复，本劫案已严令三区署、李庄镇限期破案送究。"[12]

南溪县第三区署与李庄镇接到上司命令，不敢怠慢，立即组织当地警察与团练对李庄地面可能的匿匪地点进行清剿。想不到这一行动激怒了劫匪，不但清剿未果，三区署与镇公所派出的人员，一个个被对方用各种不同的攻击手段，弄得头破血流、骨折筋断，大败而回。

三区署与镇公所只得向南溪县政府禀报求援，李仲阳听罢，心中大为不爽，在大骂了一顿"饭桶""草包""浑蛋"之后，厉声道："既然当初你们李庄镇执意要接收这些外来的佛爷，就应有接收的本事。现在佛祖接来了，又不能让他安静地待着，平添了这许多乱子，要是上头追究起来，这个责任该由谁来负？糊涂呀！糊涂……"

李仲阳原是叶书麟的副手，此人鹰钩鼻，三角眼，八字须，心狠手辣，既油且滑，属官场老手。他深知请佛容易护佛难的道理，既然各路"佛爷"已被李庄那帮"糊涂蛋"请到了南溪地盘，就不能有什么三长两短。尤其中央研究院的几个研究所藏有国之重宝，一旦被土匪劫掠，那就不只是南溪方面的事了，无疑会立即震动重庆甚至世界，自己这把尚未坐热的县太爷交椅也随之散架。于是，李仲阳对来者教训了一通后，答应立即命令县团练、警察局出动人马，与驻李庄的川军十八师周成虎部李元琮旅周勋团联系，共同商讨剿匪策略。

◎李庄码头对岸的桂轮山

此时，驻李庄的川军周勋团除了团部和一个连的人马外，其他兵力都在外地驻防。作为团长的周勋对当地情形非常熟悉，深知当地土匪之厉害，在接到南溪县和李庄镇求援后，颇感踌躇。但作为驻军，保境安民是分内职责，不便推辞，便答应下来。为尽可能减少损失，扩大战果，周勋又让南溪县与李庄镇的官员出面与当地三大家族之一的张访琴、张官周兄弟联系，请他们出动自家一个手枪连的私人武装，协同作战，如此可一战而胜，尽剿劫匪。南溪与李庄方面答应了周勋的要求，张氏兄弟接到县、镇双方邀请，答应出兵。

待各方商定之后，川军、地方武装与私人武装三家合兵一处开始清剿。想不到联军一出动，躲在长江岸边和山野茅舍里的土匪，与其玩起了猫捉老鼠的游戏，瞬间就没了踪影。待联军奔波一天回营之后，匪徒们又从各个角落悄然冒出，再度进行骚扰与劫掠，搞得联军疲于奔命。如此往复几日，官兵开始麻痹起来，再也没有了往日的精神和锐气。就在这个时候，土匪们决定向对方施以颜色。

当周勋团的一个排在长江对岸桂轮山无精打采地搜索时，突然发现几个持枪的土匪在山中鬼头鬼脑地来回晃动。官兵们一见，立即来了精神，在大喊“站住，再不站住老子就开枪了”的同时，向对方开火。几个土匪先是躲在一块大岩石后伸头露脑做观察状，接着开枪回击。枪声引得联军各部纷纷向桂轮山拥来。几个土匪边打边退，借着山中草丛密林与联军周旋起来。大约过了一个时辰，土匪突然没了踪影。作为剿匪总指挥的周勋，万没想到自己已是大祸临头，误认为对方玩的又是老鼠钻洞的把戏，当即指挥各部四处搜索，并发出号令：“就是掘地三尺，也要把这几个土耗子给我拎出来。”

此时，太阳已经落山，长江的雾气开始升腾并向山中弥漫开来。周勋部正四面开花式搜索着，突然山中传出“咚、咚、咚”三声小炮的声音，紧接着枪声大作，喊杀声从山野树丛中传出。周勋打了个寒战，立即意识到中了埋伏，命令各部迅速撤退，向长江南岸集结，但为时已晚，只见匪众嗥叫着从四面八方向联军扑来，密集的子弹“唰啦唰啦”在身边树丛里飞过，有几个川军弟兄中弹倒地。周勋见对方来势凶猛，情势危急，提着匣子枪带领几个侍卫，穿过层层密林，狼狈不堪地向长江岸边奔逃而去。多亏手下一个排和张访琴的手枪连刚刚从李庄镇方向乘船渡江而来，在危急时刻一面阻击掩护，一面把从山上溃退下来的官兵陆续运到南岸。

当周勋站在南岸一个高坡上，遥望对面桂轮山时，只见对面山下聚集了上千土匪，黑压压一片。久经沙场的周勋面对如此场面，也不禁倒吸了一口冷气。他一面组织部属坚守南岸，防止匪徒渡江来犯，一面派人清点人数。结果大吃一惊，约一个排的弟兄在这场遭遇战中伤亡。面对危局，周勋火速派人从二十几里远的防区调来手下两个连，共同防守李庄。由于天黑，对面的匪徒没有强行渡江来犯，悄然消失于山野树丛之中。

桂轮山一役，使李庄及南溪各界为之震动，县长闻讯，大惊失色，急忙派人向宜宾专署报告，周勋立即致电李元琮旅和十八师师长周成虎，报告战况及伤亡人数。中研院史语所等几个研究机构人员与同济大学师生，想到南溪与周勋团剿匪失利，劫匪必得寸进尺，变本加厉地前来打劫。惊恐中，史语所人员已失去了往日的镇定，纷纷寻求自保之门径。据石璋如回忆说：这个时候“山下山上都不安全，大家心里也有不安。我住的地方是戏楼院的小屋，里头有个小楼，通道口在我屋内，相当谨慎。最早来的凌纯声先生就说我这里最安全，他自己住在房东家附近，都还觉得不安全，便将贵重的两三箱东西储藏在我屋子的棚内”[13]。

人心惶惶，局势危急，李方桂、董作宾、李济、陶孟和、梁思成与同济大学校长周均时，联合致电国民政府教育部、中研院总办事处，报告面临的匪患和险情，请求国民政府加派军警前来李庄，与当地政府、驻军一起，共同铲除匪患，并对各研究机构和学校人员进行武装护卫。

驻李庄科研机构人员的名声自不在话下，同济大学校长周均时曾在柏林工业大学留学，与朱家骅系同窗好友。留学期间，周均时跟从闻名世界的娄耶（Laue，今译劳厄）教授专研相对论，并亲自聆听过爱因斯坦讲学，是一位国际著名的数理学家与弹道专家。以他的身份名望，与史语所、社会所的大佬们联名报告，自然更能引起重庆方面的重视。

朱家骅、傅斯年等闻报，顿感事态严重。傅斯年立即致电史语所，让研究员们先组织起来自卫，并根据当时的条件，让史语所到宜宾购一批小铜锣，每人发一个置于床头，如果夜间发现土匪，立即鸣锣报警，众人则立即组织援救，等等。

与此同时，朱傅二人又联络教育部部长陈立夫，分别向国民政府行政院、国防军事委员会、军政部等相关机构提交报告，请求火速派兵守卫，以保全国家珍贵财产与各学术机构、学校人员的人身安全。

此时的国民政府行政院院长正是外号“孔哈哈”的孔祥熙。由于傅斯年看不惯孔的所作所为，经常凭借国民政府参政员的身份，对蒋介石这位连筋（襟）又连体的“老二”不留情面地抓捏，不断上书，并揭发宣传孔氏贪污盗窃、投机倒把之类的劣迹，搞得孔氏既头疼又恼火。正要设法报复之际，接到朱家骅与傅斯年的报告，孔祥熙不但不予理睬，反而幸灾乐祸。而时任中国陆军总参谋长兼国民政府军政部部长、军权在握的何应钦，尽管和朱家骅、傅斯年等人没有大的矛盾与隔阂，但由于自己出生于贵州一个偏僻穷困的山村，后来进中国的陆军学校与日本的士官学校，属于草民得志，对人文知识分子，特别是那些出身名门硕儒家庭的知识分子，一直心怀忌妒与鄙视。对于李庄的匪患及知识分子们面临的威胁，他自然不放在心上。面对派兵清剿与护卫的请求，何应钦以官场中人的老练与圆滑，哼哼唧唧虚与委蛇。面对此情，朱家骅、傅斯年和教育部官员认识到，要想让国民政府出兵，必须由蒋介石委员长亲自出面才行。但要搬动蒋介石谈何容易？其时中国抗战正处于最严峻关头，中国军队拼全力对付日军仍显力不从心，现在内里又闹起匪患，这让抗战最高领袖蒋介石做何抉择？德高望重的中研院元老蔡元培已经过世，朱傅二人无论资历还是威望，都不能与蔡元培相提并论，在蒋介石心中，此时中研院的地位同蔡元培时代相比也大打折扣。在这种情况下，若贸然请蒋介石下令发兵李庄，实在有点勉强。进退维谷中，傅斯年突然想起了一个人，如果此人与自己一道向蒋委员长陈情，或许大事可成。

——这个人，就是国民政府军事委员会委员、军政部次长兼兵工署署长俞大维。

注释：

[1]2003 年 9 月 28 日，作者在李庄采访罗南陔之子、南溪县政协委员罗萼芬记录。罗南陔以下发言与各位官僚、学者对话，皆为罗萼芬提供。

[2][3][5][13]《石璋如先生访问记录》，访问：陈存恭、陈仲玉、任育德，记录：任育德，台湾“中央研究院”近代史研究所 2002 年出版。

[4]2003 年 10 月 2 日，作者在李庄罗萼芬家中采访洪恩德记录。

[6][10][11]《梅贻琦日记》(一九四一——九四六)，黄延复、王小宁整理，清华大学出版社 2001 年出版。

[7]《国立清华大学校刊》，第 341 号，1931 年 12 月 4 日。

[8]《沧洱之间》，罗常培著，辽宁教育出版社 1996 年出版。

[9]《蜀道难》，罗常培著，辽宁教育出版社 2000 年出版。

[12]《四川省历史文化名镇——李庄》，熊明宣主编 ，宜宾市李庄人民政府 1993 年出版(内部发行)。

第五章　李庄剿匪记

同济校友与兵工制造

傅斯年之所以要找俞大维相助，除傅俞二人是留德同学，且夫人又是俞大维的妹妹俞大綵这一姻亲关系外，更重要的是俞大维肩负的特殊使命，足以让他在蒋介石面前说上几句够分量的话。

俞大维出身书香世家，父、祖皆闻名于世，尤以其伯父俞明震在清末名重一时。俞明震进士出身，曾是翰林院著名翰林编修，兄弟几人皆为社会名流。俞大维之母曾广珊，是晚清中兴名臣曾国藩嫡亲孙女，俞大维即曾国藩的曾外孙，而蒋介石与毛泽东一生共同崇拜之人即为曾文正公。1918 年，俞大维于美国圣约翰大学毕业后，进入哈佛大学攻读数理逻辑学专业，1922 年获哲学博士学位。因成绩突出，由哈佛大学提供奖学金，选派到德国柏林大学继续研读。

俞大维到德国不久，同在哈佛大学读书的密友陈寅恪也来到柏林大学，两人一同开始了在欧洲的留学生涯。俞大维出众的才华与声名渐为中国留学生所知，罗家伦在谈到俞大维的才学时曾说："俞大维则天才横溢，触手成春，他从数学、数理逻辑到西洋古典学术的研究，从历史、法理到音乐，再从音乐到开枪放炮的弹道学，和再进而研究战略战术。我想他心目中最向往的是德国大哲学家莱布尼茨是不见得十分冤他的。"[1]

◎俞大维

据罗家伦回忆，原在英国留学的傅斯年，之所以转入德国柏林大学攻读，“因为一方面受柏林大学里当时两种学术空气的影响；一方面受柏林大学的朋友们如陈寅恪、俞大维各位的影响”。傅斯年到德国后，在柏林大学与俞陈二人一起度过了三四年同甘共苦的时光。在此期间，俞大维一直担任中国留德学生会会长。1923年，北大学生毛子水又来到德国留学，傅斯年向这位昔日同窗介绍中国留学生情况时说道：“在柏林有两位中国留学生是我国最有希望的读书种子：一是陈寅恪，一是俞大维。”[2] 而俞陈二人对傅斯年的学问与才情也深为佩服，俞大维来到柏林后，研读方向由数理逻辑渐渐转为文史，并打算以此为终生追求的事业。当他和傅斯年结成朋友并过招后，自感力不能敌，遂对毛子水慨然叹道：“搞文史的人当中出了个傅胖子，我们便永远没有出头之日了！”遂弃哲学与文史，转而潜心研习理工专业，终成著名的弹道专家。正因对傅斯年由衷敬佩，俞大维才将其妹俞大綵引嫁于傅斯年。

俞大维学成归国后，先后出任国民政府军政部少将参事、参谋本部主任秘书、驻德大使商务专员等职。1933年11月，国民党第十九路军将领蔡廷锴、蒋光鼐等人率部在福建倒蒋造反，史称“闽变”。蒋介石迅速出动大军讨逆，并于1934年1月攻占福州，“闽变”以失败告终。为防死灰复燃，蒋介石把自己的心腹、时任军政部兵工署署长的陈仪调任福建省政府主席兼福建保安司令。陈氏卸职前，蒋介石向其询问谁堪担当兵工署署长之职，陈当场向蒋推荐俞大维，并说“俞大维这个人不要钱”，“俞懂弹道学，是个人才”，等等。[3] 在陈氏力荐下，正在德国采购军火的俞大维被召回国，出任军政部次长兼任兵工署署长，一跃成为国民政府独当一面的大员。

此时，日本军队正对中国步步进逼，任何稍有政治头脑的人都能感到，中日之间的恶战、大战已无法避免。俞大维就任后面临的主要任务是“国军武器弹药的来源筹划、供应、存储、整备、生产制造”，“自立自主、刻不容缓”[4]。

为完成这一重任，俞大维上任不久，在继续争取德国军方装备和技术的同时，将目光投向了上海的同济大学。

在第一次世界大战之前，德国的科学技术就一跃为世界之冠，军火制造业及所造武器性能举世闻名。北伐成功后，国民政府与德国建立了密切的外交关系，开始从德国订购军火，具体承办者大多是同济大学毕业生。

以德文教学的同济大学，虽非外国教会创办，但无论在战前还是战后，都是中德文化沟通的唯一桥梁。校内占主导地位的德国教授极富日耳曼人之特点，事事严格认真，完全采用德国式教学方法，特别注重理论与实践结合，手与脑并用。而同济学生平时功课繁重，压力甚大，非目标远大、志在科学报国而坚韧不拔者不能坚持。正是这种极具特色的教学和繁重而扎实的课业，使同济的医学、机械、水利三科闻名全国，造就了一批批优秀人才。同济大学医科属世之公认的名校名科，完全可与北京协和、长沙湘雅等名重一时的医科学校相匹敌，当时社会上有“北协和，南湘雅，同济医生顶呱呱”的赞誉。抗战军兴，同济医科毕业生奔赴抗日前线，几乎每所战地医院都有同济出身的医生为负伤将士生命安危奔波忙碌。同济机械科出身的工程师，同样受到世人瞩目和尊敬。按照德国教授的要求，在学习期间，机械科的学生必须一丝不苟，手脑并用，不仅图样一定要绘得精密，模具设计精益求精，同时要求学生在实习工厂、车间能亲自操作机具为技工示范，彻底消除中国教育中存在的只动口不动手、只讲究理论不重实践的弊病。当时上海各大机器厂、纱厂的负责人及主要骨干，多是同济出身。而上海江南造船厂、龙华兵工厂的工程师群，更是以同济校友为主力。由于同济在国防上的重要性和兵工界的实力，促使当时的军政部政务次长、兵工署署长兼上海龙华兵工厂厂长张群（岳军），于1928年亲自担任同济大学校长，以带领这支超凡出众的后备力量为国民党政府效力。

据后来在台湾的张群回忆：“当国民革命军底定东南以后，国民政府甫告成立，军事倥偬，社会秩序犹未完全恢复，同济大学更以校务困难，几陷于停顿之境，阮校长介藩以维持之方就商于余，余适任军政部政务次长兼兵工署署长，并兼上海龙华兵工厂厂长，于国防建设之推进，负有责任。又因公务关系与当时聘用之德国总顾问鲍尔博士及其他顾问时相接触。此辈顾问，大部为彼邦学者硕彦，学验俱富，对我国防建设甚多建议。同时，同济毕业同学之服务于军政部所属之机关者，均有显著之成绩。余因念国防建设之根本，首在国防建设人才之培养，同济大学之工、医等学院，原已有良好之基础，并有设备完善之实习工厂与医院，倘得军政与教育相配合，以同济大学为培养国防建设人才之一中心机构，并延聘此辈德国顾问，分其余力，讲授课于其间，必更可充实学校之内容协助其发展，以培植优秀之国防建设人才，实深符建校合作之旨意。此议一出，深得各方赞同，佥请即以余兼任校长，俾便与军政部密切合作以利计划之推行。余考虑结果亦竟忘其谫陋，毅然承诺。继就此意商之当时教育部朱部长骝先（家骅），朱部长深韪其议，并允年增经费二十五万元。”[5]

张群兼任同济校长三个月后调任上海市市长，遂辞却兵工署署长和同大校长等本兼各职。尽管张氏在同济大学时光短暂，却与很多师生结下了终生友谊，他对同大出身的学生、特别是机械科毕业生对国防事业的贡献给予很高的评价：“……三十年来，我同济校友之服务于国防建设者，为数甚多，贡献亦复不少，实为国人所共见。”[6]

身为国民政府第一任兵工署署长的张群卸任之后，陈仪接任此职，后陈氏赴福建另当大任，此职便落在了“不要钱”的俞大维身上。

俞大维根据中国面临的严峻形势，即令在兵工署服务的一批同济校友，与当时留德的原同济学生江杓、陶声洋、谭伯羽、杨继曾、周芳世、丁天雄等人紧密配合，积极在德国大量采购武器、机具、枪炮钢管等军用储备物资。通过众人努力，这年夏季，中国方面取得了德国 1924 年研制的长、短管毛瑟步枪图样（蓝图）及样板资料。俞大维下令由设在河南省的巩县兵工厂锻造、铸造及仿制。毛瑟步枪蓝图全部是德文原图，样板资料也是德国工业标准，极其烦琐难懂，兵工厂方面因缺乏懂德文的人才，甚感困难。俞大维亲自出面，通过各种关系，在全国网罗招聘同济大学机师科毕业生到巩县兵工厂参加此项工作。同济毕业生闻讯，从四面八方云集而来，很快成为巩县兵工厂的技术主力。同年 10 月，长、短管德式毛瑟枪仿造成功并批量生产。这是俞大维出任兵工署署长之后，重用同济学生之始，也是同济毕业生当年在兵工厂为国家立的第一大功。

由于国造毛瑟步枪对当时中国的军工业意义非同一般，受到国民政府高度重视，遂以蒋介石的名字命名为“中正式步枪”，抗战期间由重庆二十一兵工厂大量生产。此种步枪与仿造的捷克式轻机枪、马克沁重机枪及多型号手榴弹等枪械，成为中国八年抗战十大战区 320 万大军的主要制式武器，为战争的最后胜利做出了巨大贡献。

◎巩县兵工厂旧址之一部分

抗战胜利后的 1946 年，原巩县兵工厂厂长李待琛奉派为中国驻日军事代表团首席科技参事，原日本军械处处长对李说："你们的轻武器杀伤力比我们的好，中正式步枪打得远，可射钢弹头，三八式不能（日本军队装备的三八式大盖步枪），你们的轻重机枪枪管打红了，浇浇水，还能打。你们的兵工制造业了不起！"[7]

李待琛道："你有所不知，这都是当年留德的兵工署署长俞大维先生与同济大学机械科毕业生的功劳呵！"[8]

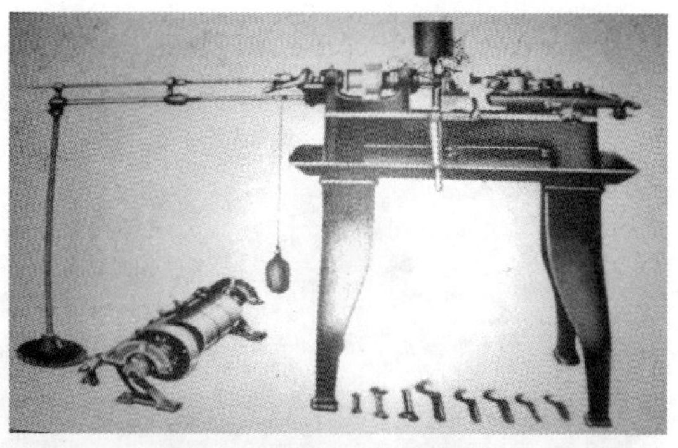

◎巩县兵工厂使用的制枪机械（翻拍资料照片）

◎ 1943 年常德会战中国军使用的轻机枪与中正式步枪

日本的这位军械处处长可能还不知道，在淞沪抗战爆发后，根据当时的局势，本来应该避其锋芒，以空间换时间和对手周旋的中国军队，却以精锐在上海与势头正盛的日军进行了自开战以来最为酷烈的死打硬拼之战。这一战略不仅为了保卫首都南京，更重要的是为了掩护集中在上海和长江下游地区的中国现代金融、工商和兵工制造业精华的撤退，以图长期抗战。

就在这股撤退大潮中，国民政府命令兵工署全速将各地兵工厂拆装，运送至西南大后方重新组建。俞大维受命负责策划主持全国兵工厂的拆迁事宜，同济大学出身的兵工署制造司司长杨继曾被任命为各厂拆迁监管人。金陵兵工厂于 1937 年 11 月奉命西迁后，历尽艰险，终于在 1938 年 2 月全部运往重庆，并在很短的时间内，于重庆两路口对岸之陈家馆逐渐复工生产。武汉保卫战开始之后，著名的汉阳兵工厂奉命撤退，一部分机具、员工西迁至重庆，并入已改名为兵工署第二十一兵工厂的原金陵兵工厂——此乃抗战期间大后方规模最大、最具实力的兵工厂，到 1945 年 8 月抗战胜利时，该厂有员工兵夫一万五千余众，各类机器设备共四千余台。

七七事变发生不久，同济出身的江杓就奉命接收广东第二兵工厂并出任厂长，后该厂遭日机轰炸，江氏奉命迁厂，将机具全部迁至重庆郭家沱复厂，改番号为兵工署第五十兵工厂。该厂的机器是清一色德国设备，工业标准及图样均采用德国式，同济大学机械系毕业生及留德学生均为网罗对象。恢复生产后，该厂在不到一

◎金陵兵工厂旧址

年时间内，就制造出了新式武器——战车防御炮（平射炮）及炮弹。1938 年 11 月，同济大学出身的兵工署五十兵工厂工程师郑大强，奉派整编成都的四川兵工厂，改为五十兵工厂成都分厂，由郑大强任厂长，有工程师、技术人员 1000 余人，主要生产 60 型迫击炮弹及炮弹底火。

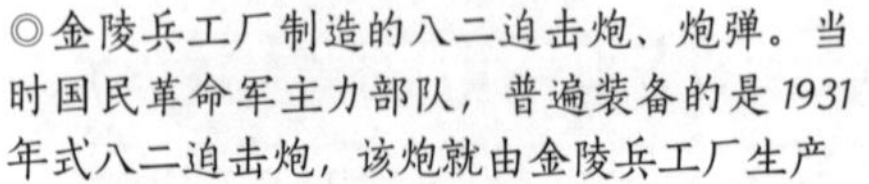

◎金陵兵工厂制造的八二迫击炮、炮弹。当时国民革命军主力部队，普遍装备的是 1931 年式八二迫击炮，该炮就由金陵兵工厂生产

◎金陵兵工厂制造的高、平射两用的重机枪（图中处于高射状态）

抗战中后期，第二十一和第五十两家兵工厂成为中国生产武器弹药的主力军。当时兵工界公认，俞大维中将、杨继曾少将、二十一兵工厂厂长李承干少将、五十兵工厂厂长江杓少将等，是兵工制造业的四大名将和国家的四大功臣。而聚集在这四大名将麾下的各兵工厂主管人员和工程师群，有百分之八十来自同济大学。故当时兵工界人士公认："同济是兵工界的导师和主力。""兵工厂、兵工界的人才是中国近代机械工业之母。"[9]

对这一极高评价，俞大维并不否认。他曾对外界这样说道："我当兵工署长后，重用的都是留德、留日及同济大学的学生……对日战争爆发，大小战役之不利消息频传，无日、无时、无地无之。可告慰者，战况再不利于我，却从无一人抱怨说：'枪炮弹药没有了。'"[10] 这就是俞大维与他的同济战友们创造的奇迹，对国家所做的杰出贡献。

正是由于同济大学在兵工制造业的特殊地位和影响，傅斯年决定请俞大维出山，请求蒋介石出兵李庄剿匪并保护同济师生。假如同济可保，则李庄的其他几个学术机构自然不能置之不顾，可谓一损俱损，一荣俱荣矣！

当然，此事不能绕开张群，若张群不支持，事情难有大的进展。此时的张群正出任成都行营主任兼四川省政府主席，为蒋介石控制大后方最为得力的心腹干将。就张群与蒋介石的私人关系而言，在国民党内部难有几人与其匹敌。这一“铁哥们”关系的形成，不仅在于早年蒋与张留学日本时同入东京振武学堂结下的同学之谊，更在于两人气味相投，并在几十年打拼搏杀的道路上，荣辱与共、相濡以沫的担当。而张群能以臣子之心和一片忠诚来处理与蒋的关系，没有像其他的军阀大佬如冯玉祥、阎锡山、李宗仁、陈济棠、张学良等辈那样，忽东忽西，翅膀一硬就要造反或发动“事变”反蒋倒蒋。故蒋张二人在长期的合作中结成坚实的政治联盟，并在合纵连横的军阀争斗中战绩连连。原南开大学教授，曾担任国民政府行政院政务处长、经济部次长的著名经济学家何廉曾说过：蒋介石是一个人治色彩很重的人，他“常常绕过了机构，而去信任那些最亲近他、忠于他、服从他的人。他信任孔祥熙和宋子文，因为他们是姻兄姻弟，他信任孔祥熙胜过宋子文，因为孔更听他的话；他信任陈立夫因为陈的叔叔是他把兄弟；他信任俞飞鹏，因为俞是他的表弟兄；他信任张群，因为张群、陈其美、黄郛和他是把兄弟；他信任黄埔军校毕业生超过同样的团体，因为他是军校校长，而在中国师生关系几乎亲似父子。唯一可能例外的是陈诚，他们之间非亲非故，但陈诚是他的同乡。”[11]何氏之言可谓一针见血，道出了国民党权力中枢各种关系的神机妙门，张与蒋关系之玄机则不窥自见。

南京沦陷，国民政府西迁之时，四川军阀大佬极不痛快，从中作梗，企图阻止国民政府和军队西进。为打破困局，蒋介石以铁腕手段亲自兼任四川省主席，操控川省政局；同时以“川人治川”的政治方略，特派四川华阳人张群，于1938年出任国防最高委员会重庆行营主任、行政院副院长，并实际掌控成都方面的事务。1940年11月15日，经国民政府批准，蒋介石辞去川省主席之职，由他的铁把子兄弟张群出任国民政府军事委员会成都行营主任兼任四川省政府主席及全省保安司令，接管全川军政事务，以稳住后方，积蓄力量，为抗战最后反攻打基础。正因为张群与蒋介石及同济大学三者之间，有着非同寻常的历史渊源与特殊关系，而朱家骅又系同济出身，傅斯年与张的关系亦较融洽，因而，朱傅二决定在请求俞大维相助的同时，力促张群也为此尽一份力量。

俞大维及张群接到朱家骅、傅斯年的请求，为促成此事，又联合蒋介石侍从室主任陈布雷共同进谏。蒋介石毕竟不是量小妒多的何应钦辈可比拟的人物，听罢汇报，除意识到同济大学师生对国防建设特别是军火制造的重要性，又深虑中研院史语所等机构所藏国宝一旦有失，不但使中国文化财产遭受损失，同时也将造成不利于国民政府和自己政治地位的国际影响。出于这两方面考虑，蒋介石亲自下达手谕，命军政部与成都行营协同，立即出动一定规模的兵力清剿劫匪，压制其气焰，务必保护同济大学与中研院各学术机构的人员与财产安全。

权霸一方的张群，既然已支持朱、傅等人并向蒋介石进谏，在剿匪手谕下达后，无论出于私人感情还是国家利益的考虑，都要担负起责任。况且他本人对川南日益严重的匪患早有清剿之心，只是忙于纷繁的军政事务，无力顾及，趁此机会，正好一并清剿，确保川南特别是重庆至宜宾长江航线的平安。当然，善于揣摩主子心理的张群，自认为摸到了蒋介石肚子里的蛔虫——借剿匪之机，给四川反蒋势力以打击和震慑，亦是蒋氏的言外之计。于是，心领神会的张群积极推动川省剿匪事宜，以实现一石多鸟之构想。

在中央各部门大佬与川省政府几方合力运作以及实权在握的张群具体操作下，成都方面立即电令第二十八集团军、川康边防司令部以及宜宾专署专员冷寅东，迅速组织一个师的兵力，联合地方军警、民团，以李庄为中心，由点及面，迅速、全面、彻底地剿灭川南顽匪。

电令下达后，蜀中名将、宜宾专员冷寅东等人立即商讨并行动。按照预定的军事部署，驻宜宾的两个团全副武装，乘“长虹”号火轮下行至宜宾与李庄之间的水流溪登陆，控制周围地形、地势。原驻李庄的十八师周勋团将分散各处的兵力全部集中到李庄一带，以扼匪之咽喉。另加派一个团顺江而下，在南溪与泸州之间的江安登陆，以切断泸州下游的顽匪与上游的联系通道。待各部到达预定地点后，川军十八师师长周成虎、旅长李元琮、团长周勋及另外两个团的团长，以及宜宾专署专员冷寅东、专署保安副司令宋维基等高官要人相继赶到李庄，在南

◎位于宜宾东部长江南岸的李庄古镇全景。（王荣全摄影并提供）

华宫大殿内召集南溪县长李仲明、长宁县长、庆符县长、江安清乡司令、李庄附近各区公署并 30 余个乡镇镇长及联防队长共同策划清剿方案，同时成立了以富有剿匪与作战经验的原川军中将师长、川康边防军副总指挥、现任宜宾专署专员的冷寅东为总指挥的剿匪大本营。经过三天三夜的周密策划，清剿方案基本形成。一场特殊的川南剿匪之战即将打响。

川南匪患

按照既定方案，剿匪大本营决定采取“先清剿，再招抚，后斩杀”的秘密战略，这个方案主要来自川军名将冷寅东多年与土匪打交道的经验。

自李庄“张四皇帝”扯旗造反，被清廷官军与当地团练击溃之后，其残渣余孽化整为零，在各地蛰伏下来。“同治中兴”使川南一带有了几十年的表面平静，李庄衰退的经济也渐渐得以恢复。

1911 年 5 月，清王朝将已属民办的川汉、粤汉铁路收归国有，旋又将修筑权出卖给英、法、德、美等四国银行财团，这一出卖民族根本利益的做法，立即激起了湘、鄂、川、粤等地官僚、士绅、工商界人士与知识分子的强烈反对。历史上著名的“保路运动”由此爆发。各地纷纷举行集会、罢工、罢市，随后组成各种形式的“保路同志会”，发动武装暴动。

当此之时，南方孙中山、黄兴等人领导的同盟会，眼看天下纷乱，朝野惊慌，不失时机地派出同盟会的大小头目，潜入四川，组织力量举行暴动，武装攻打县衙与巡抚衙门，企图夺取政权，将温热的印把子握在自己手中。素有“屠夫”之称的四川总督赵尔丰，眼见自己的统治地位不稳，屁股下的椅子开始晃动，怒发冲冠，倾其全力指挥清军、团练对敌，企图一举平息暴乱，荡平起事者。一时间，全川陷入了刀光剑影、血雨腥风的大动荡、大混乱、大浩劫之中。在失控的局势下，各地的刁民、流寇、地痞流氓、破产失业兼失意的小商人和小官僚政客，像成群的蝗虫“轰”的一声从蛰伏的乡野田畴腾空而起，四散于山野丛林、长江大泽，开始由草根之民变为啸聚一方的土匪，干起了打家劫舍、杀人越货的勾当。

1917 年 7 月，以孙中山为首的南方革命党人发动了“护法运动”，继之与北方以段祺瑞为首的北洋政府军队，以湖南为中心展开大战。受各种利益驱使，四川军阀大部卷入战争，川境再度大乱。在前后两次大规模的战争中，无论是蔡锷、孙中山的南军，还是袁世凯、段祺瑞的北洋军，都曾大力招抚土匪，扩编成军以壮声势。在战争结束后，军队缩编，匪复为匪，各军的溃兵、裁兵与散兵游勇趁机结帮入伙聚集起事，匪势更见其盛。其后四川省内的军阀混战连绵不断，兵匪循环变迁，土匪的枪械装备更是突飞猛进，他们不仅对刀矛之类的冷兵器弃置不用，便是老式毛瑟枪也不屑一顾，大凡稍有点实力的匪群，都换上了新式来复枪、手枪、盒子炮甚至机枪、小钢炮等装备。由于装备的新旧优劣不同，土匪的档次渐渐拉开，名号确立，有了“广棚”“土棚”与“斗板凳脚”之分。所谓“广棚”，人数一般在千人以上，常住深山野外；“土棚”，人数在百人以上，常住深山与乡间；“斗板凳脚”属于最末一流，人数几人与几十人不等，如乡间拿着板凳围在一起聊天之类的小股团伙。

到了1920年前后，四川军阀——小至团长、旅长，大至军长、省长、督军，如杨森、刘存厚、刘成勋、熊克武、刘湘、刘文辉、赖心辉、周西成等辈，皆是老鼠动刀，窝里缠斗，相互攻伐，大打内战。各军阀不但无心剿匪，而且千方百计地拉拢、利用土匪。凡有兵之处即有土匪，有战乱之地即有匪祸，全川178个县，几乎全部陷入战争，土匪也散布四川全境，当时报章曾称四川为“盗匪世界”。[12]

在这个“盗匪世界”里，又以川南特别是长江航线为重，从上游的宜宾直到重庆甚至武汉三镇，长江周边的山中“土棚”“广棚”林立。据粗略统计，当时仅宜宾到重庆一线，土匪的总人数已达到了10万之众，长短枪达四五万支，外加威力巨大的轻、重机枪200余挺，火炮近百门。原来的土匪以绑票劫财为主要目的，男票称为“拉肥猪”，女票称为“拉母猪”。随着形势的发展，匪众的欲望远远超出了这个范围。

与南溪相邻的泸州，原来驻有一个旅的军队，后因内战爆发，该旅被当时的川军总司令、省长刘成勋调往北边隆昌、永川等县区作战，泸州只有一个连驻守。借此机会，泸州至宜宾一线及周边各棚土匪以陈云武（绰号大眉毛）、郭建章（绰号郭老外）、牟荣华（绰号牟公道）等为首，聚集2000余众攻打泸州。匪徒们一拥而上，很快攻进城内，城中守军不甘束手就擒，在连长指挥下纷纷掘起街道石板，筑成工事拼命抵抗，后与众匪展开巷战，终因寡不敌众，在伤亡数十人后，被迫杀出一条血路突围。匪众轻取泸州，大肆劫掠抢杀。陈大眉毛命人在街上张贴告示，自任城防司令兼永宁道尹，与泸州相连的合江、江安、南溪等地，全部为陈大眉毛等匪首所控制，南溪属下的李庄自然也成为其控制的地盘。

由于土匪势力不断壮大，往日土匪怕官兵，后来竟演变成官兵怕土匪。匪焰嚣张，往往敢与一个旅甚至一个师的官兵对阵，常使官军损失惨重。川军第六师师长邱华玉与川东边防司令汤子模在泸州交战时，邱华玉亲率两排卫队往前线督战，不料行至九层崖时，与广棚匪徒猝然相遇。双方枪战多时，邱华玉身负重伤，后虽被救出，终因伤势过重而亡。江（津）巴（县）壁（山）合（江）峡防司令印时安奉命率队剿匪，竟被匪徒捕俘杀害。

1921 年，从保定陆军军官学校毕业的青年才俊、四川大邑人刘文辉（字自乾）出任川军旅长，驻防宜宾。刘氏抓住军权后，深感财权的重要，便委派他的五哥刘文彩（许多年后轰动全国的恶霸地主的典型代表，在家乡大邑安仁镇曾以著名的水牢、收租院等特殊符号名世）为四川烟酒公司宜宾分局局长。1925 年，年仅 30 岁的刘文辉收编四川军阀杨森残部，实力大增，防区由宜宾一隅往上扩展到乐山、仁寿、眉山一带；往下占据了南溪、江安、泸州等重要城镇。刘文辉本人一跃成为全省军务帮办、第九师师长并兼领第三十一师，地位仅次于四川头号军阀、控制泸州下游广大地区的刘湘。为了盘踞四川腹地，1925 年年底，刘文辉将帮办公署、第九师师部设于成都，刘家军精锐亦随之移驻川西。宜宾城防交给其麾下第六混成旅旅长覃筱楼管理，行政财政诸权则尽落刘文彩之手。不久，刘文彩又被委以叙南船捐局局长、宜宾百货统捐局局长、川南税捐总局总办等职。至此刘文彩大权在握，独当一面，更是千方百计为其弟搜刮军费。此时的叙府是川省著名的商埠，水上船舶如织，百货云集，成为一个重要税源。刘文彩借此天时、地利以及兵强马壮的优势，大肆贩卖鸦片，并滥征捐税，处处设卡，对大小商贩围追堵截，想方设法敛财牟利。从乐山至叙府的水路仅 200 余里，刘文彩竟下令设关卡 30 余处。一路下来，价值 500 元的山货须纳税 400 多元。由内江至成都的陆路仅 400 余里，设关卡达 50 余处，价值 300 元的货物，税额几乎超过了原价。

◎刘文辉与家人在一起

1930 年春，刘文彩正式在宜宾组建二十四军第十八团，自兼团长，开始以武

◎四川大邑县安仁镇刘氏庄园外景

◎刘氏庄园《收租院》情景雕塑之一

力介入收捐取税的行动。1931年下半年，又组建二十四军第四十一团。此后不久，羽翼丰满的刘文彩将叙府第六混成旅旅长覃筱楼挤垮，自行组军。1932年1月，已成为四川省主席的刘文辉发布命令，成立二十四军叙南清乡司令部，刘文彩为中将总司令。至此，刘文彩这个从大邑县走出来的半文盲加土佬，声名鹊起，叙府的军政财三方大权完全落入他一人之手——这是刘文彩一生最为鼎盛的时期，也是川西南一带最黑暗的历史阶段。

登上陆军中将总司令宝座的刘文彩，为了维持各方面的运转和扩大自己的势力，在川西南地区更加疯狂地横征暴敛。除关卡收税外，还加派了护商税、户口派款、临时派款等苛捐杂税。比如临时派款就名目繁多，有所谓“公路费”“街道马路费”“码头捐”“国防捐”，等等。在所有捐税中，又以“国防捐”数额最大，一次派款总数就达100万元，约等于宜宾五年的粮额。

在这种恶劣局势下，许多商贩因沉重的捐款而血本赔尽，纷纷倒闭关门。有的为逃避追债者，不惜弃家“跑滩”（找一个隐蔽的地方躲藏），更多的索性为匪，除了拉棚子，便入哥老会，当了袍哥，与匪共谋。

1932年春夏间，驻在川东、以重庆为大本营的四川头号军阀刘湘（字甫澄），得蒋介石支持，拟订攻打刘文辉的“安川”计划。同年10月1日，刘文辉、刘湘叔侄两川军巨头的战争爆发，这是四川近代史上规模最大，同时也是最后一次内战，四川大小军阀邓锡侯、田颂尧、杨森、刘存厚、李家钰、罗泽洲等均卷入其中。刘湘与刘文辉直接交手的第一仗就是川南的泸州之役，刘湘集海、陆、空三军外加所谓“神兵”，全力围攻刘文辉部控制的泸州，逾半月竟未得手。后因周边县相继失守，泸州孤陷重围，文辉部守将不得不于11月21日竖起降旗归顺刘湘。

泸州城陷后，刘湘部溯江而上，取江安，夺南溪，过李庄，直赴上游刘文彩控制的叙府。此时的叙府城高池深，粮弹充足，而且刘文彩手中有“叙南清乡司令部”辖下的两个团及刘文辉派来的高育琮一个旅，总兵力一万余人。在胜负未定之时，刘文彩决定与刘湘这位堂侄拼个你死我活，下令军队在城外的长江航线布防。但土财主毕竟是土财主，拨弄算珠子的好手不见得是指挥枪杆子的行家，毫无沙场履历的刘文彩这次打错了算盘。刘湘的二十一军在过李庄之后，弃水路而走陆路，沿两岸山中小路夹击而来，高育琮旅防不胜防，略事抵抗即退入叙府城内，外围尽为二十一军攻占。在隆隆炮声中，刘文彩携一个叫凌旦的爱妾登上城头，眼望蚂蚁一样围城的敌兵和弥漫天空的硝烟，自知力不能敌，欲弃城溃逃。在出逃之前，又以土财主的精明和奸商的恶习，给叙府民众留下了最后一个印记，那就是臭名昭著的“打门捐”。

◎其人其事一度进入小学课本的安仁镇恶霸地主刘文彩

◎刘文彩心爱的凌旦

按照军阀部队的惯例，每一次调防，都要向原驻防地区民众收一次开拔费。一般是由商会承头，部队坐收。此次刘文彩因急于撤退出逃，便下令手下部队直接催收。1932年11月23日，刘文彩在川南税捐总局办公室召开紧急会议，当场拍板：东城8万，南城5万，西城4万，北城3万。各城区款项限两天内收齐，并要各区团保现场开列交款户名单。会后由团保持刘文彩手令，带领军队赶往各户收取。如有不交或拖延者，按刘文彩发布的“留钱不留头”命令，格杀勿论，就地处决。

两天之后，刘文彩带着20万元“打门捐”，在炮火硝烟中率领亲兵小妾，携带450多箱珍贵物件和银圆8000多块，匆忙逃出叙府出走家乡大邑。——这是大邑土佬兼中将总司令刘文彩，在叙府地盘上度过了整整十年后的最后一次出城。这一去，再没能回来。

刘文辉、刘湘叔侄双方经过短暂休战，1933年7月，刘湘亲自指挥的“安川战役”再度揭幕。此次战役是“二刘”之间的最后一搏。刘文辉在将有二心、士无斗志、四面受敌的险境中，自知没有取胜希望，便于7月8日通电辞去四川省政府主席之职，放弃成都，退守岷江雅安一线，随后在刘湘大军压境之际，又钻进了气候苦寒的西川不毛之地。

此后，在蒋介石等人说和、施压下，刘湘考虑到川省其他几个军阀对自己早已虎视眈眈，遂决定给堂叔刘文辉一线生机，以牵制其他军阀。进驻成都后，刘湘专门托人捎信召见刘文辉手下第一勇将、大邑出身的原川军师长、时任川康边防军副总指挥冷寅东，并说道：“我幺爸（指刘文辉）腰杆不能硬，腰杆一硬就要出事。我不是要搞垮他，主要是压低他的气焰。还让他保留部分队伍，以待将来西康正式建省，由他担任主席。”

已是败军之将的冷寅东听罢此话，感激涕零，趁机进言道：“甫公（指刘湘）的安川军已占雅安，刘自公已让出汉源，他这个样子已不成气候了，安川军还是退出雅安，让自公回来吧？”

刘湘听罢，给了冷寅东一个顺水人情，说：“好吧！”随即下令“安川军”全线撤退，让刘文辉重返雅安。同时拨给刘文辉军服万套、大洋10万余元，以纾其难。刘文辉见回头有岸，急忙自我转圜，向堂侄刘湘通电认错，拥护刘湘统一四川，“二刘之战”至此画上句号。只是在长达一年多的交战中，双方投入兵力30余万，死亡达6万余人，耗资5000余万元，四川特别是川南地区的经济因此大战而遭到重创，直到抗战结束都没能恢复元气。

◎在省政府主席任上的刘湘

据南溪县志记载，被刘文辉、刘文彩弟兄控制了十年的南溪李庄，清末之时，虽然经济有所衰退，但从事食盐业经销的店铺仍达四五十家。随着辛亥革命事起，清廷在李庄专设的“食盐官运分局”和“缉私队”两块牌子被新兴军阀、土匪、流寇及当地的流氓、无业游民捣毁砸烂，负责盐务的朝廷命官，要么和当地军阀、土匪、流氓、袍哥同流合污，要么一个个被打得骨折筋断，或跪在地上哭爹喊娘，或抱头鼠窜，逃出李庄再也没能回来。至此，所谓的官盐在李庄及整个川南已不复存在，原来的引岸制更是成了扯淡的玩意儿（原规定五通桥出产的大河盐销往长江南岸，自贡的小河盐销往长江北岸，界线分明，不得过界，过界即为私盐，由官府捉拿问罪），大江两岸的盐业市场混乱不堪。在这种状况下，由于长宁、兴文、江安、珙县、庆符，还有其他部分地区，仍习惯在李庄进货，此时的李庄盐业并未呈现崩溃之象，大号盐铺仍有 10 余家，摊贩 20 多户。而且此时李庄南北两岸盛产的砖糖（即红糖）和土法制成的白糖，量多质佳，在沿江一带和南六县家喻户晓，久负盛名，吸引着各地商贩前来。这些商贩在流动交往中又运来当地的土特产进行交易，使李庄的集市贸易仍保持着相对的繁盛景象。连在本地人看来不值一提的桔糖，也成了湖南、湖北等地妇女产后必需的营养品，成为供不应求的紧俏之货。

可惜这样的光景没能持续多久，随着各地军阀特别是刘文辉、刘湘叔侄盘踞长江上游的川西南和下游的川东南之后，长江沿岸的商业贸易每况愈下，在大小军阀不断的火并争夺中，大小棚子土匪、流寇、袍哥开始对地方工商界进行倾轧、盘剥与劫掠，使刚刚恢复的商业气象烟消云散。

据南溪县志记录的数字：在“二刘”割据、混战之前，李庄镇的工商业尚有 40 多个行业，从业者多达 800 余户，另有当地民众普遍看好的民族工业、交通运输业及手工业尚未计算在内。但自从以“二刘”为首的军阀在泸州与宜宾间大开杀戒后，夹在其间的李庄一度成为双方争夺的主战场。在大炮轰鸣、鲜血喷涌、哀号不止的拼杀中，李庄经济迅速崩溃，工商户中能苟延残喘、艰难支撑的只剩 15%，且这个数字几乎全归于张家、罗家、洪家等几个有权有势、有人有枪的大家族门下。其他 85% 的中门小户只有少量资金，甚至一文不名，为了活命，全靠借贷、赊销，甚至以坑蒙拐骗为继。时间一长，有权有势的家族不再上当受骗，进入了催债、索债、逼债甚至把债主拿入官府、投入大牢逼供问罪的阶段。在绝境中，部分债主采取了“三十六计——走为上”的兵家策略，携家出逃，四处流窜躲藏。

大战未息，李庄商业界“倒账”“跑滩”者达到了 120 余户近千人。许多“跑滩”者后来都投靠了哥老会的舵把子、出没于深山丛林的大棚子，成了为害一方的土匪和盗贼。原李庄镇闻名川南的大号粮商蒋海云，因无力与军阀和当地几个显赫家族相抗衡，天生的刚烈性格又使他不肯向对方俯首称臣、苟延残喘，一怒之下，索性变卖家产，跑到山中拉起了棚子，并很快聚集了 1000 余众，操枪弄炮，往来于川江一线与川南深山草莽之中，成为大清咸同年间“张四皇帝”之后，李庄镇兴起的又一股庞大的武装力量。[13] 只是“张四皇帝”尚有一些非凡的政治理想，如夺川南，占四川，北定中原，一统天下，直至登上皇帝大位，建立汉人统治的帝国王朝，等等。此时的蒋海云只是拉着“大棚”的弟兄，在川南与川江航线忽来忽往，除了打砸抢烧，祸害百姓，偶尔抢几个大户富贾的花姑娘，所有理想与生活就是“吃喝嫖赌抽，坑蒙拐骗偷”，十毒俱全。面对当年的“张四皇帝”，后来的各色军阀以及蒋海云之流，皆应愧煞。

当然，更令这帮军阀与流寇愧对古今的，是他们对当地百姓横征暴敛、残酷掠夺的恶行。1932 年，在“二刘之战”爆发前夕，刘文彩为筹集军饷和中饱私囊，出动武装力量在其控制的南溪、李庄及周边县镇大征田赋，一次性预征了 17 年的赋税，竟征到了 1949 年。尽管搜刮的钱财如山，购买的枪炮凌厉，然刘文彩仍未摆脱战败出逃的命运。1935 年，已控制川南和四川大部的刘湘二十一军，一次性预征了 40 年的赋税，征到了 1975 年；而其他各地的军阀如田颂尧的二十九军，又在刘湘的纪录上再度加码，一下征到了 1977 年；另一位实力派军阀杨森所率领的二十军，更不示弱，一次征到了 1979 年；川北军阀邓锡侯的二十八军在前几位军阀的基础上再创新高，一次征到了 1981 年；另一位军阀刘存厚的川陕边防军，更是预征到了 2059 年，时间跨度长达 124 年。

就在军阀和土匪肆意横行的 1932 年到 1937 年间，四川民众除无尽的战乱、匪患等人祸外，又遭逢连绵不断的天灾。各地旱灾、水灾、雹灾、虫灾接踵而至，整个巴蜀大地田野龟裂、千里荒凉、饿殍遍野。当时的报纸和省“赈济会”公布的资料显示：“1932 年（四川）全省有 16 县受灾，1933 年增至 53 县，1934 年为 101 县，1935 年为 108 县，1936 年、1937 年几乎无县不灾……富户乘势囤积居奇，米价疯涨……”水旱灾严重，“宣汉县，久旱不雨，田土龟裂，十室九空，饿殍载道。巴中县，去秋至今，久旱不雨，粮食绝乏，盗食死尸。南溪县，水潦之后，继以旱灾，土地龟裂，无法耕种。蒲江县，水灾奇重，田庐人畜洗刷一空。新津县，河灾泛滥，街成泽国……”

另据当时国民党《中央日报》一记者对剑门关内饥荒的现场报道云：“放眼车窗外则土色赤红，重山裸露，草木稀疏，益觉不胜荒凉辽阔……九点钟左右车过武连驿，自此以上，山势愈高，车行山梁之上，环列诸峰，如在足底，极目远望，山山相连，水田不及十分之一，栽种者有不及一二，而土中复黄土漫漫，但见野草及收获所遗下之麦椿，人稀地广，一片荒凉，至此始知已入重灾区矣……计全县无一处不受旱灾……以树皮草根白泥作食者约十八万人……民食恐慌，已达极点……倘非亲历灾区者，将不信四川夙称天府之国，今其人民生活竟一降至于如此，恐直与阎罗鬼国相似矣……”这个时候的四川省政府不断收到告急文书：“邻水县几天内饿死 300 多人，古蔺县饿死 3000 余人……"

明末张献忠率军进剿四川，军粮断绝，曾圈地杀人为食。据史家考证，川人死于刀兵、灾祸，或被南明军队、张献忠部及当地匪寇劫杀果腹者难以计数，生者为活命，纷纷逃离川省。其时天灾人祸并举，其状惨烈，难以形诸笔墨。想不到约 300 年后，素称沃野千里的西蜀又一次惨景再现，各地频频传出惨绝人寰的饥民吃人肉的可怕消息。

1936 年 4 月 10 日，《重庆快报》转载《邻水通讯》云："近有桐木洞贫妇邱氏因迫于饥饿，将其三岁小女杀而食之，以延旦夕之命……"同一天的《赈务旬刊》载："涪陵饥民、丰都饥民，烹子充饥，杀食胞弟。苍溪饥民，阆中饥民惨食子女，烧食小孩……"

◎ 1937 年，川省大旱，百姓食不果腹，只能靠采集树叶为生

1936 年 5 月 4 日《天津日报》转载《成都通讯》云："今年树皮吃尽，草根也吃完，就吃到死人的身上。听说死尸的肉每斤卖五百文，活人肉每斤卖一千二百文……'省赈会'特派员王匡础到六口场视察，在一肖姓的屋里发现女饥民张彭氏、何张氏等围食死尸……通江麻柳坪有一妇女杨张氏因生活艰难，携其六七岁及九岁的两个女儿向他处逃荒，不料走不远时该妇遂倒毙道旁，二女饥极，就在她娘身上啮面部及身上的肉充饥……"饿极小儿啃食母亲尸肉的残酷情景，令闻者无不惊骇咋舌。

据知情的老人回忆：旺苍县余家沟有个秦老幺，两个儿子饿死后，秦老幺把儿子身上的肉割下来吃了，但他最后还是饿死了。南江县木门文昌宫有一男叫孟利生者，全家三人，他母亲和妹妹都饿死了，他饿得没法，母亲刚死，即将她的一对奶奶（乳房）割下，先煮了一个在铁罐里，然后出来又哭又说："我妈死了，身上的肉被人割了。"街上的人去看，果然被割得血迹淋漓，问他铁罐里煮的啥，他说："牛脑髓！"打开一看，一个人奶煮得乱糟糟的，再从他筲箕里一看还有一只奶奶……他当即被众人打骂了一顿。有的说：他也不行了，饶他了……普济鱼池湾（今中江村）杨传兴全家五人，妻子和儿媳都饿死了，只剩下一个几岁的孙女。一天晚上，杨传兴饥饿难熬，用刀把孙女砍死吃了肉。在砍的时候邻居听到那女子直叫："莫砍我，我长大给你拣柴呀！"

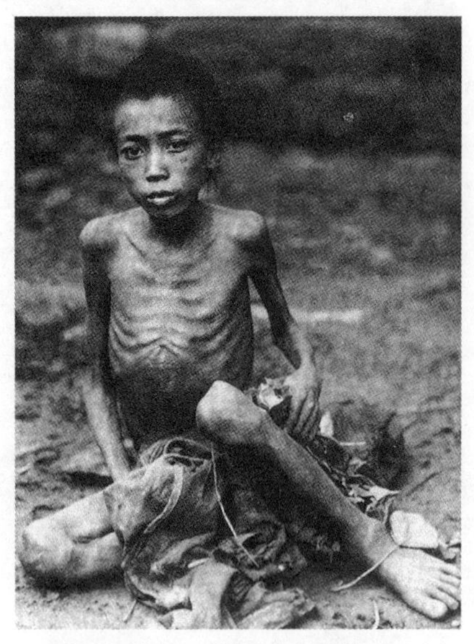

◎ 1937年6月，川省大旱时仪陇县饥馑一景

当刘文辉兵败于刘湘之时，刘文辉手下头号将领、师长、川康边防军中将副总指挥冷寅东，在刘文辉退踞西川不毛之地后被迫宣布下野，后在“二刘”之间奔波调和。后“二刘”罢兵言和，刘湘登上四川省主席的宝座，考虑到刘文辉经营川西南多年，川南特别是宜宾上控岷江直逼成都，下扼扬子江雄视重庆，具有重要战略地位，此地民风剽悍，匪患不绝，绝非常人能够镇抚，遂任命冷寅东为宜宾专署专员，负责地方的行政事务。这位冷专员上任不久，就遇上了1936年、1937年川地百年不遇的大饥荒。宜宾、李庄、南溪直至泸州一带，饥民最初以野菜野果等填肚，继则食以树叶草根，没过多久，树叶草根皆被吃尽。面对各处饥民惨状，冷寅东不知从谁的口中得知白泥巴可吃，遂灵机一动，找人挖来泥巴，专程送到上海，请某大学科研所进行鉴定。上海一位大学教授不负所望，很快鉴定出结果，言称“白泥中含有人体所需要的矿物质，吃百斤可获热能三百卡”云云。[14]

冷专员一听，神情大振，立即上报省主席刘湘。刘氏得知这一科研成果，大喜过望，在慨叹“天不灭曹”的同时，连呼川省真不愧是“天府之国”，想不到上帝对国中草民如此厚爱，在草根树叶皆被吃尽之后，竟赐大片的白泥巴以解燃眉之急，真乃国民之万幸。兴奋之际，立即批示省政府把这一成果转发全省各市县，命令全省灾民大力挖食白泥巴，以解饥荒。

一声令下，川省官民齐动员，在乡野田畴、江河湖边展开了挖掘白泥巴的轰轰烈烈的“新生活运动”。

白泥巴，俗称观音土，多在江边和山中低洼处积存，要深入地下五六米方可见到。据当时重庆的《新蜀报》称：与南溪相邻的泸县白节镇，饥民抢挖白泥30余处，深数丈，以致岩土崩坍，压死数十人。铜梁县斑竹乡饥民挖掘白泥，岩石崩坍，压死30余人，但每天仍有数百人抢挖白泥充饥，还有百里之外来此求得一担白泥者……涪陵县第三区因挖取白泥，致将北岩坡山脚挖空，山石崩坍压死饥民50余人。荣昌、岳池等县或因抢挖白泥而发生械斗，死伤者近百人……

极其不幸的是，这些不惜豁出身家性命前往争抢的饥民，把千辛万苦挖来的白泥巴吃到肚里后，大多因不能消化腹胀而死。据当年目睹此情的李庄镇罗萼芬等老人回忆：南溪县各地灾民吃了这种“有科学根据的”神仙面（白泥巴），排不出大便，腹胀如鼓，匍匐呻吟，胀得哭爹喊娘，死亡者难计其数……当时有人编顺口溜曰：“吃了神仙面，胀得光叫唤。屙又屙不出，只有上西天！”[15]

在这天灾人祸并发的年代，可怜草民百姓也只有登上西天才能向老天爷一诉衷肠了！

1937 年年底，四川头号军阀刘湘以国民政府第七战区司令长官兼第二十三集团军总司令的身份，亲率 10 万川军将士出川抗日东征。临行前，他特地把宜宾专署专员冷寅东等旧部召来，说：“我过去打了几十年的仗，都是内战，没什么脸面。如今大敌当前，有了抗战的机会，正好尽力报效国家，见信于国人，留名于青史。”

刘湘借抗战之机，为几十年“没什么脸面”的内战雪耻。作为原川军中将师长、边防军副总指挥、现为地方大员的冷寅东，以非自己所长想出了那个“食吃白泥巴解救饥荒”的馊主意，不但没能奏效，反而令许多人白白丢了性命，徒留骂名于世间。灰头土脸的冷寅东，想不到在刘湘出川抗战的三年之后，历史接连给了他两次机会：一个是干净利索地平息了李庄“研究院吃人”事件；再一个是亲自率部剿匪，后者可是他几十年历练出的专业特长和拿手好戏。冷寅东自接到剿匪公文的那一天起，就暗下决心，作为地方父母官要借机好好表现一番，洗刷以前让老百姓以“神仙面”充当粮米的污名，重塑一方父母官的形象，为稳定抗战大后方做一点贡献，以像刘湘说的那样“见信于国人，留名于青史”。于是，自民国军阀混战以来，川南最大的一次剿匪行动在川江上游拉开了序幕。

沉尸扬子江

按照预定计划，冷寅东指挥各部在宜宾与泸州的长江一线，有重点地设卡布防。根据各县、区、乡镇提供的情报，首先集中优势兵力围剿广棚，以对土棚和斗板凳脚等众匪形成震慑。战斗首先在南溪县城与李庄间的山野丛林中打响。此处有一个中型的广棚，聚集着 2000 名左右的匪徒，大多来自南溪县区与泸州南部赤水河一线。这一棚土匪的特点是：枪械比较整齐，大多使用的是来复枪、盒子炮，还

◎剿匪前的动员（李庄镇政府提供）

有几挺重机枪。由于有当地的“内鬼”掺杂其间，匪众对周边地形地貌比较熟悉，交战机动灵活，善于水陆并用，忽聚忽散，经常搞得对方措手不及，蒙受损失。周勋团在桂轮山一役受到重创，一个排的兵力被杀得丢盔卸甲，险些被全部消灭，就是这棚土匪所为。剿匪大本营决定首先对此下手，不只为打击对方的嚣张气焰，也有为周勋团死去的官兵复仇之意。

冷寅东凭着几十年军旅生活与攻伐经验，指挥两个团的兵力，外加五个民团共8000余人，由李庄整队出发。他亲率一部直接从李庄码头渡江抵达北岸，另一部由宜宾专署保安副司令宋维基率领，乘船沿江而下十余里登陆。而后两支队伍又分成四路，借着朦胧的月色，向广棚所在据点悄悄包抄。各路人马翻越几座林木茂密的大山，队伍由四路分成八路，形成了包围圈。

黎明时分，剿匪大军已接近广棚盘踞的山顶，对方“哨子”发现情况，立即鸣枪报警，土匪闻声出动，枪炮声随即在四面八方响起。

凡社会中人，不管此前是善良之人还是歹毒之辈，不论出于自愿还是被逼，一旦蜕变为匪，大多变成亡命之徒。这些匪徒不但平时绑“肥猪”、拉“母猪”心狠手辣，而在内部火并或与官军作战中也敢打敢拼，异常威猛，故世人便有“十兵不敌一匪”之说。尽管此次冷寅东的兵力四倍于匪，且武器较土匪为优，战斗却打得异常酷烈，从黎明一直战到上午，双方未分胜负。情急之中，冷寅东传令驻守宜宾与李庄之间水流溪的一个团火速前来支援，同时命令火炮连与机枪连，加大火力轰击广棚主要据点。激战到下午两点多，由于驻防水流溪的增援部队赶到，广棚悍匪终于显出疲态，火力明显减弱。又过了大约一个时辰，匪众力不能支，开始突围。冷寅东自知手下部队无力全歼众匪，命令部队在东南方向闪出一道空隙，匪众乘隙突围而出，落荒而逃。

此次战役，广棚匪众死伤千余，冷寅东部伤亡近500人。尽管后者的数量远远小于前者，但总指挥冷寅东及手下官兵心情依然沉重。

初战告捷，剿匪大本营决定乘胜进击。在冷寅东指挥下，官军又在南溪与江安附近连克两棚，自宜宾至泸州一线的广棚基本被拔掉。散落其间的大小土棚，慑于官军的强大攻势，四散而逃，匪众的嚣张气焰受到遏制，川江上游暂时平静下来。

此时，无论冷寅东及其部将，还是各县县长、团练局局长，心里都非常清楚，各棚的土匪只是被打散，并没有从根本上消灭，他们化整为零，流窜到各个角落隐匿，以待东山再起。事实上，仅凭一个师的兵力和当地团练，想彻底剿灭川南众匪是不可能的。众匪与官军多年周旋，深知用兵之道，面对强敌不争一时之长短，一役之胜负。匪首们还告诫同伙："官军如同雨后的山洪，广棚的弟兄却如同山中的森林，山洪只有一时凶猛，很快会流走的，森林却一直留下来，与天地同在，与大山共存，永不消亡。"

◎李庄文化史专家左照环说："这是当年土匪藏身的山洞之一。"（作者摄）

在三棚土匪被击溃之后，官军方面要做的，就是尽量以洪水之势持续冲击片片匪众的"森林"，使其不能连片成势和继续扎根发芽。尤其对那些盘根错节、冠盖匪林、威震四方的"参天古树"，要集中力量予以毁灭性打击。非如此，无法最大限度消除山中匪患。不过，这个冲击不能还是死打硬拼，而要采取招安的战略战术，诱敌上钩，先抚后斩。

剿匪大本营根据各县团练掌握的情报，请当地袍哥出面，按计划行动起来。

袍哥，俗名"嗨皮"，一般称为哥老会，是中国秘密会党洪门的一个重要支派，主要以农民、手工业者、挑夫、水手、商贩、下层衙役和无业游民组成。平时实行生活互助，社会动荡时揭竿而起，攻城略地，抢劫财物。如有会众百余人，便可开山设堂，推举坐堂大爷，又称舵把子。若同一地区内有几股会众并存，其中威望最高、实力最大者，即为各大爷之首，又称"总舵把子"。袍哥与土匪的相同之处是，双方都是危害社会的毒瘤，常有抢杀劫掠之恶行。不同之处在于，哥老会具有一定的宗教色彩，并有一定的政治目标和追求，不仅有组织形式还有一定的社会政治地位，袍哥中人往往与官府、匪众都有交往，相较于土棚或广棚，其实有民与匪的本质区别。

在川境军阀混战期间，各地的哥老会已普遍与军阀合流，各县区民团基本上都是袍哥队伍。当年刘文彩驻宜宾期间，为了控制民团，曾不惜放下高官巨宦的身价，亲自拉拢整编当地袍哥队伍为己所用。后来随着局势发展，袍哥的政治地位日显，逐渐成为一股强大的在野力量威胁着当地政权。面对这种情势，不仅川康军阀

◎闻名川东的袍哥舵把子范绍增，外号“范哈儿”，一度拉杆子投蒋成为一方司令，再后来反蒋起义，当上了人民解放军的高级将领（照片引自《山城教父》，花城出版社1997年出版）

争相拉拢利用袍哥，国共两党上层都开始了争取袍哥的角逐。中共在周恩来亲自主持下，曾在四川搞起了轰轰烈烈的“袍运”，一时涌现了大批“红色袍哥大爷”，简称“红哥”。南京的蒋介石也曾试图驾驭袍哥，但收效甚微。因为袍哥的存在本身就是对现存社会秩序的抗议和否定，具有天然的政治反叛性，这注定了从整体而言，袍哥不可能为蒋介石的中央政府所驾驭，而渐渐演变成蒋介石中央政府在四川民间社会最强有力的政治反对派。为此，蒋介石深感恼火惊惧，怕其与地方军阀勾结，或被共产党利用而对抗中央国民政府，曾一度下令查禁袍哥，但袍哥组织呈神龙见首不见尾之状，禁令不过是一纸空文，没什么成效。

尽管袍哥不与中央政府合作，却愿与地方军阀同流合污，宜宾各县区的团练和地方武装，其主要骨干都由袍哥支撑。因而在冷寅东治宜宾期间，也采取了当年刘文彩的策略，设法拉拢、利用袍哥以巩固现有政权，使川西南一切在朝、在野的力量都为己所用。冷寅东的苦心终于有了收获，这一次剿匪行动，袍哥上层得到冷寅东秘密授意，开始层层吩咐，在川南各区县悄悄与被官军击溃的土匪联系，声称官军在剿匪中损失惨重，希望化干戈为玉帛，与众匪结成生死与共的弟兄和朋友，共为国家民族的复兴大业效力云云。

土匪在川境兴起初期，以抢劫财物为第一目的。后来眼见历次军阀战争中各派军阀为扩充实力并免遭匪袭，纷纷招安——大小匪首，视其实力委以旅长、团长、营长、连长、排长等不同官职。土匪们眼见朝为匪首，暮为国民政府军队的高级军官，富贵利禄得之易如反掌，何乐不为？于是群起仿效，先为匪再为官，朝夕之间便一步登天，成了威风八面、不可一世的显赫人物。据统计，仅1923年前后，四川省内各军共约二十二三个师的人马，竟有十五六个师为招安的土匪队伍，人称“老二队伍”。在官位利禄诱惑下，川南相接的云、贵与两湖、两广等地匪徒，不远千里纷纷来投，而川内的各路军阀来者不拒，都按投靠者的实力给予官位封赏。当时流传一句话：“要当官，杀人放火受招安。”

有了以往的惯例，川南土匪对冷寅东这次宣示的招安并不感到惊讶，设在李庄的剿匪大本营根据袍哥报告，对形势做了分析后认为，尽管土匪们对“招安”这道吃惯了的免费大餐并不惊异，但都心存顾虑，有观望试探之意，必须设法打消对方的顾虑。于是，在袍哥引诱下，南溪县内的土匪开始向李庄的大本营靠拢，几十名有招安经历者相互结伴，爹着胆子踏进了李庄周勋团的军营大门。

周勋团的官兵对几十名土匪做了热情接待和精心安排，旅长李元琮与团长周勋分别出面接见，讲一些“都是乡里乡亲，何必白刀子进去、红刀子出来，不是你死就是我活？”“欢迎大家改过自新，今后就是自家弟兄了，有福同享，有难同当，共同升官发财”之类的通俗道理。旅长李元琮亲口宣布，几十名土匪正式加入政府军，归到川军十八师李元琮旅名下，成立一个新的独立团，按各自不同条件，分别被委任营长、连长、排长等不同官职。分封完毕，开始大盘子大碗招待、祝贺。李元琮在贺词中不无遗憾地表示，独立团的架子是搭起来了，但仅凭眼下这几十个人，只能算一个排，压根不能算一个团。为此，李旅长希望“自新”者为国尽忠，多引荐一些弟兄入伙，特别是当地有名望有实力的匪首。现在独立团的团长、副团长、参谋长等重要官职，仍虚位以待，只要有实力的弟兄前来加盟，立刻可以高就云云。降匪们一看升官发财美梦的实现竟不费吹灰之力，真正过上了大块吃肉、大碗喝酒的幸福生活，感慨兴奋之余，一个个拍着胸脯表示决不辜负李旅长的期望，尽快回到自己家乡，多招些同伙弟兄，把这个新的独立团充实起来，以报答知遇之恩。

三天之后，几十名降匪扛着李元琮旅配发的枪支弹药，腰上别着刺刀，怀里揣着硬硬的银圆，以带薪休假的名义，耀武扬威地踏上了归乡之路。

降匪返乡，立即引起当地社会高度关注，消息很快传播开来，许多暗藏的土匪主动找上门来，打探信息，当得知尚有许多高官要职虚位以待时，心中不免发起痒来。加之对方一阵胡吹海侃，把个招安说得天花乱坠，并以亲身体会加以力证。众匪徒经不住功名利禄的诱惑，纷纷表示乐意接受招安。很快，有近千名土匪从蛰伏的角落现身，通过降匪或哥老会等渠道，陆续来到李庄接受招安和改编。

按照剿匪总指挥冷寅东密令，李元琮与周勋等人先把各棚的匪首召集到一处，告之要举办一个高级军官培训班，结业之后分别可担任团长、副团长、参谋长、后勤处长等官职。首批培训班在各棚中共选拔了 20 名最有威望和实力的匪首，在李庄郊外一座小庙里培训，教官有李元琮、周勋等人。此前曾威震南溪和宜宾长江航线的著名匪首陈大脸、偏冠鸡（周姓）、张矮子（名子春）等俱在此列。与此同时，招安大本营还举办了中级军官培训班，号称主要培养选拔营以下军官，培训对象为原各棚的中层匪徒，人数达到了200余众。降匪们每50人编为一队，被安排在不同地点接受训练。他们平时除了大块吃肉、大碗喝酒，按规定还可在李庄防区内携带枪支弹药自由活动。军营内外看上去一切正常、风平浪静。

令匪首们意想不到的是，培训班仅办了一个星期就结业了，不过终结的不是学业，而是自己的性命。

在一个曙光初露的黎明，高级培训班中的20名匪首接到命令，谓江北有一伙匪徒正乘船袭来，全班人员要随部队一起出动，到江边探察敌情，并献计献策。

众匪首尚未从睡梦中清醒，迷迷糊糊被大批军队裹挟着呼呼隆隆来到李庄镇外大雾弥漫的江边，冷寅东在四名持枪卫兵的护卫下，威风凛凛地站在一个高坡之上，身旁立着李元琮、周勋与宜宾保安副司令宋维基等人。雾气升腾中，只见冷寅东把大手在空中用力一挥，从牙缝里蹦出了"动手"二字，早有准备的官兵一拥而上，迅速将众匪首携带的手枪卸掉，而后甩动麻绳以迅雷不及掩耳之势，"唰"地套在了众匪首的脖子上，使其一个个龇牙咧嘴动弹不得。

冷寅东率李元琮等将领走下高坡，来到众匪首跟前，冷冷地道："诸位，你们来到兄弟我冷某的治下，又是吃肉又是喝酒地折腾了几天，兄弟我小家小业，实在招待不起了。现在给大家选了个新的地方接着吃喝，不过诸位到了那里之后，是王八喂了你们，还是你们喂了王八，就看个人的造化了……"冷寅东说着，双眼放出慑人的寒光，猛地一挥手："行刑！"仅片刻工夫，20名匪首一个个瘫软在地，停止了呼吸。

负责行刑的军官一一检验，证实匪首全部被勒死后，将尸体全部用麻袋装起并扎口，抛入滚滚长江。

就在这20名巨匪被抛尸长江之际，另外200余名"中级培训班"匪徒，以剿匪为名令其出动，被早已埋伏的军队分别裹挟到李庄郊外的白店子、浮尸地、楸树坡、马铃坡、转嘴望等处，或活埋，或枪杀，片刻工夫消灭干净。[16]

这边刺刀见红，血流涌动，而李庄各军营里剩余的几百名共13股降匪，也被缴械并捆绑起来。由于这些都是普通匪徒，罪不当死，且数目又多，不能全部枪杀，于是按事先的方案，决定对部分罪案明确的匪徒予以正法，其他的正式招安，编入部队序列，让其作为以后剿匪的先锋，直至在战场上消耗殆尽。

此方案具体步骤是：官军每个连队负责押送一股土匪，以李庄为中心，在周围十几个乡镇来回游行，号召当地百姓前来辨认。只要有百姓指认某某匪徒曾劫掠过自家钱财，或有过绑票、勒索等恶行，当场拉出来枪毙，挖坑埋掉。

◎ 1932年，罗南陔在期来农场的养蜂场所摄（逯弘捷提供）

如此这般，几圈下来，共有100多名遭到指认的匪徒被处决。对处决的地点、人员及血淋淋的场景，当地百姓在许多年后仍记忆犹新。李庄镇党部书记罗南陔的儿子罗萼芬回忆说："罗家当年创办了期来农场，曾引进了北京鸭喂养，也就是著名的北京烤鸭那个品种。中研院与同济大学到来后，土匪们开始在这一带疯狂打劫。有一天夜里，一伙土匪到了我家农场，抢走了一些器物，还抓了近百只鸭子后逃跑。正好驻军十八师一个巡逻队从这里经过，我爸将遭抢的情况一说，巡逻队立即追赶。按说黑灯瞎火地没法追，但被抓走的鸭子"嘎嘎"直叫唤，十八师的人就循着鸭叫声追去。追了几里地后，巡逻队开始放枪，土匪们一看军队摸着黑赶了上来，马上想到是鸭子作怪，就把鸭子放掉，只拿着一些东西跑了。后来陈大脸又带着几十人持枪来抢，我家的兵丁也拿枪跟他们干，但他们人多枪多弹子多，干不过他们，最后被抢走了一些东西。陈大脸是南溪牟家坪乡人，经常带人来李庄抢劫，大多数人都认得他。张官周家也被他抢过，不过张家有一个手枪连，不怕他们，硬和他们干。如果陈大脸带的人多，张官周的手枪连都干不过他们，还是会被抢走好多东西。冷寅东来李庄剿匪时，陈大脸被招安了，听说给了个副团长的官，已改过自新。在李庄办培训班时，陈大脸见到我爸，他就说过去做的事对不住老伯，对不起罗家，向我爸赔礼道歉，还命令手下退了一些从我们家抢走的东西。看那样子他可能真想改过自新，当个政府军队的团长，但冷寅东不饶他，最后还是被弄到江边用麻绳勒死抛到江里去了。"[17]

与罗萼芬友善且有姻亲关系的原南溪县团练局局长洪汉中之子洪恩德说："冷寅东最后在李庄枪杀土匪时，我亲眼看见了那一幕。当时有一股'自新'土匪和官军一起来到我家住地碑湾头，借我家的锅煮饭。吃过饭后到了郊外，官军的一个连长说休息一下，那些'自新'土匪就把枪架在一棵树下，休息打牌。突然官军一拥而上，把土匪们绑了起来，之后就押到各村让百姓认。我们这些小孩子就跟在后头看，只要有百姓说哪个哪个，什么时候抢过我家的东西，或说绑过我家的什么人，

◎李庄教师洪恩德在描述当年往事（作者摄）

连长马上下令拉出去枪毙，我亲眼看到有五六个土匪被拉出去枪毙掉了，尸首没得人管，都是我那些邻居帮埋的。”[18]

冷寅东指挥的李庄剿匪前后持续了两个多月，除摧毁几处广棚外，共枪杀大小匪首100余人、参与劫掠的土匪300余人。据说，枪杀过后，许多匪首的家属特别是成了寡妇的女人，抱着孩子哭叫着找当初牵线招安和许愿的袍哥算账。袍哥尽管势力很强，但毕竟都是本乡本土之人，加之人命关天，并非小事。面对汹涌而来的讨还血债者，感到难以抵挡，只好“跑滩”，以避风头。冷寅东见几个回合下来，自泸州至宜宾一线的匪众已受到致命打击，短时间再难兴风作浪，遂下令停止围剿，将水流溪的一个团撤回宜宾，各县民团回归原地，其他三个团在李庄四周分兵驻守，命人把史语所驻地——板栗坳张家大院外围的树林全部砍掉，暴露出一大片空地，以免匪众在此埋伏。同时调拨了一个排的兵力驻扎在板栗坳山顶，长期守卫，以免土匪残部前来围攻。一切安排妥当，冷寅东带着剿匪的赫赫战绩，赴成都行营邀功请赏去了。

注释：

[1] 罗家伦《元气淋漓的傅斯年》，载台北《“中央”日报》，1950年12月31日。下同。

[2] 毛子水《记陈寅恪先生》，载台北《传记文学》，第17卷第2期，1970年。

[3][4] 引自早年毕业于同济大学，后为台湾著名工程科学家的王奂若所著《同济大学校友对国家的贡献》（手稿）。

[5][6][7][8][10] 此为张群为同济大学建校五十周年所作回忆，参见王奂若《张岳公任同济校长的回忆》（手稿）。

[9] 据王奂若手稿引注：我军部分使用的是由德国、捷克进口的7.9毫米毛瑟98式步枪，更多的是由重庆二十一厂、一厂和四十一厂仿造的各型中正式步枪，其枪管口径是7.92毫米，最大射程是3000米；日本三八式步枪口径是6.5毫米，最大射程是1500

米；中正式步枪穿透钢板的能力较三八式步枪更强，整体性能优于三八大盖。7.9 毫米捷克 ZB-26 式轻机枪：该枪是一种性能优异、在世界枪械史上具有重要地位的轻机枪，射程 1500 米，射速 550 发 / 分。重庆二十一厂大量生产该机枪，子弹产于二十厂，性能优于日本造“歪把子”。7.99 毫米马克沁重机枪：主要由重庆二十一厂制造，射程 3500 米，射速 600 发 / 分，连发一次可射击 250 发子弹，其声清脆悦耳，即显示枪管钢料好。这是俞大维及同济校友谭伯羽等人的功劳，他们有先见之明，于战前即在德国大批采购德国克虏伯兵工厂出产的枪炮钢料储备，加上热处理得法，所以枪管打红了，浇浇水冷却一下，照样打。整体性能优于日军九二式。火炮方面，我军主要装备重庆产六〇、八二、一二〇迫击炮和三七战防炮、七五步榴弹、一〇〇榴弹炮，分别产于重庆十厂、五十厂等，炮弹产于十、十一、二十一和五十厂。由于弹药充足，我军火炮发挥了巨大威力。

[11]《何廉回忆录》，何廉著，中国文史出版社 1988 年出版。

[12]《民国匪祸录》，苏辽编著，江苏古籍出版社 1996 年出版。下同。

[13][16]《四川省历史文化名镇——李庄》，熊明宣主编，宜宾市李庄人民政府 1993 年出版（内部发行）。

[14] 郑光路《历史上少有的人吃人真况实录——中国四川 1936 年的大饥荒》，载《炎黄春秋》，2001 年第 6 期。

[15]2003 年 9 月 29 日，作者于李庄采访罗萼芬记录。

[17]2003 年 10 月 1 日，作者于李庄采访罗萼芬记录。

[18]2003 年 10 月 1 日，作者于李庄罗家院内采访洪恩德记录。另，关于剿匪经过与斩杀土匪的数量，李庄居民传说与李庄镇史的记载略有不同，据《南溪县志：民国时期南溪大事记》“民国三十年条”记载：春旱，历时四月未下雨，田土龟裂、胡豆、麦枯。……冬，川军十八师在李庄诱杀“自新土匪”170 余人。

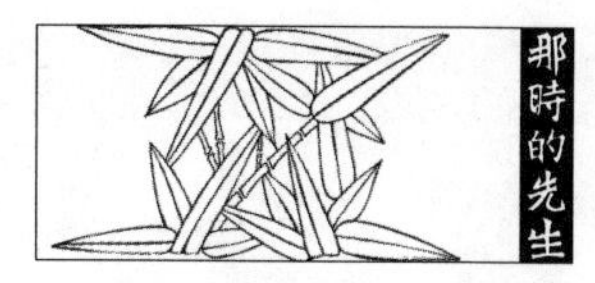

第六章　乱离之世

金岳霖来到李庄

就在冷寅东坐镇李庄指挥剿匪期间，有一个人自昆明不远千里悄然来到李庄探望梁思成夫妇与其他朋友。此人便是被大家呼为“老金”的金岳霖。

老金的到来，给梁家老小特别是病中的林徽因带来了极大慰藉。

梁思成与林徽因于 1919 年相识，其机缘则是梁启超和林徽因的父亲林长民乃多年挚友，两家多有往来。尽管两家长辈较早便有缔结儿女亲家之意，但梁启超并不想按传统婚俗行事，他明确告诉当时 18 岁的梁思成与年仅 15 岁的林徽因：尽管两位父亲都赞成这门亲事，但最后还是由你们自己决定。这或许是梁启超认为已是板上钉钉，为追赶时代新风尚，就随口顺便一说而已。没想到在第二年，林徽因的感情世界却横卷起一股狂涛巨澜。

1920 年，林长民作为段祺瑞内阁的司法总长被迫卸任，以中国国际联盟同志会驻欧代表的身份赴英国考察。其时林长民 44 岁，林徽因 16 岁。同年 10 月，徐志摩告别他的同学好友李济，从美国来到伦敦入剑桥大学读书。两个月后，因一个偶然的机会认识了林家父女，并很快向林徽因发起了爱情攻势。剑桥河畔，留下了徐林二人缠绵的身影和足迹。

1921 年 10 月，林徽因随父回国，仍在英国读书的徐志摩于 1922 年 3 月赶到德

◎林徽因与父亲林长民

◎ *1924* 年 *4* 月，印度诗人泰戈尔访华，徐志摩与林徽因曾一起陪同，此照摄于北京。仙风道骨的泰戈尔，郊寒岛瘦的徐志摩，人面桃花的林徽因，被媒体发表后誉为“松竹梅三友图”

国柏林，由中国留学生吴经雄、金岳霖作证，与寻夫到柏林的结发之妻张幼仪正式离婚。同年秋，徐志摩匆匆结束学业，由伦敦归国，在家乡浙江和上海等地稍事停留，于12月来到北京，与林徽因会面。徐之所以匆忙离开欧洲回国，一个重要原因是他听到林徽因已许配给梁思成的消息，其回国的目的，除了弄清虚实，还要以自己的实力和挚诚，赢得林氏的芳心，共结百年之好。

然而，徐志摩一到北京，便发现事情不是他想的那样简单。在梁启超及时援手与巧妙安排下，此时的林徽因与梁思成已经公开订婚，京城名流圈与学界几乎尽人皆知，徐志摩大失所望但仍不放弃，继续狂追林徽因，并公然与梁思成叫起板来。

梁思成毕业于清华学校1923级，亦称癸亥级，这一级曾产生了陈植、顾毓琇、梁实秋、施嘉炀、孙立人、王化成、吴文藻、吴景超等后来闻名于世的著名人物。梁思成本来打算在这一年出国留学，但一次意外的车祸，使他不得不推迟一年。

关于这次事故，有这样一种说法：当时在北京西山养病的林徽因，和“她的追求者们定下了一个赌赛：谁能以最快的速度从城内买到刚上市的苹果给她，就证明谁对她最忠心耿耿。有目击者称曾见到梁思成先生的摩托自西山驶出”，于是在北京街头发生了车祸，梁氏被撞翻在地。记述此事的作者援引了一段当年的“本报讯”并附加了一个证据，“本文资料由陈从周先生书面提供。交代一句：陈从周先生为著名建筑学家，是梁思成先生和林徽因女士的同行，也是著名诗人徐志摩先生的表弟”[1] 云云。

另外一个版本是：1923年5月7日，梁思成骑摩托车带着梁思永参加北京学生举行的“国耻日”纪念活动（1915年5月7日是日本向袁世凯政府提出企图灭亡中国的“二十一条”的日子），刚出南长街，就被北洋军阀交通次长金永炎的汽车撞倒在地。梁思成血流满面，当场昏迷不醒。尚清醒的梁思永飞跑回家说：“快去救二哥吧，二哥碰坏了。”当梁家的听差曹五将梁思成从出事地点背回家时，梁的脸上一点血色都没有。经送协和医院检查，梁思成左腿骨折加脊椎受伤，梁思永只是嘴唇碰裂了一处，流血很多但无大碍。因是当世名人梁启超的两位公子被撞伤，北京各报都做了报道并借机大加渲染。梁启超夫人见肇事者金永炎不前来赔礼道歉，便直奔总统府大闹了一场。

有好事者考证，第二个版本或许更可信一些。极其不幸的是，梁思成因这次车祸事件骨折的左腿没能接好，手术后左腿比右腿短了约一厘米，落下终身残疾，走起路来有些微跛。更为严重的是，梁的脊椎受到了严重损伤，影响了他一生的健康。后来不得不穿上医院为他特制的一件厚重钢背心，以支撑上身。因了这一情况，梁氏只好推迟一年出国，而钢背心则伴他一生。

1924 年，梁思成与林徽因同去美国宾夕法尼亚大学建筑系学习。因这所大学的建筑系不收女生，林徽因只好入美术学院学习，但仍选修建筑系的课程（梁是公费，林是自费，两人所学专业则是梁启超有意引导的）。

两人赴美入学的第二年，林徽因父亲林长民因参与奉系军阀张作霖部将郭松龄倒戈反奉，不幸被流弹击中身亡。1927 年，林徽因于宾大美术学院毕业，进入耶鲁大学戏剧专业学习舞台美术设计半年，成为中国向西方学习舞台美术的第一位留学生。同年 2 月，梁思成获宾大建筑系学士学位，后又在哈佛大学获建筑学硕士学位。按梁启超的安排，1928 年 3 月 21 日，梁思成、林徽因在加拿大温哥华梁思成的姐姐家中举行了婚礼。

◎梁思成、林徽因结婚时照片，林穿着自己设计的礼服

梁氏夫妇回国后，按梁启超事先安排，到东北大学任教并创办建筑学系。1929 年 8 月，林徽因在沈阳生下了一个女儿。为纪念晚年自号“饮冰室主人”的父亲，梁氏夫妇为女儿取名“再冰”。

1929 年 1 月 19 日，梁启超与世长辞，与前几年去世的李夫人合葬于北京西山脚下。梁氏夫妇专程从沈阳赶回北平奔丧，并设计了造型简洁、古朴庄重的墓碑。——梁思成没有想到，自己一生中所设计的第一件建筑作品，竟是父亲的墓碑。

也就在这一年，东北地区严酷的气候损害了林徽因的身体健康，她肺病复发，不得不回到北平香山双清别墅长期疗养。从此之后，这种当时被视为癌症一般的肺病与林徽因形影相随，直至把这个才华横溢的美丽女子拖向死亡的深渊。

由于林徽因的身体状况已不允许她重返沈阳东北大学工作和生活，梁思成不得不重新考虑以后的生活方向。恰在这时，两人接到中国营造学社社长朱启钤的聘请，经过权衡与磋商，梁氏夫妇决定离开东北大学，到坐落于北平中山公园的私立中国营造学社就职，梁氏担任法式部主任，林徽因为营造学社校理。九一八事变后，东北大学建筑系毕业生刘致平、莫宗江、陈明达等人，一起到北平投奔老师梁思成夫妇，继而成为营造学社的骨干力量。稍后，留学日本的刘敦桢从南京国立中央大学转赴北平，加盟营造学社，出任文献部主任。自此，梁思成、刘敦桢组成了营造学社两根“宏大架构”，并作为朱启钤的左膀右臂，在学社发挥着举足轻重的作用。

梁氏夫妇从海外归国时，家人已为他们准备了新房，那就是梁启超在东四十四条北沟沿胡同的住宅（即今北沟沿胡同 23 号）。在他们从沈阳辞职回来后，全家搬入东城区米粮库胡同 2 号居住。当时米粮库胡同一带住着许多清华、北大的名流，如陈垣、傅斯年住在米粮库胡同 1 号，胡适住在 4 号等。后来，梁、林觉得米粮库胡同住宅过于狭窄，又搬到北总布胡同 3 号居住。

因梁氏夫妇的人格魅力与渊博学识，在他们周围很快聚集了一批当时中国知识界的文化精英，如名满天下的诗人徐志摩，在学界颇具声望的哲学家金岳霖，政治学家张奚若，哲学家邓叔存，经济学家陈岱孙，国际政治问题专家钱端升，物理学家周培源，社会学家陶孟和，文化界领袖胡适，美学家朱光潜，青年作家沈从文、萧乾等。这些学者与文化精英常常在星期六下午，陆续来到梁家，品茗谈天，坐论天下事。每逢相聚，风华绝代、才情横溢的林徽因，思维敏锐，擅长提出和捕捉话题，具有超人的亲和力与调动客人情绪的本领，使众位学者谈论的话题既有思想深度，又有社会广度；既有学术理论高度，又有强烈的现实针对性，可谓谈古论今，皆成学问。随着时间的推移，梁家的交往圈子越来越大，形成了 20 世纪 30 年代北平最有名的文化沙龙，时人称为“太太的客厅”。

这个备受瞩目的具有国际俱乐部特色的“客厅”，曾让许多知识分子特别是文学青年心驰神往，后来萧乾还专门写过一篇怀念林徽因与“太太客厅”的文章。而“太太客厅”最忠实的参与者，当是著名哲学家金岳霖。为此，有人说林徽因之所以成为林徽因，离不开梁思成，缺不了金岳霖，也少不了徐志摩，一语道出这三位优秀男儿对林徽因一生所产生的重要影响与人格塑造作用。但从排序上看，金岳霖介入林徽因的生活较晚，是通过徐的介绍才认识林徽因的。关于徐志摩，据林徽因的美国女友费慰梅说："徽因和思成待他如上宾，一见了他们，志摩就迸发出机智和热情。他乐意把那些气味相投的朋友介绍给他们……无疑地，徐志摩此时对梁家最大和持久的贡献是引见了金岳霖——他最挚爱的友人之一、清华大学哲学系教授'老金'。"[2]

老金的加入，使北总布胡同 3 号的"太太客厅"更加热闹起来，但这种气氛未能持续多久，一个重大事件发生了。

1931 年 11 月 19 日早 8 时，徐志摩搭乘一架邮政飞机由南京北上，他要参加当天晚上林徽因在北平协和小礼堂为外国使者开设的中国建筑艺术演讲会。当飞机抵达济南南部党家庄一带时，忽然大雾弥漫，航向难辨。飞机师为寻觅准确航线，只得降低飞行高度，不料飞机撞上白马山，当即坠入山谷，机身起火，机上三人——两位机师与徐志摩遇难。

徐志摩乘风归去，与林徽因最为相知相爱的男儿，只有梁思成和老金了。

湖南人老金，比梁思成大 6 岁，比林徽因大 9 岁，在梁、林面前是名副其实的老大哥。金岳霖 1914 年毕业于清华学校，后留学美国、英国，加上游学欧洲诸国，时间近十年，学的专业由经济转为哲学，回国后主要执教于清华。从青年时代起，老金就饱受欧风美雨的浸淫，生活相当西化，西装革履，加上一米八几的高个头，仪表堂堂，极富绅士气度。在所有关于金岳霖的传闻中，最引人注目的一桩，是他终生未娶。好事者阐释的版本相当一致：他一直恋着建筑学家、诗人林徽因。据说，老金在英美读书时，曾得到很多女孩子的青睐，其中有一美国风流俊美的金发女子还追随老金来到北京，并同居了一段时间，但自老金与林徽因相识后，这位风流美女便被打发回了美国的娘家，再没有回来。随后，老金便搬到北总布胡同 3 号，"择林而居"了。

老金是 1932 年搬到北总布胡同与梁家同住一处的，只是"他们住前院，大院；我住后院，小院。前后院都单门独户"。这段话是老金晚年的回忆，他自称"离开了梁家，就跟掉了魂似的"。

金岳霖孑然一身，无牵无挂，始终是梁家沙龙的座上常客，对林徽因的人品才华欣羡至极，对她十分呵护。林徽因对老金同样十分钦佩敬爱，他们之间的心灵沟通可谓非同一般。随着时间推移，彼此的感情越来越深，心心相印、难舍难离，甚至到了干柴烈火不可收拾的程度。

关于金与林之间的情感谜团，许多年后由梁思成对外解开。据梁的后续夫人林洙（林徽因去世七年后，梁思成娶学生辈人物林洙为妻）说："我曾经问起过梁公，金岳霖为林徽因终身不娶的事。梁公笑了笑说：'我们住在总布胡同的时候，老金

◎ 1935 年，金岳霖（左一）、梁再冰（左二）、林徽因（左三）与费正清（右一）、费慰梅（右二）与费氏夫妇的朋友在北平天坛

就住在我们家后院，但另有旁门出入。可能是在 1931 年，我从宝坻调查回来，徽因见到我，哭丧着脸说，她苦恼极了，因为她同时爱上了两个人，不知怎么办才好。她和我谈话时一点不像妻子对丈夫谈话，却像个小妹妹在请哥哥拿主意。听到这事我半天说不出话，一种无法形容的痛苦紧紧地抓住了我，我感到血液也凝固了，连呼吸都困难。但我感谢徽因，她没有把我当一个傻丈夫，她对我是坦白和信任的。我想了一夜，该怎么办？我问自己，徽因到底和我幸福还是和老金一起幸福？我把自己、老金和徽因三个人反复放在天平上衡量。我觉得尽管自己在文学艺术各方面有一定的修养，但我缺少老金那哲学家的头脑，我认为自己不如老金。于是第二天，我把想了一夜的结论告诉徽因。我说她是自由的，如果她选择了老金，祝愿他们永远幸福。我们都哭了。当徽因把我的话告诉老金时，老金的回答是：'看来思成是真正爱你的，我不能去伤害一个真正爱你的人。我应该退出。'从那次谈话以后，我再没有和徽因谈过这件事。因为我知道老金是个说到做到的人。徽因也是个诚实的人。后来，事实也证明了这一点，我们三个人始终是好朋友。我自己在工作上遇到难题也常去请教老金，甚至连我和徽因吵架也常要老金来'仲裁'，因为他总是那么理性，把我们因为情绪激动而搞糊涂的问题分析得一清二楚。"[3]

三人间的关系有点像西洋小说里的故事，故事的结局是，金岳霖和林徽因一直相爱、相依，但又不能结成夫妻。金终身不娶，以待徽因。只是命途多舛，徽因英年早逝，只留得老金成为浪漫爱情行旅中的孤独骑士。

七七卢沟桥事变之后，金岳霖与梁家一起离开北平，转道天津赴长沙，后来又先后抵达昆明。梁、林继续经营中国营造学社，老金则任教于西南联大，但多数时间仍住在一起。当梁家搬到郊外龙头村自己盖房时，老金在其房旁盖一小房，以便与梁家住在一起。

许多年后，金岳霖在西南联大教的学生殷福生（后改名海光）曾这样描述老金对他的影响："在这样的氛围里，我忽然碰见业师金岳霖先生，真像浓雾里看见太阳！这对我一辈子在思想上的影响太具决定作用了。他不仅是一位教逻辑和英国经验论的教授，并且是一位道德感极强烈的知识分子。昆明七年教诲，严峻的论断，以及道德意识的呼唤，现在回想起来实在铸造了我的性格和思想生命。透过我的老师，我接触到西洋文明最厉害的东西——符号逻辑。它日后成了我的利器。论他本人，他是那么质实、谨严、和易、幽默、格调高，从来不拿恭维话送人情，在是非真妄之际一点也不含糊。”[4]

◎梁思成、林徽因在龙头村的故居，旁边小屋是金岳霖故居（昆明市盘龙区宣传部文产办邓璐提供）

或许，正因有了这种哲学思想的光芒闪耀，金岳霖精神的血脉得以延续，薪火得以相传。而他在李庄的故事，因其一代哲学大师的地位以及非凡的人格魅力，成为中国抗战文化中一个不可或缺的组成部分，长期存活、绵延于一代又一代人的记忆里，并成为一道美丽、永恒的风景，深深地镌刻在滚滚东逝的扬子江头。

林徽因的病与老金的情

老金来到李庄营造学社后发现，无论是林徽因的病情还是梁家的生活，都比他想象的更糟糕。究其原因，老金来到李庄才知与当地的气候、环境有极大关系。抗战时期在重庆工作、生活的德国人王安娜博士，曾谈到重庆一带的环境：“从飞机上俯瞰重庆，但见迷茫一片。每年十月至第二年四月末，全市都覆罩着浓雾。风平浪静时，长江及其支流嘉陵江这两条大川的水蒸气，与含硫量很高的煤块烧出来的煤烟混在一起，便成了烟雾。无数的烟囱冒出滚滚浓烟，使得重庆到处都弥漫着硫黄的气味。因此，重庆自不待说，河岸的各个村庄的空气对健康都很有损害，肺结核病蔓延得很广。”[5]

尽管李庄离重庆几百公里，但其上下游的宜宾、泸州等中等城市的情形与重庆极为相近，硫黄气味并未消减。林徽因与后来的梁思永，还有陶孟和之妻沈性仁相继发病，且皆是肺病，与当地气候和被污染的环境有着极大的干系。

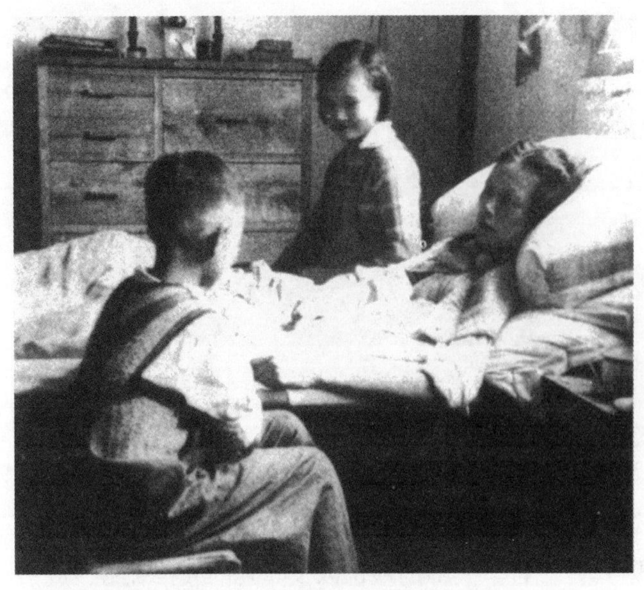

◎在李庄病中的林徽因与女儿梁再冰、儿子梁从诫

老金看到，梁家唯一能给林徽因养病用的“软床”，是一张摇摇晃晃的帆布行军床。自晚清至抗战军兴，几十年间川南军阀混战不息，战祸连绵，李庄已衰落凋敝，整个镇子没有一所医院，也没有一位正式医生，更没有任何药品。林徽因告诉老金，家中唯一一支体温计已被儿子从诫失手摔碎，搞得她大半年竟无法测量体温，只有靠自己的感觉来估计发烧度数。在这种条件下，林徽因病情渐渐沉重，眼窝深陷，面色苍白，晶莹的双眸也失去了往日的神采，成了一个憔悴、苍老、不停咳喘的衰弱病人。由于李庄不具备任何医疗条件，梁思成只好自己学着给林徽因打针，学会了肌肉注射和静脉注射。每当看到爱妻躺在病床上痛苦地挣扎时，束手无策的梁思成便在心底呼喊着：“神啊！假使你真的存在，请把我的生命给她吧！”[6]

经过大半年努力，林徽因总算挣扎着活了过来，梁思成对妻子的坚强和上帝的眷顾心怀感激。

林徽因的病，对生活本来就极其困难的梁家来说，可谓雪上加霜。在李庄镇读小学的梁再冰与梁从诫，开始同父母一道经历生活的艰辛。据梁从诫回忆，此时梁家穷得连一双普通鞋子都买不起，他几乎长年穿着草鞋或打赤脚，只有到了最冷的冬天，才穿上外婆亲手给他缝制的布鞋。偶尔有朋友从重庆或昆明带来一小罐奶粉，就算是林徽因难得的高级营养品。有时梁从诫经不住这高级营养品的诱惑，偷偷吃一点，被父亲发现后，往往要挨一顿揍。梁思成爱吃甜食，但李庄除了土制红糖没有别的甜食可吃，他就开动脑筋，把土糖蒸熟消毒，当成果酱抹在馒头上食用，戏称之为“甘蔗酱”。为给林徽因购买药品和必需的生活用品，梁思成经常把家中的衣物拿到宜宾城中变卖。关于这段生活，梁再冰在许多年后有一段令人心酸的回忆：

四川气候潮湿，冬季常阴雨绵绵，夏季酷热，对父亲和母亲的身体都很不利。我们的生活条件比在昆明时更差了。两间陋室低矮、阴暗、潮湿，竹篾抹泥为墙，顶上席棚是蛇鼠经常出没的地方，床上又常出现成群结队的臭虫，没有自来水和电灯，煤油也须节约使用，夜间只能靠一两盏菜油灯照明。

我们入川后不到一个月，母亲肺结核症复发，病势来得极猛，一开始就连续几周高烧至四十度不退。李庄没有任何医疗条件，不可能进行肺部透视检查，当时也没有肺病特效药，病人只能凭体力慢慢煎熬。从此，母亲就卧床不起了。尽管她稍好时还奋力持家和协助父亲做研究工作，但身体日益衰弱，父亲的生活担子因而加重。

更使父亲伤脑筋的是，此时营造学社没有固定经费来源。他无奈只得年年到重庆向教育部请求资助，但“乞讨”所得无几，很快地就会被通货膨胀所抵消。抗战后期物价上涨如脱缰之马，父亲每月薪金到手后，如不立即去买油买米，则会迅速化为废纸一堆。食品愈来愈贵，我们的饭食也就愈来愈差，母亲吃得很少，身体日渐消瘦，后来几乎不成人形。为了略微变换伙食花样，父亲在工作之余不得不学习蒸馒头、煮饭、做菜、腌菜和用橘皮做果酱，等等。家中实在无钱可用时，父亲只得到宜宾委托商行去当卖衣物，把帕克钢笔、手表等“贵重物品”都“吃”掉了。父亲还常开玩笑地说：把这只表“红烧”了吧！这件衣服可以“清炖”吗？[7]

除疾病的折磨和生活的艰难，对林徽因来说，另一个打击就是她弟弟林恒与其他飞行员朋友的牺牲。七七卢沟桥事变爆发后，已考取清华大学的林恒受抗日爱国风潮影响，毅然决定退学，转而报考空军军官学校并被录取，成为中国空军航空学校第十期学员。1941 年 3 月，毕业不久的林恒在成都上空与日机交战时阵亡。梁思成得知噩耗，没敢立刻告诉林徽因，自己借到重庆出差的机会，匆匆赶往成都收殓了林恒遗体，掩埋在一处无名墓地里。为了对林徽因的母亲（随梁家居住李庄）隐瞒这一不幸的消息，梁思成归来后，把林恒的遗物—— 一套军礼服，一把毕业时由学校配发的“中正剑”，小心翼翼地包在一个黑色包袱里，悄悄藏在衣箱最底层。但后来老人还是从邻居口中得知了真情，悲痛欲绝，当场昏厥。与自己的母亲相比，林徽因得此消息，总算能直面惨淡的人生，承受住了巨大的打击。据说，梁思成还专门在林恒的遇难地找到了一块飞机残骸，带回了李庄。后来，林徽因把这一块残骸挂在自己卧室的床头，以示永久纪念。梁思成在给他的好友费正清、费慰梅夫妇的信中写道：“刚到李庄不久，我就到重庆去为营造学社筹点款，而后徽因就病倒了，一病不起，到现在已有三个月。

◎约1938年，林恒（右）与航校学员在昆明（梁从诫提供）

三月十四日，她的小弟林恒，就是我们在北总布胡同时叫‘三爷’的那个孩子，在成都上空的一次空战中牺牲成仁。我只好到成都去帮他料理后事，直到四月十四日才返家，我发现徽因的病比她在信里告诉我的要严重得多。尽管是在病中，她勇敢地面对了这一悲惨的消息。”[8]

在同一个信封里，林徽因补加了一张字条：“我的小弟，他是一个出色的飞行员，在一次空战中击落一架日寇飞机，可怜的孩子，他自己也被击中头部而坠机牺牲了。”[9]

尽管林徽因以惊人的毅力强抑住内心的悲恸，但在相当长一段时间里，梁家仍没有完全从林恒阵亡的阴影中摆脱出来。老金的到来，使林徽因又想起了林恒，想起了这个与老金交情极好的年轻的弟弟。遥想当年北总布胡同时代，林恒还是个蹦来跳去的顽皮孩子，经常与老金开一些颇为幽默的玩笑，其志向与才识深得老金的赞赏。而在昆明的时候，老金时常挂念着这位年轻的朋友，无时无刻不关注着这位飞行学员的命运。想不到昆明一别，竟成永诀，再也无缘相见了（林恒一批航校学员曾在昆明受训，与梁家和联大教授多有接触）。林徽因再见老金如睹自家的亲人，不禁悲从中来，当她躺在病床上叙述弟弟的往事与阵亡的经过时，几度泣不成声。坐在一旁静心聆听、极富理性的老金，禁不住为失去这位年轻的朋友而潸然泪下。

1944年秋，衡阳大战爆发，梁家在昆明认识的一批老飞行员中，最后一位叫林耀的伤员强行驾机参战，不幸被敌击中后失踪。由于中国军队的溃败，林耀本人和战机残骸一直未能找到。林耀的罹难，对梁家特别是林徽因感情上造成了重大创伤。在深深的哀痛中，林徽因提笔在病床上写下了酝酿已久的诗行《哭三弟恒》。

哭三弟恒

——三十年空战阵亡

弟弟，我没有适合时代的语言
来哀悼你的死；

它是时代向你的要求，
简单的，你给了。
这冷酷简单的壮烈是时代的诗
这沉默的光荣是你。
…………
弟弟，我已用这许多不美丽言语，
算是诗来追悼你，
要相信我的心多苦，喉咙多哑，
你永不会回来了，我知道，
青年的热血做了科学的代替；
中国的悲怆永沉在我的心底。
…………
你相信，你也做了，最后一切你交出。
我既完全明白，为何我还为着你哭？
只因你是个孩子却没有留什么给自己，
小时我盼着你的幸福，战时你的安全，
今天你没有儿女牵挂需要抚恤同安慰，
而万千国人像已忘掉，你死是为了谁！[10]

诗成时，离林恒殉难已过三年。如后来林徽因之子梁从诫所说，诗人所悼念的，显然不只是自己弟弟一人，而是献给抗战时期她所认识的所有那些以身殉国的飞行员朋友。诗人对这些朋友寄予了无限深情，也“从中可以看出当时她对民族命运的忧思和对统治当局的责难”[11]。

痛苦和灾难不断来临，生活还要继续。梁氏夫妇可谓“直面惨淡的人生，正视淋漓的鲜血”，继续坚持着自己的学术事业。

自七七卢沟桥事变离开北平南下，辗转万里，梁家在逃难中几乎把全部“细软”丢光了，但战前梁思成和营造学社同人调查古建筑的原始资料——数以千计的照片、实测草图、记录等，却紧紧带在身边，完整地保留下来——这是他们生命中最为宝贵的财富。那些无法携带的照相底版，还有一些珍贵文献，在离开北平前，经老社长朱启钤同意，梁思成经手，存进了天津英租界的英资银行地下保险库，就当时的情形论，这是最安全的一种办法。想不到屋漏更遭连夜雨，1939 年夏季，天津暴雨成

◎梁思成在月亮田营造学社工作室工作情形

灾，整个市区呈水漫金山之势，营造学社委托的那家银行地下室顷刻变成了水库，学社所存资料几乎全部被毁。消息两年后才传到李庄。此时，老金正在梁家，当听到这个不幸的消息时，林徽因伤心欲绝，梁思成与老金也流下了痛惜的眼泪。

失去的永不再来，劫后余存的资料使营造学社同人倍加珍惜。在李庄上坝月亮田几间四面透风的农舍里，梁思成同刘敦桢、莫宗江、刘致平、陈明达等几位共患难的同事，请来当地木匠，做了几张半原始的白木绘画桌，摊开了他们随身携带的资料，着手系统地总结整理营造学社战前的调查成果，开始撰写《中国建筑史》。与此同时，梁氏夫妇为了实现多年的夙愿，决定用英文撰写并绘制一部《图像中国建筑史》，以便向西方世界系统地介绍中国古代建筑的奥秘和成就。凄风苦雨中，夫妇二人一面讨论，一面用一台古老的、噼啪震响的打字机打出草稿，又和助手莫宗江一道，用心绘制了大量英汉对照注释的精美插图。此时，梁思成的颈椎灰质化病再度发作（即留学前那次车祸留下的后遗症），常常被折磨得抬不起头来，他只好在画板上放一个小花瓶撑住下巴，以便继续工作。林徽因只要病情稍感好转，就靠在床上翻阅《二十四史》和各种典籍资料，为书稿做种种补充、修改、润色工作。床边那一张又一张粗糙发黄的土纸上，留下了病中林徽因用心血凝成的斑斑字迹。

为给林徽因补养身体，老金从自己微薄的薪水中拿出一部分，到集镇上买来十几只鸡饲养，盼望着鸡们早日生蛋。老金是文化圈内知名的养鸡能手，早在北平北总布胡同时代就养着几只大斗鸡，并有同桌就餐的经历。据梁从诫说，在昆明的时候，“金爸在的时候老是坐在屋里写呵写的。不写的时候就在院子里用玉米喂他养的一大群鸡。有一次说是鸡闹病了，他就把大蒜整瓣地塞进鸡口里，它们吞的时候总是伸长了脖子，眼睛瞪得老大，我觉得很可怜”[12]。正是由于老金有丰富的养鸡经验，买来的十几只鸡长势很好，不但没有生病，后来还开始下蛋了。这让所有人为之开心，也使正处于艰难困苦中的梁氏夫妇在精神上得到了一丝慰藉。

就在梁氏夫妇紧锣密鼓地准备《中国建筑史》的写作之时，老金也借营造学社

◎老金在李庄梁家院中喂鸡，身后右立者是梁思成、梁再冰、梁从诫和邻居家小孩

的一张白木桌子，开始了他那部皇皇巨著《知识论》的写作。按老金晚年的说法，他一生共写了三本书，比较满意的是《论道》，写得最糟的是大学《逻辑》，花时间最长、灾难最多的是《知识论》。此书之所以花时间长，是因为一段颇为离奇的插曲。1939年，老金刚到昆明不久，洋洋六七十万言的《知识论》已基本杀青。当时每逢日机轰炸昆明，他便携带书稿跑到郊外，一边躲避，一边埋头修改。有一次敌机突至，警报响起，老金同往常一样夹起书稿就向外跑。在赶到城北蛇山安全地带后，他同往常一样坐下来继续修改书稿。想不到这次日机轰炸时间比往日长了许多，老金又饥又困，疲惫至极，便以书稿当枕头躺着休息，竟一觉睡了过去。当敌机撤离昆明上空时，天已黑了下来。老金醒来后，见警报解除，爬起来就走，恍惚中把书稿遗忘在山上。等他回到宿舍记起时，急忙赶回去寻找，等待他的只有几块石头和飘荡的野草。在一阵捶胸顿足之后，老金从巨大的懊丧与悲苦中逐渐恢复平静，痛下决心来个“重开窑子另烧砖”，一切从头再来。于是，这部后来在学术界影响巨大的哲学巨著在昆明写作了一部分，借休假的空隙，老金又携来李庄继续写作。当此稿最终完成时，已是七年后的1948年年底了。——通过这则故事，不仅能看到战争造成的灾难，更能看出老金之“痴”与“倔”，以及他在民族危难中所表现出的坚强不屈的精神。

当然，战争岁月的知识分子，除一连串的苦难，也有片刻的欢乐时光。每到下午4点钟，梁思成与助手们放下手中的工作，弄一个大茶壶，与老金等人喝起下午茶，以消除身心的疲惫。此时严酷的暑热已经退去，病中的林徽因就请人把行军床搬到院内，与大家一道喝茶聊天，寻回一点生活的温馨。

李庄的日子就这样一天天度过了。当老金休假期满，准备离川回昆时，傅斯年携妻带子来到了李庄，这对苦难的梁家无疑又是一个喜讯。

傅斯年辞职别重庆

傅斯年回李庄，除因对史语所事务放心不下，主要原因是身体状况已糟糕到不容许他再行代理中央研究院总干事一职了。傅氏身体垮得如此之快，除了因为原有的病根与终日奔波忙碌外，与他突遭老母病故有很大关系。

傅斯年四岁时，父亲就在东平书院院长任上去世了，他与年幼的弟弟傅斯严靠祖父与母亲抚养教育。1901 年春，傅斯年尚未度过 5 周岁生日，他的祖父便把他送进私塾上学。在塾师与祖父“内外夹击”下，刚满 10 岁的傅斯年便把“十三经”背了下来，其刻苦攻读的情景成为佳话，一直在家乡聊城坊间流传。

1908 年冬，13 岁的傅斯年被他父亲的一位高足、后来得中进士的侯延爽带到天津，送入洋学堂学习。第二年春，考入天津府立中学堂就读。许多年后，当史语所研究员何兹全问傅斯年何以懂得那么多人情世故时，傅不无感慨地引用孔子的话答道：“吾少也贱，故多能鄙事。”一语道出了自己的辛酸经历与内心悲凉。1913 年夏，傅斯年考入北京大学预科一类甲班就读。自此，这位从鲁西偏僻乡土走出来的“小乡巴佬”，于迷蒙的京华烟云里开始了生命中“牧野鹰扬唱大风”的新时代。

◎ 1934 年傅斯年与夫人俞大綵合摄于北平寓所书房

1934 年，傅斯年擦着满头大汗，总算与 16 岁结亲的同乡、原配丁夫人在济南协议离婚。同年 8 月 5 日，与俞大维之妹俞大綵在北平结婚。

出身名门的俞大綵，幼冲之年即受新式教育，及长，毕业于上海沪江大学，长于文学，尤擅英文，且写得一笔好字，做得一手绝妙的小品文章。得益于当年傅斯年留德同学俞大维从中牵线搭桥，傅氏才与比自己年轻近十岁的俞大綵缔结连理。1935 年 9 月，儿子傅仁轨出生，傅斯年把在老家聊城的母亲接到北平与自己一起生活。据说，傅氏平时对母亲十分孝顺，虽已成了学界、政界呼风唤雨的人物，且霸气十足，但偶遇母亲发脾气，乃立即长跪不起，听任母亲斥责，直到老太太发完脾气，让他起来方才站起，或是对母亲解释，或是好言安慰。因傅母患高血压病，忌吃猪肉，作为儿媳的俞大綵为照顾婆母身体，不敢给她食肉，而傅母却偏喜好这一口，且极爱吃肥肉，于是矛盾便不可避免。晚年的俞大綵曾回忆说：

> 孟真侍母至孝，对子侄辈，也无不爱护备至。太夫人体胖，因患高血压症，不宜吃肥肉，记得有几次因我不敢进肥肉触怒阿姑，太夫人发怒时，孟真辄长跪不起。他窃语我云："以后你给母亲吃少许肥肉好了。你要知道，对患高血压症的人，控制情绪，比忌饮食更重要，母亲年纪大了，别无嗜好，只爱吃肉，让她吃少许，不比惹她生气好么？我不是责备你，但念及母亲，茹苦含辛，抚育我兄弟二人，我只是想让老人家高兴，尽孝道而已。"[13]

抗日战争全面爆发后，南京空袭日频，危在旦夕。傅斯年因组织中央研究院各所搬迁事宜，无暇顾及家庭，更无力陪侍老太太避难同行，遂特委托一位下属和两个侄儿负责保护母亲转移至安徽和县暂住。南京沦陷，傅氏辗转来到重庆后不久，两个侄儿来见，傅斯年以为家人顺利脱险，十分高兴，当侄儿说祖母没有逃出来时，傅斯年勃然大怒，当场打了侄儿两个耳光，又各踹了两脚。随后，千方百计令人把母亲于战祸连绵的安徽接出来，辗转 20 余天由陆路逃至汉口，最后抵达长沙。斯时老太太已是 70 余岁高龄，傅斯年每言及老母逃难之事，总怀愧疚之情，他曾对同事说：老母"幸能平安至后方，否则将何以面对祖先？"后来，史语所由长沙迁昆明，傅斯年把母亲接到重庆，安置在歌乐山下一个较为安全的地方，与弟弟傅斯严（孟博）一起生活，费用全由傅斯年负担。

◎傅斯年夫妇与母亲合影，后排右一是傅斯年侄子（傅乐铜提供）

傅母本来体胖，加之为躲避战火长年奔走劳累，一旦安定反生病恙，时好时重。到了 1941 年春，傅斯年又一病不起。此病因他过于肥胖，又患有高血压症，整日奔波操劳，遂使病情加重。4 月 16 日，傅斯年致函朱家骅，曰：

骝先吾兄院长台鉴：

弟医院中休息将廿日，血压虽略低，但一动又高。医注意者，不在此而在血管硬化。昨日内科主任应元岳（上海医学院内科教授）与弟常谈（彼久言常谈而未常谈，昨始屏人言之），劝弟必须绝对静养，至少六个月。弟以返李庄后所长一职仍不时有事，询以每周三个半天作事（轻作事）如何，彼亦不谓然，其情可知矣。目下血压最少是170Syst / 114Dchst，医不甚以此为可虑，而虑眼球出事，以为血管硬化之证也。有此情形，总干事一职，兄不能不速觅替人，总处组织，非可停顿者也。此事解决，弟心中亦告一安宁，于病不无小补也。巽甫有事务才，亦兄可注意者。专此，敬叩

日安

弟 斯年 30/4/16[14]

由函中可知，以傅斯年此时的病情，确实不宜再做沉重繁杂的工作，但无奈中研院也确实离不开他这位既有才气又霸气十足的人中之龙，只好一拖再拖。函中傅氏向朱家骅推荐的“巽甫”，即丁燮林，又名丁西林，乃当时有名的剧作家和物理学家。此人出生于江苏泰兴，1919年与傅斯年同时期留学英国，获得伯明翰大学理科硕士学位，归国后任北京大学物理系教授，后出任中央研究院物理研究所所长。对于丁氏这位部下的才学与性格，朱家骅自然熟知，但他心目中的总干事，似非丁氏可以胜任，因而对傅斯年辞职一事仍踌躇不决。

几个月后，傅斯年终于出院，回到重庆郊外家中休养。未久，他的老母因胆结石病逝于重庆中央医院。这一噩耗，对病情刚刚有点好转的傅斯年又是一个极大的打击。

傅斯年通过兵工署俞大维等亲戚好友帮忙，于歌乐山用心挑选一风景绝佳处安葬了老母，怀着哀痛与悲壮的双重心境，拖着病体，坚持出席了11月中旬在重庆召开的国民政府参政会议，但中途就因体力不支回到家中继续养病。因病情折磨与对去世母亲的思念，傅斯年心灰意冷，无意再参政议政，搞什么治国平天下的宏图大计，只想尽快找个地方躲起来“修身齐家”，过几天清静日子。此前，他之所以艰难支撑病体参加这次会议，是由于自己的冤家对头孔祥熙在前一段时间到处散布流言，谓“听说傅斯年病得要不行了！”意思是马上就要死了。傅斯年闻知，怒不可遏，欲亲自上门痛打孔祥熙，后被人拉住才算罢休。这次出场亮相，正如他在给胡适信中所言，纯是为了做给孔祥熙这狗东西看，“盖证明我未死也！”[15]

此时的傅斯年确实撑不下去了，不得不辞去中研院总干事之职，于 1941 年 12 月 3 日携家人乘“长丰”轮赶赴李庄。

就在傅斯年乘船溯江而上、艰难前行时，美国南部时间 7 日早 6 时 15 分，从 6 艘航空母舰甲板上起飞的 183 架日本战机，在黎明的天空中编好队形，发疯般向珍珠港扑去。经过三轮冲击，珍珠港偷袭成功，美国太平洋舰队几乎全军覆没。

◎珍珠港被炸场景

美国时间 12 月 8 日，罗斯福总统身披深蓝色海军斗篷，登上国会大厦讲坛，发表了令全世界为之震撼并注定要流传后世的演说，同时要求国会宣布：“自 12 月 7 日星期天无端发动这场卑鄙的进攻之时起，美国和日本帝国之间处于战争状态！”就在罗斯福总统发表讲话的同一天，中国政府对德、意、日三国宣战！

随后，英国、加拿大、澳大利亚、荷兰、新西兰、自由法国、波兰等 20 多个国家，相继对德、意、日宣战。惊心动魄的第二次世界大战全面爆发，世界反法西斯联盟业已形成，危难的中国战局随之发生战略性的根本转变。

注释：

[1] 高芾《东安市场的一场车祸》，载《南方周末》，2003 年 2 月 27 日。

[2][6][8][9]《中国建筑之魂——一个外国学者眼中的梁思成林徽因夫妇》，[美] 费慰梅著，成寒译，上海文艺出版社 2003 年出版。金岳霖与徐志摩相识于美国哈佛大学并成为好友。1918 年，老金与徐志摩、张奚若、王伯衡等人共同发起创立《政治学报》，但该报仅出版 3 期即停办。后金岳霖到柏林留学，1922 年 3 月，与吴经雄一起为徐志摩和张幼仪的协议离婚做证人。1926 年 10 月 3 日，徐志摩与陆小曼结婚，金是徐的伴婚人。1928 年年

末，金岳霖与徐志摩、张彭春、瞿菊等人赴江苏、浙江两省考察，为实践印度诗人泰戈尔所谓的农村建设计划而选择实验区。后来一度选定浙江，但终因近于乌托邦式的空想而流产。

[3][7]《困惑的大匠——梁思成》，林洙著，山东画报出版社 1997 年出版。

[4]《殷海光文集》第四卷《书信与随笔》，张斌峰编，湖北人民出版社 2001 年出版。

[5]《中国——我的第二故乡》，王安娜著，北京三联书店 1980 年出版。

[10] 载《文学杂志》，第二卷第 12 期，1948 年 5 月。诗中的“三十年”，指民国三十年，即 1941 年。

[11] 梁从诫《倏忽人间四月天——回忆我的母亲林徽因》，载《薪火四代》(下)，梁从诫编选，百花文艺出版社 2003 年出版。

[12]《北总布胡同三号——童年琐忆》，载《不重合的圈——梁从诫文化随笔》，梁从诫著，百花文艺出版社 2003 年出版。

[13] 俞大綵《忆孟真》，载《傅斯年》，山东人民出版社 1991 年出版。

[14]《傅斯年致朱家骅》，载《傅斯年遗札》第三卷，王汎森、潘光哲、吴政上主编，台湾“中央研究院”历史语言研究所 2011 年 10 月出版。

[15]《致胡适》，载《傅斯年全集》第七卷，欧阳哲生编，湖南教育出版社 2003 年出版。

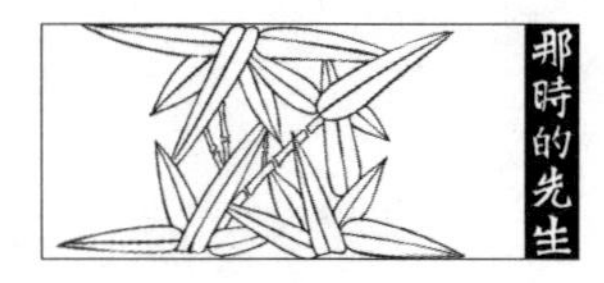

第七章　悲伤年代

傅斯年上书蒋介石

1941 年 12 月 7 日，傅斯年一家抵达李庄。

因冬季上水行船，行驶缓慢，经过连续五天的颠簸动荡，傅斯年到了李庄板栗坳之后，头晕目眩、全身无力，几不能行步。一量血压，水银柱忽忽上蹿，竟打破了先前的一切纪录。高血压症再度发作，只得大把吃药，迷迷糊糊地休息了一个星期才有所好转。当傅斯年从床上爬起来，晃晃悠悠地走出宅院，站在板栗坳山顶上，眺望东流不息的长江时，大有“山中方七日，世上已千年”之感。此时，珍珠港事件已经爆发，天下大势发生了巨变，新的世界性战争格局形成了。

12 月 22 日，蒋介石电令第五军、第六军组成中国远征军，由杜聿明统一指挥，入缅甸配合英军对日作战。

1942 年 1 月 3 日，由美国总统罗斯福提议，蒋介石被正式推举为中国战区最高统帅，担负起中国、泰国及越南地区联军部队总指挥的职责。

国际战争局势明显向着有利于中国的方向发展，但作为偏隅一方的李庄小镇，却一如往昔，所有的当地人和“下江人”仍在战争威胁与生活极度匮乏的阴影中艰难度日。而身为中研院史语所所长与国民政府参政员的傅斯年，在来李庄之前和之后，其身体、生活条件并不比史语所同人或梁家人更好，此点从俞大綵的回忆中可知一二：

孟真屡年来，因为公务奔波劳碌，感时忧国，多年的血压高症暴发，头昏眩，眼底血管破裂，情形严重。不得已，在（重庆）郊区山中，借屋暂居，借以养病。那时，他奄奄在床，频临危境，悲身忧世，心境极坏，看不见他常挂在嘴角的笑容了。

那是一段穷困悲愁的日子。孟真重病在身，幼儿食不果腹。晴时，天空常有成群的敌机，投下无数的炸弹。廊外偶尔细雨纷霏，又怕看远树含烟，愁云惨淡，我不敢独自凭栏。

记得有一次，三五好友，不顾路途遥远，上山探疾。孟真嘱我留客便餐，但厨房中除存半缸米外，只有一把空心菜。我急忙下楼，向水利会韩先生借到一百元，沽肴待客（我与韩君，素不相识，只知他曾在北京大学与孟真同学，但不熟）。那是我生平唯一的一次向人借钱。

事隔一月，我已还清债务，漫不经心地将此事当笑话说与孟真听。不料他长叹一声，苦笑着说："这真所谓贫贱夫妻百事哀了。等我病愈，要拼命写文章，多赚些稿费，决不让你再觍颜向人借钱了。我好惭愧！"我很后悔失言，不料一句戏言，竟引起他的感慨万千，因为他常为国家多难而担忧，但他于个人生活事，从不措意！

孟真病稍愈，我们即迁李庄。[1]

傅斯年到李庄后，经过一段时间休养，病情好转，开始察看各处情况，了解大局，准备下一步工作。

在李庄上坝月亮田营造学社租住的院内，前来拜访的傅斯年见到了梁氏夫妇。对林徽因的病情他没有太感意外，但从梁思成口里闻知其弟梁思永——史语所最重要的支柱之一，病卧在床且性命堪忧，或许过不去这个春节了云云，大出意料，为之焦心。

据石璋如回忆，史语所在昆明时，梁思永曾抱怨此处的天气不冷不热，搞得人一点进取心都没有，工作状态不佳。四川的天气有冷有热，人会精神得多，也就不会呆钝，所以"当芮逸夫在李庄找到房子后，梁思永很赞成搬家"[2]。史语所迁往李庄，梁思永没有随大多数人进驻郊外山上的板栗坳，而是住进了李庄镇羊街8号罗南陔家中。

此时的罗家，自乾隆年间由湖北麻城迁到四川南溪地界已历九代，正是李庄党部书记罗南陔当家做主之时。据罗南陔的儿子罗萼芬说，当时罗家在罗南陔名下的上等良田就有千余亩，每年仅收粮租一项可达七八百担，每担相当于后来的160公斤左右，整体算来为11万公斤左右，其家业之殷实可想而知。除粮租之外，罗南陔还以“农业救国”理想，创办了在川南轰动一时的“期来农场”，内含“期望未来、走向未来、开创未来”之意。按罗萼芬所述：“罗家的期来农场从外地引进了良种鸡、北京鸭、桑蚕和意大利蜂等物种加以培育，效果非常好。当时在川南的一个法国传教士参观了期来农场，非常赞赏。后来传教士从法国携带良好的种蛋过来，鸡蛋与鸭蛋各20个，由于鸡蛋皮薄，在路途上压破了19个，只有一个送到农场，后来孵化出了一只小鸡。可惜这只鸡长到半斤大的时候，不幸被猫吃掉了，这法国的洋鸡蛋也就全部完了蛋。鸭蛋皮厚，在船上一个也没被压破，送来农场不长时间就繁殖开了。长大的鸭子全身雪白，毛发光亮，很讨人喜欢，据说跟北京吃的烤鸭是一个品种，很受当地人欢迎。为了办好农场，我父亲罗南陔专门送我的一个哥哥到成都大学堂学农科，回来后主持农场的科学培育工作，还专门从外地大城市订购了先进的机械设备，在各个方面应用。这些措施，使农场渐渐红火起来，我家的财力物力与势力，在当地也就更加显赫。就在这个时候，中研院的芮逸夫随同济大学的王葆仁等来到李庄找房子搬家，我父亲和当地士绅相商后表示欢迎他们搬来。史语所一批人来的时候，李济、梁思永等人觉得板栗坳有些偏僻，在个山顶上，跟《水浒》上那个古代水泊梁山的山寨一样，生活等各方面不太方便，想在李庄镇内找地方，但住在何处一直没定。我父亲年轻时候读过梁启超不少著作，对作者政治思想和文才非常佩服。在从别人口里知道梁思永是梁启超的儿子后，出于对梁启超的崇拜和尊敬，就主动邀请梁思永到自己家中居住。”[3]

当时年纪尚幼的罗萼芬清楚地记得，自己跟父亲前去邀请梁思永时的情景。两人见面后，罗南陔诚恳地说：“愚下已经叫儿子儿媳们迁到乡下石板田老宅住下了，现将自家住房腾出一半，打扫就绪，特请先生与夫人前去察看，可否满意？”

梁思永听罢，大为感动，随罗南陔来到罗家院中一看，甚为称心，表达谢意后，一家几口算是在李庄镇羊街8号院内落下脚来。据罗萼芬后来说：“我家与梁家结缘，除了父亲对梁启超的崇敬，还有一个原因，那就是，当时‘下江人’在川南一带名声不好，甚至被妖魔化，李庄镇不少有房子的住户因不了解真相，不太乐意让给他们居住。加之一下拥来了一万多人，镇内的房子突然紧张起来，陶孟和率领的那股人马在李庄转了半年都没能找到一个踏实的地方，手下人员和家眷被冻个

◎李庄文化史专家左照环说："这就是当年梁思永院内放兰花的地方。"（作者摄）

半死，有的因此身染重病，陶孟和的夫人沈性仁就是这个时候犯的病，抗战没结束就病死了。面对这种情况，我父亲等当地士绅官僚就动员大家，如果是在乡下有房子的户主，一部分要主动搬到乡下，腾出院子让'下江人'居住。当时我家老老少少几十口人，都搬到离镇五公里的石板田（现名双溪村）乡下居住，那里有我家的几处老房子。父亲主动邀请梁思永来我家居住，对镇内其他的房主就有话好说。意思是：我自己的家人都带头搬到乡下去了，空出的房子已住进了'下江人'，看你们得不得干？其他房主一看，不好说了，就陆续腾房让同济大学和中研院的人居住。这才有陶孟和率领的那些人没被冻死街头的幸事，陶老本人也在镇子内离我家不远的地方找到一处住所，与陶师母沈性仁共同住在那里，我小时候与同伴经常耍到他的院子里。"[4]

梁思永一家住进罗家院子后，因罗南陔乃读书人出身，无论思想还是眼界都较一般人为高，双方相处皆有好感，关系越来越融洽。罗家当时种植了近三百盆兰花，见梁思永身体比较虚弱，还伴有类似气管炎的病症，当春天来临时，罗南陔就命家人把几十盆上等兰花搬到羊街 8 号梁家院落，除了观赏，还借以改善环境，调节空气。梁思永每在紧张的劳作之余，在院中望着碧绿的兰花，嗅着扑鼻的芳香，心中自有一种说不出的愉悦。由于住在李庄郊外上坝月亮田的梁思成经常到镇内看望弟弟一家，他与罗南陔也渐渐熟悉并成为要好的朋友。当时罗家的农场仅菜地就达 100 多亩，从开春到秋后，每当新鲜蔬菜下地，罗家总是专门精选两份，一份送给梁思永，一份送给梁思成一家，以接济他们艰难的生活。梁家兄弟在李庄生活了近六年，与罗家的这种亲情一直保持下来。

据石璋如回忆说，梁思永刚来李庄的时候，精神还不错，每天都要从李庄镇内罗家院子步行几里路，再爬 500 多级台阶到山顶上的板栗坳史语所办公处上班，吃完午饭之后还会跟同人打几轮乒乓球。谁知当地天气对有肺病的人极其不利，不久之后梁思永便犯了病，从此卧床不起，差点丢了性命。

尝谓"冰冻三尺，非一日之寒"，梁氏病症肇始于 1932 年的早春。

梁思永自美国哈佛大学学成归国后，1931 年与北平协和医院社会服务部工作的李福曼结婚。李是梁思永母亲李蕙仙的娘家侄女，比梁氏小 3 岁，属于姑表亲，毕业于燕京大学教育系。按当时的社会风俗，梁、李这对表兄妹的结合，属于“亲上加亲”的婚姻典范，因而梁、李被家人和社会视为天生一对鸳鸯。当然，这个姑表亲只是名义的，并没有血缘关系。梁思永是梁启超二夫人王桂荃的长子，是梁任公的次子，比梁思成小 4 岁。梁启超的夫人李蕙仙是贵州人，生有思顺（女）、思成、思庄（女）一男二女；王桂荃，四川人，当年作为李惠仙的陪嫁来到梁家，后为梁的二夫人，生有思永、思忠、思达、思懿（女）、思宁（女）、思礼等四男二女。事实上，在梁思永与李福曼结婚后共同生活的十几年里，两人心心相印，相濡以沫，共同度过了欢乐或苦难的时光。

1931 年春夏之交，27 岁的梁思永告别新婚三个月的妻子李福曼，随史语所殷墟发掘团到安阳殷墟，在一个叫后冈的地方，以“中国第一位考古专门学家”的身份参加发掘。就在这年秋季，发现并正确划分了著名的“后冈三叠层”，揭开了中国考古史的光辉一页。正当梁思永满怀信心欲向新的高度跃进时，不幸于 1932 年在一次野外发掘中病倒。此次患病开始只是普通的感冒，因田野发掘紧张，生活艰苦，梁思永来回奔波，不能稍离工地，致使病情未能得到及时控制，直至高烧几日，转成严重的烈性肋膜炎，才急忙转到北平协和医院住院治疗。由于延误了最佳治疗时机，梁思永胸肋部开始大量化脓积水，协和医生从他的胸腔内连续抽出了四瓶如啤酒一样颜色的积水。经加量用药和多方救治，方稳住病情。当时梁妻李福曼已怀身孕，仍日夜守在病床前照顾。这场突如其来的大病，直到 1932 年年底才渐渐好转，但梁思永的身体未能完全康复。这病为年轻的梁思永留下了无穷隐患。

◎梁思永与夫人、女儿在李庄羊街 8 号家中合影（引自《梁启超和他的儿女们》，吴荔明著）

来到李庄并住进罗家后，梁思永开始着手撰写抗战前殷墟西北冈发掘报告，并有“一气呵成”之志。此报告由南京撤退长沙时即开始撰写，梁思永一有机会便出示标本，加以整理，在昆明时已将西北冈的全部出土古物摩挲过一遍，并写下要点，对报告的内容组织也有了大致轮廓。

◎李庄板栗坳的乡民沿500多级台阶走在归家途中，身后是长江（作者摄）

报告完成，似乎指日可待。只是天不遂人愿，未过几个月，梁思永便一病不起。梁氏自称是“闪击战”，极大地威胁到生命。正在这时，傅斯年到来了。

傅斯年到李庄镇内罗家院子探望梁思永病情，认为羊街8号房子虽好，但少阳光，有些阴冷，这对患有肺病的人极其不利。经过反复权衡商讨，傅斯年决定在板栗坳史语所租住的一个院内，专门腾出三间上好房子，再请来当地木工装上地板，钉上顶棚，在窗上装上玻璃，打造亮台等，让梁思永搬来居住，以便能每日晒到太阳，并可做简单的室内活动。待一切准备停当，梁思永已病得不能走动，只得请人用担架抬上板栗坳。而从山下上到山顶的史语所驻地，需跨越500多级台阶。为求万无一失，傅斯年与梁思成亲自组织担架队伍，先由梁思成躺在担架上，请人抬着在上山的台阶上反复试验，待认为切实可行后，方请人把病中的梁思永抬上山。一路上，梁思成跟在担架左右，寸步不离，直到把梁思永抬到板栗坳被称作“新房子”的居所。

鉴于史语所与营造学社同人都已“吃尽当光”，只剩了一个“穷”字，傅斯年意识到非有特殊办法不足以救治梁思永和林徽因之病症。于是，1942年4月18日夜，傅氏于李庄孤灯下写信向中央研究院代院长朱家骅求助。信曰：

骝先吾兄左右：

兹有一事与兄商之。梁思成、思永兄弟皆困在李庄。思成之困是因其夫人林徽音女士生了T. B.（南按：结核），卧床二年矣。思永是闹了三年胃病，甚重之胃病，近忽患气管炎，一查，肺病甚重。梁任公家道清寒，兄必知之，他们二人万里跋涉，到湘、到桂、到滇、到川，已弄得吃尽当光，又逢此等病，其势不可终日，弟在此看著，实在难过，兄必有同感也。弟之看法，政府对于他们兄弟，似当给些补助，其理如下：

一、梁任公虽曾为国民党之敌人，然其人于中国新教育及青年之爱国思想上大有影响启明之作用，在清末大有可观。其人一生未尝有心做坏事，仍是读书人，护国之役，立功甚大，此亦可谓功在民国者也。其长子、次子，皆爱国向学之士，与其他之家风不同。国民党此时应该表示宽大。即如去年蒋先生赙蔡松坡夫人之丧，弟以为甚得事体之正也。

◎梁思成（右）到殷墟发掘现场考察并与弟弟梁思永在工地上合影

二、思成之研究中国建筑，并世无匹，营造学社，即彼一人耳（在君语）。营造学社历年之成绩，为日本人羡妒不置，此亦发扬中国文物之一大科目也。其夫人，今之女学士，才学至少在谢冰心辈之上。

三、思永为人，在敝所同事中最有公道心，安阳发掘，后来完全靠他，今日写报告，亦靠他。忠于其职任，虽在此穷困中，一切先公后私。

总之，二人皆今日难得之贤士，亦皆国际知名之中国学人。今日在此困难中，论其家世，论其个人，政府似皆宜有所体恤也。未知吾兄可否与陈布雷先生一商此事，便中向介公一言，说明梁任公之后嗣，人品学问，皆中国之第一流人物，国际知名，而病困至此，似乎可赠以二三万元（此数虽大，然此等病症，所费当不止此也）。国家虽不能承认梁任公在政治上有何贡献，然其在文化上之贡献有不可没者，而名人之后，如梁氏兄弟者，亦复少！二人所作皆发扬中国历史上之文物，亦此时介公所提倡者也。此事弟觉得在体统上不失为正。弟平日向不赞成此等事，今日国家如此，个人如此，为人谋应稍从权。此事看来，弟全是多事，弟于任公，本不佩服，然知其在文运上之贡献有不可没者，今日徘徊思永、思成二人之处境，恐无外边帮助，要出事，而帮助似亦有其理由也，此事请兄谈及时千万勿说明是弟起意，为感。如何？乞示及，至荷！

专此，敬颂

道安！

弟 斯年　谨上

四月十八日

弟为此信，未告二梁，彼等不知。

因兄在病中，此写了同样信给咏霓（南按：翁文灏），咏霓与任公有故也。弟为人谋，故标准看得松。如何？

弟 年　又白[5]

此信发出后的第11天，未见回音，恐重庆方面无能为力或深感为难，情急之下，傅斯年召开所务会，想出新的援助办法，再度写信给中央研究院代院长朱家骅与新上任的总干事叶企孙、总务主任王毅侯，满怀挚诚与爱慕之情地历数梁思永功高过人之处，并请其核准史语所做出的决定。

骝先先生院长，企孙、毅侯两兄赐鉴：

梁思永先生病事，兹述其概。十年前，思永于一年过度劳动后生肋膜炎，在协和治愈，但结疤不佳，以后身体遂弱。自前年起，忽生胃病甚重，经二年来，时好时坏。去年胃病稍好，又大工作，自己限期将殷墟报告彼之部分写完。四个月前，即咳嗽，尚听不出肺病声气。上月医生大疑其有肺病，送痰往宜实验，结果是＋＋＋！所听则左右几大片。此次肺病来势骤然，发展迅速，思永自谓是闪击战，上周情形颇使人忧虑，近数日稍好。思永之生病，敝所之最大打击也。兹谨述其状。

思永虽非本所之组主任，但其moral influence［道德影响］甚大，本所考古组，及中央博物院之少年同志，皆奉之为领袖，济之对彼，尤深契许。彼学力才质，皆敝所之第一流人，又是自写报告、编改他人文章之好手，今彼病倒，殷墟报告之进行，一半停止矣。思永尤有一特长，本所同人多不肯管公家事，或只注意其自己范围事，弟亦颇觉到敝所有暮气已深之感。思永身子虽不好，而全是朝气。其于公家之事，不管则已（亦不好管闲事），如过问，决不偏私而麻糊［马虎］也。其公道正直及公私之分明，素为同人所佩。弟数年以来，时思将弟之所长职让彼继任，然此事不可不先有准备。抗战时，弟在京代总干事，思永在长沙代弟，不特敝所翕然风服，即他所同在长沙者，亦均佩之也（孟和即称道不置之一人）。以后弟在重庆时，曾有若干次托彼代理，其目的在渐渐养成一种空气，俾弟一旦离职，彼可继任耳。彼于代理殊不感兴趣，强焉亦可为之。自胃病后，不肯矣。弟此次返所，见其精力甚好，前计又跃于心

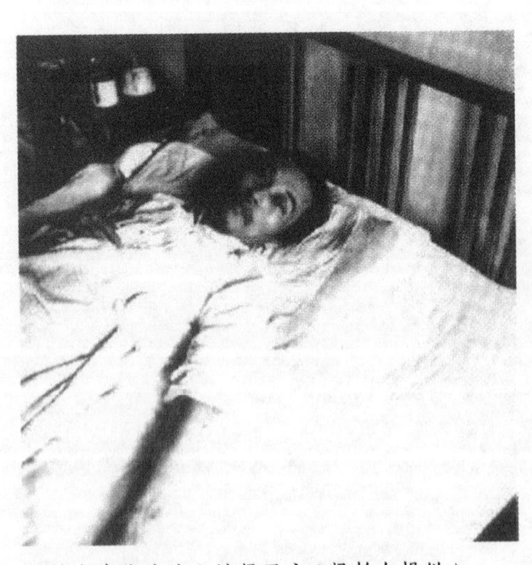
◎躺在李庄病床上的梁思永（梁柏友提供）

中，今乃遭此波折，亦弟之大打击矣。

彼如出事，实为敝所不可补救之损失，亦中国考古学界前途之最大打击也。故此时无论如何，须竭力设法，使其病势可以挽回。此当荷诸先生所赞许也。查敝所医务室现存之药，在两年中可以收入二万数千至三万数千元（如照市价卖去，当可得六七万，今只是用以治同人生病之收入，故少）。拟于此收入中规定数千元为思永买其需要之药之用（本所原备治T. B. 之药甚少，所备皆疟、痢等）。此事在报销上全无困难，盖是免费（即少此项收入），而非另支用经费也。此意昨经敝所所务会议讨论通过，敬乞赐以考虑，并规定一数目，其数亦不可太少，至为感荷！若虑他人援例，则情形如思永者亦少矣。以成绩论，尚有数人，然以其在万里迁徙中代弟职务论，恐济之外无他人，故无创例之虑也。如何乞考虑赐复，至感！

专此，敬颂

日安！

傅斯年谨颂

四月二十九日

写罢此信，傅斯年思忖半天，觉得意犹未尽，许多具体的操作细节亦未言明，为了达到终极目的，还需做一点补充说明。于是，在昏暗的菜油灯下，再次展纸，蘸墨挥毫，做了如下追述：

骝先吾兄：

此函尚有未尽之意。思永是此时中国青年学人中绝不多得之模范人物，无论如何，应竭力救治。彼在此赤贫，即可卖之物亦无之（同人多在卖物补助生活中）。此种病至少须万元以上。此信只是一部分办法耳。去年弟病，兄交毅侯兄中央医院费公家报销，弟初闻愕然，托内子写信给毅侯兄勿如此办，内子谓，然则将何处出耶。弟后来感觉，去年之病，谓为因公积劳，非无其理，盖一月中弟即自觉有毛病，而以各会待开，须自料理，不敢去验，贻误至于三月末，遂成不可收拾之势，故去年受三千元，在兄为格外之体恤，弟亦觉非何等不当之事。思永身体虽原不好，然其过量工作，实其病暴发之主因。报销既无问题，甚愿兄之惠准也！

专此，敬颂

痊安！

弟 斯年再白[6]

四月二十九日

再，此函到时，如骝先先生可看公事，乞送呈赐阅，至感。

与李济不同，傅斯年与梁家并无深交，而傅氏自进北大到留学海外再归国的那段岁月，梁启超的思想光芒已经暗淡，影响力显然大不如前，思想不但与时代脱节，且有倒退之嫌，再没有当年万人景仰的盛况了。当年吴宓奉校长曹云祥之命，代表清华国学研究院聘请梁任公为导师时，对梁氏之为人为学曾有“新文化运动起后，宓始对梁先生失望，伤其步趋他人，未能为真正之领袖”的感慨。而傅斯年在给朱家骅的信中也曾明言“弟于任公，本不佩服”。但无论如何，梁任公对社会改良以及“其在文运上之贡献有不可没者”。这就是说，梁启超思想的余晖还是在吴宓、傅斯年这一代知识分子心中闪耀未绝——也不过仅此而已。梁思永当年是受李济荐举才到傅斯年主持的史语所考古组效劳的，由此可看出傅梁二人此前并未有接触或极少接触。后来傅斯年与梁思永一直作为上下级关系共事，其间亦无其他如俞大维、陈寅恪、傅斯年等三人关系转化成亲戚关系的枝节。傅、梁之交，如同一条直道的河流，在苍茫大地上毫不喧嚣地汩汩流淌，此景也壮观，其情也绵绵，整个脉络清澈，属于自然的互动，没有半点污浊之气，可谓真正的君子之交淡如水也。

事实上，这种如水的君子之交，令傅斯年对梁氏兄弟的生活一直挂怀并利用一切机会予以关照。此前的1941年8月25日，在重庆的傅斯年专门给李庄的史语所代所长董作宾与梁思永写了一函：

◎ 1935年，梁思永（右）在安阳殷墟西北冈大墓发掘工地，接待前来参观的傅斯年（左）与法国汉学家伯希和（中）

彦堂、思永两兄：

出医院后，一看物价如此，回思昆明，如唐虞之世矣。但昆明也未甚妙！近日将星云集。倭贼在雨季大炸，据联大官电，联大炸了四分之一，私人消息炸了十分之七，大约皆不对。好在学生宿舍未炸。所谓炸，恐亦只是波及，而非毁了之成数如此也。

在此物价高涨中，在李庄友人中，恐受打击最力者为思成兄。郑、罗来此，据云，思成夫妇整天在算豆腐价钱，此常人所苦，岂病人所能胜任者乎？目下思成必须先取得“公务员”资格，“教授待遇”，则稍可延长一时矣。弟意，此事有大小二种办法。大办法为①将营造学社 duplicate[复制] 一下子，社自是社，而社中人亦组成一个“中国建筑学研究所”，属教育部。②不直属于教育部，而为博物院之一部分，明年博物院预算中列入。但这些办法，弟以是一病人，无法效力，只是贡献一个办法而已。

小办法为，将思成改聘为本所兼任研究员，月支薪百元或百数十元，声明不在他处支生活辅助费，即可在本院支生活补助费矣。顷与毅侯谈得如此。盖弟原想用总处“专员”名义，但又不能在李庄工作，故觉如此是一法也。本所支薪少，而“补助”则为八十元外四人之米贴也。

此事可否施行，乞斟酌。通信研究员改兼任，是否须照新章“审查”，当俟企孙兄到后询之也。所务会议通过一事，则不可免耳。

弟 斯年 八月廿五日[7]

函中所谈的毅侯，乃中研院办事处总务主任王毅侯；企孙乃清华大学教授叶企孙，此时在昆明任清华大学特种委员会主任，该委员会下辖五个研究所，不属于西南联大而直属清华大学。傅斯年因病欲赴李庄休养，找的中研院总干事接班人即为叶企孙，傅走前，叶企孙已离开昆明赴重庆接任。所谓“米贴”，即当时物价飞涨，公职人员薪水中的一部分直接以实物米替代，免除物价一日三涨之苦，是为“米贴”。

正当身居李庄的傅斯年为梁家敝精劳神、四处奔波设法求援之际，收到了林徽因寄来的一封信，内容如下。

孟真先生：

接到要件一束，大吃一惊，开函拜读，则感与惭并，半天作奇异感！空言不能陈万一，雅不欲循俗进谢，但得书不报，意又未安。踌躇了许久仍是临书木讷，话不知从何说起！

今日里巷之士穷愁疾病，屯蹶颠沛者甚多。固为抗战生活之一部，独思成兄弟年来蒙你老兄种种帮忙，营救护理无所不至，一切医药未曾欠缺，在你方面固然是存天下之义，而无有所私，但在我们方面虽感到 lucky[幸运]，终增愧悚，深觉抗战中未有贡献，自身先成朋友及社会上的累赘的可耻。

现在你又以成、永兄弟危苦之情上闻介公，丛细之事累及咏霓先生（南按：翁文灏），为拟长文说明工作之优异、侈誉过实，必使动听，深知老兄苦心，但读后惭汗满背矣！

尤其是关于我的地方，一言之誉可使我疚心疾首，夙夜愁痛。日念平白吃了三十多年饭，始终是一张空头支票难得兑现。好容易盼到孩子稍大，可以全力工作几年，偏偏碰上大战，转入井臼柴米的阵地，五年大好光阴又失之交臂。近来更胶着于疾病处残之阶段，体衰智困，学问工作恐已无份，将来终负今日教勉之意，太难为情了。

素来厚惠可以言图报，唯受同情，则感奋之余反而缄默，此情想老兄伉俪皆能体谅，匆匆这几行，自然书不尽意。

思永已知此事否？思成平日谦谦怕见人，得电必苦不知所措。希望咏霓先生会将经过略告之，俾引见访谢时不至于茫然，此问

双安！[8]

此信因是写给傅斯年个人，只有双方明白其意，不为外界所知。许多年后，在台湾“中研院”史语所“傅斯年档案”中被整理者王汎森重新发现时，已没有落款日期，不知写于何时。但据得到这封信影印件的梁思庄女儿吴荔明推测：朱家骅收到傅斯年的求援信后，与翁文灏等人设法做了援救之策，而傅斯年得知确切消息或收到款子后，在转给梁思成的同时，顺便把他给朱家骅信的抄件一并转来，意在说明缘由。而此时恰逢梁思成外出（最大可能是去重庆办理公务），信落到林徽因手中。林看罢自是感激莫名，遂未等梁思成回李庄，便先行修书一封，对傅表示感谢，顺便做些谦虚的解释，并问及其他事宜，如“思永已知此事否？”云云。

至于傅斯年为梁家兄弟讨来多少款子，吴荔明说：“因为当事人都已经谢世，无法妄测，只有耐心等待相关档案开放后才能真相大白。但是，林洙舅妈记得二舅曾告诉过她：收条是傅孟真代写的。……傅斯年为思成、思永兄弟送来的这笔款子，无疑是雪中送炭，二舅妈林徽因和三舅思永，从此生活质量有了改观。”[9]

为了证明傅斯年确实送来了款子，吴荔明还引用梁思成给费正清的信做补证，信中写道：“我们的家境已经大大改善，大概你们都无法相信。每天的生活十分正常，我按时上班从不间断，徽因操持家务也不感到吃力，她说主要是她对事情的看法变了，而且有些小事也让她感觉不错，不像过去动不动就恼火。当然，秘密就在于我们的经济情况改善了。而最让人高兴的是，徽因的体重在过去两个月中增加了

八磅半。”[10]

吴荔明这个推测，有其合理的成分，但也有令人困惑之处，因为从梁思成信中看，并未述及傅斯年送款事，而费慰梅在她的著述中，引用这封信之前是这样说的：“可是，他（南按：指梁思成）已不再像从前那样无忧无虑。他现在成了管理者，一个什么都得管的‘万事通’，奔波在李庄和陪都之间筹集资金，成天忙于开会和联系人等等，而不是从容不迫地专注于他的研究、绘图和田野调查。”[11] 从这段记载分析，似乎费慰梅更倾向于梁家生活的改善，乃梁思成本人奔波的结果。

当然，要彻底推翻吴荔明的推断是困难的，除了林洙的话之外，最能证明梁家得款的证据是林徽因给傅斯年信中的那句话“希望咏霓先生会将经过略告之，俾引见访谢时不至于茫然”。倘若梁家未见成果，何以凭空生出“引见访谢”之意？

过了 60 多年，这个谜团于 21 世纪初有了破译的线索。中国社会科学院近代史研究所得知翁文灏的日记有一部分收藏于台湾“国史馆”，经与翁的家属和台湾方面沟通，特派研究员李学通前往查阅核校，李从翁氏 1942 年的日记中发现了如下两条记载：

> 9 月 16 日，访陈布雷，谈梁思成、思永事。又谈魏道明为驻美大使，美方颇为不满。
>
> 9 月 28 日，接见周象贤、Fitzroy、周茂柏、李允成、黄人杰、张克忠、胡祎同、周国剑（送来蒋赠梁思成、思永贰万元正，余即转李庄傅孟真，托其转交）。[12]

如果没有相抵牾的证据，这两条日记就是梁氏兄弟得款过程和数目的铁证，也是林徽因信中所言“丛细之事累及咏霓先生”的注脚。虽幕后史实确少有史料支撑，但可以此推知其个案操作程序：朱家骅与时任国民政府经济部资源委员会主任的翁文灏（咏霓）商谈，或者翁在接到傅信后独自找蒋介石侍从室一处主任陈布雷，再由陈向蒋呈报，报告中附相关信件与呈文，蒋介石以他自己掌控的特别经费赠梁氏兄弟二万元，以示救济。——这个环节得以破译，此前傅斯年写给朱家骅、翁文灏，以及林徽因写给傅斯年的信便可通解。

但是且慢，此事还有若干内情或隐情需要补充。

其一是林徽因所言“接到要件一束”。按照《现代汉语词典》解释，“束”为

“量词，用于捆在一起的东西：一束鲜花，一束稻草”。依此推之，林徽因得到的信函类东西当不是一封一件，而是几封或几件。那么，除傅斯年写给朱家骅、翁文灏的信之外，还有其他什么“要件”呢？因资料缺乏，外人不得而知，这一“个案”的研究亦难有进展。然而在1996年“傅斯年百龄纪念会”前后，解谜机会终于来了，台湾“中研院”史语所王汎森、吴政上，以及近史所潘光哲教授等，奉命整理“傅斯年档案”和“朱家骅档案”，以备汇集有关资料出书。在检索1987年俞大綵捐赠给“中研院”史语所的傅斯年档案时，发现了几封与梁家兄弟及林徽因有关的信件。这些信件在一定程度上填补了上述“个案”的空白，为研究者此前不得其解的谜题理出了一个更加清晰的脉络。如1942年6月16日，傅斯年致蒋介石呈文：

梁任公长子思成、次子思永在学术上之贡献

梁君思成及梁君思永，在近十余年间，皆为中国文化史搜到无上之瓌宝，为国际知名之学人。其治学之精勘与方法之精密，均可开创彼所治科目之风气，故今日声闻国内，驰誉域外。论其成绩，虽百里之程，行未及半，然中国文化史之资料，已为之增益不少，且在若干事上改旧观矣。兹分述如下：

梁思成及其夫人林徽因对于建筑学之贡献

若干年来，中国学生在欧美学建筑者，类多以营业为目的，摹仿为观点，故近年颇有穷极奢华而无当于用之建筑。若夫古建筑之研究，本为中国文化史之一重要门类者，仅有日本人为之，而日本人遂以“东方式建筑”标榜于西洋人，此亦中国学人之耻也。

中国营造学社在北平创办十余年，其中科学工作，大体由梁思成主持，出版刊物，积数十卷。抗战以来，与其夫人迁来后方，辗转云南、四川，其弟思成［永］亦然。

先是中国建筑，不知古者上溯至于何时，而日本人固刻意保存其唐代建筑也。梁思成与其夫人林徽因偏［遍］游冀、晋、鲁各省，发现若干五代、北宋之建筑，如蓟县之独乐寺，其一也。均剖析其构造，考订其文献，遂知千年之中，中国建筑变化之大端，藉以上溯更古之建筑，可了解者增多矣。此为中国近十余年中中国文化史上一大贡献，驰誉国外，而日本人尤为之羡妒不已，盖前此彼所以得专者，今中国学人乃自为之也。欧美建筑家闻风兴起，渐有采取中国建筑特点之趋势。

抗战以前，政府推行建设计划，其关建筑者，多采纳其意见或聘其主持，如北平天坛之重修，曲阜孔庙之拟修，大同云岗［冈］之修理，国立博物院建筑计划之审查，皆由梁君主持之。其夫人与之同治此学，负有才名，各事均参与之。

营造学社者，一学术团体，其经常费、事业费皆由捐募而来，工作人员之报酬至薄，全赖数人之志趣与精神维持之。思成之夫人林徽因女士，当代之才女也。亦留美学建筑，与思成同志，于营造学社之工作贡献甚多。抗战军兴，募款困难，学社同人虽于生活毫无保障，仍自动随政府内迁，由湖南而昆明而四川，在流离颠沛中，工作不辍。徽因女士与思成，梁孟同心，甘之如饴。但入川以来，气候不适，肺病复发，已卧床一年又半。徽因女士虽工作亦如其他营造学社社员，但并无独立之收入；思成工作能力虽优，但经济状况至劣，自其夫人病后，已欠债累累，几已无法维持其日常生活，卧病之人尤不能缺少医药营养，故思成所需之救济，与思永等。

梁思永对于中国上古史之贡献

民国廿四年，法国汉学家伯希和在美国哈佛大学成立三百周年纪念会讲演，谓正在中国进行之殷墟发掘实近代汉学发展之一最重要阶段，尤推崇梁思永在侯家庄之工作。伯希和氏为现代欧美以及日本共认之现代国际汉学家最大权威，曾亲莅安阳，参观殷墟发掘。至此国际之汉学家与考古学家，莫不识梁氏贡献之重要矣。此贡献大略如下：

中央研究院自民国十七年起，在安阳开始考古发掘。前数年发掘所得，以甲骨文字为最要。其他泰半破碎散乱。自廿一年由梁君主持，扩充发掘区域，其所出器物在质与量上说，均为大观。可与世界上之最大发掘比拟矣。其中铜器一项约数百件，大者如牛鼎、鹿鼎，皆稀有之国宝，小者如车饰、铜面具、玉器等，具有无上之历史价值。而其地域确定，年代无疑，为两宋以来治金石学者所不能梦想。殷商史迹，昔为人认为文献不足证者，今以此发掘为信史矣。不啻为中国史上溯补三百年也。且前此世界上宝重“三代铜器”，以其古，未以其美，今石刻、玉刻、若干精美之铜器，毕陈于前，为前所未闻，亦为艺术史补数百年。此项发掘在史学上又有一绝大贡献，即证明殷商时代人之体质与现代之华北人之体质实为一系，特前者骨骼稍大，后者混合较多耳。从此中国民族久远之渊源，多一段实物证据矣。思永自民国十九年归国，即参加中央研究院之考古工作。抗战以前，多在野外执务。七七事变后，随中央研究院历史语言研究所内迁。积［集］中精力，整理《侯家庄报告》，兀兀穷年，锲而不舍，成稿盈箧。近以积劳，旧病复发，来势极猛，医者断为肺病第三期。而家无积蓄，每月薪资已不足维持日常生活。今得此重病，医药所需，日在二百元上下，虽服务机关及亲朋均竭力协助，但杯水车薪，实难继续。此一典型之学人，其已有之工作，已关古文化甚巨，其将来对于此学之贡献，更不可限量，实需即时之救急。[13]

从公布此文的“编按”可知，上述呈文初稿由李济所拟，经傅斯年删正。李济拟稿首页有附注：“遵命拟件如下，请兄大加删正，否则必不动听也。此致孟真兄。弟济 六、十六。”呈文以傅斯年删正本为主，李济拟稿为附件，一并装入“傅斯年档案”中保存下来。

有了这个呈文，林徽因给傅斯年信中所言“现在你又以成、永兄弟危苦之情上闻介公”之语，已不再悬空，掷地有声地落到了实处。

此一“个案”到此本告一段落，但又不然，王汎森等研究人员在秘库中搜寻“傅档”时，又发现了新的有关梁家兄弟以及林徽因有关的线索，且新线索很可能就是本案不可或缺的重要组成部分。

历史深处的又一件隐秘

就在傅斯年为梁家的生活、治病之事给朱家骅、叶企孙等人写信之后，5月13日，傅氏另有一函致朱家骅与杭立武，函曰：

骝先、立武两兄左右：

骝先兄电，立武兄手示，关于梁思成兄及其夫人者，后先奉悉。盛意如此，弟实钦感。当将尊意转达思成兄嫂，以此事弟事先均未与他们谈过，系弟之自作，他们于看到立武兄信后，自深感友朋惓念之意，而于事之可行与否，曾加以数日之考虑，盖以徽因嫂实在病中也。思成去年为本所兼任研究员，即以其兼任研究员月薪，月百元者，算入营造学社，其为人如此，此则使弟数年中坐领参政员公费者有愧色矣。经弟反复申说下列两种理由，思成夫人始决照来示办法。弟之理由，亦当奉陈于两兄也。如下：

一、贵会办理科学研究补助之初，本是一迫切之需要，后来局势变动，遂成兼职，弟为此曾主张竭力整顿者。今日则又有一种新需要，盖五十年中，中国文化曾造就若干可以负荷文物之人（工程师、医师等自不在内）。此一数目，今日即不严格说之，亦不逾一二百人，此皆五十年中社会重视学问之所成就也。今后青年如何滋长，诚未可料。然如此日之一辈，纯为学问而生活，不歆利禄，自守严密，重视理性者，必不然矣。故贵会之补助，如能于此道有所贡献，纵于原办法有所变更，转为得要，但看人选之如何耳。即如两兄为寅恪兄事之尽力，弟不特感如身受，亦且觉此举之能得要领，盖寅恪之文史学问，今日国内无第二人能比其质实邃密也。寅恪之重要性，清华大学当局似不知之，而两兄知之，而又行之，故可佩也。弟详言此意，不专为徽因嫂一人事而废，似可为贵会方针之一也。

二、事实上徽因嫂旧有《中国之建筑》一稿，将过半矣。彼在病中初未间断各事，如写文艺作品之类，如尽舍他事，专成此稿，事既可行，转于病为益。今日徽因嫂来一信，云：

"今为实际生活所需，如不得已而接受此项实利，则最要紧之条件，是必需让我担负工作，不能由思成代劳顶替。

"与思成细商之后决定，用我自己工作到一半的旧稿，用我驾轻就熟之题材，用半年可完之体裁，限制每日工作之时间，作图解及翻检笨重书籍时，由思成帮忙，则接受，不然，仍以卖物为较好之出路，少一良心问题。"

事实如此，则弟以徽因嫂受此补助一事，与立武兄近开名单中各人比一下，觉此事当在前列（此单事另详）。故弟亦不以为"经纪人"，而觉良心上有所不安也。研究计划及济之兄（彼欣然乐意）及弟之推荐书，另函奉上。兹解释其经过如此。其中第一项若是"大道理"在，绝非河汉之谈，咏霓兄询弟，若中基会有余款更作何事，弟即说了这一番大道理，惟兄等解之耳。专此，敬颂

道安

弟 傅斯年 谨上

五月十三日[14]

这封信函透露的信息，为上述 1941 年 8 月 25 日傅斯年给董作宾、梁思永信中所想"大、小二种办法"找到了注脚。

"小办法为，将思成改聘为本所兼任研究员，月支薪百元或百数十元，声明不在他处支生活辅助费，即可在本院支生活补助费矣。顷与毅侯谈得如此。"——这是傅斯年的设想。从这封信函看，梁思成一家的生活补助最终是采取这一"小办法"实现的。但出乎傅斯年或更多人意料的是，梁思成支得这百十元补助，并没有心安理得地坐在热炕头与老婆孩子一家人独享，而是"算入营造学社"收入，为大家共享。如此做法，令闻者惭汗交织，傅斯年更为自己数年中坐领政府参政员公费而生愧色。

当然这不是主要内容，其重要者乃是以杭立武为主导的中华教育文化基金董事会，欲拨出一笔款子给战时流亡学者以"科学研究补助"，傅斯年闻讯即坚持推荐病中的林徽因为候选人，以使林氏将完成将过半的旧稿《中国之建筑》继续下去。为此，傅斯年专门找梁思成夫妇商量，在得到林徽因"必需让我担负工作，不能由思成代劳顶替"等附条件的同意后，才决定正式向董事会报名候选。按中基会的要求，报名者需要填写表格并由著名学者为推荐人，于是，与梁家两代甚至三代友善的李济欣然出面为之。便有了如下的推荐书：

骝先、立武两先生左右：

中国建筑在世界美术上所占地位之重要，中外学者多所论定，而十年中营造学社之成绩，亦为人所共知，皆不待悉言。梁思成先生之夫人林徽因女士，虽非营造学社之有给职员，实于营造学社之贡献甚多。思成兄多次旅行之发见，皆林女士之共同工作，其人富于才力，用心深邃，故于营造学社之研究工作助力甚多也。去年林女士曾一度旧病发作，入秋冬后大为好转。弟等深觉在彼时既不能与思成兄一同出外调查，似以在家整理其已成将半之《中国之建筑》一书为宜。此书正为此时需要殷切之书，而林女士之力量，及在营造学社之环境，复可以成之。彼虽此时病未全愈，然若屏除他事（如写文艺作品等）专心为之，可早观厥成。兹敢提请两先生考虑，可将补入"科学研究协助人员"类中。附上计划一件，其办法分陈如下：

一、所在机关：营造学社。

二、指导人：刘士能先生。

三、每月待遇：准以林女士以往之资历成绩，在国内实为美术史与建筑学中之地位，拟请给以最高之待遇，即立武先生近示一般办法中三百八十元之数。

四、因弟等久劝其屏除其他工作，完成旧稿。彼自上月已开始，似可由四月份或五月份起支给。

如荷同意，无任欣佩，诸希考虑，至感。专此，敬颂

道安

弟○○○、○○○谨启

五月十三日[15]

推荐书内容与傅斯年致朱杭二人函件基本相同，只是在具体问题上更加细化，以合推荐书之形式。书中所说的刘士能即著名建筑学家刘敦桢，此时正在李庄担任营造学社专职研究员兼文献部主任。后世所称的“南刘北梁”之“刘”，即1943年离开营造学社出任国立中央大学工学院建筑系系主任、教授，1945年任工学院院长的刘敦桢；“梁”指抗战复员后出任国立清华大学营建系主任、教授的梁思成。当然这是后话，暂且不表。

此处要说的是，这两件书函之抄件，或在林徽因收到的“要件一束”之内，亦可能不在。因为争取补助候选人名额一事以及争取的理由，林徽因事前知道并与傅斯年有信函往来，因而即便收入相关这一“个案”的“要件”，亦不至“大吃一惊”“半天作奇异感”。倒是梁思成给费正清信中所言或与此案有关。如上述梁思成说“我们的家境已经大大改善，大概你们都无法相信。每天的生活十分正常，我按时上班从不间断……当然，秘密就在于我们的经济情况改善了。而最让人高兴的是，徽因的体重在过去两个月中增加了八磅半。”蒋介石给的二万元或只做治病买药之用，而中基会补助的一笔“巨款”，对于穷愁病困的梁思成一家，该是多大的帮助。骨瘦如柴的林徽因精神振奋，且身体很快增加“八磅半”，也就不足为奇了。

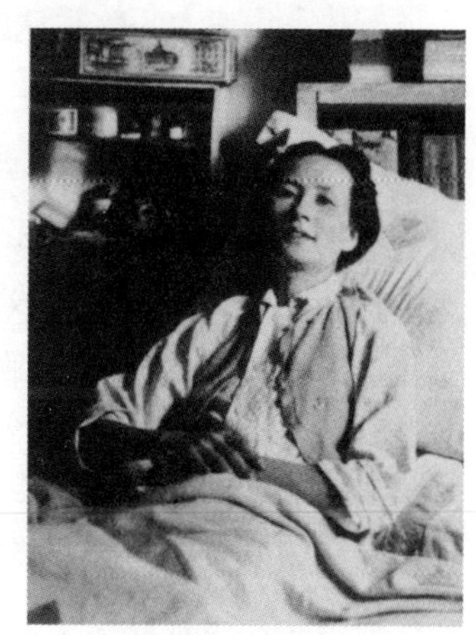

◎在李庄生病时的林徽因躺在一张老式帆布行军床上，有些学术研究和书信写作即在这张床上完成

有一点必须提及，从傅斯年上书到蒋介石赠款的五个月内，梁家兄弟的生活状况很差，特别是梁思永的病情一直在恶化，须随时用药物控制，这该如何应对呢？当时，驻李庄的学术机构与学者群体，除史语所有个医务室和一位被同人称为“白开水”的专职医务人员（南按：据石璋如说，每当同事到医务室看病，这位老哥就说多喝白开水，于是大家便送了他一个“白开水”的绰号），要从外部购点药物困难重重，傅斯年只好上下求援，甚至以割腕断臂的方式打起了内部主意。

1942年5月5日，傅斯年致函上海医学院院长朱恒

璧，内称："托购药品，所差各款务乞早日示知，以便即奉。……敝所医务室近又向战时医疗药品经理委员会购药一批，以敝所未存有此会调查表，设若先索此表，然后填寄，势必衍期，故仅函送一订单函。……故顷又函托金楚珍兄设法转嘱此会，仍予照请。"[16]

楚珍即金宝善的字，时任行政院卫生署署长，主管全国医药与卫生防疫事务，傅斯年对其多有求援，而金氏也对中研院各所帮助甚力，因而傅氏在致朱恒璧信中表示"年来屡承楚珍兄帮忙，至为感谢"，感谢之后再次致信求援。信中说：

> 上月廿日接奉手书，敬悉敝所所需之Atebrin[阿的平，一种抗疟药]及Plasmoquine[扑疟喹]两药，再承我兄惠予转嘱发售，无任感谢。年来屡以此类琐事奉渎清神，而均承鼎力玉成，幸何如之。在医药困难之今日，敝所医务室得以仍旧维持者，我兄之力实多，弟及所中同人均不胜其感祷也。兹有两事奉恳，敬陈如下：
>
> ……目下敝所及同在李庄之数机关同人中有以下三种通行病症，一为神经衰弱；二为肺病；三为胃病，而尤以患肺结核者为多。社会科学研究所陶所长孟和之夫人沈性仁女士，中国营造学社代社长梁思成之夫人林徽音女士，及敝所专任研究员梁思永先生等，皆海内知名之士，现均患T. B.甚剧。目下鱼肝油精，市上均已无法购到，故患此病者，苦于无法救治。前闻蒋廷黻兄言及政府曾由美国获得鱼肝油一批，未知此物能否由贵署代为设法酌让敝所若干，以拯救上述诸人，敬祈考虑见示，弟公私感甚矣。[17]

傅斯年向各路神仙、大佬请求的药物是否弄到或弄到多少，不得而知，但他对梁氏兄弟以及林徽因、沈性仁等弱者的热心帮助，令史语所及周围识者感到有些不太自然。特别是史语所医务室药物分配不均衡，难免引起同人的不满与议论。1942年7月3日，傅斯年在致朱家骅信中说："蔡夫人处承接济，至感至感。此等事（蔡夫人、寅恪事），在今日只有吾兄热心耳。弟心有余而力不足，尤佩兄之热诚毅力也。斗筲之量，未足言此，何足置意。即如思永养病事，敝所亦议论纷纭，弟亦置之不理。姑欠债，俟弟到渝再募集也。"[18]

函中所说的蔡夫人即蔡元培夫人，此时仍流落日占香港，国民政府高层并未有所顾及，多亏朱家骅念及与老院长的深情旧谊，通过地下人物为老夫人暗中送钱送物维持生活。而同时被困港岛的陈寅恪一家，恰于傅斯年给金署长写信的这一天，即5月5日，携家带口突出重围，登船离开坟墓一样的孤岛，取道广州湾向桂林进发。关于梁思永治病事，至此已显现史语所同人不满的端倪，但崇尚“做事须先骑上虎背，然后方有办法”的傅斯年决定硬撑下去，以待转机。然而转机到来总是那样迟缓，令人望眼欲穿，心焦性燥，肝火难平。这年8月6日，傅斯年致信中央研究院总干事叶企孙，抱怨说：“又云弟平日办此所事，于人情之可以通融者无不竭力，如梁思永兄此次生病，弄得医务室完全破产……为思永病费，已受同人责言。”又，8月14日致陈寅恪信说：“本所诸君子皆自命为大贤，一有例外，即为常例矣。如思永大病一事，医费甚多，弟初亦料不到，舆论之不谓弟然也。”[19]

由此可见，为了挽救梁思永的生命，傅斯年以他特有的霸气加梁山好汉的哥们义气，把医务室本来并不厚实的家底，几乎全部倾注于梁思永身上，以致史语所同人不满，各种舆论滋生，而傅氏本人也感到进退不得，颇为恼火。

事实上，在如此艰苦困厄、生死茫茫的紧急关头，因一个人的病情把整个史语所同人、家眷所依靠的医务室弄得破产解体，使得全所人员惶恐是可想而知的。舆论对傅氏的做法不以为然，甚至有所非议也是一种必然——若不如此，倒是不可思议。看来，即便在别人眼里手眼通天、霸气冲天、牛气冲天的“三天”之通才如傅斯年者，面对梁家兄弟这种特殊的情形也是力不从心，左右为难。所幸的是，史语所同人既“自命大贤”，总还是有点大贤的风度与肚量，面对医务室几欲倒闭破产的窘境，也只是背后议论几句而已，并未采取不予合作甚至设置障碍的态度和做法，这样梁思永的病才得到继续救治。此点，从1942年11月26日傅斯年致朱家骅、叶企孙信中可以见出，信曰：

> 骝先先生院长、企孙吾兄赐鉴：
>
> 关于梁思永兄之医药费，本年六月间曾由院长电示，由本所医务室收入中补助六千元。其后思永虽受有院外机关之补助，然仍感不敷甚巨。思永本清寒，而其病因大半种于赶写考古报告，故经本所第七次所务会议议决，拟由本所医务室收入中再补助思永医药费四千元，连前六千元共计一万元。兹将会议记录附奉，敬请惠予考量见示，是所感祷。专此，敬颂
>
> 时祺
>
> 弟 傅斯年敬上
>
> 十一月廿六日
>
> 此事前已与企孙兄谈过，此法亦企孙兄所示，兹特补上此一手续耳。[20]

至此，在傅斯年连续不断的努力、奔波、求援下，梁思永的病情在数笔大小款子的救济中得到缓解，史语所同人与梁家等同事好友最为艰难困苦的 1942 年即将过去，上下奔忙、左右安抚的傅斯年，总算可以抬头挺胸抹几把额头上的汗水长嘘一口气了。然而，一波刚平一波又起，李济的爱女因病得不到及时医治不幸死去，李济全家陷入巨大的悲痛之中，李庄的学者们心头亦随之蒙上了一层阴影。

悲情李济

抗战爆发后，李济带着一家老小五口（老父，妻子，女儿凤徵、鹤徵，儿子光谟），从南京到重庆、长沙，再至桂林、越南、昆明，辗转数千里，备尝艰辛，总算有了一个喘息的机会。万没想到，1940 年夏，就在史语所议迁李庄时，年仅 14 岁的二女儿鹤徵突患急性胰腺炎，因得不到药物及时治疗而死去。一枝含苞待放的鲜花，无声无息地凋落在红土结成的高原之上，在西南边陲那温暖的阳光照耀下，永久地与青山茂林做伴了。

心中滴血的李济夫妇在巨大悲恸中，来到爱女的坟茔前做最后辞别，含泪打点行装，带领全家匆忙迁往李庄。心中的哀伤尚未淡去，1942 年 1 月，在李庄宜宾中学读书即将毕业的 17 岁大女儿凤徵又不幸身染伤寒，一病不起。因李庄缺医少药，史语所医务室与同济大学附属医院均无相应药物，终于不治，于 1 月 5 日追随早逝的妹妹鹤徵而去。爱女临走的那天中午，握着父亲李济的手，有气无力地说："爸爸，我要活下去，我要考同济大学，在李庄读书，永远不离开您……"但是，纵然有伟大的学者李济博士，置身于此种环境亦回天乏术，只能眼睁睁地看着女儿美丽的双眸悄然滑下两滴泪珠，带着无尽的遗憾走了。据李光谟说，姐姐凤徵去世的时候，自己刚放学要回家吃饭，在胡同口遇到同济大学医学院一位教授兼医生背着医药箱，这位与李光谟相熟的教授一见面，满面悲戚，伸手摸了一下李的头，神情凝重地说："孩子，快回家，你姐姐不在了。"李光谟听毕，热泪"唰"地冲出眼眶，拔腿向家中跑去，到屋里时，姐姐早已停止了呼吸……

在不到两年时间里，李济两个爱女一"凤"一"鹤"皆撒手人寰，撇下风烛残年的祖父、悲痛欲绝的双亲以及年少的弟弟，在这个战火纷飞的世界继续奋争。面对接

◎ 1937 年 12 月，李济一家摄于桂林（李光谟提供）

踵而至的灾难和惨淡的人生，李夫人自不待言，即如饱经患难的李济，心灵也遭到重创，精神支柱在一夜接一夜痛苦的失眠与哀叹中开始倾斜，过度的悲伤使他感到自己已经支持不住，就要坍塌崩毁了。而李济的老父李权（郢客），眼见两个从小围在自己身边叽叽喳喳、小鸟一样惹人爱怜的孙女不幸夭亡，更是悲情难抑，身体彻底垮了下来，不久即中风瘫痪在床。老爷子自感将不久于人世，遂立下遗嘱，让家人在自己墓碑上镌刻“词人郢客李权之墓”，以示对自身和这个世界的交代。五年之后，当身衰体残、骨瘦如柴的郢客老人去世时，李济按照父亲的遗嘱一字未改地书写了碑文。短短几字的碑文，可谓是李老太爷对人生追求的写照。早在李济于清华读书时期，郢客老人就以自己的文化良知和对政治的敏感谆谆告诫儿子：“以后踏入社会，不要参与政治，不要做官，如果风云际会，非要做官不可，那就退而求其次，宁做一个七品小京官，而不去当县太爷，因为县衙门是最伤天害理的地方。”[21]

这样的人生洞见和教诲，对成长中的儿子影响至深。无论是出洋之前还是成为“海龟”之后，在李济的心目中，搞政治是世界上最黑暗、最肮脏、最下流的行当，不管做什么官，都潜伏着与政治同流合污的危险，稍有不慎，即踏入泥坑而不能自拔，甚而万劫不复。

在凄凉悲苦的心境和身心危殆的“自觉”下，失去爱女的李济于 1942 年 1 月 25 日派人上山送给傅斯年一函，谈及自己的痛苦以及日后生活、医疗条件、药品购置等关乎人之生死问题，表达了自己的担忧与焦虑。同时提出辞去史语所考古组主任、博物院筹备处主任之职，尽管这两个职务算不得什么官，或者只算学术界的“芝麻官”，不比县太爷的官有如许黑暗、肮脏、下流，属于坦坦荡荡的清水衙门，但李济也不想做了。他对做官已了无兴趣，对繁忙的琐碎事务十分厌倦，他要卸掉一切与“官”相关的职务与责任，安静地沉下来做几年学问，以不负自己读书所费的几十年光阴。

傅斯年接信，在回函中满怀同情地谈了自己的想法，劝李济“在此悲痛中，最好少想，想之愈多，精神愈苦，极盼垂纳弟劝”。在谈到医疗条件时，傅斯年认为如果史语所医务室最近一次药买不到，几个月后必停张关门。正如李济所言，住在李庄镇内的博物院筹备处及梁思永等学者，一旦有病，上板栗坳史语所医务室诊病、拿药都极不方便，尤其是老弱病残如李济的老太爷郢客等更是难上加难。此一问题不解决，恐还会有学者或家属遭到类似凤徽身患急症而转瞬即逝的悲摧命运。

对此，傅斯年认为可采取下列方法予以缓解。具体设想为："以后，兄家与二梁一郭家关于门珍[诊]事，直接写信给弟，说明病之缓急，弟料理萧大夫下山。弟亦甚愿知同人健康情形也。如甚急或天雨，最好能派一滑竿来（如找不到，此地再想法），'滑竿问题''每次没竿接'，决无此说。惟萧有较重之心脏病，而雨天山坡路实不可行（弟有经验）。所中之滑竿，弟发觉上午一用即大家无豆腐吃，故近来上午不用矣。此皆实情，故如每次皆不需滑竿，弟亦恐误事也。好在此事，兄随时珍[斟]酌情形，弟于奉到兄书时，亦随时斟酌情形为之，当不致误。弟不在时，彦堂兄办理此事，如此办去，兄可无虑矣。至于重病告家属一事，此自是医生所当为，已谆谆告萧，凡遇有重病，切实向家属说之矣。"[22]

傅斯年的承诺起到了一定的安慰作用，但连续丧失爱女的悲痛实在巨大，一时难以消解，悲感满怀的李济态度极为坚决地表示辞职，以摆脱烦扰的行政事务，调整心态，做点案头研究，借以缓解日甚一日的精神苦痛。为此，傅李二人在板栗坳进行了一次秉烛长谈。面对李济的处境和精神状态，傅斯年深感这根巨大的支柱一旦坍塌，对于史语所和中央博物院筹备处意味着什么。在紧要关头，他要尽可能地使对方从颓丧萎靡中振作起来，开拓出一片新天地……

1942年3月27日，李济在李庄镇张家祠内的中央博物院筹备处办公室，以忧伤的笔调给傅斯年修书一封，派人送到5公里地之外的板栗坳，信中说：

> ……前日所谈，感弟至深。弟亦自知最近生活有大加调整之必要，但恐西北之行（未尝不愿）未必即能生效，或将更生其它枝节。数月以来，失眠已成一习惯，中夜辗转，窃念研究所自成立以来，所成就之人才多矣，而弟愧不在其列，有负知己，诚自不安，然此亦非弟一人之咎。弟自觉今日最迫切之需要，为解脱，而非光辉。衷心所祈求者为数年安静之时间。若再不能得，或将成为一永久之废物矣。[23]

从信中可以看出，那天晚上的交谈，傅斯年除了给予同情、理解和好言相慰，还为李济想出了一些解脱之法，如到西北地区进行田野考古调查等，以缓解对方的精神压力与伤感。但一直处于苦痛和悲伤之中的李济，虽被傅氏的真诚与热情感动，仍无法立即释解内心的痛苦并回心转意。

三天之后，傅斯年回信，以诚挚坦率之语继续劝慰道：

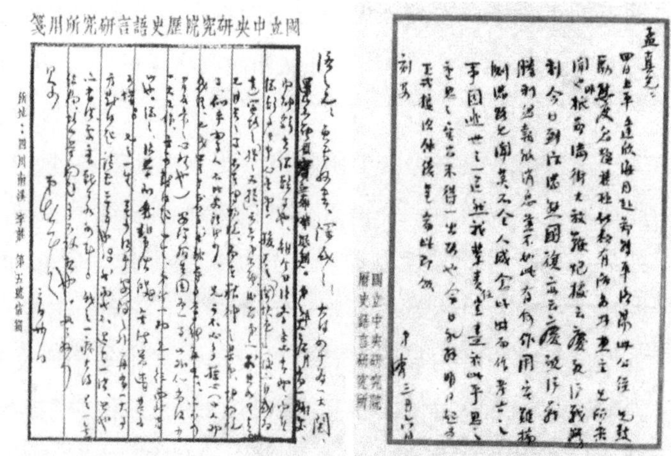
國立中央研究院歷史語言研究所用箋

國立中央研究院歷史語言研究所

◎在李庄期间傅斯年与李济之间来往信函

> 惠书敬悉，深感！深感！大约四十为一大关，过此不能不宝爱时光矣，弟之大症，有一好处，即能辞去总干事也。虽今日治学未必有望，而在总干事任中必无望。援庵之“开快车”（彼亦同感而言），寅恪之“损之又损”，前者弟不能，后者弟亦求其如是矣。兄目前之事，不在博物院，而在精神之集中。博物院事，似乎办事人不比史语所少，兄可不必多操心（此人劝我语，兄或鉴于裘事，然彼等事不能再有？亦不可有反常之心理也）。安阳报告固为一事，此外似尚须有一大工作，方可对得起此生。弟所以劝兄一往西北者此也。总之，治学到我辈阶段，无所著述，甚为可惜。兄之一生，至少须于安阳之外再有一大事，方对得起读书三十年也。然西北不过是一法；其它亦有法，要看战事如何耳。我之一病大约是一无结局，故此等问题多不敢想也。[24]

傅斯年推心置腹的一席话，使得李济不好意思再僵持下去，只好带着一颗悲伤抑郁、孤独的滴血之心，艰难地支撑下去。他心中也许清楚，自己之所以请辞，实在是内心太痛苦悲观所致。而此时此地，无论从哪方面考虑，都不容许自己轻易对呕心沥血经营的事业撒手不管。何况此时以史语所为主体组织的西北科学考察团正在紧张筹划中，中央博物院对岷江流域彭山一带的田野发掘刚刚取得大捷，并酝酿对牧马山墓葬进行大规模发掘。身兼史语所三组主任、中央博物院筹备处主任的李济，想在此时来个剃头匠撂挑子是不可能的。

早在1941年春季，经李济倡议，经朱家骅、傅斯年及教育部部长陈立夫等要员同意，拟组织一个西北科学考察团和川康古迹考察团，对西北敦煌一带和四川、西康两省的古迹做一次大规模调查与发掘。西北科学考察团由中研院史语所、中博筹备处、中国地理所三家合作，并从西南联大文学院抽调以研究中西交通史闻名的原北大历史系教授向达（觉明）出任团长。由于事涉多家机构，此事一直在联系和协调中。

川康古迹考察团由中研院史语所、中博筹备处、中国营造学社等三家机构联合组成，主要成员有：中博筹备处的专任副研究员、技正以及更低级一点的事务员，如吴金鼎、曾昭燏、夏鼐、王介忱、赵青芳（后参加）；史语所考古组的高去寻；营造学社的陈明达等。吴金鼎任团长，主持全面工作。此次调查的目的是“求中国古代文化在川省内显示之特点以及川省文化与中原文化之关系”。为做出业绩，扩大中研院的影响，傅斯年和李济雄心勃勃地拟定了调查发掘计划。根据计划精神，吴金鼎率团于 1941 年 2 月赴叙府一带调查，在较短的时间内，就发现了南溪葬地、九家村崖墓、双江头、旧州城等遗址。同年 3 月至 4 月，考察团由叙府沿岷江而上，至成都及周边地区，在新津发现堡子山葬地、旧县城故址。继而在彭山发现蔡家山葬地、双江葬地，在温江发现古城埂遗址，在成都发现青羊宫葬地，在郫县发现马镇古城等颇有考古价值的遗址。1941 年 5 月，吴金鼎再度率中央研究院考察团自李庄乘船溯江而上，沿湍急的岷江直奔彭山而去——抗战期间最著名的彭山汉代崖墓大规模调查发掘的序幕由此拉开。

考察团一行抵达彭山地区后，发现此处山岭相连，经调查走访，了解到彭山县境为四川汉代崖墓分布最为广泛、密集的地区。考察团成员将地理方位与崖墓的分布情况做了大致分析，决定以彭山县城东北约 5 公里，位于武阳江、府河与岷江交汇处的江口镇一带群山定为考察重点，并把镇东南一座名叫寂照庵的寺庙作为工作站以安营扎寨。此后，考察团以江口附近山中崖墓为起点，开始一路向西连排式发掘。尽管考察团人数不多，却是一支意气风发、才华横溢的精锐之师，尤其刚从英国伦敦大学研究院毕业不久的吴金鼎、曾昭燏、夏鼐等三人，作为中央博物院乃至整个中国考古与

◎ 1941 年发掘四川彭山崖墓主要人员合影。左起：吴金鼎，王介忱，高去寻，冯汉骥，曾昭燏，李济，夏鼐，陈明达（南京博物院提供）

博物馆界明亮的新星，以强劲的势头、刚健的锋芒，以及从大洋彼岸带来的先进思想与科技之光，为此次发掘树立了新的标杆，做出了示范性突出贡献。

自 1941 年 5 月始，川康古迹考察团在彭山江口镇方圆百里的崎岖山区展开调查，至 1942 年 12 月，共探明崖墓墓址 900 余座。6 月 14 日，考察团开始对江口附近崖墓进行大规模发掘。后以江口为坐标，一直向西延伸，发掘地点计有寂照庵、石龙沟、丁家坡、豆芽坊沟、李家沟、砦子山等处，共发掘汉代崖墓 77 座，砖墓 2 座，所有发掘墓葬均有详细的勘测记录并绘制了精确的实测图。

考察团成员中，刚刚 30 多岁的曾昭燏——晚清历史上赫赫有名的曾国藩的四弟曾国潢的曾孙女，此时已超越了中国传统金石学的范畴，完全按近代田野考古的科学方法进行操作，不但掌握了当时英国乃至世界水平的先进考古方法，还使田野考古学上的地层学和类型学方法得到进一步发展。由曾氏与吴氏等新一代考古学家的操作规程，可清楚地看到中国考古学在输入了西方科学理念之后，所发生的承前启后的重大转变。这个转变，可从“秘戏图”的发现和 1941 年 11 月 26 日吴金鼎于砦子山写给李济的一封信中看得分明：

> 前函谅达左右。作民（铭）兄于昨日去成都，明达兄回寂照庵帮豆芽房（发掘）队赶办结束，鼎一人留砦子山。今日新开本区第十五墓，忽然奇运来临。墓门面刻一凤（残），楣上刻双羊相向，中刻“春宫”——一对男女并坐拥抱接吻，男之右手搭过女肩持乳部，女左手抚男肩，余两手相携。……
>
> 前函陈述，鼎及作民皆不主张凿取石刻，惟此处春宫或将视为例外。自今午出现以后，好奇来观者大有其人。因践损洞下麦苗以致地主厌烦，青年男女以此画为调笑资料。由此二事可以推测，将来此处石刻不毁于地主之手，即遭道学先生敲碎。似不妨站在卫护彭山风化的立场上，将其移运嘉定存藏中博院仓库，地方人士当能谅解，甚或钦佩吾人之卫道精神，而同时亦不违反保护古物之旨。其唯一困难即石质不佳，石匠能否凿下而不致碎，极有问题。[25]

吴金鼎发现的“秘戏图”门楣高浮雕，在艺术史上的地位不言而喻。更重要的是，它展示了汉代风俗中以往不为人知的一个侧面，向后人“提供了与历来正统观念相悖的题材，这就需要今人对汉代的意识形态观念重新加以估计”[26]。尤其是将“秘戏图”置于墓口门楣处，不避讳甚至特意展示人体和性爱，这在中国性史和陵墓史上极为罕见，其保存、研究价值无疑都是巨大的。从吴金鼎给李济的信中可看出，吴

◎川康古迹调查团在彭山汉墓发掘中发掘出土的“秘戏图”浮雕及线描图（分别由南京博物院、李光谟提供）

主张把“秘戏图”作为标本坚决地、毫不犹豫地切凿下来移入博物馆做永久性保存。而一同前来发掘的陈明达则从建筑学上的完美性考虑，力主保持原貌，坚决反对切凿，于是二人在现场展开了争论。吴金鼎在征求夏鼐等人意见后，以少数服从多数的原则，硬是从当地请来极富经验的石工将“秘戏图”浮雕凿了下来。此图先是藏于中博筹备处仓库，后藏于北京故宫博物院。那座曾雕刻“秘戏图”的崖墓，则于后来的“文化大革命”中，被“已觉醒了的革命群众以满腔的热情全部捣毁砸烂”，成为一堆荒草飘荡、蛇鼠出没的废墟。而此时吴金鼎已经去世多年，尚活在人间的陈明达闻知此情，不禁为之唏嘘，为吴氏当初的“固执己见”感到庆幸。

除“秘戏图”之外，考察团还发现了佛教造像与飞羊乘人插座（南按：又称摇钱树插座，现藏于南京博物院），首次以田野发掘实物证实佛教至少在东汉时期就传播到了中国。而崖墓建筑格局及墓内大量的随葬品，第一次以实物形式模拟再现了东汉四川地区的现实生活场景，表现出与中原地区的地域性差异。特别是大量仿木结构的石质建筑构件的发现，如编号为 460 号墓墓门斗拱、530 号墓墓内石柱，皆向古建筑研究者提供了接近原大的汉代建筑构件资料以及堪与同时期希腊建筑柱式相比肩的中国建筑标志实物。吴金鼎等考察人员从技术源流等各方面分析，所得结论与当年法国人色伽兰完全相反——四川汉代崖墓确系本土文化的产物，与所谓的古波斯崖墓没有任何内在联系。这一结论，再次对甚嚣尘上的“中国文化西来说”给予了颠覆性回击。[27]

1942 年 3 月 7 日，彭山崖墓发掘工作结束，收获颇丰。作为发掘团团长的吴金鼎仍感意犹未尽，又率领人员移师牧马山展开调查与发掘。与彭山崖墓不同的是，牧马山属于土坑墓或砖室墓类型。这类墓葬比崖墓要大得多，除拥有不同于崖墓的特色，墓坑多未被扰动，内藏器物极其丰富，具有极大的田野考古价值和收藏价值。在李庄坐镇遥控指挥的李济，自然乐意设法筹集经费，使牧马山的发掘不致中断。吴金鼎等人得此支持与鼓励，不负所望，甩开膀子大干起来，很快发掘了大型墓葬7座，其中砖室墓2座，土坑墓5座，收获了大量的上等文物。

1942年12月9日，严寒的冬天已经到来，岷江水位急速消退，吴金鼎等鉴于运输所必需的水位尺度，不得不停工撤退。在吴金鼎的组织指挥下，发掘团成员把出土的各类随葬品、采集的石质建筑实物标本等物，总量在20吨以上，分装三条大船从江口镇启程，顺岷江浩浩荡荡驶往李庄镇码头。——抗战期间最大规模的一次田野考古发掘，以丰富的斩获宣告结束。自此，考察团成员进入了室内整理和计划再度远赴成都琴台发掘的新历程。

就在这时，一个蓝眼睛、大鼻子学者的到来，又打破了李庄小镇暂时的平静。

注释：

[1] 俞大綵《孟真与我》，载《傅斯年》，岳玉玺等著，山东人民出版社1991年出版。

[2]《石璋如先生访问记录》，访问：陈存恭、陈仲玉、任育德；记录：任育德，台湾“中央研究院”近代史研究所2002年出版。

[3][4] 2003年9月25日，作者在李庄采访罗萼芬记录。

[5][18]《傅斯年致朱家骅》，载《傅斯年遗札》第三卷，王汎森、潘光哲、吴政上主编，台湾“中央研究院”历史语言研究所2011年出版。信尾的“咏霓”为翁文灏。

[6]《傅斯年致朱家骅、叶企孙、王敬礼》，载《傅斯年遗札》第三卷，王汎森、潘光哲、吴政上主编，台湾“中央研究院”历史语言研究所2011年出版。骝先，即朱家骅。企孙，即叶企孙。叶当时已接替傅斯年任中央研究院总干事。毅侯，指王毅侯，字敬礼，时为中央研究院总务主任。

[7]《傅斯年致董作宾、梁思永》，载《傅斯年遗札》第二卷，王汎森、潘光哲、吴政上主编，台湾“中央研究院”历史语言研究所2011年出版。

[8][9][10]《梁启超和他的儿女们》，吴荔明著，上海人民出版社1999年出版。

[11]《中国建筑之魂——一个外国学者眼中的梁思成林徽因夫妇》，[美]费慰梅著，成寒译，上海文艺出版社2003年出版。

[12]《翁文灏日记》，翁文灏著，李学通、刘萍、翁心钧整理，中华书局2010年出版。

[13]《傅斯年致蒋介石》，载《傅斯年遗札》第三卷，王汎森、潘光哲、吴政上主编，台湾“中央研究院”历史语言研究所2011年出版。

[14]《傅斯年致朱家骅、杭立武》，载《傅斯年遗札》第三卷，王汎森、潘光哲、吴政

上主编，台湾“中央研究院”历史语言研究所 2011 年出版。

[15]《傅斯年、李济致朱家骅、杭立武》，载《傅斯年遗札》第三卷，王汎森、潘光哲、吴政上主编，台湾“中央研究院”历史语言研究所 2011 年出版。

[16]《傅斯年致朱恒璧》，载《傅斯年遗札》第三卷，王汎森、潘光哲、吴政上主编，台湾“中央研究院”历史语言研究所 2011 年出版。

[17]《傅斯年致金宝善》，载《傅斯年遗札》第三卷，王汎森、潘光哲、吴政上主编，台湾“中央研究院”历史语言研究所 2011 年出版。

[19][23] 台湾“中央研究院”历史语言研究所傅斯年图书馆藏“傅斯年档案”。

[20]《傅斯年致朱家骅、叶企孙》，载《傅斯年遗札》第三卷，王汎森、潘光哲、吴政上主编，台湾“中央研究院”历史语言研究所 2011 年出版。

[21] 李光谟口述。

[22]《傅斯年致李济》，载《傅斯年遗札》第三卷，王汎森、潘光哲、吴政上主编，台湾“中央研究院”历史语言研究所 2011 年出版。

[24] 台湾“中央研究院”历史语言研究所傅斯年图书馆藏“傅斯年档案”。信中所言“兄或鉴于裘事”之“裘”，为裘善元。抗战前，裘任国立中央研究院历史博物馆筹备处管理主任，抗战军兴，任国立中央博物院筹备处北平历史博物馆主任。裘任职期间与学界中人发生了什么记忆长久的事，或与李济之间发生过何种纠纷，史料缺失，至今未明。唯有裘与傅斯年、李济三人乘滑竿的逸闻趣事流传了下来，广为人知。这个故事的概要是：傅斯年、李济、裘善元等三人在重庆参加一个宴会，快结束时，主人特别为他们三个人雇好了滑竿，共有六个抬滑竿的矮小精瘦民夫守在门前。宴毕，第一个走出来的是裘善元，滑竿夫见他是一个胖子，都不愿意抬，互相推让，总算被二夫不情愿地抬起。接着李济走了出来，剩下的四夫一看比刚才出来的还胖一些，彼此又是一番推让。等到傅斯年如小山包一样晃荡着走出来的时候，最后两个滑竿夫大惊，抓起滑竿转头就跑，弄得请客的主人甚是尴尬。

[25]《致李济》，载《李济与友人通信选辑》，李光谟辑，载《中国文化》，第十五期，1997 年 12 月北京出版。

[26]《四川彭山汉代崖墓发掘报告 · 结束语》，南京博物院编，文物出版社 1991 年出版。

[27] 据四川华西大学教授郑德坤在《四川古代文化史》一书中记述：1908 年，英国传教士陶然士沿四川岷江流域做汉墓调查，曾到过彭山，后写成《四川之墓葬》一文，发表于上海《亚洲学会会志》第四十一卷。1914 年，法国考古学家色伽兰（V. Segalen，1878—1919 年）组织了一支考古队，在转遍了大半个中国后，又沿嘉陵江和岷江进行崖墓调查。这支考古队一度抵达岷江流域的江口，并在彭子浩一带发掘了大量崖墓。色伽兰本人有《中国西部考古记》行世，书中用诗一般的语言赞叹中国文物“精美绝伦，名冠天下”，同时又以欧洲中心主义和“中国文化西来说”的观点，武断地判定四川汉代崖墓的建筑形制来源于古波斯崖墓。1935 年，色伽兰编写的《汉代墓葬艺术》一书行世。

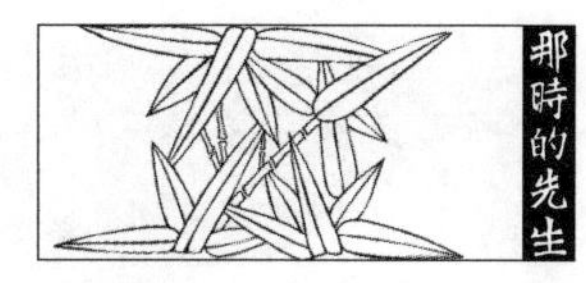

第八章　自由中国的心脏

李约瑟的李庄之行

来到李庄的这位高个子、大鼻子、蓝眼睛的老外，就是后来闻名于世的英国剑桥大学教授、中国科技史研究专家李约瑟博士（Dr. Joseph Needham，1900—1995）。

按照李约瑟传记的说法，此人早年以研究生物化学闻名欧洲学界，后受中国留学生鲁桂珍等人的影响，醉心于中国古代文明并立志进行研究。1942 年秋，英国政府在第二次世界大战最为重要的转折时刻，决定派遣一批著名科学家与学者赴中国考察访问，同时给予人道主义援助。作为英国皇家学会会员、英国学术院院士，初通中文并对东方文明怀有浓厚兴趣的李约瑟被选中。1943 年 3 月，李约瑟与几位同事从印度加尔各答经中国与外界相连的唯一通道——著名的“驼峰”航线，飞越喜马拉雅山，进入云南昆明，开始了长达四年的在华考察生涯。

通过对昆明和重庆几所大学与几个研究所的访问，李约瑟越发感到中国古代文明博大精深，埋藏在心中的旧梦开始复苏。他找到国民政府教育部部长陈立夫，陈述自己除承担的中英文化交流工作外，还有一个研究中国古代科学的计划，拟在自己最感兴趣的中国古代科技成就、科学思想及人类文化史上的其他价值方面，做深入比较、研究，写一部专著，名为《中国的科学和文化》（即后来著名的《中国科学技术史》）。陈立夫听罢，“以其所志正获吾心”[1]，当即表示赞赏与支持。并鼓励

◎抗战时期来到中国的李约瑟

道："这个计划非常好，这本书由你写比我们写好，因为你不是中国人，由一个非中国人来谈中国事物所编写的书必然有更大的价值。"[2] 有了中国政府要员陈立夫、朱家骅、翁文灏等人的强力支持，李约瑟于1943年初夏，带上助手开始了对"自由中国的心脏"——中国西南地区的考察，从而有了与正在李庄的中国科学界、教育界精英接触交流的机缘。

1943年6月4日，李约瑟完成了对四川成都、乐山一线几所大学与科研机构的访问，在战时迁往乐山的武汉大学石声汉教授陪同下，与助手黄宗兴及秘书等几人，于五通桥搭乘一条盐船沿岷江而下，次日下午到达李庄镇中心禹王宫的同济大学校本部进行考察交流。

周均时早年在德国柏林工业大学留学时，与第二次赴德留学的朱家骅是同学，其间还结识了陈寅恪、傅斯年、俞大维等人，甚至朱德等勤工俭学的留学生。1924年，周氏归国，先后执教暨南大学、中央大学、重庆大学与同济大学。抗战军兴，周在昆明被任命为同济大学代理校长，率校迁李庄后被国民政府教育部任命为校长。无论同济大学在昆明还是在李庄期间，周均时按照同济是中国唯一一所用德语教学的高等学府，并肩负沟通中德文化交流重大使命这一特点，积极主张在抗战期间尽可能地吸取德国先进科研成果，为国家培养堪当大用的实用人才。只是好景不长，1941年12月珍珠港事件爆发，香港等地相继沦陷，当时为赴英国讲学而滞留香港的陈寅恪，连同数十位文化名流欲登国民政府派去的救援飞机，竟被行政院副院长孔祥熙的女儿孔二小姐及家人携狗抢占，致使陈寅恪等人被无情地抛弃在日军占领的香港生死不明。为此，国立西南联大爆发学潮，高呼"打倒孔祥熙""打倒飞狗院长"等口号上街游行。消息传到李庄，陈寅恪往日好友傅斯年、周均时等颇为陈氏的遭遇不平。周氏以激愤之情，亲自鼓动、带领同济大学师生上街游行，共同声讨"飞狗院长"孔祥熙及家人的恶行，并将这一行动通电全国。在重庆的蒋介石闻讯，大为恼怒，不久便通过陈立夫把持的教育部撤销了周的职务，调任重庆大学教授兼工学院院长。同济大学校长一职由刚从德国归来不久的丁文渊接替。

丁文渊（号月波），乃原中央研究院总干事丁文江的四弟，号称丁老四。1920年毕业于同济大学医科，后留学德国法兰克福大学医学院并获医学博士学位。回国后出任国民政府行政院参议、考试院参议、中国驻德国大使馆参事等职。珍珠港事件后，随着中国对德、意、日等法西斯轴心国宣战而被召回国内，未久即代替周均时出任同济大学校长。尽管丁文渊和丁文江是同胞兄弟，但无论是当时还是之后，这位丁老四在学问和为人处世等诸方面，都无法与著名的“丁大哥”相提并论，尤其是道德人格，可谓与“楷模”丁文江背道而驰，被世人广为诟病。

◎丁文渊

丁文渊一到同济大学，除不遗余力压制正义力量和学潮，还经常干些鸡鸣狗盗见不得人的恶事、丑事，出任校长不到两年，就被同济大学的王葆仁、唐哲等二十四位知名教授告垮，成为教育界的反面教材和一个教训。

当时在同济大学担任招生委员的李清泉（李庄人）曾有这样一段回忆：“周均时校长是学土木工程的，曾在德国留学和工作达十八年之久。第一次世界大战柏林被围时，他曾与当地人民同甘共苦，但对德皇威廉第二和纳粹党很反感。他平易近人，生活俭朴，虽在国外多年，却没有洋气息，没有穿过西装，一顶旧呢帽不知戴了多少年，已成了暗褐色。他用人标准讲究德才兼备，聘来的教授、讲师，大多是国内的知名人士。后来接替他的丁文渊校长就与他刚刚相反，官僚架子十足，是蒋帮的一个文化特务。他在李庄郊外购有住宅，出入不管远近都要坐轿，每天所着西装都要换上几次，一副假洋鬼子像。对比之下，印象很深。解放后我才知道周均时校长自李庄卸职后回到重庆，即被蒋帮把他关在中美合作所，于1949年杀害。虽已事隔多年，思之令人凄怆不已。”[3]

李清泉回忆此事是在20世纪90年代初，从已发现的材料看，其所言丁文渊令同济大学大多数有正义感的师生深恶痛绝应是事实，但要说是“一个文化特务”，还没有足够的资料可以佐证。周均时离开李庄赴重庆后，亦没有被关押，仍在重庆大学任教，最后被捕继而遭枪杀，则是1949年的事，此为后话，暂且不表。

且说李约瑟一行来到李庄，受到同济大学师生热情欢迎和接待。对学校做了初步考察后，李约瑟在当天的笔记中写道：“在这里，同济的物理系和化学系艰难度日，因为如同武汉大学一样，他们的仪器大多在轰炸中和从东部运来时受损，但工学院各系都欣欣向荣。该校有一座自己的发电厂，学生们花大量时间来组装和架设从下游运来的大量设备。这里也有同盟国的协助，因为那位研究钢结构的教授就是

◎同济大学医学院在李庄时期的女生，后来三人分别在成都医院、海军和空军总医院工作（李庄镇政府提供）

位波兰人。尤其给人留下深刻印象的是由能干的叶雪安博士领导的测绘系，设备精良，几乎垄断了中国对勘测员和制图员的培养。”[4]

李约瑟所说的发电厂，是同济工学院主办的一个项目。由于这个发电厂的运行，使李庄这个长江边的古镇，比南溪县城还早十年用上了电灯，此举在当时被看作一件了不起的大事。许多年后，李庄的百姓还记得刚安装上电灯时，古镇居民好奇兴奋的样子和欢呼雀跃的场面。

当然，令李庄居民喜悦、令李约瑟敬佩的不止于此。在同济大学迁来李庄之前，川南一带流行一种当地人称为“麻脚瘟”的疾病，患者一经染上该病，即从脚部开始发麻，伴有呕吐、腹泻等症状，当麻的感觉蔓延至胸部以上，人即死亡。当地百姓因不知为何犯病，以致谈“麻”色变。同济医学院迁来李庄不久，一天晚上，宜宾中学37名师生在聚餐之后突然发病，校方震动，特邀同济医学院唐哲教授前去诊治。经初步会诊，唐教授认为是一种钡或磷的化学物质中毒。后经同院的杜公振教授与邓瑞麟助教通过对动物反复实验和研究，终于查清“麻脚瘟”是由于食用盐中含有氯化钡化学成分造成慢性中毒所致。病源找到了，病魔很快被降伏。李庄居民奔走相告，拍手庆贺。唐、杜两位教授和邓瑞麟助教的研究成果《痹病之研究》，荣获国民政府教育部1943年全国应用科学类发明一等奖。一项研究成果挽救了成千上万人的生命，整个川南的民众对此甚为感佩，宜宾专署参议会专门组织乡民舞动狮子龙灯前往同济大学致贺，大红的旌表上书写着：

成绩斐然，人民受益匪浅；颂声载道，同济令誉日隆。

当李约瑟闻知这一故事后，对同济医学院教授们情系大众的精神和杰出的成果，从内心生出敬佩之情。

就是这次访问，令李约瑟与多年前在比利时相识的老友童第周教授得以重逢，二人“用法语进行了极为难得的长谈”。而童第周所处的工作环境和工作热情，给李约瑟造成了强烈的心灵震撼。

◎童第周在比利时布鲁塞尔留学时于实验室留影，在这前后与李约瑟相识

1902 年出生于浙江宁波乡村的童第周，于上海复旦大学毕业后进入南京中央大学任助教。1931 年入比利时比京大学布拉舍教授的实验室攻读生物学，不久转做达克教授的助手。据童第周回忆，布拉舍教授生病后，由达克教授负责实验室的工作，“他让我试试，结果我把青蛙卵子膜顺利地剥去了，达克教授让美国人来看，大家很高兴，并祝贺我。……以后达克教授什么工作都叫我做，如染色、实验画图等。1931 年暑假，达克教授带我们到法国的海滨实验室去做海鞘的实验工作。海鞘的卵子膜（相对于青蛙）更难剥去，他让我把海鞘的卵子膜去掉，我也顺利地去掉了，在那里做实验的技术工作都是我的事。一年后，我自己设计了一个实验室工作，实验结果非常好。每年到海滨实验室工作的人很多，其中也有英国的李约瑟博士。每年实验结束，都要将实验结果开个展览会，我的实验结果也被展出，给李约瑟博士很深的印象”。[5] 李约瑟与童第周相识并成为朋友，就是在这个海滨举办的几届展览会上。据说，李约瑟看了童第周的实验，对这位来自东方的瘦小个子留学生由衷地赞美道：“年轻的中国人，有才华的中国人！”[6]

1934 年，童第周回到国内，与夫人叶毓芬一起赴时在青岛的山东大学任教。1937 年卢沟桥事变爆发，山东大学先是迁往武汉，后转到沙市，再流亡到四川万县，因经费不足，经蒋介石批准，学校宣布解散。童第周与夫人经多方奔波努力，先是在重庆国立编译馆做编译员，再到中央大学医学院任教，最后辗转来到李庄同济大学理学院生物系任教。

尽管李庄乡村较东部城市安静，免除了整日躲警报的烦忧与家破人亡的威胁，但与重庆、成都相比，又实在过于偏僻，条件过于简陋，这给正着力研究胚胎学的童第周带来很多困难。直到晚年，童第周对那段生活仍记忆犹新：“同济大学条件很苦，点菜油灯，没有仪器，只能利用下雪天的光线或太阳光在显微镜下做点实验，有什么条件做什么研究工作，可是学校连一架像样的双筒解剖显微镜都没有，工作实在无法开展。有一天，我从学校回家，路过镇上一个旧货商店，无意中发现一架双筒显微镜，心中十分高兴，心想，有了这架镜子就可以开展好多研究工作。

当问老板这架德国镜子多少钱，老板开口 6 万元，这把我震［镇］住了，虽说不算贵，但 6 万元在当时相当于我们两人两年的工资。我和叶毓芬商量，无论如何也要把这架镜子买下来。经过东拼西凑，向热心科学的几位亲友借了一些，终于买下了这架双筒显微镜。”[7]

有了显微镜，童第周如获至宝，准备大干一番。但要做胚胎实验就必须有相关配套设施，这一点令童第周无可奈何，只好因陋就简，土法上马。唯一令人欣慰的是，李庄四周布满了稻田和池塘，田里活跃着成群结队的青蛙。每到春秋之季，童第周便与夫人、儿女及部分学生，携带大盆小盆，兴致勃勃地到野外捕捉青蛙并收集蛙卵。一时间，李庄的田野沟渠人跑蛙跳，形成了一道奇特的景观。许多年后，李庄乡民还记得同济有对教授夫妇，挽着裤腿，打着赤脚，在稻田和池塘里扑扑棱棱捕捉青蛙的情景。而当时的学生们也同样记得，在童教授的实验室外，时常看到逃生的青蛙四处流窜，呱呱乱叫，令人忍俊不禁。就是在这样的境况下，童第周接待了来访的李约瑟。

分别十几年的老相识在战时李庄这个偏僻小镇重逢，难免令人生出白云苍狗和他乡遇故知的感慨。两人亲密交谈后，来到童第周那简陋的实验室参观。此前，童第周依据实验所得的成果，撰写了数篇高质量论文并得以发表，引起国内外生物学界的瞩目。作为世界级生物化学专家的李约瑟，对童第周的一系列成果自是了然于心。当他看了所有的实验设备和材料后，尽管已有心理准备，还是有些惊讶地问道：“你就是用这样的器材在这片空地上完成了那样高难度的实验吗？”童第周轻声答道：“是的，战时的条件就是这样，只有尽最大的努力去做。”

李约瑟沉默片刻，摇摇头，充满敬意地说道：“在如此艰苦的条件下，能写出那样高水平的论文，简直是不可思议！”

两人走出实验室就要分手时，李约瑟突然转身，问：“在布鲁塞尔有那样好的实验室，你为什么一定要到这样偏僻的山村进行实验呢？”

童第周微笑道：“我是中国人嘛。”

李约瑟点点头：“对，对，中国人，有志气。”[8]

这次访问，给李约瑟留下了终生难忘的印象，后来他在《川西的科学》一文中颇为动情地写道：“童博士无疑是当今中国最活跃的实验胚胎学家，他与夫人叶毓芬博士携手，设法在拥挤不堪、极不舒适的环境里创造了佳绩。这些成绩的取得，不但依靠每一步骤临时想办法，还由于童博士选择了一个能够尽量少使用染色剂、蜡和切片机等的重要课题，即确定胚胎的纤毛极性……此发现与地球另一端的权威人士霍尔特弗莱德博士的最新观点不谋而合。英国科学访华团非常荣幸地将童氏夫妇的科研报告交由西方科学杂志发表。”[9]

就在李约瑟盛赞童第周之时，童本人却感受到来自周围各方面的压力。从他的回忆文字中可以看到：“李约瑟来中国，亲自到宜宾李庄这个小镇上来看我，当时在小镇上引起了一场轰动，也引起了国民党政府的注意，更惹得那个系（生物系）主任的忌妒。这也是我在同济大学待不下去的原因之一。”[10] 一年之后，童第周终于在校长丁文渊、教务长薛祉镐以及自己的顶头上司——生物系主任的合力打压下，告别了同济大学和那个生发梦想与光荣的简陋实验室，携妻带子离开了李庄。此为后话。

访毕童第周，李约瑟又在校方安排下，为同济大学师生用德语做了四次科学演讲，直到 6 月 7 日下午才移往板栗坳等地，开始对群山之中其他科研机构的考察访问。

按李约瑟的记述：一行人“沿着河边一条小路离城（镇），小路穿行于在热浪中闪亮的玉米地之间。过了不远以后，开始攀登一条壮观的石级小路进入山里。路上经过一座优美的石桥。我们抵达那里时看见房屋都很隐蔽。”在这里“有许多宽敞的大宅邸，中央研究院历史语言研究所、社会学研究所就设在这里。研究所分别由著名学者傅斯年博士和陶孟和博士领导，约有 70 位学者，因而是研究院两个最大的研究所。”[11] 稍后，李约瑟在致夫人李大斐博士的信中又说，在板栗坳遇到了“许多最突出的学者”，结识了“大学者傅斯年”，信中对傅的形象做了这样的描述：“傅斯年，山东人，约 55 岁（南按：傅时年 47 岁），有点洋化，谈话很多而能引人入胜，微胖，具有一副令人不能忘记的面孔和形状奇怪的头，灰色的头发直竖上去。”

傅与李相识后，很快结下了深厚的友情。李约瑟与助手黄兴宗还在板栗坳桂花院傅斯年的家中住了一个晚上，由此结识了俞大綵。李氏在致夫人的同一封信里，说傅斯年“娶了著名将军曾国藩的一位孙女”（南按：应为曾外孙女）。又说：“傅斯年在我的黑折扇上用贵重的银朱书写了一长段《道德经》，颇有道家风范。我现在得另买一把扇子，因为这扇子变得太珍贵了而不能作日常使用。”[12]

有了傅斯年的热情接待和支持，李约瑟在板栗坳看到了史语所几乎所有的珍贵藏品，如大量的铜器、玉器和安阳殷墟出土的甲骨等。此外，还观摩了历史组收藏的大量竹简和拓片，只见上面“写着孔夫子时代的经典，也有一些清朝初年的帝国珍贵档案，包括给耶稣会士的信件，给西藏的政令，中国朝廷任命日本幕府将军为王侯的公文。语言学组拥有每一个省份的方言的留音机唱片，等等。图书也精彩极了——有宋朝的真迹、活字版印刷的书籍，等等”[13]。特别令李约瑟兴奋和感动的是，当他提出关于科学史的许多问题并寻求这方面材料时，研究人员普遍表现出了很大兴趣，“各学科研究人员奔走搜寻，发掘他们所想得起的有趣资料。例如公元2世纪谈到鞭炮的段落；几次重大的爆破事件的记载；公元1076年禁止向鞑靼人出售火药的通令。也就是说，比人们所扬言的伯尔安·施瓦茨（Berthold Schwartz）的‘原始发现’还要早200年”。对于史语所诸位人员的才学和热情，李约瑟掩饰不住心中的喜悦，在同一封信中告知夫人：“那里的学者是我迄今会见的人们中最杰出的，因这个学科一直是中国学者特别擅长的，这也是意料之中的事。”[14]

李约瑟没有料到，在这个偏僻山坳里会遇到一位才华横溢的青年学人，正是这位年轻人日后的鼎力相助，才使并不年轻的李约瑟艰难地登上了中国科技史研究领域的奇峰。这位年轻的学者就是中央研究院史语所助理研究员王铃。

王铃（字静宁），南通人，1917年出生于南通城内朝阳楼巷，其祖父虽不富裕，却是个读书人，藏有许多古书。王铃从小跟随祖父熟读家中藏书，为日后从事历史研究打下了基础。初中毕业后，王铃考入南通中学，1936年考入中央大学历史系，深受中大文学院名教授沈刚伯器重。毕业后，为谋求学业上的进步，王铃投考北京大学文科研究所，由于当时的主考人与沈刚伯等几位导师关系不洽，致使“神仙打架，殃及凡人”，王铃虽以总成绩第一的压倒性优势赢得了大考头彩，结果张榜时却名落孙山。

在中央大学读书时，受讲授法国革命史的沈刚伯教授的影响，王铃萌生了研究17至18世纪中国思想对西方影响这个课题的念头，发表了一系列研究文章。这些颇有创见和新意的论文，不仅令沈刚伯大为赏识，同时落入了傅斯年法眼。素有“拔尖主义”之称的傅斯年获知王铃的遭遇后深表同情，在不便与北大研究所那位做主考官的朋友交涉的情况下，傅斯年聘请王铃到史语所做了一名助理研究员。据史语所同人回忆，王铃性情和善，待人谦恭有礼，是个才气洋溢、博闻强记的学者，深受傅斯年器重。正是傅氏“爱真理的精神和大无畏的胆量”（沈刚伯语），才成就了王铃，并进一步成就了一位世界级的科技史家李约瑟。按王铃自己的说法：当李约瑟到板栗坳史语所访问时，在“一所朴素农舍里，由于当时中央研究院史语所所长傅斯年的介绍，我认识了这位卓越的科学家——李约瑟。这次会面是我人生的转折点，因为我注定要在他的指导下，客寄剑桥工作十年”[15]。

当时的情况是，王铃和李约瑟交谈后，受对方思想精神感染，对中国古代科技史发生了兴趣；接着又听了李约瑟在李庄的几次演讲，内心不断涌动的潜能突然找到了一个恰当的突破口，决心要在这一领域做出一番事业。李约瑟离开李庄后，王铃凭借史语所图书馆的大量典藏，悉心搜集火炮资料，并以英文写成论文寄送重庆，请李约瑟介绍到西方科学杂志发表。李约瑟读罢文章，对这位年轻的助理研究员的才华、学识以及刻苦钻研的精神深表敬佩，自此决定了他们以后的长期合作。——当然，转折的过程并非一帆风顺，其间发生了王铃与傅斯年的冲突，并有王铃被革职的遭遇，此为后话。

◎ 1949 年王铃与李约瑟在剑桥合作时情景

1946 年，王铃因李约瑟推荐，获得英国文化委员会奖学金，赴剑桥大学圣三一学院留学。1948 年，李约瑟辞去联合国任职返回剑桥大学，开始与王铃展开长达十年的合作，共同开创了皇皇巨著《中国科学技术史》的著述。王铃作为李约瑟的第一位合作者，参加了这部多卷册大作前五卷的研究、撰写工作，直到 1957 年才离开英国，赴堪培拉出任澳大利亚国立大学高级研究所研究教授。王铃留下的空白，由李约瑟的中国学生、朋友以及未来的续弦夫人、南京药商的女儿鲁桂珍博士填补。[16]

李约瑟在李庄与王铃等研究人员交谈后，又在板栗坳牌坊头大厅里做了一次学术演讲。为此，李约瑟在给夫人的信中自豪地说："我比较紧张，但演讲非常成功。"又说："今天我们要去参观营造学社。该社由伟大的政治家和学者梁启超的一个儿子主持（你会记得有一次和你从苏格兰回来的火车上，我读过梁的书，并且给我留下了深刻的印象）。我们也要去参观疏散到这里的中央博物院。"[17]

在下山之前，李约瑟到门官田中央研究院社会所访问了所长陶孟和及汤象龙、梁方仲、巫宝三、罗尔纲等研究人员。此前，在重庆任职的美国大使馆驻华官员费正清，于 1942 年 11 月中旬应好友梁思成邀请，由到重庆参加会议的陶孟和陪同来过李庄。两人搭乘一艘"破轮船上水"，经过三天三夜动荡颠簸才到达李庄。一路上，费正清被中国内地千奇百怪的现象所吸引。据费正清回忆，当他看到一个呼吸困难的男子躺在地上，想上前帮助时，陶孟和却不让他多管闲事。陶说："这也许是个圈套，你一旦碰了他，就很可能被缠住，迫使你花一笔冤枉钱。"费正清由此感叹道："可见作为社会学家的陶孟和对当时中国下层社会了解之深透。"[18] 后世有研究者认为，这个看法和说法有一定道理但不一定准确，很可能是陶氏本人想象过于丰富，以及对中国同胞缺乏最根本的同情心所致。当年对陶孟和的为人处世方式颇为了解的顾颉刚就曾说过："陶孟和等精英学者对民众的了解最终常常让他们不信任、不接近'民众'。"[19] 这个话或许比费正清所言更接近实际。

费正清来李庄，曾到过陶孟和在李庄镇内租住的姚家院子和山上门官田社会所的办公地点，受到研究人员烧脆皮鱼的特殊款待。当时费正清很想拜望一下在北平时就结识的好友、陶孟和的夫人沈性仁，遗憾的是沈氏同她的另一位好友林徽因一样，患有严重的肺结核病，已赴兰州接受治疗。费氏只好带着无限怅惘与陶孟和握别。

当李约瑟来到门官田见到这位著名的社会学家陶孟和时，陶正沉浸在巨大的悲伤中——他的妻子，光彩照人、才华横溢的一代名媛沈性仁已撒手人寰。

与沈性仁相濡以沫，共历世间沧桑、生死离乱的陶孟和，没有专门写下怀念爱妻的文字，其内心的苦楚与孤寂远非文字所能表达。据当时在社会所的研究人员巫宝三回忆："李庄虽是一个文化区，但究与西南联大所在地的昆明大有不同。同济是一理工医大学，无文法科，因此陶先生同辈好友在此不多，经常来晤谈者，仅梁思成、思永兄弟，李济、董作宾等数人而已。同时陶老的夫人当时健康欠佳，后去兰州休养，在抗战后期病故。陶先生大半时间住在李庄，生活孤寂可知。但处境虽然如此，他对扶植研究事业的热忱，一仍往昔。在夏季，他头戴大草帽，身着灰短裤，徒步往返于镇上与门官田的情景，犹历历在目。"[20]

当李约瑟到来时，刚刚57岁的陶孟和已是头发花白，高大的身躯佝偻了下去，变得越发沉默寡言，望之令人心酸。这个时候的陶孟和正领导所内部分研究人员，以"抗战损失研究和估计"为题进行调查研究。此前，陶孟和对第一次世界大战交战国各方面损失估计以及战后和会各方代表谈判情形十分了解，因而他极富政治战略眼光地对国民政府高层提出，战时经济状况及其损失应作为一个重大课题及早调查研究，以作为抗战胜利后和会谈判的依据。从1939年在昆明开始，陶孟和就集中精力组织人力，调查研究沦陷区工厂及其他经济文化机构迁移情况。来李庄后，整个研究所工作由原来的经济、法律、社会学等领域，转到了经济学，并确定了以战时经济研究为主的总方针，开始由调查问题、揭示问题，向协助政府解决问题的转化。在这期间，陶孟和与研究所同人着手编纂抗战以来经济大事记，并出版了对沦陷区经济的调查报告及经济概览。受国民政府经济部委托，专题研究战时物价变动情况，同时受国民政府军事委员会参事室委托，调查研究并完成了《1937—1940

年中国抗战损失估计》等科学性论证报告。只是令陶孟和与他的同事扼腕的是，他与同人辗转数万里，含辛茹苦，耗时八年，用国际通用的科学计算方法调查研究出的科学报告，在抗战胜利后竟成了一堆废纸，被当局弃之不理。最后的结局是：中国人民八年艰苦卓绝的抗日战争打赢了，但中国主动放弃了对日本政府的战争索赔。[21]

更有甚者，1949 年之后，从李庄走出的这个社会所被扣上一顶“伪科学”的铁帽子宣告解体，陶孟和作为一个失去了专业依托的老人，晚年的人生步上另一段高耸云端、摇晃不止、虚无缥缈的天梯。在忽忽悠悠的腾云驾雾中，陶孟和发出的唯一呼喊是：“梦想是人类最有害的东西。”

李约瑟来到门官田社会科学研究所，与陶孟和及其他研究员、助理研究员等做了交谈，对各位在战时表现的不屈精神和学术上的毅力表示敬佩。李氏在自己笔记中写道：“由此可见，即使在困难时期，川西的生物学、社会学的研究也很丰富。”[22]

早在李约瑟访问板栗坳史语所时，他就通过傅斯年托人捎口信，要去拜访主持中国营造学社工作的梁思成。此时的营造学社在经历了一阵回光返照式的兴盛后，无可挽回地再度衰落下来。其“主要成员梁思成、刘敦桢由于当时环境，在工作上意见相左，遂造成不能合作之局，其它同人亦有相继离去者”[23]。刘敦桢已携家带口离开李庄乘船赴重庆中央大学任教，卢绳等人也各奔东西。原本就风雨飘摇的营造学社，两根宏大支柱突然拆掉一根，梁思成独木苦撑，挣扎度日，大有树倒猢狲散之感。据说，在刘敦桢决定离开李庄另谋高就的那天，梁刘二人谈了一夜，最后都流了眼泪。世事沧桑，聚散分离，实属正常，只是此时诀别，令人倍感凄凉。此次面对李约瑟的到来，家徒四壁又好面子的梁思成，竭尽最大努力予以招待。此一情形，林徽因在写给费正清夫妇的信中有过表述：“李约瑟教授刚来过这里，吃了炸鸭子，已经走了。开始时人们打赌说李教授在李庄时根本不会笑，我承认李庄不是一个会让客人过度兴奋的地方，但我们还是有理由期待一个在战争时期不辞辛苦地为了他所热爱的中国早期科学而来到中国的人会笑一笑。”[24]

李约瑟详细查看了营造学社的研究课题，目睹在如此艰苦的环境中研究人员的工作态度，心灵受到极大震撼。他在自己所写的游记中，曾有一段预言式文字：“如果战后中国政府真正大规模地从财政上支持研究和开发，20 年左右后，中国会成为主要的科学国家。中国人具有民主的幽默感和儒家高尚的社会理想。认为中国人会屈从于日本帝国主义侵略者的诱降是不可思议的。”[25]

◎李庄张家祠，抗战期间中央博物院筹备处所在地

6月13日，李约瑟来到位于李庄镇张家祠内的中央博物院筹备处进行访问，并做了李庄之行的告别演讲。茶叙间，李约瑟与傅斯年、李济、梁思成、陶孟和等人，就中国科学技术为何自近代以来落后于西方这个所谓“李约瑟难题”进行讨论。李约瑟除强调中国的气候、地理环境、经济、社会、知识以及政治的因素与欧洲不同外，特别对中国官僚制度做了深刻剖析，认为正是独具“中国特色”的官僚体制，扼制了现代科学的发生和发展。[26]在谈到西方与中国的区别时，李约瑟说：“我自己并不是欧洲中心论者，但现在欧洲大部分人相信他们从一生下来就处在世界文化的中心，并非常有信心地走自己的路，他们相信沿着这条据说是万无一失的路，就能够走向充满光明与希望的未来。中国人就不同了，我相信中国过去伟大的科学技术曾给整个人类作出过巨大贡献，但现在的的确确是衰落了，这个民族正处于封建的农业文化之中，要掌握现代科学技术，就必须面对世界……”坐在一旁的傅斯年听着对方这番宏论，越听越感到憋气、恼火，突然跳起来大声道：“他妈的，我们都折腾几千年了，怎么中国总得面对世界呢！”[27]众人听罢，顿时愕然，而后露出一丝苦笑。

所幸，后来的研究者几乎达成共识：如果李约瑟在这次访华中，没有得到蜗居李庄的科学家与学者的启发与鼎力帮助，他所主持的闻名于世的具有划时代性质和里程碑意义的《中国科学技术史》大厦的构建将难以为继，或至少要推迟若干年。对于此点，李约瑟在评价从李庄山坳里走出，曾协助自己工作十年之久的第一位合作者王铃时，不无感慨地道：“假如没有这样一位合作者的友谊，本著作即使能出版，也将推迟很久，而且可能会出现比我们担心现在实际有的甚至更多的错误。”[28]李约瑟此说大致是公允的，不能说没有王铃就没有李约瑟日后的成就和声名，但至少要推迟若干时日是毋庸置疑的。因而，对王铃这位长期的合作者，李约瑟一直念念不忘，并从内心深处感激，两人之间的友谊一直保持到王铃去世。

傅斯年与李济的冲突

李约瑟走后，李庄古镇复归平静，只是平静中更添了一分寂寞、孤独与忧伤。由于生活水平每况愈下，活动空间过于狭窄，人文气息不断凋零飘散，最终导致流亡此处穷困潦倒的教育、科研机构人员失去了初来时的热情与向心力，交往中渐渐互生芥蒂，变得冷漠，甚至成为仇寇。

“淮南米价惊心问，中统银钞入手空”[29]，此为西南联大在昆明组建后，陈寅恪前往任教时所作的诗句，借以形容当时的生活状况，知识分子面临的窘境，如七七事变前每月支350元薪的教授或研究人员，到了1943年，支取薪水按当时生活指数折算，只相当于战前的13.60元，且越往后折合越少，几乎形同一堆废纸。面对钱不再值钱，物价一日三涨，“中统银钞入手空”的残酷现实，国民政府决定对公教人员发放部分薪水，另一部分由食米代替，称为“米贴”。

1943年3月1日，在李庄的史语所人员都接到一张由会计室送达的表函，上书“顷接总办事处函，关于教职员及工役食米，拟依据需要发给实物，前规定表式，即请尽速填寄处”[30]。通行了几千年的货币制度，如同滚滚流动的江河之水，在战乱和社会剧烈动荡的双重挤压下宣告枯竭，干枯的河床再度掀起漫天风沙，社会流通机制无可奈何地回到了以物易物的原始社会商品流通的起点。史语所同人以及其他几家科研机构人员，以自己殚精竭虑的精神成果，换来的就只是一堆大米，且有一部分米总是散发着霉烂气味。

很快，越来越多的人染上了疾病，有的竟至一病不起，甚至登了鬼录。在昆明时经常与傅斯年就某一学术问题唇枪舌剑，并总占上风的史语所第一“勇士”董同龢，当年结婚时的皮鞋早已卖掉，穿一双自制的草鞋度日。1943年6月2日，他上书傅斯年，曰：“同龢之子及妻先后患痢，适值本所医师离所，闻本年曾订有临时辅助法，兹同龢之情形未悉仍能适用否，恳请设法予以救济。”[31]

董氏向傅斯年诉苦，而此时的傅氏已到了靠卖书生活的境地，可谓有苦无处诉。据史语所研究人员屈万里回忆：这个时候，傅斯年每餐只能吃一盘藤藤菜，有时只喝稀饭。实在接济不上，就卖书度日。傅斯年嗜藏书，平日之积蓄，几乎全部用在了买书上，可以想象，不到万不得已的时候，他是不肯卖书的。而每次忍痛卖书换来粮食，除解决自家的燃眉之急，还周济史语所的下属朋友。在史语所董作宾家庭人口最多，迁往李庄后，生活几无保证，傅斯年便拿卖书的钱给予接济。[32]

面对全所人员越来越艰难的生存条件与他们发出的“救济”呼声，向来“目空天下士”的傅斯年，不得不低下高昂的头颅，忍辱负重，与当地政府饱食终日的官僚交涉，有时不惜打躬作揖，以求援手。傅斯年留下的遗物显示，这一时期，他曾用当地出产的竹纸亲笔给驻宜宾的四川第六区行政督察专员兼保安司令王梦熊写过一封求助的长信，信曰：

> 请您不要忘记我们在山坳里尚有一些以研究为职业的朋友们，期待着食米……
>
> 敝院在此之三机关，约（需米）一百石，外有中央研究院三十石，两项共约一百三十石，拟供应之数如此……夙仰吾兄关怀民物，饥溺为心，而于我辈豆腐先生，尤为同情——其实我辈今日并吃不起豆腐，上次在南溪陪兄之宴，到此腹泻一周，亦笑柄也——故敢有求于父母官者。[33]

此种穷愁的生活与繁重的工作状况，使傅斯年高血压病再度发作，黑发急剧变白。当时在李庄史语所读书的青年学者王叔岷回忆说：“傅先生有时跟我聊天，忽然他不知说到哪里去了，他叹道：‘唉！我这个将死之人！’他的头发愈来愈白了，他说：‘我没有经过中年，由少年就跳到老年了！’”[34]许多年后，当王叔岷在台湾孤岛回望大陆并怀念李庄生活的时候，不无深情地说：“史语所及文科所，不是傅先生的魄力，哪能辗转数千里迁移至幽静的深山里，毫无空袭顾虑，为国家保全珍贵文物，更培养学术人才！一切烦恼困苦，傅先生一人担当，他又患血压高，焉得不速老！”[35]叔岷之言，确属实情，无怪乎李约瑟到来时，把只有47岁的傅斯年估成了55岁——这恰是傅斯年在台湾孤

◎梁思成拍摄并在《中国建筑史》中采用的李庄板栗坳史语所人员租住房屋图片

岛死去时的年纪。

◎李庄板栗坳的水井。由于井在稻田中，时常发生倒灌，寄生虫非常多，史语所人员闹肚子的也就连绵不绝了（作者摄）

面对板栗坳居住的一群男女学者兼老人孩子的穷困，傅氏在上下求索、四处声援救济的同时，不忘在得到点滴成果时苦中作乐，难得地幽上一默。王叔岷回忆说："所中同仁都很清苦，很少肉食，有次傅先生在重庆筹得一笔小款，附一封信，托人带回来分赠同仁，要职位低人口多的，分得多。因此职位高的就不高兴，出怨言。傅先生附信中已经提前说：'你们分得这笔钱后，有的人一定大吃，有的人一定大骂。'傅先生就是这样风趣。"[36]

除了粮食物资需要"救济"，傅斯年更知道缺医少药的严重后果，稍有不慎，即致贻误人命。而此时，原来聘请的一位医生因无法忍受史语所的贫困，辞职远去，傅只好又从外边聘请一位姓张的医生来所为大家服务。但这位医生令所有人员大失所望。据石璋如回忆说："医务所的陈设非常简单。以前医务所的萧医生，与同人、眷属处得很好，病理讲解也很清楚，护士小姐也很亲切。后来萧医生离职，换成绰号'开水先生'的张医生，因为许多同人去看病，张都要说喝开水，久而久之医务所就门可罗雀，他也被起了绰号。"[37]

由于"开水先生"的看家本领就是"喝白开水一杯"，加之医疗条件太有限，史语所同人的病患越来越多，形势一发不可收拾。1943 年 9 月 23 日，主持工作的董作宾向在重庆参加会议的傅斯年拍发急电，称："（汪）和宗夫人产一女，夏作民（南按：作铭，即夏鼐）先生病，陈文永君之小孩已夭折。"[38] 一个月之后的 11 月 11 日，史语所人类学组主任吴定良再次致电傅斯年："弟目前经济处于绝境，小女之医药费拟向红十字会辅助研究院经费中申请，恳请吾兄予以惠助。"[39] 董与吴的电报，都是恳请傅斯年尽快设法换医生和购买药品，以扼制病魔的无休止大规模侵袭蔓延。焦虑不安、坐卧不宁的傅氏尚未想出解决办法，史语所一组研究员劳榦的母亲又一命呜呼了。据李庄板栗坳一李姓姑娘在许多年后对前往采访的作家岱峻回忆：劳榦的妈妈劳婆婆是个小脚女人，从外地投奔儿子来李庄板栗坳时还看不出有多老，只是每走路颤颤巍巍的，嗜辣，讲一口不好懂的湖南话。来李庄没几年就死了，是死于水肿。劳婆婆先是吃不下，肚子鼓一样地胀。因他们的那个医务室没得什么药，医生只让喝开水。开水喝进去，肚子就更胀得不行，白受罪。没得法，就找我们给他扯草药。一篮篮的夏枯草、车前草、金银花，用来煎水喝。喝进去又拉肚，没得几天，一张脸全是绿阴阴的，瘦得僵尸样儿，可怜得很，他的儿子劳榦又着急又没得法。没几天老婆婆就躺在劳榦的怀里咽了气。看着人家把他妈装棺抬走，劳榦站在板栗坳口上哭哑了喉咙。那个可怜，连当地人看了也跟着流下了眼泪……[40]

在这种穷困哀苦中，傅斯年已被悲惨的现实折腾得精疲力竭。就在这一时期，因经济问题和沟通不畅，李济与傅斯年的公开冲突被引爆了。双方攻伐进退，三十个回合、六十个重手，你来我往，各不相让，终于酿成了关涉多人与多个机关部门的“事件”或称“个案”。

在这一事件被引爆之前，傅斯年与李济之间曾有多次摩擦甚至冲突，但都很快平息，复归旧好。远者不必提及，即如 1942 年 7 月 28 日，李济突然给傅斯年一信，劈头质问：“有人告弟云：兄甚不满意考古组之工作，三组中没有一个人能写报告的。”傅斯年闻后“不胜其惊讶”，立即复信辩解：“弟对何人在何处说此，乞兄示知，弟当对质，以凭水落石出，看弟是否如此说。弟平素不听传闻，然此事既经兄提出，而语意诬弟甚重，故理当弄清楚也。三组工作情形，弟与兄常谈，与人谈，决不出与兄所谈之范围，且少得多，事实上亦只与董、梁二公谈而已。所谓写报告一事，弟平日一惯[贯]主张在发掘报告中少牵引他事，少发挥，一向如此。犹忆写《城子崖》时，弟主张不涉及历史部分，不在报告中与 Andersson 等书比较。”又说：“弟很觉得在三组青年同事中，写报告之技术尚待陶镕，‘吴、石二位目下似均不能独立写报告’，此乃弟近因梁病，而与兄谈过数次者也。我们谈这些事时，并无不同意见。然则此说必有传闻之过。兄勿介意，亦当信弟之无此言也。”最后，傅斯年补充道：“谓吴不能写报告（弟对兄等说过数次），谓石以不能看外国报告而吃亏，云云，亦并不因此而抹杀其长处。”[41]

信中提及 Andersson，指瑞典考古学家安特生；吴，指史语所三组技正吴金鼎；石，指史语所三组副研究员石璋如。傅斯年写毕此信六天后的 8 月 3 日，再致李济一函，谓：“前兄手示某君谓弟说三组如何如何，次日兄告弟云，是彦堂所说，弟当询彦堂何时说，彦堂坚不认他曾向兄说此。我说：‘我并无兴趣你说此事否，问题是在乎我向兄说此与否？’此则彦堂固谓弟未说也。此事不必小题大做，请彦堂为我出一证明书，只待我们三人在一处时，再证明我未说此可耳。”[42]

这一或许是因传言过程中误听误判，差点引起大风波的口舌，经傅斯年如此一解释，便不了了之，傅李二人复归以前合作状态。到了1943年夏天，为傅斯年查看照相室以及木工领米贴事，傅、李矛盾骤起，双方书信来往，火气越来越盛，事情越闹越大且呈一发不可收拾之势。

这年的6月20日，傅斯年给李济一信，内容如下：

济之吾兄赐鉴：

廿日书收到，读毕无任悚惶之至。查弟约李启生君上山一询照像［相］室情形一事，除弟欲知去年所买一大批如何分外（此为主事），包含两点，应分别言之。

一、未经兄手，弟直接询问管理之人，似为引起吾兄重大见责之点。果然如此，弟实极抱歉，敢不泥首请罪。惟以弟记忆所及，弟之看照像室，在南京为寻常之事，每执一瓶一物而询刘屿霞君以用处，虑其浪费，常嘱以逢件登记，彼则每谓无法。在昆明时，弟又嘱李连春君以登记，叮咛周至。诚以弟于公家事皆好登记，庶务处之表格多其例也。弟病后自渝来此，曾数次告启生以登记材料，告连春以登记用处，并分别用本所及博物院之各项材料。凡此皆为过去之事，未闻兄之见责也。弟以为凡第三组事之关涉学术及事之大者，自应由兄决定，而此等日常管理之事，弟直接对启生及连春有所嘱咐，似不为过。此次之所以与去年不同者，即弟专为此事嘱启生上山，及自己看了一遍而已。前者以为此事之职掌本在启生，后者则弟本要看看现存多少东西，可用几时，若此等事必得兄上山，兄不更以为烦乎？

二、弟确曾叮咛告他二人，两方材料，各自分别使用。按三组照像室本为三组所用，即如去年第四组要照殷墟头骨像，当时买大胶片既感太贵，而兄亦谓三组照像室兼办不来，事终作罢。中央博物院虽与本院有合作关系，究非一个机关，在今日物价高贵之下，分别办理，情理之常。在当年本所未窘至此地步时，此等事，本来从不计较，今则研究所之局面如此，以后再买材料谈何容易？用尽为止耳。即如去年思成要让一批材料与研究所，弟告兄可买，此批卒为博物院买去，弟亦颇为研究所惜之，何者，以后再买不知贵多少倍，即无法买也。（以目下买太贵，云云。［连春语］）弟闻连春言，博物院用了本所若干卷，弟即托启生告子衡兄，可早还本所，以后买更贵。至于借材料叁磅左右一事，兄信见示始知之。总之，两所各自分开用材料，必为吾兄赞成之事，当不以此为罪也。

然而此事既引兄之误解，弟极感罪过，特向兄请罪，敬乞曲谅。如有必要，当向总办事处自请处分。一切诸希原谅至幸。至于各用各物之原则，亦必为兄之意见也。明日开会，仍盼兄到，轿子照旧下山去接。敬颂

时祺

弟傅斯年　顿首敬上

卅二年六月廿日[43]

关于信中所言起因、经过与纠葛暂且不表，且看傅斯年于第二天，即6月21日写给李济的另一封信：

济之先生大鉴：

今日阁下在所务会议中声称将控诉本所庶务管理员汪和宗于教育部、粮食部等机关，以其“矇蔽招摇，冒领米贴，损坏本所名誉”云云。查此事系指本所庶务室六月十六日及六月十九日两函而言。此两函皆为鄙人所授意，后者并经鄙人过目，其责任自应由鄙人负之。请于控告时即控告鄙人为幸。除公函专达中央博物院筹备处外，相应写此一信，签字盖章，以为自负责任之证据。如荷早日控告，以便早日水落石出，尤为感激。专此，敬颂

著祺

傅斯年（印）敬启

三十二年六月廿一日[44]

现对二函的前因和事由略做解释。

前已述及，1933年4月，国民政府教育部设立中央博物院筹备处，办公地点设在南京北极阁中央研究院内，蔡元培兼任第一届理事会理事长，傅斯年为筹备处主任。1934年7月，教育部改聘李济继任中博筹备处主任。李济上任后，着手在南京中山门内路北旧旗地兴建博物院主体建筑。后因抗战爆发，李济率同人携已收集的古物流亡重庆、昆明直至李庄张家祠才站稳脚跟。

身为中央博物院筹备处主任的李济，同样是中央研究院史语所三组即考古组主任，原考古组的兄弟有一部分，如郭宝均（字子衡）、尹焕章（抗战时期主要在乐山看守故宫文物）、赵青芳等调到中博筹备处，也有的如夏鼐博士先在中博筹备处后调到史语所任职，两个机构互有合作且取得了如苍山洱海、彭山汉墓发掘等一系

列考古科研成果。尽管如此，毕竟中博筹备处隶属于国民政府教育部，而史语所隶属于中央研究院，因而到了抗战中后期，因为在李庄分居山上和山下两处，两家的属性不同，加之经济困难加剧，所属人员心理上的距离渐渐拉大，成了各自成家立业的两家人。既是两家人，便要按“亲兄弟明算账”的规矩算清账目，各过各的日子。鉴于当时财力与人力资源短缺，史语所考古组的照相室不能分门别户，须两家共同使用，于是问题来了，小误会和小矛盾滋生出来。如傅斯年在致李济信中提到“第四组要照殷墟头骨像，当时买大胶片既感太贵，而兄亦谓三组照像室兼办不来，事终作罢”。因有不快的类似事情发生，傅斯年意识到“中央博物院虽与本院有合作关系，究非一个机关，在今日物价高贵之下，分别办理，情理之常”，于是向李济提出“分别办理”，以后谁照相谁付钱，且平时把两家所购物品分开存放，以示区别。

此提议应该是得到了李济的同意或默许。但毕竟在一起久了，要详细区分实有困难，且工作人员对此没有认真执行，有些物品既分又共，或者说藕断丝连，这就令傅斯年一时兴起有进照相室查看一下的想法，于是就私下约了负责照相室管理的李启生上板栗坳照相室查看，并对有关物品的使用进行询问。李启生即李光宇，是李济老家的远房侄子，何时随李济加入史语所不清楚，但在殷墟和城子崖发掘时期，李光宇就在史语所考古组参加发掘工作，一直被李济视为嫡系和亲信，也是史语所早期“考古十兄弟”之一。

当李光宇下山向李济汇报傅斯年查看照相室并询问相关内情后，李济认为傅瞒着自己这个组主任私召李光宇上山查询，乃对自己这位主任的大不敬，立即火起，遂修书一封派人送上山去，对傅斯年进行责问。傅见信，意识到自己此举在礼数上做得不够周全，以致老友误会，本着息事宁人的态度致信李济，表示“无任悚惶之至”，“实极抱歉，敢不泥首请罪”云云。随后加以解释，表示自己实无他意，“如有必要，当向总办事处自请处分”。最后再度向李济伸出橄榄枝，谓“明日开会，仍盼兄到，轿子照旧下山去接”云云，以表达自己的歉意并示好。

通观傅斯年一生的言行和为人处世的方式方法，以敢于直言和敢打硬冲为多，如此谦卑、恭敬的口气，即使在给他的师辈人物如蔡元培、胡适等人的信函中亦难见到；就同辈人物而言，这封信如此低下的姿态，当是傅斯年少有的一个例外。细究起来，傅斯年能放下架子实属不易，所以这封信分量是很重的。——不幸的是，李济并未领情，第二天便带着一肚子怒火上山参加会议，并指桑骂槐地凌空抛出了“汪和宗弹劾案”。

这个案子起因与冲突的焦点，从6月22日傅斯年给朱家骅的信及附函中可略知大概。信曰：

院长钧鉴：

本所最近出现一严重事件，今报告其经过如下。

本年在本月廿一日以前，并未开过所务会议，今以诸事积累，遂于廿一日上午九时开所务会议。先是李济之先生为斯年近日嘱告第三组标本管理员李光宇及照像室技佐李连春，博物院与本所用材料及药品事，应各自分开，而不高兴。前一日有一信给斯年，斯年当即复信解释，郑重道歉，仍请其上山开会（以上一事，另件呈报），故斯年仍于廿一日绝早派轿子，下山去接，是日本定九时开会，李先生到会绝迟，已议过将半，来时怒气冲冲，不发一言，弟仍保持平常之一切态度，与之攀谈，彼若理若不理，举坐为之诧异。说要喝水，则若干研究员为之倒茶，丁声树先生且亲往厨房为提开水来。丁声树先生于会毕后拉往大厨房吃饭，实欲平息其怒，饭后继续再会，彼之态度仍旧，其面上之表情犹如戏上之大花脸。

斯年于每案将结束时询彼意见，彼总以重怒之词调曰："无意见。"俟原定各案已完，斯年询大家尚有案子讨论否，彼即大声曰："我有一个案子，我现在要弹劾汪和宗（本所庶务管理员），他在外边'招摇撞骗，用研究所名义，要冒领双份米贴'，不知此等事所长知道不？"于是长篇大论，演说一段皆此类之词调也。

斯年初闻骇然，以为汪和宗不知在外作何事，然汪和宗平日小心谨慎，以老实著名，故深感诧异。及闻李先生继续说下，始知系指本所庶务室在本月十六、十九两日致博物院之函。此两函之内容，系为中央博物院借用本所木匠（实系一杂工），本所向之要求退还五月份工资、伙食、米贴实物，此两函皆为斯年所授意，后一函且为斯年所过目，故其责任全在斯年，自不待言。当时斯年既知李先生为此事而发此论，即说明写此两信之原委，并声明此事责任全由斯年负之。李先生手持出纳管理员萧纶徽一条，谓此即系汪和宗贪污之证据。其上写明于海和木匠之米贴实物本所已经发了，李谓既已发了，如何又向我们要，显系汪和宗欲吞吃米贴，并谓照章程米贴应由原机关报，斯年当即谓米贴由原机关报，纵有此办法，本所亦不知道，因本所并未设有会计室，仅系中央研究院之一部，故一切事务皆由总办事处作最后之划一。庶务室之两信，本言退还本所，并非谓发给工人以双份，先生所指，自无根据。且既系斯年所办，其责任自由斯年负。于是斯年平心静气将此事之原委，向彼述说，谓急于要此实物之目的，无非为六月份本所未领到米，同人不久有断炊之虞，即如总干事远在重庆，犹体谅此事，自动寄来二万元。在此米荒之时，六斗米虽少，亦即一家一月之用。彼仍连嚷“犯法”等名词不休。并连谓即将往粮食部、教育部控告汪和宗云云。斯年忍无可忍，遂言曰：“此事我本已声明系我自己办的，而李先生又作此话，无异借汪和宗之名，对我加以污辱，我在中央研究院服务十五年矣，在社会上作事已二十余年矣。纵无所贡献，然绝未侵及公家一文，有时且以自己之钱，小小赔垫，此为人之共知，今李先生加此等罪名于我，成何事体？”于是李即起去，连呼：“看你怎么办吧！”此即此一幕之情形也。

事后查明李于到所务会议之前，先往庶务管理室，厉色要求萧〇〇君查明五月份于海和米贴发否？萧即查明已发，并命出一纸条，并盖章，萧即照办。李遂持此条指汪和宗而言曰：“我就要拿这张条子告你！你如何重领米贴？”汪当声辩：“此为研究所购求退还米贴，并非任何人重领米贴，且此事系奉傅先生命而办，后一信且为傅先生在此室看着写的。”李即走出，到所务会议所在地。是则李于在所务会议发此狂论之前，已知此事系斯年所办，其各种污蔑之词，虽托名于汪和宗，实皆为对斯年而发，更不待言。兹将此事来往各信，另纸抄呈，敬乞查明办理。除斯年所有责任及处分各事，另行呈请外，相应呈报此事原委，敬乞鉴核，至荷。

傅〇〇　谨呈 32/6/22

总干事同此不另。[45]

附：史语所与中央博物院来往函件（抄件）。

六月十六日历史语言研究所庶务室致中央博物院函：

径启者：敝所木工于海和君，因在贵院工作，所有该工工资、米贴、伙食等费按月均应由贵院付交敝所。查该工五月份工资九十元，伙食壹佰捌拾捌元，本身及家属米贴陆市斗（碛米）。以上各款，及米贴实物，统希惠下是荷！此致

中央博物院筹备处

国立中央研究院历史语言研究所庶务室启

三十二年六月十六日

六月十八日中央博物院筹备处出纳室复历史语言研究所函：

径复者：六月十六日大函奉悉。关于木工于海和君由敝处借用事，前经贵所傅所长面告敝处李主任云，只能短期并定七月底调回贵所复职，故一切工资等无法按月付给。兹照最优待遇按敝处雇用本地木工日资计算，五月份工资如下：

（一）自一号至九号共作九工，每工以卅二元计算，合国币二百八十八元。

（二）自十号至卅一号共作十七工，每工以卅五元计算，合国币五百九十五元。

两共国币八百八十三元正。

以上总数尚超过贵所之提出者约数十元，想贵所必可同意也。诸祈鉴查并希赐据是荷。此复

历史语言研究所

中央博物院筹备处出纳室启

三十二年六月十八日

附国币七百八十七元正，中博伙食团九十六元收据壹纸。

六月十九日历史语言研究所庶务室致中央博物院筹备处函：

径启者：顷准贵院备字第三二〇五一号大函奉悉。查贵院调借敝所木工于海和君事，原应照机关待遇，将该工五月份应领之工资、伙食、米贴等付交敝所，敝所始能入账转报总处。尊函虽云按照最优待遇，系按日计工，似与借调原意不合，而工资收据，敝所亦不便开具，报销上亦有困难。查五月份共三十一日，内有星期日五天，实计二十六日，照机关惯例，星期例假，自不应扣除。兹请仍照敝所十六日函开办法，除工资及伙食贰佰柒拾捌元已在尊款扣除外，并请将碛米陆市斗惠下。现以敝所六月份食米尚未领到，需米甚殷。相应函请查照为荷。此致

中央博物院筹备处

国立中央研究院历史语言研究所庶务室启

三十二年六月十九日

原款七百八十九元扣除二百七十八元，净退五百零九元正。

六月二十一日中央博物院筹备处出纳室致历史语言研究所函：

径复者：准贵所庶务室六月十九日大函嘱将五月份调用木工于海和之工资、伙食、米贴等付交以便转报总处，除工资、伙食贰佰柒拾捌元已照收外，余欠碛米六市斗嘱拨交等因，附退来前送款五百零九元，准此自可照办，惟查敝处五月份食米，系按员工实有人数在粮食部李庄仓库支领，已按名分发无余，兹按当日市价（五月七日）每市斗六十五元计算，共折合法币三百九十元随函送上，即希查收并赐据是荷。此致

历史语言研究所

国立中央博物院筹备处出纳室启

计附送木工米贴合价三百九十元正。

上述信件长篇大论，史语所与中博筹备处的公函你来我往，看似纠葛多多，实则就为一个人一件事，即木匠于海和与陆市斗米。

先是史语所发现五月份不该发给于海和的陆市斗米因一时疏忽而发出，继之发函向借调机关中博筹备处索要，而对方除薪水按日计算外，竟把陆市斗米以发放时的价格折合法币计算后应付。史语所对此并不同意，因为物价一日三涨，按每市斗米计算，五月七日的市价是六十五元，四十天之后，价格肯定高于六十五元，八十或者一百元一市斗乃属平常。如西南联大常委蒋梦麟在昆明防空洞躲警报的空隙，写了一部叫《西潮》的传记兼回忆录式著作，内中涉及抗战与昆明的物价，写道："抗战第二年我们初到昆明时，米才卖法币六块钱一担（约八十公斤）。后来一担米慢慢涨到四十元，当时我们的一位经济学教授预言几个月之内必定涨到七十元。大家都笑他胡说八道，但是后来一担米却真的涨到七十元。法属安南［越南］投降和缅甸失陷都严重地影响了物价。"又道："物价不断上涨，自然而然就出现了许多囤积居奇的商人。囤积的结果，物价问题也变得愈加严重。钟摆的一边荡得愈高，运动量使另一边也摆得更高。"[46]

与蒋梦麟同时在西南联大服务的中文系教授王力，应《中央周刊》之约于1942年写过一篇《战时物价》小品文，说："这两三年来，因为物价高涨的缘故，朋友一见面就互相报告物价，亲戚通信也互相报告物价。不过这种报告也得有报告的哲学，当你对你的朋友说你在某商店买了一双新皮鞋价值四百元的时候，你应该同时声明这是昨天下午七时三十五分的售价，以免今天他也去买一双的时候硬要依照原

价付钱，因而引起纠纷。又当你写信给你的亲戚报告本市物价的时候，别忘了补充一句：‘信到时，不知又涨了多少。’”又说：“现在有些小地方追赶某一些大都市的物价，恰像小狗背着斜阳追赶自己的影子。但是无论小地方或大都市，人人都在嗟叹物价如春笋，如初日，如脱手的气球，只见其高，不见其低。有时候又像小学算术里所叙述的蜗牛爬树，日升三尺，夜降一尺，结果仍是升高……一向不曾做过生意，现在从北方带来的原值一元的网球竟能卖得九十元，获利九十倍，怎不令人笑逐颜开？”对于物价飞涨而教职员薪水也跟着蹦跳却始终追不上的尴尬现实，穷困中仍不忘舞文弄墨的王教授以调侃的笔法写道：“明年的薪水一定比今年增加：明年如果肯把这一支相依为命的派克自来水笔割爱，获利一定在百倍以上。”[47]

正是由于这一抗战大背景和物价飞涨的现实，史语所不同意中博筹备处以陆市斗米“折合法币三百九十元随函送上”的方式方法来打发，而对方亦不让步，遂使矛盾激化，最后演变为傅李二人翻脸并任性使气地较量起来，以至演变成旁观者为之色变，上下左右的长官、同事颇觉为难的局面。而这个矛盾，就是由傅斯年没有通过李济，而私自叫上李光宇查看照相室并予以询问一事引爆的。

既然矛盾已经公开，短时间化解已无可能，决战不可避免，傅斯年一改前函服软认输且要“泥首请罪”的姿态，立即凸显出固有的敢打硬冲、惹事不怕事大、先骑上虎背再降服猛虎的性格，与李济真刀真枪地叫起板来。6月25日，傅斯年致李济信，谓：

济之先生大鉴：

六月廿三日惠书敬悉，查廿一日会上阁下所提弹劾汪和宗一案，阁下虽声言系以本院同人资格提出，但又一再声云向教育部、粮食部控告汪和宗犯法行为。此为在场同人所共闻。所谓“弹劾”，所谓“提议”，固为本院内事，然向教育部、粮食部控告，则必为中央博物院之事。今来信既云与其它机关其它人毫不相干，似足下已改变告诉之计划。查告诉固为鄙人所深切欢迎，不告诉鄙人亦无法相强。若再改变计划而仍归于告诉时，幸于七月至迟八月为之，以鄙人不能久待，且时久在法律上失效也。

以上就告诉一事而论。今再就阁下所提本所职员之立场言之。查当日在所务会议之前，阁下在事[庶]务室时已由汪和宗君声明此事系由鄙人指示办理，而来所务会议时，不先问鄙人知此事否，遽出各种指人犯法之名词，及鄙人说明“这件事我全知道”，并将原委诉说，更由董作宾先生补充说明各情节之后，阁下仍复持其犯法控告之说，其为对鄙人而发，自不待言。假若此事能证明确为犯法之行为，在鄙人固当受其应得之罪，如其并无犯法之嫌疑，自为对鄙人之极大“公然污辱”。兹已将全案经过，连同一切有关文件送请院长、总干事派员彻底清查矣。专此，敬颂

著祺

弟傅〇〇　敬启

32/6/25 [48]

在给李济发信的同时，傅斯年同时给中研院代院长朱家骅、总干事叶企孙发一函，谓：关于李济在所务会议席上“重大污辱斯年一事”，兹应将一切文件送呈钧览，以便派员彻底查明真相。“盖此事如有舞弊之嫌疑，在斯年自应束身待罪法庭。如其无之，而为李济先生借题发挥，自为对斯年公然重大之侮辱，自亦有应得之咎。此事斯年深觉断不可含糊了事。以斯年之名誉及人格必须弄个清楚也。且刁风不可长，本院虽尊重各研究员之学术自由，而如此重大事件，自不可以息事宁人了之。待罪陈言，诸希亮察。”[49]

此函随附相关文件数种，内容与争论焦点仍是于海和的陆市斗米。傅斯年此时已大有“不蒸包子蒸（争）口气”，不分出红白高下决不收兵的慷慨悲歌之状。第三天，即6月27日，傅再致函朱家骅与叶企孙，除再度解释“汪和宗弹劾案”缘由与双方冲突之起因，还一并列举了过去二人于不经意间产生的矛盾与摩擦，对李济的性格亦有隐晦的涉及。此信可视作傅斯年与李济六年李庄合作与分歧的总记录，亦是两位一流学者在战时处一隅之地心境的真实写照。傅斯年信曰：

骝先尊兄院长、企孙吾兄赐鉴：

此次开会济之先生之演“八蜡庙”“全武行”（幸未“带打”），本为借题发挥之事，其不高兴处并不在于此。为两兄明了此事，不得不述其梗概如下：

一、去年教育部令博物院展览，博物院言只能专题展览，济之先生遂定好专题三四个：一为旧石器新石器之进化，此种资料取给于本所者，恐在百分之九十五以上，大部分为十四年前沈宜甲为本所代购法国穆提叶父子之收集，此为世界有名之收集。二为浚县发掘，此为本院与河南古迹会所有。三为汉代文物，此种一部分为本所与博物院合作之彭山发掘。王振铎之汉车制型，则为博物院纯有之物。此种一、二两项均为弟在重庆时移到博物院去者，原来并未有

借用之公事。彦堂虽知其搬动，自亦不敢过问。弟归来后，济之要博物院买这一批石头，弟云，博物院目下情形不定，研究所似未可让出。（济之一年到头说要不干博物院了。）彦堂并闻之博物院人云，济之并欲用原价购买，此则真是一大笑话也。

先是济之于去年本所在重庆参加美展时，抱其反对之意见，弟不得不自行取消与道藩之约定，今忽以本所之物应酬教育部之长期展览，且欲于双十节行之，弟自不无诧异之处，惟以济之之意不敢违，仍允其展，但改为在雾季中，并造一清册而已。（搬往博物院物并无任何纪［记］录。）其汉代一部分，弟回来时彼已托劳榦整理，此须参考若干书籍，并在本所书库中检出若干图画，以备照像之用者。弟询劳君，需时若干？劳云至少须一个半月。劳之计划，向不清楚，彼云一个半月，至少需两月以上，此则使弟有一极为难处，盖劳正在赶写居延汉简在李庄上石（自写石印纸），迟则加价（召［招］致本所数千元之损失），弟终以济之之意不可违抗，故仍令其办。但写一信给济之，请其给劳君以比较丰裕之报酬，并说明数字为三千元，请其斟酌。劳君一家八口在此，穷困不堪，许其得一外赚，亦人情也。此数准以重庆价格及博物院自花钱之办法，决不为大。然济之置而不复，弟在本月十日左右访济之，出门时询及此事，济之起为弟曰“你不要拿教育部的差事卡着我，我并不要把这差事办好”。弟当时心中极为难过，头晕脑闷，然仍一切如常，丝毫未曾表现情感也。总之，本所对于博物院之一切事，一向皆如伺候上司一般，弟且如此，同人更不消说。积藏已久，言之慨然！假如为此等事生气，应该是弟，而不应该是济之。

二、为弟查照像室之事。原来博物院之照像，皆由本所第三组之照像室办理，在南京时即如此。以前用材料，不甚分开，但他组公家用照像，济之颇不欲此室办理。去年第四组欲照一批像，材料固须另备，即地方与人工济之亦不肯借用。遂而作罢。此时考古组照像甚少，故此时大体是为博物院用耳，弟去年以来深感物价高贵，本所困穷，曾与济之谈数次，应将两方材料分开，本所但尽人工之劳而已。（本所照像室现在甚小，而博物院之照像大多数为放大者，动须多人在院中为之，所耗人工颇不在少。）济之早经答应，去年济之在重庆带来一大批材料时，即送到照像室，弟请济之分开，济之尚不知如何分法，遂函毅侯兄查明旧账，查明何者为研究所所买，何者为博物院所买，郭主任寄来一账，似是本所出款者甚少，弟又请济之去问，则两处之数恰反过来，即本所一万九千余，博物院四千余，遂成定案。

此室之管理员为第三组标本管理员李光宇（此人甚老实，久为济之调下山去！ 来山上时甚稀）。此室之照像者为技佐李连春，人亦老实，弟当即请济之告他们俩人分开使用，并直告他们每次照像登记，分别存放，或更用一记号，此去冬事也。大约本月十日或十一日，弟忽因本所同人服务证照像事，第四组冲像事，想起照像室内博物院与本所分用之实在情形，遂约李光宇上山一谈，当即同其往照像室一看，登记甚详，然材料仍是放在一起，所谓分用，仅系事后之分算，而非事前之分用。弟当即责李连春，为何不事前分用，李则以何物属于何方仅在李光宇处有记录对。弟又问李光宇何以不先分开，李则诺诺不能言。弟当言曰："两方分用，本为与李先生约好之办法，今情形如此，你们二位应该格外注意些。"弟亦未之深责也。济之为此事写一发怒之信来。弟立即回信解释（两信均抄奉），并深切道歉。其实弟自忖毫无过失：一、弟是否无权看研究所任何部分，且此部分又为弟所常去者。二、在弟与济之已经约定之原则上，弟是否有权督责相关之职员之执行。三，济之上山稀少，而弟于各部分事常欢喜自己看看，此习惯多年于此。然而弟总为息事宁人计，屈为之道歉，不意此日派轿子下山接来，仍演此一出"八蜡庙"也。

三、夏鼐事，去年骝先兄与济之合电致夏鼐，弟事前固全然不知，终以夏鼐为可请之人，故于今年院务会议中提出通过。初言由本所任其为副研究员，仍由中博院借调付薪，济之愤然曰："你们的院长，既然打电报请人家来，还不付路费？"弟觉此话有点不像话了，遂于此次夏鼐到后，决定爽性连薪水均由我们出。

四、Needham 在此之前一日，济之上山，自说笑话曰："我看我办之博物院，只有一个意义，就是维持若干朋友之亲戚饭碗，连我的亲戚在内。"我也连说笑话曰："只要是人才或者可靠，此亦用人之一道。"此时说说笑笑，毫无不快，然于演八蜡庙后，彼对人曰我责备他用亲戚。其实这种微妙之处，弟又何敢置词也。

以上各件，大约以第二项为济之生气之主因，然弟既已解释与自抑道歉矣，总计自裘籽原事件以来，平均两年之中来大闹三次，然未有如此次之暴烈者也。今述详情，诸希鉴察。敬颂

日安

32/6/27[50]

当年陶渊明不为五斗米折腰，如今两位民国史上广为国人瞩目的学术大鳄，竟为“陆斗米”各不相让，以致挥枪舞剑决斗起来，着实令人扼腕太息。于是，在李庄的众学者如梁思成、林徽因、曾昭燏等，皆不忍看到这一幕同室操戈的悲剧，遂起而相劝，最后竟闹得连李济的老太爷李权（郢客）老先生也加入进来。6月30日，李权给傅斯年一信，谓：“闻小儿济近与足下似有互相龃龉之处，伏唯小儿随侍左右十余年矣，尚恳俯念旧交详予指导……”[51]

原是同事兼兄弟因公事而产生的矛盾纠纷，竟致一位随所流亡的老人出面斡旋，此举令傅斯年深感愧疚，过意不去。时傅正闹关节炎与腹泻，卧病在床，只好请那廉君代写一短信予以解释：“起床执笔，至以为苦。一俟少愈，当即悉以上闻。”[52]

几日后，傅斯年病情好转，乃亲自写一长信致李权老人，谓“此事为明了全局并于各方俱得公道起见，应分三段说之”。继而解释道：

> 一、济之先生在上月廿一日对侄之污辱事件。先是侄在重庆时，杨雨生君告汪和宗君将本所木匠于海和长期借调，后来济之先生亦曾以此说告汪，汪自奉命惟谨，无异辞焉。侄返后，曾告济之先生云：“只可借一时，不可常借。”济之先生云：“借来省了你们的工钱、伙食，不是于你们有利吗？”侄即云：“此时研究所固不能兴土木，但这个木匠并不是一个单纯的木匠，实系一杂工，夏天须上房检瓦，且山上皆是旧房子，动则此烂彼坏，而善本书库之夹板、书盒正在修理中，故只可借五、六两月，以后若山上无事，博物院自可随时来借，目下洋人要来［南按：指李约瑟］，亦有一二处须修理修理方好看些，若桂花坳尚有人住，亦尚有修理之处。”彼时济之先生亦无异议。同时本所领米事发生纠纷，南溪仓库两来公函要求归还四、五两月所领之米，为此极为着急，除一面向重庆粮食部交涉外，不得不清算本所存米数量及存款，侄翻检名册，于见到于海和之名时，问汪和宗君云：“此项退还薪水等办法，是否以前说明如何办理？”汪云：“杨雨生先生前说明每月与本所结算工资、伙食及米贴。”侄当即云：“那你就去信要回五月份的吧！”此六月十六日汪致博物院函之所由来也。……廿一日本所开所务会议……原定各案议完后，问大家尚有案子讨论否，济之先生即大声曰：“我有一个案子，我现在要弹劾汪和宗，他在外面招摇撞骗，用研究所名义要冒领双份米贴，不知此等事所长知道不？”于是长篇大论皆此类之语调也。……是则济之先生在所务会议发此怪论之前，已知此事系

侄所办，其为对侄而发不待言也。

二、先是济之先生于侄问启生及连春照像室情形一事，似有所误会，此事详见济之先生六月廿日之函及侄同日复函，另有存底，附呈一阅。（此件乞赐还，以别无存底也。）此事本是去年侄自重庆返来之事，当时本与济之先生说好，两方材料各自分用，并告启生及李连春君各自分开，此次无非因同人为服务证照像及第四组在宜宾冲洗底片联想而起（彦堂兄亦云四组跑到宜宾冲照像，花钱如许多，我也觉得心疼），当时嘱启生上山，侄仅问问去年与济之先生商好之办法是否澈底实行。……此事退百步言之，在侄为重大过失，然侄已于廿日函中谢过不遑，声言泥首请罪，何至此日接上山来，演此“八蜡庙”之剧？而诬人以犯法也。此外济之先生容或另有不高兴之事，则侄不知之矣。

三、缅怀侄十五年来在研究所对同事之态度，纵不少过失，终以舍己之工作而助人之工作为本基，即如考古组之工作，侄有时拼命为之奋斗，而享大名者济之先生也。裘籽原事件，侄当时一切为济之先生打算，此必为老伯所知。不意事后忽以为偕其之成旅，一闹数月，至今侄尚莫明其故，此后则忽好忽坏，似乎济之先生已有感情上之不舒服处，便须侄偿之者，侄终念此十余年之交谊，虽有时心中极其难过，而事过境迁，全不在意，即如最近公私两事论之：

（一）尊府羊街之租房自当时看来，今夏必难解决，故于去冬往重庆于万难中请总办事处津贴万五千元，为兵盖房，俾可自桂花坳搬出而修理之（此事实用万二千元左右），当时虽云为寅恪、济之二人之用，但寅恪之不来，人皆知之，当时告济之云：“我绝不免［勉］强你上山来住，然若山下房子问题不能解决时，此可为后备之计。（此房现在所中公论为本所各住房之第一。）”如此为朋友打算，似无负于济之先生也。

（二）此次到重庆，看见有几件古物可买，立即为之在教育部请款将其买下带来，此本系侄一向对博物院之态度，似亦无所负于该机关也。不意一事误会，遽而出此绝计，犯法恶名、冒领丑事。本院自故蔡院长创办以来，不曾有此丑事，如不使其水落石出，则侄出入进退，何以为言。

侄因济之先生有向粮食部、教育部告诉之说，故于事后函其告诉，济之先生回信不提告诉之事，而仍谓“汪和宗在外为本所木匠于海和索取五月份双份米贴”，迫不得已，遂呈请院长彻底查明。此其经过也。然侄请院长查办者，我也，非济之先生也。兹姑以比之语，行路之人，为人挤入粪坑，起来第一事自为洗刷干净。然绝不以洗污之水投之见挤之人，故此事虽济之先生出此下策毒

计，在此只求一息了事，以重中央研究院之名义，绝不存报复之意，此则所以奉告老伯者也。临书悲痛，百感交集。……[53]

从信中看出，除事件本身的分歧与误会，更多的是环境使然。时局艰危、地域偏僻、活动范围狭小局促、医疗条件缺乏，身处这样的环境，人会越来越感到苦闷与煎迫。加之经济困难步步紧逼，几欲夺人性命，且李济的两个女儿正因此而殒命，其内心的煎迫感当更为强烈。正如费慰梅在描写梁思成、林徽因夫妇生活的实录《中国建筑之魂》一书中所言："李庄这地方，一如思成所描绘的'这个鸟不生蛋的该死小镇'，生活永远不会风平浪静。一九四三年二月底，逃难来的一群研究员，还有他们的眷属之间，一波波煽动性的流言蜚语像传染病般蔓延开来，最终引起一连串的嫉妒、争吵、愤怒、谩骂。正如林徽因在信上说：'这是一个心胸狭窄的小镇社区。最近，这里有些事发生，这些受过高等教育的人居然总是吵架，吵得很滑稽，吵到快要不可收拾的地步。我很怀疑，是不是在一座孤岛上，当日常生活供应不足时，人们就会像小孩子一样互打起来。'"[54]

林徽因所指的这个现象，是否包括傅斯年与李济闹的这一出"陆斗米事件"？如果没有过硬的反证，想来应是包括的，因为梁林二人都先后参与了对傅、李之争的调解，并费尽力气（傅斯年信中言及）。作为旁观者的梁、林较之傅李二人，对这一事件的症结看得当更清楚，林徽因的"孤岛"说恰如其分地表达了人类生活中一个独特的具有哲学况味的现象，而每个曾有过此种经验的人都能心领神会。如 7 月 14 日，中研院总干事叶企孙给傅斯年回函中即有此意，信中说："关于向博物院索回木匠之米代金事，兄及汪君毫无作弊之事实嫌疑及动机至为明显。济之兄随意诬人，殊属失当。但亦只能假设此因心绪不佳所致而原谅之。"[55]

然而，环境论与"孤岛"说，终究不是导致事件发生的全部原由，否则难以解释同在孤岛而有的人却仍然心灵平静，绝少与人争吵甚或闹事，如号称"丁圣人"的丁声树，如河南佬石璋如等之表现。傅、李之所以围绕"陆斗米案"各不相让，且矛盾持续升级恶化，与他们二人的性格亦有相当大的关系。——许多年后，在台岛窝住的李敖曾对二人特别是李济的性格做过评价，如："李济在性格上有他基本的不适合做领导人物的'缺憾'。例如，他没有蔡元培的雍容、没有丁文江的精明、没有胡适之的小事糊涂，也没有傅斯年的硬冲。他的性格属于狷介的一面，严肃而不可亲（甚至有时气量狭窄小气，态度跋扈专横）。……自古做领导人物的人，凡不能在雍容、精明、小事糊涂或硬冲任何一点上炉火纯青的，都难免走上'恶恶而不能去，爱才而不能用（或不敢用）’的十字街头。现在，可怜的李济正走上十字街头。”[56]——这里必须说明的是，台湾大学历史系毕业的李敖，当年欲进台北“中研院”史语所被李济与时任“院长”的王世杰所拒，因而怀恨在心，遂有1963年这篇抨击、谩骂李济的文章出笼，其时“中研院院长”胡适已死，代理“院长”李济卸任刚半年，“院长”由王世杰继任，而傅斯年“归骨于田横之岛”已13年矣。李敖对李济的抨击与谩骂自然不能作为“证据”，但李济性格中确有“狷介”的一面，他的学生、同事、上级皆“敬而怕之”，这也是众人皆知的事实。下面的例子即可说明此论，而其仍是“陆斗米事件”的延续。

◎ 1929年秋季，李济在殷墟第三次发掘工地上获得唯一一片彩陶时情形

7月20日，傅斯年给中央研究院总务主任王毅侯一信，谓：“前总处来一信，言及借用人员报生活补助费、米贴事，其末二句云：‘法无明文规定，似以由原机关报领为妥。’弟以末一句恐引起济之先生之又一纠纷（弟深知李之性情），曾写一函请兄改写一遍，将末句删去，计达台览。惟此事不知如何由贵处抄给济之先生一份，于是果不出弟之所料，济之先生昨日对萧纶徽兄大表其得意之姿色。昨日萧下山遇李，李问萧曰：‘你们向总办事处问的那封信有回信吗？’萧曰：‘有。’李曰：‘说什么？’萧曰：‘法无明文规定。’李曰：‘下文呢？’萧说不出来，李说：‘我替你说了吧！就是以由原机关报领为妥。’（按：来信有‘似’字彼亦删之。）于是便骂了汪和宗一顿，李先生之手段，皆系借汪和宗之名骂我，为此一句又生此一支节，谅非吾兄抄示济之先生时初料所及也。先是梁思成兄，林徽因、曾昭燏两女士等屡次劝弟将此事看轻，弟近数日颇为所感动，经此一幕，李之逞强肆横，毫无悔过之念，一切谈不到矣。……此事现在弄的已不是如何办为妥之问题，乃纯为法律之问题，因李济连次诬我犯法也。”[57]

王毅侯之答复与做法，是朱家骅或叶企孙之意，还是个人所为？外人不得而知，但此举确是置傅斯年与手下办事人员于被动之地位，同时为稍稍缓和的傅、李之争再掀波澜。从傅斯年与王毅侯的关系推之，王氏故意为之并以此挑拨是非、使傅斯年难堪亦属可能，此点从1941年9月19日傅斯年致王毅侯信中可寻出线索。傅在信中以强势姿态直言不讳地指斥王毅侯：“相识者言及，及据总办事处各人（大约是下层）传言，兄于每次接到弟信时，总是大骂，及至咆哮。刘、余二公在旁（南按：刘、余指刘次箫、余又荪），不好意思，只云‘算了，算了’云云。此事弟始闻而疑，继觉盖信。盖兄平日于收到不高兴人之信时（或提及其人时）作此态，弟见之已熟。然而弟之交兄逾十年矣，如有公私过失，明白指示，不胜于此等动作，有伤公事房之体统乎。务恳吾兄将弟各信中何者荒谬之处，明白指示，俾有所遵循，无任感激之至。”[58]

若“贵处抄给济之先生一份”的事，乃王氏有意为之，他的如意算盘确实没落空。蒙在鼓里的李济以他狷介的性格，果然向史语所庶务室办事人员萧纶徽发起难来，并借骂汪和宗再度指桑骂槐，把矛头指向傅斯年。此举在李济一方自是得意，但传到傅斯年耳中却是非同小可。盛怒之下，傅斯年于当天奋笔疾书致函朱家骅，不惜提出辞职相要挟，请朱氏予以明断是非，给个说法。信曰：

院长钧鉴：

关于上月廿一日李济君在所务会议大闹一事，累函报告经过情形，计达钧览。此事在斯年之意，无非在求证明李济君所云“犯法”一事之为虚为实，诚缘本院自蔡院长创办以来未有如此之丑相，如含糊了事不加证明，实为本院之耻。故请求派员查明此事，以重本院之名誉。此外并无他意。近以此间友人之劝说，亦颇欲将此事从轻看去，故于博物院及李济君尊甫之来函，均尚沈吟未复。不意李济君于接到总办事处寄彼以复斯年一函之抄件，其中有“……”二语［王汎森等编按：即王敬礼复函所称：“法无明文规定，似以由原机关报领为妥”二语］，于下一语大鸣得意，对萧纶徽君又骂汪和宗君一场。此事本由斯年所为，早经屡次声明，而李济每藉汪和宗之名如此辱骂斯年，在斯年更无面目为此所一日之所长，敬恳钧座另聘继任之人，以维秩序。如一时不能聘到，恳即日暂派本所任何一研究员先行代理，以重公务。此外仍恳派员彻查此事真象，以明斯年与汪和宗君有无犯法之行为嫌疑与动机，藉维本院之名誉。迫切陈词，不胜待命之至。谨呈

历------所长　傅〇〇

32/7/19[59]

朱家骅接函，见傅斯年欲撂挑子以示要挟，认为事关重大，遂调集一切力量设法予以安抚，同时委婉地给李济施加压力，令其撤销“弹劾”之说。经过一番努力，此事的解决终于在阴霾中见到了一线曙光。

7 月 23 日，中博筹备处的郭宝钧与梁思成上山，与史语所的凌纯声、李方桂、董作宾、吴定良等资深研究员会合，一同拜访傅斯年，并留下一函：

径启者：关于本所庶务室为木工于海和向中央博物院索回五月份米贴事，据同人考察此事经过，决无预图领取双份米贴之动机及事实。兹特郑重证明，以资结束，即希亮察为荷。此致

孟真先生

凌纯声、梁思成、李方桂、董作宾、吴定良、郭宝钧、岑仲勉、丁声树。

卅二、七、廿三 [60]

同日，傅斯年接到李济一函：

径启者：本年度六月廿一日本所第一次所务会议时，本席以本所庶务室有为本所木工于海和在外索取五月份第二份米贴之嫌疑，曾临时动议弹劾庶务员汪和宗，未经讨论，尚成悬案。兹查此事系出误会，理合自动撤销前次提案，以资结束。此致

历史语言研究所所务会议

提案人李济

卅二年七月廿二日

7 月 24 日，傅斯年致函朱家骅，曰：

院长钧鉴：

关于上月廿一日所务会议中李济先生提案“弹劾汪和宗”一事所引起之纠纷，兹经李济先生来函声明“系出误会，理合自动撤销”；同日又接凌纯声先生八人来函，有云“据同人考察此事经过，决无预图领取双份米贴之动机及事实”各等语，理合陈请钧座，将陈述经过各函，及请求派人澈查真相各节免予处理，即作结束，仍乞鉴核至荷。谨呈。

傅斯年　谨呈

三十二年七月廿四日

同日，傅斯年致函凌纯声等研究人员，除附列上述三信外，另有几句公函式附语："在所务会议记录册上，将上次记录末案下注明'本案已于同年七月廿二日由李济先生来函声明自动撤销'。为此通知出席上次所务会议各先生，及郭、梁、梁三先生，此外又发寄叶总干事、王总务长各一份，本信共发出十一份，并请诸先生勿对上述各先生以外露布之，俾此事全案结束，诸希亮察至荷。"

至此，闹腾了一个多月的照相室事件与"陆斗米弹劾案"终于了结。

李霖灿：从圣地归来

傅、李之争结束了，二人及双方被卷入的其他人员也显出疲惫之态。由于战争拖延以及生活困顿，中国军民已到了精疲力竭、举步维艰的地步，而驻李庄的几家研究机构亦呈现衰落趋势。

就史语所的几员大将而言，梁思永仍重病在身，只能躺在病榻上做一点工作；李济主要精力仍用于主持中央博物院筹备处工作；李方桂因经受不住长期贫困，未久即离开李庄到成都燕京大学任教；一心想创办边疆文化研究所且图谋拉杆子自立的凌纯声，未久即迁往云南澄江的中山大学边政系任教，抗战胜利后出任教育部边疆教育司司长。[61] 据傅斯年致李方桂的信透露：芮逸夫在外考察未归。丁声树、全汉昇二人出洋留学，马学良返家探亲未归，张琨请假三个月去西安迟迟未归，谓之"结婚去。或云即与马之妹，或云非也"。而周法高"亦闹自费出洋，而又无钱，故跑去白沙，兼两个国立中学课，即领两份钱米！（国立中学如此办。）今既无自费考试，已函其速返。董同龢有东北大学请他，他初意甚动，我即告他东北大学情形……"。[62]

◎石璋如在李庄板栗坳戏楼底座雕墙前留影（1944年摄，陈存恭提供）

除去辞职、转职和请假未归者，史语所只有董作宾、吴定良、岑仲勉、石璋如、高去寻等几位元老与傅乐焕、逯钦立、张政烺等几位青年学者还在李庄板栗坳苦苦坚守。面对颇为冷清且有些悲凉的局面，大家已经习惯并顺天知命地接受，正如石璋如所说："留下的几个人不管如何，依旧规矩工作。"[63]

学术阵营日渐衰退，傅斯年决定再行招聘研究人员特别是青年学子入所，除壮大实力外，还有一个更长远的目的，就是"培养学术研究的种子"，以待抗战胜利后再次振兴。恰在此时，山东省图书馆馆长王献堂带弟子屈万里来到了李庄。

王献堂以学问渊博著称。当年在他的协助下，史语所考古组不仅顺利发掘了著名的城子崖龙山文化遗址，还成立了山东古迹研究会，史语所的傅、李、董、梁等都是该会委员。由于这一连串的关系，山东聊城籍的傅斯年与山东日照籍的王献堂建立了深厚友谊。抗战爆发后，济南沦陷，王献堂得到某机构资助，携弟子屈万里来到李庄，避居板栗坳做学术研究。王之所以来此，除因与史语所同人的友谊，另一个重要原因就是，此处有战时后方最大的图书馆——史语所几十万册藏书可供参考。因屈万里已有较深厚的甲骨学功底，傅斯年决定把他补到史语所三组，跟董作宾整理甲骨文字。

自 1934 年殷墟第九次发掘之后，董作宾把主要精力用在所得甲骨文的整理与研究中，前九次发掘共得甲骨文 6513 片，经过墨拓、登记、编号，选出 3942 片，于 1935 年编成《殷墟文字甲编》图版部分。按照计划，与图版相对应的还有一部《殷墟文字甲编释文》，即对图版加以考证和解释的文字说明。《释文》由董作宾助手胡福林（厚宣）负责撰写，但就在史语所人员即将由昆明搬李庄的前夜，胡福林竟溜之乎也，转而跟随顾颉刚、钱穆等赴内迁至成都的齐鲁大学研究所另起山头，搞甲骨文研究，公然与史语所抗衡，其在昆明负责的《释文》写作随之流产。此举给董作宾带来心理创痛，也给其研究工作带来很大被动。傅斯年得知此情，极为恼怒，认为齐鲁大学，还有顾颉刚等人欺人太甚，遂当即发函向齐鲁大学质问事实，而后又以凌厉的姿态警告道"至此后关于胡福林个人之行动，自与本所无涉，但在该员服务于贵校期间，若在贵校任何刊物内，载有本所未经发表之任何材料，自应由贵校负责，本所当采取适当办法办理"[64] 云云。

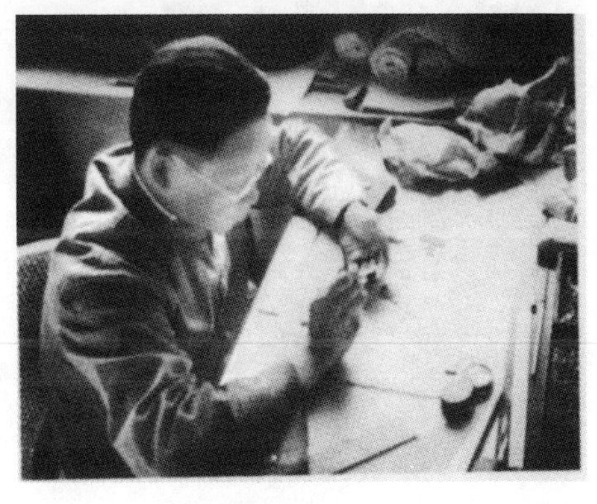

◎ 1940 年，董作宾于昆明龙头村"龙头书屋"工作室摹写研究殷墟 YH127 坑出土甲骨情形（董敏提供）

史语所迁到李庄后，董作宾曾想找一个懂

甲骨文的人重新撰写《释文》。1941 年 10 月 16 日，李济赴重庆公干，梁思永在致李济信中曾提到“彦堂兄请兄觅聘一顶替胡厚宣的人物，嘱弟转告”[65]。抗战军兴，学界中人特别是青年学子纷纷思走，想方设法到条件好的城市和利禄厚实的机关做事谋生，根本无法找到适当人选来偏僻贫穷的李庄研究乌龟壳，合适人选迟迟未能觅到。屈万里的到来，可谓恰逢其时，他正好可以补充胡厚宣留下的空白，协助董作宾完成未竟的事业。尽管如此，由于胡厚宣属中途撂挑子溜走，屈万里接手后花了很大力气才理出头绪。在 1948 年董作宾的《甲编》由商务印书馆在上海出版时，屈万里的《释文》却还迟迟赶不出来，直到 1961 年 6 月才得以出版——这时的出版地点已不是上海而是台湾了。在相当长一段历史时期内，大陆学者所能够看到的，就是一部由乌龟壳墨拓成形、未经考释和注文的黑乎乎的《甲编》。——这是董作宾的不幸，更是中国甲骨学界乃至整个社会科学界的不幸。

史语所阵营处于衰落期，但蛰居在李庄板栗坳牌坊头的董作宾没有消沉，他在屈万里与自己联合指导的研究生李孝定，以及刚从李庄中学新招收的见习生刘渊临等人协助下，开始在戏楼院一间阴湿的屋子里，将所有精力投入《殷墟文字乙编》和《殷历谱》的编制之中。

《殷墟文字乙编》共分上、中、下三辑，在李庄期间完成了上、中两辑，分别于 1948 年和 1949 年出版；下辑在回南京后编成，1953 年由台北艺文印书馆出版。《乙编》编排体例与《甲编》相同，但所收甲骨文要多出几倍，共收入带字甲骨 9105 片，所收材料，超过《甲编》的四倍以上，出土的坑位简单明晰；内容新颖而且丰富，研究的价值，也远在《甲编》之上。《乙编》的问世，是董作宾、屈万里等人在甲骨学上所做出的又一项伟大贡献，正如甲骨学家孟世凯所言：“这种考古学方法著录甲骨的新体例，是甲骨学史上的创举。它不仅体现了近代田野考古学方法引入甲骨学研究领域取得

◎殷墟出土的有明显烧灼痕迹的刻字甲骨

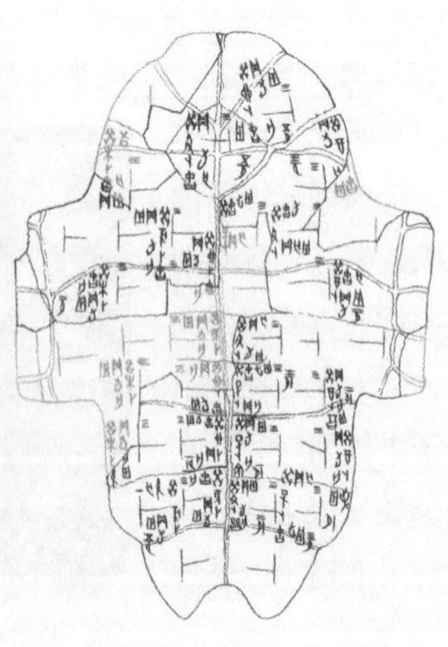
◎董作宾手绘著殷商第一期武丁十甲之二（董敏提供）

了辉煌成果，也为以后著录科学发掘所得甲骨文提供了范例。”[66]

董作宾在主持编撰《殷墟文字乙编》的同时，其倾注了十几年心血的《殷历谱》著述也进入最后阶段。自殷墟发掘之后，董作宾试图通过甲骨卜辞透出的蛛丝马迹，来考证殷商时代的历法，由历法再转推确切的年代。自1931年董作宾在《安阳发掘报告》上发表《卜辞中所见之殷历》开始，经过十几年的艰苦努力，终于取得了举世瞩目的成果。

1945年4月，董作宾在李庄完成了甲骨学史上具有里程碑意义的《殷历谱》，并于同年在李庄镇石印出版。由于受当时条件限制，这部“合情、合理又合天”的皇皇巨著只印了200部，每部都有编号，成为一个特殊时代的珍贵见证。

《殷历谱》在李庄成稿后，董作宾专门复印一份寄往时在成都燕京大学任教的史学大师陈寅恪，请其指教。陈氏在回复中称：“大著病中匆匆拜读一过，不朽之盛业，惟有合掌赞叹而已。改正朔一端，为前在昆明承教时所未及，尤觉精确新颖。”接着，陈寅恪针对著作的具体问题谈了自己的看法，对董氏的创造性成就表示了充分肯定。《殷历谱》在李庄石印出版后，陈寅恪再次致信董作宾，赞曰：

> 抗战八年，学术界著作当以尊著为第一部书，决无疑义也。[67]

一生坚持“独立之精神，自由之思想”的陈寅恪，为人处世从没有郭沫若般浮夸，也绝无见风使舵、阿谀奉承的毛病，真正是按他所倡导的“士之读书治学，盖将以脱心志于俗谛之桎梏，真理因得以发扬”[68]来实践的。后来学术界反馈的信息证明，陈氏对董作宾著作的评价是比较公道和公允的。

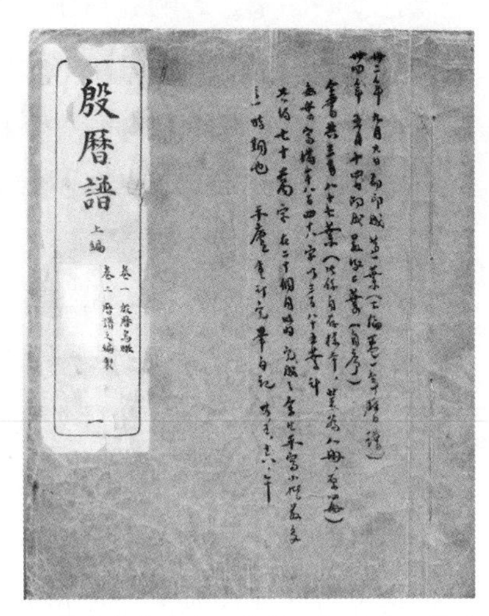

◎董作宾在李庄石印的《殷历谱》封面上的题记（董敏提供）

目睹董作宾治学经历的傅斯年，在为这部大著撰写的序言中，饱蘸感情地写道：“《殷历谱》者，吾友董彦堂先生积十年之力而成之书也。彦堂天资高迈，精力过人。十载兵戈，飘泊于西南天地之间，此谱耗其岁月约三分之一，若四之一，然彦堂一人每日可为之事当常人三四，故若他人为之，即才力相若，不窥园亭，亦或须一纪，此其所以使友朋辈无不羡妒者也。”又说：“虽然，彦堂之治甲骨学将二十年，此将二十年之月日，皆与余共事中央研究

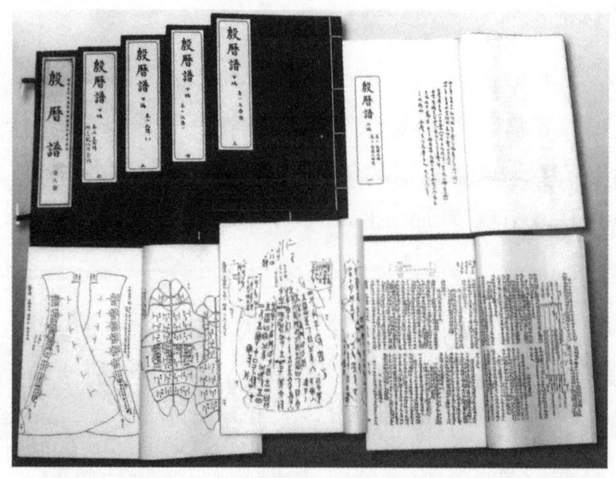

◎董作宾《殷历谱》重印后部分内容展示，上有董作宾红笔删改字迹（董敏提供）

院，余目睹当世甲骨学之每一进步，即是彦堂之每一进步……今彦堂之书，无类书之习，绝教条之科，尽可见之卜辞而安排之，若合符然，其工夫有若门德勒也夫[通译门捷列夫]之始为原子周期表，而其事尤繁矣。”[69]

对于陈寅恪与傅斯年等学界大师的评价，董作宾极为谦虚地说：“《殷历谱》这部书，虽然我曾下过十年研究功夫，在四川李庄，手写了一年又八个月，印成了四大本，连图表共占有70万字的篇幅。在我看这算不得一回事，这只是‘甲骨学’里研究方法进一步的一个小小尝试。”然而这个小小的尝试又是何其艰难，“全书之写印，实系初稿。有时公私琐务猬集，每写一句，三搁其笔。有时兴会淋漓，走笔疾书，絮絮不休。有时意趣萧索，执笔木坐，草草而止。每写一段，自加覆阅，辄摇其首，觉有大不妥者，即贴补重书，故浆糊剪刀乃不离左右。个中甘苦，只自知之。”[70]

寂寞兴会，甘苦自知，但此道不孤，董作宾的学术精神与钻研甲骨学的方式方法，不断感染、影响着后生学者，并成为一种催化的力量，促使年轻人走进更广阔的天地，于荒芜的学术疆域开拓崭新的事业。

就在董作宾蘸着油墨于李庄古镇孜孜不怠地誊抄、石印皇皇巨篇《殷历谱》前后，有一个青年学人也在印制关于麽些文字的经典巨著，此人便是董作宾的河南同乡兼指导学生李霖灿。

李霖灿，1913年生于河南辉县，13岁考入河南开封省立第一师范学校就读，21岁进入杭州国立艺术专科学校绘画系习美术。当时中国有两个国立艺术专科学校，一为北平艺专，即后来的中央美术学院前身，1918年成立；另一个是1928年成立的杭州艺专，即中国美术学院前身。杭州艺专的教授多为留法出身，如校长林风眠、教务长林文铮及其夫人蔡威廉（蔡元培之女）、刘开渠、雷圭元等，其教学传统和方法以及画法、风格，很像法国美术学院的中国分校。卢沟桥事变爆发后，北平艺专师生在校长赵太侔率领下，逃出沦陷的北平城，迁往江西庐山暂住，继之转赴湖南沅陵。早年赵太侔和夫人俞珊在青岛大学任教时与沈从文同事（赵曾出任国立青岛大学和后来改名的国立山东大学校长之职），时沈正在家乡暂避，北平艺专便借得沈从文家乡南岸老鸦溪一处宅院作为校舍安顿下来。随着日军不断进逼，南京沦陷，江浙一带相继陷落。1938年年初，撤退的杭州艺专师生在校长林风眠率领下辗转到了沅陵。于是，国民政府下令两校合并，易名为国立艺专。原来的校长制改为委员制（国立西南联大、西北联大等校皆是委员制），除原来的林、赵二位校长，又补加了原北平艺专教授常书鸿为常务委员，新成立的国立艺专师生在三位常委的领导下开始了抗战办学的艰苦生活。

◎李霖灿

可惜好景不长，北平艺专与杭州艺专的合并，如同蒋梦麟说的国立西北联大——两个人穿一条裤子，步调极不谐调，未久便步了西北联大解体的后尘。因门户之见、派系倾轧、权力之争，演变出一场势不两立的学潮，北平艺专师生负气出走，在沅江称为河上洲的小岛上住了一段时间。当时沈从文尚未赴昆明任教，曾专门到小岛上看望慰问师生。而杭州艺专的原校长林风眠索性辞去常委职务，出走他乡。在这股短暂的混乱中，作为学生的李霖灿与沈从文相识并给沈氏留下了良好印象。

国立艺专学潮闹腾的最终结果是：赵太侔离校去了重庆，林风眠回校任代理校长，政府当局又设法对校内人事做了调整、平衡，或明或暗地进行打压、胁迫，风潮渐趋消停。未久，林风眠去职，国民政府教育部派滕固任校长，学校重新恢复校长制。一部分师生见此状况，无心读书习艺，在一帮另类师生的鼓动下，少数分子索性离开沅陵出外谋差，有几位学生在北平艺专王曼硕老师组织、带领下，转赴延安进入中共建立的边区政府待机谋事。时李霖灿已是毕业班的学生，面临毕业，因学校接到派人赴南岳衡山任大专学生训练总队艺术教员并作画宣传抗日的命令，遂以国立艺专研究生的名义赴衡山工作。

抗战形势日趋紧迫，著名的长沙“文夕大火”事件发生后，国立艺专奉命由沅陵迁昆明办学。因交通工具缺乏，李霖灿等毕业班七名同学主动组织一个步行团，以李为“团长”，安步当车，自沅陵经贵州向云南进发。按校长腾固的要求，李霖灿等七人团特别留意沿途的文化古迹并做简单考察，李氏作为一团之长，最为勤恳奋进，收获最丰。当时的同学吴作人后来谈到李霖灿时说：“一路贫穷，一路画速写，苦学不辍。”步行团到达贵阳稍事休息，再赶赴昆明。时原来的七人有四人脱队，只剩李霖灿、夏明、李长白等三人，乃组成三人团于1939年2月7日继续向昆明进发。沿途雄伟壮美的高山狭谷和自然风景，以及质朴的民风民俗和人情，令李霖灿等心向往之，难以忘怀。

3月3日，李霖灿一行抵达昆明。当时国立西南联合大学部分学生组织了一个“高原文艺社”，社中同人听闻李氏等人抵达昆明的消息，专门在昆明街头迎接。李霖灿在当天的日记中记载：

> 高原社同学在路上迎接我们，又安排了一位向导协助我们，是很可感人的，只是晚间的欢宴，让我觉得有此必要吗？我觉得工作要紧，要拿出计划来！前进！前进！[71]

时沈从文已离开沅陵赴昆明西南联大任教，与高原社中的同学私交甚好。

3月5日，沈从文为欢迎李霖灿等“步行勇士”，在他家里举办了一个欢迎谈话会，听取“三勇士”一路的所见所闻。据李霖灿之子李在中说：“这次谈话具体内容，我父亲日记中并没有详述，但是见到洛克［奥地利学者］在丽江工作的一些照片是有可能的。”谈话会结束后，李霖灿日记有这样一段记载：

> 与有名望人谈话或者认识的好处，是他们可以提供给你许多“不这样便不能得到”的忠告，而且主要在他们无意间的谈吐中，时常会暗示出一条工作的道路。世界上应做的工作太多了，每人都只能做一点，我们正须要大家都帮忙协助，完成人类理想的大业。
>
> 和沈氏谈话后我有足够的勇气来工作，虽然这一两天我在闹肚子，但是今天回来觉得精神上一兴奋一切都好了，我相信在十天以内我可以把它整理出来，一切务外的心都没有了。
>
> 沈先生的小楼中有许多书，这是我觊觎的目标，我要把他里面的宝物变成我肚子里的东西。[72]

3月11日，李霖灿拜见了刚从云南苗族地区考察回到昆明的郑颖荪，郑氏乃有名的古琴大国手，二人谈了苗族的音乐、绘画等艺术。李霖灿没有记载这次见面郑颖荪是否出示了他收集的东巴经卷，但后来的日记披露郑向李提及他收集了部分东巴经卷，收集的原因是他以为那是一种古乐谱。

3月19日，沈从文应邀参加“高原文艺社”茶会，向入会者展示了几卷珍藏的纳西象形文字经典。同学们看后大为惊讶，李霖灿更是被那图画一样的美丽文字吸引，似乎有个神灵在引导着他，灵光在眼前一闪，便有了赴纳西调查研究这种古老文字并制成一部字典的念头。茶会结束后，李霖灿从沈氏处取得东巴经卷一份，开始尝试翻译。

3月20日，从沈从文处取得的东巴经卷翻译完成，李霖灿确定搜寻东巴经卷与翻译等，可作为丽江考察计划中之一项内容。

此前，李霖灿奉校长腾固之命组建古代艺术考察团，有团员三人，分别负责音乐、雕塑及绘画三个主题。21日，李霖灿将东巴经考察、搜寻、翻译的计划呈报腾固校长并获得批准。

国立艺专师生抵达昆明后，先驻昆华中学北院（文林街今师大附中宿舍），不久又迁兴隆街中华小学（光华街今省中医院西侧）。因当时的艺专不比其他大学，全校师生才200多人，两处地方虽小但足以供师生之用。再后来由于空袭频繁，艺专只好迁往距离昆明45公里的晋宁县安江村乡下继续办学。

按李霖灿的设想，考察团必须赶在学校迁晋宁之前踏上行程。他把这一想法向学校当局报告后，腾固校长表示赞成和支持，修书一封让李霖灿拿着去拜谒中央研究院史语所的董作宾。腾固本身国学功底深厚，对考古极有兴趣，与李济、董作宾等考古学家友善。他认为李霖灿此次赴丽江调查研究，向董作宾等专家请教很有必要。于是，李霖灿怀揣校长手书和一颗怦怦跳动的心走出校园，向昆明郊外的龙头村走去。对这段决定人生命运的经历，许多年后李霖灿回忆说：

> 民国二十八年（一九三九）学校由湘西迁到了昆明，国立艺专的滕固校长对我说：你要去调查纳西族的象形文字，我介绍你去中研院看一看董作宾（彦堂）先生，他是古文字学专家，又是你的同乡。
>
> 我去了，由昆明市步行前往，七点半钟出发，十点钟便到了龙泉镇，当地人叫它作龙头村，一个十分可爱的小小村落。
>
> 彦老看过了介绍信，十分高兴地说：我只是对商代的甲骨文字略有一点了解，而且知道有一些字的来源已不识其本，你去丽江研究纳西文字时，要注意那种图画文字的字源，这对文字发生史的比较研究是十分有用的，难得现下当

今，还有这种洪荒太古的活标本存在。

我立刻恭恭敬敬地回答了一句话：必定在这方面有所报命。

临走，董作宾关切地送给李霖灿一盒点心，嘱咐在路上吃……

这是李霖灿与董作宾交往之始，也是李氏学术生涯中的一个转折点。李霖灿在这篇回忆文章中又说："一个星期后，彦老有事进城，顺便到学校中来看我，他见到我用一个三条腿的破课桌钉在中柱上写文章，便笑道：'年轻人精神这么好，中国历史不会亡。'"[73]

谈话中，董作宾告诉李霖灿：这些年由于大批甲骨出土，经过专家学者不断的精心探究，渐渐为不少来历不甚清晰的汉字寻到了根。这是古文字学研究的进展。而由于研究问题的向度不同，对甲骨文的释义就会见仁见智。若能找到与这些甲骨文同时代的其他文字，与之进行比勘研究，将有助于了解甲骨文的孕育萌生，以及人们造字时的心理及文字演变情况等。纳西象形文字尚处于文字与语言的分野不甚明晰的舞蹈阶段，正向形象时期演变，恰恰便是语言学者们倾心以求的一种文字……[74]

这段极富学术前瞻性的话讲过，董作宾又告诉李霖灿，中央博物院筹备处的吴金鼎、王介忱夫妇，连同从英国学成归来不久的女考古学家曾昭燏等人组成的发掘团，此时正在云南西部大理苍山、洱海一带搞考古发掘。而大理的苍山、洱海区域，地理上与丽江相连，文化上也有相通之处，如果能先到大理跟吴、曾等考古专家学一学田野考古调查的技术，了解一下当地的文化和习俗，对以后的丽江考察大有益处。说着，董作宾从衣袋中取出一封信交给李，说如果决定去大理找吴金鼎，带上这封信就可以了。

对这位前辈兼同乡饱含期望与寄托的提示，李霖灿深以为然，决定先赴大理学一学田野调查与考古技术，而后再赴丽江做实际工作。临行前，李霖灿又专程拜访了沈从文，沈当即给予嘉勉，李回忆道：

离昆明赴丽江的前夕，我又去沈从文老师处辞行，他说："好啦，许慎作《说文解字》，董作宾先生治甲骨文，如今你又要作纳西族象形文字字典，看来，文字学是你们河南人的天下了！霖灿，好自为之！"[75]

根据计划，考察团将于1939年4月26日出发，惜在出发前另外两位同学打了退堂鼓，只有李霖灿孤身一人按期前行。

◎大理为纪念观世音菩萨，每年举行观世音大会一个月，俗称“三月街庙会”。这是李霖灿于1940年在三月街上所作的即兴速写（李在中提供）

当李霖灿乘车一路风尘来到距昆明约360公里的大理时，正值“千年赶一街，一街赶千年”的农历三月十五“观音节”，当地俗称“三月街”。面对“山川秀丽，人物焕采”的壮美景观，李霖灿神情为之大振，顾不得周身疲劳，迅速选了个合适的位置，从行囊中取出纸本对着浩浩荡荡的人群速写起来。想不到这个特别的举动，立即引起担负“维稳”“弹压”任务的警察与社区街道治安员注意，此时抗日战争正处严峻时期，政府当局给警察布置的一项重要任务即防范汉奸刺探情报，为敌人轰炸指引目标。李霖灿的动作被误认为是偷画地图的间谍行为，几个警察迅疾蹿过来，把李霖灿押入护国路县衙大堂。

当此之时，处于中国西南地区的大理，仍沿袭旧有的县长坐堂审案遗风，听说抓了奸细，立即吩咐左右升堂讯问。这位叫张廷勋的县长早年毕业于大夏大学，文化修养不算低，对学术考察这类事知道一些，且又听李霖灿说是为寻找吴金鼎等人来到此地，恰吴金鼎此前曾到县政府办过手续，县长自是知道此人。经过一番你来我往的问答，县长意识到李霖灿并非奸细或歹人，便说：“你既然认识中央研究院的吴博士，就到乡下取个‘保’回来，县府也就好了结这桩公案。”随即另派一名警察陪同李氏到大理城外苍山脚下的上末村考古工作站找到了吴金鼎。

吴金鼎看过董作宾的介绍信，简单问了下情况，便说：“不要紧，就由昭燏小姐来写一纸公文给县府吧。”吴氏身旁的曾昭燏面对李霖灿的窘境，自是乐意帮忙，于是找来纸笔挥毫提书，很快便把公函拟好。跟来的警察拿着“担保书”打道回府，李霖灿就此留了下来——这是他与吴金鼎、王介忱夫妇以及曾昭燏等人相识的经过。

以后的日子里，李霖灿跟随以吴金鼎为首的考古发掘团在苍山、洱海学习田野调查、发掘技术，星期天便一个人背着画夹到离工作站很近的清碧溪游览写生，并草成《清碧溪游记》一篇交曾昭燏审读。曾氏认真阅读后做了“文图俱佳”的评论，并发出“想不到李公的散文写得这么好！”的赞叹。后来这篇散文配上李霖灿现场写生的图画，由昆明的沈从文推荐给《东方画刊》发表，一时传为战时知识青

◎大理点苍山清碧溪入山口——清碧溪武器岩（李霖灿作，李在中提供）

年野外考察的佳话。

根据政府当局的指令，凡内地人员到边疆少数民族地区考察访问，需持省政府批准的“护照”才可通行，李霖灿在大理一边跟随吴、曾等考古人员学习田野发掘调查，一边等待此前在昆明呈交的手续核准。一个月后，云南省核发的“护照”到手，李霖灿便告别吴、曾等发掘团人员，打点行装随马帮沿着茶马古道进入丽江，开始用现代人类学的方法，调查研究纳西族的语言文字及更宽泛的东巴文化。

盘桓数日后，李霖灿身上的盘缠用光了，到了三餐不继的窘境。时吴金鼎、曾昭燏的发掘团已结束了苍山、洱海的田野考古发掘回到昆明，若在当地筹钱又十分困难，进退两难之际，李霖灿只好硬着头皮给昆明龙头村的董作宾写信求援。董作宾见信立即行动起来，关于这段史实经过，李霖灿是几年之后才得知的，他在回忆文章中这样写道：

> 救人如救火，彦老想到了筹钱为第一，在他家用浩大拮据万分的情况下，他率先解囊，拿出生活费五十元作为倡导。吴金鼎博士知道了，他对我这个年轻人的印象甚好，也随着捐了五十元。更难得的是他夫人王幸宜（王介忱）女士，也拿出五十元来救助我，说是免得我陷身草原流落于边疆。曾昭燏女士也慨助我五十元法币，我曾随着她和吴金鼎博士在点苍山学习考古……
>
> 然而，彦老却不曾忘怀，他仍在四面八方惨淡经营地做他自命为救人的工作。半年后的一天，我正在伏案写文章，邮差送一封电报到我桌上，拆开一看，上面译出的文字是：“中央博物院拟聘兄加入其调查工作，可否，请电覆。李济、董作宾。”[76]

这个时候李霖灿尚不知道，此时中央博物院筹备处刚好得到一笔外来捐款，可以在院内增加一个工作人员名额。在抗战时期多数机关单位不断减退人员的大背景下，此种机遇十分难得，对新增加人员的选择也格外慎重并成为一件大事。董作宾得知消息，当即向中博筹备处主任李济推荐了李霖灿，并言明可向吴、曾等人再详细了解情况。吴金鼎、曾昭燏得闻，给予大力支持，曾昭燏在上呈李济的推荐函中说道：“这一个年轻人曾到过大理，同我们一同在苍山上考古。他旧学底子不太好，但冒险犯难勇往进取的精神，在现下当今人中，百不得一。”[77]

正是得益于上述人员的共同努力，远在丽江的李霖灿才有了进入中央研究机关的机会，也才有了他与纳西族文化一段大事因缘的铸就。按李霖灿的说法，接到昆明发来的电报后，“我一点也没有考虑，立刻复一份‘愿一试之’的电报回昆明，那时候中研院、中博院都还住在龙头村。这才算是有了职业，不久就寄来了聘书，接着又寄来了薪水和调查费，给我的名义是助理员，相当或略高于雇员的一个名分，月薪是法币一百六十元整。在边疆上换成老滇币还可以够用。但是调查费却汇来了六千六百元法币。学术界果然不同凡响，既不需要你返处述职，又不要你先行呈核计划。我自笑，从来没有这么一个低名分的人，可以自由自在地在那个遥远的地方支配这么一个庞大的数字！我骤然感觉到肩压沉重”[78]。

面对巨额的调查费用和肩上的重担，李霖灿自是不敢有丝毫的懈怠，越发感觉到“在祖国极其危急的情况之下，学术机构卓越领导人，千方百计安排出巨额经费来发掘自己的文化宝藏，这都是为了百年后的文化大计，不是为眼前寸尺得失的一日之课”。于是，李霖灿怀揣这一关乎国家、民族兴衰的“文化大计”，“以一个文化人的身份，在云岭之下，发现了硕果仅存的世外桃源……”[79]。

李霖灿所说的这个世外桃源，表面上是说丽江及其周边地区纳西族人民的聚居地，深层含义却是指纳西族的历史与纳西文化形成的源流，以及传播、延续的史实。在这一史实的深处，埋藏着这个民族苦难的历程、奋发的身影、闪耀的灵旗、血泪交织的辉煌。

纳西族系崛起于西北河湟地区的古羌人的后裔，于商周时代开始成规模南迁，与当地土著融合形成了一个新的支系。秦汉至魏晋时期，纳西族已迁徙至大渡河雅砻江流域，以游牧、畜牧为主。到了唐代，政治条件相对宽松，部分纳西先民沿雅砻江南下，抵达丽江。随后挥师南下，在洱海东部建立了第一个政权——越析诏。史书上说，越析诏“地最广、兵最强，素为南诏忌”[80]。可惜，这个号称地广兵强的越析诏，存续了不

◎丽江束河古镇里的一座古长石桥，建于明代，已有三四百年的历史。70年前李霖灿曾在此研究纳西文化（李在中摄并说明）

长时间即为实力更强的南诏所灭，纳西先民南下由此止步。此后，在南诏国的强力胁迫下，纳西人退回金沙江中游流域生活栖息。在由北向南大迁移并在金沙江流域扎根的500多年间，纳西人几乎一直在唐王朝、南诏、吐蕃三大强势政权的夹缝间苦苦周旋，艰难生存。这种特殊的生存环境铸就了纳西人深沉坚韧、灵活机动的民族性格。同时，纳西人受到这三大文化圈的润泽，以东巴文化为代表的民族文化由此滥觞。

当历史的长河流淌到宋代，纳西先民的政治环境和生活条件有了大转机和改善，原因是：北部的吐蕃王朝分崩离析；不可一世的南诏也陷入了混乱；东边的宋王朝则穷于应付从北方袭来的游牧民族，无力经略西南。“故自南诏以后，麽些之境，大理不能有，吐蕃不能至，宋亦弃其地，成瓯脱之疆，经三百五十年之久。”[81]纳西人由此获得了一个难得的独立发展时机，农耕文明已取代半耕半牧的生产状态，社会生产获得了充分发展，政治上分散的麽些部落也渐趋统一，东巴文化体系逐渐完善，形成了鲜明的地域特色和民族风格。内结族人，外抗强权，成为一种潮流和纳西人的信念。

宋朝灭亡，蒙古军队革囊渡江，平定云南。这一场攻伐之战，给纳西人带来了强烈冲击和活力，提供了千载难逢的历史机遇：公元1276年，元在丽江设军民总管府，统领一府七州一县，使纳西人有了一个从容不迫、独立自主的发展空间。纳西各部落也在这一时期逐渐走向了统一，开始了一场宏大民族文化体系的构建，在吸收白、藏民族文化精华的同时，也接受中原汉文化的润泽，兼容并包的思想与自由的精神意志在宽松的生活环境中蓬勃生长，纳西族文化得到了飞跃式发展与进步。

转眼间100多年过去了，流淌不息的金沙江和丽江又迎来了一个新的朝代——大明王朝，与江水为伴的纳西人也迎来了最为鼎盛的黄金时期。因纳西首领阿甲阿得“率众归附”尚未稳住阵脚的大明王朝，并随明军征讨边疆，屡立战功，深得明太祖朱元璋嘉许，亲赐“木”姓，允其世袭丽江府土知府。时沉寂了100多年的西藏势力又趋强盛，经常侵扰明朝边境，为了实施反制，明王朝开始大力扶持木氏势力，视木氏为“辑宁边境”的重要力量。木氏土司借大明王朝之威，养兵蓄锐，发展经济文化，大力扩充民族势力，终于使纳西族由历史上处于被动地位的弱小民族，一跃成为声名显赫，所在国国重、所去国国轻的重要角色。

随着大明王朝倾覆，清兵入关，木氏势力渐趋衰微。其因是西藏又一次纳入大清王朝辖治的版图之内，纳西人居住的丽江地区失去了“西北藩篱”的政治区位优势；且木氏土司把持的庄园领主经济渐已成为阻碍生产力发展的消极因素，更是地方政府和朝廷的眼中钉、肉中刺，欲拔之而后快。雍正年间，在朝廷与地方当局的双重施压下，丽江地区实行“改土归流”，即改土司制为流官制，流官由中央政府委派，以加强中央对西南地区的统治。此招一出，木氏土司受到打击与挤压，此后一蹶不振。相反，散落于诸邦的地主集团逐渐发展起来，新兴经济得到迅速发展，工商业渐趋繁盛，丽江古城的格局逐渐形成，纳西族文化也基本定型。直到1937年抗战爆发，丽江及周边地区的文化遗迹、遗风依然如旧。

◎李霖灿的第一步，在玉龙大雪山的召唤下迈向丽江（李霖灿作，李在中提供）

李霖灿可谓生逢其时，在神灵的感召下有幸进入这片“世外桃源”，满目新鲜、新奇地四处采摘丰硕的文化果实。在与纳西族民众接触并渐渐熟悉之后，李霖灿感到要深入研究东巴文化，首先要认识这个族群的文字，即东巴文，否则一切无从谈起。

东巴文是一种原始的、兼备表意和表音成分的图画象形文字，主要用于东巴（中原称智者，或称巫师）教徒传经布道时书写东巴经文，故有此名。纳西族俗称“司究鲁究”，意为见木画木、见石画石的“木迹石迹”。在文字发展演变上讲，东巴文处在一种比甲骨文更原始的形态，属于文字起源的早期，其象形文字达到了2000多个，既能表达人类日常活动和细腻情感，亦可记录复杂的事件，还能写诗作文和记录经典。这一未在历史烟尘和战乱中中断的文字，被后世研究者称为世界唯一活着的象形文字，或曰文字的“活化石”。2003年，东巴古籍被联合国教科文组织列入《世界记忆名录》，并进行数码记录。当然，这都是李霖灿来到丽江调查许多年后的事了。

对麽些族群与东巴文字有了较为明晰的了解后，李霖灿认为应编纂一部有分量的纳西象形文字字典，让更多的学者对这种文字产生兴趣和研究的热情，进一步弄清麽些族和东巴文化形成发展的来龙去脉。当时，丽江地区已有外国学者进入考察并有所斩获，国内外正式出版的一本纳西东巴象形文字字典是法国的巴克（J. Bacot，今译巴科）所编。这位热受东方文化的学者，于1907年、1909年两次深入纳西族地区进行田野调查，后编撰《麽些研究》（Les Moso）一书，于1913年在荷兰的莱

◎云南丽江三个东巴大师，从左至右分别是：鸣音乡东巴和积贵、大东乡东巴和士诚、鲁甸乡东巴和开祥。他们都见过李霖灿先生，并知道这位“麽些先生”的一些逸事（李在中提供）

顿出版，书中收录了360多个东巴象形文字，在国内外学界引起较大反响。但此书的缺憾是所收东巴文字与总数2000多个相比，毕竟太少，且译解十分简略，完全不足以作为字典和词典使用。此后有纳西族学者杨仲鸿在1931年编纂了《麽些文多巴字及哥巴字汉译字典》一书；方国瑜在1940年编成《纳西象形文字谱》初稿；美籍奥地利学者洛克（Rock，J. F.）正在编纂东巴象形文字字典，但上述三家著述当时尚未问世。在没有前贤作品可参照的情形下，李霖灿于纳西古国的荒野莽原中，艰苦跋涉，开始寻访东巴大师、深入民众进行考察访问。这时丽江和中甸东南部的三坝乡（以东坝、白地、哈巴三块不平整的坝子而得名，2001年中甸县改名香格里拉县）境内的东巴大师尚多，李霖灿一个村寨一个村寨地寻访，虔诚地向大东巴学习，足迹遍布丽江县境、中甸坝区较为平坦的乡村和塔城、鲁甸、巨甸等山村，随后又延伸至宁蒗县永宁、四川境内的木里县俄亚，以及四川省无量河流域的很多村寨，向当地德高望重的大东巴请教，并在对方指导下翻译经典。

这个计划实施不久，李霖灿于三坝白地白水台结识了丽江鲁甸乡阿时主村的纳西族青年和才，这个青年对李霖灿的田野调查及编纂麽些象形文字字典很感兴趣。二人一见如故，很快成为至交，决定共同研究东巴文字与经典著述，并立下一个君子协定，互教互学麽些语和汉文，共同研究，共同进步。二人从流传最广的当地民歌和唐宋诗词着手，每日一歌或一诗，相互教学念唱。和才资高质朴，仅一年的时间，所读唐宋诗词就朗朗上口，且写得一手好汉字。李霖灿更是进步惊人，不但能唱当地民歌，还很快学会了讲麽些话，读麽些字，对所见经典的文字和流传脉络逐渐有了全局性的清晰把握。在走村串户的考察中，李霖灿、和才二人得到纳西民间周炼心、周瑄、和晋吉等学人的帮助，几年下来，在丽江、中甸、维西、鹤庆一带的金沙江边的乡村收集了近5000首民歌。李霖灿与和才对其精华进行筛选、整理，最后辑成一本《金沙江情歌》，于1944年在四川南溪李庄镇编定初稿，1947年在上海出版，又于1971年在台湾东方文化书局再版。

纳西族民歌的收集、整理当然是重要的，但那毕竟不是东巴文化的核心，而对

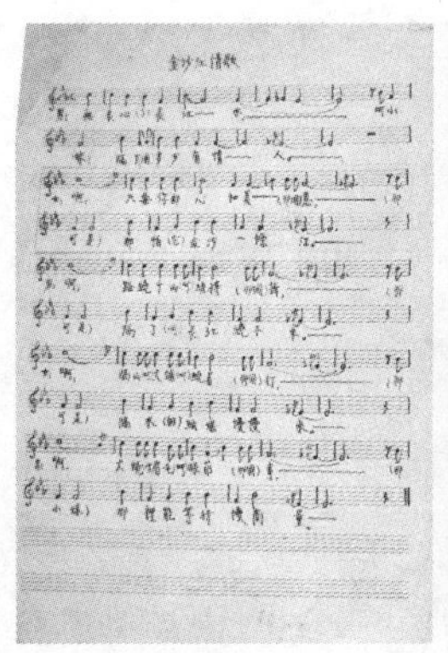

◎李霖灿著《金沙江情歌》封面（李在中提供）

纳西族语言文字的追寻和研究，才是解开这一民族辉煌文明创造的钥匙。因了这一伟大目标，李霖灿通过实际考察纳西先民的迁徙路线、文字的发源地及其分布状况，认为在四川木里以东，永宁以东，盐源县辖境一直到西昌附近的纳西人是没有文字的；而从木里西边的无量河南下，经中甸县境，过金沙江，入丽江县境又折而西北趋向维西县境内的纳西人是有文字的，也就是说，“麽些族的文字之花是开放在围绕着玉龙雪山的金沙江边上”的。而丽江县北部的宝山及中甸县的白地一带仅有象形文字；丽江坝子、鲁甸、金沙江边以及维西县的纳西族聚居区则是既有象形文字又有音节文字，文化最先进、文明最发达的区域。[82]

冬去春来，倏忽间四年过去了。李霖灿与和才二人为中央博物院筹备处收集了1228册象形文字东巴经和3册音节文字东巴经；为中央研究院收集了200多册象形文字经典，并对这些经典进行了编目整理，编写了内容提要，同时在十几位大东巴的帮助下，将一些重要经典进行了翻译。

1943年9月，李霖灿得到已迁入李庄的中央博物院筹备处主任李济指令，命其返李庄述职，并按学术界规矩，整理资料，写出考察报告，以对公众有个交代。李霖灿欣然就命，并告知同甘共苦了近四年的助手和才，设法完成使命。和才闻知，匆匆赶回家与老母道别，毫不犹豫地与李霖灿一道上路。二人在当地雇了几十匹骡马，驮着东巴经和各种图册、祭器，一路风餐露宿，过泸沽湖，进入四川地界，经盐源到西昌，再经乐山转船过宜宾抵达李庄，此时已是1943年的11月，整个行程历时两个多月。

来到李庄稍事安顿，在李济安排下，李霖灿于张家祠堂内的中央博物院筹备处向同人做“工作报告”。会前，李济对这位初出茅庐的小伙子做出的成绩给予充分肯定，并介绍说：中国边疆宏阔，正需要李霖灿这种“野人”四处“撒野”；观念的新、方法的新、材料的新，都是一种进步增添，因而“我们都当协助鼓励”。按李霖灿后来的说法，当时自己“风尘仆仆，才从大雪山的原始森林中下降文明的世界，不知道什么叫作客套修辞”，一切如实叙述就是了。结果会场反应特别好，气氛热闹亲切，大家可“随时发问，絮絮而谈，你来我往，简直就像一个大家庭在炉

◎李霖灿教授手书麽些文字研究经典（共16册）（李在中提供）

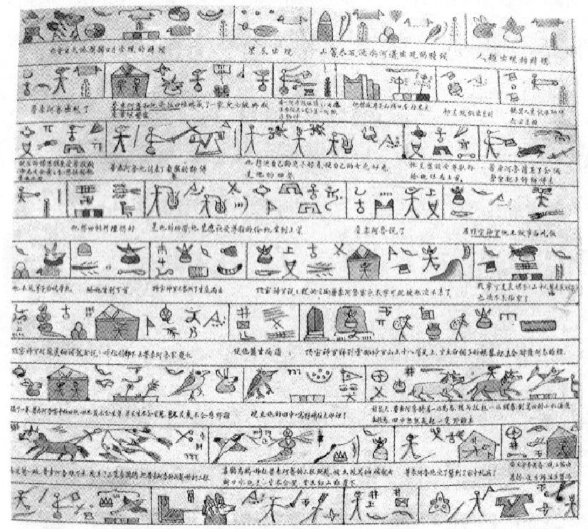

◎李霖灿教授麽些文字手书《普赤阿鲁列传》（局部）（李在中提供）

边闲话，脱落形式拘束，偏多鼓励慰勉，和谐亲切气氛醉人”。李霖灿如坐春风，意兴盎然地连续讲述了近五个小时，众人皆呼过瘾并报以热烈掌声。

在接下来的日子里，李霖灿在和才的协助下开始了《麽些象形文字字典》编纂工作。和才随李霖灿进入中博筹备处后，被聘为“书记”，身份是雇员，即单位中级别最低的职员。尽管如此，和才却心满意足地为编纂事宜尽心尽力，并对李霖灿说：“我曾翻过野人山，曾在伊落瓦底江（今译伊洛瓦底江）挖过金，到过密支那，见过不少世面，干过各种行业，也闯过祸，也发过财，到头来还是觉得‘研究’最好，能知道许多别人不懂的东西。”[83]

字典初稿完成后，由李济送往板栗坳请史语所语言组的李方桂审查。李阅后极为高兴，认为李霖灿做了一件了不起的大事业，唯音标方面尚有欠缺，没有按国际通行的音标注音。在丽江考察时，李霖灿在学习音标方面曾受到纳西族著名学者方国瑜、葛毅卿二先生指点，但与国际标准还差一段距离，所以李济专门请李方桂派出史语所语言组助理研究员张琨前往指导。李霖灿与和才遵命上得山来，在板栗坳史语所驻地与张琨共同工作。根据张琨的建议，对字典初稿要重新编排，以排卡片的方法另起炉灶。于是，几个青年每天忙于标音、整理、抄写，每天抄录二三十条于油印纸上，经过四个月的努力，对原拟就的音标全部校正了一遍。对于这段经历的甘苦，李霖灿回忆说，几个人潜心于斯，“安安心心地按日记功，不知岁月之推移，别有一番‘寒尽不知年’的乐境”[84]。这种精神和态度，使很少表扬下属、门生的李济看到后也由衷地称赞起来，时隔 34 年，李霖灿仍记得李济当时的神情：

> 大家都说济老是严师，上过他的课的学生都说他给分数十分苛刻。但是在抗战时光，我曾得过他一次的谬赞，至今思之，犹以为荣。地点在李庄，时间是三十四年（1945 年）一个秋日下午，他走过来看见我在作麽些经典的翻译，我用的是慢工出细活的“笨”办法，第一行是麽些原文，第二行是国际音标注音，第三行是汉文直译，第四行是意译。这样不仅形声义三者具备，文法亦可顾及。更加上象形文字鸟兽虫鱼愈小愈生动好看，国际音标鱼龙曼衍也别有一种草书之美，反正有的是时间，中文都庄严方正写成颜真卿的格局，煞是美丽有趣，济老一见大喜，说：这才是做学问嘛！[85]

1944 年 2 月下旬，李霖灿开始与和才把编纂好的字典抄写在药纸上，准备交石印馆石印，四个月后撰写完毕。其间，当时已在中博筹备处担任总干事的曾昭燏，对这部字典的成书给予了极大支持和帮助，不但仔细修改初稿，还负责校对一张张写好的原纸，全书完稿时又“自告奋勇”写了一大篇英文提要，用毛笔蘸着“腻得化不开的油墨”，写了十张八开纸的蟹形文字。德高望重、很少为人写序的李济为奖掖后进，也欣然命笔为这部大著写了言辞恳切的序言，对纳西象形文字的意义做了如下评说：

> ……创造一种文字，在人类文化史中并不是常见的事。有了这件事，无论它出现在地球上哪个角落里，都值得若干人们钻研一辈子。在东亚这个区域内，除了汉字集团外，其他的系统是有数的；麽些文字就是这有数系统内极重要的一个。[86]

1944 年 6 月，李霖灿编著的《麽些象形文字字典》作为中央博物院第二种专刊于李庄镇石印出版，这是继曾昭燏执笔的《云南苍洱境考古报告》之后又一部不朽的巨著。此书共收录 2121 个纳西象形文字，收字之广泛，囊括了“若喀”（阮可）

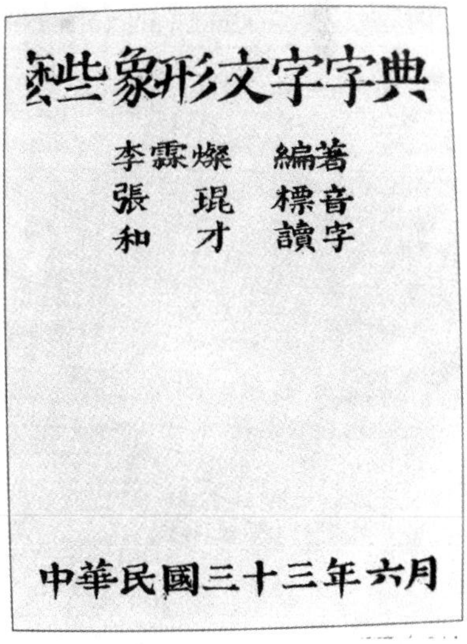

◎李霖灿研究东巴文化的代表作石印版扉页（1944 年四川省南溪县李庄镇出版，李在中提供）

字等纳西支系的一些特殊“土字”和藏语读音的文字，书末附录汉文及国际音标索引。类似的收集文字，虽是文字专家而不研究这一分支的学者都无从看懂。这部著作以其严谨缜密的结构和丰富宏大的内容，成为中国学者编纂纳西东巴文字字典的奠基之作，受到业内广泛赞誉。一直密切关注李霖灿进步并给予指导的董作宾欣喜之余，对这部大著给予了“分类精细，解说详明，材料丰富，标音准确”的评价。而华西协合大学中文系主任、著名语言学者闻宥，于1946年撰写的《评〈麽些象形文字字典〉》一文中，更是做了如下评价：

> 李君此书取材之富，实为以往所未有。每字下之音读，精确可信，亦远胜洛克不会音理之拼切（例如gk－ ` Dt －等皆极费解）。自此书出，而马歌[克]书中文字之部分已成废纸。其中小小疵累，诚有待于将来之订正，而其跋涉搜访之功，固不容湮没之也。[87]

凭借《麽些象形文字字典》的学术成就及其在学界产生的巨大影响，李霖灿由助理员晋升为中央博物院筹备处专门委员。此后，在李济、董作宾等前辈学者鼓励、指导下，李霖灿又埋头编纂《麽些标音文字字典》一书，1945年完成并由中博筹备处列为专刊乙种之三，于李庄石印出版。该书共收录了2334个标音符号，正文按音韵系统排列，按字形特点分为15个大类，将东巴音节文字“哥巴”文从当时写法繁多杂乱、分音不分调等混乱状态中理清了头绪，每字或按音或按形加以科学排列，这一科学方法和研究成果，成为后世东巴文化研究者进入这一领域的不二法门。

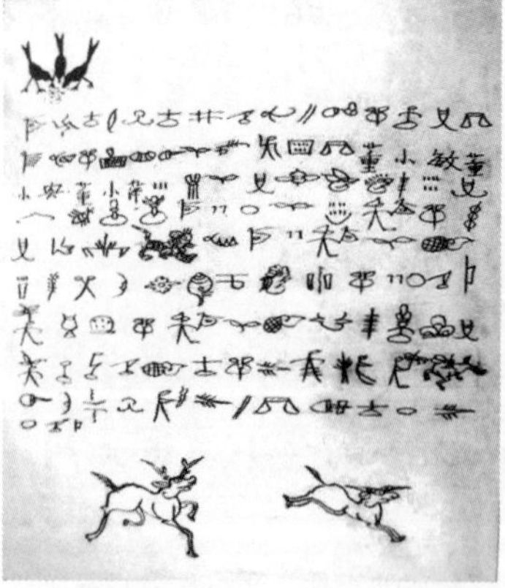

继两部传世字典之后，李霖灿又与和才、张琨合作译注了多种东巴经典并陆续出版。1949年，李霖灿携家人随中央博物院部分人员押运一批文物去了台湾，与其并肩工作的和才则拒绝赴台，他对李霖灿说：“我决定不去台湾，我是生长在山坳子里的人，山路再远，爬我都可以爬回家去，隔了海水我就没有办法了，只好和你家在此分手各奔东西了。”[88]未久，这一对共生死、同患难的异族兄弟，便在凄风苦雨的南京火车站洒泪痛别。

◎和才为董作宾儿子董敏写下的象形文字祝词经（李在中提供）

和才离开南京回到云南昆明，在李霖灿为他推荐的云南师范学院任职，同时在昆明青云街279号开了一间食铺，但仍把主要精力投入东巴文化研究之中，有多篇关于东巴文化的论文发表。1957年，和才于昆明去世。

1984年，身在台北“故宫博物院”副院长任上的李霖灿正在编撰一部关于纳西文字研究的论文集，辗转得到和才去世的消息，悲不自胜，他在这部集子的序尾，含泪用黑框围写了如下一段文字：

> 正在校稿的时候，得到了一个极坏的消息：和才先生已经过世了。他不但是本书第十篇的发音人和第十二篇亲属称谓的报告人，而且可以说，在这本书内处处都有他的功劳和苦劳。再进一层来哀悼，他是与我共患难同生死的好朋友。我们为了沟通这两个民族的文化，携手并进甘苦共尝合作了二十年。若没有他的心力贡献，两部麽些文字字典，九种经典译注和二十篇这里的论文结集是不能问世的。谨在这里志我心里的哀痛，并以这本书来纪念我这位肝胆相照的麽些朋友。[89]

注释：

[1] 陈立夫《中国之科学与文明·前言》，第一册，台湾“商务印书馆”1972年出版。

[2]《李约瑟与〈中国科学技术史〉》，刘景旭编著，中国少年儿童出版社2001年出版。

[3]《四川省历史文化名镇——李庄》，熊明宣主编，宜宾市李庄人民政府1993年出版（内部发行）。

[4]《中国西南部的科学（一）物理—化学科学（1943）》，李约瑟著，原载《自然》杂志，第152卷，1943年。转引自《李约瑟游记》，李约瑟、李大斐编著，李廷明等译，贵州人民出版社1999年出版。

[5][6][7][8][10]《童第周：追求生命真相》，童第周著，解放军出版社2002年出版。

[9][17][22][25]《李约瑟游记》，李约瑟、李大斐等编著，李廷明等译，贵州人民出版社1999年出版。

[11][12][13][14]《1943年2月—12月的书信摘录》，载《李约瑟游记》，李约瑟、李大斐等编著，李廷明等译，贵州人民出版社1999年出版。

[15] 黄然伟《关于王铃》，转引自《李约瑟与中国》，王国忠著，上海科学普及出版社 1992 年出版。

[16] 关于王铃人生轨迹，有二事予以补充。1944 年 12 月 14 日，在重庆的傅斯年在给董作宾信中提到：“王铃来此，弟劝之返，不返，劝之做译员，并允为之设法妥为安置，不做。昨天竟说出，他去美国新闻处做事（赚美金）！今日已陈院长将其革除矣。此事仍乞办一公事到院。彼之待遇，十二月份即不能领也。”（《傅斯年遗札》第三卷，王汎森、潘光哲、吴政上主编，台湾“中央研究院”历史语言研究所 2011 年出版）因资料缺乏，不知王铃因何事何故离开李庄跑到重庆另觅职业，最后竟惹翻傅斯年而被革职。亦不知他在去英国之前以何种职业为生。此一逸事也。

另据闻，1949 年中共建政后，出任中国科学院院长的郭沫若，曾两次写信邀请王铃回大陆组建中科院自然科学史研究所和写作《中国科学技术史》，每次都寄去 2000 英镑作为路费。但王铃多方考虑后仍滞留海外未归。大约在 1992 年，王铃偕澳籍妻子回到家乡南通买房定居，其时他两个儿子一个在美国，一个在日本，均已成人，故有落叶归根的想法和行动。惜时间不长，王铃乃在家中去世，时为 1994 年 6 月 6 日。据说，那天晚上他正伏案写作杨振宁、谢希德等老友屡屡敦促他完成的《李约瑟传》，突然感到心脏很难受，当救护车赶到时，他的心脏已经停止了跳动，遽然病逝。（倪怡中《李约瑟的合作者——中国学者王铃》，载《博览群书》，2008 年第 6 期）

逸事者再，从王铃晚年归乡的情形看，他的妻子是澳籍，且他与妻子有两个孩子，以此证明他娶妻生子应在海外。但王铃在李庄史语所时期就有女友，其线索从时在李庄板栗坳北大文科研究所读书的王叔岷的回忆中可知。王氏说：山居寂寞，研究学问之外，无所事事，我写信回家，盼望尚淑妻带着小女儿国璎来李庄。史语所年轻友人王铃，亦函邀其旧时中学所教之女生娟娟，来李庄报考同济大学。1943 年夏某日，我同王铃及同济大学几位学生，在李庄镇江边等候轮船到来，旅客纷纷下船，其中一位清秀而高挑的女生东张西望，向前一问，正是娟娟。偏偏这时王铃不在，同济的学生向娟娟自我介绍，并介绍我……随后王铃到了，陪同她上山，暂住栗峰，问：“见到王先生了吗？”不料她竟说：“见到了，我跟王先生一见如故。”自此之后，娟娟常到我的宿舍聊天……常常深夜始去。一夕，夜已深，她自动把门关上，坦然上床睡了。房内有两张床，大的我准备和淑妻睡的，小的留给小女国璎睡。娟娟睡上大床，我睡小床，不觉天渐亮，娟娟始离去。于是谣言冷语，时有所闻，甚至有人当面责备我：“你不该接受她的爱！”我无话可说，深悔不应该让娟娟留宿。娟娟却安慰我：“我最了解你，别人愈怀疑你，批评你，我愈尊敬你，你是光明磊落的。”我说：“好了，我为你受谤，以后再不要这样了。”娟娟笑笑：“我不会对别人这样的。”（《慕庐忆往：王叔岷回忆录》，王叔岷著，中华书局 2007 年 9 月出版）

现在要说的是，王铃的出走是否与这位女学生移情别恋，以及板栗坳生活圈子投射的心理压力有关呢？因缺少史料，无法坐实，只能是姑妄言之、姑妄听之了。

[18]《费正清对华回忆录》，[美] 费正清著，知识出版社 1991 年版。

[19] 顾颉刚《悼王静安先生》，载《文学周报》，1928 年 5 月。

[20] 巫宝三《纪念我国著名社会学家和社会经济研究事业的开拓者陶孟和先生》，载《近代中国》，第 5 辑，上海社会科学院出版社 1995 年出版。

[21]1985 年，一个叫任明忠的退休工人，凑了 2 万元现金从北京一家废品站买到了一批材料。其中有一份是陶孟和等人署名的编为 17 号的秘密文件，该文件末尾附有“本会三十五年（1946 年）八月十一日编制全国公私财产损失统计表暨全国人力损失统计表”等字样。文件统计，全国公私财产损失总计 318 亿美元（1937 年 7 月之美元价值），全国军民死伤失踪近 1183 万人，其中军队 341 万，人民 842 万。但文件里也表示，“因少数省市以情况特殊不允调查，或调查较迟不及报送，致未能如期编制，不无遗憾耳”。除这份文件外，其他均为抗战调查的表格与数据。经中国社会科学院近代史所研究员李学通等专家鉴定，整麻袋材料均为当年社会科学研究所的调查报告，但至今仍未引起当局的重视。（参见《京华时报》，2005 年 4 月 26 日报道）

[23] 单士元《中国营造学社的回忆》，载《中国科技史杂志》，1980 年第 2 期。据与梁思成夫妇共事的陈明达生前对其外甥殷力欣说，梁、刘在李庄后期不能合作，生活艰苦是一个方面，主要的还是因为刘认为林徽因过于霸道，对营造学社事务干涉过多，最后不得不离开李庄另谋他职。（2007 年冬，殷力欣与作者谈话记录）

[24][54]《中国建筑之魂——一个外国学者眼中的梁思成林徽因夫妇》，[美] 费慰梅著，成寒译，上海文艺出版社 2003 年出版。

[26]1944 年，李约瑟一行来到广东砰石镇，拜访了流亡至此地的中山大学经济学教授王亚南。在砰石镇一家小旅馆里，李氏两度提出了他的“难题”，并请教中国历史上官僚政治与科学技术的关系问题，王亚南听罢，因平素对这一问题没有研究，一时无以作答。李希望王从历史与社会的角度来分析一下中国历史上官僚政治与科技的关系。因了这一启发，王亚南开始关注、研究这一问题。后来，王氏在上海《时与文》杂志上连续发表了 17 篇论述中国官僚政治的文章，作为对李约瑟的答复。1948 年，上海时与文出版社将王亚南的论文结集出版，书名《中国官僚政治研究》，对“李约瑟难题”算是做了一个初步解析。此书出版曾轰动一时，引起学术界广泛关注，同时奠定了王亚南的学术地位，新中国成立后，他被选为中国科学院哲学社会科学学部委员。

[27] 李光谟采访记录。

[28]《中国科学技术史 · 第一卷 · 导论》，[英] 李约瑟著，王铃协助，科学出版社、上海古籍出版社 1990 年出版。

[29]《陈寅恪诗集》，第 27 页，陈美延、陈流求编，清华大学出版社 1993 年出版。此诗写于 1940 年 2 月，标题为《庚辰元夕作时旅居昆明》，诗文：鱼龙灯火闹春风，仿佛承平旧梦同。人事倍添今日感，园花犹发去年红。淮南米价惊心问，中统银钞入手空。念昔伤

时无可说，剩将诗句记飘蓬。

[30][31][38][39][51][55] 台湾“中央研究院”历史语言研究所傅斯年图书馆藏“傅斯年档案”。

[32] 屈万里《傅孟真先生轶事琐记》，载《傅故校长逝世纪念专刊》，台大学生会编印，1951 年。

[33]《傅斯年——大气磅礴的一代学人》，岳玉玺、李泉、马亮宽著，天津人民出版社 1994 年出版。

[34][35][36]《慕庐忆往——王叔岷回忆录》，王叔岷著，中华书局 2007 年 9 月出版。

[37][63]《石璋如先生访问记录》，访问：陈存恭、陈仲玉、任育德，记录：任育德，台湾“中央研究院”近代史研究所 2002 年出版。

[40]《发现李庄》，岱峻著，四川文艺出版社 2004 年出版。

[41][42][43][44][48]《傅斯年致李济》，载《傅斯年遗札》第三卷，王汎森、潘光哲、吴政上主编，台湾“中央研究院”历史语言研究所 2011 年出版。

[45][59]《傅斯年致朱家骅》，载《傅斯年遗札》第三卷，王汎森、潘光哲、吴政上主编，台湾“中央研究院”历史语言研究所 2011 年出版。

[46]《西潮与新潮》，蒋梦麟著，团结出版社 2004 年出版。

[47]《龙虫并雕斋琐语》，王力著，商务印书馆 2002 年出版。

[49][50]《傅斯年致朱家骅、叶企孙》，载《傅斯年遗札》第三卷，王汎森、潘光哲、吴政上主编，台湾“中央研究院”历史语言研究所 2011 年出版。

[52][53]《傅斯年致李权》，载《傅斯年遗札》第三卷，王汎森、潘光哲、吴政上主编，台湾“中央研究院”历史语言研究所 2011 年出版。

[56] 李敖《李济：他的贡献和悲剧》，载台北《文星》，第 73 期，1963 年 11 月。

[57][58]《傅斯年致王敬礼》，载《傅斯年遗札》第三卷，王汎森、潘光哲、吴政上主编，台湾“中央研究院”历史语言研究所 2011 年出版。

[60]《傅斯年致凌纯声等》，以下二函皆为本标题。载《傅斯年遗札》第三卷，王汎森、潘光哲、吴政上主编，台湾“中央研究院”历史语言研究所 2011 年出版。

[61] 自 1942 年始，随着朱家骅提出建设西北，在西北设社科所工作站等构想，凌纯声即想脱离史语所，另创设一个边疆文化研究所。1942 年 2 月 6 日，傅斯年致信朱家骅，说：“纯声兄事，弟意，乃以弟再劝方桂一下为妥。纯声兄在学业、才情上说，远不如方桂。尚有一事，即纯声兄乃张其昀、胡焕庸之一党，团成一气者也。每以敝所消息报告，此足证弟之大量，异地相处早散伙矣。且缉斋听说，缉斋要气死，仲揆也要撇嘴也。此函乞兄看后即撕之。”信中所说的缉斋，即中研院心理研究所所长汪敬熙；仲揆，即地质研究所所长李四光。同年 2 月 13 日，傅斯年再致朱家骅，谓：“日昨吴均一兄来，谈及本所第四组事，谓凌纯声兄即奉命筹备边疆文化研究所（均一兄谓纯声兄自言如此），即于第四组引起之问题

殊为不乏，例如书籍是否随之搬去等，此犹是所中之事，其关于均一兄本人者，则纯声去后，四组只剩均一兄一人，不成其为组。”（参见《傅斯年遗札》第三卷）最后的结局是，直到抗战复员南京，凌纯声的边疆文化研究所仍为泡影，吴定良（均一）的体质人类所也未建成。未久，吴定良应浙江大学校长竺可桢邀请，离开史语所任该校史地系教授，开设普通人类学及统计学课。1947 年 9 月浙江大学成立人类学系与人类学研究所，吴任系主任兼所长。凌纯声随史语所迁台后，才从史语所脱离出来，单独创建民族学研究所并出任掌门人。

[62]《傅斯年致李方桂》（1944 年 6 月 28 日），载《傅斯年遗札》第三卷，王汎森、潘光哲、吴政上主编，台湾“中央研究院”历史语言研究所 2011 年出版。

[64]《圣地之光——城子崖遗址发掘记》，石舒波、于桂军著，山东友谊出版社 2000 年出版。

[65]《致李济》，载《李济与友人通信选辑》，李光谟辑，载《中国文化》，第十五期，1997 年 12 月北京出版。

[66]《甲骨学一百年》，王宇信、杨升南主编，社会科学文献出版社 1999 年出版。

[67]《致董作宾》，载《陈寅恪集 · 书信集》，陈美延编，北京三联书店 2001 年出版。

[68] 陈寅恪《海宁王静安先生纪念碑》，载《金明馆丛稿二编》，上海古籍出版社 1980 年出版。

[69] 傅斯年《殷历谱 · 序》，《傅斯年全集》第三册，欧阳哲生编，湖南教育出版社 2003 年出版。下同。

[70] 董作宾《〈殷历谱〉的自我检讨》，载台北《大陆杂志》，第 9 卷第 4 期，1954 年 8 月出版。

[71][72] 据李霖灿之子李在中提供。

[73][75][76] 李霖灿《高山仰止——纪念董作宾先生百龄冥寿的故事》，载台北《历史博物馆馆刊》，1993 年 7 月，第 3 卷第 3 期。

[74]《神游玉龙雪山》，李霖灿著，云南人民出版社 1994 年出版。

[77][79]《曾昭燏致李济》，原件见台北“故宫博物院”档案。

[78] 李霖灿《高山仰止——纪念董作宾先生百龄冥寿的故事》，载台北《历史博物馆馆刊》，1993 年 7 月，第 3 卷第 3 期。南按：此处李霖灿的回忆，或有误，或文章未说清楚。按李霖灿之子李在中对本著征求意见稿的批注说：“这是民国三十年七月的事，中博已经在李庄了。”查《李霖灿教授年表》1941 年条：“7 月，仍在云南丽江大雪山下学习麽些象形文字，突接电报受国立中央博物院筹备处主任李济之聘，在金沙江及玉龙雪山之间深入调查麽些族之生活与文化；任为助理员，月薪 160 元，由此开始了博物馆员的生涯。”（《李霖灿教授学术纪念展》，台北历史博物馆 2004 年 12 月出版）

[80]《蛮书》，转引自方国瑜《麽些民族考》，载《纳西学论集》，方国瑜著，白庚胜、和自胜主编，民族出版社 2008 年出版。

[81] 方国瑜《麽些民族考》，载《纳西学论集》，方国瑜著，白庚胜、和自胜主编，民族出版社，2008 年出版。

[82] 李霖灿《论麽些象形文字的发源地》，载《麽些研究论文集》，李霖灿著，台北“故宫博物院”1973 年出版。

[83][84][85][86]《艺坛师友录：西湖 · 雪山 · 故人情》，李霖灿著，台湾雄狮图书股份有限公司 1991 年出版。

[87] 闻宥《评〈麽些象形文字字典〉》，载《燕京学报》，第 30 期，1946 年。

[88] 李在中《和父亲肝胆相照的麽些朋友——和才先生》，载《李霖灿教授学术纪念展》，李明珠主编，台北历史博物馆出版，2004 年 12 月。

[89]《麽些族研究论文集 (纳西族)》，台北“故宫博物院”1984 年出版。

第九章　国土重光

十万青年十万军

就在董作宾、李霖灿及其他研究人员，在李庄躬身伏案于惨淡的菜油灯下默默研究学术之际，战争狂飙竟波及了这个偏远宁静的古镇，使之沸腾了好一阵子。

1944 年 1 月 1 日，蒋介石向全国军民发表广播讲话，指出中国的抗日战争胜利在望，中国国誉日隆，围攻并彻底打垮日寇，中国须担当主要任务云云。

就在抗战曙光越来越明亮之际，风云突变，日本方面决定用尽最后一丝力气拼死一搏，企图死里求生。日本大本营制订了以主力部队进行一场贯通中国南北，联络南洋交通线和摧毁美国空军基地的大规模战争的计划，即抗战后期著名的“一号作战计划”。

根据这一计划，日军于 1944 年 4 月初正式从北线发动攻势，先后发起豫中战役、长衡战役、桂柳战役等大规模决战。国民党军队在各个战场虽进行了顽强抵抗，但连遭败绩。

5 月，驻河南的日本第十二军 14.8 万人，将国民党第一战区近 40 万官兵打得一败涂地，战区司令长官指挥部、军事重镇洛阳失守，国民党所属部队不得不撤往潼关以西阻击日军进攻的步伐。

6 月 20 日，抗日战争史上著名的衡阳保卫战拉开序幕。中日双方在衡阳周边

◎日军正在向飞机上搬运炸弹，准备轰炸衡阳机场

50公里的范围内，分别投入了30万与35万兵力，先于外线展开激战。至7月底，日军以两个精锐师团做前锋，相继逼近战略中心衡阳。此前在常德会战中遭到重创，战斗力尚未恢复的国民党第九战区第十军方先觉部，以不足四个师1.7万人的兵力扼守衡阳，抵抗日军的猛烈进攻。此次衡阳之战，是抗战后期最大规模的一次会战，被蒋介石称为“有关于国家之存亡，民族之荣辱至大”的最后一场生死之搏。大海那边的日军大本营和日本天皇皆翘首以待，密切关注着这场战事。

双方进入内线后，日军在衡阳城外遭遇了自开战以来最顽强的阻击，中日军队皆孤注一掷，死打硬拼，战争持续了一月有余，难决胜负。经过如此长时间的消耗，衡阳已成一座内无粮草、外无救兵的孤城。指挥此次会战的最高统帅蒋介石意识到局势严峻，立即制定了救援衡阳的战略方案，并严令外线各军迅速攻击前进。但在日军强大炮火与兵力阻击下，增援部队进展十分缓慢，衡阳面临弹尽援绝、城破有日的险恶处境。8月8日凌晨4时，日军攻入衡阳，城陷。军长方先觉以下参谋长、四师长被俘，第十军全军覆没。

随着衡阳的陷落，湖湘一线的守军全面崩溃，广西失去重要屏障。日军趁机迅速调集优势兵力，转赴中国西南战区。在很短的时间内，南线军事重镇桂林、柳州、南宁以及广东、福建部分军事要塞相继失陷，中国军队损失兵力60余万。此后不久，日本中国派遣军和驻东南亚的南方军，在广西南部会师，从而打通了中国内地通往越南的大陆交通，完成了日军大本营拟订的“一号作战计划”。这一计划的完成，极大地鼓舞了日军的士气和野心，认为“一号作战的显赫成果，可以说是使当时陷于凄惨不利战局中的日本，微微见到一线光明”，“从而对今后的作战大为有利”[1]。

就在柳州沦陷之时，骄悍的日军一部北进贵州，进攻黔南重镇独山并很快占领该地。独山失守，如同日军一把锋利的尖刀，从侧面刺向中国的软肋，且来势凶猛迅疾，贵阳震动，重庆岌岌可危。一时人心惶惶，感到又一次大难临头。国民政府召开紧急会议，商讨放弃重庆，迁都西昌或大西北的计划，世界各方的视线都骤然投向远东战场上的核心——中国西南战区。

◎ 1944 年 8 月 8 日，国军陆军第十军在衡阳守卫战中全军覆没。1946 年 2 月，国民政府军事委员会派员赴衡阳搜寻阵亡将士遗骸，集体营葬，建烈士公墓，以慰忠魂

10 月 11 日至 14 日，蒋介石在重庆召集国民政府党政军各界大员、各省市政府要人、各级三民主义青年团负责人及教育界人士 150 余人，举行“发动知识青年从军会议”，讨论知识青年从军方案，决定成立知识青年从军委员会，指定张伯苓、莫德惠、何应钦、白崇禧、陈立夫、张厉生、周钟岳、顾毓秀、谷正纲、张治中、康泽等为委员。会议决定从全国各地招募 10 万名知识青年编成新军，投入战场。蒋介石亲自指定两个儿子蒋经国、蒋纬国带头报名参军，共赴国难。

消息很快在全国范围内传播开来，《中央日报》、中央广播电台等新闻媒体也开始配合大肆宣传。诸如“一寸山河一寸血，十万青年十万兵”“国家第一，民族至上”“军事第一，军人第一”“国破家亡君何在”“皮之不存，毛将焉附”等宣传口号，连篇累牍地见诸报刊、广播。面对外敌压境与舆论鼓动，各地知识青年特别是各高校的师生很快被调动起来，纷纷表示要参军入伍，抗战御敌。身处李庄的同济大学及其附中，也不甘落后地在镇中心校本部——禹王宫召开大会，鼓动全校学生踊跃报名参军。据同济学生王奂若回忆：“当年重庆市及四川、云、贵各地中学生知识青年投笔从戎者风起云涌，热潮所至，如江水之奔腾，不可遏止。位于四川宜宾李庄的同济同学纷纷响应，于纪念周会上举行从军签名仪式时，鼓声频传，个个摩拳擦掌，怒发冲冠，热血沸腾。同济同学当时签名者达六百余人之多，约占全校三分之一人数，为全国院校从军人数之冠（未签名者多因体弱多病受师长劝阻）。当年，留在同济的德籍教授看到这种阵势，都感动得热泪盈眶，伸出大拇指叫好，并高呼‘中国不会亡！’（Republic China ist nicht gestorben）‘中国一定强！’（Republic China muss sich stärcken）”[2]

除学生外，报名者还有几位青年教师，有一位刚从德国回国的工学博士杨宝琳教授，也当即报名参军，《中央日报》《扫荡报》等主流媒体对此做了报道，引起了轰动。

就在同济大学报名参军奋勇当先之际，正在重庆的傅斯年匆匆赶回李庄召集会议，响应这一运动。令傅氏感到遗憾的是，当他在李庄史语所的会上鼓动青年学者

◎ 1944 年 12 月 28 日，西南联大师生欢送从军抗日同学（北大校史馆提供）

们从军，奔赴火热的战场时，出乎意料没有一人响应。傅见此情景，进一步鼓动道："你们现在不参军，将来抗战结束后，你们的儿女要问你们，爸爸，你在抗日战争中做了些什么？你们将怎么回答呢？"这极富煽动性的言辞，仍然没有引起波澜。静默一阵，傅斯年没有再强行让对方表态，只是说了句"大家回去再好好想想吧"。言毕宣布散会，以后再没有过问。[3]

1945 年年初，遵照蒋介石指令，号称由 10 万知识分子组成的青年军，在短暂集中后编成 9 个师，以原缅甸远征军总司令罗卓英担任训练总监，蒋经国为军政治部主任，负责行政上的实际领导职责。青年军的组建，为蒋经国步入军队高层系统并执掌军权打开了一条通道。

按照国防委员会颁布的命令，征召的青年军各师、团分别在不同地区整训。自 1945 年 1 月 1 日起，四川省从军的知识青年陆续集中，分批乘专车赴泸县军营整编。直到 8 月初，同济大学参军的 300 多人，才开赴泸县 203 师受训。

此时，中国军队的人格教育和兵制教育，依旧沿袭清末新军的老套路，即靠湘勇起家的曾国藩外加日本山县有朋的训导模式。而中国文人教育，特别是高等教育，继五四运动之后已发生了跨时代的巨变，民主、自由等思想已融入青年学生的血液之中，并成为他们追求的理想和人生行动的目标。两种截然不同的思想文化和教育方式，在旧式军人与新生代学生军之间产生了剧烈碰撞与对立，这就不可避免地为从军学生的个人悲剧埋下了伏笔。

早在 1940 年，一些满怀爱国热情投笔从戎的青年学生，加入了国民党在重庆綦江举办的战时干部训练团。其间，有学生兵开始公开传阅有共产主义倾向的书籍，宣传联合抗日，并与一些旧式军官在思想和行为方式上发生了对立冲突。面对这一情形，黄埔一期毕业生、时任战干团教育长的桂永清大为震怒，下令强行逮捕了上百名"造反"与"滋事"的学生兵，除了拉到郊外枪杀之外，对几名带头滋事的所谓头头，分别挖坑活埋，终于酿成了震惊全国的"綦江惨案"。虽然在全国民众愤怒声讨之下，桂永清被撤职查办，但不久他即转赴德国出任武官。再之后，又相继获得了国民党海军总司令、陆海空三军总参谋长、一级上将等高职显爵。

此后相继组成的中国青年远征军，由于与长官的思想意志不同或发生冲突，在缅甸与印度战场上，被逮捕、枪毙的学生兵不计其数。

1944 年夏秋征召的所谓 10 万青年军，同样免不了这一悲惨的厄运。同济出身的学生兵有一位名黄克鲁者，在泸州整训中，目睹了通讯营营长贪污腐败的行径，大感不平，以傅斯年经常挂在嘴边的名言“读圣贤书，所学何事”，以及范仲淹“先天下之忧而忧”的士大夫姿态出面制止，竟被对方当场扇了两个耳光，然后命人一顿拳脚打翻在地，拖进一间黑屋子关了禁闭。另一位同济出身的学生兵名蓝文正者，在集训时不服从长官的口令，并以“位卑未敢忘忧国”之类的豪言壮语予以顶撞，长官怒不可遏，当场下令将其拉出训练场，就地枪决。同济医学院出身的学生兵许耀祖，因受不了法西斯式的军事专制和特务统治，几次逃跑未果，最后在一次次响亮的耳光与枪托敲打的哀号声中精神失常，在清醒的片刻，口含枪筒，手扣扳机，饮弹自尽。至于那位在征召运动中名噪一时、暴得大名的“海龟”杨宝琳，因有西洋博士与名校教授的双重头衔，被长官破例任命为青年军 203 师工兵二连少校指导员。杨在军中虽感大不适应，身心俱受折磨，但总算熬了下来。后来，杨宝琳随军渡海去了台湾，任职于装甲兵战车工厂，在同是留德的蒋纬国将军麾下效劳。不久便宣布自己看破红尘，生死两忘，遁迹空门，自冠法号曰“释自渡”，以他的专业强项——工程力学原理阐释佛理法道。20 世纪 80 年代，著名的释自渡法师怀揣着他那壮志未酬的理想，在一片“阿弥陀佛”的梵语圣歌声中于巴西圆寂。据说，前杨宝琳教授后释自渡法师归天之时，没有像他的前辈弘一法师李叔同那样留下“一事无成身渐老，一钱不值何消说”的诗名，或“悲欣交集”的四字真经，而是道出了一段对自己人生历程经年思索后认同的佛理：“心无挂碍。无挂碍，故无有恐怖。远离颠倒梦想，究竟涅槃。”

由于日军为完成“一号作战计划”，在长达半年的连续作战中损耗巨大，国际战场形势变化迅速，日军在太平洋战场连连失利，帝国海军受到重创。护卫日本本土的外围岛链基地，被美国誉为“漂浮的陆地”之航空母舰的陆海空力量“五马分尸”，日本四岛危机凸显，导致东条内阁倒台。日军不得不调整战略，把主要兵力用于局势更加紧迫的太平洋战场，以对付美军对本土的致命打击。占领中国西南独山地区的日军，遂成为一支孤军，不得不放弃独山，撤出黔东南，固守中国东南沿海和南洋，勉力支撑岌岌可危的海上战局。

随着抗日战争胜利的消息接踵而至，号称 10 万之众的青年军以虎头蛇尾的形态宣布解散，在抗日战争历史上，没有留下像样的战绩。而蒋经国却借此机会一跃进入国民党军队的高级领导层，为日后荣登“大位”奠定了坚实的基础。

青年军解体，大批爱国的有志青年避免了到剿共战场上充当炮灰的厄运，幸运地躲过了一劫。有道是，天机可测，命运不可测，既然茫茫史河中风云激荡、天崩地裂的大时代已经来临，内战不可避免，正如鲁迅所说，大时代之“所谓大，并不一定指可以由此得生，而也可以由此得死……不是死，就是生。这才是大时代”。当第一期10万青年军于1946年作鸟兽散之后，国民党政府着手征召第二期青年军，把原9个师的兵力缩编为7个正规师。这些新征召的学生兵经过短期训练，随着铺天盖地的内战风雨来临，立即投入血火交织、尸横遍野的战场，与中共军队在城市乡村、荒野草莽中展开了一场又一场生死争夺战。最终的结果是：青年军有6个整编师相继被共产党军队歼灭，数万人被俘，数千人阵亡，当年林徽因那首《刺耳的悲歌》不幸竟成为青年军孤魂怨鬼的一曲挽歌。

胜利前后

历史的进程如激荡前行的长江之水，几个大的险滩、峡谷拐过，就到了宽敞明亮的1945年初夏。此时，日本军队大势已去，几乎完全丧失了战略进攻能力，盟军已完全控制了制空权和制海权，并自各个领域和战略要点实施反攻。以美国为首的盟军空中打击力量，配合陆、海军在中国沦陷区和东部、南部沿海，特别是日本本土展开大规模轰炸，日本军队被迫由全线、局部进攻转为战略防御。

为保障各战区文化遗产免于战火，国民政府专门成立了中国战地文物保护委员会，配合盟军对地面文物实施保护。作为古建筑学家的梁思成被征召至重庆，以委员会副主任身份，负责编制一套沦陷区文物目录，包括寺庙、古塔、陵园、考古遗址、博物馆等一切重要人类文化遗产。随梁思成来重庆的，还有助手罗哲文。

罗哲文是中国营造学社1940年年底在李庄招收的练习生。当时梁思成等人刚从昆明迁往李庄，急需一个青年人帮助学社同人处理杂务和绘图等事宜，决定在当地招收一位可堪造就的青年学生前来工作。据罗氏回忆：“那时，我还是一个不到二十岁的青年，刚从中学出来，在宜宾的一家报纸上看到一则中国营造学社招考练习生的广告。至于这一单位是干啥子事情的并不知道。只见考题中有写字、画画、美术等内容，我对此很感兴趣，便去投考了。喜出望外，果然被录取了。后来才知道，众多的考生中只录取了我一个人。”[4]

罗哲文来到营造学社后，先是帮助刘敦桢抄写、整理文章和插图，后作为梁思成的助手做资料整理和测绘等工作，渐渐成长为梁思成的工作助手。

罗哲文原名罗自福，进营造学社之后，随着美、英、苏、中渐渐结成军事联盟，共同抗击德、意、日三个法西斯轴心国，美国总统罗斯福、英国首相丘吉尔，包括苏联的斯大林等人物的名字广为人知。青年罗自福与罗斯福谐音，于是营造学社与李庄其他科研机构的相识，甚至包括李庄镇内百姓和光屁股的孩子，见面之后总是对罗自福高声呼曰：“罗大总统。”如此之“尊称”，弄得罗自福哭笑不得。后来当梁从诫一帮同学来到营造学社玩耍并高呼“罗大总统”时，梁思成觉得有些别扭，将孩子们轰跑后，微笑着对罗自福道：“自福呵，这个‘罗大总统’的雅号听起来很响亮，不过在李庄这个小镇关起门来做总统，总给人一种‘伪’的感觉。现在中国伪的东西已经够多了，什么伪政府、伪主席、伪军、伪北京大学、伪中央大学等。汪兆铭建了个伪中国政府，搞得天怒人怨，像过街的老鼠，人人喊打。你要再弄个伪美国政府，那天下不就更要大乱了。我看就不要在咱这个院儿里做大总统了，还是改个名字，做个平常的中国绘图员吧。”于是，在梁思成建议下，罗自福改名罗哲文，很有些文人雅士的儒家味道。再后来，“罗大总统”的名号就慢慢消失了，罗哲文三个字倒成了古建筑学界一块响当当的招牌。

这次罗哲文随梁思成到达重庆，先把文物目录一条条编好，然后再在军用地图上仔细标出准确位置。目录为中英两种文字编成，并附有照片，印成若干份，发给各战区指挥员和盟军飞行员以供参考，防止炮火与飞机投放的炸弹焚毁这些目标。据梁的好友费慰梅说，梁思成编制的文物目录，“有一份还传到了周恩来手上，显然引起了他的注意”[5]。或许，几年后当中共大军围困国民党驻守的北平时，共军秘密派人潜入清华园，请梁思成绘制一份全国重点文物地图以便在作战中保护，这个举动就来自本次为盟军编制目录的启示。

就在梁思成编制沦陷区文物目录的同时，盟军司令部通过中方请梁思成把日本的重要文物古迹列表，并在地图上标出位置。梁思成与罗哲文工作了一个多月才完成任务。梁在送交地图时，通过中方明确表示：如果对日本本土毁灭性轰炸不可避免，其他城市可炸，但京都、奈良不可为，日本民族的文化之根就存留于这两座古

◎罗哲文在述说往事（岳南摄）

城之中。现在的日本民族犹如太平洋孤岛上一棵风雨飘摇、电击雷劈的大树，即将面临亘古未有的毁灭性灾难，树的枝芽可以毁而再长，根却不能再生，京都、奈良作为远东甚至世界人类文化的罕见遗存，必须在轰炸中特别注意保护，把根留住。

当时，此项工作是秘密进行的，按照“不该说的不说，不该问的不问”这一铁打的保密规矩，梁思成与助手罗哲文完成这项任务后，又埋头于保护其他文化、文物事宜的策划中。由于全面反攻的盟军遇到日本本土军队的顽强抵抗，盟军再度加大了轰炸力度，日本四岛连同附属小岛，几乎所有城市均被美军炸得满目疮痍。而著名的东京大轰炸也愈演愈烈，整座城市浸染在血与火的旋涡中。在飞机轰鸣、弹片呼啸的大轰炸、大失控、大混乱中，几乎所有日本人都认定，像东京、大阪这样世界瞩目的城市皆成废墟，那么，古老的京都、奈良必被毁灭无疑。因而，精明的日本人做了最坏的打算，除了模仿中国人应付战争兵燹的方法，把两座古城大量的珍贵文物迁移到远处深山秘藏，还发明了一个更绝的方法，对极具价值的历史遗迹，特别是地面建筑，全部拆除搬迁，待战后再按原型恢复。由于建筑古迹极多，工程浩大，加之人心惶惶，拆迁工程进展缓慢。然而，让日本政府、军方和民众感到不可思议的是，在盟军铺天盖地的轰炸中，唯独奈良、京都这两座古城，奇迹般地始终未遭到真正意义上的空袭，待日方费尽九牛二虎之力把著名的京都御所整个木构长廊全部拆迁之后，战争即宣告结束。遍布于两城内的宫殿、古寺、古塔等古建筑，在战火中得以幸免。

多少年过去了，因为知情的梁思成缄口不言，没有人把此事与一位中国建筑学史家联系在一起。当年追随导师第一次走进陪都重庆却没机会饱览山城景色的青年助手罗哲文，也渐渐淡忘了自己为此挥汗绘图的情景。

1986 年，罗哲文应邀到日本参加在奈良举办的“城市建设中如何保护好文物古迹”国际学术研讨会，其间和奈良考古研究所学术部主任菅谷文则相遇。菅谷得知罗氏早年出于梁思成门下，1944 年前后正跟梁在李庄和重庆，便热情地向他讲述二战中的一些逸闻趣事。菅谷说，在第二次世界大战后期，美军在日本本土进行轰炸时，古建筑文物最多的京都、奈良幸免于难，此事可能和梁思成有极大关系。据前年到日本访问的北京大学考古系主任宿白教授透露，梁思成于 1947 年到北大讲过课，在讲到文物古迹是人类共同的文化遗产时，曾举过抗战时期为保护日本的古都，他曾向美军建议不要轰炸京都、奈良，留住日本民族之根，也是世界人类文化之根的事例。菅谷此次想从罗哲文口中进一步了解事情的经过。

◎京都三十三间堂所奉千躯十一面千手观音像

◎奈良兴福寺，建于8世纪，此五重塔和东金堂为15世纪重建

罗哲文听罢，大为惊讶，立即回忆起当年在重庆的情景，罗说："到了重庆，我们住在上清寺中央研究院的一座小楼里，专门给了我一个单独的房间。先生每天拿了一捆晒蓝图纸来，让我按他用铅笔绘出的符号，用圆规和三角板以绘图墨水正规描绘。我虽然没有详细研究内容，但大体知道是日本占领区的图，标的是古城古镇和古建筑文物的位置，还有一些不是中国的地图，我没有详细去区分，但是日本有两处我是知道的，就是京都和奈良。因为我一进营造学社的时候，刘敦桢先生写的奈良法隆寺玉虫橱子的文章我就读过了，而且日本也正在和我们打仗，为什么要画在日本地图上呢？我没有多问，因为我觉得是不宜多知道的。"[6]

罗哲文与菅谷经过共同分析推断，认为梁思成出生在日本（南按：戊戌政变后，梁启超逃亡日本，1901年4月20日梁思成生于日本东京），又在那里生活了很长时间，对古都京都、奈良十分熟悉，对那里的文物古迹怀有深厚的感情，加之他一贯主张古建筑和文物是人类共有的财富，人类有共同保护的责任，当时绘的图，既关乎文物古迹，又涉及京都、奈良，因此他提出此建议很自然，与他的性情和理念正相吻合。对此，罗哲文还引了古建筑学家郑孝燮对自己说过的一个事例：1951年的某一天，在清华园的梁思成突然把年轻的郑孝燮叫住，以哀惋的心情说道："孝燮，告诉你一个不幸的消息，日本奈良法隆寺战争未毁，却被火烧了，真是太可惜呵！"

说罢，两眼含满了泪水。

孤证难立，有了罗哲文的回忆，综合宿白与郑孝燮所言，可知当年梁思成在北大讲课时所言不虚。京都、奈良免于被炸毁的厄运，梁思成至少起了一定作用。真相终于在湮没42年后大白于天下，日本朝野得知此情，均对梁思成的人品、学识抱有敬佩之情，日本媒体纷纷撰文报道，称梁思成为“古都的恩人”。此时离梁思成去世已14年矣。

就当时的国际形势而言，梁思成能做的，已没有遗憾地尽到了责任，至于其他的一切，就管不了那么多了。[7] 有道是：“多行不义必自毙”“天作孽，犹可违；自作孽，不可活”。强大的盟军在大规模连续轰炸之后，给日本致命一击的最后时刻到来了。

1945年7月26日，中、美、英三国联合发表了促令日本投降之《波茨坦公告》：“直至日本制造战争之力量业已毁灭，有确实可信之证据时，日本领土经盟国之指定，必须占领。”又说：“日本政府立即宣布所有日本武装部队无条件投降，并对此种行动诚意实行予以适当之各项保证。除此一途，日本将迅速完全毁灭。”[8] 公告发布后，日本政府在军部强硬分子的操纵下，宣布“绝对置之不理”。美国总统罗斯福大怒。

8月6日，被激怒的美国在日本广岛投下第一颗原子弹。

8月8日，苏联根据雅尔塔会议决定对日宣战。次日，苏联红军迅速进入中国东北地区，并向朝鲜北部和库页岛进军，一举歼灭近百万日本关东军。蒋介石以中国领袖的名义致电斯大林，谓：“贵国对日宣战，使全体中国人民奋起。”又说：“本人相信由于贵国压倒性的力量加入，日本的抵抗必会迅速崩溃。”[9]

8月9日，美国又在日本长崎投下第二颗原子弹，长崎化为一片废墟。当晚，日本天皇在御前会议上最后裁决，以不变更天皇地位为条件，接受中、美、英三国提出的一切条件。

8月10日下午7时左右，日本广播宣布日本政府接受中、美、英《波茨坦公告》，决定无条件投降，正式照会已经托瑞典驻美公使转致中、美、英、苏四国。稍后，重庆中央广播电台播发了这一振奋人心的消息。播音员热血澎湃，感情激荡，不见平日圆熟的素养与技巧，任由情感随着话筒喷涌。广播结束时，播音员哽咽着说：“诸君，请听陪都欢愉之声！”

是时，收音机中传出了响亮的爆竹声、锣鼓声以及外国盟友“顶好”“顶好”的欢呼声。紧接着，“日本小鬼投降了！”“抗战胜利了！”“中华民国万岁！”欢呼声如春雷般炸响开来，整个重庆沉浸在一片欢腾的海洋之中。

◎ 1945年9月2日，东京湾。日本签字投降后，上千架美军作战飞机编队通过盟国舰队上空

遥想当年，在那个寒风凛冽的严冬，中国军队在一片混乱中弃守首都南京，日本军队用超乎想象的野蛮，惨绝人寰地屠杀放下武器的战俘和中国平民。想不到这一战竟是长长的八年，中国人民在经历了九九八十一难之后，最终迎来胜利的欢笑；它暗合了中华民族必将在这场震天撼地的战争中，凤凰涅槃、浴火重生的奥秘。这一切，都随着重庆街头那炸响的爆竹和狂欢的人潮而得到了历史的验证。八年抗战，如果自九一八事变算起，则是十四年的苦难与抗争，死者无声的托付、生者悲怆的吁求，都遥遥系羁在这片风雨迷蒙中升浮而起的希望之地上。

就在这一天，在重庆的傅斯年听到胜利的消息，跑到街上尽情欢呼，把帽子、手杖都搞丢了。晚上回到住处，又满脸疲惫地给在李庄的妻子俞大綵和儿子傅仁轨写信报告这一特大喜讯与自己在重庆的经过。同样身在重庆为盟军工作、并因抗战胜利的喜悦激动得无法自制的梁思成归心似箭，想以最短的时间、最快的速度赶回李庄，与病中的妻子、家人及李庄的同事们分享喜悦。在费正清帮助下，第二天，梁思成携助手罗哲文与费慰梅共同搭乘一架美军 C–47 型运输机，经过 45 分钟的飞行抵达宜宾机场。此时宜宾机场草深没膝，飞机还是安全着陆。梁、费等三人转乘一艘小汽船，沿着白灿灿的水面顺江而下，很快抵达李庄码头。待他们登上岸时，迎面扑来的是满街的标语和被热浪裹挟着的喜庆气氛——看来闭塞的李庄早已得知了胜利消息。

李庄方面能够及时得到消息，所有人认为应当感谢在同济大学任教的德国人史图博教授。正是这位懂中文的医学专家，于 8 月 10 日晚上那个关键的历史性时刻，从自己那部破旧收音机里听到了重庆中央广播电台关于日本投降的广播。据说，史图博听到后，全身触电般抖了一下，立即抓起收音机跑出来，首次不顾礼貌地撞开了一位中国教授的家门。于是，消息像久旱的冬季狂风卷动的野火，"呼"地在全镇燃烧、蹿动起来。夜幕中沉寂的李庄，一扇又一扇门被撞开了，一双又一双眼睛睁大了，人群如江河决堤，"哗"地奔涌而出，在大街小巷席卷过来。"日本投降了！""胜利了，我们胜利了！"喊声如天空中一声声惊雷，炸开了沉闷的黑夜与郁闷的心扉。李庄古镇一座座古庙、一户户农舍、一道道院落，男女老少，呼呼隆隆地冲出，或摇着毛巾，或挥着床单，或提着脸盆、水桶，或抱着菜板，敲打着，叫喊着，欢呼着，狂跳着，乱舞着，在泥泞的大街小巷和田间小路上涌动。学生、教授、农民、工人、小商小贩、北岳庙的和尚、南华宫的道士，手持灯笼火把，挤在一起，抱成一团，哭哭笑笑，打打闹闹。教授与小贩拥抱，和尚与道士相携，镇内镇外，人声鼎沸，口号震天，灯光摇晃，人影幢幢，狗声吠吠，李庄所有的生物都调动起了敏感的神经，为等待了八年之久的胜利时刻齐欢共鸣。

住在李庄镇内的中央博物院筹备处李济、曾昭燏、郭宝钧、赵青芳等研究人员，连夜参加了游行活动。第二天一早，李济召集中央博物院筹备处人员开会庆贺，在讲话中，李济作为一位罕见的清醒者，极富理智与科学远见地指出："日本投降……昭告了原子能新时代之来临，胜利自是我们所乐于听闻的，但是新时代之来临，我们每个人都当有新的认识，也有了更重要的新责任。"[10]

分别住在李庄镇郊外板栗坳与门官田的中研院史语所与社会所的学者们，夜里忽听山下传来人喊犬吠的吵嚷呼叫之声，以为又是土匪进村抢财劫色，当地军警与治安队群起缉拿，因而并未在意。第二天拂晓时分尚未起床，同济大学的青年教师和学生组成的游行队伍已到达舍外。被惊醒的学者连同家属以为土匪进得山来包围了宅院，急忙提了菜刀与烧火棍，还有早些时候傅斯年专门让李方桂为史语所同人购买的小铜锣，胆战心惊地走出室外，悄悄趴在门缝处观察动静。只见漫山遍野飘荡着用床单、枕套、破旧衣服甚至废旧报纸做成的花花绿绿的旗帜。当从同济师生的呼喊声中得知日本鬼子投降的消息后，学者们与一同被惊动的当地百姓，一个个"嗷嗷"乱叫着冲入人群，在山野田畴狂奔乱舞起来。史语所合作社经理、北京籍的魏善臣，也就是早些时候遭到土匪抢劫被揍得鼻青脸肿的"魏总"，听到门外动静，认为土匪一到，大难临头，急抓起一把自己前些时候托李庄镇铁匠打造的类似猪八戒使用的九齿钉耙，准备与土匪拼个你死我活。待弄明真相，"嗖"地扔掉钉耙，一蹦三跳地蹿到坐落在牌坊头的合作社，从一个箱子里掏出两瓶酒，拉着正站在牌坊头观望的董作宾、石璋如等几位资深研究员，高喊着："胜利了，我请客！"连拖带拉地来到板栗坳的最高处，面对滚滚东逝的长江水，开怀畅饮。当两瓶酒见底之后，一个个泪流满面，醉卧于山野荒草之中。——这是继长沙清溪阁醉别之后，八年来又一次喝醉。只是今非昔比，醉酒的心境已是天壤之别了。

梁思成等三人来到李庄上坝月亮田营造学社时，只见林徽因躺在床上，苍白的面容、瘦削的身子，宛如她那首《静坐》诗中的描述："一条枯枝影，青烟色的瘦细。"

费慰梅看罢不禁唏嘘。之前在李庄镇内参加学生游行的女儿梁再冰中途跑回家中，气喘吁吁告诉母亲外面世界的精彩盛况，林徽因“闻之狂喜”，顿时变得神采飞扬，大有“积疴顿失”之感。见夫君与好友费慰梅风尘仆仆地从远方赶来，林徽因再也按捺不住心中的兴奋之情，她提出要在这历史转折的伟大时刻，亲自赶到李庄镇加入游行队伍，倾吐积压在心中八年的块垒，为抗战胜利发出自己的欢庆之声。

一架自制的滑竿很快捆扎而成，林徽因坐在滑竿上，由罗哲文等几个年轻人抬起，梁思成与费慰梅跟随两边，如同北方黄土塬上大姑娘出嫁一样，一行人说着笑着，呼呼啦啦、晃晃悠悠，颇有些滑稽意味地向李庄镇中心进发。这是林徽因自从旧病复发之后，近五年来第一次来到这个古老小镇的街巷，想不到竟是以这样的方式出现。满街的标语，满街的人流，满街的欢声笑语。没有人认得这位名冠京华的一代才女，更没有人知道她那非凡的人脉背景，但所有与之相遇的大学师生或平常百姓，无不对其报以真诚的致意与微笑。林徽因望着一群又一群满脸尘土与汗水、似曾相识的青年学生，蓦地想起了八年前卢沟桥枪声响起之时北平街头的情景——在那个酷热的夏季，那些满脸汗水、一家一家收集麻袋帮助二十九军修筑工事的学生，不知现在流落何方。假如他们还活着，或许就在眼前这样的游行队伍之中，又或许早已流浪外域，甚至死掉了。这样想着，热泪顺着她瘦削、苍白的脸颊缓缓流下来。

1945 年 8 月 15 日，日本裕仁天皇发布了《停战诏书》，正式宣布 330 万垂死挣扎的日军放下武器无条件投降。同日，蒋介石以中华民国政府主席的名义，在重庆中央广播电台发表抗战胜利对全国军民及全世界人士的广播演说，指出：我们的抗战，在今天获得了胜利。“我们的‘正义必然胜过强权’的真理，终于得到了它最后的证明。”[11]

夏鼐被劫案

就在裕仁天皇宣布正式投降的第二天，国民政府教育部部长兼中央研究院代院长（南按：原教育部部长陈立夫去职）朱家骅在重庆找傅斯年谈话，要其出任北京大学校长，即刻做赴北平的准备。同时承诺傅斯年赖以起家的中研院史语所仍由傅本人全面掌控。朱家骅最后强调，此次任命不只是教育部的决定，也是最高领袖蒋公的旨意。

此前，北大校长蒋梦麟表示要加入以宋子文为首新组阁的行政院任秘书长，不再过问北大事。在学界一片惋惜、困惑甚至怨怼声中，国民政府于8月初免去蒋梦麟的北京大学校长与西南联大本兼各职，经蒋介石授意，由傅斯年接替蒋梦麟出任国立北京大学校长与国立西南联合大学常委职务。

身处乱离之世的傅斯年虽被委以重任，但他深知北大在天下儒林的分量，更清楚还有一个胡适在美国。只要胡先生在，自己是万万不能窥视北大第一把交椅的。于是，傅斯年向朱家骅建议，让德高望重的胡适回国主持北大事务，自己可做胡氏大旗下的一个喽啰摇旗呐喊、擂鼓助威云云。朱闻听此言，颇感为难，推托此举是秉承国民政府最高领袖的旨意，不好擅自更改，否则将有“欺君之罪”。如果傅氏坚辞不就，可径自奏明蒋主席，让其收回成命云云。傅斯年深以为然，于8月17日上书蒋介石，陈述自己“赋质愚戆，自知不能负荷世务”，以及身体状况“逐年迫切，医生屡加告诫，谓如再不听，必生事故”等，力主由尚在美国的胡适出任北大校长。傅氏的陈述终于打动了蒋介石，遂决定以胡替之。因胡适尚在美国，在他归国之前，暂由傅斯年代理该职。在这种情形下，傅“不得不勉强答应”（朱家骅语）。

◎ 1946年春，蒋介石到北平，与傅斯年同游文丞相（天祥）祠，并在祠中正殿“万古纲常”匾额下合照，以示对其办理北大事务与对伪教职员处置的支持

1945年9月20日，傅斯年以北京大学代理校长身份参加了在重庆召开的全国教育善后复员会议。会议就内迁教育机关复员以及教育秩序整顿等问题进行了讨论和议决。随后，傅委派北大教授陈雪屏与郑天挺赶往北平，接收北京大学校产，为学校复员做准备。

10月底，傅斯年为接收北京大学事由重庆到达北平，陈雪屏等人到机场迎接。傅走下飞机的第一句话就问陈与伪北大教员有无交往，陈回答说仅限一些必要的场合。傅闻听大怒道：“‘汉贼不两立’，连握手都不应该！”当场表示伪校教职员坚决不予录用，全部都要屎壳郎搬家——滚蛋。不但不请他们任教，还当场表示要请司法部门将罪大恶极的儒林败类捉拿归案，严加惩处。傅斯年在给夫人俞大綵的信中说道：“大批伪教职员进来，这是暑假后北大开办的大障碍，但我决心扫荡之，决不为北大留此劣根。”又说：“实在这样的局面下，胡先生办远不如我，我在这几个月给他打平天下，他好办下去。”[12]正是由于这种秋风扫落叶式的无情做法，有些伪北大教职员与傅的其他对立面，公开宣称傅斯年是胡适的一名打手，并与之叫起板来。但此时的傅斯年在扫荡了几圈后，已顾不得几个坟头上的残渣余孽死缠硬磨，必须尽快南返重庆，因为他的大本营、战时文化中心之一——李庄山坳里的学者们已骚动不安，而派往西北科学考察的夏鼐押运古物行驶于广元江面，遭到持枪土匪抢劫，一时生死不明，须集中精力予以应对。于是，傅斯年擦着满头大汗自北平飞往重庆，坐镇指挥，与各方电信联络，寻找夏鼐并探听被劫案的破获情况。

1944 年春，夏鼐告别傅斯年、李济等业师，离开李庄赴重庆，加入了由中央研究院、中央博物院筹备处和北大文科研究所合组的“西北科学考察团历史考古组”，于同年 3 月随考察团团长向达、成员阎文儒（属北大）等人乘机飞兰州，继而转赴西北敦煌一带，进行西北实地田野调查考古工作。

夏鼐一行抵达敦煌，携带专业考古工具，进入隔绝尘世的戈壁滩荒野，扎下帐篷，展开调查发掘。此时的敦煌天高地远，本地没有报纸可看，外部消息的来源只有酒泉油矿办的一份小型油印《塞上日报》，但一份报纸邮寄到宿营地需一个多星期的时间。尽管如此，考察人员视之为十分珍贵的礼物，从这份印刷质量低劣的小报上，可以陆续得知世界各地的消息，如盟军已抵巴黎，接着进入比利时首都，日军在湖南发动进攻，已侵入邵阳、祁阳等。夏鼐回忆说：这个时候，“我自己最关心的，自然是故乡浙东的消息。自从 6 月 15 日以后，一连三个多月没有家信。（直到）10 月 11 日才接到家中 6 月 1 日所寄发的信。浙东战事已于 8 月底重行爆发。此后我在敦煌便没有再接到家信了。杜甫的名句‘烽火连三月，家书抵万金’，这时候确能深切地体会到个中意味。”又说：“9 月 20 日进城看到壁报，知道故乡温州已于 9 日晨间沦陷。1942 年温州二次沦陷时我适在故乡，曾尝过逃难时流离颠沛的滋味。这次我不在家，不知道年过古稀的双亲和弱妻稚儿们是否已逃到乡间去，抑或困陷在围城中？沦陷后的生活如何维持？沦陷前后的炮火劫掠，破坏程度如何？翘首东望，忧心如焚。勉强抑制住心中的焦急和愁虑，提起精神来继续当前的工作。有时中宵为噩梦所惊醒，窗外月明如水，低诵‘噩梦醒来犹堕泪，故园归去恐无家’，不禁潸然欲涕。”[13]

在如此凄苦悲凉的境况中，考察团成员依然迎风伫立，于大漠戈壁一步步推进调查发掘计划。1944 年 10 月 5 日，夏鼐接到了傅斯年发来的电报：

顷邮汇三万元为向先生返渝路费，阎文儒兄之东返路费由北大自筹，兄亦当于工作费用完后即返。此外，发掘品不必运。哈佛学社助款绝不能分作西北考古工作之用，向先生之责研究所不已，使弟为难矣。[14]

自赴兰州那一天起，向达、夏鼐等考察人员与李庄史语所、重庆中研院总办事处之间的电报往返不断，所商讨内容多为款项支付问题。想不到就在历史考古组进入西部大漠到第七个月时，后方经费难以为继，不得不另谋他途。接电后，夏鼐与考察团成员匆匆结束了佛爷庙墓地的调查发掘，作为团长的向达不得不先行离开敦煌回返，筹划考察经费。

同年 10 月 25 日，夏鼐向傅斯年、李济报告发掘工作情形及结束后的打算：

关于采集品之运输问题，西北公路局允免费一吨运兰，生拟返东后在兰过冬，将已运到之物开箱稍作整理并作较详之记载，然后返川。[15]

电文发出后，夏鼐开始按计划测绘墓地周边二万分之一地图，将发掘记录整理存档。同行的考察队员阎文儒则将所获考古标本装箱，准备押运进城，同时利用最后一点经费，做奔赴南湖和西湖，即阳关和玉门关遗址考察的准备。

汉代著名的阳关和玉门关的确切位置，自明清之际已模糊不清，民国时代更难以寻觅。有学者认为敦煌南湖就是古代著名的阳关故址，而汉代玉门关的位置则是众说纷纭，言人人殊，争讼不断。1900 年至 1908 年，英国探险家斯坦因（Marc Aurel Stein，1862—1943）第二次来到中国西北地区探险考察，重访和田、尼雅遗址，发掘古楼兰遗址，深入河西走廊，在敦煌附近长城沿线掘得大量汉简，从而确定玉门关就在小方盘城一带。事隔 40 年，当夏鼐、阎文儒等考察人员来到这一地区后，认为斯坦因之说很值得重视但又不能全盘尽信，既然自己的脚步已踏进这一领域，是谓机不可失，时不再来，必须尽最大气力设法找到确凿证据解决这一历史悬案。于是，夏鼐决定亲自组织人员前往传说中的两关遗址考察。

这年 10 月 31 日，经与当地政府联系，夏鼐一行在敦煌驻军一位教姓营长陪护下，带领 10 名士兵，3 名警察，6 峰骆驼（各负 300 余斤物资），骑马向两关遗址进发。十分幸运的是，11 月 5 日，夏鼐在小方盘城获得了写有“玉门都尉”等字样的木简。这支珍贵木简的出现，在验证斯坦因所言不虚的同时，为进一步确定汉代玉门关位置提供了实物证据。十年之后，当出任中共建政后国家文物局局长兼考古所所长的郑振铎谈到西北科学考察时，曾以赞叹的口气对考古所的同人说：“很奇怪，玉门关旧址，好多人找了多次找不到，夏鼐一去就找到了。”[16]言语中透着对夏鼐高人一筹的智慧与科学素养的敬佩之情。

◎夏鼐

郑振铎所言不虚，只是夏鼐的成功，除了有赖于超人的才华与智慧，还与他此前所做的研究功夫密不可分。夏鼐赴敦煌调查之前和途中，就对斯坦因当年在这一带探险而后发表的材料做了详细研究，对每一条探沟位置都做到心中有数，玉门关的大体位置自然牢牢地记在心中。这一点可以从夏鼐后来撰写的《敦煌考古漫记》中看到，而夏鼐麾下“五虎上将”之一的石兴邦晚年也对此有所分析：“因为他（夏鼐）对玉门关作了详确考证，大体知道它的坐标位置和界区。同时，他有考察古文化遗址的田野工作方法和经验，所以就被他发现了。”[17]正是有了诸多科学准备，夏鼐才比其他考古学家技高一筹，于广阔无垠的大漠深处独领风骚。后来夏鼐根据小方盘城出土的大量材料，经过仔细研究，写出了在西部历史、地理考古史上具有重大意义的《太初二年以前的玉门关位置考》一文，对玉门关位置做了确切的、无可争辩的定位。再后来，夏鼐凭借深厚的史学功底，结合新获材料，于1947年11月写出了《新获之敦煌汉简》一文，对1944年敦煌两关遗址和烽燧遗迹发掘出土的30余枚汉简进行考释，提出了玉门关设置年代的新看法。根据这些材料，纠正了近人将汉武帝征和年号释作延和年号的谬误。[18]1948年1月，夏鼐又在《武威唐代吐谷浑慕容氏墓志》一文中，依据武威唐代吐谷浑慕容氏族系的几方墓志材料，参考两《唐书》以及《册府元龟》《通典》《通鉴》等文献，对吐谷浑晚期历史做了较为详细的叙述。[19]夏鼐的两篇雄文甫一问世，即蜚声学界，史坛为之震动。

遥想当年，瑞典地质学家安特生在河南渑池仰韶村发现了史前彩陶，他把这种彩陶与美国地质学家庞帕莱于1903年和1904年在俄属土耳其斯坦安诺地区那次著名探索考察报告中的彩陶图片相对比，发现仰韶村出土的彩陶外表同安诺地区的彩陶竟出奇地相似，认为二者之间有必然的联系。后来安特生在甘肃又发现了这种彩陶，由此进一步推演出“中国文明来自西方”的结论。

正当“中国文明西来说”在世界范围传播并甚嚣尘上之时，随着安阳殷墟的发掘，“西来说”受到质疑和挑战。1937年，安特生来到南京鸡鸣寺下的北极阁中央研究院史语所参观安阳殷墟发掘出土的标本，并与史语所部分考古专家进行了座谈。就在这次座谈中，由梁思永发起并做翻译，刘燿等一批参加殷墟发掘的年轻学者提出问题，就中国文明起源的相关问题与声名赫赫的安特生展开辩论。辩论中，刘燿等年轻学者根据河南、甘肃等地新发现的仰韶、龙山和齐家文化遗存相对应年代的新材料，证明安特生对齐家文化与仰韶文化年代划分存在谬误（南按：安氏认为齐家文化早于仰韶文化）。尽管发掘出土的标本就在眼前，安特生出于复杂的心理，仍咬住原有的观点不放，认为自己的结论是铁板钉钉、铁案难翻，中国学者的观点是错误的。此番争论，令中国学者极其郁闷甚或有一些愤怒，但又无可奈何。

在以后的岁月里，随着中国田野发掘成果不断扩大以及学者们缜密严谨的学术论文相继发表，安特生终于在事实面前承认了自己的谬误，宣告自己以前建立的中国文化层位排序“铁案”破产。这个姗姗来迟的结果，除了早些时候得益于梁思永的《小屯、龙山与仰韶》[20]、刘燿的《龙山文化与仰韶文化之分析》[21]等两篇文章，更得益于夏鼐西北最新发现与考证的业绩。正是这次西北之行，使年轻的夏鼐于1945年5月，在甘肃宁定县半山区阳洼湾的考古调查中，找到了推翻安特生“铁案难翻”的另一种无可置疑的“铁证”。

阳洼，当地俗语“向阳的山坡”，在这个普通的山坡上，夏鼐经过仔细发掘采集，不仅发现了齐家文化时代的埋葬风俗及人种特征方面的新材料，还意外找到了地层学上的证据，从而确定了齐家文化与甘肃仰韶文化二者年代先后的关系。对此，夏鼐在他的论文中说：“自从安特生于1924年发现齐家文化居住遗址以来，到现在已经二十多年了，但同一文化期的墓葬，始终没有找到。”“关于年代问题，安特生仍维持他的旧说法，以为齐家文化较早于甘肃仰韶文化。”而在阳洼发现的墓葬，“仰韶式的彩陶确曾发现于未被扰乱过的典型的齐家期墓葬的填土中。当齐家期的人埋葬亡人的时候，这些彩陶是已被使用过打破了，碎片被抛弃在地上；因之便混入填土中。彩陶制造的时期与齐家墓葬的时期二者之间必定有相当的间隔，虽然我们尚无法知道这间隔的久暂”。对这一新的发现，夏鼐做出的结论是：“……从陶器方面来研究，齐家陶与仰韶陶是属于两个系统，我们不能说齐家陶是由仰韶陶演化而来的，也不能说仰韶陶是由齐家陶演化而来。当时的情形似乎是这样的：齐家文化抵达陇南的时候，甘肃仰韶文化的极盛时代已过去了。”[22]夏鼐据此发现撰写的《齐家期墓葬的新发现及其年代的改订》论文，于1946年以英文在英国《皇家人类学会会志》第76卷（第169—174页）发表后，立即在英国和欧洲学术界引起轰动，从而引发了新一轮“中国文化西来说”讨论热潮。1948年，此文又增加插图表和图版，在《中国考古学报》第三册发表，以无可辩驳的事实纠正了瑞典学者安特生氏此前在甘肃新石器时代文化分期上的错误论断，为建立黄河流域新石器时代史前文化的正确年代序列打下了坚实的基础。阳洼湾出现的第一缕曙光，“标志中国史前考古的新起点，也意味着由外国学者主宰中国考古学的时代从此结束了”[23]。

1944年12月，严酷的寒冬已经来临，野外考察发掘工作已很难继续进行，仍在西北严寒中奔波的夏鼐与阎文儒，根据傅斯年发来的电令，决定做本次考察的收尾工作。二人怀揣剩余的经费，再度转赴三危山南，调查安西南湖、双塔堡诸遗址以及榆林窟，复经玉门，取道酒泉，于1945年1月15日返回兰州。

在夏鼐从酒泉返回兰州并住进教育部设置的科学教育馆当天，接到川中转来的家电。此电由瑞安发出，五字：“父病危，速归”。夏鼐“闻之心胆俱裂”。此时内地战事仍然吃紧，返回故里的交通已断，无法东归。进退不得的夏鼐“唯有默祝上苍，皇天不负苦心人，毋使余抱终天之憾”[24]。——这个时候的夏鼐尚不知道，当他收到电报之时，其父已于去年11月21日，即旧历十月初六病逝。当时夏鼐正在敦煌进行两关遗址的考察发掘，消息隔离，家人秘不以告。直到一年后夏返回家中，始知父亲早已过世。追念及此，夏鼐发出了“病未能侍，殓未能视，抚棺一恸，亦复何补？悠悠苍天，此恨千古！”[25]的悲鸣。

在兰州稍事休整，根据傅斯年信中透出的意愿，夏阎二人经过一番思考、讨论，决定开始新一轮行动。阎文儒去陕西西部地区搜寻；夏鼐只身在兰州附近、洮河流域与河西走廊，进行史前遗址考察。

1945年2月23日，在李庄的傅斯年致信夏鼐，指示以后的工作与生活，首行为：“今日接一月廿三日来书，即以电复，电文恐又误，另抄附。兹再详陈之。”

兄此行成绩如此，至可佩可喜！弟本有留兄今年在甘肃工作二季之意（前信），兄既自有此意，甚好甚好。费用到重庆后必为筹得，今年情形或比去年好办些。一、今年只兄一人，费用较少。二、向先生态度使弟不能了解，忍之又忍，终无办法，弟伺候他亦有时而尽也。去年余款，兄可先用作调查整理费，其不足之数，电弟于重庆，总想一法弄出来。运费另外。一切即照兄之计划，与弟前信办去可也。甘、凉以北之河流草地，似可去，采［彩］陶区亦可去，二者虽不同，亦不妨均去。

标本运否，当决于朱先生，朱先生尚无信来（或即受沉船影响，信搁在中途），未知兄接彼之电否？如运，运费自当另算。如不运，兄之返程路费及本所公物，亦当由本所算。（同人行李，一并设法运来也。）

如运，运费自当由博物院出其大半，其实仍是朱先生想法子耳。运法当待朱先生决定运否之后再决，或先运广元，或改油局车径运重庆，但如运广元时，自当由博物院托人照应，决不一切请兄负责也。

至于兄之计划，此时以至秋季为宜，秋末恐必须返，因报告待写也。

在兰存物及工作之处，袁翰青先生前面允设法，弟又电之矣。如须另托人，可一访赵厅长龙文兄。

六朝花砖墓之工作，可喜可喜！此与汉简皆极可喜之事也，本所同人，当皆兴奋。兄为本所考古同人后起之秀，后来为中国考古学之前途负责大矣，愿兄勉之。（昨与梁先生谈，彼亦有同感也。）今年即专心作野外工作，无以费用不继等事为虑也（前信数目当可足用）。一切到重庆开过会后再详写。

信中提及的向先生即向达，此时早已回归内地；朱先生即朱家骅；“受沉船影响，信搁在中途”，即谓2月6日由宜宾开往重庆的“长远”轮在南溪江面有名险滩筲箕背失事，全船沉没，溺死200人左右。此后邮政断绝，李庄与重庆来往信件亦不复投寄，为此傅斯年曾致书成都行营主任兼四川省政府主席张群，予以控告，提出追究相关人员责任，对死者家属抚恤，损毁物资予以赔偿，“以儆将来”云云。

从信函原件格式看，写到此处似要告终，但傅斯年好像突然想起什么，于是有了如下补充：

再，敦煌艺术研究所主持人常君，向先生说得一文不值，弟不知其详，无从断定。然此时有人肯以如许小款，埋头于沙漠之中，但是努力，便算难得，教育部应给以鼓励乎？盼兄有所示及，以便向朱先生道之。

向先生于人多否少可，而彼所许之人，每每非狂则妄（如于道泉），故弟于彼之论断亦不敢轻信也。[26]

信中所言“常君”乃常书鸿，向达考察敦煌千佛洞时曾与之交往，其间或发生不快，向达到重庆后把常氏说得一文不值。但傅斯年并不如此认为，乃通过夏鼐等人提供报告，欲在教育部部长朱家骅面前为其美言。后来常书鸿一度提出辞职，经朱家骅、傅斯年等劝挽，终打消此念，继续在敦煌艺术研究所（1945 年 5 月改称古迹研究所，隶属中央研究院）坚持工作下去。

夏鼐按照自己的设想与傅斯年指令，继续坚持在西北沙漠草原进行田野考察、发掘，直到 1945 年 12 月 5 日方携带行李与数十箱发掘古物抵达兰州并下榻科学教育馆。12 月 15 日，夏鼐在科教馆仓库点检发掘物品，决定把 61 箱一一加封条，暂留此处。另提取 4 小箱最为珍贵古物运回科教馆，以便随身携带运往李庄或重庆。12 月 17 日，夏鼐把未装箱、随身携带的发掘古物，以及兰州中国银行业余考古学家吴良才赠送考察团之陶器及石器若干，一并送往科教馆装入箱中，前后近两年的西北科学考察就此告一段落。据夏鼐日记载："进早点后，将行李铺盖过磅，五箱一铺盖共计 160 公斤（⑴大红皮箱衣服及记录全份 41 公斤，⑵向君书箱 34 公斤，⑶仪器文具 29 公斤，⑷药品杂物 24 公斤，⑸标本箱西字 10 号 16 公斤，⑹铺盖 16 公斤）。上午将存放古物事与科教馆赵天梵主任接洽，交去留存兰州之清单一纸，计 61 箱。"[27] 而后赴邮局，寄信及单据，再至车站候车赴四川广元。18 日上午八时半，夏鼐所乘卡车开行，此车"载有 31 人，虽仍拥挤，然较之河西之黄鱼车，已胜过远矣"[28]。

1945 年 12 月 24 日上午，车抵四川界之朝天驿。"此处距广元仅 30 公里，然公路循山修筑，在山腰间，左为悬崖，右为深谷，道路崎岖高低，转弯又多，故汽车常出事（前年冬潘悫君即在此一带翻车）。经千佛崖，进广元城，抵车站已傍晚，即住嘉陵江畔之忠信旅社。900 余公里之卡车旅行，告一段落。"[29]

时夏鼐接中研院总办事处电，令其把古物运往重庆。下一段路程，就是决定走陆路还是走水路的问题了。

据 12 月 25 日夏鼐日记载："现下广渝客票及行李二者共需 5 万 8 千多元，身边所携之考察团余款，不够此数，途中宿食尚需数千元，故决定改乘木船。后天有船开渝，途中约需十二三天，索价 3 万元（带饭），后以 2 万 5 千元成交。"[30] 从日记中看出，夏鼐权衡再三，决定由水路至重庆。

12 月 28 日，夏鼐将行李、标本箱等送上船，晚间即在船上过夜。据闻，这艘船主要装载的是军政部从西北购置的羊毛，有专门人员负责押送，故船客有时称该船为羊毛船。因驳船未雇好，直到 1946 年 1 月 2 日仍未开行。由于行李及箱中古物不得远离，夏鼐只好继续在船上住宿，其焦急、凄苦之状一如日记所述："天近亮时，江上寒风怒吼，吹进船篷，又钻入被窝，被冷如冰，比西北冰天雪地中睡热炕远要寒冷得难受。起来后穿上狼皮大氅，风仍吹个不停，日光隐在云中，河滩上的细砂被风吹得满天飞舞，使得浅灰色的天空更显得灰昏。……下午船户开始将羊毛搬到驳船上，明天也许可以开船。据云雇用船夫颇为麻烦，船主除供应膳食外，仅允供工资 6000 元（广渝单程约行 12 至 15 天），工人则索 8000 或 10000，故今日始雇定，以致耽误开船的日期。……”1 月 3 日“下午船始启碇，但仅行里余，即停泊于五佛寺南。成《嘉陵江上》：“陇坂秦栈兴未穷，又上巴船听江风。冈峦起伏千峰翠，滩石纵横一径通。盗贼拦江如乱麻，身世飘零似转蓬。冷云微雨卧舱里，梦魂早已到瓯东”[31]。

归心似箭的夏鼐深知“盗贼拦江如乱麻”的社会境况，或许预感到乘此船的不妙，才“梦魂早已到瓯东”。但梦得再好再妙，毕竟只是一个梦，现实生活并非如此。这首诗作毕的第二天（1 月 4 日），处于寒冷、穷愁与惊惧中的夏鼐就遇上了匪徒，一场劫案就此发生。

据夏鼐日记载：“晨间由五佛寺侧启行，以载重逾量，中途搁浅，午间始抵广元县属之河湾场，稍停进膳。启行后又搁浅，以人力牵缆，强拉之起行，费时甚久，仍无效果。乃派人进城，雇下驳船，将羊毛提取数袋，始得成功。时已薄暮，乃即停泊河湾场南约半里处。少顷，有两只棉花船亦来停泊于旁。闻此间不安静，常常出劫案，我怀着戒心，然亦无可奈何。晚间睡后不久，邻船犬吠，惊醒后向船首一看，五六人上来，三人手里提着手枪，都拿着手电筒，口里嚷道：‘你们躺着，都不许动，有武器都交出来。’我知道不妙了，只好硬着心肠，一面计划着怎样可以减少损失，匪徒约十来个人，检查我们，知无武器，他们便动身搜东西。几个人到邻船去，劫去珠宝牌香烟两大箱、白马牌香烟三大箱（每箱现价 20 余万元），又搜去现钞若干。……”接下来，便是夏鼐遭劫时的场景：

在我们船上，则主要目的在我所携的五个箱子，要我开锁给他们看，先打开仪器的箱子，我告诉他们是公家之物，那个像是首领的便说，不要你们这些东西，不过都要打开来看，东西散乱满舱；又打开药品箱，也一件一件都看过；又打开向先生书箱，我知道他们是不要书籍的，便转过来打开标本箱，名义上是给他们看，暗里连忙将一小包，潜行取出混在他已检查过的箱子里；他们将标本也打开几包，看是朽木头，问我是否这里是沉香木，我说不是，你一嗅便知不是沉香，他们便丢下这里。又开我的衣箱，取去了皮桶子及厚呢大衣等，检查身上取去现钞万余元。他们留下一两个小喽罗在我们船上乱搜，军政部押送员向兢（字上陞，桂林人），被取去 Coklin 自来水笔一支、现款五万余元、衣服数件。田押送员则失绒衣一件、现钞八千余元。匪徒在邻船将香烟抬去后，那位做头目的忽又到我这里来，要我交与他照相机一具，我一看所有三部照相机都已被他的喽罗拿去了，他说河滩上有一篓药品、仪器等，我们不要，你可拿回来，不过要交出照相机，否则要不客气了，将手枪一扬，要我跟他上岸。

在河滩上，他们正在收拾赃物，预备动身，另有一竹背篓，系由余船上取去者。他说这些东西你可拿回去，不过那一架是照相机，要留下来，他便一一取出，大平板、照准仪、药品、望远镜、皮尺、反光镜箱及我私人的二件皮筒，都在里面。他将皮筒取去，交与他的助手，说这些是要的；又取反光镜箱，问我如何用法。我心里想，你要我教你用法，不怕我要收你学费么？口里只好说：这说来话长，你如果一定要拿去，拿回去后再请人家慢慢地教你吧，我便取那背篓，拿回船中。他说等我们走后，你点上灯，慢慢地收拾你的东西吧。我回到船上后，匪徒令邻船苦力将香烟抬上岸，向河湾场而去。[32]

此次半夜遭到匪徒抢劫且牵涉公家财物，兹事体大，夏鼐在一个月后专门致函傅斯年，详述经过及被劫公私物品，其要旨与日记所述相同，不过亦有细节颇惊心动魄之处。夏说：

五箱纸箱当被劫了上岸，同时又至生之船上搜检，见及生所带之五箱即令开箱，当告以此系机关公物，希望其能留情。此时有枪声一响，不知为手误失火，抑为有意示威，子弹穿生之床单及棉褥而过，幸未伤人（事后思之，不作赵亚孟及许德佑之续，亦云侥幸矣）。生只得任其开箱搜括，惟亲自在旁边监视，时时告以某物为公物，作某用途，不能卖钱，或公家将严加追究，请其留下。匪首虽或听从或不听，然尚肯容情，故所携之西药、标本等，虽皆曾取出，并未携走，仪器除照相机一部亦皆留下，惟开箱倒箧，各物皆自箱中取出，抛置船面上，散布满地。邻船抢劫完毕后，小喽啰至生之船上者愈多，往来杂乱，时或私自窃取数件，生仅一人，须与匪首相周旋，照料虽周（船上水手等人，匪首令其照旧偃卧被窝中勿动），故后来检点时，有亲见匪首抛下不取之物，遍觅不得，当即由经此辈小喽啰之窃取也。搜括数小时后，始将各物抬将附近一小船上，扬长而去。仍令一匪持手枪在岸上放哨，阻止登岸报警。天亮时始去。[33]

匪徒们携抢劫的大量珍宝与其他公私物品扬长而去，猫在船舱被窝中的水手及乘客闻四周皆已安静，乃陆续爬起来于惊恐未定中扫视察看周围远处及船舱上下内外。在得知匪徒确已溜走，且没有持枪潜伏者之后，才鼓起勇气，几人下船到当地官府联合报案。比别人早起的夏鼐，检查失物匆匆开一清单，将各箱锁好，联合军政部押运员向兢，一同到河湾场保甲长处报劫，而后令保长派人领到河西乡公所（上西坝）详述案情。一位姓权的副乡长闻讯，知事关重大，一面派人赴河湾调查，一面派人把夏鼐等送到县政府报案。县长萧毅安闻知来者乃军政部与中央研究院人员，不敢怠慢，即派警察局长刘彦章率领警察偕往警备司令部，协同军队与夏鼐等前往河湾场搜寻。军警们荷枪实弹，在河湾场附近各村吵吵闹闹如演戏般搜检一番，便收兵回城，此不过虚应公事而已，心急如焚的夏鼐等却只能干瞪眼看军警表演而毫无办法。奔走一天，夏鼐因被匪徒抢劫一空，无钱找旅馆住宿，只好离城返至船上过夜。时载有夏鼐物品之羊毛船已先行向河湾场方向开去，只余几只较小的船在此停泊，见此情形，夏鼐无可奈何，只好暂在小船过夜。尚未躺下，倦劳已极的夏鼐咳嗽加剧，胃病复发，上吐下泻，折腾几近一夜，其痛苦之状无以言表。令夏鼐想不到的是，更加恐怖、令人痛苦愤懑的事还在后头。

第二天，即 1 月 6 日，苟姓船主说上午有二船开往河湾场，可以赶上停泊在那里的羊毛船。于是，夏鼐决定在船上静候。时近中午，船主突然宣布手续未办好，今日不能开船。夏鼐闻听吃了一惊，想到被匪徒劫余的公私物品皆在昨天驶往河湾码头的船上，万一船上有潜伏的奸人与外部土匪再度勾结，来个二次打劫，将如何是好？想到此处，心“咕咚”一下，额头上汗珠随之沁出。夏鼐急起身，抹了一把涔涔下滑的热汗，决定立即赶到河湾场找到羊毛船探个究竟。虽然打听得知，此处离河湾场仅 15 公里，但夏鼐仍在病中，身体极度虚弱，要赶这 15 公里路也须咬牙硬撑。事不宜迟，必须立即动身追赶。当夏鼐由何家渡过河，沿公路经曾家桥、上西坝，折入小路至河湾场时，雾气笼罩中惨淡的太阳即将落山。更令夏鼐想不到的是，这艘羊毛船没有按规矩告知当地保甲，已于中午悄然开行而去。夏鼐站在码头进退两难，心中记挂船上物品的安全，心中不断问自己，这艘船到底何为？如此悄然离去，难道另有所图或有不可告人的阴谋？这样想着，心跳得更加厉害。向当地人打听得知，此去昭化县属之上石盘 10 里左右，中午由河湾开行出船，日落后应该停泊此处。夏鼐决定立即赶去探个虚实，于是转身沿山间小路急行，一路皆看不到人家。待翻过两个山巅，太阳已西沉，远处现一小村落，急趋村旁打听，乃梁家营，据闻离上石盘尚有五六里，沿山下河岸而行即可抵达。夏鼐闻讯遂转身下山而行。此时天已完全黑了下来，沿途看不到人家，亦听不到犬吠，夏鼐心跳加快，且慌慌的有一种恐怖之感，心中暗想：途中如碰到匪人，连呼救都无人听见。近上石盘时，天已漆黑，阴历初四日，月亮仅为一弯眉月，小径急行，前后并无灯光，黑暗中看不到村庄，也看不到河中船只，心中更加慌乱。暗想："上石盘为三窝村，如羊毛船不停泊此间，则必下行至昭化，晚间恐只能住在上石盘，不要住在匪徒家中，夜间被害也无人知道。若船已下行，则明日恐又须向南追赶，不知道要赶到哪儿始能碰到，若失之交臂，则麻烦更多，被劫后身边无钱，人又过于疲劳，前途颇困难。……前村为何处，相距几里皆不可知，幸此时忽见前面数十步有房屋，近跟前时始见房中灯光，知为上石盘，有十余家，闻有船四五只停泊在对岸，须雇人渡船前往，有否羊毛船在内，其人亦不知。余正接洽雇人摇渡船前往，忽见苟二老板由一茶馆出来，说：'老乡，你也来了，我们都在这里。'余大喜过望，船夫十余人，一同渡河至羊毛船上，晚宿船上。经过了今日之冒险，竟化险为夷，今晚睡颇安适。诵杜工部'死去凭谁报，归来始自怜'(《春达行在所》)，不禁惘然自失。"[34]

有了这样一段危险连连、提心吊胆的经历，夏鼐再不敢随便下船，遂整日坐在船上看着几箱宝物顺江而下。1月10日傍晚，船停昭化县射箭河，只见嘉陵江两岸万山皆在烟雾中，夏鼐随船住宿，"夜中睡醒，忽见船头灯光一现一熄，与河湾匪徒登船时情形相似，大吃一惊，难道又再度光顾么？后知系船伙上岸赌博，散局返船，以洋火照路，始将心放下。自经事变后，草木皆兵，殊为困人"[35]。

一场虚惊之后，第二天一早羊毛船继续下行，其间船几次触滩，船底撞坏漏水，只好停下修理，晾晒浸湿的羊毛。如此一路坎坷，于1月24日抵达阆中县城外码头，夏鼐趁机下船到电报局向朱家骅、傅斯年拍发电报，这也是被劫以来对外拍发的第一封电报：

> 船中遭劫，幸标本无恙，已请广元县府查缉，鼐敬。[36]

时朱傅二人皆在重庆参加政治协商会议，闭幕后朱家骅继续出席中常会，傅斯年赶往北平办理北京大学接收事。中研院总办事处接到夏鼐电报，立即通知朱家骅与傅斯年。在重庆的朱家骅迅速展开与四川方面的联系，打探夏鼐下落。1月27日，朱家骅以中央研究院代院长的名义致电广元县政府：

> 本院标本采集员夏鼐在贵县境内被劫，祈惠予查缉破案，并查示夏君在何处？如无川资，盼借助为荷。[37]

此电发出后，傅斯年已接电由北平急返重庆，与朱家骅共同关注、处理此事。据傅斯年推断，夏鼐可能已过广元驶往阆中县境，遂请朱家骅再发一电与阆中，请当地政府查寻并助夏返渝。

1月31日，广元县政府回朱家骅电，谓：

> 查夏鼐于子支在本县河湾场附近被劫，本府据报后当立派警察局长刘彦章率队前往出事地点严密清查，并将该区保甲拘押，限期破案。夏鼐于次日取得本府证明后即搭军政部军需署羊毛船返渝矣。谨电复闻。广元县长萧毅安。[38]

阆中县政府接电，以“查本县境内并无夏鼐其人”为由，回电敷衍了事。船上的夏鼐于孤苦无援中只得随船下行。

2月7日，船抵南充码头。夏鼐上得岸来，遇到军政部押运羊毛的向兢和另一位田姓押运员正慌慌张张地由一茶馆出来，一问乃知，由广元先行来南充之一羊毛船，因一路上遭劫、搁浅、漏水、触礁等事故发生，船主屈森六不但不能赚钱，反要赔钱；面对此情，屈船长暗中与南充黑白两道人物勾结，竟以船出售，同时将军政部押运之黄豆10余石变价一并出售与当地奸商。押运员向兢从城中逛街回船，发现黄豆已失，船主已逃，乃急忙上岸在一茶馆找到此间民船公会胡会长（即代为卖船者）追问船主下落，出门遇夏鼐，遂简要介绍情况，准备往县署请派警扣船，并请派警到船主可能藏匿的乡下捕人等。夏鼐闻听大骇，立即到县府向杨鹤鸣县长汇报自己的乘船经历与面临的危情，而后急回船上打探消息。果然，苟船主欲步屈船主后尘，正在设法借钱或卖船，然后雇人下重庆。——万幸的是还没有把夏鼐保存的五箱古物暗中盗卖。

自广元发生劫案后，夏鼐匆匆将各物装箱，此后即未敢开箱整理，“以广元至南充沿途时有被劫之事，船中耳目过多，水手中或许混有无赖之徒，见财起意，又生劫抢之事”[39]。此次船抵南充发生船主之变，使得夏鼐更加谨小慎微，并于第二天将箱子移入后舱闭门整理。这时才发现，被匪劫去的古物、仪器与私人物品远比当时在抢劫现场“看”到的多，所谓“眼见为实”，要看在什么场合环境，很多时候看到的与真相并不相符，犹似一般观众看魔术表演。当时在黑暗和混乱中，夏鼐看到匪首只劫去一架照相机，后来登船的小喽啰翻箱倒柜，影影绰绰地看到另外两架照相机亦被顺手掠去，后来检点才确定为真。经过两天的检点查验，基本弄清了被劫物品数目，夏鼐列一清单，于2月11日写一长信向傅斯年报告被劫经过及损失详情，同时说明1月24日在阆中拍发电文“标本无恙”之说有误，几件珍贵标本已遭劫掠，殊为痛心云云。

根据夏鼐所列清单，此案被劫去照相机三架（其中二架带胶卷）、已摄未冲洗的胶卷十卷、罗盘仪和其他公私物品若干，现金万余元，另被劫去古物如玉带钩十件，金城县唐墓出土之带金饰马鞍残片七片（其中三片被小匪徒于混乱争夺中摔落船板踝碎，另四片劫走），被劫的“四片亦有金饰，与昨日之发现已摄过未冲洗底片十卷，同时为此次之最大损失”[40]。所庆幸者，大量发掘古物和摄影胶卷于危急中得以保存，价值颇高的金饰马鞍残片尚有三十一片得以保全，“至于其他标本（汉简、敦煌写经、唐代嵌钿漆碗、唐代金首饰）则确皆无恙，可以告慰。唐代金首饰系敦煌及武威二处出土，共达一两许，置一小匣中，以藏匿得法，未被发现搜去，亦云幸矣。仪器则有望远镜之照准仪（此物现下当值百余万元）、铜质照准仪、人体测量器、望远镜等十余件，皆得留下”。查“前次在广元县政府所开之清单，多已具备，昨今两日整理清查之结果，使余懊丧之程度较河湾被劫后为尤甚，以照相及标本皆为不可补偿之重大损失也”[41]。被劫之私人衣服并他人托购之羊皮衣物等，损失“亦殊不少”，然“咎由自取，夫复何言？”至于本次押运，夏鼐深感自己“办理失当，防范未周，相应函请严加处分，并当引咎辞职”[42]。

夏鼐于南充候船开行，并于无奈中密切注视船里船外意外动向之时，重庆方面因一直探寻不到其具体下落而焦急不安，恐其遭匪徒杀害，傅斯年与朱家骅再度联手，向广元、阆中两县政府电询，同时向四川省政府发电，请其探寻下落。2月11日，即夏鼐在南充船上给傅斯年写长信的当日，朱家骅与傅斯年联署给四川省主席张群发电，谓：

> 中央研究院派往甘肃考古之夏鼐博士，十二月底自广元改水路押运公物来渝，路遇匪劫，该员已自阆中来电，已报广元、阆中县府查寻，以后即无下落。乞贵府电饬广元、阆中、南部、蓬安、南充、武胜、合川各县政府，迅速查明该员下落，协助来渝并电复本院，至感。[43]

张群得电，于15日复电，谓对夏博士失踪“至深系念”，已电饬广元等县政府“查明协助”云云。[44]

南充县得省政府之电，不敢怠慢，立即到码头查寻并找到了夏鼐。因有了南充官方的特别关照，夏鼐的生活自此得以好转，危急亦解除大半，仿佛黑夜过后的黎明，曙光布满东方的天际，大地山河变得温暖亲近起来，夏鼐的心也亮堂了许多。

1946 年 2 月 16 日，夏鼐所乘之船由南充拔锚启程，经过 9 天的航行，于 2 月 24 日抵达重庆磁器口。时已傍晚，灯火映照下的都市美景呈现在眼前，疲惫不堪又备受惊吓的夏鼐既兴奋又感动，差点流下了热泪。第二天一早，夏鼐雇小划子运行李赴牛角沱，计 5000 元，言明至上清寺取钱，乃返船取行李。走出船舱，百感交集的夏鼐屈指一算，自兰州乘车出发至重庆磁器口码头离船，整个行程 1000 多公里，耗时 70 天，而“此行被劫后之狼狈情形，颇有似小说中书生上京中途遭劫之落难情况，辛苦备尝，至此可告一段落矣”[45]。

来到上清寺中研院总办事处驻地，夏鼐将行李安置好，即向傅斯年报到，傅一见饱经沧桑，一路被劫案、疲劳兼疾病折腾得面黄肌瘦的夏鼐，自是又亲切又感动，热情招呼接待。据傅说：“接余保宁所发之电后，许久未有下文，着急之至，惧人遭杀害，曾电省府令沿江各县一查，后得南充所发之信始安心。”关于劫案中遗失公物，傅只做安慰，未加责备。当天，夏鼐收到李庄高去寻、曾昭燏二人来函，“知余遇匪时，颇为着急，又谓有家书一封在李庄，不知何事”。对此，夏鼐颇为感慨地道：“此二个月，几如做一场恶梦。”[46]

2 月 26 日上午，夏鼐携带标本箱来到中央研究院总办事处，就西北考察之行发掘经过以及途中被劫情况，正式向傅斯年、李济等在渝相关人员汇报。展示发掘标本时，傅李二位及其他在座者大为激赏，而对于金城县主墓所出之镶金饰，更是叹赏不绝。李济认为前两年在成都琴台发掘的王建墓出土银器，与这次金城墓所出之金饰相较之下似尚逊色，由此慨叹“到底盛唐之物不同凡响”。傅斯年则对发掘的二方墓志大感兴趣，当场给予夏一番表扬和鼓励。据夏鼐当天日记载：“出来后，又将标本箱携至李先生处，将镶金马鞍大块残片及嵌饰漆碗取出一观，此番遭劫，经土匪之手，又残碎若干，观之殊为伤心。午后整理行李，以便开列一正式失单，花了一个下午工夫。”

此时，抗战胜利已五六个月，经傅斯年批准，由西北大漠戈壁历经艰难险阻终于回到重庆的夏鼐，不必再回李庄，可即赴南京，待稍做安顿后直接回温州老家探亲。第二天上午，夏鼐向中研院总办事处提交了西北考察古物被劫案的情况报告，同时将失物单之最后定本交呈，而后遵傅斯年之命，洽购机票欲飞南京。

在李庄山坳中蛰伏了五年之久的史语所与中博筹备处的学者们，听说夏鼐遇劫脱险已安全抵达重庆欲直飞南京，在为他庆幸与祝福的同时，亦翘首东望，热切期盼早日踏上回归首都南京的旅途。

“江南才女”愤而离去

抗战胜利，还都建国的呼声与吵嚷声日渐增多，蛰伏在李庄的科研人员以及同济大学师生，同样热切盼望尽快走出这个偏僻、憋闷的小镇，回到已经变得陌生、仿佛无比遥远的都市开始新的人生。史语所的青年学者们更是心神不宁，开始变得治学懈怠、纪律涣散。这时忽有传言，称傅斯年可能要去重庆接替朱家骅当教育部部长，以后不再管史语所了。有几位年轻助理研究员听到这一消息，立感压力解除，纷纷向代理所长董作宾请假，返回家乡省亲，迟迟不归，整个史语所眼看成一盘散沙甚至有崩盘之势。在重庆、北平与昆明来回奔波的傅斯年闻讯，不得不施展分身之术，满头大汗地跑回李庄，对他一手栽培的青年研究队伍加以督促、整饬。对于自己要当官的小道消息，傅氏不好当面对众人解释，便写了一个条幅，贴在板栗坳牌坊头大门一边，字曰：“传言斯年要当官，斯年离所不做官。”看到如此直露的表白，青年学者们似有所悟，骚动之心稍微有了一点收敛。

对于傅斯年的良苦用心，董作宾曾评说道：“当年孔子在陈的时候，时常挂念着他的学生，并说‘归与，归与！吾党之小子狂简，斐然成章，不知所以裁之’。孟真先生也许想起了这几句，要回所把同人们‘裁’一下子。那时新旧同人，除了三两位老友之外，大部分是他一手培植的青年，受过他的训练和熏陶，爱之敬之而且畏之。”[47] 因而，只有傅斯年亲临李庄坐镇，年轻人才能重现往日的精神，这支优秀队伍方不至于纪律涣散。

董作宾所言大体不差，关于青年学者对傅氏的敬畏，凡在史语所工作过的学者大多记得几个有趣的细节。

板栗坳牌坊头是史语所同人茶余饭后聊天下棋的地方，青年们来到此处时，总是有说有笑狂放自在。住在桂花坳一个山坡上的傅斯年吃罢饭，有时也从家中走过来凑个热闹。青年们见了，如同老鼠见猫一样，“一会儿溜一个，一会又溜一个，过不多长时间就全部溜得无踪无影了”[48]。来不及溜的只好硬着头皮继续下棋，傅斯年先是蹲在一边观阵，拱卒跑马地大喊大叫，兴致上来，便挽起袖子亲自上阵厮杀。他成了主角，原棋手成了傀儡，既不便插手，又不敢溜，只能坐在原地瞪着眼睛跟着哼哈不停以示配合。而这个时候与傅对弈者更是倒了大霉，傅经常下着下着便思考起其他问题，一枚棋子停在半空再也不肯放下，对方只好强忍着性子，等呀等，许久之后，见仍无动静，才敢大着胆子催一句："傅先生，该您走了。"这时傅斯年如梦初醒，嘴里不住地"噢、噢"叫着，开始走车飞象地大杀大砍起来。可惜好景不长，没几个回合，又按兵不动了，此举如同钝刀架在脖子上不断地搓动又总不见血，令对方难受至极。有了这样的教训，后来的日子，不管是闲聊者还是下棋者，只要看到傅斯年出了家门向牌坊头走来，皆以最快的速度溜之乎也。面对这种反常的举动，傅斯年感到大不对劲，便带着不解向董作宾讨教道："他们立在院内或大门口，一群人有说有笑，你去了，加入摆一套龙门阵。我去了，他们便一个一个溜了，这是为什么？"董听罢，哈哈一笑曰："这正是我无威可畏，不如老兄之处呵。"傅斯年听罢，不好意思地摇摇头道："糟糕，我这么不受欢迎，看来得向你学习呀！"[49]

董作宾后来说，傅斯年的秉性毕竟与其他人大异，所谓向我"学习"也只是随便一说而已，其令人敬畏的程度丝毫不减。正如在李庄北大文科研究所读过书的王叔岷后来回忆："傅先生规定，请假离所如超过半月，一定要归还所借的书，以免妨碍别人参考。所中一张稿纸，也不能随便用。上班时间，同仁如去阅报室看报，傅先生也故意去看，同仁便悄悄回到研究室去了。"王氏所描绘的这个画面如电影镜头，令人观之不禁脊背发凉。可以想象，当众青年学者伸着懒腰，从各自窝住的小泥屋溜到阅报室刚坐下不久，大气尚未喘一口，突然一个黑脸大汉悄然无声地自门进入，随着高大的身躯坐下和椅子发出"嘎嘎"的声响，诸学者循声回头、侧目张望中，心脏一定如槌子敲击，发出"怦怦"的跳动之声。为避免现场遭到考试的尴尬或横生枝节挨一顿教训，只好来个三十六计——走为上，一个个勾背耷头、蹑手蹑脚地鞋底抹油——溜之乎也。但溜掉之后，亦不是万事大吉，王叔岷接着说："傅先生常到各研究室，问问各人研究进度，并提出意见。每两周规定轮流一次演讲，有他参加，演讲者都有些紧张。他一发问，便抓着要害，往往几年才得到的结论，被他一问，就发生动摇，甚至推翻。他思想的锐敏，的确惊人！"[50]

如此严格的要求与特殊的监督方式，使青年学者们胆战心寒。有一次，傅斯年从重庆回到李庄，发现一位助理人员在院门外散步较久。次日，他请同舍的几位青年学子都到外面晒晒太阳，只是不让昨日散步的那位出门，并直言不讳地对之曰："你昨天已经晒够了。"对方听罢，如同挨了一记闷棍，无地自容，此尴尬情形，许多年后在场者还清晰地记着。但在傅斯年看来，不给予迎头重击，不足以使其自省上进。抗战胜利两个多月后，同在李庄办公的陶孟和到史语所办事，突然问董作宾："胖猫回来了，山上淘气的小耗子，这几天敛迹了。"[51] 陶孟和所说的"胖猫"自是指往来于李庄与重庆的傅斯年，而"小耗子"则不言而明。为此，董作宾说："这话是讽刺也是好评。孟真偶然回所住些时，工作效率果然就有些不同……其实，孟真先生对朋友，对同人，原是一片赤子之心，同人爱他之处在此，但是受过'训'的年轻人，敬同畏却又压住了他们的'爱'。这正足以说明了孟真先生办史语所的贡献之一，他在（民国）十七年计划中要'成就若干能使用近代西洋所使用之工具之少年学者'的最大成就。最后十年集刊中所发表的青年的论文，就是明证。"[52]

董作宾的说法得到了学界大多数人的赞同，但也有持不同意见者，如后来台湾作家李敖就曾云："史语所这类畸形发展的现象，和它的领导人物很有关系。它的第一任所长傅斯年才气过人，可是霸气太大，大得使他不太能容真正的人才，而他所喜欢的，又多是唯唯诺诺的人儿。这种现象，按说是一切独裁者必然落到的结果。傅斯年又订了一些像招收徒弟一般的陋规家法，制造了许多所内的特殊空气。董作宾就提到过许多，诸如傅斯年要给新进所的人'来一个下马威'，诸如不得乱写文章，诸如要强迫校书，等等，不一而足。而这些家法与空气，使得许多人对他都不得不作伪，正如陶孟和所说的：'胖猫回来了，山上淘气的小耗子，这几天敛迹了。'也如董作宾所说的：'孟真偶然回所住些时，工作效率果然有些不同。'所以从傅斯年开始，史语所就有一种伪风。"[53]

李敖所言，自有意气用事的成分，但所言"下马威"与"作伪"之类的事也非虚妄。如北大文科研究所王叔岷从家乡前往李庄报到后，傅斯年就对其来了一个善意的"下马威"，王说："我第一次见到傅先生，将写的诗文呈上，向他请教，他说说笑笑，学识之渊博、言谈之风趣、气度之高昂，我震惊而敬慕；我又奇怪，傅先生并不老，怎么头发都花白了！（那时傅先生才四十六岁。）既而傅先生问我：'你将研究何书？'答云：'《庄子》。'傅先生笑笑，就背诵《齐物论》最后'昔者庄周梦为蝴蝶'章，一付怡然自得的样子。傅先生忽又严肃地说：'研究《庄子》当从校勘训诂入手，才切实。'怎么研究空灵超脱的《庄子》，要从校勘训诂入手？我怀疑有这个必要吗？傅先生继续翻翻我写的诗，又说：'要把才子气洗干净，三年之内不许发表文章。'我当时很不自在，又无可奈何，既然来到研究所，只得决心下苦工，从基础功夫研究《庄子》。"[54] 如有违背史语所宗旨或"三年之内不许发表文章"等家法者，傅斯年先是警告继之训斥，如屡教不改或触犯了傅氏敏感神经，皆以革职论处。男学者王铃如此，而最后一个走进史语所的女学者游寿，

◎学生时代的游寿（引自《文心雕虫》，王立民著）

同样遭此命运。

游寿是经她的同学曾昭燏引荐，先到中央博物院筹备处李济手下工作，而后按夏鼐、吴金鼎的路子转到史语所谋职的。

自幼聪颖的游寿（字介眉、戒微）14 岁就读福州女子师范时，深得老师邓仪中（邓拓之父）的赞赏。1925 年，任中学校长的父亲去世，年轻的游寿继任其职。1928 年游寿考入中央大学中国文学系，自此结识了同年入学的曾昭燏，并与曾氏一道师从胡小石研习先秦文学、古文字学、考古学、古器物学、书法等传统国学。由于她勤奋上进，和曾昭燏成为胡小石最为心爱的两位女弟子。1932 年中央大学毕业后回霞浦家中，旋赴厦门集美师范学校任国文教员，并与同校任教的谢冰莹、谢文炳、郭莽西、方玮德共同创办文学月刊《灯塔》，时年 27 岁。谢冰莹在她那部著名的《女兵自传》中，有一篇《海滨故人》的文章，记叙了她与游寿等人在师范学校的生活，并着重回忆了与游寿彻夜长谈的情景，谢称游寿与方玮德"两人都是诗人"。方玮德当时已是著名的青年文学家，另一位与她们有来往的哲学名家宗白华后来在他的《昙花一现》中说方玮德："提起他的白话诗，真是新文学里的粒粒珍珠。"[55] 由此"可见游寿先生早年与这群思想先进的文学青年从事文学活动的情况，那时，游寿已是名播江南的诗人了"[56]。

1934 年 1 月，游寿离开厦门至南京，同年 8 月考入金陵大学文科研究所，再次在胡小石门下攻读硕士学位。她主要从事金文、古文字音韵研究，先后完成了《先秦神道设教观》《先秦金石甲骨文献资料研究》等学术论文。其间，曾昭燏一边从胡小石研习课业，一边为了谋生兼任金陵大学附中国文教师，游寿同样勤工俭学，在南京汇文女子中学兼课。相同的家庭背景、志趣和学术追求，使曾游二人的关系进一步密切起来。

就两人日后的才学相比较，曾昭燏尽管在书法上有相当的功力，颇见金石之气，但她继承的胡氏的学问主要还是古文字学以及与此相关的古器物之学，随着曾氏不断努力，终于成为这两门学问的少有的大师级人物；而游寿虽在古文字学与古器物学上不敌曾昭燏，但其书法绘画艺术造诣明显高于曾氏。后来担任中国书法家协会主席的书画大家沈鹏对此曾做过评价：游寿的书法得到了胡氏的真传，而画风则是李瑞清、胡小石这一脉碑学书派的延伸和发展。“游先生常与同学一起到胡小石先生家中学习书法，耳濡目染，加之天资聪颖，终成为这一书派第三代的重要代表人物之一。”[57]

◎金陵大学主楼

◎金陵大学的学生

曾昭燏和游寿两位在南京求学，跟随胡小石各有五六年，在这段时间，师生建立了深厚情谊。可能是受导师的影响，胡门弟子大多幽默风趣，男弟子如程千帆，女弟子如游寿，经常爆出令众人捧腹的笑料。据程天帆的学生蒋寅回忆：程千帆为人幽默风趣，出口成章，而且一肚子掌故，听先生论学，侍先生谈笑，那绝对是一种享受。逢先生高兴，讲些儒林旧闻，庄谐杂出，满座风生。程先生曾对我说：“顾亭林说注古典易，注今典难。许多本事，惟有当事人知晓，时过境迁，则不知所谓。”于是便举沈祖棻《得介眉塞外书奉寄》一诗中“犹忆春风旧讲堂，穹庐雅谑意飞扬”[58]两句，给我讲了它的本事：说的是有个叫王晓湘的国文教授，博学而讷于言辞，20 世纪 30 年代初在中央大学讲《乐府通论》，求学者多以听受为苦。时有女生游寿者，素善谑，为表示对王晓湘老师的不满，便模拟《敕勒歌》之体嘲道：“中山院，层楼高。四壁如笼，乌鹊难逃。心慌慌，意忙忙，抬头又见王晓湘。”闻者无不捧腹大笑。从这则逸闻中可见游寿的真性情。

曾昭燏与游寿分别于 1935 年与 1936 年离开了恩师胡小石，曾氏去英国留学，游氏则于次年 7 月卢沟桥事变爆发后赴江西临川组织妇女从事抗日后援工作。1939 年，胡小石赴云南受聘为云南大学文学院院长，1941 年转赴重庆与泸州之间的白沙四川女子师范学院任教授。应胡氏的邀请，游寿于同年来到白沙出任该学院中文系讲师。1942 年夏，已归国并在李庄中央博物院筹备处任总干事的曾昭燏专程来到白沙拜望恩师胡小石与同学游寿。关于此段经历，曾氏曾有一段深情的回忆：“余于 1935 年有欧洲之游，始与师别，然犹时通消息。1939 至 1940 年，余在滇，师亦由川至，相遇

◎ 1934 年，胡小石（右五）与吴梅（左一）、宗白华（右三）、常任侠、白杨等在南京雅集留影（引自《文心雕虫》，王立民著）

于昆明，喜甚。时余母新丧，葬于昆明龙泉镇，师为书圹志，并亲吊于墓地。未几，余入川，居于南溪县之李庄，师不久亦返川，执教于白沙女子师范学院。虽同饮岷江水，而稀得相见，但师每有吟咏，辄以相寄。1942 年，余曾诣白沙谒师，在师家居两宿。时师贫甚，有时不能日具三餐，常不夜膳，忍饥而卧，饥肠雷鸣，至夜半辄醒。曾借米二斗于戚某，戚故富家也，藏黄金甚多。隔二日，闻师已领得女子师范薪，即来索米，师大恨，俱还之。师贫窘至此，然见余至，款待甚厚，临别，相送江津，悲感殊甚，以为不能再见也。盖师于此时，对抗战前途殊抱悲观，陈寅恪有'南渡只[自]应思往事，北归端恐待来生'之句，师每诵之，虚[歔]欷不能自禁。"[59]

正是由于有了曾昭燏的白沙之行，才有了游寿加盟中央博物院筹备处的机缘。据游寿说："曾昭燏从国外回到昆明，又辗转到四川李庄山中，她要打开'善斋'一批青铜器，便找我去。在旧中国，一个研究金石的人能看到拓片，就可满足，现在能看到许多青铜器，太好了。在这阶段，我不但参与整理'善斋'青铜器，而且还看到留在箱库中未发表的安阳青铜器。"[60] 或许游寿正是意识到机会难得，才辞别恩师走出白沙，于 1942 年 10 月来到李庄中央博物院筹备处，投于李济门下，与昔日的同窗好友曾昭燏等人一起整理青铜器。据中央博物院档案，1943 年，李济组织中博在李庄和重庆举行"史前石器及周代铜器展览"，而为了这次展览，中博专门派人把在抗战前期迁往四川乐山密藏的一部分器物运往李庄整理。游寿的到来，应是为应付这次展览的筹备而特聘的。在此期间，游寿于整理之余，完成了《金石文献纂论》等学术论文。随着李庄、重庆两地展览的结束，游寿的使命也随之告一段落。由于"博物院闹穷"（傅斯年语），游寿离开李济和曾昭燏主持的中博筹备处，同吴金鼎、夏鼐等人一样，于 1943 年秋，转往中央研究院史语所傅斯年门下。自此，"少慕狂狷，率性任情"[61] 的游寿开始了新一轮颠簸动荡的人生历程。

按照后来的书法大师沈鹏的说法，"游寿 20 岁时就被誉为'闽东四才女'之一”，与福建籍的冰心、林徽因、庐隐等三位名冠当世的才女齐名。27 岁在厦门任教时“已是名播江南的诗人了”。随着游寿二度赴南京就读并从胡小石门下走出，其才学更是声震江南。让人略感遗憾的是，游寿在身材容貌上，远没有冰心、林徽因那样光彩照人。在时人所称“闽东四大才女”中，最讨人喜欢的当然是林徽因。上帝似乎分外眷顾她，美貌、才华、智慧、门第、婚姻等，作为一个女人可能得到的，林徽因几乎全部得到了。特别在感情生活上，有著名诗人徐志摩、哲学家金岳霖和建筑学家的夫君梁思成，如此耀眼的三星拱月，再加上林长民的女儿和梁启超的媳妇这双重身份，文学与建筑方面珠联璧合的辉煌成就，以及林本人与国内儒林雅士的广泛联系，使得林徽因注定被传为一个神话，进入历代名媛才女之列。而这种缺一不可的完美，是当时的游寿无法达到的，因而她注定不能成为神话，而只能作为一个才女、学者在滚滚红尘中奔波。不过，林徽因与福建的关系很浅，她生于杭州，然后迁北京，出国、回国，抗战期间又迁往长沙、昆明、李庄，再后来又回到了北京。有关她的传记只提到 1928 年 9 月回福州探亲一事，住在仓山可园，之外与福建再无明显的瓜葛。或许由于这方面的原因，或许当时学界有南北两大派系的分异甚至龃龉，或许还有其他不为人知的内情，尽管游寿与林徽因同住李庄，但从各自留下的文字和同人的回忆文章看，两位同乡才女似乎很少交往，至少是没有密切的交往。

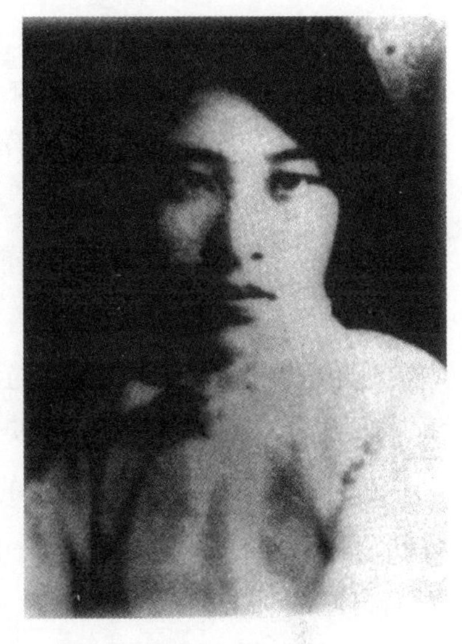

◎青年时代的游寿（引自《文心雕虫》，王立民著）

心高气傲的傅斯年，向来对儒林中的土包子是不屑一顾的，这从安阳发掘时代他对郭宝钧等河南大学毕业生，不时地用英语训话即可看出，此等傲慢与偏见使傅氏得罪了不少“被侮辱与被伤害的”儒林中人。当年参加安阳发掘并成为主要骨干的郭宝钧，后来没有到傅斯年掌控的史语所而是到了李济主持的中博筹备处任职，与傅的傲慢大有关系。当然，以傅斯年的才气与霸气，许多“海龟”也没有被他放在眼里，如留美“海龟”、名噪一时的美女、才女，著名文学家、诗人冰心女士就是一个典型的例证。既然如冰心者尚且如此，那么来自长江沿岸的本土学者，自然更不在话下。按照董作宾的说法，傅“对于青年学者的训练，无论初来的是研究生或者练习助理员，先来一个下马威，每人关在图书室里读三年书，到第四年才许发表文章”[62]。

董作宾所言，在游寿身上再次得到了验证。在游寿尚未步入史语所的山门之时，就像《水浒传》中刚到孟州府的武松一样，面临对方早预备好的杀威棒。显而易见，此时的傅斯年仍没把这位出自南派大师胡小石门下的女弟子游寿放在眼里。傅首先召开所务会形成决议，一旦游寿到来，即发往图书室管理图书并令其读书，且严令在三年之内不许著书立说。并按入所先后的顺序，明确游寿位列那廉君之后。

一直在史语所担任图书管理员的那廉君比游寿小 3 岁，只有高中学历，无论是资历、学历还是名气均无法与游寿相提并论。因他长期兼任史语所或者说傅斯年的私人秘书（去台后担任“中央研究院”首席秘书），傅在感情上免不了有倾向于那氏的一面。但尚有自知之明的那廉君闻讯，认为自己在史语所的地位本已卑微至极，而号称“四大才女”之一的游寿却排在自己之后，显然有失公允。就游寿本人而言，情何以堪？想到这里，那廉君出于一种文化良知和道义责任，于 1943 年 8 月 26 日上书傅斯年，明确指出：“闻本所本年度第二次所务会议报告事项中‘借调中博院游寿女士为图书管理员’一案有‘名次在那君之后’一语，窃以为未便，乞收回此意。”[63]

傅斯年接到信，并未理会，仍按既定方针办。于是，单薄孤独的游寿背着行李爬上 500 多级台阶，一进入板栗坳的山门，即遭到一个“下马威”。她被指令钻进几间黑屋子管理图书，并按照所务会的决议，只许老老实实蹲在屋里管书、看书，不许乱写乱画或胆大妄为地著书。大汗淋漓的游寿冷不丁地吃了几下杀威棒，被打得晕头转向，待稍微回过神来，已无力回天，只能暂时就范。

尽管傅斯年制定了严格家法，但“率性任情”的游寿却不吃他那一套。在游寿的眼里，这里的一切人等，什么乱七八糟的学术“大鳄”、大师、大字号“海龟”，外加已被神化的一群“土鳖”，全不过“如此而已”。她决定以一个弱女子之力，与号称集才气与霸气于一身的“大鳄”傅斯年或明或暗地叫板，一旦时机成熟，将竭力一搏，直至冲出桎梏，回归自己梦中的乐园。

◎位于板栗坳的中研院史语所图书馆旧址（王荣全摄并提供）

自此之后，游寿于“老老实实”管书、读书的同时，连写加画地折腾起来，仅半年时间就完成了《金文策命文辞赏赐仪物》《汉魏隋唐金石文献论丛》等学术论文。同时还写出了《书苑镂锦》《山茶花赋》《山居志序》等文采飞扬的文学作品，文中对自己居处几株高大的茶花树给予了倾情赞美，其中，对“栗峰八景”之首，从秋冬之交一直开到暮春三月的两株大红山茶，吟五绝一首赞曰：“芳意浩无涯，风日丽山茶。露重春寒夜，纸窗闻落花。”

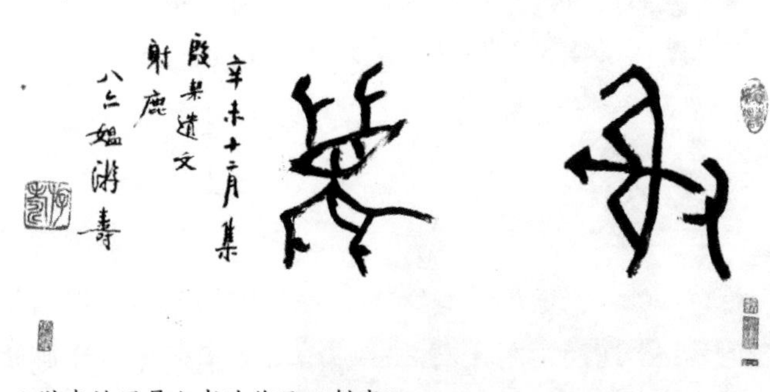

◎游寿的甲骨文书法作品《射鹿》

从游寿的赋文中可以看出，她当时的心境悲凉，故自称“时有自伤”。为了宣泄心中的愤懑和“自伤”之情，游寿在自己的住处饱蘸浓墨书写了“海啸楼”三个大字，以展胡门弟子书法艺术之风范，同时也是对危机四伏、山呼海啸的外部环境，以及自己压抑的内心、翻江倒海的情感世界呼之欲出的生动比拟。据当年任史语所子弟小学教师的罗筱蕖回忆：“有一段时间，曾大小姐（昭燏）和游姑娘（寿，又称戒微、介眉）在板栗坳的茶花院住，夏天她们经常一起在牌坊头聊天，两位小姐都穿裙子，头梳得亮得很，打扮得很时髦，与乡下人大不同。”[64]另据游寿后来的高足王立民说，游寿“于金石碑碣可谓本家手段，而于专业研究，与曾昭燏共同构写了甲骨文前后编。每编辑考证一金石拓片，必反复摹写”。又说“在编辑先师书法集时，我见到了大量先生三四十年代的手稿，有笔记、题跋、诗稿、著作、教案，皆蝇头小楷，小者如小五号字一般，极似胡小石”[65]。

此时的游寿不仅在书法上显示了非凡的才华与气势，大有盖过曾昭燏的势头，即使在学问研究上也不在“曾大小姐”之下。1940年，她通过整理、考证大批的碑刻和墓志，写出了在隋唐史研究领域极具学术价值的《李德裕年谱》，内中言道：“新旧《唐书》李德裕传俱言六十三年卒于珠崖贬所，补录传记亦云焉，唯续前定录云六十四。于是者稍有考定是非。旧书本传云三年正月方达珠崖郡，十二月卒。今据新出土所撰彭城刘氏墓志末，烨附记云：己巳岁十月十六日贬所奄承凶讣。则公之卒在大中三年为可信。”[66]此种考证功夫非一般学者所具备。

除金石、墓志类的考证学问，游寿所涉领域与学养亦可谓广博精深，在经学与文学的研究上亦不让须眉。她在后来撰写的《经学与文学》一文中，曾极富洞见地言道：“中国经学是宗教、哲学、政治学、道德学之基础，而加以文学艺术之笔，天下国家为个人理想之责任，可谓广义之人生教育学。”又说：“孔门之教，志于

◎在李庄时的游寿（王立民提供）

道、据于德、依于仁、游于艺，游于艺为人生最高境界。”游氏对经学、文学内在精髓揣摩理解之深透，即如傅斯年之才学，亦不见得高明多少。

可能鉴于游寿不断折腾，困兽犹斗般发出凄厉的悲声，傅斯年不得不重新审视面前这位看上去柔弱无骨实则刚烈坚毅的女性，同时也在反思绳于游寿身上的家法是否需要开禁。1945 年 2 月 16 日，傅斯年给曾昭燏的信中写道：“前谈游戒微先生事，最终结论仍以前法为妥，即改任为助理研究员，拟在开会时特别申请以第三年论，若两年内游先生写成著作，即可讨论升副研究员，不待满四年也。”[67]

从信中可以看出，此时的傅斯年已决定对游寿实施松绑与让步，但这个让步是有限度的，即在有条件的前提下，须两年以后才可晋升为副研究员。此时游寿已迈入虚岁 40 岁的中年，而比她小 4 岁的夏鼐早在两年前就已是史语所的副研究员了。老一辈的李济在她这个年龄做教授与研究员级的导师已达 13 年，傅斯年做教授与研究员兼做史语所所长已近 10 年。相比之下，游寿可谓惭愧之至，因而她对傅氏如此大发慈悲并不买账。她在抒发自己怀才不遇的不平之气的同时，也萌生了突出板栗坳、出走重庆的打算。这一心迹在她所作的《伐绿萼梅赋》中有所透露。其文序曰：

> 壬午之冬，来游西川，寄居咏南山馆。亚门香飘雪曳，冰肌玉质。顾视绿萼梅一株，蟠矫偃翥，长自瓦砾，南枝如鹏翼垂云，伸覆墙外，盖上有樟楠竹桂，蔽雨露之泽……[68]

望着这株生自瓦砾碎石之中的孤独的绿梅，游寿生发出与自己命运息息相关的情感，并有发自内心的“草木有本性，槎枒以望生”的祈盼。

然而，越“明年，余移居海红花院。又明年夏，主人伐而去之，曰：枝干虬困，伤籧篨也。余默然久”。游寿以屈子和贾长沙悲天悯人的情怀，“感草木虽无言，而性灵或有同者，遂赋之”，为夭殇的绿梅和命运坎坷的自己放声悲歌：

> 东篱非所，南枝斜出。褰鹏翼搏，扶摇而上征；奋龙偃蜇，波澜以腾逸。寿阳新装，江城吹笛。处士过此而盘桓，妒妇见之亦恨疾。

继之写道：

> 缤纷未据要路，且非当门。急斧斤以摧枝，杂畚插而锄根。何藩篱之森固，戕嘉木之夭年。恣榛莽之畅茂，任蔓草以衺延。东平步兵怀府舍，使内外相望汾阳。甲第混负贩，同贵贱而联翩……未是上林紫蒂，春风早沾；翻似丹岭绮青，王孙却伐。望东阁兮，彷徨抚余襟兮，哽噎。[69]

赋中除借绿梅的遭劫影射自己受到不公的命运捉弄外，还明显透出要冲破樊篱、展翅奋飞的理想与志向。为了这一志向，游寿决定做一试探。1945 年 2 月 21 日，也就是傅斯年给曾昭燏去信准备为游寿松绑的第五天，游寿向傅斯年呈交了一份请假报告，说："因旧疾复发，又因家乡沦陷，暂欲赴渝一行，未完工作抑另派人。或准予假，乞请裁夺。"[70]

傅斯年对游寿的请求表示同意，并于 1945 年 3 月 3 日致史语所图书室管理员那廉君，谓：

> 游戒微先生请假往重庆，返后即专治唐石刻，考证史事，其工作改属研究人员范围，惟名称不改（此等事以前本所常有之），善本书库，由张苑峰先生兼管，并约王志维先生佐之。所有千唐石（及其他唐志）、善斋石刻，均留交游先生工作，另辟一室，即善本书库最左第一大间（原存各物移陈槃厂先生住房，陈回原房）。一切乞兄分别洽办为感。[71]

此信页首自注"特急"。行首又自注："此件存所务会议卷，下次报告。"推测此函可能是以邮代电，或以电报直接拍发，否则，难以解释第二天，即 3 月 4 日傅斯年致信陈槃的信息反馈之快。傅信如下：

> 槃厂兄：
>
> 昨谈之事，为之愕然。张君处最近两次谈此事，已说好，又这样来！可为长叹！寄语张君，吾非可受人劫持之人，彼近日之狂悖甚矣。已说好之图书馆

办法（即致那先生信中语），如彼不接受，请今日言明，即另办。彼如必要求彼分内所不应有之要求（即昨言之事是也），去就可由彼自择，至于“说出来与我与所皆不好”云云，乃下流之语，自今以后，彼如留此，应改过反省。此字乞示之，弟决无犹疑。专颂

刻安

弟 斯年　三月四日[72]

因对陈槃“昨谈之事”并不清楚，外部史料又难寻到直接佐证，此信只有结合下文的语境方可判断并进而推理，以弄清大体眉目。3月4日，傅斯年同时给史语所的张苑峰即张政烺发去一函，全文如下：

苑峰先生：

今日徒劳槃厂往返，执事终不肯撤回其荒谬之要求（此要求即：游必走，如不使游走，则你走），此等态度，等于劫持，断不可长，此其一。我办理此事之原则，星期四晨已言之（以前亦说过多次），是日晚，在我家（此次有那先生在座）又言之，当时毫不以为不妥，今忽来此，此其二。我对游先生言调整善本书室事，自始即说明无使其他去之意，今何忽然变卦？此其三。故执事此一要求，不特不可行，并须认为过失而反省也。故最好来一信，或告槃厂，取消前说，如其不能，则是又要走，又接管图书馆，岂非多事？故如执事后日接管图书室，我只能认为取消此要求矣。（以后不能再弹此调。）否则岂非多事？兹进此最后之忠告，望善思之。此颂

著祺

傅斯年　三月四日晚[73]

从傅斯年给那廉君信的内容可以看出，此时傅对游寿的才学和所做工作业绩已有所了解，对其怀才不遇的苦闷情绪生发同情，因而想借游寿此次欲赴重庆休假治病的机会调整工作，令其专辟一室，从事与自己的才学、志趣相称的研究事业，即“专治唐石刻，考证史事”。而要改变职称，须召开史语所所务会并报中研院总办事处审核才可，故此事暂不涉及。这个安排，就游寿而言当是满意的，即便她对傅斯年未必心存感激，至少可以奉令行事，即如傅斯年安排，把善本书库管理权交于张政烺，自己搬到原为史语所青年研究人员陈槃所占据的“善本书库最左第一大间”

工作。陈槃自是按令行事，很快腾出房间供游寿进驻。至此，事情似已圆满了结，想不到中间又横生枝节，波澜顿起，引得傅斯年大为光火，并对生事者张政烺大加训斥，其疾言厉色之状跃然纸上。

张政烺于1912年生于山东荣成县，1936年毕业于北京大学历史系，未久进入中央研究院史语所，历任图书管理员、助理研究员、副研究员等职。史语所迁李庄后，张与比他大6岁的游寿同在图书馆工作。其间，二人产生矛盾，且越积越深，终于形成难以解开的死结。在这种情形下，张政烺先后找过傅斯年两次，意欲挤走游寿，但傅没有答应，并加以劝勉，令其安心工作，不再提及此事。张可能心中不服，但表面上已答应，此即傅斯年致陈槃信中所言“张君处最近两次谈此事，已说好”的注脚。想不到当傅安排游寿另辟一室专做研究时，张政烺大为不快，急火攻心之下，乃有了“又这样来”的公开对抗，即游寿必须走开，如果游氏不走，则自己走（傅信：游必走，如不使游走，则你走）。如此激愤的话语与决绝态度，标志着张游二人已成有我无她、有她无我的水火难容的局面。

如果仅就此言，傅斯年的肝火可能不至如此之盛，但当张放言“说出来与我与所皆不好”之后，就不是一个“狂悖甚矣”可以概述的了。当然这个“我”是指傅斯年而不是指张本人，这句话含糊其词，又像暗示着什么见不得人的隐秘或隐私的偈语，是一句很重的话，对傅斯年的刺激之大可想而知，因而傅将其定为“下流之语”。这四个字的分量同样极重，尤其对一个道貌岸然、为人师表的学者来说，“下流”的标签贴到身上，无疑是一个极大的羞辱。好在，傅斯年此话只对陈槃说出，没有直接说与闹事的主角张政烺——傅斯年是爱才的，张政烺是北大历史系同届毕业生中最为杰出的一个，也是少有的读书种子和极富前途的研究人才。正因傅斯年有这样怜才惜命的情结，才于盛怒中没有把话说绝，或予以革职开除，只是以“最后之忠告”的劝慰方式令其“反省”，委婉地把此事压了下来。这样一种处理方式，全因傅氏爱才之故，像对待张政烺这样近乎纵容的爱惜，在史语所还未见到有第二人堪比。事实上，在傅斯年的眼中，像张政烺这样可堪造就的学人，除了夏鼐，当时的史语所难有其他青年才俊与之匹敌。此点在事隔一年后的7月30日，傅斯年致姚从吾、郑天挺的信中可以见出。傅在信中说：从吾约张苑峰到北大教上古史，闻苑峰对此事甚热心。“弟极愿苑峰多在敝所几年，彼此时离所自为所中重要之损失，但事有关系其前程或治学之方便者，亦应任其自由发展。故今向两兄言明，北大如何聘他，弟一切同意，惟兼任一说，事属滑稽，幸勿再谈。所中念其在所整理善本书卓著劳绩，北大聘后，可以请假一年论。即如明年苑峰仍愿返所，自所欢迎。”[74]同年8月23日，傅斯年再致信负责北大由昆迁平事务的杨振声谈及张的去处：“苑峰此时能转变一下子环境，自有其好处，若云必待其在此不安然后为之，则弟以为，此非法也。凡事与其事后从枉道，不若事前从正道，此当亦为大雅明德所许也。苑峰实是北大近年毕业最可造就者之一，无论今日北大之需要如何，将来必有大用处，此等人才，宜储而待用者也。……总之，材如苑峰不易得，向学如彼尤不易得。其可教书，自此若干教授为上。”[75]

当北大迁往北平后，张政烺如愿以偿，受聘为北京大学历史系教授，同时于清华大学兼授中国文字学，另担任故宫博物院专门委员会委员等职，一时颇为学界瞩目。因有了1945年张与游寿发生的一档子事，所谓傅斯年特批请假一年再决定是否返史语所，在傅斯年一方，仍是独怜其才之想，但在张政烺一方，则早已不放在心上了。此为题外话了。

却说对于张政烺在李庄的一番闹腾，游寿自然是知道的，既然张氏仍在史语所图书馆工作，她必须选择离开，否则无以面对互为仇寇的场面。于是她收拾行装很快离开李庄赴重庆，这一去就是四个多月，直到1945年7月才返回李庄板栗坳史语所。

从游氏的高足王立民编写的一份年表来看，游寿到重庆之后，另觅职业并顺利进入中央大学国文研究所出任助理，开始搜集和研究唐代文学资料，同时搜集战时流入四川的金石拓片及古迹文物，并著有《隋唐东邦史料考辑》一文[76]。但不知其间发生了何种变故，游寿还是在四个月后离开了中央大学，重返李庄。而这时对于游寿的迟迟不归，包括傅斯年在内的一些人已经有了不满或非议，并对她有所表露。结果到了8月25日，内心颇不服气的游寿给傅斯年一信：“年来受闲气盖平生未有，常恐冒渎神听。然以防微杜渐，聊试一鸣，君子不欲高上人，固不与所中旧人寻仇。”[77]

傅斯年接到这封言辞锋利且带有火星的函件，谅其处境之艰，对游寿再次做了松绑与退让：“一切照前约之办法，您以旧名义未作研究，部分之管理事项可不担任，一切均交张政烺先生接收。移交之事，乞速办。”[76]也就是说，从这个时候起，游寿可以从杀威棒下站起来，在矛盾丛生的环境中，离开善本库甚至图书室，集中精力好好做点学术文章了。在暂时不能另谋高就的境况中，不能错过这个一试身手的难得机会，游寿遂躲进研究室埋头苦干起来。

此时，根据国民政府的指示，各内迁机关提前做还都南京的准备，在李庄的史语所代所长董作宾指派石璋如与社会所的丁文治（丁文江幼弟）一起，已于1945

年10月4日抵达南京，开始做接收的准备工作。

1945年10月14日，傅斯年在给俞大綵信中再次提到了游寿，谓："南京公家房子，竟是很完整，只是私人住宅无法子办。游小姐这样胡闹，真岂有此理。幸那先生近有一信来，云已有办法，如无办法，当强制执行。此事须速办，因张苑峰到北平有要事也，又须急去也。"[77]

此信当是指游寿与张政烺之间发生了什么争执或纠纷，被史语所主持者董作宾或其他人通过劝解压了下来，游寿继续工作。而张政烺已被国民政府调任战区文物保存委员会委员，未久即离开李庄，与游寿的矛盾纠葛、是非恩怨至此也算正式了结。

1946年年初，游寿以少有的平和语气致信傅斯年，说："《冢墓遗文史事丛考》已于（民国）三十四年草讫，呈送岑仲勉、陈槃两研究员，指示之点，亦已改定，极想早日付梓，如何呈交，请核示。"[78]

从信中言语可以看出，这是游寿本人跨入史语所大门三年来所做的最有意义和最有价值的一件大事。可惜好景不长，这年的3月5日，游寿突然致信正在办理北京大学复员的傅斯年："本所还都计划已奉命在五月以后，职夏日多病，欲先下渝觅交通机会，至都日即向所中前所派人员报到，并听其指命，伏恳赐准。"此信一式两份，寄傅斯年并送达一直在李庄主持所务的董作宾。

半个月后，已抵达重庆的游寿再次致函傅斯年，称："本所复员在夏天，职每年夏令必病，万不得已，呈请下渝自觅还都机会。顷抵渝已一周，正极力设法（寻）交通工具，倘得先行至京之日，即向所中所派接收人石璋如先生报到。"[79]

游寿的两封函件，令外人看了有些莫名其妙。眼看自己在李庄压抑了近四年的心血之作即将付梓，为何又置之不顾，抛下手稿匆匆东行？所谓的"每年夏令必病"之理由，显然很难令人信服，其间必另有隐情，而这个隐情最有可能是所中"旧人寻仇"，而游寿认为的"寻仇者"当不会是早已离开的张政烺，应属别人。只是这一点尚未发现过硬的史料可以推断。据说，游寿这一期间的笔记、诗稿、著作、题跋等资料，均存于她晚年任教的哈尔滨师范大学的家中，其高足、历史学家、书画艺术家王立民曾做过部分的搜集、整理，但在王氏为游寿所列的年表中，也仅有"由四川李庄至重庆歇马场，候飞机回南京"和"在南京家中闲居"等草草几句记载[80]，仍无法破译其出走的真正动因。或许，随着游寿遗留资料的进一步整理，谜底终会揭开。

世人所知的另一方情形是，傅斯年在接到游寿第一封信后暴跳如雷，当即致函董作宾，毫不含糊地说道：“游竟自行离所，应将其免职。此人不能再留其在所。”而后又以伤感的语气道：“弟当时找她，大失策。甚对本所不起。”[81]

傅斯年在接到游寿发自重庆的第二封信之后，再次大动肝火，措辞严厉地回执道：“执事未得董先生同意，自作主张，自行离所，应自离李庄之日起，以停止职务论。”[82]3月21日，傅斯年在致俞大綵信中再次提及游寿：“游于一周前到，托人送信及钱于陈德宏，腊味未带到来（云，下次托人送来），至今一周矣。人不见，亦不知住处，只好听之，恐怕要坏了。此人行事无一不奇怪。她未得彦老允准，擅离研究所，已交那公去信将其免职矣。此人去年即该革职，忍耐至今。彦堂来信，云其无法对付。拉他到研究所来，真不幸事也。”[83]

从信中可知，游寿离开李庄时，不知底细的俞大綵还托其带一块或几块川南特产的腊肉给傅斯年享用或送友朋共食，可是游寿至渝，只见其声不见其人，腊肉迟迟没有送来。结果如何不得而知，但最大的可能是，随着傅斯年对其革职，那块腊肉一并革得永无踪影了。

游寿闻知自己已被就地革职，颇感惊诧，立即致函傅斯年，解释道：“顷奉手谕，不胜骇愕。职此次离所，彦堂先生曾批示：‘暂作请假。’职在所中前后四年，自揣无过，倘钧长以离所还京太早者，亦可即返李庄。”[84]

与此同时，游寿再写一函致李庄的代所长董作宾，颇有些动气地说道：“此次请示先行归京经过，不图先生背后报告，傅所长有停职通知。今且忍耐不言，顷再缄倘以为不得擅行还京者，即重返李庄。”[85]

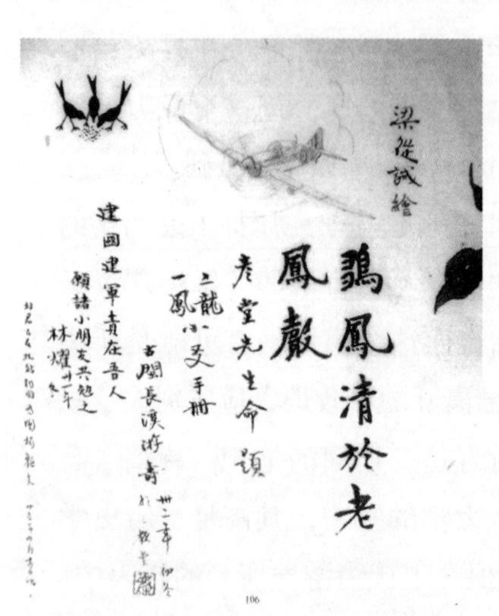

◎在梁从诫的一幅画作上，有飞行员林耀的题字“建国建军责在吾人”，同时有游寿的题字。从表面上看，当时游寿与董作宾以及梁思成一家是和谐相处的（梁从诫提供）

从此二信内容可以看出，游寿离开李庄时，不只是俞大綵，董作宾也应是知道的，并很有可能以代所长的权力做了“暂作请假”的口头批示。但当傅斯年雷霆震怒之时，董作宾没有挺身而出，而且还故作不知，这就使傅斯年更加恼火，以致发出了对游氏就地革职的颇为绝情的命令。至于董作宾为何出尔反尔，不能铁肩担道义将游寿离所之事揽到自己的身上，反而落井下石，置游氏于绝地，除了说明董与游的关系不算融洽外，其更深层的原因，由于资料缺乏就无从推断了。

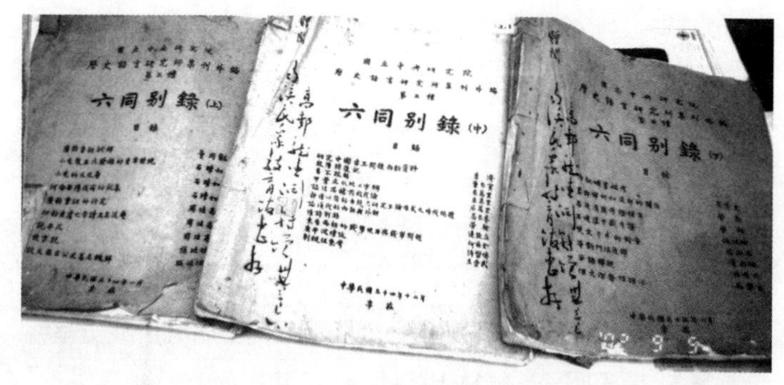

◎《六同别录》上中下三部，封面上登载着文章目录

按一般人的处事逻辑，这时的游寿应设法向傅斯年说明真相并使之相信自己无辜，以便获得重返李庄的机会。但“少慕狂狷、生性刚烈”的游寿，既没有主动做进一步说明，更未对傅斯年就地革职的惩罚表示服气。她坚守重庆，与傅斯年无声地叫起板来。在这种情况下，傅氏与董氏联手，决定一不做二不休，干脆来个斩草除根式的围剿攻伐，以绝后患。于是，傅董二人以史语所的名义致公函于游寿，谓：“所著《冢墓遗文史事丛考》一书，本所不能付印，可由执事自行设法出版；所任别存书库图书管理员一职，业经通知停止，此职亦即裁并，应照章发给遣散费三个月。”[86]

此时，史语所正在出版一部石印的学术刊物《六同别录》，刊名是傅斯年根据李庄古称“六同郡”而假借的。由于当时条件所限，史语所研究人员的学术著作无法到外地出版印刷，只有在李庄本地采用石印的办法予以解决。游寿的一篇论文本已编在《六同别录》中写就印刷，为避免日后纠缠以达到斩草除根的目的，傅斯年指令将游的文章从已印出的刊物中撕掉。因封面上有游寿文章的标题，傅斯年以他特有的霸气，不留情面地下令将封面一并撕去，重新设计，重新印刷装订。于是，游寿四年来唯一一次出现在史语所刊物上的名字就此消失了。

兵法尝云：“投之亡地然后存，陷之死地然后生。”此时的游寿见对方如此无情扫荡，开始狠下心来，以退为攻，绝地反击。1946 年 10 月 4 日，她以悲壮的心境和义无反顾的姿态，掷给傅斯年与董作宾一纸信函：“平生志在为学，岂效区区作驽马恋栈耶？岂效无赖汉专以告讼为事？！即日离渝归东海。”[87]

自此，李庄失去了游寿，游寿失去了李庄，史语所大队人马也即将乘船回迁京都。关于游寿的故事，成为史语所在李庄板栗坳山野草莽中六年江湖恩仇录的一曲绝响。

注释：

[1]《湖南会战》下册，日本防卫厅防卫研究所战史室编。转引自《抗日战争时期的湖南战场》，罗玉明著，学林出版社 2002 年出版。

[2] 王奂若《同济大学校友对国家的贡献》(手稿)。

[3]《傅斯年——大气磅礴的一代学人》，岳玉玺、李泉、马亮宽著，天津人民出版社 1994 年出版。

[4] 罗哲文《李庄忆旧》，载《四川省历史文化名镇——李庄》，熊明宣主编，宜宾市李庄人民政府 1993 年出版 (内部发行)。

[5]《中国建筑之魂——一个外国学者眼中的梁思成林徽因夫妇》，[美] 费慰梅著，成寒译，上海文艺出版社 2003 年出版。

[6] 刘东平《古建筑的保护神：梁思成》，载《人物》，2001 年第 1 期。下同。

[7] 日本京都、奈良幸免于难的事，除了罗、郑等人提供的证据外，在李庄还流传着这样一个段子。据罗南陔之子、原南溪县政协委员罗萼芬说："美国投放到日本的两颗原子弹，为什么没投到京都、奈良？这个故事就发生在我家。当时罗斯福要向日本扔原子弹，但不知道扔到哪里合适，就问蒋委员长，介公也不知扔到哪里是好。于是有人建议把梁思成接到重庆，征求一下他的意见，看这原子弹咋扔合适，让他画个圈圈。梁思成临走时，专门来到我家，找到我的父亲罗南陔，要他好好照顾梁思永，还说美国要炸日本本土，但不知炸哪里好，圈圈画在何处也心中没数。当时梁氏兄弟与我父亲就商量，最后说哪里都可以炸，就是不能炸京都、奈良，因为那里有很多古建筑，一炸就太可惜了。梁思成很同意这个看法，说了些话就走了。日本决定投降后，梁思成从重庆回李庄，又来到我家看梁思永。我父亲与他兄弟俩聊天，梁思成说，美国这次轰炸，日本的城市毁坏得很厉害，但最后还是按照我们商量的建议，没有炸京都、奈良。后来罗斯福说光用常规炸弹还不行，需要扔几颗原子弹，要不日本人不得干，来问我。我还是那个建议，扔哪里都可以，就是别扔到京都、奈良。后来美军参考了我画的圈圈，就把原子弹扔到了广岛和长崎。"罗萼芬又说："梁思成说这话的时候，我正好在旁边给他们倒茶，就听到了。所以说美国炸日本和扔原子弹，故事就发生我家。这个事从我家传出去以后，李庄的百姓就说：'不是美国原子弹，日本投降不得干；美国丢下原子弹，打得日本直叫唤。'后来罗哲文来李庄，问我这个事，我告诉他，他才把事实真相写出来。"

罗萼芬老先生的这段话，自然是孤证难立，目前仍没有找到其他材料可以佐证。罗哲文确实回李庄访问过，但对此说总有些怀疑。既然罗老先生说得言之凿凿，就作为一说，姑妄言之，姑妄听之吧。（按：2003 年 9 月 26 日，作者在李庄镇史研究专家左照环陪同下，在李庄罗家采访罗萼芬记录，在座的还有洪氏家族后代洪恩德，以及李庄镇摄影师王荣全等人。）

[8]《日本问题文件类编》，世界知识出版社 1955 年出版。

[9][11]《蒋介石年谱》，李勇、张仲田编，中共党史出版社 1995 年出版。

[10]《李济年表》，李光谟编，手稿。

[12][14][15][25][63][67][70][76][78][79][81][82][83][84][85][86][87] 台湾“中央研究院”历史语言研究所傅斯年图书馆藏“傅斯年档案”。

[13]《敦煌考古漫记》，第 85—86 页，夏鼐著，王世民、林秀贞编，百花文艺出版社 2002 年出版。

[16][17] 石兴邦《夏鼐先生行传》，载《新学术之路》，第 715 页，台湾“中央研究院”历史语言研究所 1998 年出版。

[18] 载《历史语言研究所集刊》，第十九本，1948 年。

[19] 载《历史语言研究所集刊》，第二十本，1948 年。

[20] 载《历史语言研究所集刊》外编《庆祝蔡元培先生六十五岁论文集》，第 555—568 页，1935 年出版。

[21] 载《中国考古学报》第二册，第 276—280 页，1947 年 3 月。《龙山文化与仰韶文化之分析》一文于 1947 年 3 月在国统区和解放区同时发表。在国统区，《历史语言研究所专刊》之十三《中国考古学报》（即《田野考古报告》）第二册刊载此文，署名“刘燿”；在晋冀鲁豫解放区，《北方杂志》发表此文，署名“伊达”。《中国考古学报》刊载此文，无副标题；《北方杂志》发表此文，增加副标题“中国原始社会资料研究之一”。《中国考古学报》刊载此文，前列五个部分的标题；《北方杂志》发表此文，前有一段小序，文曰：

> 算起来这篇文章已经整整写成十年了。写成那天，正是全国开始抗战的“七七”；后来我决心离开那一学术机关，想到敌后尽一点抗战的义务。在解放区当时经过领导者督促，使我重检旧业，写了一本《中国原始社会》；在写那册书时，曾因为材料的关系，托友人把这篇文章检抄一份，并承这位友人的好意把插图及图版复照的照片寄来。这篇文章曾由考古组编入《田野考古报告》第二册中，在香港付印时底稿及图版全部散失了；我曾据友人所抄副稿再抄一份，并照片六张，由一位朋友寄往上海，据说要这篇文章的杂志短命夭折，副稿及照片均不知流落何所！现在我仅存友人抄给的一份副稿，图版及插图也一时无法补足了。这次所发表的稿子，我只更动了个别的字句，所有的意见和布

局都不曾变动。这篇文章的意见，我在写《中国原始社会》时曾用过（该书三三至三六页），现在索性发表出来，以求同好者的指正！

一九四六年十月二十一日

[22] 夏鼐《齐家期墓葬的新发现及其年代的改订》，原载《中国考古学报》第三册，1948 年。转引自《考古学论文集》（上），第 3—13 页，夏鼐著，河北教育出版社 2000 年出版。

[23] 王仲殊《夏鼐先生传略》，载《夏鼐文集》，社会科学文献出版社 2000 年出版。

[24]《傅斯年致李济》，载《从清华园到史语所》，第 315 页，李光谟编，清华大学出版社 2004 年出版。

[26]《傅斯年致夏鼐》，载《傅斯年遗札》第三卷，王汎森、潘光哲、吴政上主编，台湾“中央研究院”历史语言研究所 2011 年出版。

[27][28][29][30][31][32][34][35][40][41][45][46]《夏鼐日记》，夏鼐著，华东师范大学出版社 2011 年 8 月出版。

[33][36][39][42]《夏鼐致傅斯年》，1946 年 2 月 11 日。南京：中国第二历史档案馆藏，档号 01-01-15-044。

[37]《朱家骅致广元县政府电》，南京：中国第二历史档案馆藏，档号 01-01-15-044。

[38]《广元县政府代电》，南京：中国第二历史档案馆藏，档号 01-01-15-044。

[43]《致省政府张主席电》，南京：中国第二历史档案馆藏，档号 01-01-15-044。

[44]《张群致教育部朱骝先电》，南京：中国第二历史档案馆藏，档号 01-01-15-044。

[47][49][51][52][62] 董作宾《历史语言研究所在学术上的贡献》，载台北《大陆杂志》，第 2 卷第 1 期。

[48] 何兹全《忆傅孟真师》，载台北《传记文学》，第 60 卷第 2 期。

[50][54]《慕庐忆往——王叔岷回忆录》，王叔岷著，中华书局 2007 年 9 月出版。

[53] 李敖《从李济的悲剧看中央研究院的几个黑暗面》，原载台北《文星》杂志，1964 年。转引自《教育与脸谱》，李敖著，中国友谊出版公司 2001 年出版。

[55]《昙花一现》，载南京《文艺月刊》之《方玮德特辑》，第 7 卷第 6 期，1935 年 6 月 1 日。

[56][57] 沈鹏《寿长所历识弥多》，载《光明日报》，2000 年 11 月 30 日。

[58] 沈祖棻为程千帆之妻，二人皆是游寿中央大学的同窗好友。后程氏夫妇去武汉大学任教，游寿则辗转千里来到塞外的哈尔滨师范大学任教，双方书信往复不断，故有沈氏接游书后的诗作，以及诗作中对往昔岁月的回忆。

[59] 曾昭燏《忆胡小石师》，载《曾昭燏文集》，南京博物院编，文物出版社 1999 年

出版。

[60][65][66][69] 王立民《大觉空寂的游寿先生》，载《文心雕虫》，王立民著，北方文艺出版社 2003 年出版。

[61]《游寿传略稿》，载《文心雕虫》，王立民著，北方文艺出版社 2003 年出版。

[64]2004 年 3 月 6 日，作者采访罗筱蕖记录。

[68] 在李庄板栗坳牌坊头外，有一块石碑，题曰“咏南山”。据石璋如回忆，史语所人员刚来此地时，有些转向，本来位于牌坊头之南的一座山，许多人认为在之西，或之东。大概建造这座山庄时，也有不少人为方向问题所困惑，故主人专门立碑于牌坊头，“咏南山”三字镌刻于碑之南，顾名思义，意指这座大山在板栗坳的南面而不是西面、东面或北面。（参见《石璋如先生访问记录》）游寿所说的咏南山馆，当是在板栗坳且离牌坊头不远的一处院落。

[71]《傅斯年致那廉君》，载《傅斯年遗札》第三卷，王汎森、潘光哲、吴政上主编，台湾“中央研究院”历史语言研究所 2011 年出版。

[72]《傅斯年致陈槃》，载《傅斯年遗札》第三卷，王汎森、潘光哲、吴政上主编，台湾“中央研究院”历史语言研究所 2011 年出版。

[73]《傅斯年致张政烺》，载《傅斯年遗札》第三卷，王汎森、潘光哲、吴政上主编，台湾“中央研究院”历史语言研究所 2011 年出版。

[74]《傅斯年致姚从吾、郑天挺》，载《傅斯年遗札》第三卷，王汎森、潘光哲、吴政上主编，台湾“中央研究院”历史语言研究所 2011 年出版。

[75]《傅斯年致杨振声》，载《傅斯年遗札》第三卷，王汎森、潘光哲、吴政上主编，台湾“中央研究院”历史语言研究所 2011 年出版。

[77][82]《傅斯年致俞大綵》，载《傅斯年遗札》，第三卷，王汎森、潘光哲、吴政上主编，台湾“中央研究院”历史语言研究所 2011 年出版。

[80] 王立民《游寿年表》，载《文心雕虫》，王立民著，北方文艺出版社 2003 年出版。王氏在表中将这段时间排为 1944 年，疑有误，结合其他资料推断，应以 1945 年较确。

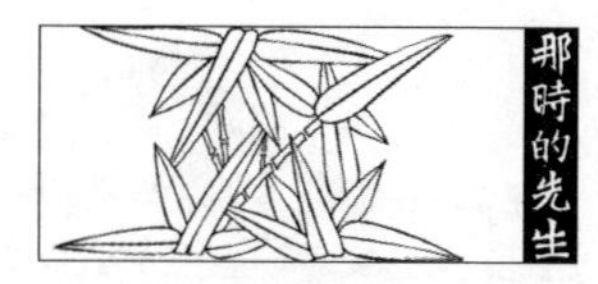

第十章　我东曰归，我情依迟

波兰籍教授魏特之死

1945年8月28日，毛泽东听取各方面意见，在美国政客赫尔利、国民政府官员张治中陪同下，自延安乘机飞抵重庆，拉开了国共两党谈判序幕。10月11日，随着毛泽东离去，国民党加紧了内战准备。

11月9日至16日，蒋介石在重庆召开军事会议并发表讲话，称中共已正式被列为“反动派”，提出要集中军事力量，在半年内击溃八路军、新四军主力，然后分区“围剿”，控制皖北、苏北、山东，打通津浦线。然后再集结重兵于平津，“扫荡”华北，最后打通平绥线，占领察绥，一举将共产党军队灭掉。会议特别强调要“建立必胜信心”[1]。

就在中国大地内战硝烟将起之际，迫不及待的同济大学师生决定在枯水期到来之前，乘船东渡，早日回归阔别八年之久的梦中之都——上海。蒋介石怕在战争即将到来的敏感时期让同济迁回上海会爆发学潮，并发生变乱，希望同济大学继续留在李庄，待来年再行回迁。但同大师生人人思归，已无心上课读书，在这种情况下，教育部部长朱家骅经请示蒋介石同意，令同济大学回迁。不过，具体组织、指挥这次复员返乡的人，已不再是朱家骅属下的丁文渊，而是新任校长徐诵明。

自同济大学校长周均时被革职，代之以从国外召回的丁文渊之后，国民党政府

◎ *1942年5月，同济大学校庆时举办运动会，图为丁文渊的德国籍夫人在主席台上为学生颁奖*

也借“抗日救国”大政方针，对文化教育界加强了控制。蒋介石提出要以“礼义廉耻”作为全国教育界“共同的校训”，并通过当时的教育部部长、CC派党务领袖主要负责人陈立夫控制的教育部，以大讲“三民主义”的形式，向师生灌输国民党“党义”。同时通过各校每周举行的“总理纪念日”活动，宣传国民党施政纲领，进行党化教育。身为同济大学校长的丁文渊，对党化教育乃至奴化教育大感兴趣，在校内积极鼓吹推广。或许因为丁文渊曾留学德国，又在德国做外交工作多年，他对法西斯搞的那一套非人道的政治、军事、教育理论推崇备至，不但言必称德意志，而且在行动上也大加仿效。1942年5月，同济大学举行三十五周年校庆，丁文渊利用权力，伙同一帮臭味相投的追随者，逼迫各院学生搞军事化分列式会操，并请当地驻军军乐队奏军歌，邀请国民党高级军官前来检阅。与此同时，还强行规定各学院四处悬挂国民党党旗。按国民政府的规定，旗子的长宽比例是5∶3，但丁文渊为了显示自己的气势以及对德国法西斯的崇拜，命令各学院一律仿照德国党卫军的样子，把旗子的长宽比例改成20∶1，成一长条，使之在悬挂时变成纳粹标志“卐”字旗的形式，此举令同大师生甚为反感。来自德国的犹太裔教授史图博曾感慨道：“这次校庆活动，使我联想到1933年希特勒上台时的纳粹化，在柏林大街上看到的十分厌恶的情景。”[2]

在政治上令师生们大为不快，在生活做派上丁氏更不顾一校之长与“人类灵魂工程师”的脸面，甚至把他整天挂在嘴边的“礼义廉耻”四字训谕丢入粪坑，伙同手下一帮沐猴而冠的人渣，做出一些狗头猫脑、令人深恶痛绝的丑事与恶事。据当时在同济大学任招生委员的李清泉回忆，抗战后期，物价飞涨，教育部每到月终便根据学校月初呈报的物价指数，按物价上涨倍数核发薪水。而实际上事隔一月，物价又涨了若干倍，教职员工领到薪水后已买不起所需生活物资了。在一片怨声与呼声中，国民党政府想了一个变通的办法，除每月发放薪水外，另发一点实物用来补救，此法被称为“米贴”。凡教职员，按家庭人口计算分别发6市斗（3市斗合旧斗1斗，重50斤）到1市石不等，在校服务的职工一律6斗，学生2斗。具体操作方法是，每月月终，由校方按各人应得数量发给米贴票，持票人可以随时凭票在本校

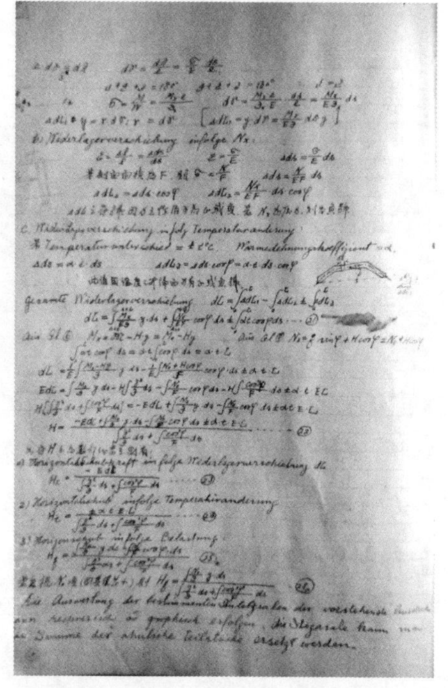

◎魏特教授在李庄讲学时，当年的同济大学学生听课笔记中的一页（王荣全搜集拍摄并提供）

仓库领取食米。至于米的来源则由驻地南溪县粮食储运处按月拨发，校方派人用船运回供应即可（南按：史语所傅斯年与李济之争的木匠于海和应得之陆市斗米贴手续与此相同）。

开始时，这个办法尚能循规蹈矩地执行，到了1943年春夏之交，也就是农民所称青黄不接的关键时候，国民经济进一步恶化，乱象不断滋生。时同济大学事务主任、朱家骅堂弟朱兰江，竟打起了米贴的鬼主意。他与南溪县粮食储运处承办人员暗中勾结，将在县城拨发的3000多市石食米，悄悄以高价盗卖给重庆一家米商，返校后对教职员工谎称食米尚未拨到，让诸位耐心等待，并称面包总会有的云云。校内师生长期得不到粮食供应，所谓的米贴便成了一张空头支票。朱兰江趁机又与本地商人刘映咸等暗中勾结，以低于市价三分之一甚或更低的价格，大量收购员工所持米贴票。教职员工因迟迟得不到实物，不得不忍痛抛出，另外加钱以高价在市场上购买食米。而李庄镇的粮食市场本来就在抗战中萎缩得不成样子，每月增加成千石食米的购买量，价格很快疯涨起来，同济师生一个月的薪水和出卖米贴票换来的钱，所购粮食仅能维持三五日。如此一来，许多人的生活顿时陷入困境。

当时同济工学院有个叫魏特的波兰籍教授，主要讲授钢结构。李约瑟于1943年夏来李庄同济大学访问时，在他的游记中曾写道："这里也有同盟国的协助，因为那位研究钢结构的教授就是一位波兰人。"[3] 李氏提到的波兰人就是著名的钢结构学专家魏特。其人由家乡来中国的经历，颇有几分传奇色彩。

1938年11月7日，一名波兰籍的犹太青年怀着强烈的民族主义情绪，在巴黎枪杀了德国驻法国使馆的三等秘书。这一事件使纳粹党魁希特勒大为光火。为实施报复，给犹太人以颜色，11月8日深夜，希特勒下达命令，全德国及奥地利境内的党卫军和冲锋队开始冲击所有犹太人住地、商店、医院。混乱中，100多人被乱枪打死，2万多名犹太人被捕，直接经济损失超过10亿德国马克。——这就是被德国法西斯头目之一戈培尔誉为"帝国水晶之夜"的纳粹暴行。

◎中国的辛德勒——何凤山为犹太人办理的签证（何曼礼提供）

面对如此险恶的环境，大批奥地利籍的犹太人为了活命，争相离境，在不长的时间内，维也纳就有13万犹太人通过各种途径逃往国外。面对此情，德国纳粹政府开始向收留国提出强烈抗议，各国一看德国大佬发威动怒，立即哆嗦起来，以惹不起躲得起的心态，纷纷对正处于危难中的犹太人关上了大门。当时的中国政府与德国纳粹政权尚保持友好的外交关系，许多战略物资特别是军火与军事顾问都来自德国。中国驻维也纳领事馆总领事何凤山出于对犹太人的同情，一方面秘密与当地美国宗教团体和慈善机构合作，用各种方法营救犹太人；一方面大规模开放签证。只要犹太人申请，签证都以最快的速度核发，在一个星期内就发出四五百人之多。这批犹太人大部分去了上海，成为德国纳粹种族灭绝暴行下的幸存者。

纳粹屠刀下的奥地利犹太人，眼看整个世界只有中国一条路尚未截断，便潮水一样从四面八方涌向中国领事馆，都希望得到一张去中国上海的签证。这时，中国领使馆的举动已引起德国政府注意并提出抗议。为维持双方邦交，避免与纳粹德国反目成仇，中国驻德大使陈介闻知维也纳方面情况后，立即长途电话指示何凤山，对犹太人签证要严格限制，最好彻底截断这条通道。何凤山当面唯诺称是，放下电话后照签不误。于是领事馆中有人向陈介告密，诬称何凤山为犹太人如此卖力，实情是收受贿赂、贪赃枉法。陈介闻报大怒，立即派时任大使馆参事的丁文渊前往查办。丁氏由柏林飞抵维也纳，以衔命钦差大臣的派头，当即命人查封领事馆内一切电报、书信、文档材料，并查中国外交部是否确有何凤山所说“对犹太人签证实施开放政策的训令”等。好在时任行政院长的孔祥熙对西方教会有感念情结，对犹太人的悲惨遭遇亦表同情，曾一度向国民政府提出开放海南岛以容纳犹太人的主张。孔氏这一举动，客观上对何凤山起到了庇护作用。但不知天高地厚，被傅斯年称为“强横任性”的丁文渊志在必得，一计不成又生一计，命人细查领事馆签证的财务账目，试图查出徇私舞弊的情况。然而反复折腾仍无可疑之处，丁氏只得怏怏收兵，匆匆撤回柏林。何凤山由此免遭暗算，大批犹太人得以继续通过正式签证逃亡远东城市上海。

当时魏特正在奥地利一所大学教书，在纳粹军队搜捕枪杀犹太人的生死关头，他成为从何凤山手中得到“救命签证”的一员，独自逃往上海，并幸运地在同济大学谋到了一份教职。到了李庄时魏特已是50多岁的人了，他的妻子和五六个孩子没能逃出来，仍困在已沦陷于纳粹德国铁蹄下的波兰老家。魏特每月都要往家中寄钱，战时邮路时常中断，货币贬值，其凄苦情形可想而知。由于生活压力和对远方亲人的挂念，魏特渐趋消瘦。据同济附中毕业的学生洪恩德回忆：“当时我哥哥洪玉德在同济上学，经常照顾魏特，他是桥梁专家，平时很自私，他教书的教材装在一个专门打造的紫檀木盒子里，谁也不让看。要是有人请他吃饭，如果是中午，他早上就不吃饭；如果是晚上，他中午就不吃，专等在请客席上狠吃一顿。后来大家都知道他这个毛病了，请他吃饭，事先不通知，直到临吃时才跟他打招呼，这时他就显出很后悔的样子，嫌人家不早跟他打招呼。”[4]

经常盼着别人请客从而省下一顿饭钱的魏特，在最穷困潦倒的艰难时刻，偏偏遇上了暗中捣鬼的朱兰江。魏特将发放的薪水寄回波兰家中后，又把领到的米贴票抛出，但买回的粮食仅吃了5天就已告罄。此时他还像往日一样盼着同行们请客。但这时几乎所有教职员都自顾不暇，已没有人能请客了。据说魏特恰在这个时候患了一种肠瘤（南按：即肠癌），在既无条件医治又无米可餐的双重困境下，于1943年初秋死于同济大学工学院那间简陋的单身宿舍中。当年何凤山冲破阻力为其抢发了一纸“救命签证”，是魏特的幸运，而如今复落入丁文渊及其党羽之手，是其不幸。在幸与不幸的荡悠之间，这位命途多舛的犹太人便断送了卿卿性命。

魏特的死像一根点燃的导火索，同济师生满怀悲哀与愤慨到校长室与丁文渊理论。但丁文渊却以先处理后事为名，组织后勤人员在李庄豆芽湾挖了个土坑，把魏特用薄木棺材盛殓起来，匆匆埋葬。事毕，面对众师生的质问，他仍支支吾吾，压根不提发放米贴票之事。

◎李庄豆芽湾，同济大学工学院魏特教授的墓地所在处（王荣全摄并提供）

就在这时，同济招生委员李清泉到南溪县城开会，县粮食储运处的部分人员已闻知魏特教授活活饿死的消息，很为这一人间惨剧与同大师生的命运不平，便把朱兰江盗卖食米的丑事抖了出来。李清泉闻听大惊，返校后立即会同会计梁苑英共同署名向校方揭发这一逼死人命的大案。因丁文渊与教务长薛祉镐事前与朱兰江有默契，遂对李清泉二人的揭发不予理会，并威胁道："捉奸要捉双，捉贼要捉赃，在没有确切证据之前，疯狗一样到处咬人是要蹲大牢吃官司的。"

李清泉二人被丁文渊几句话呛了出来，于心不甘，索性一不做二不休，将朱兰江盗卖食米一事用大字报形式在同济大学本部公开。正处于饥病交加、生命危殆的同济大学师生闻知，顿时炸窝，多个方向的人流喊着激愤的口号向校长办公室蜂拥而去。丁文渊见其来势汹汹难以抵挡，只好硬着头皮出来敷衍，让李清泉同朱兰江一起持学校函件到南溪县粮食储运处对证。为了表示对李清泉这一正义行动的支持，同济大学著名的二十四位教授如杜公振、郑太朴、唐哲、卓励之、李懋观、仲崇信、方召、彭明江、魏泽、张象贤、王葆仁、王达生等人，纷纷在李清泉揭发书上签名，知名教授童第周虽未签名，但明确表示支持教授并站在教授阵营中一起与大家高呼口号，声讨校方失之人道。一时间，同济大学教职工与学生声援教授者达 1000 余人。

李朱二人到达南溪县粮食储运处后，储运处处长栗雨田、科室人员李文清等人对同大师生的不幸遭遇深表同情，对朱兰江如此胆大包天、贪赃枉法、胡作非为感到极度愤慨，当即回函揭露了事实真相。丁文渊见事情败露，只好忍痛割爱，下令撤销了朱兰江的事务主任之职，自此对李清泉与在揭发书上签名声援的二十四位教授恨之入骨。教务长薛祉镐更是不甘于自己的失败，暗中纠集一帮在同济发展的复兴社成员，以各种名目向李清泉及签名的教授施加压力，声称二十四位教授是原校长周均时安插在同济大学的赤色分子，要求当局查办；同时暗中串通丁文渊与生物系主任等一班人马，欲将带头的几位著名教授连同讲师、助教一并解职辞退。结果是辞退未成，又引爆了新一轮纷争，教授们坚持要开校务会议和教授会议，彻底清理、清查丁文渊掌校以来的制度、人事安排与账目，给全校师生一个明明白白的交代，否则二十四位教授将向教育部联名呈文辞职，以示对丁校长的态度。丁文渊与教授们围绕是否召开校务会，参加人员由谁来定，以及教授会的义务和权力到底定在何种范围，校长与薛祉镐等人有何问题等事争论不休，双方互不相让。丁文渊见与二十四名教授僵持不下，且风潮已闹到教育部，并在校友之间辗转散播，索性以退为进，于这年 10 月下旬出走重庆，向教育部陈述自己的功劳、苦劳兼疲劳之"三劳"，同时历数二十四教授之"恶行"，并以辞职相要挟，胁迫教育部给自己打气撑腰，把对立面尽快干掉以平息风潮。教育部面对丁文渊与二十四教授各自陈述的理由，一时难辨是非，用和稀泥的方法予以处置。如此黑白不分，令同济师生大为愤慨。于是，在陪都重庆与李庄之间，以丁文渊为首的同济大学当权者与校内二十四位教授之间的角逐正式拉开了帷幕。

同济大学校内纷争

转眼到了1944年，教育部派员几次劝说甚至从不同方面向交恶双方施压，风潮仍未平息，因为教部此种处置方法本身就是对丁文渊等辈的袒护，对教授阵营的蔑视。越来越多的教授、讲师、助教、职工、家属、学生被卷入，共同对丁文渊等一干人马发难。最后连中研院史语所吴定良、傅斯年，以及中研院代院长朱家骅等人也被裹挟进来。史语所第四组组长吴定良虽不是同济校友，亦不是国民政府教育部官员，对同济风潮似颇热衷。围绕以丁文渊为代表的校方与以杜公振等为代表的二十四教授之争，吴氏四面斡旋，八方进言，用尽了招数与力气，终于有了一点表面上的转机。吴氏目睹此情，心中大喜，于1944年1月8日致函朱家骅，禀报自己对同济风潮处理的功劳以及心中的念想。信曰：

骝先院长赐鉴：

敬启者，同济大学风潮主动者多为医学院诸教授，最近经良从中调解，可望和平解决。该院院长阮尚丞先生已决定辞职，有赴美进修之意。在医学院院长缺职期间，该院全体教授均希望上海医学院教授谷镜汧，或广东中山大学教授梁伯强能来同济医学院暂时维持院务，以调解校长与诸教授间之误会。此二人皆为同大毕业生中之翘楚，且为月波兄前此欲聘请而未来者。倘能由院长之力请其来校短期维持院务，则医学院风潮即可平息，其他两院亦不成问题矣。此于校长素日主张并无冲突，而同大前途实有裨无损也。故甚冀院长转告月波兄从速返校。关于体质人类学单独发展事，敬请院长鼎力提携，冀于短期内实现，将来该学在国内科学界有所建树，皆院长之力也。专肃敬请

勋安

后学 吴定良 谨上

一月八日[5]

前文已有介绍，吴定良任职的史语所第四组即体质人类学组，早在昆明时期甚至抗战前就想单独成立体质人类学研究所，但一直号称筹备阶段，吴的筹备主任（所长）一直未得真除。在李庄期间，由于体质人类学的业务关系，吴与同济大学医学院诸教授多有交流与合作，并在该院主办过几次讲座，与师生建立友情的同时也与校长丁文渊产生了友谊。在同济校长与以同济医学院为主体的教授的冲突中，作为双方皆能说上话的局外人，他以和稀泥、捣糨糊的方式方法从中调解亦属常情。因而，在吴定良斡旋调解下，风潮朝着他预设的方向发展，吴见此情形，便匆忙写信向朱家骅报功。

需要说明的是，朱家骅的“中央研究院院长”一职，直到抗战之后甚至迁往台北时期仍是代理，未能真除。此前，他作为教育部部长与陈立夫对调，出任中央组织部部长，直到 1944 年冬，他才重掌教部任教育部部长，并于抗战即将胜利的曙光中，主持散落于全国各地的学校复员工作。那么问题来了，吴定良为何要在此时向已经不任教育部部长的朱家骅报告这件事呢？这是因为朱是同济校友，此前曾执掌教部，与丁文渊及同济许多教授相识并有交情，其本人对同济的发展进步较为关心挂怀，故而吴定良写此信有当面邀功之意。另一个不可忽视的目的，吴在信中已写得明白，即借朱家骅代院长之力，让一直戴着“筹备”帽子的体质人类学研究所，尽快从史语所这个茧囊出来，化蛹成蝶，脱颖而出，以展自己的宏图抱负。正是怀揣这样一个想法，吴才给朱家骅写这封信，并特别提醒朱注意“体质人类学单独发展事”，并“鼎力提携”。这是真情流露，恐怕也是通篇信文吴氏最想说的一句话。一信二意或一石二鸟的运作方式，正是江苏金坛人吴定良聪明过人之处。

朱家骅接吴定良信，当即批示“甚善”，并复函曰：

定良先生大鉴：

顷获八日手札，忻聆种切，同济风潮可望和平解决，皆承从中调解之力，甚善甚慰。医学院长一席，若以谷镜汧兄继任甚佳，谅月波兄亦必同意。惟梁伯强兄现在中山大学任教，恐难离开，亦不宜使其离开也。月波兄近已返校，一切务希还与接洽并协助进行是幸。至体质人类学单独发展事，当于下届院务会议与评议会时提出讨论，力为促成也。端复敬颂

台祺

朱家骅

卅三、一、十九、快[6]

这封回信基本回答并满足了吴定良的要求，想来吴接函后心中一定很爽，并为自己此前所做的一番努力而庆幸。

只是有时天不遂人愿，随着丁文渊重返李庄，新的风潮再起，双方进攻防御呈胶着状态。双方在较劲角力、难分胜负的情形下，皆想方设法向中央党政要员，特别是向教育部部长陈立夫及中央组织部部长、中研院代院长、同济校友朱家骅控诉。尽管朱家骅任职与教育方面无直接关系，但其在教育界、科学界长期深耕细作，本身亦是教书匠出身，与教授、学者建立并保持着公私之谊，已呈树大根深、外力难以撼动之势；而且他拥有中组部长的高位，已属官场中的大佬，朝野瞩目的对象，众人巴结的实权人物。当同济大学新一波风潮兴起后，双方皆没有忽视朱家骅这杆大旗的存在，并欲借其威力和影响，把对方打翻在地再踏上一只脚，让其永世不得翻身。

就在朱家骅函复吴定良的次日，同济大学教务长薛祉镐寄来呈教育部文抄件，同时附函一件，曰：

骝先部长吾兄大鉴：

同济不幸于粗经安定之后突起教授风潮，致中兴事业顿告挫折，殊堪惋惜。惟校友在外对于校事或不甚明了，兹抄奉弟及魏总务长华鹍兄联名呈部文一件，以代报告校中近状。倘承臂助，间接或直接向教育部设法早命新任，从速莅校，藉挽狂澜，曷胜幸甚。弟所最惧者，学生卷入旋涡也。谨此奉闻，并颂

大安

弟 薛祉镐 谨启

卅三年一月廿日

附：呈教育部文：

谨呈者：窃本校不幸年来迭遭变故，初则以辗转播迁大损元气，迨迁至李庄粗告安定。自丁校长于卅一年春长校以来，增添校舍一万四千平方公尺，增聘教员近七十人，由昆运回校产八十余吨，校务渐趋正轨，学风渐臻优良，方期学校前途由此渐可发展，以无负政府于万分困难之中维护教育之至意。不意去年七月间，廿四教授之风潮突起，校长于十月下旬赴渝再三辞职，钧部慰留。然以风潮真相虽经唐督学彻查后即已大白，而是非未判，校务推进仍多障碍，故决抱退志返李庄私寓休养，请假而仍不复职，并着由祉镐、华鹍暂维校务，处理例行公事。此在平静时会原无不可，然在目前困难殊甚，兹谨为钧部陈之。

校长原定于去年除夕动身返校，校中即起“若校长返校，廿四教授即联名辞职”之谣，后彼于本月十四日到达李庄，医学院教授即策动学生讲师及助教，联名呈请校长请其“洁身引退，以全同济”，或由校长挽留廿四教授至“一俟教授确切表示继续任职”而后已。此本月十七日以前事也。斯时也，廿四教授尚无辞职函件到校，医学院讲师、助教及学生惧工作及学业受到或将停顿之威胁，遂受策动，于本月十八日推举代表四人遵教授之意，向校长递呈请求书，请求校长恳留教授，否则洁身引退，以全同济，并限一天答复。同时教授廿四人亦由校工递来联名辞职信，校长告四代表云：“我辞职意志极为坚定，盖所以减除校内纠纷，冀少妨学校前途。廿四教授原已向部联名控我，我只待教部决定。现在呈辞请假中，请薛教务长暂代例行公事。今者彼等请求辞职，在学年中间自当由教务长代为挽留。但彼等亦须尊重教部规定，顾及学生学业，不能在学年中昧然离校。至于医学院现在负责无人，亦是环境使然，实迫处此。然校中必当尽其最后一分力量，予以维持。但效果如何，不敢预言。因教授风潮演变多月，彼等向教部呈控，向校友告发，部中亦已派大员彻查。本校除静候教部处置外，已无法解决由此次风潮所引起之重大行政纠纷也。”

校长以二十四教授联名辞职关系重大，故即于本月十八日急电呈闻，文曰：“二十四教授9918联名辞职，事机急迫，余详呈。”至于二十四教授，则由镐以教务长代行名义予以挽留。至本月十八日止，医学院讲师、助教及学生几全部卷入教授风潮之旋涡中，校长深以此种情况非学府所应有，且以多起纠纷即多伤学校元气为虑，并恐此事蔓延其他部份，致陷学校于不可救药之地，乃于本月十九日下午召集全体员生，公开表示其本人决意引退，及呈辞请假之实在情形，并告各部员生安心工作，努力学业，教部必有解决此风潮之妥善办法，且警告学生，学校增加一分纠纷，在学业上必多受一分损失。校长希望经过此次公开坦白，表示以后教授风潮或可不致再行扩大。

但镐、鹍等默察现状，深感校长被控已六阅月，迄未经判定是非，迁延日久，致人心废弛，校纪堕丧，校内风波逐日迭起，简直无法应付。今兹目击医学院讲师、助教及学生业已卷入旋涡，对于学校前途深以为危，而校长辞意坚决，似无挽留余地。为亟图补救计，似宜吁请钧部早命新任，从速莅校，则或可挽狂澜于既倒。否则，迁延愈久，校事愈不可为矣。心以为危，故敢直陈，谨贡区区。伏乞鉴察，谨呈教育部长陈。

国立同济大学教务长薛祉镐、总务长魏华鹍 谨呈[7]

薛祉镐乃浙江鄞县人，1924 年毕业于同济大学机械系，曾留学德国主攻工程学，毕业后任同济大学教授、工学院院长、校教务长等职。尽管薛比朱家骅在同济毕业的时间晚了 11 年，但同为浙江老乡，对朱以学长相称似也说得过去，倘乐意以前辈相称自是更妙。只是，自我感觉良好且不甘久居朱家骅之下的薛氏没有这样称呼，而以老弟的身份为之。

在重庆的朱家骅阅罢呈文，或许对这位自称老弟者不感兴趣，或认为不便表示意见，只批了一个“存”字作罢。

两天后的 1 月 22 日，正在重庆四处奔走控告丁文渊的同济大学医学院教授卓励之，接到校内同事杜公振教授从李庄发来的电文后，署上自己名字，通过私人渠道转交朱家骅手中，文曰：

敬陈者，顷接李庄同人来电，谓丁校长返李庄后不到校办公，已陷学校于无政府状态，此或系同人等在校之故，对于丁校长处理校务有所不便。同人等为维护学校起见，已向丁校长提出辞职并决于二月底离校，务祈钧座本爱护同济之初意，促丁校长即日办公，并乞俯念同人等不得已之苦衷，实为公德两便。

谨呈

朱部长

同济大学教授杜公振二十四人等代表　卓励之

谨具

三十三年一月廿二日[8]

杜公振，名杜政兴，字公振，山东高密县人。1930 年考入上海同济大学医科，1933 年毕业后留校任病理学馆助教。1934 年赴德国留学深造，先后在图宾根大学（又译蒂宾根大学）卫生学馆、柏林卫生化验所、慕尼黑国家医学进修班、汉堡热病学院、柏林郭霍传染病研究所学习，1937 年获图宾根大学医学院医学博士学位。1939 年回国后，相继任昆明、李庄时期同济大学医学院副教授、教授。尽管杜氏在同济校友中辈分较低，资格较浅，属于典型的少壮派人物，但恰恰是如他一般的年轻学者，在抗战时期的同济大学最具活力与抗争精神，面对黑暗势力发挥了聪明才智和斗争先锋作用，是同济教授追求民主道义以及此次“教授风潮”的中坚力量。

朱家骅对杜、卓等人的联名电文尚未做出反应，又接到同济大学各系代表的来函：

谨呈者，本校自谢苍璃先生代理理学院院长以来，毫无成绩，生物、化学两系皆未能相与合作（理学院共三系，数学系院长自兼），终年未举行会议，自私自利，为诸教授所不满，忘恩负义，尤为贤德者所不齿。闻此次校长问题亦为原因之一。谢院长现虽离校返蓉，然尚拟仍能来长院，至希转致新校长，另选贤能来校主持为祷。专此谨呈

朱部长

同济大学各系代表

元月廿三日[9]

不知出于何种考虑，以上二函，朱家骅均未着一字批示，只由秘书存于档案铁皮箱了事。

杜公振与卓励之久等而无半点动静，遂于1月29日以卓励之个人名义再次致函朱家骅：

敬陈者，顷接宜宾杜公振教授来函，讲丁校长返李庄后，对外声扬彼之返李为回家，并非返校，遂贴布告谓丁正在请假中，所有校务概仍由教务长薛祉镐代理。但丁校长竟于十九日召集李庄全体学生训话，对于同人一一举名诋毁，不遗余力。例如骂公振为无用，丁看其可怜所以才赏其一碗［饭］吃。骂梁之彦兄为粗鲁无学者风度，并宣称决不再作同济校长。此外对学生代表谈话，历数小时，对于同人等尤尽其攻击之能事。查同人等对丁校长虽有不满，除向朱、陈二部长处控诉外，丝毫未在学生前攻击丁校长一句。而今丁竟在全体学生前公然侮辱教授，似此举动已令同人等无法再在同济立足，务乞将同人等离校苦衷就近呈报朱、陈二部长，为荷等由，准此，除分呈陈部长外，理合具报。敬祈鉴察，实为公便。谨呈

朱部长

卓励之　谨具

一月廿九日[10]

与对前二函不同，朱家骅对此函做了批示，并于2月3日给丁文渊拍发与批示内容大致相同的密电：

急。李庄同济大学丁校长月波兄亲译。密。兄事迭晤立夫部长，据云甚盼兄能即日到校继续努力，彻底整饬校风，并谓伊当全力主持等语。特密奉闻，弟朱家骅。丑 江 里[11]

不知是自愿还是受他人委托，或出于另外的某种目的，在卓励之书写呈文的同一天，同济大学生物系主任、理学院代院长吴印禅也草拟一长函致朱家骅，叙述同济校内纠纷。函曰：

骝先院长先生钧鉴：

敬启者，学校最近局面已限［陷］于不易打开之情势，丁校长返李庄后即未办公，校务由教务长薛祉镐、总务长魏华鹍两君负责处理。签名呈控之教授等曾有一度辞职，而医学院学生亦有一度反丁酝酿，此中线索不难寻得。刻辞职教授由校挽留，学生方面再无表示，工理两院同学尤不表同情，亦无所谓风潮也。实则限［陷］学校于僵局者，教部之迁延不决，应负完全责任。签名诸君事前则虚张声势，事后则利用机会，一场风云如斯而已。至于理学院方面，此次参加活动者，一为郑太朴君，彼之政治立场谅为先生所夙知；一为言不顾行，信口雌黄之卓励之君；一为来校不久之李懋观及仲崇信君。另与签名诸人表同情者，尚有童第周君。童系卅年秋季，先生及辛树帜先生介绍来此者，彼对于实验胚胎学之研究蜚声学术界。初因留学国别及待遇问题，极为郑、梁、倪诸人所反对，致使周均时校长大受其窘。

三十一年春，丁来校时，禅因参加西北史地考察团离校，生物系及理学院事全请交由童代理。丁亦十分赞同。此后，禅在河西一带不克返校，故有函致丁，辄为童揄扬。乃丁因不欲人事更动增加困难，截至是年八月，童声明不再负此有名无实之责任，直至十月一日，理学院始由谢苍璃君负责，生物系主任名义虽仍由禅担任，实际一切事务无人过问也。自此而后，童对丁之不满亦间见诸言谈中。同年十二月，禅返抵渝，适丁亦在渝，力挽禅返校。时禅仍以不负行政责任为请，并荐童为代，但未得丁同意。暑假中一再提出，亦未获允许。此或为童所最不满意之一点欤。去春以降，童与郑、梁渐趋接近，昔日相互反对最烈之人，今乃引为知己矣。对学校措施不问其是否得当，悉遭此辈之非议。去年四月，丁赴渝之日，即有请开校务会议之发动，会议席上，郑、梁等提议组织预算审查委员会，卓、童等签署之，郑、梁等提议组织教员聘请评议委员会，卓、童等签署之。总之，一切反丁工作，卓、童莫不参与。此次廿四人呈控之文，童虽未签名，惟对人表示，丁对其个人尚好，不便公开反对，但决与诸人同其去留，其态度可知矣。

去夏英人尼敦汉（南按：即李约瑟）教授来校时，对童之研究工作颇加称许，故丁返校后亦极力设法助其工作之进展，于经费万窘之际，指拨两万元供其设备。而彼对丁则云此款应由系支领分配，对禅则谓领受此款限制其个人之行动，而对他人又谓接受此款易遭物议。凡此种种，皆显示其为人行动及道德观念不与常人同也。语有云：物之有能者，必有病。童君学识之造诣有足多者，此其能，而名位心切，得失心重，则其病也。虽然抗战期中人才之罗致非易，而此间理学院又属草创，极不愿学殖独厚如童君者，一旦有他去之意，致使理院前途、学生课业蒙其影响也。适闻童君在渝，进行复旦大学之生理心理研究，所事未知确否。并闻最近晋谒先生有所陈述，用敢就童之学问为人以及与此次学校波动之关系，为先生一一缕陈之。若彼有去意表示，万恳先生顾念学校目前之窘以及人才罗致之难，代学校挽留，请其打消辞意，继续返校。彼对行政方面若感兴趣，禅即退避贤路，请其主持生物系。研究方面若有困难，亦可商请当局增拨经费，继续谋其发展。总之，童君之去留与此间理学院及生物系前途之影响至大，故敢冒昧陈渎，敬希先生能予以察谅而一援手也。耑此敬请

钧安

后学 吴印禅 谨启

一月廿九日[12]

吴印禅乃江苏沭阳人，1925年进入武昌高等师范学校生物系就读，1928年毕业，同年9月进入中山大学生物系任助教。此时朱家骅虽已离开广州调任浙江省高官大员，但中山大学副校长一职仍然保留。因而，吴印禅尽管不是同济出身，由于与朱家骅有这一层微妙关系，自称朱氏后学也算得体。1934年5月，吴印禅赴德国柏林大学学习，在路德维希·狄尔斯指导下，进行植物区系研究，并在柏林植物博物馆从事研究工作。1940年，吴印禅回国出任中山大学生物系教授，1941年转至同济大学生物系任教授兼系主任，一度代理理学院院长。正是有了中山大学、柏林大学、同济大学等三个院校的因缘，吴与朱才扯上关系并越来越密切，也才有了如此直率的通信。

朱家骅接函，于2月9日致信吴印禅，对同济大学纠纷表示“至堪惋惜”，希望吴继续设法劝解。同时致函童第周婉劝留校，谓“生物学系成绩甚著，皆兄等之

力，尤深感佩。生物学为我国亟须积极提倡之学科，仍希益励初衷，继续致力并希协助月波兄改进校务，幸甚”[13]。

朱家骅的书信尚在途中辗转，2 月 15 日，童第周致函丁文渊，表示去意已决，函曰：

月波校长钧鉴：

周前因郭任远先生之约，曾请假赴渝一行。郭先生为周大学时之师长，近在北碚创一中国心理生理研究所，以所聘人员一时未能到来，亟欲周前往相助。周以师生之情未便固辞，故允于本月底课务结束后前往该处。所幸者，周在校未负行政责任，去留固未碍校务也。至课务方面，周所授者为三四年级之学程，已于过去二年间授毕，故现时离去，亦无任应［影］响。上述情形，除向薛教务长与吴主任面述外，敬此奉恳辞职，尚乞俯允为感。专此敬请

大安

童第周 谨上

二月十五日[14]

不知丁文渊读到“周在校未负行政责任，去留固未碍校务也”一句有何感想。童第周说的是实话，但实话之中暗含了刀锋，这刀锋猛力劈下去，有耿介、怨恨，亦有讽刺与嘲笑，更有“此处不养爷，自有养爷处”的决绝与决心。总之，童第周是以主动出击的方式割断了他与同济大学的关系，写就了一篇出色的快意恩仇录。丁文渊于被动中只能是百感交集，或为此自省忏悔，或仍自命不凡地一意孤行耍大牌，玩小孩子戳尿窝窝的把戏来应付此事。

2 月 23 日，接到朱氏手书的童第周复函朱家骅，函曰：

骝先部长钧鉴：

月前来渝宠荷赐宴，荣何如之，近复辱赐手书，嘱留校服务，尤为铭感。周在校二年，一无建树，负己负人，惶愧无已。然数年来对于同济之爱护未敢后人，凡能力之所及无不勉力为之。此次来渝系应郭任远先生之约。郭先生为周之师长，近在北碚创办心理生理研究所，想早为钧座所闻知。所中人员因交通关系一时未能到来，故亟欲周前往相助。周以师生之情未便固辞，返校后与月波校长商酌数次，允以借聘名义前往，谓如此可公私二全。盖于此诚无其他

妥善办法也，未审钧意亦以为然否？敬此奉闻，并乞谅宥。此请
钧安

童第周　谨上
二月廿三日[15]

此前，朱家骅接到由吴印禅转来的童第周致丁文渊函后，做过如下批示：请吴“设法劝其留校”，若童去意坚决亦“劝其至中研院襄助。因院中不久可将动植物所分为两所，动物所将由罗宗洛兄主持”[16]。此次见信，不仅未能劝童氏留校，连劝其到中研院襄助的设想也落了空。这时的童第周已经离开李庄，携妻带子动身赴重庆北碚而去。在呈朱家骅核阅的“拟办”栏中，眼观六路、耳听八方的聪明谋僚填写了如下一句至关重要的话：

童已动身，据闻丁童二人感情尚好，大约吴印禅与童有隔阂。[17]

一语惊醒梦中人。朱家骅审核后只批了一个“阅”字，关于其当时心情，并没有留下更多的文字可供考证，但此后他对同济大学内部纠纷包括丁文渊本人的态度随之改变，并扭转了观察人性的视角，最后索性撒手不管，任其随风飘去。而这一切，或许都与此“梦醒”有关。

关于童第周离开同济大学的真正原因，许多年后，童本人在回忆录中透露了一点线索。童说：“李约瑟来中国，亲自到宜宾李庄这个小镇上来看我，当时在小镇上引起了一场轰动，也引起了国民党政府的注意，更惹得那个系（生物）主任的忌妒。这也是我在同济大学待不下去的原因之一。”[18]这个系主任是谁？从当时情形与来往信函推断，就是吴印禅。——人之为何物，人与人的关系与情感又如何分说？面对吴印禅致朱家骅信函中那些散发着温热的言辞，朱家骅事后得知真情，除在心中冷笑一声，夫复何言？

不管如何推论，有一个事实不能改变，这就是，童第周告别了李庄同济大学那个生发梦想与光荣的简陋实验室，携妻带子投奔重庆北碚他的恩师所办的研究所而去。这一去，恰如李庄码头的江水翻着浪花流往陪都，再也没有回头。

校长易人

就在童第周给丁文渊写信请辞的那一天，丁文渊也向朱家骅发电并附一封长函。电文如下：

密。骝先吾兄勋鉴：

江电敬悉，立夫部长盛意至感，然困难尚多，容函详。

弟 丁文渊　叩

丑　真

紧随其后寄出的长函，道出了丁氏心中积攒日久的酸苦悲情以及对教育部部长陈立夫真正用意的疑虑，信曰：

骝先部长吾兄大鉴：

别来流光如驶，瞬息一月，本拟俟此间完全摆脱后再行将近况详陈，顷奉江电敬悉，立夫部长仍有嘱弟整顿校风之意，不胜感愧。窃念校中教授风潮迄今已近一载，去年四月弟奉命来渝受训时，诸教授即曾函部及兄有所责难，实即风潮之始。后经弟及教务长旻辉兄种种设法，委曲求全，未便即发。至七月间，因“教员聘请评议委员会”之争，反对者乃控弟于部而造成此次教授风潮。弟为息事宁人计，故二次呈辞。月前归来后返私寓，并未办公。而反对者尤以为未足当，即鼓动医学院学生举派代表来弟寓，要求坚留廿四教授，须至廿四人全体表示满意后方可，否则即请弟洁身以退云云。弟知该生等确系受毕业考试之威胁而来，故便以严词开导之。又因彼等曾向全体学生揣惑，虽未能如愿，然恐时久仍有变故，即于第二日（一月十九日）招集全体员生，将风潮及辞职经过之事实作坦白报告，俾诸生得明真相，不致再为人利用。

现闻学生方面确已安静，惟反对者则仍时常开会，究有何举动尚不能逆料，而此事自部派督学调查以来，已逾半载，即弟二次辞呈递部亦已逾一月，迄今尚未蒙批复，是非未分，致使校中洁身自好之士多感不安而有他就之意。而与弟同心共事者，则又日觉事事辣手，亦均灰心。故部中对廿四人之无理取闹仍多方涵容，而对弟之人事协调又不能见谅，更无“切实继续彻底整顿校风”字样之部令，则弟又何能遵命即日到校努力？或且事拖延已久，即使部有严令整顿，而弟是否尚能挽回与弟共事同仁之消极心理，则弟实无把握可言，惟若长此而往不即解决，则非特同仁两年来苦心建立之纪律将被毁坏，而医学院教授把持之风（此处有省文——编者注）将日盛一日，乃将使后来者无法处理。此实非母校之福，故不得不请吾兄转恳立夫部长俯察弟之苦衷，而恕某方命之罪，准予辞职，速派新校长来此，以免使校事至不可收拾之地步，则感戴无既，夫临笔惶恐，诸希察谅是幸。此函即请

公安

弟 丁文渊　上

卅三、二、十一

再者，兄于校事弟事均万分关爱，弟实感激无似，然立夫先生对兄所云是否诚意，实不能不慎重考虑。弟二次辞呈至今未批，两次来电亦未提及。兄电内所用“继续彻底整顿校风”字样，部中是否肯见之公文，实不可必，故弟仍不能不取上述态度，万祈见谅是幸。反对者代表卓励之（非同济学生）正在渝活动，校事亦实未易为也。又及。

卅三年二月十五日[19]

朱家骅接电，只批了一个“阅”字，而对附信则无一字批示，对其心理无法推知，但显然他已感到此事颇棘手，不宜轻下结论，或不能明确表示抑制哪方，踌躇不定，最好办法为暂不表决，静观事态发展。

2月8日，朱家骅接到吴定良再次来函，曰：

骝先院长尊鉴：

前奉手谕，敬悉［南按：指“三十三、一、十九”快信］一切。同济大学风潮原有和平解决之可能，惟自李化民教授返李庄后，彼等态度稍变。又藉口丁校长于一月十七日召集全体同学训话中［南按：应为十九日］，有侮及杜、胡、章诸教授之意，于是对方发出油印答辩，此时出而调解颇难着手，倘教部第二次能挽留丁校长，再由良等出而调解，则风潮不难平息。盖反对派二十四

教授中，仍有多数持观望态度也，彼等对于谷教授之长医学院极表欢迎，丁校长亦极愿罗致。之前阮院长尚丞已得丁之同意，正式辞职，谷教授方面如能由吾公出面促其速来同大暂长医学院，以减少丁校长与诸教授间之磨擦，则寒假后医学院可以照常上课，否则颇有罢教可能也。

知关锦注，特此奉闻。关于体质人类学单独发展事，猥蒙鼎力提倡，在院务会议与评议会提出促成事实，至为感激。良月中即来渝，余容面陈，专此敬请

勋安

后学　吴定良　谨上

二月八日[20]

朱家骅复函吴定良，曰：

定良先生台鉴：

前奉八日手书敬已诵读，承示种切，至感。关于谷渭卿[南按：谷镜汧字]兄任医学院长一节，当即去函敦劝，顷得复书，略谓去秋曾在母校任课三月余，觉医学院人事问题实太复杂，以第三者地位应付犹感困难。如不揣冒昧迳任行政工作，不但无补大局，或恐更滋纷纭，牺牲个人不足惜，其如风雨飘摇之母校何云云。彼意如此，似难相强，专此奉复，即希荃察。大驾即将来渝，诸俟面罄耳。顺颂

时祺

弟 朱家骅[21]

谷镜汧算是一个聪明人，不愿于此种时机跑到李庄蹚此浑水。而同济大学医学院教授与以丁文渊为首的校方实权派的斗争仍在继续，且呈愈演愈烈之势，最终把傅斯年也卷了进来。

7月1日，傅斯年致函朱家骅，就同济大学风潮事向朱家骅进言，略谓："起初因教授闹得太出轨，吾辈同情月波，其后教部支持月波，即劝月波妥协，一切只求办下去。最近月波采纳薛子[祉]镐意见，得意忘形，倒行逆施。同济事已无可挽救，请兄以后让月波自为。"信中，傅斯年明确对朱家骅提出："关于同济大学事，弟返后信中曾一及之，以为吾兄可以不再过问，予同济校友多对吾兄推崇备至，今

不便为此事重伤其意，想邀洞察也。顷李化民先生等以致吾兄一书，至嘱为转达，其中所谈，似涉乎感情者不为多，其中事实固有事实不足者，然提到者亦无多出入。例如大批停聘教员……大凡在学校作事，有不必较量者，以当年蔡孑民师之清望，在学校何尝不有人生事？故一切只求办下去，而以增聘有力教授为进步之途耳。以此意屡向月波兄陈之，月波初亦首肯，一与其薛子[祉]镐商量，便尔作罢。近中所为，则有过于得意忘形、倒行逆施者矣。弟与薛某谈过一次，其人独裁之精神，使人震骇。教育界有此辈，教育界之不幸也。故初不以'廿四教授'为然者，今皆无同情于月波者矣。济之、思成言语间，亦均如此观也。看来同济事已无可挽救，而兄不自愿的介入其中，颇为可惜。故弟意此次可一凭月波之自为，似无须再张其任性之论矣。弟与在君兄为平生之契友，在君如在，必早有以制止月波者，今不能与月波取同一看法，至为伤心，惟各人有其不同之教育，不能徇其四十年之教育以从友朋也。李化民先生此函，弟考虑之后，以为应转达吾兄。弟此信亦可示月波，应月波不以为弟是暗处说人，至于无所动于其中，则断之然也。"[22]

8天前的6月23日，傅斯年为董作宾到同济大学兼课事，曾与丁文渊有过一次通信，傅信写道：

月波吾兄：

惠示敬悉。彦堂兄事承兄关怀，至感至感！

彦堂兄家口众多，此时所感之困难，远在我辈以上，每月入不敷出，自非了局。若能在此兼课，或为最便之法。敝院旧有兼课限四小时之规定，故四小时内，原无不可。（即四小时外，今昔亦不同。）至于旧有退还收入、扣车马费之办法，乃杏佛兄时所行，抗战以来，绝谈不到。此时绝非当年，要当以事理人情为重，故只惜贵校无文学院，所中同人不能多多兼课耳（一笑）。一切乞与彦堂兄商量，弟无不同意也。

所示贵校互济会之办法，以弟所知，政府对于领米之限制甚严，此法是否有与法令抵牾之处，似可一查。盖以贵校近日之多事，或不无以为借口者。

兄在重庆，或即一询教育部是否可行，其亦一法耶？专此，敬颂

道安

弟 傅斯年 谨启

三十三年六月廿三日[23]

从这封信的语气看，傅斯年诙谐幽默，神情相当轻松，或许这一段也是丁文渊与“二十四教授”长期争斗后，长嘘一口气的短暂时光，抑或丁文渊感到校务大局再度为他所控制，与之决战的教授们丢盔弃甲四散败亡，再难对阵，遂有了重整校纪，并聘史语所董作宾到同济兼课的想法，还有函件发出。傅斯年得函，想到此是解救董作宾一家于苦难的大好机会，自是乐不可支，得意之情溢于言表，便有了这封字里行间潜伏着“快乐”二字的回函。哪想到仅过一周时间，丁文渊在同济大学内按下葫芦起来瓢，弄得事态波澜起伏，最终失控，大有崩盘之危。心灰意冷的傅斯年见事不可为，为保全朱家骅的名誉与威信，遂有致朱氏劝告信并转达李氏之信的抉择。

傅斯年所转李化民等人联名信全文如下：

骝先学长先生赐鉴：

丁校长文渊自卅一年四月莅校以来，因其处置校务不合部令（如取消校务会议等等），威福自尊，是非颠倒，遂致校务纷扰，众情惶惑。同人等鉴其如此，深恐学校毁败，曾经一再函渎清听，恳乞加以纠正。此后亦曾选派代表面陈一切，乃承嘱以捐弃成见和衷共济。同人等仰体尊意，维持校务与医务，以迄于今。无如丁校长本年五月间返校后，一切措施不特未加改善，益更变本加厉一意孤行，视昔尤甚。略举数端，伏冀垂察：

（一）丁校长返校之后，即挟其所请求之部令，宣布将医后期[学院？]与附设医院迁渝，与上海医学院合作。据其宣布所订合同之条件，无异于放弃主权，寄人篱下。以教学文字语言之不同与立校精神传统之各异，其必不能收合作之实效可想而知。同人等不忍坐视学校之分崩与医学院之先亡，曾向各方呼吁并寄呈快邮代电一通，俾救母校于垂亡，谅蒙垂鉴也。

（二）教授、讲师、助教既有其学术上之地位，学校亦应予以应得之尊重。丁校长企图藉迁校之举任意处置原有之教授、讲师与助教，迫令其无法留校，以遂其私。计其返校之后，迭令讲师、助教亲书志愿书，希图以亲疏爱憎分别指派。惟诸讲师与助教皆以既身任现职，志愿早定，无从更改，多未填送。对于教授、副教授，则更不顾其身份与地位，意欲分发于重庆附近之各小规模医院，负不合其职之责任（如青木关卫生事务所、沙磁区医务所等），不让其在本校有教书与行政之机会。似其所为，极视原有之教授等为无足轻重而可任意摆布者，则其为一种压迫同人离校之方法与手段可见一斑，其违背尊意不欲与同人合作更可了然也。

（三）丁校长挟其返校之余威，图施报复于续发聘书之际，停聘教授十四人（医学院五人、工学院五人、理学院四人）、讲师二人、助教四人、护校教员一人，并停聘工厂工程师、文书组主任、卫生组医师以及各部办事员十余人，皆睚之怨。及与停聘教授有关系者（如配偶戚友），例皆停聘。此外虽经续聘因不满丁校长之措施而不愿接受聘书者，迄今已有教授九人（医学院五人、工学院三人、公共教授一人）、讲师一人、助教十一人，闻尚有助教附职附中教员若干人亦将离校，综计停聘、退聘及行将离校者不下六七十人之多，且与同济多有数年至十数年之历史。同人之离校固不足惜，惟对于学生之学业影响必大也。

（四）附设医院原订有院内同仁及家属医药优待办法（同仁药费以成本计算，住院费以对折计算），实行已久。惟以一年以来附院无人负责，以致院内同仁积欠之药费亦无人过问。此次丁校长于发聘书之际，突然规定扣还办法（附抄），勒令停聘与退聘者，由六七两月份之薪津食米及业务津贴内照扣，而药费之估价并不按照以前之优待办法，系按照市价增加一倍数倍至数十倍者，如最普通之化痰剂Brownmixtnr药片，每片成本不满一角，宜宾现在市价亦不过壹元，售与同人竟达二十元。因之积欠之数骤形陡增，少则为数千元，多则为数万元。内有护士一人，因公传染肺病住院疗治，综其所欠竟达二十余万元，且亦在停聘之列。同人等薪津所入虽仅足糊口，使其合法估值理合凑还。特以丁校长令其属下任意抬高价格，遂致数目澎大非恃薪值为生者所能负担。同人等与校方理论，不特毫不顾恤，且将六月份之薪津食米等全部克扣（虽积欠仅一千余元亦无例外），有意置同人等于绝地。同人等以生活顿成问题不得已急电教育部请求救济在案。如丁校长果欲清理旧欠，亦应平允一视同仁，而对于续聘者竟丝毫未扣六月份薪津，食米全部发放。揆其用心，不外乎对于行将离校者予以歧视与苛待耳，而对于政府维持后方公教人员生活之至意未稍顾及也。

上列数事特其荦荦大者，同人等因已停聘或退聘行将离校，对于上列事实雅不愿多所评论，谨以负诸左右藉见一斑。设或不幸母校瓦解，则摧残之罪庶几责有攸归，同人等实不任其咎也。专此奉陈，诸维察照，是所感幸，敬颂

道安

晚

李化民　胡志远　卢　琇

杜公振　蒋起鹍　邓瑞麟

章元瑾　李　晖　陈景道
蒋以模　徐泉生　陆　格
房师亮　卓励之　黄潮海
郑太朴　沈尚德　沈凌云
梁勉程　刘新华

三十三年七月十日[24]

7 月 19 日，朱家骅复函傅斯年，除对傅的真诚与坦白相劝“尤感厚意”，又说道：“弟以同济校友资格，过去凡遇于学校与校友有益之事，随时为之帮忙，对月波兄如此，对诸教授亦如此，纯出爱护母校之热情，其他一切实无关涉。前有复李教授等函一件，仍烦察转为荷。”[25]

朱家骅通过傅斯年转致李化民等 20 人的信中说道：“十余年来，弟以同济校友资格甚盼同济日益发展、日臻完善，故对历届校长或教授乃至校友学生有所委托时，只求于学校与校友有益之事，无不尽力帮忙，此弟爱护母校之微忱，亦当为诸先生所洞察。此次同济校内纠纷已久，弟曾以‘捐弃成见，和衷共济’等语恳劝丁校长，并以此语复劝诸教授。凡与同济有关之人，仍以同一语意相劝告，冀能排难解纷有益于学校耳。至若校内行政，在弟向不问闻，其与上海医学院订立合作办法，据闻系丁校长呈准教育部办理，教育部为同济之主管机关，自能负责也。弟向主张不在其位不谋其政，设不幸同济以校长与教授之纠纷而有意外，则正如诸先生所云，责有攸归矣，于弟更无关涉也。”[26]

同傅斯年的感觉一样，此时的朱家骅已意识到同济事不可为，乃谓自己与同济校长、教授、校友、学生等关系，皆纯出于对母校的热爱，并无半点私情与对某人某派的偏向；且同济属教育部直接管辖，一切后果自有学校当局与教育部部长官负责，与自己无涉。其口气暖中含冷，人情中带有几分公事公论的强势辩解，令对方再难有回函控告的余地。对丁文渊的升降沉浮，朱家骅似乎真的不再顾及了。

想不到就在这个关键节点，丁文渊阵营又引爆了一颗投向自己的炸弹。

鉴于二十四教授与丁文渊缠斗日久且难决胜负，气急败坏的原教务长薛祉镐（后一度代理校务）为发泄私愤，竟不计后果，于几个月前亲自操刀上阵，给签名控告的教授分别投递匿名恐吓信，言辞恶劣露骨地施压恫吓。教授们根据来信笔迹和校内情形分析，初步认定是薛氏所为，乃以集体名义向当地法院起诉，要求查明真相并对被告绳之以法。鉴于众教授的压力，法院立案侦办，薛祉镐死不承认，大喊冤枉。最后官司打到重庆，经最高法院法医研究所鉴定，列举了 14 条理由，证明恐吓信确系薛氏所为，并由检察官到地方法院提起公诉。消息于 7 月下旬传到李庄，同济大学教授李化民等 60 人向朱家骅拍发电报，内称：“代校长薛祉镐写匿名信恐吓多数教授，威胁生命，经法医研究所检定确为薛之亲笔，由地方法院提出公诉。校誉攸关，请转丁校长从速善后。”[27]

时丁文渊正在重庆，不知李化民等 60 人是何等心态，竟在电文中向朱家骅如此呼吁。朱家骅与丁文渊尚未做出反应，传票已到李庄同济大学，听到风声的薛祉镐知大势已去，在同济难以立足，乃弃职潜逃。

丁文渊得到消息，本想只要薛祉镐一逃就会万事皆休，一了百了，但人道是跑了和尚跑不了庙，已被惹恼的教授们仍不依不饶，把矛头直接对准幕后黑手丁文渊，官司仍在重庆国民党政府几个要害部门打下去。因为同济大学教授奔走呼号，兼各方正义者援手，再加上朱家骅与陈立夫派系相互倾轧等因素，教育部部长陈立夫被迫于 1944 年 7 月签发命令，将丁文渊就地免职，另派医学专家徐诵明接任同济大学校长。至此，丁文渊及其派系力量在同济大学算是彻底垮掉。消息传出，同济师生为之欢呼。7 月 29 日，傅斯年致信朱家骅，以惋惜的口气说道：“同济校长果尔易人，月波有可为之机会，而以其教部里胡闹（强横任性），一致于此，为可惜也。……波将来似须仍返外交界，然有一位洋太太，脾气古怪，亦只有南美可去耳。”又说：“弟近来之哓舌，唯恐同济校友与兄结怨，如此当不值得。故在此昌言，兄久不问此事也……教育部处理此事，前后返［反］复，有深意焉，可待面谈也。”[28]

傅斯年可谓点到了教育部部长陈立夫的穴位，朱家骅已是心领神会，为防踏上暗布的雷区，不再或不敢贸然插手过问此事。未久，不可一世的丁文渊回到李庄，卷起铺盖，像过街老鼠一样在同济大学师生一片喊打声中，勾头缩肩地离开了他爱恨交加的同济大学校本部。[29] 此后，同济迎来了新任校长徐诵明时代。

同济归海

受命于危难之际的徐诵明乃浙江新昌县人，生于 1890 年，16 岁入浙江高等学堂预科就读，清光绪三十四年（1908 年）东渡日本求学，由章太炎介绍加入同盟会。宣统三年（1911年）辛亥革命爆发，弃学归国，任上海徐锡麟四弟徐锡骥所办的新军陆军卫生部上尉连长，次年重返日本学习。1914年入九州岛帝国大学医学院，1918年毕业留校研究病理学。1919年归国任国立北京医学专门学校（北京大学医学部前身）病理教研室主任、教授，1928年出任北平大学医学院院长，1932年起出任北平大学代理校长、校长。1937年卢沟桥事变爆发，根据国民政府指令，北平大学、北平师范大学（现北京师范大学）、北洋工学院（原北洋大学，即后来的天津大学与河北工学院）等三校西迁，于当年9月10日组成西安临时大学，徐诵明任校务委员会常委兼法商学院院长，成为事实上的西安临时大学一把手。

1938年年初，太原沦陷，山西临汾落入敌手，日寇窜抵风陵渡，关中门户潼关告急，日寇开始派飞机对西安进行侵扰轰炸，西安临时大学教务长杨其昌被炸死，师生处于危险之中。面对此情，国民政府教育部发出电令，命令西安临时大学迁至陕西汉中，另觅校舍上课。西安临大为做好千余名师生的南迁工作，推举常委徐诵明任大队长，将全校师生分成几个中队，每个中队为一个行军单位开始行动。师生先是坐"闷罐"火车从西安到宝鸡，而后，学生和年轻教职员按照预定行军编制，沿川陕公路徒步行军向预定地点进发，一路过渭河、越秦岭、渡柴关、涉凤岭，风餐露宿半个多月，长途跋涉近千里，终于到达了陕南汉中。4月初，师生尚未安顿下来，教育部发布第二道电令：西安临时大学改名为国立西北联合大学，共设六院23系。联合大学的领导体制仍为校务委员会制，由原北平大学校长徐诵明、北平师范大学校长李蒸、北洋工学院校长李书田等组成校务委员会并担任常委，共同执掌、管理校政。4月10日，经国立西北联合大学校务委员会决定，确定校舍分配方案：在汉中地区城固县城的考院设立校本部及文理学院，同时在文庙设教育学院，在小西关外设法商学院，在古路坝天主教堂设立工学院（后又在七星寺设分校）；在汉中地区南郑县黄家坡设立医学院；在勉县武侯祠设立农学院。至此，国立西北联合大学一校六院的校址、校舍全部得以落实。

◎抗战前的徐诵明（徐冬冬提供）

1938年5月2日，国立西北联合大学正式开学。尽管组建后的国立西北联合大学师资力量，特别是重量级"海龟"人数无法与昆明的国立西南联合大学匹敌，但在国内大学中仍属强势之列，其人才之盛不亚于声名显赫的中央大学和武汉、浙江、复旦等名牌大学。当时西北联大的黎锦熙、许寿裳、李达、许德珩、马师儒、罗根泽、曹靖华、侯外庐、傅种孙、罗章龙、陆懋德、徐诵明、张伯声、李季谷、谢似颜、杨若愚、白鹏飞、杨其昌等教授皆是知名学者。遗憾的是如此强势的教授阵营，很快就落了个分崩离析的结局。许多年后，冯友兰回忆说：“梅贻琦说过，好比一个戏班，有一个班底子。[西南]联合大学的班底子是清华、北大、南开派出些名角共同演出。但是步骤都很协调，演出也很成功。当时还有一个西北联合大学，也是从北京迁去的几个学校联合起来而成的，设在陕西城固。但是它们内部经常有矛盾，闹别扭。蒋梦麟说，它们好比三个人穿两条裤子，互相牵扯，谁也走不动。”[30]

冯友兰的回忆大体不差，只要看一看西北联合大学残存的大事记即可看出端倪。

1938年5月，中共西北联大地下支部领导的“西北联大剧团”正式成立。

6月，对导师制度、方法等问题进行讨论。规定9月1日至4日在武昌、长沙、重庆、成都等21个城市举行本年度招生考试。

7月，历史系考古委员会在城固县西饶家堡张骞墓进行考古发掘，8—9月发掘清理完毕。7月中旬本校农学院与西北农学院合组为国立西北农学院，工学院与焦作工学院合组为国立西北工学院，教育学院则改称为师范学院。

9月8日，全校734名学生参加了国民党教育当局组织的陕西省学生为期两个月的军训。其间，许寿裳教授作《勾践的精神》，李季谷教授作《中国历史上所见之民族精神》等，激发学生爱国热情。

◎位于陕西城固的西北联合大学校舍

10月下旬，西北联大第45次常委会决定，以“公诚勤朴”校训与国训“忠孝仁爱信义和平”制成匾额，悬挂礼堂。并决定聘国文系主任黎锦熙教授和法商学院院长许寿裳教授撰写校歌校词，全文为：

并序连黉，卅载燕都迴。

联辉合耀，文化开秦陇。

汉江千里源嶓冢，天山万仞

自卑隆。

文理导愚蒙；

政法倡忠勇；

师资树人表；

实业拯民穷。

健体名医弱者雄。

勤朴公诚校训崇。

华夏声威，神州文物；

原从西北，化被南东。

努力发扬我四千年国族之雄风。

12月，国民政府教育部严斥西北联大沿袭北平大学法商学院的传统，继续讲授马列主义观点的课程，下令禁止学俄文，并要求解聘法商学院的俄文教授曹联亚（曹靖华）等。

法商学院新院长张北海（国民党为加强对该院的控制，抵制进步倾向，改聘张北海为院长）新提名单，另发聘书，进步教师曹联亚、章友江、沈志远、黄觉非等13人被解聘。曹联亚、彭迪先作为被迫害教授代表前往本部抗议。

1939年1月12日上午9时，法商院学生列队到教育部次长顾毓琇住地和平请愿，反对解聘进步教授和取消俄文课程。同月初，全校师生纷纷在校内展开签名活动，通电声讨汪精卫叛国投敌。

2月，中共陕西青年委员会在《两年来的陕西青年运动及其发展》的报告中称："临大本来是极其复杂的，但民先力量相当大，又加上过去在平三年做民先队的经验，在汉南对民先队的工作有相当大的帮助，推动了汉南青年运动的发展。"

3月，中共西北联大地下支部书记、党员三人被捕。24日抗战后援会在南郑县汉中大戏院举办游艺大会，售票收入除去大会开支，全汇交军政部，为前方将士购置鞋袜。

5月，敌机肆虐，南郑城内频遭轰炸，医学院选定南郑城东之孙家庙、马家庙、黄家坡、黄家祠等处为临时课堂。

6月，国民政府教育部再发出第三道电令：撤销国立西北联合大学，成立西北大学、西北师范学院、西北工学院、西北医学院、西北农学院等五所由教育部直接领导的独立国立院校。[31]

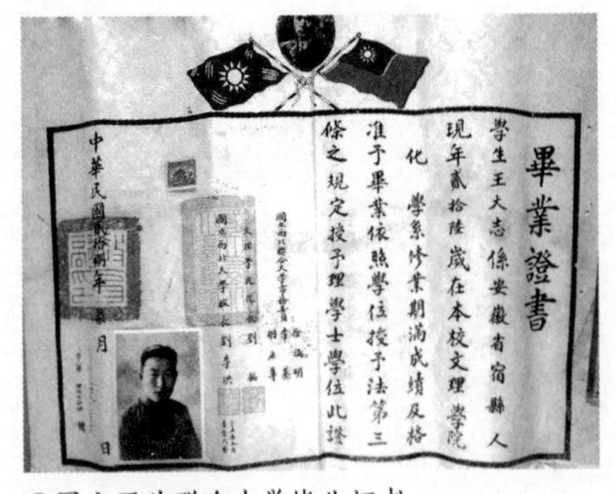
畢業證書

學生王大志係安徽省宿縣人

現年貳拾陸歲在本校文理學院

化學系修業期滿成績及格

准予畢業依照學位授予法第三

條之規定授予理學士學位此證

中華民國貳拾捌年 月 日

◎国立西北联合大学毕业证书

8月，在纷乱、吵闹与不断聚众上书请愿中，成立仅一年有余的国立西北联合大学崩溃解体，各色人等在所属的独立院校中蛰伏下来。

随着国立西北联合大学的解体，徐诵明被调任教育部医学委员会常务委员，负责全国医学院校规章制度建设、经费分配、出国审批等事务。因徐氏本属《论语》所谓“刚毅木讷，近仁”之类的笃实之人，与校内整日纠集一群另类人员闹事的部分师生本不属一股道上跑的马车，当同济大学校长丁文渊被革职后，深为国民政府信任的徐诵明继任该校校长。

来到李庄后，徐诵明总结国立西北联合大学解体的教训，痛定思痛，与同济师生团结一致，于颓废的校风中重整旗鼓，革故鼎新，很快混乱局面得到控制，教职员工及学生的精神再度振作起来。为了打破同济大学教授历来都以留德人员为主的局面和其他陈规旧习，给僵化的体制输送新的血液，徐诵明按照“民主办学，广延人才”的方针，开始聘请欧美留学归来的薛愚等人来校任教，并委派妇产科教授胡志远等赴美留学深造。随着一系列措施落实，整个同济面貌为之一新。与此同时，同大师生因地制宜，积极开展各种文体活动。在禹王宫的戏台上演出各种宣传抗日的活报剧和川剧折子戏、评剧。江边空地上用石灰水画出跑道，沙坑上支起跳竿，长江更成为天然游泳池。1945年，同济大学举行三十八周年校庆，按惯例举办了校运动会，比赛场上一个个矫健的身影如龙似虎，在阵阵喝彩声中显示了战时同济师生的勃勃生机。原同济大学共有理、工、医三个学院，到1945年，在徐诵明校长领导、努力下又增设了法学院，同时进行了系科调整。在校学生人数达到了1100多名，毕业人数680多人。培养的学生后来成为中国科学院院士者就有朱洪之、陶亨咸、王宋武、唐有祺、吴式枢、王守觉、吴曼等一大批精英。抗战胜利后，从李庄走出的同济学生，分布到世界各地，其中许多优秀分子成为推动人类文明进步的中坚力量。

前已述及，抗战结束后，国民政府教育部有意将同济大学留在四川，校长徐诵明考虑到学校发展和广大师生的意愿，坚决不同意。后来，蒋介石到宜宾巡视时见到徐诵明并询问：“可否将学校留在四川重庆继续办学？”徐表示无法从命。随后，徐诵明为同济复校上海积极奔波，他在给原教育部次长、时任上海市教育局局长顾毓琇信中写道："得其在原地恢复弦诵之声，继续为国育人，则幸甚至矣。"[32] 徐诵明的努力终于换来当局允诺，回归上海的梦想终于成为现实。

1945 年 10 月中旬，在川江枯水期到来之前，同济大学师生开始分期分批乘轮船自李庄启程，向学校的发源地——上海江湾进发。满载大批人员物资的轮船顺江而下，浩浩荡荡，颇为壮观，大有"白日放歌须纵酒，青春作伴好还乡"之豪迈气概。船畔波浪翻卷，师生欢声笑语、纵情歌唱，没有人注意到在船舱的一个角落里，默默坐着一位个子矮小、身形瘦削，不为大多数师生熟知的低年级学生——他的名字叫杨益言。

杨益言是 1944 年秋从他的家乡重庆市考入同济大学工学院电机系的。入校后，此人似乎对学习工程技术不感兴趣，更不屑于摆弄钳子、扳子以及安装电机的螺丝等。他感兴趣的是如何举起镰刀与斧头造反起事，所崇尚的是"断头台上凄凉夜，多少同侪唤我来""引刀成一快，不负少年头"之类的革命浪漫主义精神。许多年后，杨益言在谈及这段经历时回忆道："当时，中国大地上弥漫着战争的乌云，同济大学的学生积极投身革命。我总在思考，作为一名学生，能为革命做些什么呢？我选择了一张小桌子作为自己战斗的武器，在这张小桌子上编写和印刷快报。写稿件、刻蜡纸、印刷全由自己一人完成，而编辑和印刷工作从不间断，保证了同学们能及时了解最新的情况。"[33]

在李庄一年多时间，杨益言大多是伴随着这样的地下工作度过的。此时此刻，尽管东归的航轮已经启程，两岸青山绿水在眼前掠过，可他的脑海里依然思考着秘密的地下工作。当同济大学抵达上海并复课后，杨益言担任了上海地下学联机关报负责人兼主笔，继续从事革命活动。在他的活动被警方发现后，杨氏弃学出逃重庆，仍一如既往地从事"赤色"宣传工作。据杨益言回忆说："1948 年 8 月，一个平平常常的下午，我正独自一人在楼上的小屋里看书，有人敲门，刚把门打开，涌进四个人，便装，但有枪。一看心中便明白了。"[34] 杨没有说话，更没有挣扎，坦然地下楼。楼下，还有几个全副武装的人。就此，杨益言被保密局特务逮捕，后来被按在了重庆歌乐山渣滓洞的老虎凳上，开始经受炼狱般的煎熬和辣椒汤伺候。那年他 23 岁。

离杨益言关押地点不远，囚禁着杨的老前辈、原同济大学校长周均时。周是 1949 年 8 月在成都被捕的。自离开李庄同济大学到重庆大学工学院任教后，周均时对蒋介石的施政方针大为不满，遂于 1949 年夏加入"民革"组织，并出任民革川康分会地下组织负责人，秘密策反国民党高级将领如杨杰将军等人。由于打入"民

◎杨益言在述说往事

革”内部的特务告密，周均时于8月20日被保密局特务逮捕，次日转移到重庆歌乐山白公馆关押。

开始的一段日子，周均时享受的待遇与他的晚辈杨益言等大同小异，也是一日三次或五次的老虎凳与辣椒汤伺候。消息传出，时任行政院副院长的朱家骅得知，念及与周均时在德国有一段同窗之谊，遂挺身而出，向蒋介石陈情保周。此时蒋因战事节节失利，锦绣江山大部已失，势如困兽，惶恐忧愤中对朱的陈情置之不理。朱家骅一看蒋的态度，知道周的命运凶多吉少，无奈中只好请保密局对周予以关照，并提出尽量让其多吃米饭少喝辣椒汤，多坐木椅子少坐老虎凳的请求。鉴于朱的权势和地位，保密局答应照办。于是，周均时后期在白公馆内的生活与行动，较杨益言等人略为舒适和自由。1949年11月，国民党在撤离重庆前决定对关押在白公馆与渣滓洞里的政治犯予以枪杀，周均时名列其中。朱家骅闻此凶讯，亲自驱车来到保密局，找到号称“活阎王”的局长毛人凤，请求刀下留人，未果，周被如期枪杀。同时遭到枪杀的还有参加“西安事变”的东北军副军长黄显声、黎剑霜夫妇，以及小说《红岩》中“江姐”“许云峰”“小萝卜头”原型等500余人。事后毛人凤回忆说：“朱家骅来保周均时，我当晚向总裁请示可否把周释放，总裁指示说：‘不行，早就该把他杀掉的，你赶快把他搞掉了吧。’因此叫陆景清于25日把周一并杀了。”[35]

这场大不幸之中的一幸是，杨益言与几位伙伴在生死攸关的时刻，突出重围，活着逃出了渣滓洞。后来他与同样突围而出的狱友罗广斌等合作完成了著名长篇小说《红岩》。自此，杨益言名声大噪，在社会上的知名度远远高于他的革命老前辈、原同济大学校长周均时。也只有到了这个时候，同大师生才蓦然想起1945年暮秋在顺江而下的轮船一角，那个默不作声的青年学生，居然参演了这样一幕惊心动魄的悲壮活剧。[36]

注释：

[1]《蒋介石年谱》，李勇、张仲田编，中共党史出版社 1995 年出版。

[2]《发现李庄》，岱峻著，四川文艺出版社 2004 年出版。

[3]《李约瑟游记》，李约瑟、李大斐编著，余廷明等译，贵州人民出版社 1999 年出版。

[4]2003 年 9 月 26 日，作者在李庄采访洪恩德记录。

[5][6][7][8][9][10][11][12][13][14][15][16][17][19][20][22][25][26][27][28] 引自台湾“中央研究院”近代史研究所藏“朱家骅档案”，馆藏号：301-01-09-143；册名：国立同济大学：校长丁文渊任内文卷。

[18]《童第周：追求生命真相》，童第周著，解放军出版社 2002 年出版。

[21] 台湾“中央研究院”近代史研究所藏“朱家骅档案”，馆藏号：301-01-09-143。此信落款没有时间，旁有“复吴定良，中央研究院留交，卅三、二、廿八、送”字样。

[23]《傅斯年致丁文渊》（抄件），载《傅斯年遗札》第三卷，王汎森、潘光哲、吴政上主编，台湾“中央研究院”历史语言研究所 2011 年 10 月出版。

[24] 台湾“中央研究院”近代史研究所藏“朱家骅档案”，馆藏号：301-01-09-143。此信署名人员除亲笔签名外，尚盖印章。

[29] 李清泉《同济大学迁李庄期间简况》，载《四川省历史文化名镇——李庄》，熊明宣主编，宜宾市李庄人民政府 1993 年出版（内部发行）。丁文渊于战后出任外交部专门委员，1957 年在香港病逝。

[30]《冯友兰自述》，冯友兰著，中国人民大学出版社 2004 年出版。

[31]《国立西北联合大学简记》，西北大学学生工作处编（内部刊行）。又，国立西北联合大学解散后，各院组建及人员去向情况大体如下：1938 年 7 月，工学院单独设立，称西北工学院；农学院也单独设立，称西北农学院；教育学院改称为师范学院。1939 年 7 月，西北联合大学改称为国立西北大学，共有文理学院、法商学院、师范学院、医学院四个学院。不久，师范学院和医学院又相继独立为西北师范学院和西北医学院，而文理、法商学院组成西北大学。1941 年起，西北师范学院陆续迁往兰州。抗战胜利后，部分师生返回北平复校，称北平师范学院，1948 年年底恢复北平师范大学校名。1946 年西北大学迁往西安。

1946 年年初，西北工学院大部分师生返回天津，与泰顺北洋工学院、北洋工学院西京分院、和北洋大学北平部等合并复校，并复名为国立北洋大学。小部分教师仍留在当地担任西北工学院教师。1951 年 9 月 22 日，北洋大学与河北工学院合并后，更名为天津大学。

同年，西北师范学院师生亦大部分陆续迁回北平复校，部分教师留在西北，充任西北大学、西北师范学院教师。国立北平师范大学至此得以复校。1949 年 9 月，北平改名为北京，学校正式更名为北京师范大学。

西北联大农学院的复校过程颇为曲折艰难。在校友会的不断努力下，经多次与北大校长胡适联系、协商，后达成共识，原北平大学农学院得以在原址恢复重建，改属北京大学，成为北京大学农学院。1949 年，北京大学农学院、清华大学农学院、华北大学农学院、辅仁大学农学系合并组建北京农业大学（今中国农业大学）。

[32] 陆效《杰出教育家徐诵明：中国教育史上的一座丰碑》，载《人民日报》，2010 年 10 月 13 日。

[33] 金志明、马锦明《〈红岩〉作者杨益言：我们只记录了历史》，载《中国教育报》，2001 年 7 月 5 日，第 5 版。

[34] 陈洁《杨益言——他从渣滓洞的老虎凳上走来》，载《光明日报》，2004 年 9 月 4 日。

[35] 毛氏回忆有误，周均时遇难应是 1949 年 11 月 27 日，此时间已被史家证实。当时所谓的“白公馆”“渣滓洞”，是抗日战争和解放战争时期国民党军统特务关押、迫害、屠杀革命党人的“两口活棺材”。1943 年，中美特种技术合作所成立以后，白公馆曾改为来华美军人员招待所，到 1946 年中美合作所撤销以后又重新关押革命者。白公馆关押的属军统认为“案情严重”的政治犯，例如抗日爱国将领黄显声，同济大学校长周均时，爱国人士廖承志，共产党员宋绮云、徐林侠夫妇及其幼子“小萝卜头”等。关押“政治犯”最多时达 200 多人。

[36] 徐诵明率领同济大学师生回归上海后，1946 年 6 月 25 日经国民政府行政院决定，调往东北接收南满医科大学。该校被国民政府接收后，改名为沈阳医学院，即中国医科大学的前身，徐诵明任沈阳医学院院长兼病理学教授。1949 年后，徐先后担任卫生部教育处处长、人民卫生出版社社长等职，1991 年 8 月 26 日在北京逝世，享年 102 岁。临终前经卫生部部长陈敏章和中华医学会会长白希清介绍，光荣地加入了中国共产党，成为中共建政后少数改造有成效的百岁入党的知识分子之一。

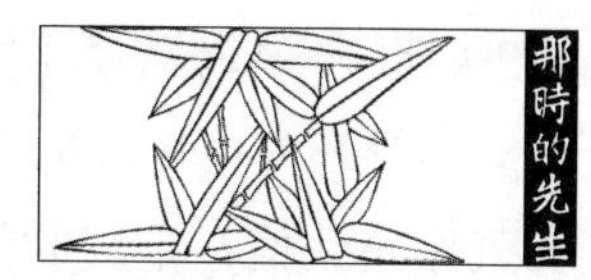

第十一章　南望北归

英辞未拟，惜此离思

同济大学东归之际，所有战时迁往后方的机关、团体、学校、工厂以及逃难的百姓，皆如打开闸门的洪水，波卷浪涌，向收复的失地奔腾而去。一时间，整个中国天空大地、江河湖海，到处是回归的人流、奔走的车马。不同身份、职业、地位的各色人等，一个个八仙过海，各显神通，四处寻找、争抢着回归的交通工具。天空中，飞机腾云驾雾；马路上，车轮滚滚；江河里，帆影点点。每一个人都行色匆匆，归心似箭。山野草莽中，挑筐扛担、携儿带女的逃难者风餐露宿，昼夜兼程，向着久别的家乡奔去、奔去。

蜗居在李庄的几个学术机构，曾在流亡路上备尝艰辛和痛苦，但回归的路上同样充满焦虑与不安。本来李庄的流亡人员可直接沿长江下重庆、南京与上海，但正如当时在重庆工作的费慰梅所言："政府把所有的船只和飞机全部管制。为了避免混乱，每个部门和机构的搬迁依次序排了号码。当然，陪都的高级官员和战时暴发户利用来历不明的交通工具，提前到达东岸，而穷得要命的李庄战时难民，则没有这种机会。他们只有依靠政府送他们回去，而且只能在惊人的通货膨胀中慢慢等待。"[1] 梁思成在致费慰梅信中则说：中国营造学社和中央博物院一起走，但这两个机构一起排在第 47 号，而据说"排在第一号的是中央大学，还不知几时动身。在战争结束之前，我们以为很快可以把所有的破烂扔掉，坐飞机走，但一切我们知道还得用上好一段时间”[2]。

尽管还有好一段时间，但也要提前做好准备。1945 年 9 月 18 日，史语所代所长董作宾致信在重庆的傅斯年：“陶器及不用之书已着手装箱，将来迁移须全部停止工作，搬家时，盼兄能回李庄一行。”[3]

这个时候的傅斯年，刚接手北大代理校长与西南联大常委之职，正在重庆、昆明、南京与北平之间奔波，大部分精力都投入北大复员和处理西南联大事务中，李庄诸事只能靠董作宾独木支撑。1946 年 3 月，傅给董作宾的信中列出了要办和同人须注意的几件要事：

> 研究所可能在六月搬，亦须延至八、九月，到时方定；南京住房无有，正设法建筑；请即通知留职停薪者，一律停职；……自装箱子，自出运费，运费先付，研究所决不垫付；……装箱，切实办理，每箱须有表，由装箱者二人签字负责；公物箱子中绝不得夹入私人书物，到南京时，由装箱人以外者共同开箱。前自滇运川之弊，必须扫除……研究所留下之物件，均不得自行送人，就其所在之屋送给房东；……房钱支付全年，不照月扣，一切务与房东维持友谊，因他们待我们甚好也。留下东西全送房东，全不出卖，无用之书亦然；弟如在五月将北大之事摆脱，即返李庄。[4]

4 月 7 日，傅斯年给董作宾信中说：“复员事，问题正多。一、南京住家问题，本院正在大批盖职员住宅，每人有处住，是不成问题的，但恐须八月方可完成也。每家大约二间一厨房，在北极阁山之后，弟旧寓之一带也……二、京沪物价，三倍于李庄，如何是了，虽有调整，决不济事。弟初料今年六月可涨至李庄三倍，不意提前四个月。后来乃竟涨至六倍、七倍亦未可知，其故因交通不复，经济破产之故。同人前去，无异于自投火炕[坑]……三、交通工具，江上交通工具，决不够，本院列在前，然恐亦非九月不可。事实上船不足三分之一，如此闹还都，真是笑话。”最后，傅斯年道：“在李，上船各事。（在宜宾亦须有一人。）如李庄同人能另推一位在京，弟自当于船定后来李……弟于李庄之人与地，皆甚恋恋也。”文字至此结束，只是页下又加一句补充：“此信乞兄转告同人，并留在那先生处大家取观，万勿贴出。”[5]

董作宾对此回复道：“三所公物是否可于五月底以前即开始向李庄镇内（张家祠）搬？或俟有定期再搬动？请指示。”[6]

4 月 20 日，傅斯年回函，指示董作宾：“一、时期，部定次序，本院第七（共七十左右单位），先本院者，有中央大学等共约万五千人，故假如五月开始，本院似可在六月走，五月廿日必须装齐，可以动身，以后或延一二月，然只有人等船，无船等人之理也。二、行程，目下拟定直达，即在李庄上船，南京下船，用包船办法。虽主管机关与公司均已答应，但届时谁办事不可知，一有更动，即须重来，且复员人多，必有打岔抢船挤船者，故勿太乐观。……五、眷属以直系亲属为限，在任所者为限。直系亲属外，受赡养并在任所者可援例（如梁家之外老太太），但须先开单由弟查明。”最后，傅斯年说：“近于文件，发见四五十天前写而忘发之一信，该死该死。其中有事过情迁者，但适用者尚多，一并寄上。”[7]

傅斯年“四五十天前写而忘发”之信，许多年后被王汎森等研究者在台北“中研院”傅斯年图书馆“傅斯年档案”中发现，落款日期是 1946 年 2 月 19 日，内有“弟自三日来重庆，一直未回，心中极度不安。惟有一事声明者，即弟决不去做官，在任何情形下不为此也。亦不离研究所入北大，目下只是为人拉夫，而定明是短期也。适之先生下月可归，所以我对北大的责任四月也就结束了。……弟最后声明一语，决不舍研究所而做官，亦决不于研究所不般 [搬] 前自己去休息”[8] 等语。

傅斯年之所以专门写信向董作宾解释“做官”之传言，前略述及，除抗战胜利后他代理北大校长，还传闻朱家骅要调离教育界，教育部部长一职由傅继任，又风闻蒋介石亲自让其当国府委员。因最高领袖出面礼聘，傅氏不会太不给面子，或拿捏不住而误入仕途，成为一个技术官僚。诸多小道消息，引得教育界、学术界同人甚至新闻媒体开始盛传甚而予以公开报道。对此，傅斯年除给董作宾写信保证“不做官”外，还利用各种机会向中研院同人与政学两界熟识者表示自己坚不做官的决心和理由。时从西北归来，在重庆联系机票赴南京的夏鼐于 1946 年 2 月 28 日日记载：“晨间由生生花园迁回聚兴村宿舍，填表格请李先生往教育部交涉登记赴京飞机票。……晚间与李先生谈工作经过，旋傅先生亦来谈。傅先生谓人家谣传他要做官，然决心不做官，以在野可以言论自由，行动自由，且可保养身体也。”[9]

1946 年 3 月 5 日，在重庆的傅斯年给夫人俞大綵一信，就关于自己做官的传闻做了如下解释：“我知道你们在李庄闷死，因我在北大事，弄得这样，可恨可恨！已电适之速返。他太舒服了。假如五月里我在上海见到他，一切交代好，也许回李庄搬研究所，我很怕当时一切困难。”继之说到做官的话题：

> 说我做官的话，是这样的。谣言归谣言，内容也有原因。中共向我说“我们拥护你做教育部长”，我说：“我要言论自由，向来骂人的，今不为人所骂。

且我如果要自尽，更有较好的法子。”C.C.也有此一说！二者皆非好意，前者欲打破国民党员做教育部长之例，后者欲赶去骝先！这是如何世界。

“国民政府委员”是这样。蒋先生与（陈）布雷谈，布雷说：“北方人不易找到可做国府委员者，党内外皆如此。”蒋先生说：“找傅孟真最相宜。”布雷说：“他怕不干吧。”蒋先生说：“大家劝他。”因此我向布雷写了一次信，请他千万不要开这玩笑。我半月前写的那篇《中国与东北共存亡》（想已看见，为此，有人请我吃饭），有个附带目的，即既发这样言论，即不可再入政府了，落得少麻烦（人家来劝）。

经过如此，我并未向人说。报上所传，皆揣摩，或亦有所闻而言之也。

你想，我骂人惯的，一做官即为人骂，这是保持言论自由。做个“一品大员”（国府委员），与那些下流同一起，实受拘束，这是行动自由。你放心，我不会没出息做官去。我不是说做官没出息，做官而不能办事，乃没出息。我如何能以做官“行其道”呢？

但是那些凄凄皇皇想趁此谋一国府委员者，谋一政务委员者多着呢，关托百出。我把这个道理说给王云五，他大为不解，其一例也。王极想做国府委员，非无望（因为我和胡政之等皆不干，适之也不会干），他还托我帮他。我说：“己所不欲，勿施于人。”他做教育部长是没有希望的。我看骝先要连续下去。（南按：行首傅斯年自注：宋子文的行政院长不会动。此人真糟，与孔同工异曲。）……嘉子的信，已登《大公晚报》，附上，问好。[10]

傅氏提及的“嘉子的信”，乃10岁儿子傅仁轨于2月6日自李庄写给他的家信，此信于1946年3月5日《大公晚报》登出，信首由编辑加一“前言”，曰：“仁轨是傅孟真氏的公子，今年才十岁，这是他写给他的爸爸的信，写来娓娓动听，且不乏幽默，是一篇很好的儿童小品。这里提及傅氏即将出国事，按傅氏心广体胖，患了严重血压病症，因在中央研究院服务已历十八年，故该院拟送其出国治病，或须动大手术，即将中枢神经与内脏神经切断，其夫人或须陪同前往。”在家信的最后部分，傅仁轨写道：“方才妈对我说：‘大约六月里我们可以到美国去，你高兴吗？’我说：‘我又高兴又不高兴，可是为什么缘故，我却说不出来。’可是我觉得我们家庭经济很困难了。我和妈可以不去，但爸爸的病是需要治好的，所以您一定得去，只要您的病好了，我和妈一切都肯舍弃。”

对于此信公开发表，一般社会人士认为乃天下父母之常态也，爱子心切的傅斯年与报馆编辑熟悉，见儿子的信写得动情，顺手拿到报上登出，对老子是一种虚荣兼安慰，对儿子则是一个小小鼓励——如果推后60年，儿子的文章再发表几篇，可以此为条件，通过“特招”渠道增加考试分数，堂而皇之地进入北大、清华就读，成为少年发表文章的既得利益者和国人“羡慕嫉妒恨”的对象——然而，傅斯年身边的同人或相交深厚者却认为并非如此，真正的内因或如夏鼐在日记中所说：“晚间至傅先生处报告。傅先生告余谓去冬曾提出升余为研究员，未得通过，希望能作出一报告，今年可再提出设法使之通过。今日《大公晚报》登载傅先生小公子致傅先生一函，其中提及傅先生6月中将出国，盖由于外间谣传其将任教育部部长，故借此以辟谣也。”[11] 由此可见傅斯年处理此事的良苦用心，指东打西，巧妙安排，其高明之处绝非一般人所能及也。

从后来的事实看，傅斯年之说并非虚言，亦绝不像官场政客那样见人说人话，见鬼说鬼话，见了人鬼双面人，则人鬼同声要布袋戏，以蒙世人甚至师友、朋友和家人。许多年之后，台湾“中研院”史语所王汎森等人在史语所“傅斯年档案”中发现了他于1946年3月27日给蒋介石的一封信，其内容恰涉辞却国府委员之事，信曰：

主席钧鉴：

顷间侍座，承以国府委员之任，谆谆相勉，厚蒙眷顾，感何有极！斯年负性疏简，每以不讳之词上陈清听，既恕其罪戾，复荷推诚之加，知遇之感，中心念之。惟斯年实一愚戆之书生，世务非其所能，如在政府，于政府一无裨益；若在社会，或可偶为一介之用。盖平日言语但求其自信，行迹复流于自适，在政府或可为政府招致困难，在社会偶可有报于国家也。即如最近东北事，政府对苏联不得不委曲求全，在社会则不妨明申大义，斯年亦曾屡屡公开之。此非一旦在政府时所应取，然亦良心性情所不能制止，故绝非政府材也。（编者按：页末傅氏自注：“此句颇有语病，似谓政府中人皆无良心者，然已发矣。”）参政员之事，亦缘国家抗战，义等于征兵，故未敢不来。今战事结束，当随以结束。以后惟有整理旧业，亦偶凭心之所安，发抒所见于报纸，书生报国，如此而已。斯年久患血压高，数濒于危，原拟战事结束，即赴美就医，或须用大手术。一俟胡适之先生返国，拟即就道，往返至少三季，或须一年。今后如病不大坏，当在草野之间，为国家努力，以答知遇之隆。万恳钧座谅其平生之志，从其所执，没生之幸。另请力子、雪艇两先生详述一切。专此，敬叩

钧安

〇〇〇　谨呈　三月廿七日

（编者按：页末傅氏自注：“此外又有一信给力子、雪艇，所言极透澈，无忌讳。匆匆未留稿。”）[12]

正当傅斯年向董作宾并通过董氏转达李庄史语所同人，剖白自己绝不做官的心迹以稳定人心之时，国民党政府于 1946 年 4 月 30 日正式颁布“还都令”，定于 5 月 5 日使流亡在外的国家各机关及所属人员还都南京。

傅斯年得此消息，不再犹豫，立即指示董作宾组织人员尽快装箱搬运，同时派员到重庆与民生轮船公司商谈，请对方派专轮运送史语所人员、物资。董接到指令，立即行动，除委派本所助理员李孝定等人火速赴重庆商谈租船之事，还从李庄镇找来大批强壮青年，由板栗坳山上驻地向李庄镇张家祠运送甲骨、书籍、青铜器等珍贵物品。史语所物品繁多、贵重，经过差不多两个月时间，才把大部分藏品运往靠近长江码头的镇内张家祠大院。一箱箱货物堆积在一起，如同小山一样庞大壮观。

1946 年 5 月 24 日，已离开史语所到成都燕京大学任教的李方桂致信董作宾：“家母已八十，非飞机无法返平，而弟又必须陪走，故恐不能与所内同人同行。顷与萨总干事商议，已蒙允许，嘱弟函告吾兄，补一申请先行返都手续。”[13]

此前，在美国哈佛大学任教的赵元任曾动过携家回国的念头，并准备到史语所继续做他的语言组主任。赵氏向学校当局递交辞职书时，推荐李方桂接替他在哈佛的职位。而身在成都燕京大学任教，但仍兼史语所语言组代主任的李方桂接到赵信，决定立即携家赴美。对于这个颇为匆忙的决定，李氏后来在他的访问录中透露：“（我）必须去哈佛的真正原因是为了领薪水，因为我没有钱了。”[14] 李方桂说得相当轻松和干脆，似乎再没有其他理由，去美国就是为了一个“钱”字。

李氏偕妻赶到美国，准备归国的赵元任却由于其他原因未能成行。此后赵转入加州大学伯克利分校，李方桂转入华盛顿大学任教。自此，“赵元任的回国梦在伯克莱[利]结束，而我的梦在西雅图化为泡影。事情的结局总是这样”[15]，李方桂说。

李方桂携家人于 1946 年夏天离开成都，赴上海搭乘一架美国海军军用飞机直飞檀香山，不久即转赴旧金山。李氏以美国之行，成为西去的黄鹤，与史语所同人隔海相望，再也没有走到一起。当他再度踏上远东大陆的时候，已是 30 多年后的 1978 年，此时中共建政后发动的“文化大革命”结束不久，面对红色山河四处飘扬的五星红旗，李方桂恍若隔世，唏嘘不已，禁不住生出“三十年河东，三十年河西”之慨叹。此为题外话，不赘。

李方桂飞抵美国弄钱去了，在李庄的学者还在为生计与还都之事犯愁。7月11日，傅斯年致函民生轮船公司董事长卢作孚，谓："中央研究院在李庄者，有历史语言研究所、社会研究所（所长陶孟和先生）及中央博物院。此三机关人口共二百人，公物（图书、古物）约重二百吨，体积则合为六百吨（皆轻，故以三乘重量）。拟请民生公司尽早拨船，以便复员。如能自李庄直达南京，至妙，以古物等中途恐有遗失也。如万不得已，亦乞仅在重庆一换，缘宜昌无人照应也。"[16]

傅得到对方允诺，装船启程在即。史语所、社会所、中央博物院筹备处，加上一个随行的营造学社，所有同人都忙碌起来。8月9日，傅斯年侄子傅乐焕致函傅斯年："侄如能走，自将随同东迁，如事实上必不可能，只有暂留。如果暂留，拟请研究所改变半薪。"[17]

傅乐焕乃傅斯年堂侄，早年毕业于北大历史系，属于上进好学的才子型青年学者。抗战军兴，他随史语所由南京而长沙而昆明而李庄，一路吃了许多苦头，但精神却在苦难中得到磨炼，学问也大有长进。由于蜗居李庄，医疗条件太差，加之长期焚膏继晷攻读著述，傅乐焕患了严重的心脏病，以致到了返京之日，因病情极其严重而"事实上必不可能"随所同行，唯一的办法"只有暂留"李庄，一个人孤独地等待病情好转。傅斯年读罢此信，念侄子早年丧父，命运多蹇，流徙西南而只能翘首北望，在山东济南老家有母而不能即行相见，不禁潸然泪下。鉴于这种特殊情况只能特殊对待，遂复函令其留在李庄养病，以待将来。

1946年10月5日，前往重庆接洽船只的人员已与民生轮船公司，以及上海外滩国营招商局派遣的江合轮等船船主谈妥，史语所返京在即。傅斯年电示董作宾："公物即搬山下，弟已分电京渝接洽，船只恐必须在重庆换船，弟月中返京，盼十月中本所能迁移。前因停船及沿途困难未敢即动，今因江水将落势须速办。"[18]董作宾接电后，组织所内人员立即行动起来。

◎傅乐焕

仿若杜工部当年《闻官军收河南河北》之心情——"塞外忽传收蓟北，初闻涕泪满衣裳。却看妻子愁何在，漫卷诗书喜欲狂"，无论研究人员还是家中老小都精神振奋，群情昂然。众人在欢笑与泪水中收拾行李，打点行装，盘算着到首都南京后住什么样的房子，穿啥样的衣服，吃怎样的饭食，承受多重的物价压力，开始怎样的新生活……心中的憧憬自然是美好多于忧愁，幻想多于理性，大家热血澎湃，沉浸于一个又一个灿烂辉煌的大梦之中。

离去之前，史语所同人决定在这块庇护过自己的热土上留下一个标志物，作为永久的纪念。在董作宾具体指挥下，几十名当地乡人和史语所几位年轻研究员，将一块大石碑从山下运来，立于板栗坳牌坊头——这是史语所在李庄近六年留下的一件最为珍贵的历史见证。

纪念碑碑额由书法大家董作宾用甲骨文书“山高水长”四个大字，这是借用宋朝大文学家范仲淹的名句而成。碑额下是“留别李庄栗峰碑铭”几个大字，铭文由史语所才子陈槃撰，劳榦书。当年范仲淹在他著名的《严先生祠堂记》结尾处，曾以饱满的激情与挚诚颂扬严子陵：“云山苍苍，江水泱泱。先生之风，山高水长。”如今，对滋养庇护了自己近六年的山川大地与乡邻百姓，史语所学者们同样用悠扬动人的词句来表达他们的感激之情。文曰：

李庄栗峰张氏者，南溪望族。其八世祖焕玉先生，以前清乾隆年间，自乡之宋嘴移居于此。起家耕读，致资称巨富，哲嗣能继，堂构辉光。

◎ 2005年在旧址上新立的留别李庄栗峰碑铭。原碑已毁（李庄镇政府提供）

本所因国难播越，由首都而长沙、而桂林、而昆明，辗转入川，适兹乐土，尔来五年矣。海宇沉沦，生民荼毒。同人等犹幸而有托，不废研求。虽曰国家厚恩，然而使客至如归，从容安居，以从事于游心广意，斯仁里主人暨诸军政当道，地方明达，其为藉助，有不可忘者。

今值国土重光，东迈在迩。言念别离，永怀缱绻。用是询谋，佥同醵金伐石，盖弇山有记，岘首留题，懿迹嘉言，昔闻好事。兹虽流寓胜缘，亦学府一时故实。不为镌传以宣昭雅谊，则后贤其何述？铭曰：

江山毓灵，人文舒粹。旧家高门，芳风光地。沧海惊涛，九州煎灼。怀我好音，爰来爰托。朝堂振滞，灯火钩沉。安居求志，五年至今。皇皇中兴，泱泱雄武。郁郁名京，峨峨学府。我东曰归，我情依迟。英辞未拟，惜此离思。

中华民国三十五年五月一日

国立中央研究院历史语言研究所同人 傅斯年、李方桂、李济、凌纯声、董作宾、梁思永、岑仲勉、丁声树、郭宝钧、梁思成、陈槃、劳榦、芮逸夫、石璋如、全汉昇、张政烺、董同龢、高去寻、夏鼐、傅乐焕、王崇武、杨时逢、李光涛、周法高、逯钦立、王叔岷、杨志玖、李孝定、何兹全、马学良、严耕望、黄彰健、石钟、张秉权、赵文涛、潘悫、王文林、胡占魁、李连春、萧伦徽、那廉君、李光宇、汪和宗、王志维、王宝先、魏善臣、徐德言、王守京、刘渊临、李临轩、于锦秀、罗筱蕖、李绪先　同建。

在即将还都远去的人员中，碑铭上署名的逯钦立、汪和宗、杨志玖、李光涛、王志维等五人，都是娶了李庄的姑娘，可谓与李庄结下了情缠绵、血相连的深厚情谊。他们此番离别东去的情感撞击与心灵感受，恰如古人长吟的“最难将息”，更是“剪不断，理还乱，是离愁。别有一番滋味在心头”。

婚恋，山东人就爱干这种事

在迎娶李庄姑娘的五人中，王志维乃北京人，李光涛为安徽怀宁县人，而逯钦立（字卓亭）、汪和宗、杨志玖等三人均为山东人氏，与傅斯年同为乡党。博得李庄姑娘头彩，与罗筱蕖成就百年之好的逯钦立，于1910年出生于山东巨野县乡村。此地古称巨野泽，一望无际的沼泽湖泊与北部几十公里的郓城、梁山连成一片，当年宋江率众扯旗造反，有“梁山一百单八将，七十二名出郓城”之称，这一“响马”“绿林”圈，就包括逯的家乡巨野泽。因了这特殊的历史地理渊源，逯氏与同样出身梁山“响马文化圈”的傅斯年有着天然非同寻常的关系。逯出身一个中等地主家庭，父亲是当地有名的私塾先生，家教甚严。受其熏陶，逯自幼勤奋好学，尤对旧诗文、策论等用功最勤，10岁开始与当地秀才、举人对诗作赋，有“神童”之誉。1935年考入北京大学哲学系，不久即以“祝本”笔名在文学刊物上发表小说、诗歌。翌年转入中文系就读，同时出任北大校刊主编。1937年抗

◎ 1940 年秋冬之交，西南联大时期北京大学文科研究所研究生在昆明城西北龙头村宝台山响应寺月台上合影。左起：任继愈，王明，阴法鲁，李埏，阎文儒，王玉哲，马学良，逯钦立，杨志玖，周法高，王永兴，董澍

战爆发后，随校迁长沙，旋又随曾昭抡、闻一多、袁复礼等教授步行 3000 多里抵达昆明，在国立西南联大继续就读。1939 年毕业后，考入傅斯年为所长的北京大学文科研究所，师从罗庸（字膺中）、杨振声两位导师攻读硕士研究生，自此开始了几十年专题研究先秦两汉魏晋南北朝诗及同时期文学史的学术历程。

据逯钦立的北大文科研究所同学周法高回忆：逯的导师罗庸是北京大学出身，学问、人品令人敬佩，对于三礼和宋元理学都有研究，学问非常广博，尤长于中国文学史的研究。著作不多，对于儒家的学说颇能身体力行。“记得 1940 年他所居住的地方失火，一时烈焰冲天，蒋梦麟校长曾经当场拍照证明曾经有某机关存贮了大量的汽油而引起火警的。罗先生遇到这种不幸的事，仍能苦撑下去，弦歌之声不绝，可以想到他的修养了。”周又说：“西南联大中文系里，北大和清华的老师和学生在初期相处得并不太融洽，小的摩擦总是难免的。记得 1940 年秋季闻一多先生本来是开楚辞的，这一年要开唐诗；而唐诗本来是罗庸先生开的，于是罗庸先生说：那么我就开楚辞好了。由此也可看出罗庸先生的博学。”[19]

罗氏作品虽不多，但《鸭池十讲》等深受学界推崇。最令人难忘的是罗庸为国立西南联大所填的校歌歌词：“万里长征，辞却了五朝宫阙。暂驻足、衡山湘水，又成离别……多难殷忧新国运，动心忍性希前哲。待驱除仇寇复神京，还燕碣。”如此优美的歌词配着动听的旋律，在引吭高歌、泪水飞溅中增添了中华儿女刚毅不屈的豪迈之气。（南按：一说该校歌歌词是冯友兰所作，而非罗庸。）

1940 年，在中研院史语所撤离昆明龙头村后，逯钦立等几人仍留在该地继续学业。因少书参考，逯乃向北大文科研究所呈文，提出赴李庄借读并延迟一年毕业的请求。呈文如下：

为请求延长修业年限一年，以便完成工作事。窃生之校辑工作，需书较多。

自中研院史语所迁移之后，生不克随车入川，迄今四阅月之间，以所（编者王汎森按：北大文科研究所）中图书缺乏，校辑两事均先停顿。虽能将先唐各史细心阅读一过，而与本工作之进展，究无直接之帮助。是以除现已做过之工作外，尚有以下五项须待完成：

一、《文苑英华》须付比勘。案，《英华》所载诗篇，文字异同，名题互歧，较各别集及类书为甚，杨守敬《古诗存目》将此书置之最前，视为重要出典之一，今若不付雠对，则工作之校勘部分，实未可视为完成。此外如《广文选》《玉台广咏》等书，亦须比勘一过。

二、各家之别集须付比勘。如《陶渊明集》……

三、版本之考订……

四、《佛藏》及其它先唐各子集有待翻检……

五、方志亦有待检查者……[20]

正如呈文的发现者与整理者王汎森所言："这份文件可以看出逯氏校辑《先秦汉魏晋南北朝诗》的甘苦。"[21] 只是这份甘苦只有逯钦立本人与身边的少数人知道，不了解逯氏者自然难以体会。

这年9月，逯钦立得到批准，可入李庄史语所借读并继续学业，同时接受傅斯年指导。逯氏如愿以偿，很快抵达李庄进入研读状态。9月25日，逯给当时在重庆的傅斯年写了一封信，汇报由滇赴川经过及学习、生活情况，信曰：

孟真吾师尊鉴：

敬启者，生于九月十二日离滇，十八日到达李庄，沿途托庇，顺利异常。抵此后，承董代所长及丁、汪等先生之照顾，食宿诸问题均已解决，敬祈吾师释念为幸。生此次延期修业，并来此工作，事前曾具文申请，当时以为区区之意，已达尊听。自罗莘田师由川及返滇传述师旨，始知生之延期一事，吾师前无所闻，然郑、罗二师于谒见时，已将此点详报矣！故不复赘。此地气候近已凉爽，生之工作即可顺利开始，吾师存藏陶靖节各集，生极须用，闻师将于十月中莅此，希届时能以此种书赐阅也。

又生离滇之时，曾与杨志玖、周法高二兄深谈一次，杨兄处数接齐大延聘之信，许以该校讲师职并研究所编辑员，而文研所则欲留作研究助教。杨兄念吾师擢掖之心，极愿来此继续所业，仅以薪遇及路费问题，稍涉踌躇耳！而周兄之留校或来此，所犹豫者亦不外乎斯节。近不知彼等有信呈吾师未？故谨以附闻。邓恭三兄旋返之后，敬悉尊况。倘医齿而有利于贵体，祈即从事诊治，并希暂将公务、杂事置诸度外，物来顺应，不使尘虑，则贵体于优游无事之中，定可早日康复也。端肃即祝

道躬绥和

学生 逯钦立谨启

九月二十五日[22]

尽管李庄偏僻寂寞，但从逯氏信中看出，彼对所修学业与未来前景充满了热情与信心，心情相当舒畅。除此之外，他未忘记离滇时龙头村几个难兄难弟的嘱托，即杨周二人请逯氏抵达李庄后观察情形，并在信中向傅斯年传达他们的计划与困难，以期能步逯之后尘赶赴李庄相聚，来个灯下共读、抵足而眠、早上从中午开始的山寨闭门读书生活。未久，杨周二人果遂其愿，先后得到批准离滇入川，来到史语所与逯钦立等一帮青年学者共同学习、生活。

在傅斯年指导下，逯钦立来李庄第二年即完成学业，顺利进入史语所陈寅恪领导的第一组（历史组）任助理研究员，继续从事唐代之前诗歌的研究和辑录工作。据周法高说：逯在史语所期间，曾“在该所集刊发表了一篇《〈古诗纪〉补正叙例》。明代冯惟讷的《古诗纪》，搜罗唐以前的古诗，相当完备；（近人）丁福保的《全上古三代秦汉魏晋南北朝诗》这部书，就是根据《古诗纪》加以补充的。逯钦立找出很多丁书的疏漏错误的地方，而把其中比较显著的若干例子放在这篇文章中，所以写得非常精彩”[23]。

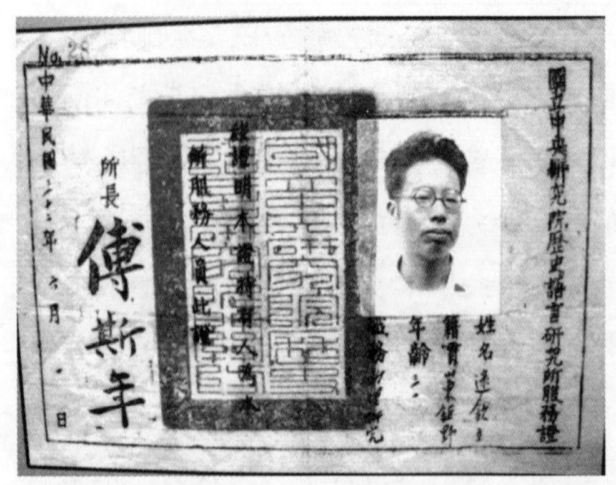

◎ 1943年6月1日，国立中央研究院历史语言研究所发给逯钦立的NO：28号服务证。（逯弘捷提供）

周氏所说的这篇文章，只是逯钦立研究生涯中对这一专题的牛刀小试，只这一试就足见其用功之勤、考据之精、探索之深。如汉诗乐府古辞《孤儿行》有诗云：

父母已去，兄嫂令我行贾。
南到九江，东到齐与鲁。
腊月来归，不敢自言苦。
头多虮虱，面目多尘。
大兄言办饭，大嫂言视马。

上高堂，行取殿下堂，孤儿泪下如雨。

…………

逯氏在《叙例》中将此诗归入“依韵校勘例”，并说“字讹失韵，由辞例推知当为某字者”。由此校正为：“诗中大兄之大，为土之讹字，当属上句，作面目多尘土。土与前后韵贾、鲁、马、雨皆协。今土讹大，则断尘为句，失其韵。又土讹大，连下读为大兄，后人遂不得不于嫂字上亦添大字，使篇中兄嫂辞例亦乱。应添土字，去两大字。”这一考证可谓精明确切，足可匡正旧日传写之误。胡适尝谓：“发现一个字的古义，与发现一颗恒星，都是一大功绩。”此喻未免过重，但由此可见逯氏的国学功底及“详搜、精校之功”之深厚。

以后的岁月，逯钦立开始致力于《陶渊明集》与洋洋135卷《先秦汉魏晋南北朝诗》考订、校补、编纂工作。据后世研究者说，逯氏之好陶诗，恐怕与师承有关，他的导师罗庸就是一个陶诗迷，对陶渊明的人生和诗文颇有研究，著有《陶渊明》一书，内容包括陶氏的传记、年谱、诗文系年、陶集版本及注本等内容。惜此书只存稿本，并未见刊行，世人难知其详。罗氏未竟的事业，只有依靠弟子逯钦立来完成了。

正当逯氏面对青灯黄卷，意气风发地沿着这条通往名山大业的崎岖小路奋力攀登时，一位“窈窕淑女”的突然出现，令他目眩神迷，心猿意马，并在众弟兄的打气、鼓励下，挪笔狂追，开始了火热的恋爱生活。这位美丽的少女就是年仅20岁的李庄姑娘罗筱蕖。

罗筱蕖，名荷芬，字筱蕖，别名藕曼，以字行世。因在家中排行第九，故当地人又称罗九妹。其父为李庄镇党部书记罗南陔，也就是当年积极主张同济大学与中央研究院各机构迁往李庄的那位著名乡绅，梁思永就曾住在他的家中——李庄羊街8号“植兰书屋”。

罗筱蕖高中毕业后赴成都华中专科学校就读，一年后返回李庄到板栗坳栗峰小学任教。时为1942年夏间事。

栗峰小学原是板栗坳张氏家族的一所私立小学，受南溪县教育局领导，板栗坳乡绅张九一（号称张九爷）为校长。校址设在柴门口张九一家的大房子里，有教师4人，分别是罗筱蕖、张素萱、张增基、黄婉秋；学生60多人，其中板栗坳张氏家族的学生有张锦云（后嫁杨志玖）、张彦云（后嫁王志维）、张彦霞等。

罗筱蕖来校后，不久即升任教务主任。史语所迁到板栗坳后，因离李庄镇较远，

◎ 1940 年春，研究人员的孩子们在李庄参观中央博物院苗艺展览。自右至左：梁从诫（梁思成之子），李文茂（李方桂之女），钱嘟嘟，梁柏友（梁思永之女），芮宝宝（芮逸夫之子），钱家姐弟，董敏（董作宾之子）

◎位于板栗坳牌坊头主院内的史语所子弟学校

来往不便，研究人员的子弟大都入该小学就读。其中有傅斯年之子傅仁轨，董作宾之子董敏、董兴，李方桂之子李文茂、女儿李文俊，芮逸夫之子芮达生、芮蓉生，梁思永女儿梁柏友，劳榦之子劳延瑄，向达之子向燕生、向宇生（南按：向达应傅斯年和李济之邀，自西南联大借调中博筹备处，组织西北科考团，先后两次进西北边地考察。向达来李庄后，家眷长时间住在板栗坳，两个孩子就此进入栗峰小学就读）等近 20 名孩子，年龄在 5 岁到 12 岁之间。

原本栗峰小学教室就有些拥挤，突然加上史语所子弟，更显拥挤不堪。加之当时经费不足，学校越办越差，出现了许多史语所子弟逃学的现象。在这种情况下，傅斯年与同人商量要自己办一所学校，名称为“中央研究院史语所子弟小学”，专门招收史语所同人的小孩来校就读。校址设在牌坊头董作宾、吴定良家附近，合作社对面，校舍采光较好。此前由于各位家长到栗峰小学接送孩子的关系与教师熟悉，经傅斯年与张九一协商，决定聘请罗筱蕖、张素萱两位女教师来史语所子弟小学任教，由罗负责教务和校务管理。史语所同人和家属兼课任教，如劳榦教国文，石璋如教地理，芮逸夫教历史，董作宾教书法。另有董作宾夫人熊海平、董同龢夫人王守京、何兹全夫人郭良玉、李方桂夫人徐樱、萧纶徽夫人肖玉、马学良夫人何蕊芬等皆在学校兼课。据罗筱蕖说，当年傅斯年亲自找她谈话，说：“孩子们没有学上，家里的大人都头痛，我不愿意看着他们乱窜，就专门办了这个小型学校。不过这学校要是没有你的维持也办不下去，你就给管一下吧。”[24] 于是，罗筱蕖与张素萱便由栗峰小学转到史语所子弟学校教书管理。

此时的罗、张两位年轻教师没有意识到，在不经意间，她们开启了一扇新的命运之门。罗筱蕖回忆说：“当时各位兼课的夫人家务繁重，又要照顾小孩，一般是有课就到，下课即走，许多事都是我来管，太太们临时有事也请我代课。尽管学校规模小，但较正规，课程也全，五、六年级还开设英语课，很有特色，家长们比较满意。我和张素萱是年轻姑娘，学生们很喜欢我俩，每当太阳好的时候，在头两节课间，我常集合学生带着他们在板栗坳跑上几圈，除了喊一、二、三、四的口号，还高唱《五月的鲜花》《义勇军进行曲》等歌曲。在寂静的山坳里，深深的庭院中，那些埋头钻研学问的先生，被孩子们阵阵喊声和美丽的歌声所吸引和振奋，会情不自禁地站起身，一边伸着懒腰一边探头向窗外瞧瞧，这样我在他们面前也就更显眼了。……史语所光棍汉逯钦立在吃过饭之后，就常到我们学校拿着粉笔在黑板上写陶渊明诗，还画一些古代诗人的像，如屈原、陶渊明，还有一些跃虎、奔马等动物，逯在这方面颇有才气，在黑板上一挥而就，孩子们见了很喜欢，他画得也就越有劲。开始我不懂他这样卖力的表现是咋回事，认为在板栗坳这个村寨里，一个光棍汉太郁闷、太无聊了，随便到这里放放风，透透空气，跟孩子们胡乱玩玩罢了。于是我有时候也在教室看他在黑板上写诗作画，有时也跟他聊几句诗什么的，这样他就更来劲了，开始画我本人以及我魂思梦绕已故生母的画像（按照片画），画得栩栩如生，我很感动，心生爱慕之情。逯君画过之后，又跟我聊一些他研究陶渊明诗的心得。记得有一次他谈到陶渊明那篇著名的文学作品《桃花源记》，在黑板上写下了陶记中这样一小段文字：

◎ 1943 年冬，逯钦立为董作宾子女董敏、董兴、董萍作诗配画《邋艺三班》，董作宾专门以甲骨文书法一幅回赠。逯氏之画载《平庐纪念册》（董敏提供）

忽逢桃花林，夹岸数百步，中无杂树，芳华鲜美，落英缤纷。

“逯君告诉我说，在此之前，几乎所有的版本及选本都将‘芳华’作‘芳草’，唯南宋有两个本子（南按：曾集本《陶集》与苏写本《陶渊明集》）作‘芳华’。逯钦立认为应作‘芳华’而不是所谓的‘芳草’，其理由是，首先这一段文字所描写的是一幅十分完美鲜红耀目的桃花林景象，中间不容夹杂绿草，破坏意境的纯美。这是重要的一点。其次，陶诗中多以‘华’作‘花’的诗句，如《荣木》诗云‘采采荣木，结根于兹。晨耀其华，夕已丧之’等。这里的‘华’可作‘花’解，二字通用。《诗经·桃夭》中说‘桃之夭夭，灼灼其华’，早已开其先例。况且以‘鲜美’形容桃花，正切合其鲜艳美丽的形象特征。如果把它形容成绿草，就觉得不伦不类，很不切合。因而应作‘芳华’解。”

罗筱蕖说：“听了逯君的解释，当时感觉很在乎情理，也觉得这个人的学问了不起，就有些佩服他。以后就经常在业余时间借学生们的掩护，在教室听他讲陶渊明诗。想不到群众的眼睛是雪亮的，时间一久，逯君的一举一动和所思所想，都叫他的同事给看破了。于是，没有风，浪却起来了。这风浪一起，我才明白，原来逯君不是在无目的地写诗作画，而是项庄舞剑啊！尽管当时我感到很不好意思，但觉得这个人挺老实，人也不错，又特别有才华，就继续交往。后来闽东才女游寿到了板栗坳，与我和逯君的关系都很好，便主动出面牵线撮合，这样事情基本就挑明了。过节的时候，一般学生家长要请我到家中做客，也就是吃一顿饭。我第一次去的是傅斯年先生家。当第二次被邀请去的时候，同桌的有李方桂太太徐樱，还有逯钦立，如此一来事情就更进一步了。以后傅先生夫妇去重庆，回来时买了四件丝绸衣料相赠给我与逯君。当时我们都很感动，这个时候大家都意识到，我们的婚姻问题已到了水到渠成的地步，只差媒人正式向我家中说合了。”

在史语所几位同事鼓动下，逯钦立把自己的想法托一个同事向罗家做了透露。尽管罗南陔是当地官僚和开明绅士，与史语所的傅斯年、李济、梁思永等几位重量级人物建立了朋友关系，但面对女儿婚姻这等终身大事，还是不免有些犹豫。据罗南陔之子、罗筱蕖之弟罗萼芬说：“当时中央研究院迁来李庄，有很多男光棍，眼看年龄越来越大，个人婚事成了难题，但李庄的姑娘不愿意嫁给他们。原因是他们都是‘下江人’，家在外地，说来就来，说走就走，摸不清他们的底细，怕上当受骗。所以他们的人来了三四年，只有史语所的事务员汪和宗与李庄的姑娘王友兰结了婚，其他人都不得干。我父亲是很开明的人，觉得既然女儿自己要的朋友，就要尊重她的选择。何况九姐当时已经是史语所聘用的人，在本所要朋友也合情合理。但父亲对逯钦立其人不熟悉，从九姐这一方面考虑，就决定搞个火力侦察。他作为长辈不好出面，就请了我的堂兄罗伯希向傅斯年详细打听逯的事，后来说没的问题，这门婚事就成了。”[25]

罗萼芬所说的罗伯希，就是当年在南溪酒馆里与宜宾纸厂厂长钱子宁的手下相遇的李庄乡绅，正是在他的热情周旋下，同济大学的王葆仁与史语所的芮逸夫等才来到李庄考察，并最终促成了同济与史语所等机构迁来此地的因缘。也正是由于这层关系，罗伯希与傅斯年等人成了相互来往的朋友。现在罗伯希受叔父罗南陔委托，便找到傅斯年询问详情。

由于傅斯年自己最初有一段痛苦的婚姻经历，他认为夫妻之间如果文化程度与背景差异太大，绝不会有幸福可言，其结果必是悲剧，因而他一直不赞成自己的弟子在避居之地与当地姑娘谈情说爱——当地姑娘的文化程度与史语所人员无法相提并论。而且青年研究员多是北方人，与川南一隅之地的生长环境、生活习俗亦有很大差距。但史语所从长沙到昆明再到李庄，一晃五六年过去了，弟子们也由一个个20多岁生龙活虎的小伙子，变成了30多岁身染暮气的中年人。所谓“男大当婚，女大当嫁”，这个自然规律是难以抗拒的。况且战争不知何时结束，还都南京之日更是不可预料，总不能眼睁睁地看着这帮光棍汉于这个偏僻山坳里，大眼瞪小眼，烈火干柴木头灰地干烧自燃下去。自史语所事务员汪和宗于1942年年底与李庄姑娘王友兰结婚之后，这帮光棍汉渐成跃跃欲试、大显身手之势，此事既不能压制也不便提倡，顺其自然是最好的办法。于是，傅斯年在史语所同人、家属与逯钦立的几个好友，特别是山东同乡的说服下，决定出面促成这桩婚事。

面对罗伯希垂询，傅斯年于1944年2月17日专门致函一封，谈了罗筱蕖在史语所小学的表现，逯钦立在史语所的身份及经济状况等。傅说：

> 南陔先生之季女公子筱渠［南按：原文如此］女士，自来山上教书以来，极为所中各家所钦佩。此一小学虽在无法办好之状况中，仍能维持各生课业者，诚小渠［南按：原文如此］女士之力也。敝所第一组助理研究员逯钦立君，颇愿以弟为介，攀婚清门，而其同事又向弟以此为言。弟一向怀抱以为此等事宜由男女自身决之，未可一凭月老于造化也。然逯君系弟及门之人，其详细情形不妨陈述，以资南陔先生参考。

接着，傅斯年介绍“逯君系山东巨野人，今年三十一岁。家世业农，其尊人有田二百亩，子女三人，平日在家亦可吃饭。惟值此时代，逯君终须自食其力也”，其人于民国二十八年（1939年）毕业于北京大学国文系，同年入西南联合大学文科研究所（北大部分），于三十一年（1942年）获硕士学位。“彼于八代文字之学，造诣甚深，曾重辑《全汉晋六朝诗》百卷，用力之勤，考订之密，近日不易得之巨篇也。惜此时无法在后方付印耳。一俟抗战结束，此书刊就，逯君必为国内文学界知名之士无疑也！”又说：逯君外表敦朴，内实宅心忠厚，天资甚高，又肯下深功夫研治学问，我的门人如逯氏之聪慧用功且已获得可喜成绩者实在不多，因而在其肄业联大文科研究所时，便约其到李庄史语所借读，毕业之后，即入该所服务，成为一名助理研究员。但是，助理研究员之资格，依史语所规定，等于大学之专任讲师。“然中央研究院之标准，远比各大学平均之程度为高，此时敝所助理研究员就业大学者，至少为副教授。此一职业，在战前颇为舒服，今日所入几夷为皂隶，弟亦如此也。”

傅斯年以古代低级的押差皂隶作比，虽是暗含自嘲，但就当时史语所同人的生活和经济状况而言，的确如此。按傅氏家乡的话说：“家有黄金，邻居家有戥盘。”你自我吹嘘得再好再高，谓家藏黄金万两，邻居或群众的眼睛是雪亮的，谎言一拆即穿，或曰不拆自穿。傅斯年可谓实话实说，如实招来，言语中透出一股无可奈何的悲凉与心酸。但当论及弟子的学问人品时，傅氏明显精神大振，似乎重新找回了良好的感觉，颇为自信地接着写道：

若在战事结束后，固不宜如此，唯值此遽变之世，一切未可测耳。故逯君实为绩学之士也。笃行之才，后来必可为知名之学人，而家素丰，所业又在“九儒”之中耳。故述其实以当参考。若南陔先生有所不嫌，任其自决，则逯君能有菟丝如萝之宠，亦弟之厚幸也。[26]

罗家不愧是当地的豪门大户，在关键时候每一个细节都不放过。当时逯钦立不是傅斯年所说的31岁，而是34周岁（南按：逯生于1910年，不知是逯对傅说了假话，还是傅斯年故意造假，或者逯在北大入学填表时故意隐瞒了岁数，否则该校与史语所当有准确记录），罗筱蕖时年22岁，男女相差12岁。罗家怕身为“下江人”且已过而立之年的逯氏在山东老家已有配偶，因耐不住寂寞又瞒着众人在外面招蜂引蝶、拈花惹草，路边的野花采完之后又把蜡黄枯瘦的小手伸到了罗家庄园采摘鲜瓜儿。倘果真如此，那就与古代喜新厌旧且派皂隶持刀追杀结发之妻的新科状元陈世美没有多大差别。罗筱蕖与之结婚，日后命运自是不堪设想。于是，罗家怀着疑虑，再度派罗伯希向傅斯年写信讨个说法。罗信如下：

孟老赐鉴：

当日下山曾将尊意详告家叔南陔，昨收手书随即转陈，奉谕，逯君学识渊深，又承先生介绍使得附为婚姻，实深厚幸。唯以逯君家在齐，曾否婚娶无法察到。大示未及，颇以为考虑。特恳先生再为详示如何？容当由家叔具复矣。……

后生 罗伯希

正月二十七日[27]

傅斯年接信，做了一番明察暗访，于1944年2月21日再次致信罗伯希，言明内情。信曰：

伯希先生左右：

惠书敬悉，此点正为弟所注意而不敢苟者，故前信发出之前，已经查照，逯君并未婚娶。先是逯友人托弟写信，弟即对之云，此点最重要，须证明。其同事友人遂共来一信，证明其事，故弟乃敢着笔也。彼时又查其入此填表及在北大填表，均未婚娶。当时办法，家人多一口即多一口之米，故未有有家室而不填者。逯君平日笃实，不闻其说不实之话，故几经调［查］而后以前书相呈也。先是彼在昆明时其父曾来信嘱其在外完婚，事隔三年，又经迁动，原书不存。彼最近又向其家说明一切，当有回信，惟彼家在沦陷区，信每不达，回信当在半年以上耳。谨此奉覆！余另，专颂

著安

傅斯年谨启　二月二十一日

张政烺代笔[28]

在信的后面，还附有史语所几位研究人员的"保证书"，签名者大多是逯的同乡和好友，如张政烺、傅乐焕、王明、劳榦等，以证逯氏"年逾三十，尚无家室，以上所具，确系实情"[29]。

得到如此确切的答复，罗家才算心中一块石头落地，正式答应对方求婚，并着手筹备婚事。1944年5月27日，逯钦立与罗家九妹筱蕖在李庄羊街8号植兰书屋举行了婚礼，才子佳人终成眷属。

◎逯钦立与罗筱蕖结婚照

由于罗家在李庄的显赫门庭与宽广的人脉关系，使得逯、罗的婚事在当地轰动一时，备受瞩

目。当初逯钦立在史语所子弟学校教室吟诗作画与“项庄舞剑”时，罗筱蕖猛然感到“无风起了浪”。而随着他们婚事的举行，整个板栗坳风浪俱起，冰解潮涌，许多蛰伏在青灯黄卷下的光棍汉，开始心旌摇动，想入非非，时刻准备兴风作浪。李庄的姑娘们也从逯、罗婚姻中受到启发，大胆敞开心扉，准备迎接即将到来的改变她们人生命运的浪潮春风。

在风云激荡交会中，又一对有情人走到了一起。这就是李光涛与张素萱。

李光涛者，安徽怀宁人也，1902 年生，后因家贫寄食清节堂，1921 年毕业于安徽省立第一师范学校，任职海关。1929 年因同乡徐中舒（清华国学院王国维、李济弟子，时任职史语所）引荐，任史语所书记，襄助大库档案整理，后晋升为助理研究员。早年曾娶妻蔡氏，后其妻感染风寒不治而亡，自此之后，李光涛一直单身生活，当他随史语所来到李庄时，年近四十。原以为就此鳏居一生，以学术事业为自己的终身伴侣，想不到天赐良缘，竟与一位如花似玉的年轻姑娘喜结连理，令其大喜过望。

© 2015 年 9 月，李光涛、张素萱夫妇女儿李幼萱来到李庄出席抗战纪念会议，在栗峰山庄纪念碑前激动地指着李光涛的名字说：“这是我爸爸。”（作者摄）

李光涛与张素萱的结合来自多方面机缘。张的姑母是罗筱蕖的母亲，罗是张的姑表姐。因了这层关系，在罗筱蕖被聘为栗峰小学教务主任之后，便把表妹张素萱聘为该校教师。罗受聘于史语所子弟小学后，又把张带来，共同任教。此前，逯钦立与李光涛同居板栗坳茶花院，两人建立了兄弟般的情感。当逯在子弟小学“项庄舞剑”并最终如愿以偿后，便私下教导李光涛仿效自己的做法登台献艺，以赢得罗的表妹张素萱芳心。此时李已 42 岁，面对一个年仅十八九岁的妙龄女子，总感到底气不足，颇为踌躇。最后经逯氏陪同，在学校黑板前醉翁之意不在酒地宣讲明清内阁大档逸闻趣事，加之罗筱蕖从中斡旋，张素萱最终投入了李光涛那期待已久的宽厚怀抱。1945 年两人在李庄举行了婚礼。

继李张二人之后，史语所的王志维、杨志玖与李庄姑娘张彦云、张锦云，也开始顶风而上，推波助澜，使“下江人”与“上江人”的合流与婚配，又掀起了一个新高潮。

在北平长大成人的王志维，抗战爆发后，作为一名逃难的青年学生由北平流亡到昆明，于 1940 年 7 月被聘为史语所书记员，主要从事所内服务性工作。尽管在史语所地位低下，但王志维头脑聪明，办事干练、谨慎，工作勤奋，为人谦和，忠厚老成，与人打交道具有很强的亲和力，且是一个深明事理的杰出青年。因有这诸多优点，王志维得到了众人尊敬和爱护。后来史语所迁台，王氏成为胡适的秘书，再后来成为胡适纪念馆的馆长，他的名字由于胡适的缘故而被世人长久忆起。

在罗筱蕖任职栗峰小学的时候，校长张九一的女儿张彦云正在该小学就读，与张彦云同班就读的还有张氏家族另一女子张锦云，“二云”算是罗筱蕖的学生。几年后，当张氏家族父辈亲朋替这两位后生女子张罗婚事时，“二云”正在南溪中学初中就读，均为 16 岁。而此时的王志维与杨志玖都为 32 岁。

据张彦云堂哥张遵凌说：“与李光涛结婚的张家女子张素萱是彦云的堂姐，素萱的表姐又是罗筱蕖，她们姐妹俩分别与逯钦立、李光涛结婚，在李庄本地算是很大的事，引起轰动。当地人原想这些先生都是‘下江人’，在李庄能待几年心中没底，更重要的是对他们的背景、人品等不了解，只是把他们当作外人或客人看，大家谁也没有想到要把女儿嫁给他们。后来看到结婚的罗九姐、张三姐（素萱）与她们的夫君和睦相处，很幸福的样子，就让大家眼热、动心了，心想嫁给这样的人也是蛮好的，不但先生们有学问，对人和气礼貌，循规蹈矩，重要的一点是嫁给他们一辈子不用下田插稻，还有米饭吃。这样婚事就成了。”[30]

张氏又说：“我跟梁思成的女儿梁再冰是同学，经常跟她到板栗坳先生们那里玩，多数人都认得。王志维与张彦云结婚的那天，来了好些人。李庄镇内的头面人物有张官周、张访琴、罗南陔等，史语所来了傅斯年、董作宾，还有李济、吴定良等几个头头，其他就是年轻的先生们了，我记得有逯钦立、劳榦、傅乐焕等，其他还有谁不记得了。结婚要按当地的坐轿、过门等规矩办，场面很热闹，大家吃了酒就走了。杨志玖结婚时，我没有看到傅斯年，后来听说傅斯年反对这门婚事，具体为什么，他们内部的事，就不晓得了。总之，傅斯年这个人看上去很凶，我们不敢接近他，有的小孩见了他就吓得跑掉。此人了不得，据说本事很大，但脾气也不小，与他不熟，是不容易接近的。只是有一次，我与几个同学少年在板栗坳用柴草烧螳螂，傅斯年走过看见，上前照学生屁股每人踢了一脚，怒道‘小孩子为何这么残忍’，我们一看是他，赶紧起身跑掉了。”[31]

据李庄其他几位老人证实，张遵凌所言确有其事，尤其对杨志玖的婚事，傅的确有看法，但如张氏所说，这毕竟是内部之事，局外人难窥其详，更说不清症结何在。

杨志玖，1915年出生于山东省长山县周村镇（今淄博市周村区）一个回民家庭。幼年丧父，家境贫寒，依靠母亲和兄长劳作、借贷以及师友们的接济，同时亦靠自己刻苦努力和一贯优异的成绩，获助学金读完了小学至高中的学业。1934年考入北京大学历史系，在此期间曾旁听过傅斯年的先秦史专题课。1939年9月，考入北京大学文科研究所，由姚从吾、向达两位教授做正、副导师。据杨的同学周法高说："杨志玖是姚从吾先生的得意弟子，他有关元史的硕士论文也是在姚先生指导下写成的。他曾经从《站赤》这一本小册子里找到关于马可·波罗来华随行者的资料，可以算是一项小小的发现。那时发表文章非常困难，特别是用外文发表。他们认为这个小发现对于外国研究马可·波罗的人可能有一点帮助，因此就请中央研究院的一位英文秘书在中央研究院出版的一个英文刊物上发表。我看到那篇一两页的英文译文，好像是由那个英文秘书署名的，那就未免有点掠人之美了。"[32]

杨志玖考证马可·波罗史事一文，发表于《文史杂志》第一卷第十二期 。该刊属文史类学术刊物，于1941年1月在重庆创刊，由独立出版社、重庆商务印书馆（1941年1月一卷三期起）出版，创办人为朱家骅，隶属于国民党中央委员会秘书处，总领导人为秘书长吴铁城，社长为叶楚伦，但二人只是挂名，并不过问社内具体事务。创刊时主编为卢逮曾，1941年6月由顾颉刚任副社长兼主编，自一卷九期起直至停刊，史念海、魏建猷等文史大家都曾担任过该刊编辑，一时为学术界所推重。杨氏此文署名事，周法高所说是不对的，根据杨志玖本人的说法："文章登在顾颉刚先生在重庆办的《文史杂志》上，顾先生在《编者后记》中给予较高评价。据说，傅先生看了以后也大为欣赏。1942年，他从四川给我来信，对这篇文章的内容和写法表示赞许，并说，他已把这篇论文推荐给中央研究院的学术评议会，参加评奖。其后，这篇文章得到了名誉奖。"[33]杨氏之说是靠谱的，事隔70年后，傅斯年的推荐信被台湾的王汎森等研究人员自"傅斯年档案"中发现并

◎学生时代的杨志玖

披露。该信写于 1942 年 11 月 24 日，是傅斯年为杨志玖争取杨铨奖金（杨杏佛死后，中央研究院以其名创立“杨铨奖金”以示纪念，并借以鼓励学术界同人）而专门致函中央研究院评议会，全文如下：

敬启者：查《文史杂志》第一卷第十二期所载杨志玖君所著的《关于马可波罗离华的一段汉文记载》一文，斯年读后，觉其于持论有据，考订细密，确史学一重要贡献。且马可波罗入华事迹，迄今未于汉籍中得一证据。今此说既成，足证马可波罗离华之年，历来汉学权威如王静安、伯希和等皆不免有小误，此实中国史学界一可喜之事也。兹根据本院《杨铨奖金章程》第七条，推荐于贵会，拟请考虑给予奖金。杨君现年二十九岁，民国二十七年毕业于西南联合大学史学系，三十年毕业于西南联合大学文科研究所（北大部分），近任西南联合大学史学系教员（南开部分）。至杨君论文所刊入之《文史杂志》，斯年手边无存，尚请贵会就近在渝购买二册，以便审查，是幸。

此致

国立中央研究院评议会

31 / 11 / 24[34]

杨志玖只得了个“名誉奖”，可能不是傅斯年期望的结果，但事已至此，亦无可奈何，只好转而争取在国际上打出名声。于是，“傅斯年又委托中央大学教授何永佶把它译成英文，投寄美国《哈佛大学亚洲学报》。但在 1945 年《亚洲学报》发表该文时，却仅仅登了一个摘要。据说傅先生对此大为不满，还去信质问，具体情况不得而知。直到 1976 年，美国哈佛大学教授柯立夫（F. W. Cleaves）才在《亚洲学报》36 卷上发表了题为《关于马可波罗离华的汉文资料及其到达波斯的波斯文资料》一文，对我那篇文章作了详尽的介绍和较高的评价。可惜傅先生已经不能看到这篇文章了”[35]。

从这段回忆可以看出，无论是傅斯年还是杨志玖皆有抱憾之处，但从侧面可看出傅对杨的厚爱和栽培、提携之心。

就杨志玖本人而言，自其于北大文科研究所毕业时，傅斯年颇有以彼为人才而欲留在北大或史语所栽培之意，只是杨志玖未能领会此中深意而与之失之交臂，从而悔恨终生。杨志玖曾有过这样一段回忆：“1941 年秋季我毕业之前，傅先生给（仍在昆明的）我来信，问我毕业后的去向。他说，最好留在北大或到史语所来。

我那时好幼稚，对个人的前途抱无所谓的态度，竟听从导师姚从吾先生的推荐，到南开大学历史系去，真是太轻率了。”[36]

当时还是一名青年学生的杨志玖或许不知道，他这位被傅斯年称为“外似忠厚，实多忌猜”、被陈寅恪称为“愚而诈”、外号“姚土鳖”的导师，早因在昆明办青年团等“胡闹”之事而和傅斯年等人闹翻，傅明确表示“与之绝交”。在这种背景下，姚从吾是不会把自己的得意门生拱手让给对手去栽培并为之服务的。姚从吾以导师的名义和地位，主动推荐杨到与傅斯年、陈寅恪等毫无瓜葛的南开大学，而不是北大和清华，更不是中研院史语所，就成为一件很容易理解的事。当杨志玖突然觉醒，认识到自己“轻率”时，已是若干年之后，悔之晚矣，自属当然。

或许当年傅斯年已经意识到杨志玖可能是受姚从吾的蛊惑，不自觉地误入“歧途”，于是他再次给对方一个走上“正道”的机会。1944 年年初，傅斯年给在昆明的杨志玖去信说，“太平洋学会”接到“条子”（南按：指蒋介石的手谕），要他们写一部《中国边疆史》，该学会无力完成，便把这个皮球踢到了史语所。鉴于李庄方面人手不够，傅斯年决定让杨志玖到李庄帮助完成。杨志玖得信后表示同意，但南开方面得知此情并不放手，经过双方协商，只能算史语所借调。杨志玖于这年的 3 月自重庆溯江而上，来到了李庄板栗坳史语所。两年半后，与正在南溪读初中、年仅 16 岁的张锦云商定了婚事。

对于这段略具波折的婚姻经历，杨志玖说：1946 年 6 月，“我经所内同乡汪和宗先生介绍，要和房东（史语所的房东）小姐结婚。我写信告诉傅先生。先生来信不赞成这桩婚事。他说，你和某同事不同，不应忙着结婚，而且‘今后天下将大乱，日子更难过也’。他劝我退婚或订婚而暂不结婚。我已答应同人家结婚，如反悔，道义上过不去，未听从先生的规劝。我结婚后，先生来信祝贺说，南宋时北方将士与江南妇女结婚者甚多，不知是否有委婉讽喻之意。在我结婚之前，已有两位山东同事与当地人结婚。先生对此不以为然地说：‘你们山东人就爱干这种事！’”[37]

◎ 1947 年，杨志玖、张锦云夫妇于天津南开大学（引自《发现李庄》，岱峻著）

对于傅斯年此语，书生杨志玖直到晚年还是认为傅“有山东人倔强、豪爽的性格，但他不以山东人自居”。此言可谓大谬矣。明眼人一看便知，这是傅氏的自嘲与戏谑之语。综观傅斯年一生，他的为人处世从来没有摆脱山东乃至北方这一地域传统。当然他只是站在这个精神的地域之上放眼中国乃至世界，并不是用狭隘的地域观来思考人与事的，这从他竭力主张迁都北平与在全国几个重点地区办校的文章与书信中可见一斑。与杨志玖的理解相反，傅斯年作为一个山东人，眼睁睁地看着李庄共有五位姑娘嫁给史语所同人，而其中山东人已超过半数占据其三，让他这位山东籍的所长多少有些尴尬。如果山东人在中央研究院学术论文评奖中的获奖作品独占史语所的五分之三，倒是这位所长的荣幸和自豪；而由他统率的一群光棍汉在当地找姑娘，由山东籍汉子一举夺魁，实在不是一件值得炫耀的事情——史语所毕竟不是婚姻介绍所。因而，作为山东人的傅斯年，用自嘲和戏谑的语调，向跟随他的兄弟们说出“你们山东人就爱干这种事！”。这恰恰表明傅对这样的事情不情愿而又无可奈何，且在关键时刻还亲自出马帮助山东同乡促成此番“好事”的复杂心境。

当然，傅斯年对杨志玖的建议，还包含更深层面的考虑，可惜此意在若干年后才被对方了解。杨志玖说：“这年的下半年，南开大学要在天津上课，南开大学文学院院长冯文潜先生写信要我回校任课。我以本系借调，理应回去，写信告傅先生说明。哪想到这一下使他很恼火，他没给我回信，却令史语所停止给我的补助。我因为不愿违背当日诺言，不愿让冯先生失望（冯先生对我也很好），也就顾不得傅先生的警告了。事后我才明白，傅先生把我借调到他那里去，本有意把我留在史语所不回南开，借调本是个名义，好比刘备借荆州，一借不还。还听郑天挺先生说，傅先生本想送我到美国去，因我结婚而罢。怪不得傅先生给我信，劝我退婚或推迟婚期，可能与此有关。我从此再也没见到傅先生了。”[38]

或许，这次“轻率”抉择，才导致杨志玖深感“终生遗憾”。但木已成舟，无论庆幸还是遗憾，只能按冥冥中命运的安排顺流而下了。

1946 年 10 月中下旬，民生公司轮船停靠在李庄码头，史语所、中央博物院筹备处、中国营造学社等机构开始搬运物品，日夜兼程，紧张而忙碌地装船。除了各机构的公物和个人生活用品外，尚有一些特殊情况需特别对待。如此前的 9 月 21 日，劳榦专门向董作宾打报告，谓：“家慈灵柩尚暂厝李庄，窃思此次自李庄到京轮船为本所包船，谨恳赐以方便予以装载。所有运费并乞暂记于私人名上。”[39] 同样的，李济在李庄夭折的爱女的灵柩，也需要船载运回（从坟地起出，清洗，只装骨架），而李济的老太爷郢客老人已全身瘫痪，只好雇几个人抬着进入船舱，其悲苦之状令人不忍目睹。

◎ 1946年，史语所告别李庄时在羊街8号罗南陔家中合影。前坐排自左至右：逯钦立、罗筱蕖夫妇，罗南陔夫妇与新婚不久的张素萱、李光涛（逯弘捷提供）

各方安置就绪，满载人员与物品的几艘轮船就要拔锚启程了，各位学人连同家属就要告别庇护了自己近六年的李庄和乡邻。在这告别的最后一刻，平时并没有特别放在心上的偏僻古镇，是那样令人恋恋不舍、黯然神伤。李庄羊街8号罗家的植兰书屋，一场告别宴会即将结束。罗家女儿罗筱蕖、女婿逯钦立以及襁褓中的孩子，与罗家的外甥女及其婿张素萱、李光涛夫妇，分别与家人、亲戚、乡邻一一辞别。端起的酒杯越来越沉，倾吐的话越来越少，凝重的气氛笼罩着酒宴，天各一方的悲情中还潜伏着对未来命运的忧虑。难舍难离的罗家人，以不同的方式表达着骨肉分离的忧伤。罗筱蕖长兄罗萳芬借着酒劲当即赋诗《送九妹随院之南京》一首，以此抒发殷殷牵挂之情。诗曰：

阿娘逝世万缘枯，
姊妹依依聚一庐。
若遇旌轮飘远道，
休将离泪洒征途。
名门有托原家幸，
病骨难支撼孰如。
来日哥哥无别念，
江天从望大雷书。[40]

此时，整个李庄镇长江沿岸已是人山人海，李庄乡民几乎全走出家门，为相处了近六年的学者们送行。招呼声、问候声、互道珍重声伴随着嘤嘤哭泣声，此起彼伏。真可谓："人生长恨水长东""无限江山，别时容易见时难"。随着一根根粗壮的缆绳缓缓解开，所有人的心忽地一沉，感到撕裂般一阵剧痛。在悠长而令人心焦的汽笛声中，轮船劈波斩浪向江心驶去。岸上万千只挥动的手臂渐渐变得模糊，耸立在岸边的魁星阁高高翘起的飞檐尖角，渐渐隐没在青山翠竹的绿色里。旗舰“长远”轮拉响了最后一声告别汽笛，突然加大马力，顺滚滚江水疾驶而下。

◎民生公司轮船离开李庄码头

浩瀚的江面上，几艘轮船一字排开，乘风破浪，顺流而东，船上的人渐渐摆脱了离别的忧伤，情绪变得活跃起来。许多年后，据当时在船上的史语所研究人员张秉权回忆：众人顾不得秋风的萧瑟寒冷，一个个爬出船舱，伫立甲板，“尽览长江胜景。尤其三峡的雄伟天险，令人叹为观止。记得夜泊巫山的那晚，县城在半山腰，下瞰滟滪堆，眺望白帝城，惜别之情油然而升［生］。第二天一早驶进夔门，两岸峭壁耸天，江心险滩处处，暗礁无数。有一艘运军粮的帆船，从下游逆水而上，大概无法避开我们那艘小轮的航道，急得向驾驶台放了一枪，山鸣谷应，全轮震惊，人心惶惶。然而领船的那位师傅，不慌不忙，从容镇定，用手势和手指，指示航道，终使两船均能安然无恙地脱离险境”[41]。

“长风破浪会有时，直挂云帆济沧海。”顺长江，出三峡，抵东海，不只是千百年来文人墨客的梦想，也是一个民族的精神追求与图腾召引。遥想抗战初期，上海沦陷、南京沦陷、武汉沦陷、宜昌沦陷，国民党军队节节溃退，日军步步进逼。扬子江一线，炮火连连，血水涌动，人头滚翻，在中华民族生死存亡的紧要关头，三峡作为一道天然屏障保全了中国。当然，三峡的意义不只是自然地理和军事上的，更是精神上的一种标志与象征。在抗战最为艰苦卓绝之时，夔门上，冯玉祥于民国二十八年（1939 年）奋笔题写“踏出夔巫，打走倭寇”八个大字以铭心志。由此，整个抗战八年，夔门成了中华民族抵挡外侮、誓不屈服的一面高耸的旗帜，置之绝地而后生的中华民族最终冲出了夔门，收复失地——这满载文化精英与大批国之重宝，劈波斩浪、顺流直下的航船就是明证。

还都南京

沦陷后的南京在日本军队践踏蹂躏下，几乎成为一片废墟。复员后，中央研究院总办事处与下属各研究所都是一片混乱。最早奉命赴京接收的石璋如曾做过这样的描述："当时的研究院区环境非常乱，又因为日军曾经在院里养马，破坏甚大。……残破混乱的景象让我们不胜唏嘘。像田野考古找到的、在整理之前都放在席棚子内的陶片，就被日本人为了筑铁路，将陶片跟石器当成废物垫土铺在铁轨之下，使得编号磨灭得无法辨识，全变成废物，此其一；史语所二楼浴室的搪瓷洗澡盆，被日军弄下来放在庭院内，当作喂马的饲料槽，此其二；心理所的研究人员不多，建筑规模不大，日本人把它充作宿舍，变成榻榻米与日人的洗澡间，此其三；日本人也破坏研究所后方地下室供应暖气的锅炉间，此其四。"凡此种种，不一而足。中央博物院筹备处驻址，在沦陷之后成为日本军队司令部，日军投降撤走后，更是混乱不堪。先遣人员经过近一年的清理、修复，才使中央研究院与中央博物院两大院区与各所的面貌有所改观。为迎接大批人员回迁，中研院总办事处在北极阁一带建起了一片新的宿舍，以供同人与家属居住。在"修理完房子之后，史语所大部分人员还住在李庄，尚未搬回南京，不过傅斯年、李济几位先生经常前来南京洽公，就顺便来所小住"[42]。

当傅斯年第一次重返残破的史语所时，情绪激动，在院子里转了几圈，驻足抬头，望望高大成林的榆柳，颇动感情地叹道："树长高了，人老了！"[43]

听说傅斯年已返京并住进了史语所老房子，各色人等纷纷找上门来论长扯短、问寒问暖，其中以托关系、找路子谋公私利者居多。1946 年 7 月，胡适从美国归来，9 月正式出任北京大学校长，傅斯年随之卸去代理北大校长职，返回南京专心史语所事务。这个时候，傅斯年的人气更盛，向其请教和找其办事者更多，如王叔岷所说："每天各党各派的领导人物，学术界的名流，络绎不绝地来拜访傅先生，他谈笑风生，应付裕如。胡适之先生曾说：'傅孟真先生在哪里，中国的政治重心就在哪里。傅孟真先生在哪里，中国的学术重心就在哪里。'这是实情。"[44]

当中研院史语所与中央博物院大部分人员自李庄迁回南京后，傅斯年满怀欢喜之情，在中央研究院大楼演讲厅设宴款待。为把宴会办得红火热闹，也为了让流离失所八年的旧朋新友有一个欢聚一堂的高兴机会，傅氏特别邀请胡适自北平来南京参加这场具有历史纪念意义的盛宴。胡氏欣然应邀前来助兴。

据当时参加宴会的史语所研究人员张秉权回忆说：“我们是最后一批抵京的。傅所长为犒劳同人押运图书古物安然返所，设宴招待全体同人，席间有胡适之先生，那是我第一次见到适之先生，他谈笑风生，亲切感人。傅所长称他为史语所的姑妈，娘家的人。无论老少，每个人都自然而然地很愿意亲近他，他也的确让人有如沐春风的感觉。傅所长对于新进后辈，似乎特别客气，一一握手致意，表示欢迎热忱。”[45]而据傅斯年的山东同乡、当时受命至机场迎接胡适的青年助理研究员何兹全说：那天史语所“家属、小孩都有，很热闹。傅先生在讲话时说：‘人说我是胡先生的打手，不对，我是胡先生的斗士。’”[46]此话引得众人一阵哄笑。

席间，最令人难忘的还是傅斯年在演说中对史语所历次搬迁的追忆，讲到抗战岁月八年颠沛流离、艰苦卓绝的生活时，他几次哽咽泪下，在场的人无不为之深受感染而同声悲泣。最后，傅斯年端起酒杯，打起精神，满怀激情与信心地说过去的种种辛苦都已经结束了，从此之后我们可以安心工作，史语所八年的流离可说是告一段落了，搬回来之后永不搬迁等[47]。傅斯年和出席宴会的所有人都没有想到，两年之后，史语所再度踏上了流亡之路。

就在史语所同人沉浸在抗战胜利的喜悦之中时，国共两党开始了新一轮政治角逐，关于“两个中国之命运决战”的新时代开始了。

1946年11月27日，蒋介石在南京召集国民党籍的国民大会代表开会，并发表讲话，谓：“这次修改宪法，就是为了打击共产党。”又说：“现在是本党的危急存亡关头，大家要听我的话，则有前途，否则完了。”[48]蒋氏的这一句“完了”，竟成为谶语。

国共双方经过一年的拉锯式战争，国民党颓势已现，大厦将倾。至1947年6月，中国人民解放军以损失30余万兵力的代价，歼灭国民党正规军与杂牌军达112万人。自此，共产党所属部队由内线转入外线，由战略防御转入了全国范围的大规模战略进攻阶段。

就在整个中国大地炮火连天，血肉横飞，国共两军杀得昏天黑地之时，中央研究院首届院士评选会议，又在乱哄哄的首都南京轰轰烈烈地搞了起来。傅斯年在给胡适的一封信中称：“话说天下大乱，还要选举院士，去年我就说，这事问题甚多，弄不好，可把中央研究院弄垮台。大家不听，今天只有竭力办得他公正、像样，不太集中，以免为祸算了。”[49]

之后，傅斯年赴美国疗养。他是1947年6月偕夫人与儿子傅仁轨前往美国波士顿伯利罕（Brigham）医院治疗的，四个月后移居康涅狄格州纽黑文休养。就在傅离开南京之前，董作宾也应美国芝加哥大学之邀赴美讲学。经过考虑，傅斯年没有把史语所的所务交给其他资深人物负责，而是让年轻有为的夏鼐代理所长一职。以傅斯年精明老辣的识人能力，这个选择很快就被证明是恰当和明智的。

1948年3月25日至27日，中央研究院代院长兼评议会议长朱家骅在南京主持召开了最后一轮院士选举会。经过入会者五轮无记名投票，原定要选出的100名院士，因许多名流在投票中纷纷落马，导致69人票数未能过半，最后只有81人通过，正式成为国民政府中央研究院第一届院士。名单如下：

数理组（28人）
姜立夫　许宝騄　陈省身　华罗庚　苏步青　吴大猷
吴有训　李书华　叶企孙　赵忠尧　严济慈　饶毓泰
吴　宪　吴学周　庄长恭　曾昭抡　朱家骅　李四光
翁文灏　黄汲清　杨钟健　谢家荣　竺可桢　周　仁
侯德榜　茅以升　凌鸿勋　萨本栋
生物组（25人）
王家楫　伍献文　贝时璋　秉　志　陈　桢　童第周
胡先骕　殷宏章　张景钺　钱崇澍　戴芳澜　罗宗洛
李宗恩　袁贻瑾　张孝骞　陈克恢　吴定良　汪敬熙
林可胜　汤佩松　冯德培　蔡　翘　李先闻　俞大绂
邓叔群
人文组（28人）
吴敬恒　金岳霖　汤用彤　冯友兰　余嘉锡　胡　适
张元济　杨树达　柳诒徵　陈　垣　陈寅恪　傅斯年
顾颉刚　李方桂　赵元任　李　济　梁思永　郭沫若
董作宾　梁思成　王世杰　王宠惠　周鲠生　钱端升
萧公权　马寅初　陈　达　陶孟和

名单公布，中国有史以来的首届院士选举尘埃落定。从以上名单可以看出，史语所中有相当多的人当选本届院士。其中专任研究员有傅斯年、陈寅恪、赵元任、李方桂、李济、梁思永、董作宾、吴定良，兼任研究员有冯友兰、汤用彤，通信研究员有胡适、陈垣、梁思成、顾颉刚、翁文灏。整个人文组有一半院士与史语所有关。除中研院下属各所外，院士多出自西南联大，与同济大学有关联者仅童第周一人。消息传出时，经过胡适、傅斯年、董作宾、李济、夏鼐等人竭力争取并最终成为院士的郭沫若，因此时已受到中共方面的重用并开始大出风头，对这个学术头衔早已不屑一顾了。这年夏天，在美国的傅斯年突然提出回国，8月抵达南京，重新执掌史语所所务，夏鼐的代理所长也随之告一段落。

◎ 1948年9月国立中央研究院成立二十周年纪念，中央研究院第一届院士会议合影。最后一排右三为傅斯年

1948年9月23日至24日，中央研究院第一届院士暨纪念中央研究院成立二十周年大会在南京北极阁举行。为表示对科学文化的重视、对知识分子的尊重，蒋介石撇下前线十万火急的战事，亲自出席会议并做了讲话，场面极其隆重热烈——这是国民党统治时期中国知识分子群体在苦难中深受瞩目的绝响。未久，81位院士在战争的硝烟炮火中分道扬镳，天各一方，“两处茫茫皆不见”。据石璋如回忆：“当时在研究院办了很热闹的庆祝活动。上午开会，晚上就请吃饭，从总办事处到地质研究所前头的空旷处，桌子一路排开，放上酒跟点心，夜里灯火通明，称作游园会。刚开始的时候人很多，爱去哪桌吃、喝酒都可以，可是天候不巧，打了响雷下起阵雨，大家就集中到总办事处的演讲大厅去了。”[50] 石璋如没有继续描述此后众人的心境，可以想象，那串不期而至的惊雷，好似“主大凶”的征兆——这是为蒋家王朝在大陆的最后统治敲响的一曲丧钟。

就在这丧钟声声、风雨迷蒙的凄苦之日，前线传来了国民党军一个又一个战败覆亡的凶讯：

1948年9月12日，中国人民解放军东北野战军在辽宁省西部和沈阳、长春地区，对国民党军卫立煌部发起攻势，史称辽沈战役。此役东北野战军以伤亡6.9万人的代价，歼灭国民党兵力47万余人，并缴获了大批美制武器装备。国民党军元气大伤，彻底踏上了衰亡败退之路。

9月16日，中国人民解放军华东野战军以32万兵力围攻国民党部队重点守备的战略要地济南城，历时8天，城陷，国民党军10.4万人被歼，最高指挥官王耀武被俘。

11月6日，中国人民解放军华东、中原野战军与地方武装共60余万人在以徐州为中心，东起海州、西至商丘、北至临城、南达淮河的广大区域内，向集结在这一地区的70万国民党军发起强大攻势，是为淮海战役（国民党称之为徐蚌会战）。经66天激战，解放军以伤亡13万人的代价，歼灭国民党军55.5万人，国军前线总指挥杜聿明被俘。继之，解放军兵锋所至，所向披靡，国民党政府首都南京岌岌可危。

面对山河崩裂、天地改色以及摇摇欲坠的国民党政府，蒋介石在决心背水一战的同时，采纳了历史地理学家出身的著名策士张其昀的纵横捭阖之术，决定着手经营台湾，作为日后的退身之所和反攻大陆的“转圜”之地。

根据国民政府的训令，文化教育界能搬迁的人、财、物尽量搬迁，先以台湾大学为落脚的基地，而后慢慢站稳脚跟，以达到求生存、图发展的目的。1948年11月底，朱家骅奉命召开“中央研究院在京人员谈话会”，由总干事萨本栋主持（南按：叶企孙已去职，萨接替），分别召集在京的七个研究所负责人及相关人员参加，出席会议的有傅斯年、李济、陶孟和、姜立夫、陈省身、张钰哲、俞建章、罗宗洛、赵九章等，紧急商定了几条应对措施，即立即停止各所的基建、扩建工程，原备木料全部制成木箱以备搬迁之需；各所尽快征询同人意见，做好迁台准备。眷属可自行疏散，或于十日内迁往上海，可能出国者尽量助其成；南京地区文物、图书、仪器、文卷等先行集中上海，由安全小组封存，伺机再南运台湾等。时在南京史语所的王叔岷回忆说：“时局紧张，傅先生邀请研究院各所所长，征求去留意见，谓‘史语所决定迁台湾，如诸位先生同意去，交通工具我愿意负责’。”[51]

时国民党军兵败如山倒，潮水一样向南退却，如整个大陆撤守，台湾能否保住尚是问题，国民政府希望渺茫，军工教各界人心涣散，争相设法躲到自认为最安全的地方苟全性命于乱世。傅斯年于仓皇中紧急约见所中同人，面呈悲壮之色，慷慨激昂地表示：“到台湾前途如何，不可预料，不得已时可能蹈东海而死。你们人口多的不必去，我恐怕关照不了，无法承担。”[52]然后全所动员，将所中图书紧急装箱，夜以继日，弄得所中研究人员一个个腰酸背痛，精疲力竭。装好后雇一群苦力运到下关码头，一件件装上小船再转军舰载运。“傅先生最后到船上来看看装载的情形，并安慰同仁。所中眷属，则由几位先生专送至上海，准备搭中兴轮到台湾。

这时，教育部忽然发表，邀请傅先生出任台湾大学校长，仍兼史语所所长。同仁闻悉，莫不振奋！”[53]

台湾大学自光复后经历了罗宗洛、陆志鸿、庄长恭几任校长。1948年6月，庄长恭出任校长，惜只待了半年就因经费短缺、人事纠纷、学潮爆发等乱因而携眷悄然离职溜回上海。国民政府决定由傅斯年接任台大校长，着力经营关乎科学教育这一立国之本的重要基地。经朱家骅和傅斯年多次晤谈，傅勉强表示从命，欲“跳这一个火坑”（傅斯年语）。

根据国民党总裁蒋介石和国民政府行政院长翁文灏的指令（翁接替宋子文任该职，11月26日辞职，做赴台准备），在南京的故宫博物院分院、中央博物院筹备处、中央图书馆、中央研究院历史语言研究所等四家机构所藏的珍贵文物、图书和历史档案，全部装箱运往台湾。由教育部次长、故宫博物院理事会秘书、中央博物院筹备处主任杭立武全权指挥。待一切准备就绪后，海军司令部派来“中鼎”号运输舰，并派一个营的官兵协助装运。中研院各所组织人员携公私物资陆续向上海撤退，以“静观待变”。

此时，整个国统区已是人心惶惶，流言四起，有钱有势有门路的人纷纷设法出逃。据当时参加装运的南京故宫博物院人员那志良说：“海军部人员听说有船开往台湾，大家携家带眷地带了行李，赶来搭便船，船上挤满了人。我们觉得对文物安全是有问题的，由杭立武先生找来海军司令桂永清解决这事。他上了船，百般劝慰，说另有船疏散眷属，他们才相继下船。”[54]

此船共装运四家机构运来的古物、标本、仪器和历史档案等772箱，由李济担任押运官，全程负责运输、装卸事宜。此时的李济已辞却中央博物院筹备处主任之职，仅以故宫博物院理事与史语所考古组主任的身份负责这项事务。

1948年12月20日，满载国之重宝的“中鼎”号军舰拔锚启程，由上海进入激流汹涌的台湾海峡，向陌生、神秘的基隆港驶去。在行程中，如那志良所说，因“船是平底的，遇到风浪，船摇摇摆摆，颠簸不定，船上的箱子又没捆好，船向左倾，箱子便滑到左边来。向右倾斜，箱子又滑到右边去了，隆隆之声，不绝于耳。海军司令又托船长带了一条狗。它又在那里不住地狂吠，加以风声、涛声，这些押运人员直觉得是世界末日要到了”。这艘军舰在大海里颠簸了一个星期，直到27日才到达台湾基隆。后来，那志良听当时参与这次行动的蒋复璁回忆说：“在古物装上船后，又传来几天前在海峡，海浪打沉一条船的消息，许多老友劝李济不要跟船走，李回答说，物在人在，免得子孙唾骂千年。从南京到基隆，文物安全抵达，老

◎“中鼎”号军用运输舰，该舰输送文物至台后，于1949年年初，再度输送国民党官兵南撤

先生也差点瘫倒，其精神压力之大可想而知。”[55]

因前方战事吃紧，海军一时无船可派，第二批运输便包租了一艘招商局的海沪轮，由于船舱较大，仅史语所的古物、资料就装载了934箱。该船于1949年1月6日起航，仅三天即到达基隆。

第三批仍是海军部派来的一艘运输舰“昆仑”号，在装载古物时，海军部的人员及眷属拖儿带女呼呼隆隆地拥向船舱抢占座位。杭立武仍用老办法请出桂永清前来劝阻。此时战事更为不利，人心更加焦灼慌乱，当桂永清命令众人下船时，“大家都哭了，希望老长官原谅他们，帮他们的忙。那种凄惨的样子，使得总司令也落了泪。他没有办法可想，只有准许他们随船去了”[56]。

该舰自1949年1月29日离开南京下关码头驶入大海。站在甲板上的史语所人员望着刚刚复兴的首都南京渐渐从视线中消失，百感交集，“茫茫沧海，碧鸥绕樯翔舞，久久不去。去乡之情，情何以堪！”[57]随船押运的王叔岷触景生情，因思孔子“乘桴浮于海”之语，占一绝句：

急遽传桴满载行，千年文物系儒生。
碧鸥何事随樯舞，沧沧茫茫去乡情！[58]

“昆仑”号海中遭遇大浪，几次遇险均转危为安，终于2月22日抵达基隆港。至此，四家机构共4286箱古物、资料、图书、档案等全部运完，无一件损坏。仅故宫博物院南京分院运去的珍贵文物就多达2972箱，这批文物后来存放于台北“故宫博物院”。而史语所仅“内阁大库”档案就多达311914卷（册），其中明代档案3000多卷（件）。此物先借放于台北杨梅铁路局仓库，后转南港“中研院”史语所办公大楼资料库永久保存。

注释:

[1][2]《中国建筑之魂——一个外国学者眼中的梁思成林徽因夫妇》，[美]费慰梅著，成寒译，上海文艺出版社 2003 年出版。

[3][6][13][17][18][39] 台湾“中央研究院”历史语言研究所傅斯年图书馆藏“傅斯年档案”。

[4][5][7][8]《傅斯年致董作宾》，载《傅斯年遗札》第三卷，王汎森、潘光哲、吴政上主编，台湾“中央研究院”历史语言研究所 2011 年 10 月出版。

[9][11]《夏鼐日记》，夏鼐著，华东师范大学出版社 2011 年出版。

[10]《傅斯年致俞大綵》，载《傅斯年遗札》第三卷，王汎森、潘光哲、吴政上主编，台湾“中央研究院”历史语言研究所 2011 年 10 月出版。另，傅斯年信中所言发表文章的标题是《中国要和东北共存亡》，载 1946 年 2 月 25 日重庆《大公报》“星期论文”版。该文由美、英、苏秘密签订，以损害中国东北地区利益的《雅尔塔协定》而起。协定全称《苏美英三国关于日本的协定》，是三国就苏联参加对日作战条件的秘密协定。1945 年 2 月，正值希特勒德国即将崩溃，第二次世界大战胜利在望的时刻，美、苏、英三国首脑罗斯福、斯大林和丘吉尔，于苏联克里米亚半岛的雅尔塔召开会议，就结束战争和安排战后世界政治格局等重大问题达成一系列协议。2 月 11 日，三国首脑就远东问题签订了雅尔塔秘密协定。该协定因有损害中国利益的部分，一直秘而不宣。抗战胜利后，协定内容以秘密渠道传入中国而渐为国人所知，傅斯年等爱国知识分子对出卖中国利益的美、英二国以及图谋霸占中国东北的苏联极为愤怒，乃不顾政府的无奈与暧昧态度，借助媒体向世界发出狮子吼。

文中，傅斯年列举了东北地域之广大和物产之丰富后（重工业的资源约占除新疆外的全国的 70%），警告政府当局与国人：“没有了东北，中国永不能为名副其实的一等国，中国永不能发展重工业……即没有用工业在国际上取得地位的可能，中国必永为贫、病、愚之国。岂仅如此，没有了东北，中国迫切的人口问题没有解决，社会决不得真正安宁，即永不能走上积极建设之路。然则中国不惜为东北死几千万人，损失国民财富十分之九，不惜为东北赌国家之兴废，赌民族之存亡……”又说：“在开罗会议，本明定东北归还中国，乃竟不幸的有雅尔达[塔]的协定。《雅尔达协定》虽是本月才宣布的，然两路两港的问题早成公开的秘密。雅尔达会议不久，罗斯福总统以脑溢血逝世，当时即有传说，他是‘气死的’。我也看见雅尔达会议影片，罗斯福总统走时的像貌，全然不是平常的样子，形容憔悴，面目枯槁，心中若有所思，真是悲惨的象征。然则因此会而种下祸根，或者罗斯福总统心中正如此盘旋吧。……自旅大不许中国军队登陆以后，事实上证明，苏联的行为完全与协定之精神及文字相反，例如：①照会中，②苏联与中国行政当局关系协定，③附记录撤兵期等。这两三个月的现状，虽政府哑口不言，而据折回的人所说，正如报上所载莫德惠先生强调‘治安问题’的话：‘农夫不能种田，工人不能做工，商人不能做生意，学生不能上课。’我再加上一句，妇女不能在长春街市上、长春铁路客车中，保全其贞节！诚然，我们的官员也有过失，他们不晓得吃了什么迷魂汤，不特自己不说，并且禁人向关内报告，而且妄造‘接收相当顺利’的怪现象！……《大公报》以为接收了空衙门，这大约是长春罢，至于各省，简直是去坐软监！”

对此，傅斯年提出解决之道：“一、东北的经济必须中国本位化、和平化、均沾化……二、东北的政治必须统一化、无党化。派往东北的接收人员，我所知道，党性强的很少，饭桶却不少。然既有所谓党派争执，索兴无党化，以避困难。（一）不承认苏军占领期间造成之一切政治机构。（二）东北人民皆能还老家，并确保其安全。（三）一切党派（包括国民党在内，以下同）均暂不得在东北公开或秘密活动，任何方面派往东北之人员须先停止党籍……”

最后，傅斯年以决绝的姿态说道：若并此仍是不能，直是不能，直是逼人到墙角上，我只有引《左传》的一段来结束此文，这一段是郑国伺候晋国伺候不下，而发的愤懑与决心：

> 《书》曰：“畏首畏尾，身其余几？”（按：这是订《中苏协定》的心情。）又曰：“鹿死不择音”。（按：这是现在的心情。）小国之事大国也，德，则其人也；不德，则其鹿也。铤而走险，急何能择？命之罔极，亦知亡矣……惟执事命之。

[12]《傅斯年致蒋介石》，载《傅斯年遗札》第三卷，王汎森、潘光哲、吴政上主编，台湾“中央研究院”历史语言研究所 2011 年 10 月出版。另，傅斯年所谓“即如最近东北事，政府对苏联不得不委曲求全，在社会则不妨明申大义，斯年亦曾屡屡公开之”，指的是在《大公报》上发表《中国要和东北共存亡》等文。

[14][15]《李方桂先生口述史》，李方桂著，王启龙、邓小咏译，清华大学出版社 2003 年出版。

[16]《傅斯年致卢作孚》，载《傅斯年遗札》第三卷，王汎森、潘光哲、吴政上主编，台湾“中央研究院”历史语言研究所 2011 年 10 月出版。

[19][23][32] 周法高《记昆明北大文科研究所》，载《我与北大》，王世儒、闻笛编，北京大学出版社 1998 年出版。

[20][21][22][28][29] 王汎森《逯钦立与〈先秦汉魏晋南北朝诗〉》，载《新学术之路》，

台湾“中央研究院”历史语言研究所 1998 年出版。

[24]2004 年 3 月 9 日罗筱蕖给作者的信。以下引文同。

[25]2003 年 10 月 1 日，作者在李庄采访罗萼芬记录。

[26]《傅斯年致罗伯希》，载《傅斯年遗札》第三卷，王汎森、潘光哲、吴政上主编，台湾“中央研究院”历史语言研究所 2011 年 10 月出版。另，“菟丝如萝”或为“菟丝女萝”之误释。《古诗十九首》第八首《冉冉孤生竹》有云：“冉冉孤生竹，结根泰山阿。与君为新婚，菟丝附女萝。菟丝生有时，夫妇会有宜。千里远结婚，悠悠隔山陂。思君令人老，轩车来何迟？伤彼蕙兰花，含英扬光辉。过时而不采，将随秋草萎。君亮执高节，贱妾亦何为？”《古诗十九首》为南朝萧统从传世无名氏《古诗》中选录十九首编入《昭明文选》(又称《文选》)，一般认为是写女子新婚久别的怨情，也有人认为这是女子怨婚迟之作。对于其中“菟丝附女萝”一句的理解，学界颇多歧见。逯钦立学生辈人物、北大教授袁行霈说：“菟丝和女萝是两种蔓生植物，其茎蔓互相牵缠，比喻两个生命的结合。……菟丝是女子的自喻，女萝是比喻男方。”但从傅斯年的语气看，其意似非如此，且有以“萝”喻“罗”之用意。意为逯是“菟丝”，罗筱蕖为“女萝”。如此，则与袁氏所释的男女比喻正好相反。

[27]《罗伯希致傅斯年》，台湾“中央研究院”历史语言研究所傅斯年图书馆藏“傅斯年档案”。

[30][31]2003 年 9 月 30 日，作者在南溪县城黄埔军校同学会南溪联络员张训洁家中采访张遵凌记录。

[33][35][37][38] 杨志玖《回忆傅斯年先生》，载《傅斯年》，岳玉玺等著，山东人民出版社 1991 年出版。

[34]《傅斯年致中央研究院评议会》，载《傅斯年遗札》，第三卷，王汎森、潘光哲、吴政上主编，台湾“中央研究院”历史语言研究所 2011 年 10 月出版。

[36] 杨志玖《我在史语所的三年》，载《新学术之路》，台湾“中央研究院”历史语言研究所 1998 年出版。

[40] 罗筱蕖自存稿。“大雷书”中的“大雷”，指李庄对岸桂轮山上的雷峰塔，此为借喻。

[41][45] 张秉权《学习甲骨文的日子》，载《新学术之路》，台湾“中央研究院”历史语言研究所 1998 年出版。

[42][47][50]《石璋如先生访问记录》，访问：陈存恭、陈仲玉、任育德，记录：任育德，台湾“中央研究院”近代史研究所 2002 年出版。

[43][44][51][52][53][57][58]《慕庐忆往——王叔岷回忆录》，王叔岷著，中华书局 2007 年 9 月出版。

[46] 何兹全《忆傅孟真师》，载台北《传记文学》，第六十卷第二期，1992 年 2 月。关于称傅斯年为胡适的打手，当发生于傅到北平接收北京大学与胡适归国执掌北大时期，系一

些伪教员对傅忌恨而发，后被一些对立面拿来作为攻击的话语武器。如 1946 年，国民政府教育部平津特派员沈兼士接收日本浪人小谷晴川“呈献”的字画书籍，后媒体爆料称：教育部平津特派员办公处，所接收日本小谷之古玩字画等，一部分遗失，一部分被薛慎微吞没隐匿。清查团最初执行清查时，特派员沈兼士与天津办事处主任王士远互相诿辩。对此，傅斯年为沈兼士打抱不平，认为“薛逆慎微是其合作贩古董者”，小谷“呈献”政府的字画书籍皆由沈氏原册接收。清查团所得证据，是薛逆帮助小谷贩运古物，即暗中把小谷“呈献”政府后留存的部分偷偷移入薛家匿藏。作为接收大员的沈兼士并不知此情，只能按小谷上交的名册核对实物后上交政府。因而，傅斯年在报上发表文章，为沈氏鸣不平，并警告媒体、沈氏的对立面，以及某些趁机煽风点火者“在无证之先，不宜牵涉，于报上制造流言”。(《关于平津古物案：傅斯年氏致函本报》，载《中央日报》，1946 年 10 月 3 日)

傅斯年的意思被记者捕捉并编写成《清查团在平津》一文，刊登于《中央日报》1946 年 9 月 30 日第十版，并谓：“但因此案引出北平教育界最有力人物之反响，不但为特派员沈兼士洗刷，且竟谓薛寓抄获之件，殊不能断定确系小谷之物，竟欲推翻全案，近日平津各报登载某君与清查团文件，使人为之目迷。清查团因此，不但失欢于教育界，竟起鸣鼓之攻。”

傅斯年见报后，大怒，以此段“影射攻击鄙人”之由投书《中央日报》编辑部申辩，谓：“两相对照，便知贵报此一报道，与我所谈者恰恰相反。我说‘假如不能’，他说‘殊不能’。我说‘应待法院彻查严办’，他说‘意欲推翻全案’。该投稿者不应理路不通至此，当系存心颠倒。”于是，又为沈兼士本人及案件的纠葛辩解一番。至此，这个案子的误会本将告一段落，却又横生枝节，一个平时与傅斯年不对付、名叫苏珽的国民政府参政员，痛责《大公》《益世》两报不发表薛慎微案与沈兼士牵涉事，并顺带对傅斯年一顿痛骂。傅斯年闻知，做了如下回应：“各报所载苏珽先生的谈话，其中骂我一句‘打手’。此等骂人话，并无补于事实，只是看说这话的人的趣味如何耳！’”接下来，傅斯年对苏氏之妄言进行了强力回击。(《傅斯年答苏珽》，载《大公报》，1946 年 9 月 26 日，第三版)

[48]《蒋介石年谱》，李勇、张仲田编，中共党史出版社 1995 年出版。

[49]《致胡适》，载《傅斯年全集》第七卷，湖南教育出版社 2003 年出版。

[54][55][56]《典守故宫国宝七十年》，那志良著，紫禁城出版社 2004 年出版。

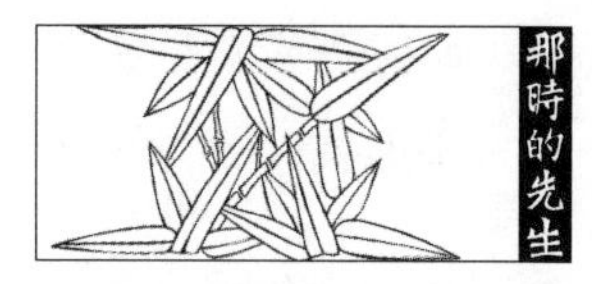

第十二章 抉 择

再南渡

就在四家机构将古物、图书、档案等仓皇运台的同时，朱家骅奉命动员中央研究院各研究所人员全部迁台。令他失望的是，大多数人员不愿随迁，仍要在南京、上海“静观待变”。与中共有些交情的陶孟和等人则坚决反对迁台，坚持要留在大陆，静候共产党军队到来。面对朱家骅步步进逼，陶孟和给社会学研究所的同人打气说：“朱家骅是我的学生，我可以顶他，他不敢把我怎么样。”[1]意思是你们这些小的们不要怕，一切事由我这棵老树顶着呢！社会所人员听从了陶的建议，坚持拖延下来。1949 年 5 月，竺可桢由杭州前往上海，听任鸿隽、陈衡哲夫妇说“陶孟和颇赞成共产，近来大发议论，于首都陷落前赴京……”[2]云云。

在中央研究院各研究所中，傅斯年主持的史语所迁台较为积极，但这个时候的傅却处于“去留之间两徘徊”的境地，真要让他带领全所人员离开生于斯、长于斯的大陆，心中的彷徨痛苦可想而知。据陈槃回忆：

> 自三十八年冬（南按：应为民国三十七年），首都告急，群情惶急，不知何以为计。
>
> 一日，师（南按：指傅斯年）召集同人会议，惨然曰：“研究所生命，恐遂

如此告终矣！余之精力即消亡，且宿疾未愈，余虽欲再将研究所迁入适当地区，使国家学术中心维持得以不坠，然而余竟不克荷此繁剧矣。今当筹商遣散。虽然如此，诸先生之工作，斯年仍愿尽最大努力，妥为绍介安置。”

同人此时，以学术自由之环境已感受威胁，于多年生命所寄托之研究所，亦不胜其依恋可惜。一时满座情绪，至严肃悲哀，有热泪为之盈眶者。

师于是不觉大感动，毅然曰：“诸先生之贞志乃尔，则斯年之残年何足惜，当力命以付诸先生之望耳。”

本所迁移之议，于是遂决。[3]

傅斯年这一颇具戏剧性的手法，使他的目的达到了。全所大部分人员开始于纷乱惶恐中携妻带子紧急逃亡台湾海峡那边的孤岛，其他如吴定良、丁声树、夏鼐、逯钦立等少数人留了下来。

在风雨飘摇、大厦将倾的危急时刻，朱家骅、傅斯年、杭立武、蒋经国、陈雪屏等人在蒋介石授意下，紧急磋商谋划“平津学术教育界知名人士抢救计划”之细节办法，并拟定“抢救人员”名单。名单包括四类：

（一）各院校馆所行政负责人；

（二）因政治关系必离者；

（三）中央研究院院士；

（四）在学术上有贡献并自愿南来者。

四类人员约60人，连同眷属共约300人，由北大、清华的郑天挺等教授负责组织联系，北平“剿总”协助，“抢救人员”分期分批运往南京。傅斯年在致郑天挺电文中特别要求：“每人只能带随身行李……通知时请其千万勿犹疑，犹疑即失去机会。”[4]所需运载机由时任交通部部长的俞大维全权调度。

由于北平战事吃紧，派出的飞机几次“抢救”都未成功。12月15日，蒋介石亲自下达手谕，再次派出飞机飞临北平上空，冒着解放军的隆隆炮火，强行在南苑机场着陆，北大校长胡适决定登机出走。临行前，胡派人力劝辅仁大学校长陈垣共同南飞，陈垣不从。胡适的次子胡思杜也表示暂留在亲戚家，不愿南行，胡适无奈，不再顾及，只派手下邓广铭到城里找到陈寅恪，两家仓皇驱车赶赴机场。随着胡适、陈寅恪偕夫人及家眷南飞，国民党“抢救学人”的计划正式拉开了帷幕。胡陈二人在这个寒冷的冬日离别北平，再没有回到这块令他们魂牵梦绕的古城旧地。

◎ 1949 年 4 月，国民党大势已去，此为从南京撤退的最后三架 CAT 飞机

就在胡、陈等数十位知名学人飞离北平后的第六天，即 12 月 21 日，清华大学校长梅贻琦率领第二批被“抢救”的学人飞离北平，抵达南京，同机者有李书华、袁同礼、杨武之、江文锦等 23 人。因南苑机场已被解放军控制，国军久攻不下，只得在城内东单一块空地抢修跑道，“抢救学人”的飞机在此起降。当飞机抵达南京明故宫机场后，梅贻琦对记者抱怨北平城内东单机场跑道太软，似有可以多载几人而不能之意。梅自称未能将大部分北平教授接运出来，深感惭愧。当记者“询以如北方各校之校长及教授南来，是否仍如抗战时期相同，设立联合大学”时，梅氏满脸凄楚怆然答道：“现与抗战时期不同，另设联大或无可能。”[5]

继梅贻琦之后，在北平的著名教授毛子水、钱思亮、英千里等也被“抢救”出来，飞抵南京。

1949 年元旦，共产党通过新华社发表新年献词，提出“打过长江去，解放全中国”的响亮口号。未久，平津落入共产党之手，国民党败局已定，所实行的“抢救学人计划”，最终未能像抢运大批金银国宝一样顺利完成。据后来统计，除胡适、梅贻琦等几十位教授，中央研究院 81 位院士中有 60 余位留在了大陆，各研究所除傅斯年领导的史语所算是较完整迁台，其他几个如数学所等只有一小部分人员与仪器迁台。而当时被“抢救”出的学人，亦有一部分人最终去了香港和美国而不是台湾。

1949 年 1 月 19 日，傅斯年去意已决，决定搭乘军用飞机赴台。这天凌晨，在惨淡的星光下，傅斯年走出史语所大院中的家，胡适与傅氏在前，秘书那廉君殿后，一行人在漆黑寒冷的夜色中悄无声息地走着，没有人再说话，千言万语已说尽，最后要道的“珍重”又迟迟不能开口。沉沉的夜幕下，当那扇宽大厚重的朱红色大门“嘎嘎”推开时，把门的老工友接过傅斯年手中的行李，在送向汽车的同时，呜咽着道：“傅先生，今日一别，还能相见吗？”傅听罢，悲不自胜，滚烫的热泪“唰”地涌出眼眶，顺着冰凉的面颊淌过嘴角，又点点滴滴随着夜风四散飘零。

"好兄弟，等着我，我会回来的。"傅说着，握住老工友的手做了最后道别，然后登车仓皇离去。

当夜，傅斯年飞抵台北，第二天一早即赴台湾大学以校长身份主持校务，继之出任迁台的"中央研究院"史语所所长，率领李济、董作宾、劳榦、凌纯声、芮逸夫、石璋如等同人继续未竟的事业，直至"归骨于田横之岛"。

北归故园

在国民党军政人员大举溃退，中央研究院史语所的大部分人员仓皇撤离南京、上海之时，有几个人却在大混乱、大逃亡的世纪变局中悄悄地留了下来，这便是梁思永、吴定良、丁声树、郭宝钧、夏鼐、曾昭燏等人。

梁思永当时正在北平家中养病，已不能远行。主持中央博物院筹备处实际事务的曾昭燏，由于多种原因表示坚决不赴台。面对朱家骅、傅斯年等人的一再催促，据说丁声树的书箱等物已先行运抵台湾，只是"夫人坚决反对就没有渡海"，后来他加入了中国科学院语言研究所，主持编纂《现代汉语词典》等大型语言文字工具书。时已从中博筹备处转到史语所服务的郭宝钧，想起当年殷墟发掘时傅斯年故意对自己"呜哩哇啦"说一堆自己压根听不懂的英语，就有些憋气和恼火，遂产生了借此混乱之机摆脱傅斯年与史语所，另谋生路的念头。据说当时郭曾向夏鼐问计，该何去何从，聪明过人的夏鼐毫不犹豫地说："我们不要走，我们还有前途，我们留下还有许多事情要做。"[6]

夏鼐的话可谓一语双关，就当时的情形而言，无论从个人政治命运还是学术前途考虑，这个抉择都是明智的。二人打定主意，在一片纷乱中各自悄然回到家乡暂避，等待命运转机。夏鼐的梦想很快成真。1949 年年底，他应邀来到北京，后与梁思永共同出任中国科学院考古研究所副所长之职，在郭沫若和郑振铎领导、梁思永具体指导下，与同时被招入所的郭宝钧等人共同"展开了中国田野考古学的新天地"。

抗战胜利不久，当躺在李庄板栗坳病床上的梁思永偶然从一本外文杂志上看到一个新的医学成果，即患肺病者若去掉肋骨可使有病的一侧肺萎缩下来，健康的一侧肺将发挥更大作用。这个消息令卧病在床饱受病痛折磨长达四年之久的梁思永极度兴奋，他当即决定赴重庆实施手术。得到傅斯年同意后，在梁思成的帮助下，梁思永携家眷乘船来到重庆，入住高滩岩中央医院，并在著名胸外科专家、时任中央医院外科主任的吴英恺主持下（南按：吴氏后任北京安贞医院首任院长），切除了七根肋骨。自此，梁思永一直在重庆中央医院休养。对于当时的生活与医治状态，傅斯年于 1945 年 11 月 30 日致俞大綵信中有所提及："思永夫妇，倒真可怜也。"翌年 2 月 5 日又说："研究所搬家事，已详函彦堂，可取看。梁三手术甚好，但胃口太劣，前途也不大光明。"[7]

信中的"梁三"指梁思永，"前途"当然不是指工作、事业与生活，而是指生命，即当时傅斯年通过对梁思永病情和相关症状的观察，认为其在人世的时间不会太长。20 多天后，即 3 月 1 日下午，由西北科学考察历尽劫难回到重庆的夏鼐见到了梁夫人李福曼，询问后得知"梁思永先生开刀后，经过尚佳，惟开刀二次，创口长达一公尺，取去肋骨 7 条，将左肺压扁后，须一年后始能痊愈，现下尚觉痛楚，不能翻身；至于温度亦已下降，但尚未完全退清"[8]。3 月 2 日，夏鼐与代表齐鲁大学由成都赴重庆出席战后迁校复员会议的吴金鼎"偕往高滩，去中央医院访梁思永先生"。夏鼐日记载："街头候车，长途两小时一班，竟等候两小时，抵目的地时已过午。在饭馆用餐稍憩后，乃进院至 502 号室，梁先生偃卧病床上，尚不能翻身，较在李庄时更为清瘦，惟精神尚佳。据云，昨日闻梁太太告诉之，余二人将于今日来探视，甚为兴奋，昨晚服安眠药，以便今日畅谈。吴君谈办空军招待所之经验。余则略述西北考察之事，并以照相及拓片、画片传观。……谈至 4 时许，始告辞而出……"[9]

鉴于这样一种不可逆转的局面，傅斯年于悲伤、无奈中尽力对梁氏夫妇予以关照。1946 年全国性复原开始时，傅斯年通过新任交通部部长俞大维的关系，让梁思永一家搭乘一架军用飞机飞往北平。时梁思永身体尚未恢复，躺在一张帆布椅子上被抬上飞机。考虑到路途艰难，傅斯年再以个人名义发电报让在北平的妻兄、北大农学院院长俞大绂帮忙接机。梁思永一到北平，即由俞大绂等四人抬下飞机，专车护送到梁在北平的大姐梁思顺家暂住，一个星期后搬到东厂胡同原大总统黎元洪居住过的宅院内三间北房居住、休养，此后病情稍有好转。

1948 年 8 月 5 日，梁思永致信南京的李济道："弟五月底入协和医院，住院十二日。检查身体，结果是右肺健全，左肺压塌状态良好，胃肠透视都没有发现毛病。除了气管里的结核病灶可能尚未痊愈外，可以说没有病了。不过身体经过这几年跟病菌斗争之后，真有如战后的英伦，虽然战胜敌人，但元气消蚀殆尽，就要恢复到小康的局面，也万分困难。”又说：“弟近间起坐之时已加多，且能出到院中行走。只可恨注链霉素后发生头晕现象，走起路来摇摇摆摆，不很稳当。”[10] 这是梁思永在生命的暮年，即将油干灯尽时与史语所同人的最后一次通信，自此便成永诀。1954 年 4 月 2 日，梁思永去世，终年 50 岁。

与史语所特别是情同手足的李济、傅斯年等就此永诀的，还有梁思成、林徽因及其率领的中国营造学社的学者们。

抗战胜利，令林徽因精神振奋，但经过八年离乱，长期遭受病痛与贫困折磨，正值盛年的她形貌却憔悴苍老，宛如风中残烛，最后的光焰即将熄灭。1945 年初秋，在李庄的林徽因致信重庆的费慰梅谈自己病情：“使我烦心的是比以前有些恶化，尤其是膀胱部位的剧痛，可能已经很严重。”[11]

就在病痛折磨中，林徽因赶在复员之前坚持写完了酝酿已久的学术论文《现代住宅的参考》，并在《中国营造学社汇刊》第 7 卷第 2 期发表。同时作为这一期《汇刊》的主编，林氏在撰写“编辑后语”时指出：“战后复员时期，房屋将为民生问题中重要问题之一。”这一极具前瞻性战略眼光的学术观点，很快得到了应验。

复员的消息传到李庄，学者们做着回归准备的同时，也开始思谋未来的出路。据营造学社的罗哲文回忆说：“抗战胜利后，一些机关学校、研究所都忙着迁返工作，我们学社无力筹措资金，好在原来‘挂靠’的中央博物院筹备处允诺把我们带回南京，并和中央研究院一道同行。此时，刘敦桢、陈明达先生已于两年前去了重庆，学社里只剩下梁思成、林徽因、刘致平和莫宗江几位先生。梁思成先生因参加联合国大厦的设计和其他事务，也要提前离开李庄。学社的迁返复员工作就落到林徽因先生的身上。此时她已染上肺病必须先回北平疗养，行前，她精心安排了内迁工作，除了从北平迁来的老人刘致平、莫宗江先生之外，在李庄参加工作的一些年轻人也分别做了安排。有的安排到中央博物院（筹）如周风生等，就连年轻的工友张银五等也都随中央博物院（筹）到了南京，后来他们去了台湾‘故宫博物院’成了专家。随学社迁北平的只有我一个人。”[12]

1945 年 11 月初，在枯水期即将来临之际，林徽因在梁思成陪同下，乘江轮来到重庆，住进上清寺聚兴村中央研究院招待所，准备检查身体和接受治疗。这是林徽因流亡李庄五年多来首次出行，自此便永远离开了这个令她难忘的江边古镇。

在当时已转入战后美国驻华使馆新闻处工作的费正清、费慰梅夫妇帮助下，梁氏夫妇请来正在重庆中国善后救济总署服务的美国著名胸外科医生里奥·艾娄塞尔（Leo Eloesser，今译利奥·埃洛瑟）为林徽因做检查。艾娄塞尔断定林徽因两片肺和一个肾都已感染，在几年内，最多五年，就会走到生命的尽头。费正清表示愿意邀请林徽因到美国长住和治病，林徽因以“我要和我的祖国一起受苦”为由婉言拒绝了。

1945 年 11 月 30 日，傅斯年在重庆致信李庄的俞大綵说：“梁思成夫妇这次来，竟是颇疏远的样子！”[13] 对此有些不解甚至流露出些许的愤懑。

1946 年 2 月 15 日，林徽因乘飞机赴昆明休养、治病，与她日夜思念的清华老朋友张奚若、钱端升、老金等人相会于张奚若家中。梁思成则回到李庄继续做复员的准备工作，并为他所著、林徽因参与的英文本《图像中国建筑史》撰写末尾的章节。3 月 5 日，傅斯年在致俞大綵的信中再次谈及林徽因事：“林徽音的病，实在没法了。他近月在此，似乎觉得我对他事不太热心，实因他一家事又卷入营造学社，太复杂，无从为力。他走以前，似乎透露这意思，言下甚为怆然，我只有力辩其无而已。他觉得是他们一家得罪了我。他的处境甚凄惨，明知一切无望了，加上他的办法，我看，不过一二年而已。”[14]

对于梁氏夫妇的处境以及林徽因的病情，傅斯年至堪扼腕又实在是无能为力，因了双方的心境和际遇，发生误会亦属难免。其实越是亲近的人，越容易在一些细小的敏感问题上产生误解甚至矛盾。因而，傅斯年于忧伤中劝俞大綵给予林徽因一点安慰：“你可写信给他。昆明北门街七十一号金岳霖转。”在傅斯年看来，他所能做的也仅止于此。

林徽因赴昆明与老金等一帮朋友相处，生活得还算快乐，梁思成则利用难得的空隙加快《图像中国建筑史》的进度，终于赶在复员以前完稿。这部倾注了梁思成无数心血、出版后轰动世界建筑学界的皇皇大著，同样凝聚着林徽因的血汗，正如梁思成在《前言》中所说：

> 最后，我要感谢我的妻子、同事和旧日的同窗林徽因。二十多年来，她在我们共同的事业中不懈地贡献着力量。从在大学建筑系求学的时代起，我们就互相为对方“干苦力活”。以后，在大部分的实地调查中，她又与我做伴，有过许多重要的发现，并对众多的建筑物进行过实测和草绘。近年来，她虽然罹患重病，却仍葆有其天赋的机敏与坚毅；在战争时期的艰难日子里，营造学社的学术精神和士气得以维持，主要应归功于她。没有她的合作与启迪，无论是本书的撰写，还是我对中国建筑的任何一项研究工作，都是不成功的。[15]

梁思成没有说明的是，该著也是当年由傅斯年、李济等人争取，林徽因得到中华教育文化基金董事会核发的“科学研究补助”的成果之一。林与梁思成通力合作，把原完成将过半的旧稿《中国之建筑》，融入新著《中国建筑史》的中文本与《图像中国建筑史》英文本中成一完璧。该著的完成问世，除显示了梁氏夫妇的努力与学术成就，也是对给予支持的中华教育文化基金董事会一个完美的交代。

1946 年 7 月初，林徽因、梁思成分别自昆明和李庄赴重庆相聚，并拜访在此办理复员事宜的梅贻琦，对复员后的工作计划进行了详谈。梅贻琦欲在复员后的清华大学创办营建学系，聘梁思成出任教授兼主任，全面主持系内工作。梁思成答应就聘，并决定携家带口与清华的朋友一起返平。对这一段史实，罗哲文回忆说：“即将回北平的林徽因先生在病榻前告诉我，这次回北平，学社可能不再恢复了，要在清华大学开办建筑系，为此梁先生到美国参加联合国大厦设计的同时去费城、波士顿等地的大学和建筑师设计所收集新建筑的教材。她说，我在学社期间，已基本上掌握了古建筑的测量画图技术，她和梁先生已商量好，把我和致平、宗江一起带到清华建筑系，我到那里除了做建筑系的助理工作和帮助整理一些教材外，还可以补听一些大学基础课程。这次迁返北平，学社所有的图书资料、仪器设备等已和朱桂老（朱启钤社长）商量好都运到清华大学。这些图书资料都十分重要，由我们三人负责装箱运回清华大学。……梁思成先生邀请到一位中央大学高才生吴良镛先生到清华大学去开办建筑系，他比我们先期到了清华，我们因要押运学社的图书资料和行李物品，晚到半年。”[16]

1946 年 7 月 31 日，在焦急等待近一个月后，梁氏夫妇与金岳霖等著名教授，自重庆乘西南联大包租的专机飞抵北平，回到了离别九年的故园。

此次重返北平，难免有一种“国破山河在，城春草木深”之感。面对熟悉又陌生的古城，可谓百感交集。正如梁从诫所说：“母亲爱北平。她最美好的青春年华都是在这里度过的。她早年的诗歌、文学作品和学术文章，无一不同北平血肉相关。九年的颠沛生活，吞噬了她的青春和健康。如今，她回来了，像个残疾人似的贪婪地要重访每一处故地，渴望再次串起记忆里那断了线的珍珠。然而，日寇多年的蹂躏，北平也残破、苍老了，虽然古老的城墙下仍是那护城河，蓝天上依旧有白鸽掠过，但母亲知道，生活之水不会倒流，十年前的北平同十年前的自己一样，已经一去不复返了。”[17]

不久，梁思成一家搬入清华大学教授宿舍新林院 8 号，梁思成正式出任清华大学营建系（后改为土木建筑系）教授兼系主任，林徽因以特邀教授的身份参加创办工作。原中国营造学社人员刘致平、莫宗江、罗哲文，连同中央大学的吴良镛等一干人马，全部投奔到清华营建系梁氏门下任教或当助理。中国营造学社就此成为一个仅供后人追忆的历史符号。一个全新的格局在美丽的水木清华园业已形成，梁氏夫妇与他们的同事也开始了新的生活，其最终的结局如何，那就看各自的造化和上帝是否眷顾了。

◎ 20 世纪 50 年代初，梁思成、林徽因在清华大学留影

不思量，自难忘

1948 年年底，当国民党军队溃败，江山撼摇，傅斯年拖着肥胖的身躯满头大汗来回奔波，竭力动员史语所同人迁台时，作为新生代精锐的逯钦立、罗筱蕖夫妇自是在被动员之列，但逯罗二人却犹豫不决。个中原因，除了对国民党没有好感外，更多的是不忍远离故土，再加上当时两人已有三个孩子，又与逯的母亲在一起生活，怕到台湾孤岛之后生活无以为继（据石璋如回忆说，当时盛传到台湾的人只靠吃香蕉皮度日），故拖延下来。正在这时，罗筱蕖收到了她的五哥、中共地下党员罗叔谐自家乡寄来的书信，谓“盼了那么多年的解放，临解放又要离开大陆，你们都不是国民党员，不要随他们去殉葬”[18]云云，劝其留下。逯、罗认为此说有理，决心不去台湾，此举令傅斯年大为不快。

据罗筱蕖回忆：“当最后一次傅先生来我们住处劝说时，知道我们留意甚坚，眼睛都红了，泪在眼眶中打转，好像马上就要溢出来。他站起身对逯君说：‘你们都不愿同我下火海，只好我自己去跳了。但筱蕖是我从李庄带出来的，我要对她负责。’遂表示愿意介绍逯钦立到当时尚算安静的广西大学任教。”[19]该大学的校长陈建修是北大老教授，与傅斯年友善，逯钦立接受了傅的好意，于这年初冬携家带口离开南京抵达桂林，任广西大学副教授。对于这个转折，1954 年逯钦立填写“干部履历自传”呈交东北师大当局的时候有过较为详细的提及，内中写道：

> 一九四八年历史语言研究所决定逃往台湾的时候，经过反复考虑，我终于决定不随同该所前去。首先，我想到我没有义务作‘白俄’，一个清白的知识份［分］子，不能和反动派混在一块，而且如果到台湾去，一定会受美国鬼子的气。其次，我设想到一个偏僻区域大学去教学，这样，既可避开战乱，又可以调换一下工作，唯一可虑的是怕师友责斥我不忠于傅斯年，及大学工作的不容易找到。后来，即以家庭人多母亲年老为辞，对傅说明不去台湾的理由，并请求他帮助介绍四川大学或广西大学。结果，广西大学来电相约，我的计划终于实现。不去台湾，说明我的相信解放事业的必然胜利，相信党的革命政策，也说明经过几年抗日战争我深深感到流浪生活的痛苦，不愿意离开乡土，有着一定程度的民族思想和爱国主义思想。当然，这还是从个人利益出发的，当时并没有一个正确的立场。[20]

这份“自传”尽管有着政治高压下的时代特点，但基本事实还是不差的。这一说法后来得到了台湾“中研院”史语所著名史家王汎森证实，王撰文说：“1948 年秋，因为政治上的歧见，逯钦立转赴广西大学中文系任教。”[21] 南京一别，成为逯氏夫妇与傅斯年及史语所同人的永诀。

1949 年秋，西南战局紧张，国民党政府大厦将倾，设在桂林的广西大学陷入空前混乱，校领导人与大部分教授纷纷逃往香港躲避。在国民党政府彻底崩溃的前夜，傅斯年怀着最后一点期望，再度致函逯钦立，劝其出走桂林，随史语所最后一批人员迁台，并寄来了旅费与三个月的薪水。当年嫁给史语所工作人员的几位李庄姑娘如张素萱、张彦云等，都已随夫渡过了台湾海峡；跟随董作宾做见习员的李庄青年刘渊临也已迁往台湾；罗筱蕖成为从李庄走出的史语所人员家眷中唯一一位未成行者，傅斯年来函是历史赋予她的最后一次赴台机会。但经过考虑权衡，逯、罗还是没有成行。

1949 年 11 月，桂林解放。受中共地下党指示，逯钦立等少数几位没有逃亡的教授出面维持广西大学校园秩序，并坚持为学生开课。逯在军管会和中共代表领导下，参加了全校接管工作并被任命为中文系教授、负责人。1951 年，逯被选为桂林市人大代表。同年10月，根据共产党号召以及随之展开的对科教队伍调整的政策，逯、罗被调入长春东北师范大学，逯被聘为中文系教授，后出任古典文学教研室主任，罗筱蕖在教材科图书馆工作。

◎ 1958年，逯钦立（左）随东北师范大学中文系上山下乡小组到长白山区磐石县向抗联老战士调查杨靖宇的英雄事迹，后编写了剧本《杨靖宇》。右为郎峻章（逯弘捷提供）

当时的东北号称是“解放最早的先进地区”，而东北师范大学源于延安大学，学校的领导权由老解放区派往东北的中共骨干掌控。作为中央研究院出身的“资产阶级旧知识分子”逯钦立，到学校报到的第一天，就遭遇了“批判胡适”运动，由于他无法隐瞒与胡适、傅斯年的关系，立即成为批斗打击的靶子。接下去的一系列运动，逯更是在劫难逃。逯氏来自国统区，自始至终有一种压抑和沉郁情结弥漫心头挥之不去，他的治学方法和学术成果并不被学校掌权者看重，加之在东北师大志同道合的朋友少，知音难觅，人文环境使他备感孤独。“文化大革命”爆发后，逯作为东北师大中文系的“一面白旗”和“反动学术权威”，与其他“牛鬼蛇神”一道受到批判斗争。对于类似的批斗情形，时任教北大的著名学者季羡林在他的《牛棚杂忆》中曾做过详细介绍。因大多数教授没有弯腰的经验，一旦被揪上“斗鬼台”，在连续几个小时弯腰挨批斗之后，很容易因体力不支、头晕目眩而倒下，一旦倒下，就被认为是对抗革命运动和故意捣乱，招来更加残暴的一顿毒打，有的教授正是因支撑不住倒下而被活活打死在“斗鬼台”上。逯钦立侥幸没有死在“斗鬼台”上，但他死的方式和缘由同样令人唏嘘。

关于逯钦立之死，据他当年在李庄的同学、后去台湾的周法高于1983年回忆说：“两年前我应纽约大都会博物馆的邀请出席中国的青铜时代讨论会，曾经间接听到出席该会的张政烺先生说：逯钦立在不久前‘四人帮’打倒以后，听说他的《〈古诗纪〉补正》这部大书可能付印的消息，就高兴得不得了，当夜就发病死了，大概是兴奋过度的原故吧！”[22]

逯氏的死的确与出书有关，但并不是如周法高所说，死于“四人帮”被打倒之后。逯于1973年去世，此时“文化大革命”尚未结束。遥想当年，傅斯年在李庄为逯罗二人做媒时，面对罗氏家族对逯钦立人品、学问的查询，傅曾颇为自信地说过这样一段话："彼于八代文字之学，造诣甚深，曾重辑《全汉晋六朝诗》百卷，用力之勤，考订之密，近日不易得之巨篇也。惜此时无法在后方付印耳。一俟抗战结束，此书刊就，逯君必为国内文学界知名之士无疑也！"[23]

傅斯年所说的这部大书，就是逯钦立入北大文科研究所后自1940年开始就整理、考证、编纂的长达一百三十五卷的皇皇巨著《先秦汉魏晋南北朝诗》，此项工作随着逯氏的颠沛流离而时断时续，1949年年底已完成百卷，随后压在箱底未再动笔修订。十年后的1959年9月，在中华书局催促下，逯钦立下决心对这部旧稿重新整理。经过六年努力，至1964年编纂完成交稿，较之原来的百卷增加了三十五卷，使得整部书稿更加完善。从逯氏于抗战中着手这项工作到大功告成，历时二十四年。逯钦立眼看自己的心血就要面世，自是高兴不已。但天有不测风云，且这风云愈来愈凶多吉少，突然天空炸雷响起，"文化大革命"爆发，出版事宜中断。眼看着"盖棺有期，出版无日"（陈寅恪语），望眼欲穿的逯钦立深受打击，精神几乎崩溃。

到了1973年，中国大陆掀起了"批林批孔"运动。这股热潮意外地给逯氏著作出版带来转机，逯致函中华书局，询问自己的书稿处理情况，中华书局复函告其书稿"妥存我局"。稍后，政治形势又发生变化，中华书局将书稿退回，并致函逯钦立，说此稿可出版，但"需对书稿动大手术，要按马列主义的观点来看待、处理、评价六朝诗文；要根据朝代顺序来编排诗文序列；要突出妇女半边天的地位，把女诗人放在前面"等。逯钦立接到书稿后，望着倾注了数十年心血，耗费了自己整个青春岁月的生命结晶，竟一时不知如何是好。改，有违学术精神和文化良知；不改，又不能出版。两难抉择中，逯氏陷入深深的痛苦与矛盾之中，精神一度恍惚。时逯钦立已有六个孩子，家中生活拮据，长期不能维持温饱，更兼东北严酷的气候，加之猛烈的政治风暴，连续不断的批斗和身心折磨，使得他的身体极度羸弱。

◎ 1972年冬，从不吸烟的逯钦立开始吸着烟卷，表情木然，似在沉思。其子逯弘捷甚感奇怪，恰巧刚从朋友处借了一个相机未还，于是拍下了这张极具时代特点的照片（逯弘捷摄）

正值逯钦立痛苦到不能自拔之际，这年的8月5日，突然收到中华书局7月31日发出的公函和书稿，根据新形势需要，书稿已进入最后审校阶段，准备出版，请再审订。一部书稿在出版机构翻来覆去地折腾了九年，不仅躲过了“文化大革命”劫难得以保全，还即将出版，逯钦立兴奋之情溢于言表。他对夫人罗筱渠说：“这次可真能出了，还是有人懂的，以后我就要忙了。”[24] 这几句看似平常简单的话，实则暗含了逯氏胸中压抑了几十年的愿望和对未来的憧憬，如同一个在暗夜中行走得极度疲倦的老人，突然看到了远处的灯火，心中的惊喜与暖意可想而知。时值盛夏，天气闷热异常，满怀喜悦的逯钦立彻夜不眠，思索着如何最后审订自己这部倾注了一生心血的书稿。翌日，即 8 月 6 日，仍沉浸在对书稿修订的思考中的逯钦立，忽接到通知去系会议室参加“批林批孔”学习会议。此时，逯已感到胸闷，身体不适，但不敢不参加会议，于是硬着头皮出了家门，走了几百米，大汗淋漓，两腿发软，身体打晃，已无力行走，只好坐在路边石牙子上休息。有相识者见逯钦立额头上汗水涔涔，喘息不止，上前打招呼，逯氏艰难地示意对方扶自己一起参加会议。坚持走到中文系门口时，他再也无法支撑，身子摇晃了几下，倒地昏死过去。

后经医院检查，逯钦立死于心肌梗死症突发。一代学术大师就这样走完了他的生命历程，终年 63 岁。

逯氏去世后，政治形势又发生变化，他那部《先秦汉魏晋南北朝诗》书稿未能及时出版，一压又是十年，后经学界和中华书局共同努力，终于在 1983 年出版。逯钦立未能看到自己的成果问世，而当年在南溪李庄曾向他未来的岳父家保证——“一俟抗战结束，此书刊就，逯君必为国内文学界知名之士无疑也”的傅斯年，更是无缘见到此书的问世了。

逯钦立死后，罗筱蕖和孩子们一起孤苦又胆战心惊地活着，生怕哪一天灾难再落到自己头上。其间，罗筱蕖几乎同外界断绝了来往，唯一通点消息的是在哈尔滨师范学院任教、“同是天涯沦落人”的游寿。

获奖证书

逯钦立 辑校 出版的先秦汉魏晋南北朝诗

荣获全国首届古籍整理图书 一等 奖

特颁此证。

中华人民共和国新闻出版署

一九九二年

◎逯钦立从写作到获奖，已过五十余年（逯弘捷提供）

抗战胜利后，游寿摆脱了傅斯年的“下马威”和“只吃到棍棒，吃不到胡萝卜”的尴尬处境，毅然与史语所决裂并逃离李庄，通过恩师胡小石的人脉关系进入中央图书馆任金石部主任，主要整理接收日伪占据南京时期保存的图书、金石、拓片及日寇和平博物馆文物，其间著有《金文武功文献考证》《论汉碑》等文。1947 年，转入胡小石任教的中央大学中文系任副教授。游寿弟子王立民研究发现，游寿在离开中央图书馆时，一次就向继任的金石部主任苏莹辉移交自己编辑整理的金石拓片 5511 种，未登记金石拓片 67 种 83 幅，快雪堂帖 1 函 5 册，书像 20 幅等，可见游氏当年所经手过目的拓片之宏富。正是这一般学者难得的机会与条件，成就了游寿的学问、事业和后来的声名。

中共建政后，游寿转入南京大学任教，1951 年偕丈夫陈幻云调入山东会计专科学校任图书馆馆长、国文系副教授，1954 年 9 月入山东师范学院图书馆任职。其间著有《周诗及诗学》等文，并到济南千佛山考察造像，开始收集北魏文化资料。稍后，游寿在李庄的那段经历成为一大罪证，她被从革命队伍中揪出来，受到猛烈批斗，校方没完没了地令其做书面检查——尽管当年她与傅斯年的关系极其糟糕，并在检查的文字中对傅多有怨恨，但没有人相信她说的话，反以“隐瞒历史，做虚假交代，企图向党反扑”和“国民党忠实走狗傅斯年专设的特务分子，是埋设在大陆的一颗定时炸弹”等罪名，对其严厉批斗。在巨大的政治压力下，为摆脱险恶处境和政治厄运，1957 年，游寿“响应党的号召”，主动报名“支边”，与夫君陈幻云一起来到关山阻隔、风雪迷蒙的黑龙江，任哈尔滨师范学院（1980 年改为哈尔滨师范大学）中文系副教授，1959 年转入历史系，主讲考古学、古文字学、书法艺术等课程。课余，把主要精力投入到田野考古调查之中，足迹遍及白山黑水多处地方，并于 1960 年在哈尔滨东郊发现了经过人工凿击的猛犸象骨，由此证明了黑龙江曾有古人类活动的论断。继而，游寿把视角投向黑龙江大地的鲜卑魏文化。1963 年，陈幻云不幸逝于哈尔滨，有遗稿传世，后由游寿的弟子王立民整理。也就是在这一年，游寿发表了《黑龙江考古初探》和划时代的重要学术论著《拓跋魏文化史》，由此奠定了她在这一研究领域的学术地位。

正当游寿满怀豪情欲在这一领域再创辉煌时，“文化大革命”爆发，游氏作为学院的“八大妖怪”之一被揪上“斗妖台”接受造反派批斗。再后来，游寿被当作典型的“一怪”下放到荒无人烟、风雪弥漫的边疆山区劳动改造，在酷烈的生存环境、生活条件与政治压力下，她的体重下降到不足 35 公斤。此时游寿身心受到重创，万念俱灰，自感生不如死，遂产生了轻生之念。当她闻知中国在西部成功引爆原子弹后，主动给组织写信，请求把自己送往西部沙漠，做原子弹爆炸试验物应用。谓：“平生所学无以报国，愿以六十余岁羸弱之躯作原子弹爆炸辐射之试验，以明心志。”[25] 但此志未能如愿。

1972年，面对“文化大革命”给文化界、文物界造成的劫难，国务院总理周恩来以忧切的心情问当时的国家文物局局长王冶秋：“当今通识金文甲骨文者有几？”王一一列举各家，其中就有正在白山黑水“劳改”中奄奄一息的游寿。未久，中共黑龙江省委书记到北京出席会议，周恩来特地问起“游寿女士现在何处？懂金文的还有谁？”等。最后，周恩来深情地对这位书记说：“游寿是学术界的老同志，现在像这样的老同志已经不多了，你们要照顾她一下。”[26] 正是周的这几句话，使得游寿大难不死，得以从劳改农场回到学院。

游寿侥幸熬过“文化大革命”这道“鬼门关”而活了下来，因经历了百般磨难，心灵渐入空寂之境。据游氏的学生王立民说：“她常年穿一身青布衣裤，行走匆匆，很少与人讲话，看似乡村老媪一般。”[27] 就学术生命而言，游寿比她那位英年早逝的同窗曾昭燏幸运得多（曾氏于中共建政后一度出任南京博物院院长，因政治压力，于1964年12月在南京灵谷寺跳塔自杀，年仅55岁）。她不仅亲眼看到了一个荒唐年代的结束，且在“文化大革命”结束后还在学术上做出了重大贡献。1980年，已是74岁高龄的游寿，通过对典籍梳理分析，断定鲜卑民族的发源地就在白山黑水的大兴安岭深处。在她的启发、指导下，青年考古学者米文平终于在呼伦贝尔盟鄂伦春自治旗阿里河镇西北9公里处嘎仙洞中，找到了湮没1500多年的魏太平真君拓跋焘亲自派人到其祖先所居的“石室”镌刻的“祝文”。这是新中国考古史上的重大发现，此一发现引起了国内外考古学界的震动。通过游寿及其他考古人员对“祝文”的破译，终于揭开了鲜卑族起源的隐秘。这一学术成果，对北魏时期的政治、经济、文化、艺术，以及鲜卑民族起源、历史等的研究具有突破性的重大意义。[28]

◎ 1981年春节期间，游寿在学者们的陪同下，前往福建省新石器遗址皇竹峰考察（引自《文心雕虫》，王立民著）

晚年的游寿沉浸于书法艺术研究与实践中，其书法由早年的“金石气”又增添了浓厚的“书卷气”，渐入化境。她的恩师胡小石偏爱黄山谷的行草，游寿则更喜黄山谷与米芾。这种兼收并蓄的精神，形成了游寿书法独特的风格，并在李瑞清、胡小石这一脉碑学书派中得以延伸和发展，终成这一书派第三代最重要的代表人物，受到海内外专

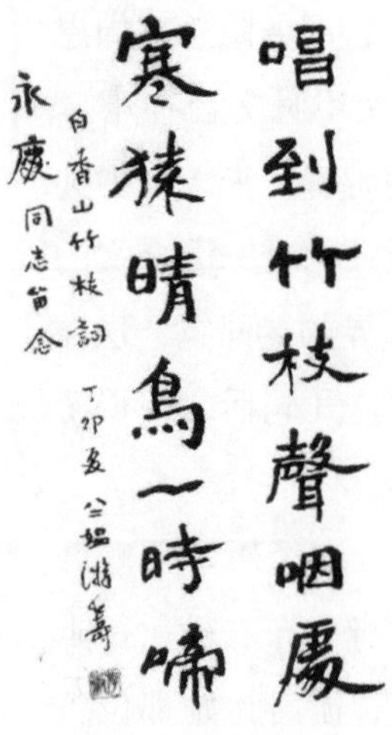

◎游寿八十二岁时的书法 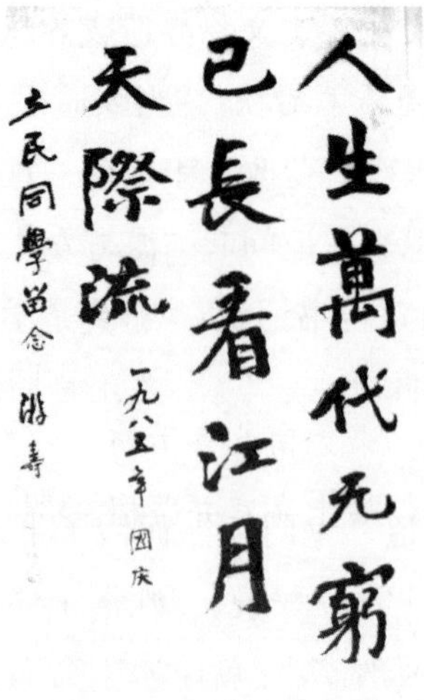　◎游寿赠予弟子王立民的书法

家学者广泛推崇。她的大名与齐白石、黄宾虹、孙中山、梁启超、于右任、鲁迅、毛泽东、徐悲鸿、张大千等近现代最伟大的100位中国书画名家并列。为此，中国书法家协会主席沈鹏曾评价道：“江南的萧娴与北国的游寿分别出自康有为、胡小石门下。萧娴与游寿经历坎坷，如今年届八旬以上，都宗法北碑，大气磅礴，‘人书’俱老，当之无愧。”[29]

当年从李庄走出的知识分子中，游寿是活得较长的一位，直到1994年才驾鹤归西，终年88岁。沈鹏在纪念文章中说道：“游寿先生仙逝，大家为中国书坛失去这样一位饱学而大觉者痛心。……联想到20世纪90年代以来，林散之、沙孟海、费新我等前辈先后谢世，一时觉得他（她）们四位堪比商山之四皓……”1999年，沈氏作追怀游寿诗四首，以志永念。

咏游寿诗四首

——一九九八年八月沈鹏识

游寿女史书法集杀青，赋得四首。余与游寿女史曾有鱼雁往还而无缘一晤。今当女史书法付梓，编者嘱为序。读王立民先生文章，论叙甚详且精，余聊为七绝四首志感。第一首作于一九九四年。

题李俊琪画游寿像

鱼雁曾经数往还，遗容却向画图看。
书坛商皓凋零甚①，后继当思一字难。

先　宗

学富五车家世风，清明潇洒溯先宗。

① 九十年代以来，林散之、沙孟海、费新我等前辈先后谢世。

一盏炳烛传薪火，最重贤生少穆公①。

寿　长

寿长所历②识弥多，胸腹诗书星斗罗。
奇字古文通者几③，遥知北国有姮娥。

南　北

南有萧娴北有游，书无南北各千秋。
九霄王母书翰会，席上嘉宾并蒂榴。[30]

游寿于抗战前在南京生一男孩，因麻疹不满周岁即夭折，其后一直没有子女，晚年孑然一身，死后没有留下钱财，传世的只是她坎坷传奇的人生经历和“久而弥珍”的精神财富。1979 年，当中国的政治形势再现春天的气息，各界都在“拨乱反正”之时，游寿早年的知己、著名学者宗白华复游氏书曰：“歌德有诗云：‘寿长所历多’，洵不虚也。虽‘京华景象新’，仍长念‘迢迢江面春’。”[31] 鼓励游寿“望诗兴长浓”，再回到她成长并留下青春之梦的江南一游。受其鼓舞，游寿于次年千里迢迢回到她阔别几十年的故乡霞浦县寻根问旧。就在这次寻访中，游寿发现了大批唐宋时代文物，通过考古研究证实了霞浦赤岸村就是日本高僧空海入唐的第一个登陆点，从而确定了赤岸在中日文化交流史上的历史地位。据罗筱蕖说，受霞浦重游的启发，游寿生前曾跟她相约要回一趟李庄，寻访故旧，对当地的风土人情和遗迹、遗物做一次调查考证。游说，在李庄时没有心思做这些事，当移居北国，到了苍苍黑土地、莽莽兴安岭，才越发感到当年生活工作过的白沙、李庄是那么令人怀念和向往。遗憾的是，这个计划未能成行，游寿便悄然离世，生前的梦想亦归于尘土，部分心愿只得靠罗筱蕖代为实现。

2004 年，在江南草长、杂花生树、群莺乱飞的暮春时节，罗筱蕖、李光谟相约先后来到了魂牵梦萦的李庄，寻亲觅友，踏访旧迹。当二人踏上李庄的土地时，已是物是人非，恍如隔世，真可谓“泪眼问花花不语，乱红飞过秋千去”了。

到 1946 年年底，同济大学、中央研究院史语所等外来学术机构陆续迁出后，繁

---

① 游寿高祖游光绎，曾为林则徐师，有《炳烛斋诗手稿》传世，对游寿影响至大。少穆，林则徐号。游光绎有《送林少穆庶常入都》诗。

② 宗白华致函游寿引歌德诗云“寿长所历多”。

③ 周恩来曾问王冶秋当今通晓金文甲骨者有几，王列举各家，内有游氏。

◎罗筱蕖（中）与李光谟夫妇在宜宾（李光谟提供）

华、拥挤、喧嚣的李庄复归往昔的平静与沉寂。由于同济大学东渡，原用于发电的机器设备一道回迁，李庄的用电中断，再度回到了靠菜籽油灯照明的原初状态。为了弥补这一缺憾，在抗战中力主“同大迁川，李庄欢迎”的当地权势人物、士绅罗南陔、张访琴、张官周、杨君慧、张式如等，成立了“南溪县李庄镇电力供给合作社”，设法重新发电照明。经过半年努力，终于使全镇的电灯重新亮了起来。这是抗战胜利之后，罗、张等家族势力再度联手为李庄百姓做的一件彰显功德的善事，此举得到了全镇人民的激赏。

1949 年秋冬，解放军二野部队已接近川南地区，与国民党部队展开争夺战。在中共地方组织指导下，国民党李庄区委田赋主任、中共地下党员罗叔谐，在镇内成立了由苦大仇深的贫农、佃农等为主要骨干的“支前委员会”，策应解放军对敌行动。这一行动得到了罗叔谐的父亲、时任国民党李庄党部左派书记的罗南陔支持，罗氏父子与其他中共地下党员共同策划了对李庄粮仓万担公粮的安全保护办法。同年 12 月，受中共地下组织指示，罗叔谐以兼任国民党李庄区自卫武装中队指导员的身份，成功策反了中队长并率领全体官兵起义，李庄得以和平解放。1950 年 1 月 3 日，南溪县第三区人民政府在李庄镇成立，中共南溪县第三区工作委员会亦同时于李庄镇成立。罗叔谐将保存下来的万担粮食如数移交给新成立的区人民政府。

此后，整个李庄经历了一阵“锣鼓喧天、彩旗招展”的庆祝，开始了“土地改革”运动和“镇压反革命”运动。按照上级指示精神，“运动”的对象首先是闻名川南的张家、罗家、洪家等李庄几大家族。

张氏家族板栗坳分支张铭传、张锌传、张铁传等著名的“三条船”，由于最为庞大的铭传、铁传“两条巨轮”早已随国民党逃往台湾（到台后，张铭传任国民党中央委员，张铁传为国民党军队中将参谋长），只剩锌传这“一只土轮”搁浅在李庄板栗坳动弹不得。当运动风潮骤然兴起后，张锌传立即被新政府作为恶霸地主捉拿归案，予以枪决。与此同时，与张锌传相近的张氏家族成员数十人被抓捕关押。张氏家族以李庄镇大房山庄为根基的另一分支张访琴、张官周等兄弟及家人同样被捕获关押，以“恶霸地主”“反革命分子”等罪名等待处决或受刑。与张氏家族命运相同的还有原国民党李庄区党部左派书记罗南陔、镇长杨君慧等大小官僚及乡绅。此时的洪家已经衰落，整体实力大不如前，且已没有重量级人物住在李庄，只有洪恩德（原县团练局长洪明海之子）等几个小人物被抓起来，经受了一顿皮鞭、棍棒抽打后，放回家中“取保候审”。

◎李庄镇大房山庄之正房客厅，张官周故宅之一（王荣全摄并提供）

1950年农历十一月初七，原李庄区区长张官周与李庄镇镇长杨君慧两人，在“坚决镇压反革命”阵阵口号声中被枪决于李庄上坝打谷场。行刑前，天空忽起飓风，搭起的审判台被掀翻，紧接着暴雨倾盆而下，几千名围观群众于惊恐中一哄而散，行刑者仓促向张杨二人扣动扳机，一阵乱枪过后，张杨二人倒地毙命。风停雨住，场上一片死寂，几个在张氏家族创办的益寿堂药店当伙计的青年，找了一口棺材为张官周收尸，然后抬到李庄乡下的柑子坳匆匆埋掉。杨君慧的尸体由其家人收走。

未久，张访琴以“恶霸地主”的罪名在李庄郊外被枪决。当时张的子女均不在李庄，只有腿有残疾的夫人在家，不能出门。张访琴的尸首无人掩埋，在此情形下，李庄镇政府找了一些人用一小推车将其运往郊区公墓场掩埋。

就在张官周、张访琴兄弟被关押、枪决前后，其母王宪群与张官周之妻袁季誉婆媳二人同时遭到关押。因张家是闻名乡里的大地主，传闻家中钱财无数，关押者便勒令婆媳二人交代家中埋藏的金银财宝和“变天账”下落。因张家的钱物早已在1950年年初被政府没收充公，且整个张氏家族已从李庄镇被驱逐到十几里外的柑子坳乡下居住，婆媳二人自是无从交代。但关押者仍坚信张氏家族必是把财宝埋藏起来，图谋“变天”。遥想当年，当李庄的共产党人张守恒发动农民造反，建立“川南革命军”之时，张官周曾一次性资助经费300块大洋，据说他是偷偷挖掘母亲王宪群埋在地下的私房钱银锭一罐方凑足了这笔钱。——这个线索可以说明，王宪群一定在地下埋有大量金银财宝。于是，关押者开始对婆媳二人施以酷刑，逼其招供。在鞭抽、棒敲、吊打等均无效的情况下，行刑人员竟把婆媳二人的手强行按在桌子上，在手指上砸铁钉，还用铁丝勒乳房。张官周妻子袁季誉来自泸州，出身书

◎宪群女子中学创始人王宪群，该校由教育部部长朱家骅题写校名，梁思成女儿梁再冰曾在此就读。1949 年后改名为李庄中学（李庄镇政府提供）

香门第，父辈皆以教书为业。受家风影响，袁氏自小入学，饱读诗书，属思想开明的知识分子，曾做过县参议员，为人处世极其认真，不善隐瞒浮夸。面对施于己身的极刑，既痛且悲。原本就有吐血病的她，在肉体和精神双重苦痛中，吐血暴亡。

之后关押者对尚有一口气的老太太王宪群再度加压。王氏受难不过，便谎称在某家某地有自己埋藏的几罐银锭。关押者怀着惊喜前去所述地点挖掘时，总是一场空。关押者意识到被蒙骗，遂改变战术，用铁丝穿住王宪群乳房，放在一个箩筐中，抬着她去现场挖掘，几处挖掘落空后，关押者恼羞成怒，一顿乱棍将其击毙。

王老太太早年粗通文墨，对医学医道颇感兴趣，后读过几部医书，对药物名称和治疗效能逐渐掌握，开始为乡邻把脉看病。随着经验越来越丰富和治疗效果越来越好，名声渐渐大了起来，找其看病救治者络绎不绝。据说有的病人被人抬来找其看病，经过王氏多次施治，最后竟站立行走如常。此等盛名之下，王氏决定用自己养老的田地粮食收入，于镇内开一家中药铺，取名益寿堂。此药铺属于公益性质，除王氏本人看病不收脉钱（即处方钱），对穷苦人家买药暂时付不起钱者，可记在她专门设立的一个折子上，每年一结，如到年终购药者仍不能支付，便给予勾掉，而对特别困难的患者，她还要送药或赠钱以助其到外地购买短缺之药。每当瘟疫流行，王氏便将药铺中的药大量施舍于乡邻。除施舍药材，她还施舍棺材。在益寿堂药铺的偏房中，总有几口黑漆棺材长年摆放其内，每有人去世而家人无钱买棺木，便由王宪群药铺施舍一口为其安葬。当张官周死去被抬到益寿堂后，正是用偏房中准备施舍的一口棺材才得以盛殓安葬。当王宪群被乱棍打死，尸体被人抬到益寿堂时，这家药铺仍为张氏家族所有，只是规模气象大不如前，但偏房内用于施舍的棺材正好还剩最后一口。闻讯赶来的张氏族人便用这最后一口备用棺材盛殓了王氏，于李庄镇郊外的杉木湾草草下葬。[32] 至此，在李庄镇兴盛 200 余年的张氏家族算是衰落了。

张家被收拾之后，紧接着便是与其齐名的罗氏家族。据罗南陔儿子罗萼芬回忆："解放之后，对我父亲那一批原在李庄主事的几个人，开始说可以留用，继续为新中国做贡献。父亲经常参加区里的会议，他自己也认为，在旧社会没为李庄人民做多少事，现在解放了，要好好做点事情，服务乡梓，报效新社会。但后来说是上面又有了新政策，父亲被抓起来，五天之后就和家人永别了。”[33]1950 年年底，罗南陔以“反革命分子”罪名在李庄操场坝被处决。

与罗南陔同时被捕的还有他的六子罗季唐。罗季唐于 12 岁时随张精一（王宪群三子，时在北大文学系就读）到北京读书。后随张氏转赴上海继续读书，直到 20 岁时回到李庄。之后，罗季唐曾在宜宾专区国民党“青年干部班”受训，后留校任教，再后来回家乡任李庄小学校长、江安县中学教师，被捕时任南溪县新兴乡小学校长。被捕的直接原因是当年在宜宾“青训班”的经历，罪名是“历史反革命分子”。因罗季唐未出任过国民党行政官职，侥幸捡得一条性命，被判刑两年，关入南溪县监狱。1957 年年底，出狱后仍在新兴乡小学任教的罗季唐，因学校按比例分到了一个“右派”名额，校领导在左右为难中，把蹲过大狱的“历史反革命分子”罗季唐的大名及其“反动言论”整理后上报。根据材料揭示的“罪证”，罗季唐没有成为“右派”，而是作为“现行反革命分子”再度被捕关押，旋被判刑 8 年，转入川南一个叫耗子沟的劳改煤场接受改造。据罗季唐的儿子张铭旭回忆说：“自父亲第二次获刑后，我家的天就塌了。母亲也是南溪一家地主的女儿，父亲在外服刑，母亲在家作为地主婆挨批斗，脖子上常年挂着一块大牌子，上面写着‘地主婆吴敏文’，下面写着‘捣乱，失败，再捣乱，再失败，直至灭亡’。那时我家兄弟姊妹七人，生活无以为继，没有办法，母亲只得把三个送给贫农出身的人家抚养。除了可以活命，也希望改变孩子们的政治处境，我就是在这种情形下被送给张姓人家的。但我到了张家后，人们仍把我当作地主、反革命家庭的狗崽子看待，遭受的污辱与内心的痛苦实在不堪回首。”又说：“1960 年秋天，耗子沟煤场突然捎信来说父亲罗季唐死掉了，可怜的母亲带着年幼的我匆匆赶到耗子沟劳改队探寻，监狱里的干事领着我们母子二人来到一个长满荒草的土堆堆儿边，指着一个木牌牌儿对母亲说，这就是你家男人的墓。我放眼一看，那个地方有成千成百个土堆堆儿，大多

◎家居李庄镇双溪村的罗季唐之子张铭旭（左）与家居李庄柑子坳村的张官周之子张仲杰一起向作者讲述往事（钟丽霞摄）

数上面都插着木牌牌儿。母亲问我父亲是怎么死的，那个干事说死因保密，不能告诉家属。母亲一听就放声大哭，干事立即喝令母亲不准哭，再哭就叫人把我们母子抓起来弄到煤洞底下去挖煤，我母亲就不敢再哭，擦了把眼泪对我说：‘孩子，咱走吧！’于是我们就离开了耗子沟。几年后，当我们再次被允许去看时，土堆堆儿上的牌牌儿早没了，因而连父亲具体葬在哪里也不知道了。”[34]

关于罗南陔与罗季唐的死讯，家人一直没有告知远在关外的罗筱蕖，直到“文化大革命”前，罗的侄子罗铭玖大学毕业到长春办事才暗中相告，罗筱蕖听罢惊恐万分，当场昏倒。假如这一消息传到学校，逯、罗夫妇及全家将受牵连。在极度的恐惧与悲伤中，罗筱蕖于1962年自动退职，尽可能地与校方割断联系，以减少逯钦立的政治压力。所幸校方一直没有得到李庄罗家的消息，罗筱蕖总算躲过了一劫，活了下来，并坚持到重返李庄的这一天。

来到李庄的罗筱蕖携来了一首送别诗，这是抗战结束，逯、罗夫妇随史语所还都南京告别李庄时，六哥罗季唐特意吟作相赠的。诗曰：

> 迩来多失意，心地常生忧。怆然思往事，愁惹遍山秋。
> 早年痛失恃，冲幼即远游。碌碌三十载，百事一无收。
> 阿妹贤且淑，逯子亦名流。今日还都去，泪眼织离愁。
> 从此多寄平安声，勿使阿哥望断魂。
> （九妹随卓亭还都，手足分离不胜悲痛，急书数语以鸣心曲，文字未能达意，吾妹当知我心，总之前途珍重珍重。）

此诗随罗筱蕖走过了西南东北、关里关外，度过了漫长而不堪回首的乱离岁月，躲过了一次次抄家焚毁的劫难，总算完整地保存下来。睹物思人，不胜酸楚，正可谓“叹年华一瞬，人今千里，梦沉书远”。罗筱蕖再也见不到这位失意多情的六哥了。

不仅这位六哥见不到了，即便是少年时的伙伴、朋友大多也已故去，尚存活于人间者，也是“满座衣冠似雪”，发苍苍，齿牙动摇，垂垂老矣！在罗家的旧居——李庄羊街8号植兰书屋的院子里，罗南陔最小的儿子、南溪县中学退休教师、当过20多年“右派”的罗萼芬对姐姐罗筱蕖说：“前几年刘渊临自台湾来李庄老家探过亲，走的时候才20多岁，回来时已是近80岁高龄的老人了。听说张素萱、李光涛等人也都在台湾去世了。2000年的冬天，梁思成的儿子梁从诫来过李庄，特意来到这个院子访问。我与他谈起抗战时期的逸事和梁思永先生一家住在这里的情景，有些事他还清楚地记得。我问起梁思永的爱人梁师母身体状况，他说伯娘神志不是很清醒了。想想也是 90 多岁的人了。那时，梁师母还年轻得很，就在这植兰书屋窗子里边的梳妆台上帮梁先生整理稿子……”[35]

只是，当年盛极一时的植兰书屋，早已在“土地改革”运动中易主，如今再也看不到满院碧绿清香的兰花和梁师母的梳妆台了。

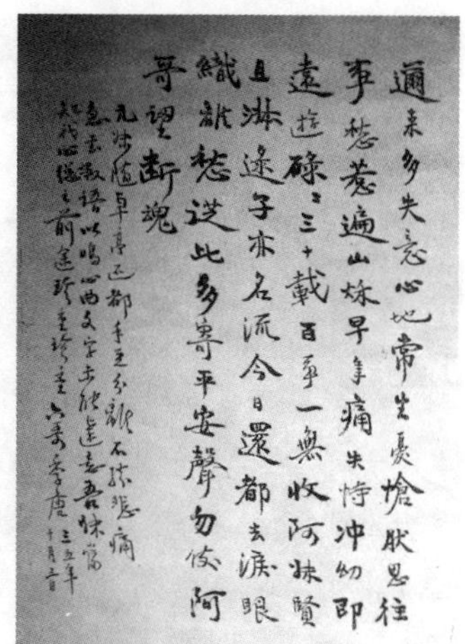

◎罗筱蕖六哥罗季唐赠诗墨迹，其人于 1960 年死于煤场（罗筱蕖提供）

与罗筱蕖同往李庄的李光谟在罗家人陪同下，来到与植兰书屋一院之隔的羊街 6 号，发现此处原貌尚存，但已陈旧破败，只有一对木制格子窗还透着当年典雅精巧的风韵。李济一家就是在这个宅院里度过了六年抗战岁月。自李庄返回南京后，1948 年年底，李济携妻与唯一的儿子、正在上海同济大学读书的李光谟登上“中鼎”号军舰，渡过波涛汹涌的台湾海峡，抵达基隆再转赴台北。按照李济的计划，儿子到台后可进入台大读书，继续完成学业。但年轻的李光谟在台北住了三个月后，觉得台湾破烂不堪，没有什么可看、可玩的地方，正在这时，他收到了上海同济大学几个同学的信，希望他回到大陆继续一起学习。李光谟为朋友所吸引，征求父母同意后，只身一人重返大陆，继续在上海同济大学读书。令李光谟和他的父母想不到的是，随着战争形势急转直下，尽管李济托人给儿子买好了飞往台北的机票，但上海很快被解放军占领，李光谟再也没有回台湾的可能了，这一别竟成永诀。

此后的岁月，李济夫妇在台北，李光谟在北京，虽父（母）子情深，但海峡阻隔，信息断绝，只有依依思念之情牵动着三颗跳动的心，相互守望，遥遥祝福。当李济进入垂垂老矣的暮年，在写给费慰梅的信中，曾谈到“和我有着同样观点和感情的老朋友们一个个地逝去，无疑削弱了我对周围事物的亲密感”[36]。但李济对李庄时代的事情却有鲜明的记忆，并深情地怀念着留在大陆的朋友梁思成、梁思永兄弟，当然更思念他的儿子李光谟与早早驾鹤西去的鹤徵、凤徵两个爱女。遥想当年，在李庄羊街 6 号宅院那秀丽的格子窗前，摆放着一张老式的梳妆台，那是李济的女儿、十六七岁的青春少女李凤徵对镜梳妆打扮、顾影自盼的小小空间。每思及往事，迟暮的李济禁不住生出“夜来幽梦忽还乡，小轩窗，正梳妆。相顾无言，惟有泪千行”之悲情。岁月如滚滚前涌的长江之水，倏忽六十载过去，往事不堪回首。已进入耄耋之年的李光谟站在这虽经风雨剥蚀，依然风骨犹存的格子窗前，思及仙逝的父母姐妹，不

◎李济在台湾“中研院”史语所察看殷墟出土的青铜器物

觉生出“十年生死两茫茫。不思量，自难忘。千里孤坟，无处话凄凉”之哀叹。

令李光谟与罗筱蕖感到欣慰的是，随着政治形势不断变化，当地政府已筹资对抗战时中央研究院史语所驻地板栗坳，中央博物院筹备处驻地张家祠，中国营造学社驻地上坝月亮田，同济大学驻地禹王宫、东岳庙、祖师殿等旧居进行大规模修缮，并征集战时中外知识分子在李庄的遗文、遗物、逸事，以建立抗战文化纪念馆和陈列馆。这个坐落于扬子江边的纪念馆，既是中国知识分子苦难与奋争的见证，又是死难者在抗战烽火中不屈不挠的精神写照。李庄作为抗战时期最著名的四大文化中心和文化圣地之一，无疑会引起世人的瞩目。八年离乱，十年悲苦，中国知识分子崇高的理想与精神不死，追求的火种不灭，并将在新的时代光照里再次得到绵延。或许，当年林徽因那发自肺腑的悲歌“你死是为了谁”，会在历史轮回中生发新的内涵和精义，而一代才女林徽因的诗行，将再度在这片土地上被忆起：

中国的历史，还需要在世上永久。

——沉默的光荣属于你！

注释：

[1] 巫宝三《纪念我国著名社会学家和社会经济研究事业的开拓者陶孟和先生》，载《近代中国》第5辑，上海社会科学院出版社1995年出版。

[2]《竺可桢日记》，第1346页，人民出版社1984年出版。

[3]《傅斯年全集》第七册，台北：联经出版公司1980年出版。

[4]《致郑天挺》，载《傅斯年全集》第七卷，欧阳哲生编，湖南教育出版社2003年出版。

[5]《申报》，1948年12月22日。

[6] 石兴邦《夏鼐先生行传》，载《新学术之路》，台湾“中央研究院”历史语言研究所

1998 年印行。

[7][13][14]《傅斯年致俞大綵》，载《傅斯年遗札》第三卷，王汎森、潘光哲、吴政上主编，台湾“中央研究院”历史语言研究所 2011 年 10 月出版。

[8][9]《夏鼐日记》，夏鼐著，华东师范大学出版社 2011 年出版。

[10]《致李济》，载《从清华园到史语所》，李光谟著，清华大学出版社 2004 年出版。

[11]《中国建筑之魂——一个外国学者眼中的梁思成林徽因夫妇》，[美] 费慰梅著，成寒译，上海文艺出版社 2003 年出版。

[12][16] 罗哲文《一段难忘的岁月：从李庄到北平》，载《中国文物报》，2009 年 4 月 17 日。

[15]《中国建筑之魂——一个外国学者眼中的梁思成林徽因夫妇》，[美] 费慰梅著。令梁思成没有想到的是，这部倾尽了他们夫妇与中国营造学社同人无数心血的经典之作，却在国外失落近 40 年，幸亏费慰梅多方帮助与查找，历经曲折，才使这一“国之重典”失而复得，并于 1984 年由美国马萨诸塞州理工学院出版社出版。此著出版后，引起了世界建筑学界与建筑史学界的广泛瞩目与重视，当年即获全美优秀图书奖。（参见梁思成续弦夫人林洙撰写的《困惑的大匠——梁思成》）

[17]《倏忽人间四月天》，载《不重合的圈——梁从诫文化随笔》，梁从诫著，百花文艺出版社 2003 年出版。

[18][19]2004 年 3 月 9 日，罗筱蕖致岳南信。

[20] 曹书杰、宋祥《逯钦立先生传略》，载《古籍整理研究学刊》，2010 年第 5 期。

[21] 王汎森《逯钦立与〈先秦汉魏晋南北朝诗〉》，载《新学术之路》，台湾“中央研究院”历史语言研究所 1998 年出版。

[22] 周法高《记昆明北大文科研究所》，载《我与北大》，王世儒、闻笛编，北京大学出版社 1998 年出版。

[23]《傅斯年致罗伯希》，载《傅斯年遗札》第三卷，王汎森、潘光哲、吴政上主编，台湾“中央研究院”历史语言研究所 2011 年 10 月出版。

[24] 刘孝严《印象与回想——36 年后与逯钦立先生的心灵对话》，载《古籍整理研究学刊》，2010 年第 5 期。

[25][26][27][31]《游寿传略稿》，载《文心雕虫》，王立民著，北方文艺出版社 2003 年出版。

[28] 关于祝文事，与鲜卑族的起源有关。鲜卑民族在历史上原属于东胡的一支，秦汉之际，北方的匈奴击败东胡，鲜卑人就受匈奴役属。汉武帝元狩二年（前 121 年）、四年（前 119 年），霍去病两次击败匈奴左王，鲜卑部落借机摆脱了匈奴的制约而自由地发展和迁徙。嘎仙洞就是在霍去病击败匈奴左王后不久，鲜卑首领率族离开大兴安岭时所放弃的最后的“石室”。

当鲜卑族统一北方，建立北魏政权之后，为了证明自己是鲜卑正宗，更为了纪念鲜卑祖先，保佑子孙繁盛不断，太平真君四年（443 年），北魏第三代皇帝拓跋焘派谒者仆射库六官、中书侍郎李敞等率人长途跋涉来到北方的大鲜卑山中，在祖先居住的山洞前进行祭祀，又在山洞石壁上刻下祭文，以志纪念。

在史学界，对大鲜卑山拓跋祖室在哪里，曾有诸多不同考证和论断，但莫衷一是，没有确切的结论。1980 年，在游寿的科学推断与指导下，呼伦贝尔盟文物管理站青年学者米文平在大兴安岭北部深处发现了嘎仙洞与洞内西壁上的刻石文字（共 19 行，201 字），与《魏书》记载的"祝文"暗合，由此揭开了北魏祖先鲜卑族的发祥地这一千古之谜。这一重大考古成果，被载入 1981 年《中国历史学年鉴》。新华社曾评论道："这是建国以来我国长城以北地区考古的一个重大发现，为史学界进一步研究鲜卑史乃至北方民族史，开拓了一个新的领域。"夏鼎应邀在日本广播学会演讲，评价这一发现"解决了鲜卑族发源地问题"(《中国文明的起源》)。时任国家文物局顾问的文物专家谢辰生做出了"其价值绝不比秦俑坑差"的评价。（参见王立民《关于嘎仙洞东侧背北石壁新发现文字的初步分析》，载《文心雕虫》）

[29] 沈鹏《寿长所历识弥多》，载《光明日报》，2000 年 11 月 30 日。

[30] 载《书法之友》，1999 年 1 期。据游寿的弟子王立民说："1994 年，游寿先生仙逝后，我持李俊琪画游寿像请沈鹏先生题字，沈鹏先生书《题李俊琪画游寿像》。后来我编辑出版《游寿书法集》时，恳请沈鹏先生为序，沈先生欣然应允，令立民十分感动。"又，关于"闽东四才女"的提法，王立民说："有一种是指游寿；邱碧珍，又名丘堤，1906 年生，霞浦人，1927 年入上海美术专科学校，解放后任中央工艺美术学院教授，1958 年卒；曹英庄，福安县人，已故；潘玉珂，宁德县人，善画兰，尚在。"（2005 年 5 月 29 日，王立民致岳南信，未发表）

[32]2003 年 10 月 2 日下午，作者在李庄镇文化史专家左照环陪同下，于双溪村张铭旭家院内采访张官周之子、柑子坳村村民张仲杰记录。

[33][35]2003 年 10 月 2 日上午，在李庄采访罗萼芬记录。

[34]2003 年 10 月 2 日下午，作者于李庄镇双溪村采访张铭旭记录。

[36]《李济致费慰梅》，载《从清华园到史语所》，李光谟著，清华大学出版社 2004 年出版。

2004 年 5 月 15 日—2005 年 4 月 15 日于北京逸园
2008 年 5 月 25 日—5 月 30 日二稿
2011 年 10 月 29 日改毕于亚运村
2015 年 4 月 2 日最后补充定稿

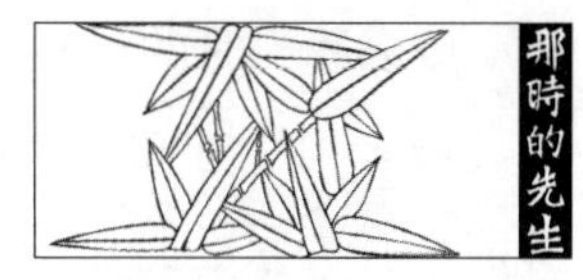

代后记：《南渡北归》的先声之作

拙著《那时的先生》三校完毕，责编似乎意犹未尽，或感到缺点什么，建议我写一篇《后记》略述前缘，即这一部书与《南渡北归》等另外几部类似题材作品的内在联系。犹豫间，想起2015年9月应宜宾市政府之邀，参加“李庄抗战文化与文化人的抗战”论坛时，我曾在演讲中对这方面有所表述，今蒙责编的提醒与厚爱，在演讲稿的基础上稍加修订，以“《南渡北归》的先声之作”为标题，权当这部拙著的《后记》吧。

2003年春天非典爆发的前夜，我到四川省考古研究所采访三星堆文物发现、发掘的事。结束后，一人来到省博物馆大门外露天广场喝茶，望着眼前各色人物和来往的车流，心中似乎有一种牵挂、有一种情愫挥之不去，简单说就是觉得有一件大事因缘未了。沉思良久，突然感到上帝在叩击我的额头，一个到李庄看看的念头闪电般袭来。于是，第二天我便从成都搭车来到了李庄。

我之所以突发灵感决定到此探寻，实因有段前缘，即以前写过近十部考古题材的纪实文学著作如《风雪定陵》《复活的军团》《西汉亡魂》《岭南震撼》等，当时参考的文章和采访的老一辈考古学家，不时直接或间接地提及他们的前辈和四川李庄这个神秘的地方，即抗战时期中央研究院、中央博物院筹备处、中国营造学社等几家学术机构流亡西南的驻地，述及李济、董作宾、梁思成、夏鼐等先生在李庄如何披荆斩棘、建功立业。有考古界中人还向我简略叙述当年的先生在李庄一隅之地，创造了学术史上一段精彩传奇，写下了中国知识分子可歌可泣的一页，而他们的徒子徒孙，正是新中国考古、文博、建筑等各界的专家与学术创造的主力云云。——这一切，在成都街头喝茶的那个片刻，突然集中爆发并促使我奔向这几“界”的源头，朝拜心中的圣地，寻访圣地流传的故事，倾听先生们当年的声音甚至呼吸。

按照我当时的认知，李庄属于四川省南溪县，便乘车直奔坐落在长江北岸的南溪县城。到后方知，李庄已划归宜宾市翠屏区了，这个建制上的变化对我而言无所谓，有关系的是由成都到李庄，乘车直插宜宾市才是正道，奔南溪等于走了岔路、绕了远道，因为南溪、李庄隔江相望却无桥可通。当晚，我在南溪一个招待所住下。时有报道说北京因非典死了不少人，传言有人直接死在了大街上云云；另有报道称卫生部部长与北京市市长因对疫情控制不力，且欺上瞒下，已被中央革职查办，等等。招待所服务员一看我的证件是来自疫区，吃了一惊，慌乱中一撒手把证件扔到桌上，后来可能自觉有点失态，遂找来两根小棍棍把证件夹起递给我，然后拨电话，好像是问一个上司是否容我居住。我在成都看过报纸，意识到事态严重，遂立即向服务员解释，我已离开北京半个多月了，走时那里颇有四海升平、万邦祥和的气象，什么疫情与灾情也没发生，等等。还好，服务员放下电话，说了声“312 房间”，算是容我住了下来。我长舒了一口气，庆幸自己不必流落街头。晚饭后，天尚未黑，我来到城外看看当地风情，只见青山苍苍，江水泱泱，高大巍峨的城墙和砖砌“文明门”屹立在江边，标志着这是一座非同一般的古城，其遗存的气势给人一种心灵震撼的同时，也令人对此地的历史文化肃然起敬。

第二天，坐车来到城外江北岸一个叫涪溪口的地方，转乘一艘不大的小船渡江来到南岸的李庄。这才知道，李庄不是我想象中的村庄，而是川南一座古老重镇，有许多宏大的建筑与古老的庄园，再后来才知有著名的“九宫十八庙”和几个庄园式建筑群保存至今。也正因有这些建筑遗存，才能容纳 20 世纪 40 年代流亡的知识分子，包括同济大学等高校师生，一万多人来此避难，并使这座沉寂多年的古镇成为中国抗战时期四大文化中心之一（另三处分别是重庆、成都、昆明）。

我沿着街道一路打听到了镇政府，向办公人员说明情况。未久，办公人员找来一位五十左右的先生领我到镇里街道转转，看哪些情况需要采访记录。这时才知道，领我的是左照环先生。当时镇里正编写镇志，并准备搞点旅游产业，招了几个小姑娘学习当讲解员，左先生作为李庄镇文史专家，在编完镇志后又当了讲解员的指导老师。这次得到镇党委书记孙远宾、镇长毛霄的指示，左先生暂停教学工作而专门陪我在镇里采风，令我十分高兴又感动。

在左照环先生带领和热情讲解下，我参观了当年流亡此地的中国营造学社旧址及梁思成、林徽因一家居住的地方；看了中央研究院的各位先生如傅斯年、李济、董作宾、李方桂、吴定良、陶孟和、吴金鼎、夏鼐，以及中博筹备处的曾昭燏、李霖灿、赵青芳等学者工作、生活和战斗过的地方；还走访了人数最多的同济大学师生居住的几处庙宇楼舍和他们跳高跑步的操场。在追寻先生遗迹、瞻仰遗存的过程中，又听了当地乡亲讲述先生们在李庄的工作情况与逸闻趣事。一时间，先生们的音容笑貌仿佛就在眼前，一桩桩往事像槌子一样敲击着我的心房。在受到大震撼、大感动的同时，我决定写一部书，作为对这些先生的追思与纪念。

回到北京后，我集中精力把有关三星堆发掘的《天赐王国》写完，迫不及待地重返李庄，正式开始有关采访与资料搜集工作。当时李庄镇政府有个招待所，但比较老旧，加之离镇政府很近，住起来不太方便。在左先生带领下，找到镇外一个种猪配种繁殖场，时场内种猪配种生意似不兴旺，多数种猪已被处理，场主看到镇里要搞旅游开发，前景广阔，远景诱人，便捷足先登，把已卷了铺盖回家的几个饲养员的房间打扫一下，弄上一床、一被、一枕头，开始对外以每天 10 元的价格招揽客人。这个种猪场坐落于东岳庙之侧，靠近上坝月亮田，进出方便，晚上安静，很适合我这类人居住，对于其他旅客却未必如意，这样我算是住进去的第一个客人，后来听说也是这一年唯一的一个客人。当时除左照环先生陪我走街串巷、四处访问外，经左先生介绍，李庄摄影家王荣全老师也经常陪同并帮忙照相。镇党委书记孙远宾、镇长毛霄对我的工作非常支持，记得有一个中午，他们二人于日理万机中挤出时间，带着镇宣传部长尹晓波同志和摄影家王荣全老师来到种猪场，借场内的厨子招待我喝了一顿李庄白酒，尝了著名的李庄白肉，吃了何老幺的花生和几块李庄白糕。自此之后，我对李庄的三白（白肉、白酒、白糕）兼花生等特产有了深刻的印象和感情。半个月后，我返回北京，查阅相关资料并采访相关人物。第二年，我又来李庄两次，仍住在种猪场，对先生们的过往与流传的故事进行采访与探寻。又过了一年，终于成书并由浙江人民出版社出版发行，这便是读者看到的《南渡北归》先声之作——《李庄往事：抗战时期中国文化中心纪实》问世的经过，也是抗战时期流亡的自由知识分子题材这一“宏大叙事”写作的缘起。

当我进入李庄并对抗战时期流亡的先生们居住地考察过之后，心中波澜涌动不息。原因有很多，比如地方偏僻，生活艰苦，得病无处医治，死人的事经常发生，如中央研究院社会科学研究所所长陶孟和的妻子、翻译家沈性仁，考古学大师李济的爱女等，就因患病得不到及时救治且无药救治而去世。而林徽因、梁思永也因肺病差点命赴黄泉，真可谓贫病交加，莫之奈何。当时梁家穷得吃不上饭，梁思成把心爱的手表、皮鞋甚至外国友人费正清夫妇赠送的一支派克钢笔都卖掉了，为的是换一点粮食与医治林徽因的药品。他的儿子梁从诫冬天只能穿一双草鞋上学，结果冻出脓疮，久治不愈，受了很多罪。——但这一切，只是让我哀叹与悲伤，还不足以惊奇与震撼，当时全国军民都处在艰苦卓绝的抗战生活中，比这惨烈的例子还有很多很多。那么真正让我产生心灵震撼的是什么呢？其实是流亡该地的大师以及普通知识分子，向世界展现的不屈的精神风骨，那就是只要活着，哪怕只有一口气，仍要在自己的研究领域努力地干下去，不怨天尤人，不自暴自弃，相反却是血脉偾张，灵性飞扬，散发出一种坚硬如石的特质，如患有严重脊椎病、身穿铁背心用以支撑身体的梁思成，经常趴在桌子上用一瓶子支撑下额坚持写作、绘图，而他的爱妻林徽因与他的二弟梁思永，于病床上编辑《中国营造学社学刊》和有关安阳殷墟发掘的考古报告。当然，这样伟大的学者不只是梁家兄弟，与梁著匹敌的还有被陈寅恪先生高度评价并誉为“抗战八年第一书”的董作宾所著《殷历谱》，还有李霖灿的《麽些象形文字字典》，以及中研院几个研究所流亡李庄的其他同人撰写的数部著作与大批学术论文、调查报告，加上同济大学教授们一系列学术研究成果。正如费正清到李庄考察后发出的感叹：只有中国的学者能在如此艰苦的抗战环境中忍辱负重，愈挫愈勇，取得如此伟大的学术成就，这个成就与精神是中国知识界的光荣，也是人类历史的光荣。——因了这些，我对流亡此地的先生与大师感佩的同时，心灵产生震撼并于震撼中决定去搜寻他们更远的足迹以及各处流传的故事，以写出更丰富、更厚重的作品。此后，经过赴湖南、云南和台湾等多地探寻访问、查证资料档案，在《李庄往事》的基础上不断增加新的内容，终于在2011年以简体与繁体字的形式，在大陆和台湾分别出版了《南渡北归》三部曲。屈指算来，自第一次踏上李庄的土地进行采访考察，到《南渡北归》出版问世，倏忽已过八年矣。

现在，自我首次走进李庄已过13个年头，其间，因自2011年起受邀赴台湾“清华大学”任驻校作家的缘故，我与当年赴台大师的子弟交往变得方便起来。借此机会，我先后拜访了董作宾公子董敏先生，石璋如公子石磊先生，李霖灿公子李在中先生，以及大师的学生辈人物如李亦园先生等，搜集到不少新的资料，对此次增订贡献甚多。尤其关于李霖灿先生到丽江、玉龙雪山与大理考察那一段，多来自李在中先生赠送的珍贵资料并蒙李先生亲自审阅，对其中的错讹之处予以修正，使错讹减少到最低。另外，在“清华大学”驻校期间，我曾无数次乘班车由新竹校园往返于台北南港“中研院”，并于“中研院”近代史研究所档案室、历史语言研究所、傅斯年图书馆等机构查寻有关李庄和抗战时期先生们流亡李庄的档案和相关材料，收益甚大，查到许多珍贵资料以补充到增订稿中。而增加的关于同济大学内部纷争一案经过，几乎全部采自“中研院”近代史所档案室“朱家骅档案”。同时，承蒙“中研院副院长”王汎森先生赠送新出版的《傅斯年遗札》三卷，为拙著再添珍贵史料，想来读者已经看到。此处特别向保存、整理这批档案的先进表示敬意和感激之情。

仍然是出版方的建议，认为原书名“李庄往事”狭小了些，增订后改为更宽泛的“那时的先生”，而“李庄”作为副标题出现或更易为读者接受与理解。对这个建议我表示同意和支持，遂有了增订后的《那时的先生》一书问世。原书有李光谟先生序文一篇，增订版仍用其文，因修订时考虑到更换书名，遂又请李光谟先生将序文稍做改动，以与新著匹配。想不到改动未久，李先生未能见到增订版问世便归道山，此为一大遗憾，特此纪念。

忆及本书采访和写作过程，得到了众多专家、学者、官长和普通公民的支持帮助，在新书出版之际，谨向中共李庄镇党委、镇政府，中共宜宾市翠屏区委、区政府，南京博物院，南京大学档案馆，聊城傅斯年陈列馆，清华大学档案馆，新竹“清华大学”图书馆与档案馆，中国社会科学院考古研究所，台湾“中研院”近代史所、史语所、傅斯年图书馆等单位给予的协助与支持表示感谢。特别向中国大陆地区的张平、李强、程政、黄继军、朱莉、代军、何春琳、肖慧、廖霆、袁向东、钱峰、柴军、罗勇、熊超、潘成君、孙远宾、毛霄、尹晓波、左照环、王荣全、罗萼芬、罗筱蕖、洪恩德、张铭旭、张仲杰、张遵凌、刘渊柱、逯弘捷、王世民、傅乐铜、李光谟、徐冬冬、王立民、林洙、梁从诫、刘承军、梁白泉、龚良、陆建芳、邓嘉嵋、曾宁、虞昊、何承钧、钟丽霞、沙俊平以及台湾地区的董敏、石磊、李在中、李亦园、陈存恭、王汎森、黄进兴、何汉威、陈永发、张朋园、陈力俊、林馨琴等知名人士与友人的支持帮助表示谢意。

最后要特别提及的是，拙著《李庄往事》与《南渡北归》出版后，得到宜宾市、翠屏区、李庄镇三级党委与政府的肯定与鼓励，我先后被当地政府授予“李庄镇荣誉居民”“中国李庄文化研究院顾问”，并被当地学校、画院授予“李庄中学校顾问”“中国李庄书画院总顾问”等荣誉称号。此为当地政府和人民对我的厚爱，也是我一生中最看重的荣誉称号之一部，在珍惜这份荣誉的同时，我将继续为李庄抗战文化的发掘与传播竭尽绵薄，贡献自己的一份力量。

岳南
2016.4.5

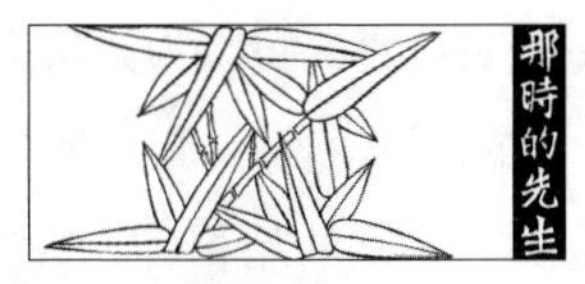

跋：文字的品相

——浅说岳南《那时的先生》

坦率地说，就所有从事文字工作的朋友而言，写出来的文字所构成的文章，一直就有一个品相的事实放在客观的世界，无论您在意这个存在与不在意这个存在，这个存在始终都存在着——无论您知道还是不知道，包括您在与不在，事实上它就放在那里。幸运的，它可能在图书馆里被珍藏；不幸的，也许在哪个犄角旮旯躲着，甚至被人当作垃圾扔掉。但只要是好的文字，即品相周正，且有内涵与价值的文字，无论何时，只要被人发现，被人提及，被人从故纸堆里翻出来，总会为人所珍视，以至引人啧啧称赞，甚至被人征引举例，死而复活，进而重新焕发出光彩。

所以要好好地侍候文字。这就像高级的工匠会精心地打磨自己制作的产品，写作者也始终都有一个需要绞尽脑汁来作文、倾其才华来书写锦绣文章的功课摆放在那里，等着你来下功夫。那是必须用情用劲用尽心血脑汁来做的工作，来不得半点马虎。因为你马虎，文字亦马虎，写出来的文字自然也就跟着马马虎虎了。作家岳南一直致力于主流文史之外的田野采访与写作，至今已有《风雪定陵》《复活的军团》等考古纪实类文学作品十二部、几百万字著述，海内外发行达百万余册；另外，他写的《南渡北归》三部曲与《陈寅恪与傅斯年》等加起来，亦有了六七百万字，发行量累加起来也有百万套册。我不是历史学者，对他写的内容，我无法做专业的评论，但作为一个文字工作者，我对他笔下的文字的品相，倒是有些许心得。对作家岳南的文字，我虽不能说了如指掌、见字如面，但却有“常诵见其心，熟读而明其志”的美好如斯的感悟与发现。为什么一位立志于非主流的偏僻文史往事而安于清冷角落的写作者的著述，会每每获得火爆轰动并形成一个个文化焦点？以我长期从事文字编辑工作和阅读的体验来揣之，我以为，岳南的成功，绝不仅仅是写作内容引起了大家的共鸣，在我看来，岳南所著的每一套系列著作，首先与首要的成功，便是他的文字品相的上乘。

文字的品相，我观当下纪实类文学书籍呈现出来的文字的品相，大都是很差的，而且多是急火火的、跑马式的叙述与表达。作家岳南的文字品相，从容优雅、大气磅礴，有意境、有诗性，且沉入人物心灵与历史往事。用字选词娴熟老到、精准幽默、情采飞迸、生趣盎然，实属上乘之上品的上品。他的叙述，我是说他文字的叙述，不仅实现了“信达雅”，而且“笔中常带感情”，叙事直入史实，是笔笔有根有据的循史而著。行文张弛有度，词采斐然，修辞蜿蜒通幽，却又入史进心，长歌当哭、逼视现实、叩问天良；有时又阐发精微、幽默诙谐、妙趣暗生；即使是闲笔与注释，每一个文字都是苦心孤诣、诱人进心，亦常激发人联想而增添见识与知识。虽不能说他字字珠玑，但称他的文字籽实饱满、珠圆玉润、色香俱全且无添蛇足之嫌，绝非妄言。作家岳南以这样的文字品貌与质地来著述前人的往事业绩，其所用功终不废其心志，所以爱史者惜之，好文者惜之，包括大学教授、律师医生、工程技术人员，引车卖浆者流亦爱之喜之，口口相传，慷慨解囊，络绎不绝，完全自愿，绝非偶然。自有心碑耸立于世间天地，实为作家岳南呕心沥血、厚积独造的必然之回报也。

以岳南新著《那时的先生》书名为例，光是这五个字就足以直入人心。在我是激赏不已。为什么？为什么是“那时的先生”？今天没有老师？大学的导师多如牛毛，为什么岳南要写成“那时”而沉入往日的旧时光？我以为，这就不仅是审美的间离效果的需要，更是激愤反讽的大雅之造。他不愿也不屑于对当下的某些教育情状及职业教师与导师爆粗口，甚至也不愿说三道四。他就用个时态词——“那时”，就足以表达他对当下某些情事与萎靡现状的揶揄、蔑视与愤懑，文野自然也就有了高下。虽然他书中所写的每一个人物，均可称为导师甚至大师，但他就是不用那些大称谓，而用了一个今天几乎被弃之不用的旧时称谓——“先生”。他把这个故纸堆里的老词找出来擦了个锃光瓦亮、熠熠生辉，他要读者认认真真地端详仔细，是噙含儒雅之气的先生而不是今天被市场化之后的“老师”与“导师”，甚至更加玄虚的“著名大师”（都大师了，还要著名，噫！）

我仿佛听见作家岳南用他含温裹热的山东诸城话在对人们说：看看吧，看看吧，那时的先生，他们的治学、为人与品德。打开《那时的先生》，你会看到学人领袖傅斯年的拳拳赤子之心，为他人作嫁衣裳之身体力行、呕心沥血。傅先生自己身患重疾、头晕目眩，却为证明同事的清白与无私而奔走呼号、秉笔直书……可以说本书写出了列位大师与先生，在那个炮火连天、甚至常常吃了上顿没下顿的艰难时世，在那个生存尚处危机、治学更其不易的时代，仍克服千难万险，忍饥著述、抱病研究、冒险踏勘，甚至时常顶着日机的轰炸，在生命安全都没有保障的环境中勘探考究和研写报告的风行徐走、颦笑嗟叹的精神风貌。尤其令人感动的，是关于林徽因得知自己获得治病的医药补助资金时的心理与言行的叙述，让读者看到了一代学人的内心世界。作家岳南以实文实物，不仅探得了林先生涌上心头的感激，而且将其内心无以言表的愧怍的心理展现出来。他写出了林先生深感在抗战如此艰难困苦的情况下，自己未能做出什么大的贡献而享此厚待进而惶恐不已的情状。其采访之细微，行文所依史实、信函之准，文字表达之雅致畅爽，既与林徽因之学者诗人的身份——美文美人相符，亦与读者阅读想象之斯文暗合，展现出林徽因不为人知的纯净心灵，使得这位“一代才女”如玉的娇容有了精神的光芒。这足见作家岳南叙事之沉着老练，并以精心书写而达致文字品相之佳貌。书里夹叙夹议之中所描写的其他诸位先生的行迹与言语、精神与状态，亦均达到了情景交融、栩栩如生的佳境，令人读后禁不住感叹不已。大德失传久，雄文继绝神；而今岳之南，落笔自生根。浸淫在一群大先生纯净瀚海般的心灵之中，作家岳南也自然受到熏染与浸泡。人，境界有了，人格便也随之而高架了起来。古人谓言：人品不高，用墨无法。反之，用笔自然天成，而文字的品相与状貌，也就随意赋形，逶迤而来，正所谓心美如画，内外相拥，加上长久的日积月累，自然便有了文字质地的饱满与瓷实、品相的雅致与达观。

然而，若再深细地分析一下作家岳南《那时的先生》一书的文字，我以为，似还有更多的道理可以言说。比如作家岳南文字的古雅与蜿蜒探微的表达，其实正是源于他对中华古典诗词歌赋的汲取，也与他深谙外国文学名著的语体方式有关，包括他文字表达时复合修辞的娴熟运用，生僻字词的信笔写来，在我看来，都绝非一日之功，而正是他从写作上千万字的著述实践中得来的。这有点像女大十八变，越变越好看——作家岳南文字的上佳品貌，似正应验了中国人的这句古老的民谚。

（王久辛，诗人、作家。1959 年生于陕西省西安市。毕业于解放军艺术学院文学系，大校军衔。长诗《狂雪》获首届鲁迅文学奖。2009 年被《诗选刊》推选为“首届十佳军旅诗人”之冠。）

图书在版编目（CIP）数据

那时的先生 / 岳南著 . —长沙 : 湖南文艺出版社 , 2016. 7
ISBN 978-7-5404-7559-8

Ⅰ . ①那… Ⅱ . ①岳… Ⅲ . ①纪实文学－中国－当代
Ⅳ . ① I25

中国版本图书馆 CIP 数据核字（2016）第 071819 号

上架建议：社科 · 文史

NASHI DE XIANSHENG
那时的先生

作　　者：岳　南
出 版 人：刘清华
责任编辑：薛　健　刘诗哲
监　　制：于向勇　马占国
策划编辑：楚　静
营销编辑：刘晓晨　刘　健　罗　昕
封面设计：蒋宏工作室
版式设计：李　洁
内文排版：百朗文化
出版发行：湖南文艺出版社
（长沙市雨花区东二环一段 508 号　邮编：410014）
网　　址：www.hnwy.net
印　　刷：北京天宇万达印刷有限公司
经　　销：新华书店
开　　本：700mm × 1000mm　1/16
字　　数：490 千字
印　　张：27
版　　次：2016 年 7 月第 1 版
印　　次：2017 年 4 月第 2 次印刷
书　　号：ISBN 978-7-5404-7559-8
定　　价：48.00 元

质量监督电话：010-59096394
团购电话：010-59320018